AF218530

OBRAS MAESTRAS DEL MARQUÉS DE SADE

Tomo cuarto

LOS CRÍMENES DEL AMOR, NOVELAS HEROICAS Y TRÁGICAS

DIÁLOGO ENTRE UN SACERDOTE Y UN MORIBUNDO

Títulos:
- Los crímenes del amor, novelas heroicas y trágicas
- Diálogo entre un sacerdote y un moribundo

Títulos originales:
- *Les Crimes de l'amour', Nouvelles héroïques et tragiques*
- *Dialogue entre un prêtre et un moribond*

Autor: Marqués de Sade

© Edimat Libros, SA
C/ Primavera, 10, nave 35
28500 Arganda del Rey
Madrid-España
www.edimat.es

Traducción:
- Los crímenes del amor, novelas heroicas y trágicas: Juan González Leblanc
- Diálogo entre un sacerdote y un moribundo: Juan González Leblanc

Diseño e ilustraciones de cubierta: Karakachoff estudio

ISBN: 978-84-9794-636-0
Depósito Legal: M-16834-2024

Reservados todos los derechos. El contenido de esta obra está protegido por la Ley, que establece penas de prisión o multas, además de las correspondientes indemnizaciones por daños y perjuicios, para quienes reprodujeren, plagiaren, distribuyeren o comunicaren públicamente, en todo o en parte, una obra literaria, artística o científica, o su transformación, interpretación o ejecución artística fijada en cualquier tipo de soporte o comunicada a través de cualquier medio, sin la preceptiva autorización.

Impreso en España - *Printed in Spain*

INTRODUCCIÓN

Donatien Alphonse François de Sade nació en París en el año 1740. Descendía de dos familias de rancio abolengo procedentes de Provenza. Incluso una tradición de Avignon decía que Laura de Noves, el amor y la musa de Petrarca, estaba emparentada con la familia Sade. Según su propio testimonio en una carta dirigida a una persona ficticia, su infancia le hizo «travieso, tiránico e irascible; le parecía que todo tenía que ceder ante su voluntad, que el mundo entero tenía que satisfacer sus caprichos, correspondiéndole a él simplemente planearlos y pedirlos». Se crio cerca de la casa real de París y pudo más el ambiente licencioso que conoció desde niño que la disciplina del liceo Louis-le-Grand, el prestigioso centro cuyo tránsito sólo le deparó un primer conocimiento de la buena literatura francesa. Por liberarse quizás del yugo escolar se enroló muy joven en la caballería ligera, llegando a ser capitán del regimiento del rey, a quien realmente admiró, pese a sus ideas republicanas posteriores. Pronto cobró fama de libertino, término muy usado en sus tiempos sedientos de libertad para designar a quien hacía un mal uso de ella, esto es, a quien se entregaba a sus deseos más extravagantes y singulares principalmente en el terreno de la sensualidad y de la sexualidad. Semejante vida le enfrentó a estrecheces económicas que sus propiedades en el sur de Francia e incluso sus contactos con personas poderosas no pudieron paliar. Para salir de sus apuros financieros contrajo matrimonio a los veintitrés años con Renée-Pelagie Cordier, hija del presidente del Tribunal Central de Hacienda, pese a estar enamorado de la hermana de ésta. Los dos hijos y la hija que tuvo de su matrimonio no le impidieron gastar grandes cantidades de dinero en locales de prostitución y frecuentar el trato con actrices que acabaron dilapidando su pequeña fortuna. Por haber maltratado a unas mujeres pasó tres semanas en la cárcel de Saumur.

Tenía treinta y cinco años cuando se hubo de enfrentar a una acusación de intento de envenenamiento y de maltrato y vejaciones por parte de unas rameras. Esta vez no esperó a que le condenaran a una cárcel segura: raptó a la hermana de su mujer del convento donde se había recluido y se fugó a Italia.

Engañado por unas personas que consideraba amigas, regresó a su país, donde fue inmediatamente apresado por la Policía y encarcelado en Vincennes. No es de descartar que detrás de esta celada se encontrase el ansia de venganza de su suegra, pero en las actas del proceso judicial al que fue sometido se hacía referencia a delitos cometidos en París, Arcueil, Marsella e incluso en su castillo de La Coste, cercano a esta última ciudad. Sade era acusado de tres delitos: la sodomía homosexual y heterosexual (juzgada muy grave en su época), la corrupción de jóvenes y el sometimiento de mujeres a diversas torturas con látigos e instrumentos cortantes. Desde este momento la vida de Sade es una aventura interminable de períodos de cárcel y de libertad donde las constantes afrentas le acarrean pistoletazos, condenas a muerte, quema pública de su «efigie» y detenciones mediante *lettres de cachet,* es decir, órdenes de prisión con el sello real que expresaban la potestad del monarca de encarcelar a cualquiera de sus súbditos sin mediar juicio alguno.

Mal podía acomodarse un espíritu tan inquieto a las soledades y privaciones carcelarias. «Mi sangre es excepcionalmente caliente para soportar un daño tan horrible», escribió entre amenazas histéricas de suicidio y confesiones de que su cerebro le impulsaba a imaginar conductas sexuales extravagantes y obsesivas donde el dolor de otros encendía el placer compulsivo del verdugo.

Tras unos meses en un encierro solitario en Vincennes, las autoridades dulcificaron su condena. Pudo releer a los autores que le habían encantado en sus años de estudiante: Cervantes, Rousseau, Voltaire, Prévost, Marivaux, Laclos, Richardson y sobre todo Bocaccio, cuyo *Decamerón* le llevó a concebirse como su imitador francés, rivalizando con el autor italiano en el elevado tono erótico de sus cuentos, aunque en su caso la comicidad cediera el puesto a la truculencia, manteniéndose en ambos la misma sátira anticlerical. A partir de 1780 Sade llevó a cabo una intensa labor de escritor que continuó luego en la cárcel de la Bastilla. Muchas de estas narraciones fueron escritas en papel de empaquetar y sacadas de la cárcel a escondidas por presuntos amigos que trataban sin éxito de encontrar a un editor que se atreviese a publicarlas. Hubo que esperar mucho tiempo para que las obras de Sade empezaran a circular por circuitos normales de distribución.

En estos años de encarcelamiento escribió Sade *Las 120 jornadas de Sodoma o la escuela de libertinaje,* un catálogo enciclopédico de situaciones eróticas trufadas por el dolor y el crimen, cuyo borrador fue quemado involuntariamente durante el asalto a la Bastilla. Más suerte tuvo con *Historia de Aline y Valcour o la novela filosófica,* novela picaresca y amorosa escrita en forma epistolar y con *Justine o los infortunios de la virtud,* cuya escabrosidad asustó al propio autor, que nunca la reconoció como obra suya. Estas dos obras se conservaron porque las había guardado su abnegada esposa, que siempre le perdonó sus extravíos hasta que recuperó la libertad, ocasión que aprovechó para solicitar la separación legal de su esposo. Tenía Sade cincuenta años. Mitigó su soledad con una actriz arruinada, Constance Quesnet, a quien su marido había abandonado con un hijo. Fue su compañera hasta su muerte veinticuatro años después, aunque los encarcelamientos del autor redujeron mucho los períodos de convivencia.

Es fácil comprender la delicada situación de Sade en los difíciles años que le tocó vivir, al margen de su conducta escandalosa y delictiva. Como aristócrata pertenecía a un orden político rígidamente jerárquico que moría en la guillotina con los reyes. Por sus costumbres licenciosas se mofaba, además, del moralismo sexual estricto que los revolucionarios radicales o jacobinos opusieron a la vida depravada de la corte real, lo que no excluía, como suele ocurrir en estos casos, la más fría de las crueldades. Sade, que se había proclamado ateo, republicano y partidario del progreso, aunque no de la democracia, vivió siempre en una cuerda floja que le forzaba a adoptar actitudes de ambigüedad y de disimulo en ocasiones grotescas. Por ejemplo, cuando los revolucionarios asaltaron la Bastilla en julio de 1789 creyendo que sus muros encerraban a los enemigos de la monarquía, los presos eran en su mayoría aristócratas que por sus conductas no merecían precisamente ser liberados en nombre del pueblo llano. Sade, consciente del malentendido, empezó a arengar a los asaltantes para que lo liberaran, alegando a gritos por un improvisado megáfono que los presos estaban siendo asesinados por los guardianes, cosa errónea. Cuando se deshizo el equívoco, los ánimos desatados de los asaltantes hicieron que su celda fuera incendiada haciendo desaparecer su biblioteca de seiscientos volúmenes y una considerable colección de manuscritos, algunos escondidos en los huecos de las paredes.

Encerrado en el manicomio de Charenton, sólo se vio en libertad cuando la Asamblea constituyente liberó, en nombre de la revolución, a todos los presos condenados sin juicio por mera voluntad del rey. Durante los sangrientos días del Terror que siguieron al regicidio, Sade colaboró con los revolucionarios en la sección de picas y escribió fervorosos panfletos contra el antiguo régimen y a favor del progreso. Condenó los crímenes terribles que se cometieron en nombre de la libertad e incluso se mostró humanitario y bienhechor, contrario a la pena capital. Hasta salvó a su familia política de una muerte segura.

Si tenemos en cuenta que todo aquel de quien se sospechaba que era poco ferviente para con la revolución se consideraba un enemigo, comprenderemos que Sade estuvo a punto de ser guillotinado. Sin embargo, los motivos de su último encarcelamiento importante no fueron políticos. Estaba ya en el poder Napoleón cuando Sade fue enviado a prisión sin juicio por el prefecto de París, como autor de «esa novela infame».

Los últimos trece años de su vida los pasó Sade en la cárcel y en el manicomio de Charenton, donde le permitieron montar obras teatrales con los enfermos. En estos tristes días, víctima de una obesidad patológica, le llegaron noticias del comportamiento valeroso de su hijo durante una de las campañas de Napoleón. Eso le animó a solicitar el indulto. Pero Napoleón, indignado porque le había ridiculizado en uno de sus escritos, se limitó a impedir que le llevaran a una cárcel como pretendían quienes le veían como un delincuente y no como un lunático. Abandonole, pues, a su suerte en el manicomio de Charenton donde estaba recluido y donde mantuvo relaciones sexuales con muchos jóvenes enfermos. Murió a los setenta y cuatro años de congestión pulmonar y de una «fiebre gangrenosa», como se hizo constar en el certificado de defunción.

Los crímenes del amor, novelas heroicas y trágicas

Es una colección, o agrupación en torno a una idea conductora, de once novelas cortas escritas en torno a 1785, precedidas de un ensayo sobre la novela, Aparecieron distribuidas en cuatro volúmenes.

El ensayo ofrece un panorama histórico de la novela como género literario, con antecedentes (algunas etimologías son un tanto sorprendentes) y normas para «escribirlas bien».

Las novelas tienen claramente un tinte didáctico moralizante, no cabe buscar aquí al Sade inventor del tipo de perversiones de otras de sus obras. En algunas ocasiones llegó incluso a censurar ciertas escenas (recuperadas hoy) para conseguir su publicación. Ofrece en estas novelas los efectos terribles que aguardan a quienes se evaden de la busca y ejercicio de la virtud y cometen toda clase de crímenes en busca de lo que llaman amor. Y de cómo es el proceso de decadencia hasta el final. Sus descripciones son detallistas tanto en lo externo como en lo psicológico de sus atormentados personajes. Sin embargo, en la mayoría de ellas late la idea permanente en Sade de que la virtud va unida a la desgracia personal, mientras que la fortuna favorece claramente a los perversos. En *Florville y Courval* hay una interesante meditación sobre dos muertes muy opuestas de personas, paradigmáticas representantes de la práctica del vicio y la virtud, y sus sorprendentes resultados ante el paso final.

Juliette y Raunai. Situada en el período que Francia estuvo ocupada por fuerzas italianas de la casa Guisa, en el entorno de las luchas de Religión que enfrentaban a papistas y protestantes. Uno de esos poderosos queda fascinado por la belleza de Juliette y concibe el plan para hacerse con sus encantos. Para ello no dudará en emplear la coacción y la fuerza. Quizá esta sea la única de estas novelas que no presenta un final trágico.

La doble prueba. El rico Ceilcour quiere sentar la cabeza y buscar esposa. Se le ocurre un método para probar el carácter de las dos posibles candidatas, mujeres totalmente contrapuestas. A la primera le ofrece una fiesta de carácter medieval, con justas y torneos; a la segunda, una aventura fantástica con seres quiméricos y batallas navales de teatro. A las dos las impresiona de manera muy diferente. Luego se hará pasar por un hombre arruinado, para ver sus reacciones. La cosa no podía acabar bien.

Miss *Henriette Stralson.* De nuevo el caso de la joven encantadora acosada tenazmente por un hombre poderoso y depravado *de rigueur.* En este caso, *miss* Henriette está en Londres mientras su novio arregla unos documentos de herencia, pero en ella pone los ojos el rico más depravado e implacable de la ciudad. Muchas idas y venidas, más o menos verosímiles, hasta alcanzar un final trágico.

Faxelange. Meditación de Sade sobre la influencia del dinero y la vida acomodada sobre las jóvenes. La protagonista, y sus padres, son seducidos por la apariencia de riqueza de un hombre, de exquisitos modales y con grandes propiedades en América. La joven se casa con él y parten para América, pero el encuentro con la realidad será brutal. Y la moraleja, desoladora.

Florville y Courval. Recién nacida dejada a la puerta de un matrimonio sin hijos. La adoptan y la educan como hija propia. La madre muere y el padre decide enviarla con una hermana suya. A partir de ahí se van acumulando una serie de coincidencias y concatenaciones en las que aparecen el incesto y el asesinato a lo largo de la trayectoria vital de la desdichada y continuamente torturada Florville. En el desenlace final se descubre el entramado de toda aquella serie de infortunios, con resultado catastrófico por exceso de carga sobre la protagonista. Un asombro por la magnitud de todo ello y una triste melancolía en adelante para los demás.

Rodrigo. Sade explora aquí una leyenda española. Don Rodrigo es el último rey godo de España, de vida depravada y abusos tiránicos de poder. Ha mancillado a la hija del conde don Julián, quien al saberlo lanza las tropas moras a la invasión, rapidísima, de todo el territorio. A Rodrigo sólo le queda la posibilidad de encontrar fondos que parece ofrecerle entrar en una torre encantada.

Lorenza y Antonio. De nuevo la joven bella y virtuosa asediada por el hombre libertino e implacable. Ahora es en la Italia del Renacimiento, controlada por las diferentes familias en torno a Florencia. Antonio y Lorenza están enamorados, pero el padre de él la desea para sí. Hace de todo para desacreditarla ante el hijo y que éste la repudie, incluso incurre en actos plenamente criminales. Es perfectamente previsible un final sangriento.

Ernestine. Drama sueco en dos ramas que se reúnen. El novio de Ernestine es deseado por su patrona, y Ernestine lo es por el aristócrata implacable y despiadado de turno, que luego se asociará con la patrona. El conde Oxtiern hará de todo para librarse del muchacho, mientras parece ayudarla a ella y a su padre. El final trágico tiene una coda final en la que se abre la posibilidad de la Redención desde el fondo de las minas.

Dorgeville. Un joven regresa a Francia desde América, donde fue rico por su buena capacidad, pero quedó arruinado por su buen carácter. En cuanto se instala empieza a crecer su fama de hombre honrado y compasivo, siempre dispuesto a ayudar. Un día, encuentra en el campo a una joven sola que acaba de dar a luz, y decide ayudarla, sin saber quién es. Es el principio de un cambio de vida que incluye el incesto y el intento de asesinato.

La condesa de Sancerre. La condesa de Sancerre, dueña de su castillo medieval, es viuda aún joven y madre de una muchacha encantadora e ingenua, muy obediente, a quien adora el joven guerrero hermoso. Pero esta vez el objeto del deseo no es la muchacha, sino él, a quien la condesa desea. Hay toda una trama de conspiraciones y mentiras urdidas por la madre para alejar al joven de su hija y atraerlo a ella.

Eugénie de Franval. [Esta novela final es quizá la más cargada del libro, aquí intervino la autocensura de Sade, mutilando fragmentos, hoy incluidos y marcados, que son esenciales para el resto de la narración.]

El señor de Franval ha decidido darle a su hija recién nacida, Eugénie, la educación que siga fielmente los principios éticos, morales y filosóficos que profesa. La aparta de su madre y le pone una serie de instructores sin ahorrar materia de estudio. La madre y la suegra de Franval están aterrorizadas por la carencia de moral y de religión en esa enseñanza. Pero Franval no sólo insiste, sino que llega a tener unas relaciones muy íntimas con Eugenie. El incesto abre paso a los demás crímenes, encadenados por la mano de Fatalidad, con muertes, arrepentimientos y encuentros inesperados. La melancólica escena final recuerda las leyendas románticas de la Santa Compaña.

Diálogo entre un sacerdote y un moribundo

Diálogo entre un sacerdote y un moribundo es una breve obra en la que Sade presenta una conversación entre un sacerdote y un moribundo que desafía las nociones tradicionales de moralidad, religión y virtud.

El diálogo se desarrolla en el lecho de muerte de un hombre que está a punto de fallecer. Un sacerdote llega para ofrecerle los sacramentos y prepararlo para el juicio final, pero el moribundo rechaza sus intentos y presenta una serie de argumentos en contra de la religión y a favor de un enfoque materialista y hedonista de la vida.

LOS CRÍMENES DEL AMOR,

NOVELAS HEROICAS Y TRÁGICAS

Amor, fruto delicioso que el cielo permite
que la Tierra produzca para la felicidad de la Vida,
¿por qué es necesario que hagas que nazcan crímenes?
¿Y por qué abusa el hombre de todo?

Les Nuits d'Young.

IDEA SOBRE LAS NOVELAS

Se denomina novela[1] a la obra de *fabulación* compuesta según las aventuras más singulares de la vida de los hombres.

Pero, ¿por qué lleva el nombre de novela este género de obras?

¿En qué pueblo debemos buscar su fuente, cuáles son los más célebres?

¿Y cuáles son, en fin, las reglas que hay que seguir para llegar a la perfección del arte de escribirlas?

Estas son las tres preguntas que nos proponemos tratar. Comencemos por la etimología de la palabra.

Nada nos enseña el nombre de esta composición en los pueblos de la Antigüedad, por lo que me parece que debemos atenernos solamente a descubrir por qué motivo nos trajo hasta nosotros el nombre que le damos todavía.

La lengua *romana* (romance) era, como es sabido, una mezcla del idioma celta y el latín, en uso bajo las dos primeras estirpes de nuestros reyes; es bastante razonable creer que las obras del género del que hablamos, compuestas en esa lengua, debieron llevar su nombre y debió decirse *una romana* para indicar la obra que se trata de aventuras amorosas, lo mismo que se dice *un romance* para hablar de las endechas del mismo género. En vano se buscaría una etimología diferente para esta palabra, el sentido común no ofrece ninguna otra y parece sencillo adoptar ésta.

Pasemos, pues, a la segunda pregunta.

¿En qué pueblo debemos encontrar la fuente de esta clase de obras, y cuáles son los más célebres?

La opinión común cree descubrirla en los antiguos griegos, desde allá pasó a los moros, de donde la tomaron los españoles para transmitírsela después a nuestros trovadores, de quienes la recibieron nuestros novelistas *(romanciers)* de caballerías.

Aunque yo respeto esa filiación y a veces me someto a ella, no obstante estoy lejos de adoptarla rigurosamente. En efecto, ¿no es muy difícil que se diera eso en los siglos en los que los viajes eran tan poco conocidos y las comunicaciones tan interrumpidas? Hay modos, costumbres y gustos que no se transmiten; son inherentes a todos los hombres, nacen con ellos de

[1] *Romain*, en francés.

manera natural; en todas las partes donde existen se encuentran las huellas inevitables de esos gustos, esas costumbres y esos modos.

No tengamos duda alguna: fue en las tierras que primero reconocieron a los dioses de donde sacaron los romanos su fuente, y por consiguiente en Egipto, cuna verdadera de todos los cultos; apenas habían *sospechado* los hombres a los seres inmortales, los hicieron obrar y hablar; desde entonces están las metamorfosis, las fábulas, las parábolas y las novelas; en una palabra: aquí están las obras de ficción, en cuanto la ficción se apodera de la mente de los hombres. Estos son libros fabulosos puesto que se trata de quimeras. Cuando los pueblos, guiados al principio por los sacerdotes después de haber sido esquilmados por sus fantásticas divinidades, se armaron al fin para su rey o para su patria, el homenaje ofrecido al heroísmo contrapesó al de la superstición, no sólo puso, y muy sabiamente, a los héroes en lugar de los dioses, sino que cantó a los hijos de Marte del mismo modo que habían celebrado a los hijos del Cielo. Se acrecentaron los grandes actos de sus vidas, o, cansados de mantenerlos, se crearon personajes que se les parecían... que los sobrepasaban, y enseguida aparecieron nuevas novelas, sin duda más verosímiles y mucho más hechas para el hombre que las que no han celebrado más que a fantasmas. Hércules[2], gran capitán, debió combatir valerosamente a sus enemigos, ahí están el héroe y la historia: Hércules, el destructor de monstruos, el combatiente de gigantes, ese es el dios... la fábula y el origen de la superstición; pero de la superstición razonable, puesto que ésta sólo tiene como base la recompensa del heroismo y el agradecimiento debido a los liberadores de una nación, en lugar de la que forja seres increados y jamás vistos, cuyos motivos son el temor, la esperanza y el desajuste de la mente. Cada pueblo tuvo pues sus dioses, sus semidioses, sus héroes, sus historias verdaderas y sus fábulas, como acabamos de ver; algo pudo ser cierto en lo que concierne a los héroes, y todo fue inventado y fabuloso en el resto; todo fue obra de la invención, todo fue novela porque los dioses solamente hablaron por boca de los hombres que, más o menos interesados en este artificio ridículo, no dejaron de componer el lenguaje de los fantasmas en sus mentes, con todo lo que se imaginaron más apropiado para seducir o para asustar, y por consiguiente, más fabuloso: *Es una opinión recibida* (dice el sabio Huet) *que el nombre de novela se le daba antiguamente a las historias y que se aplicó después a las ficciones, lo que constituye un testimonio invencible de que las unas han venido de las otras.*

---

[2] Hércules es un nombre genérico, compuesto por dos palabras celtas, *Her-coule*, que quiere decir *el señor capitán. Hercoule* era el nombre del general del ejército, lo que multiplica enormemente a los Hercoules. Después la fábula atribuyó a uno solo los actos maravillosos de varios. (Véase *Histoire des Celtes*, de Peloutier). *(N. del A.)*

Así pues, hubo novelas escritas en todas las lenguas y en todas las naciones, cuyos hechos y estilo se encontraron calcados de las costumbres nacionales y de las opiniones recolectadas por esas naciones.

El hombre está sujeto a dos debilidades que mantienen su existencia y la caracterizan. En todas partes es necesario *que ore,* en todas partes es necesario *que ame,* y ahí está la base de todas las novelas. Las ha hecho para pintar a los seres a los *que imploraba,* las ha hecho para celebrar a aquellos *que amaba.* Las primeras fueron dictadas por el terror o por la esperanza; debieron ser sombrías, gigantescas, llenas de mentiras y de ficciones; así son las que Esdrás compuso durante el cautiverio en Babilonia. Las segundas, llenas de delicadeza y sentimientos, como es la de *Theagenes y Chariclea,* de Heliodoro; pero como el hombre *oró* y *amó* por todas partes, en todos los puntos del globo en el que habita, hubo novelas, es decir, obras de ficción, que unas veces pintaron los objetos fabulosos de su culto, y otras aquellos, más reales, de su amor.

Por lo tanto, no es necesario apegarse a encontrar la fuente de este género de escritura en tal o cual nación de preferencia; debemos persuadirnos, por lo que acaba de decirse, de que todas lo han empleado en mayor o menor medida, según la tendencia mayor o menor que hayan experimentado ya sea al amor, ya sea a la superstición.

Echemos ahora un vistazo rápido a las naciones que han acogido más esas obras, a esas mismas obras y a aquellos que las compusieron; traigamos el hilo hasta nosotros para que nuestros lectores puedan establecer algunas ideas de comparación.

Arístides de Mileto es el novelista más antiguo del que habla la Antigüedad, pero sus obras ya no existen. Solamente sabemos que se llamaba a sus cuentos *los milesios;* un comentario del prefacio del *Asno de Oro* parece que demuestra que las producciones de Arístides eran licenciosas, *yo voy a escribir en ese género,* dijo Apuleyo al comenzar su *Asno de Oro.*

Antonio Diógenes, contemporáneo de Alejandro Magno, escribió en un estilo más pulido *Los amores de Dinias y Dercillis,* novela llena de ficciones, de sortilegios, de viajes y de aventuras muy extraordinarias, que Seurre copió en 1745 en una obrita más singular todavía, porque no contento con hacer como Diógenes, que hacía viajar a sus héroes por países conocidos, él los pasea unas veces por la Luna y otras por el Infierno.

Vienen después *Las aventuras de Sinonis y Rhodanis,* de Jámblico; *Los amores de Theagenes y Chariclea,* que acabamos de citar; la *Ciropedia,* de Jenofonte; *Los amores de Dafnis y Chloe,* de Longo; *Los amores de Ismeno y de Ismenia,* y muchos más, traducidos o totalmente olvidados en nuestros días.

Los romanos, más llevados a la crítica que a la maldad, al amor o a la oración se contentaron con algunas sátiras, como las de Petronio y las de Varrón, que habría que evitar clasificar entre las novelas.

Los galos, más cercanos a estas dos debilidades, tuvieron sus bardos, a quienes se puede considerar como los primeros novelistas de la parte de Europa donde habitamos hoy. La profesión de esos bardos, dijo Lucano, era escribir en verso los actos inmortales de los héroes de su nación, y cantarlos al son de un instrumento que se parecía a la lira; en nuestros días se conocen muy pocas de esas obras. Después, tuvimos los hechos y las gestas de Carlomagno, atribuidas al arzobispo Turpin, y todas las novelas de la Tabla Redonda, los Tristán, los Lanzarote del Lago, los Perceval, escritos todos ellos con el propósito de inmortalizar a héroes conocidos, o de inventarlos conforme a aquellos que, dispuestos por la imaginación, los sobrepasan en maravillas, pero, ¡cuánta distancia de esas obras largas, fastidiosas, corrompidas por la superstición con las novelas griegas que las habían precedido! ¡Qué barbarie y qué grosería reemplazaron a las novelas llenas de gusto y de ficciones agradables cuyos modelos nos habían dado los griegos, porque aunque sin duda hubo otros antes que ellos, al menos por entonces no se conocían más que éstos.

Los trovadores aparecieron después, y aunque deba considerárseles más como poetas que como novelistas, la multitud de cuentos hermosos que compusieron en prosa les conceden, con toda la razón, una plaza entre los escritores de los que hablamos. Para convencerse de ello, basta con echar un vistazo sobre sus *fabliaux,* escritos en lengua *romance,* bajo el reinado de Hugo Capeto, y que Italia copió con tanta solicitud.

Esa bella parte de Europa, todavía gimiente bajo el yugo de los sarracenos, lejos aún de la época en la que debía ser la cuna del Renacimiento de las Artes, no había tenido casi ningún novelista hasta el siglo décimo; aparecieron allí en la misma época aproximadamente que nuestros trovadores en Francia y los imitaron, pero atrevámonos a reconocer que de esa gloria no fueron los italianos quienes se hicieron nuestros maestros en ese arte, como dice La Harpe[3] (pág. 242, vol. 3), sino que, al contrario, fue entre nosotros donde se formaron ellos; fue de la escuela de nuestros trovadores de donde Dante, Boccaccio, Tasso y hasta un poco Petrarca esbozaron sus composiciones; casi todas las novelitas de Boccaccio pueden encontrarse en nuestros *fabliaux.*

No es lo mismo con los españoles, instruidos en el arte de la ficción por los moros, que a su vez lo tuvieron de los griegos, de quienes poseían todas las obras de ese género traducidas al árabe; hicieron novelas deliciosas, imitadas por nuestros escritores. Volveremos a ello.

A medida que la galantería tomó una apariencia nueva en Francia, la novela se perfeccionó y fue entonces, es decir, al comienzo del siglo pasado, cuando D'Urfé[4] escribió su novela *La Astrea,* que hizo que prefiriése-

[3] Jean-François de La Harpe (1739-1803), dramaturgo, escritor y crítico literario.

[4] Honoré D'Urfé (1568-1625), autor de la que puede considerarse la primera novela-río, sobre los amores de Astrea y Celadon.

mos, a título muy justo, esos encantadores pastores de Lignon a los héroes caballerescos y extravagantes de los siglos XI y XII. El furor de la imitación se apoderó desde entonces de todos aquellos a quienes la naturaleza les había dado el gusto por este género. El extraordinario éxito de *La Astrea,* que se leía aún a mitad de este siglo (XVIII), había inflamado completamente las cabezas y se la imitó sin alcanzar su altura. Gomberville, la Calprenede, Desmarets y Scuderi creyeron sobrepasar a su original introduciendo príncipes o reyes en lugar de los pastores del Lignon, y volvieron a caer en el defecto que su modelo evitaba; la Scuderi cometió la misma falta que su hermano: como él quiso ennoblecer el género de D'Urfé y, como él, ella puso a héroes fastidiosos en lugar de a hermosos pastores. En lugar de representar en la persona de Ciro a un rey tal como lo describe Heródoto, compuso un Artamene más loco que todos los personajes de *La Astrea...* un amante que no sabe más que llorar de la mañana a la noche, y cuyas languideces exasperan en lugar de interesar; los mismos inconvenientes en su *Clelie,* en la que presta a los romanos lo que desnaturaliza todas las extravagancias de los modelos que seguía y que nunca habían estado más desfigurados.

Permítasenos retroceder un momento para cumplir la promesa que acabamos de hacer de echar un vistazo sobre España.

Ciertamente, si la Caballería Andante había inspirado a nuestros novelistas en Francia, ¿hasta qué grado se les había subido a la cabeza igualmente más allá de las montañas? El catálogo de la biblioteca de Don Quijote, agradablemente hecho por Miguel de Cervantes, lo demuestra evidentemente; pero fuese lo que fuese, el célebre autor de las memorias del mayor loco que haya podido acudir a la mente de un novelista seguramente no tenía rival alguno. Su obra inmortal, conocida en toda la Tierra, traducida a todas las lenguas y que debe considerarse la primera de todas las novelas, posee indudablemente, más que ninguna de ellas, el arte de narrar y de mezclar gratamente las aventuras, y en especial el de instruir deleitando. *Este libro* —decía Saint-Evremont— *es el único que releo sin aburrirme y el único que quisiera haber escrito yo.* Las doce novelas del mismo autor[5], llenas de interés, de emoción y de sutileza, consiguen colocar en primera fila a este célebre escritor español, sin el que quizá nosotros no habríamos tenido ni la encantadora obra de Scarron, ni la mayoría de las de Lesage.

Después de D'Urfé y sus imitadores, después de las Ariadnas, las Cleopatras, los Faramundos y los Polixandros, en fin, después de todas esas obras en las que el héroe suspiraba durante nueve volúmenes estaba muy contento de casarse en el décimo; después, digo, de todo ese fárrago hoy ininteligible, apareció la señora de Lafayette que, aunque seducida por el tono lánguido que encontró ya establecido por aquellos que la precedieron,

5 Las *Novelas ejemplares.*

al menos lo abrevió mucho y al hacerse más concisa se volvió más interesante. Se ha dicho, porque era mujer (como si ese sexo, naturalmente más delicado y más hecho para escribir novela, no pudiese pretender en ese género muchos más laureles que nosotros), se pretendió, digo, que, ayudada enormemente, la señora Lafayette sólo había escrito sus novelas con el auxilio de Larochefoucauld para el pensamiento y de Segrais para el estilo. Como fuere, no hay nada tan interesante como *Zaide* y nada tan agradablemente escrito como *La princesa de Cleves*. Mujer amable y encantadora, si las Gracias guiaban tu pincel, ¿no le estaba permitido al Amor dirigirlo algunas veces?

Apareció Fenelon y creyó hacerse interesante al dictar poéticamente una lección a los soberanos, que jamás la siguieron; voluptuoso amante de Guion, tu alma tenía necesidad de amar, tu mente experimentaba la de describir; de haber abandonado la pedantería, o el orgullo de enseñar a reinar, habríamos tenido de ti obras maestras en lugar de un libro que ya no se lee. No ocurrirá lo mismo contigo, delicioso Scarron, hasta el fin del mundo tu novela inmortal hará reír y las escenas no envejecerán jamás. *Telémaco* no tenía más que un siglo para vivir y perecerá bajo las ruinas de este siglo que ya no lo es, y tus comediantes del Mans, querido y amable hijo de la locura, divertirán hasta a los más lectores más serios mientras haya hombres sobre la Tierra.

Hacia finales del mismo siglo, la hija del célebre Poisson, (la señora de Gómez)[6], en un género muy diferente al de las escritoras de su sexo que la habían precedido, escribió obras que no por eso eran menos agradables, y sus *Jornadas divertidas*, así como sus *Cien novelas nuevas*, harán siempre, a pesar de sus muchos defectos, el fondo de biblioteca de todos los aficionados a este género. Gómez entendía su arte, no podemos rehusarle ese elogio justo. La señorita de Lussan, las señoras de Tensin, de Graffigny, Elie de Beaumont y Riccoboni rivalizaron con ella; sus escritos, llenos de delicadeza y de buen gusto, honran sin duda a su sexo. Las *Cartas peruanas* de Graffigny serán siempre un modelo de ternura y de sentimiento, igual que las de *Milady Castesbi,* de Riccoboni, podrán servir eternamente a aquellos que no pretendan más que la gracia y la ligereza del estilo. Pero volvamos a tomar el siglo donde lo dejamos, presionados por el deseo de alabar a mujeres amables, que dan en este género tan buenas lecciones a los hombres.

El epicureísmo de Ninon de Lanclos, de Marion de Lorme, del marqués de Sevigné y de Lafare, de Chaulieu, de Saint-Evremond, de toda esa sociedad encantadora en fin que, de vuelta de las languideces de la Diosa de Citerea[7], empezaban a pensar como Buffon, *que no había nada de bueno en el amor más que lo físico,* cambió enseguida el tono de las

---

[6] Madeleine-Angelique Poisson (1684-1770), se casó con el noble español Gabriel de Gómez.

[7] Venus.

novelas. Los escritores que aparecieron después sintieron que la insipidez no divertiría a un siglo pervertido por el Regente, un siglo que había vuelto de las locuras caballerescas, de las extravagancias religiosas y de la adoración de las mujeres y, al parecerles más fácil divertir o corromper a esas mujeres que servirlas o enaltecerlas, crearon acontecimientos, escenas y conversaciones más según el espíritu del día y rodearon de cinismo y de inmoralidad, bajo un estilo agradable y bromista, a veces hasta filosófico, y si no instruyeron, al menos gustaron.

Crebillon escribió *El sofá, Tanzai, Los extravíos del corazón y de la mente,* etc. Todas eran novelas que halagaban el vicio y se alejaban de la virtud, pero que cuando aparecieron en público debieron pretender los mayores éxitos.

Marivaux, más original y más vigoroso en su manera de describir, al menos ofreció personajes, cautivó el alma e hizo llorar; pero, ¿cómo es que con una energía tal se podía tener también un estilo tan preciosista y tan amanerado? Demostró que la naturaleza no concede nunca al novelista todos los dones necesarios para la perfección de su arte.

El objetivo de Voltaire fue completamente diferente, al no tener más propósito que colocar filosofía en sus novelas, lo abandonó todo por ese proyecto. ¡Con cuánta destreza lo consiguió, y a pesar de todas las críticas, *Cándido* y *Zadig* serán siempre obras maestras!

Rousseau, a quien la naturaleza le había otorgado en delicadeza y sentimiento lo que sólo le había dado en inteligencia a Voltaire, trató la novela de una manera muy diferente. ¡Cuánto vigor y cuánta energía en su *Heloise!* Cuando Momo le dictaba *Cándido* a Voltaire, el amor mismo trazaba con su antorcha todas las páginas ardientes de *Julie,* y se puede decir con razón que ese libro sublime no tendrá nunca imitadores; que esa verdad les haga caer la pluma de las manos a esa multitud de escritores efímeros que desde hace treinta años no dejan de darnos malas copias de ese original inmortal; que sientan que para alcanzarla hace falta un alma de fuego como la de Rousseau y una mente filosófica como la suya, dos cosas que la naturaleza no reúne dos veces en el mismo siglo.

A través de todo esto, Marmontel nos daba cuentos, que él llamaba *morales*, no ya (dijo un literato estimable) porque enseñasen la moral, sino porque describían nuestras costumbres, aunque un poco demasiado en el género amanerado de Marivaux, y por otra parte, ¿qué son los cuentos? Puerilidades escritas únicamente para las mujeres y los niños, y que no creeríamos nunca que fuesen de la misma mano que *Belisario,* obra que basta por sí sola para la gloria del autor; quien había hecho el capitulo decimoquinto de ese libro, ¿debía pretender también la gloria pequeña de darnos cuentos *del agua rosa?*

Y finalmente las novelas inglesas, las obras vigorosas de Richardson y de Fielding, vinieron a enseñar a los franceses que no es describiendo las fastidiosas languideces del amor, o las tediosas conversaciones de alcoba, como se puede conseguir éxitos en este género, sino trazando personajes masculinos que, juguetes y víctimas de esa efervescencia del corazón conocida con el nombre de Amor, nos muestran a la vez los peligros y las desgracias; de ahí sólo pueden conseguirse esos desarrollos y esas pasiones tan bien dibujadas en las novelas inglesas. Son Richardson y Fielding quienes nos han enseñado que el estudio profundo del corazón del hombre, verdadero dédalo de la naturaleza, puede inspirar por sí mismo al novelista, cuya obra debe hacernos ver el hombre, no solamente lo que es o lo que muestra —eso es el deber del historiador—, sino tal como puede serlo, tal como deben hacerlo las modificaciones del vicio y todas las sacudidas de las pasiones; así pues debe conocerlas todas, pues debe emplearlas todas si quiere trabajar en este género. Allá aprendimos también que no interesa que se haga triunfar siempre a la virtud, que muy ciertamente hay que tender a ella tanto como se pueda, pero que esa regla, ni en la naturaleza ni en Aristóteles, sino solamente aquella a la que quisiéramos que todos los hombres se atuvieran para nuestra felicidad, no es esencial de ningún modo en la novela; ni siquiera es ella la que debe llevar al interés, porque cuando triunfa la virtud, siendo las cosas tal como deben ser, nuestras lágrimas se secan antes de fluir, pero si después de las pruebas más duras vemos al fin a la virtud derrotada por el vicio, necesariamente nuestras almas se desgarran y la obra, que nos ha conmovido en exceso, *que ha ensangrentado nuestros corazones con el revés,* como decía Diderot, debe producir indudablemente el interés, lo único que asegura los laureles.

Que se responda a esto: si después de doce o quince volúmenes el inmortal Richardson hubiera acabado *virtuosamente* por convertir a Lovelace y por hacerlo casarse *apaciblemente* con Clarisse, ¿se habrían vertido con la lectura de esta novela, tomada en sentido contrario, las lágrimas deliciosas que él consigue de todos los seres sensibles? Así pues, es la naturaleza lo que se debe aprehender cuando se trabaja este género, es el corazón del hombre la más singular de sus obras y de ninguna manera la virtud, porque la virtud, por bella y necesaria que sea, a pesar de ello no es más que uno de los modos de ese corazón sorprendente, cuyo estudio profundo le es tan necesario al novelista, y que la novela, fiel espejo de ese corazón, debe trazar necesariamente todos sus recovecos.

Tú, Prevost, sabio traductor de Richardson, a ti debemos que hayas hecho traspasar a nuestra lengua las bellezas de ese escritor célebre, ¿no se te debe por cuenta propia el tributo de los elogios, tan bien merecidos? ¿Y no es a título muy justo como podríamos llamarte *el Richardson francés?* Sólo tú tuviste el arte de interesar durante largo tiempo mediante fábulas implementadas y de mantener siempre el interés, aunque lo dividieses; sólo tú dosificaste siempre de un modo tan bueno tus episodios para que la intriga principal debiese ganar más que perder por su multitud o su complicación;

así que esa cantidad de acontecimientos que te reprocha La Harpe no es solamente lo que produjo en ti el efecto más sublime, sino al mismo tiempo lo que demuestra mejor la bondad de tu alma y la excelencia de tu genio. *Las memorias de un hombre de calidad*, y finalmente (por añadir a lo que pensamos de Prevost lo que otros además de nosotros han pensado igualmente), *Cleveland, La historia de una griega moderna, El mundo moral,* y sobre todo *Manon Lescaut*[8] están llenas de esas escenas enternecedoras y terribles, que golpean y atan irrefutablemente; las situaciones de esas obras, felizmente tratadas, llevan a esos momentos en los que la naturaleza se estremece de horror, etc. Y eso es lo que se llama escribir la novela, eso es lo que para la posteridad asegura a Prevost un lugar que no alcanzará ninguno de sus rivales.

Vinieron después los escritores de mediados de este siglo: Dorat, tan amanerado como Marivaux, tan frío y tan poco moral como Crebillon, pero es un escritor más agradable que los dos con quienes lo comparamos; la frivolidad de su siglo excusa la suya y tuvo el arte de captarla muy bien.

Fascinante autor de *La reina de Golconda*[9], ¿me permites que te ofrezca un laurel? Raramente hubo una mente más agradable y los cuentos más bonitos del siglo no valen tanto como el que te inmortaliza. Eres a la vez más amable y más feliz que Ovidio, puesto que el héroe salvador de Francia demuestra, llamándote al seno de tu patria, que él es tan amigo de Apolo como de Marte, responde a la esperanza de ese gran hombre añadiendo unas cuantas rosas más sobre el seno de tu bella *Aline.* Darnaud, émulo de Prevost que a menudo puede pretender sobrepasarlo; los dos mojaron sus pinceles en la Estigia, pero Darnaud suaviza a veces los suyos con las flores del Elíseo y Prevost, más enérgico, no altera nunca las tintas con las que trazó *Cleveland.*

R... inunda al público, le haría falta tener una imprenta en la cabecera de su cama; afortunadamente será ella sola la que gima con sus *terribles producciones;* un estilo bajo y rastrero, aventuras repugnantes, siempre extraídas de la peor de las compañías, en fin, ningún otro mérito más que el de su prolijidad... que sólo le agradecerán los comerciantes de pimienta.

Quizá deberíamos analizar aquí las novelas nuevas, cuyo sortilegio y fantasmagoría componen más o menos todo el mérito, poniendo en cabeza *El monje,* superior, desde todos los puntos de vista, a los extraños impulsos de la brillante imaginación de Radcliffe; pero esa disertación sería demasiado larga, convengamos solamente que ese género, se diga lo que se diga,

---

[8] ¡Qué lágrimas se vierten con la lectura de esta obra deliciosa! ¡Cómo se describe la naturaleza, cómo se mantiene el interés, cómo aumenta éste gradualmente, cuántas dificultades vencidas! Cuánta filosofía al haber hecho resaltar todo este interés por una muchacha perdida; se diría bastante al atreverse a asegurar que esta obra tiene derechos al título de nuestra mejor novela; allí fue donde Rousseau vio que, a pesar de las imprudencias y los descuidos, una heroína aún podía pretender enternecernos. Probablemente no habríamos tenido nunca a *Julie* sin *Manon Lescaut. (N. del A.)*

[9] STANISLAS JEAN DE BOUFFLERS (1644-1711).

sin duda no carece de mérito, resultaba el fruto indispensable de las sacudidas revolucionarias de las que se resentía Europa por entero. Para quien conozca todas las desgracias con las que los malvados pueden agobiar a los hombres, la novela se hacía tan difícil de hacer como monótona de leer; no había ningún individuo que no hubiese experimentado más infortunios en cuatro o cinco años que los que se podían describir en un siglo el novelista más famoso de la Literatura; de modo que fue necesario llamar al infierno en su ayuda para componer títulos de interés y encontrar en el país de las quimeras lo que se sabía comúnmente nada más que inspeccionando la historia del hombre en aquella edad de hierro. Pero, ¡cuántos inconvenientes presentaba esa manera de escribir! El autor de *El monje* no los ha evitado más que Radcliffe, aquí se trataba necesariamente de dos cosas, una: o es necesario desarrollar el sortilegio, y desde entonces ya no interesa, o no hay que levantar nunca la cortina y uno está en la inverosimilitud más espantosa. Que aparezca en este género una obra lo bastante buena para alcanzar el objetivo sin romperse contra alguno de estos dos escollos; lejos de reprocharle sus métodos, la ofreceremos entonces como un modelo.

Antes de empezar con nuestra tercera y última cuestión, ¿cuáles son las reglas del arte de escribir novelas?, me parece que debemos responder a la objeción constante de algunas mentes atrabiliarias que, para darse el barniz de una moral, de la que está muy lejos su corazón, no dejan de decirle a uno, ¿para qué sirven las novelas?

¿Para qué sirven los hombres hipócritas y perversos?, porque sólo vosotros hacéis esa pregunta ridícula. Las novelas sirven para describiros, para pintaros tal cual sois, individuos orgullosos que queréis sustraeros a los pinceles porque teméis sus efectos. La novela es, si es posible expresarse de este modo, *el cuadro de las costumbres seculares,* y es tan esencial como la historia para el filósofo que quiera conocer al hombre, porque el buril de una no lo pinta más que cuando se hace ver, y entonces ya no es él; la ambición y el orgullo cubren su frente con una máscara que no nos representa más que esas dos pasiones, y no al hombre; al contrario, el pincel de la novela lo agarra en su interior... lo toma cuando se quita esa máscara y lo bosqueja mucho más atractivo, y al mismo tiempo mucho más verdadero. Esa es la utilidad de las novelas, fríos censores que no gustáis de ellas, os asemejáis a ese tullido que también decía, ¿y por qué se hacen retratos?

Si es cierto pues que la novela es útil, no temamos trazar aquí algunos de los principios que creemos necesarios para llevar a la perfección a este género. Bien sé lo difícil que es cumplir esta tarea sin dar armas contra mí mismo, pues ¿no le hago doblemente culpable por no haberlo *hecho bien,* si demuestro que sé lo que hace falta para *hacerlo bien?* ¡Ah!, dejemos esas consideraciones vanas, que se inmolen por amor al arte.

El conocimiento más esencial que exige es muy ciertamente el del corazón del hombre. Ahora bien, sobre este conocimiento importante, sin duda todos los buenas mentes estarán de acuerdo con nosotros al afirmar que sólo se adquiere por medio de las *desgracias* y de los *viajes;* es necesario haber visto hombres de todas las naciones para conocerlos bien, y es necesario haber sido su víctima para saber valorarlos. La mano del infortunio, al ensalzar el carácter de aquel a quien aplasta, lo pone a la distancia justa donde hace falta que esté para estudiar a los hombres; desde allí los ve, lo mismo que el pasajero ve a las olas enfurecidas romperse contra el escollo donde las arroja la tempestad; pero en la situación en que lo haya colocado la naturaleza o la suerte, si quiere conocer a los hombres, que hable poco cuando esté con ellos; cuando se habla no se aprende nada, sólo escuchando se instruye uno y por eso los parlanchines por lo general no son más que unos tontos.

¡Oh, tú, que quieres recorrer esta espinosa carrera! No pierdas de vista que el novelista es el hombre de la naturaleza, que ella lo ha creado para que sea su pintor; si no se convierte en el amante de su madre desde el mismo momento que ella lo puso en el mundo, que no escriba nunca y nosotros no lo leeremos; pero si experimenta esa sed ardiente por describirlo todo, si entreabre estremeciéndose el seno de la naturaleza para encontrar en ella su arte y extraer de allí sus modelos, si tiene la fiebre del talento y el entusiasmo del genio, que siga la mano que lo guía, porque ha adivinado al hombre y lo pintará; dominado por su imaginación, que ceda a ella, que embellezca todo lo que ve: el tonto agarra una rosa y la deshoja, el hombre de genio la respira y la pinta, ése es a quien leeremos.

Pero al aconsejarte que embellezcas, te prohíbo que te separes de la verosimilitud; el lector tiene derecho a enojarse cuando se da cuenta de que se quiere exigir demasiado de él, ve claramente que se le intenta hacer un incauto, su amor propio sufre por ello, y ya no cree nada en cuanto sospecha que se lo quiere engañar.

Además, sin estar contenido por dique alguno, utiliza a placer el derecho de atacar todas las anécdotas de la historia cuando la ruptura de ese freno se haga necesaria para los placeres que nos preparas; te lo digo otra vez, no se te pide que seas verdadero, sino solamente que seas verosímil; exigir demasiado de ti sería perjudicar los gozos que esperamos con ello; sin embargo, no reemplaces lo verdadero por lo imposible y que lo que inventes esté bien dicho; no se te perdona que pongas tu imaginación en lugar de la verdad más que bajo la cláusula expresa de adornar y de deslumbrar. No se tiene nunca el derecho de hablar mal, cuando se puede decir todo lo que se quiera; si no escribes, como R..., *más que lo que todo el mundo sabe;* aunque debieses darnos cuatro volúmenes al mes como él, no vale la pena agarrar la pluma; no te obliga nadie al oficio que realizas, pero si lo emprendes, hazlo bien. Sobre todo, no lo adoptes como una ayuda para tu existencia; tu trabajo se resentirá por tus necesidades y le transmitirás tu debilidad, tendrá la palidez del hambre. Si se te presentan otros trabajos, fabrica zapatos y no escribas libros. No te estimaremos menos por ello, y como no nos aburrirás, quizá te amemos más.

Una vez trazado tu esbozo, trabaja ardientemente en extenderlo, pero sin encerrarte en los límites que al principio parece prescribirte, te volvería flaco y frío con ese método; lo que queremos de ti son impulsos, y no reglas; supera tus planes, varíalos, auméntalos; sólo trabajando llegan las ideas. ¿Por qué no quieres que la idea que te insta cuando compones sea tan buena como la que ha dictado tu esbozo? Esencialmente, no exijo de ti más que una sola cosa, y es que mantengas el interés hasta la última página; careces de objetivo si cortas tu relato con incidentes demasiado repetidos o que no se atienen al tema; que los que tú permitas estén todavía más cuidados que el trasfondo: debes compensar al lector cuando lo fuerzas a dejar lo que le interesa para interponer un incidente. Es muy posible que te permita que lo interrumpas, pero no te perdonará que lo aburras; que tus episodios nazcan siempre del fondo del tema y que vuelvan a entrar en él; si haces viajar a tus héroes, conoce bien la región donde los llevas, lleva la magia hasta el punto de que me identifique con ellos, piensa que me paseo a su lado en todas las regiones donde los coloques y que, quizá más instruido que tú, no te perdonaré ni una inverosimilitud de costumbres, ni un defecto en la vestimenta, y mucho menos una falta de geografía. Como nadie te obliga a esas escapadas, es necesario que tus descripciones locales sean reales, o será necesario que te quedes en el rincón de tu hogar; es el único caso en todas las obras en el que no se puede tolerar la invención, a menos que la región donde tú me transportes sea imaginaria, e incluso en esta hipótesis siempre exigiré lo verosímil.

Evita la afectación de la moral, no se la busca en una novela; si los personajes que necesita tu plan están obligados a razonar alguna vez, que sea siempre sin afectación, sin la pretensión de hacerlo, pues nunca es el autor quien debe moralizar, es el personaje, incluso así no se lo permitas más que cuando esté obligado a ello por las circunstancias.

Una vez llegado al desenlace, que sea natural y nunca constreñido, nunca maquinado, sino siempre nacido de las circunstancias; no exijo de ti, como los autores de la Enciclopedia, que sea *conforme al deseo del lector*, ¿qué placer le queda si lo ha adivinado todo? El desenlace debe ser tal que los acontecimientos lo preparen, que lo exija la verosimilitud, que lo inspire la imaginación; y con estos principios que te encargo que extienda tu gusto y tu mente, si no lo haces bien, al menos lo harás mejor que nosotros; porque, hay que convenirlo, en las novelas que se va a leer, en el vuelo intrépido que nos hemos permitido emprender no siempre se está de acuerdo con la severidad de las reglas del arte, pero esperamos que quizá la intensa verdad de los caracteres lo compense. La naturaleza, más extraña que lo que los moralistas nos describen, se escapa en todo momento de los diques que la política que aquellos querrían prescribirle; uniforme en sus planes, irregular en sus efectos, con su seno siempre agitado, se asemeja al seno de un volcán, desde donde se lanzan cada vez, o piedras preciosas que sirven de lujo a los hombres, o globos de fuego que los aniquilan; grande cuando puebla la tierra de Antoninos y de Titos; horrorosa cuando vomita Andrónicos y Nerones, pero siempre sublime, siempre mejestuosa, siempre digna de nuestros estudios, de nuestros pinceles y de nuestra respetuosa admiración, porque sus propósitos nos son desconocidos, y que esclavos de sus caprichos o de sus necesidades, nunca es sobre lo que nos hacen experimentar como debemos regular nuestros sentimientos por ella, sino sobre su grandeza y sobre su energía, sin que importe cuáles puedan ser los resultados.

A media que las mentes se corrompen, a medida que envejece una nación, debido a que la naturaleza está más estudiada y mejor analizada, los prejuicios están mejor destruidos y es necesario hacer que se conozca más. Esta ley es la misma para todas las artes, sólo se perfeccionan avanzando, sólo llegan al objetivo mediante ensayos. Sin duda, no era necesario ir tan lejos en esos términos horrorosos de la ignorancia, en los que, encorvados bajo los hierros religiosos, se castigaba con la muerte a quien quería apreciarlos, en los que las hogueras de la Inquisición se convertían en el premio al talento; pero en nuestro estado actual partimos siempre de este principio: cuando el hombre ha sopesado todos sus frenos, cuando con una mirada audaz sus ojos miden sus barreras, cuando, siguiendo el ejemplo de los Titanes, osa llevar al cielo su mano atrevida y armado de sus pasiones, igual que aquellos lo estaban con las lavas del Vesubio, no teme declarar la guerra a aquellos que la hacían estremecerse en otra época, cuando sus mismos *extravíos* no le parecían más que *errores* legitimados por sus estudios, ¿no se debe entonces hablarle con la misma energía que él mismo emplea en comportarse? En pocas palabras, ¿es, pues, el hombre del siglo dieciocho el mismo que el del siglo once?

Terminemos con una afirmación positiva: las novelas que damos hoy son absolutamente nuevas y no bordadas de ninguna manera sobre trasfondos conocidos. Esa cualidad tiene quizá algún mérito en una época en la que todo parece estar *hecho,* en la que la agotada imaginación de los autores parece que no pueda crear ya nada nuevo y en la que no se ofrece ya al público más que compilaciones, extractos o traducciones.

No obstante, *La torre encantada* y *La conspiración de Amboise* tienen algunas bases históricas; por la sinceridad de nuestras confesiones se ve lo lejos que estamos de querer engañar al lector; en este género hay que ser original, o no meterse en él.

Esto es lo que en una u otra de estas novelas puede encontrarse en las fuentes que indicamos.

El historiador árabe Abul Cecim Terif Aben Tarik, escritor muy poco conocido por nuestros literatos de hoy, informa de lo que sigue sobre *La torre encantada.*

«Rodrigo, príncipe afeminado, atraía a su corte, por motivo de la voluptuosidad, a las hijas de sus vasallos y abusaba de ellas. Entre ellas estaba Florinda, hija del conde Julián. Rodrigo la violó. Su padre, que estaba en África, recibió esta noticia por una carta alegórica de su hija. Hizo que los moros se sublevasen y regresó a España encabezándolos; Rodrigo no sabía qué hacer, sin fondos en su tesoro y en parte alguna, fue a inspeccionar la Torre Encantada, cerca de Toledo, pues se le dijo que allí debía encontrar sumas inmensas; allí penetró y vio una estatua del Tiempo que golpeaba con su maza y que, por medio de una inscripción, anunció a Rodrigo todos los infortunios que lo esperaban; el príncipe avanzó y vio una gran cuba de agua, pero nada de dinero; volvió sobre sus pasos, hizo que cerrasen la torre; un trueno se llevó el edificio, de la torre no quedan más que vestigios. El rey, a pesar de esos pronósticos funestos, reunió un ejército y luchó durante ocho días cerca de Córdoba, y fue muerto sin que pudiese recuperarse su cuerpo».

Esto es lo que nos ha proporcionado la historia; que ahora se lea nuestra obra y que se vea si la multitud de acontecimientos que hemos añadido a la frialdad de ese hecho merezca o no que contemplemos la anécdota como perteneciéndonos en propiedad[10]. En cuanto a *La conspiración de Amboise,* que se la lea en Garnier y se vea lo poco que nos ha prestado la historia.

No nos ha precedido guía alguno en las demás novelas, los trasfondos, las narraciones y los episodios son todos nuestros; quizá no sea lo que hay de más afortunado, qué importa, nosotros hemos creído siempre y no dejaremos de estar convencidos de que es mejor inventar, aunque fuese de manera débil, que copiar o traducir. Uno tiene la pretensión del genio, al menos hay una pretensión, ¿cuál puede ser la del plagiario? No conozco un oficio más bajo, no concibo confesiones más humillantes que las que aquellas a las que tales hombres están obligados, confesándose a sí mismos que debe ser que no tienen ingenio, puesto que están obligados a tomar prestado el de los demás.

Respecto al traductor, Dios no quiera que le quitemos su mérito, pero no hace más que darle validez a nuestros rivales, y aunque no fuese más

[10] Esta anécdota es la que comienza a contar Brigandos en el episodio de la novela de *Aline y Valcour* que lleva por título *Sainville y Leonora,* y que interrumpe la circunstancia del cadáver encontrado en la torre; los falsificadores de este episodio, al copiarlo palabra por palabra, no han dejado de copiar también las cuatro primeras líneas de esta anécdota, que se encuentran en la boca del jefe de los Bohemios. Así pues, es esencial para nosotros en este momento que avisemos, para aquellos que compran novelas, de que la obra que se vende en la casa Pigoreau y Leroux con el título de *Valmore y Lidia,* y en la casa Cerioux y Montardier, con el de *Alzonde y Koradin,* no son en absoluto lo mismo, y las dos están literalmente hurtadas frase a frase del episodio de *Sainville y Leonore,* que forma aproximadamente tres volúmenes de mi novela de *Aline y Valcour. (N. del A.)*

que por el honor de la patria, ¿no vale más decirles a esos ilustres rivales, *y nosotros también sabemos crear?*

Finalmente, debo responder al reproche que se me hizo cuando apareció *Aline y Valcour.* Se dice que mis pinceles son demasiado fuertes y que le presto al vicio trazos demasiado odiosos, ¿se quiere saber la razón? Yo no puedo hacer que se ame el vicio; no tengo, como Crebillon y como Dorat, el peligroso proyecto de hacer que las mujeres adoren a los personajes que las engañan, al contrario, quiero que los detesten; es el único medio que puede impedirles que sean sus víctimas, y para conseguirlo he vuelto tan espantosos a mis héroes que siguen la carrera del vicio, que muy seguramente no inspirarán ni compasión ni amor. En esto, me atrevo a decirlo, me hago más moral que los que se creen con permiso para embellecerlos; las perniciosas obras de esos autores se asemejan a esos frutos de América que bajo los colores más brillantes llevan la muerte en su seno; esa traición de la naturaleza, cuyos motivos no nos corresponde desvelar, no está hecha para el hombre. Jamás, lo repito, jamás pintaré el crimen si no es con los colores del infierno, quiero que se lo vea desnudo, que se lo tema, que se lo deteste, y no conozco ninguna otra manera de llegar a ello más que la de mostrarlo con todo el horror que lo caracteriza. ¡Que caiga el infortunio sobre los que lo rodean de rosas! Sus puntos de vista no son puros y no los copiaré jamás. Así pues, que no se me atribuya, según esos sistemas, la novela de J... No he hecho nunca obras así y seguramente no las haré jamás. A pesar de la autenticidad de mis negaciones, solamente los imbéciles o los malvados podrán sospechar de mí o acusarme de que sea su autor, y de ahora en adelante el desprecio más soberano será la única arma con la que combatiré sus calumnias.

JULIETTE Y RAUNAI
O
LA CONSPIRACIÓN DE AMBOISE
Novela histórica

La paz de Cateau-Cambrésis no había devuelto a Francia en 1559 la tranquilidad de la que la privaba una multitud innumerable de enemigos desde hacía treinta años, y las disensiones intestinas, más peligrosas que la guerra, vinieron a terminar de alterar su seno. La diversidad de cultos que reinaba allí, los celos, la ambición de la enorme cantidad de héroes que florecían en ella, la debilidad del Gobierno, la muerte de Enrique II, la debilidad de Francisco I, en fin, todas esas causas fueron muy capaces de hacer que se presumiese que, si los enemigos dejaban respirar a Francia, pronto ella misma encendería un incendio interior, tan funesto como los trastornos que acababan de desgarrarla desde fuera.

Felipe II, rey de España, tenía deseos de paz; sin preocuparse en absoluto de tratar con los Guisa, se prestó a los arreglos relativos al rescate del condestable de Montmorency, que había hecho prisionero en la batalla de San Quintín, con el fin de que ese primer oficial de la corona pudiese trabajar con Enrique II en una paz que todas las potencias deseaban.

El duque de Guisa y el condestable se encontraban listos para luchar por el crédito y la consideración, y antes que emplear sus fuerzas, desearon respaldarlas por medio de alianzas que las consolidasen. Desde el fondo de su prisión, el condestable obraba con vistas a ello y había casado a Damville, su segundo hijo, con Antoinette de la Mark, nieta de la célebre Diana de Poitiers, por entonces duquesa De Valentinois, que lo dirigía todo en la corte de Enrique, su amante.

Por su parte, los Guisa concluyeron con el mismo propósito el matrimonio de Carlos III, duque de Lorraine y jefe de su casa, con la señora Claude, hija segunda del rey[11].

---

[11] El duque Francisco de Guisa, en su contrato matrimonial con Anne d'Est, hija del duque de Ferrara y de Renée de Francia, lo que lo hacía tío del rey, tomó la calidad de duque de Anjou, es éste, el mismo del que se trata aquí, quien fue asesinado delante de Orleans; fue el tallo de la rama de Mayerne, extinguida en 1621 y padre de Enrique, muerto en Blois. El hijo de Enrique, llamado Charles, fue el padre de Enrique, duque de Guisa, que sublevó la ciudad de Nápoles y no tuvo hijos. La posteridad de sus hermanos terminó en 1675. *(Véase De Thou y Hainault). (N. del A.)*

Enrique II deseaba la paz con tanto ardor por lo menos como el rey de España. Príncipe suntuoso y galante, hastiado de guerras, temía a los Guisa, quería volver a tener al condestable que tanto apreciaba y cambiar por fin los laureles inciertos de Marte por las guirnaldas de mirtos y de rosas con las que le gustaba coronar a Diane. Puso todo en marcha para acelerar las negociaciones; que al fin concluyeron.

Antonio de Borbón, rey de Navarra, no había podido conseguir enviar ministros al congreso en su nombre, los que había enviado como diputados habían sido obligados, para que se les escuchase, a tomar encargos del rey de Francia; Antonio no se consolaba de esa afrenta. Era el condestable quien había hecho la paz, llegaba triunfante a la corte, donde acudía con la intención de volver a tomar las riendas del Gobierno. Los Guisa lo acusaban de haber apresurado las negociaciones que rompían, a decir verdad, sus cadenas, pero de las que Francia no tenía mucho de qué alabarse. Tales eran los personajes principales de la escena, tales eran los motivos secretos que los animaban a los unos y a los otros y que encendían sordamente las chispas de los odios que iban a producir las espantosas catástrofes de Amboise.

Ya se ve: la envidia y la ambición fueron las causas reales de los trastornos en los que el interés de Dios no fue más que pretexto. ¡Oh, religión, hasta qué punto te respetan los hombres cuando tantos horrores emanan de ti!; no se puede sospechar ni por un momento que entre nosotros no seas más que el manto bajo el que se envuelve la discordia, cuando quiere destilar sus venenos sobre la tierra. Eh, si existe un Dios, ¿qué importa la manera como lo adoren los hombres? ¿Son virtudes, o ceremonias lo que exige? Si de nosotros no quiere más que corazones puros, puede Él ser honrado más por un culto que por otro, cuando la adopción del primero en lugar del segundo debe costar tantos crímenes a los hombres?

Por entonces nada igualaba el asombroso progreso de las reformas de Lutero y de Calvino; los desórdenes de la corte de Roma, su intemperancia, su ambición y su avaricia habían obligado a esos dos ilustres sectarios a mostrar a la sorprendida Europa cuántos engaños, artificios y fraudes indignos se encontraban en el seno de una religión que se suponía que venía del Cielo. Todo el mundo abría los ojos, y la mitad de Francia se había sacudido ya el yugo romano para adorar al Ser Supremo, no como se atrevían a decir los hombres perversos y corruptos, sino como parecía que lo enseñaba la naturaleza.

Concluida la paz, las potencias rivales de las que se acaba de hablar no tenían otras preocupaciones que las de envidiarse y destruirse entre sí; no se dejó de llamar al culto en apoyo de la venganza y de armar las manos peligrosas del odio con la espada sagrada de la religión. El príncipe de Condé apoyaba al partido de los Reformados en el corazón de Francia;

Antonio de Borbón, su hermano, lo protegía en el Midi[12]; el condestable, ya viejo, se explicaba débilmente, pero los Chatillon, sus sobrinos, actuaban con menos limitaciones. Estaban en muy buenos términos con Catalina de Medicis, hubo lugar incluso a creer después que la habían suavizado mucho sobre las opiniones de los Reformados y que faltaba poco para que esa reina las adoptase en el fondo de su alma. En cuanto a los Guisa, que estaban en la Corte, ellos favorecían esa creencia y el cardenal de Lorraine, hermano del duque y ligado a la Santa Sede, ¿podía no respaldar los derechos? En ese estado de cosas, sin atreverse todavía a desgarrarse entre sí, se andaban por las ramas, se atacaban mutuamente las criaturas del partido opuesto, y para satisfacer sus pasiones particulares, se seguía inmolando a algunas víctimas.

Enrique II vivía aún. Le hicieron ver que era necesario que el Parlamento estuviese en condiciones de juzgar los asuntos de los Reformados condenados a muerte por el edicto de Ecouen, puesto que la mayoría de los miembros eran del partido que desagradaba a la Corte. El rey se trasladó al palacio, vio que no le imponían nada; los consejeros Dufaur, Dubourg, Fumée, Laporte y de Foix fueron detenidos, el resto se escapó. Roma se agrió en lugar de calmarse, Francia estaba llena de inquisidores, el cardenal de Lorraine, portavoz del papa, apresuró la condena de los culpables. Dubourg perdió la cabeza en un cadalso y desde ese momento todo se alteró y se inflamó. Enrique II murió, Francia sólo estaba guiada por una italiana poco querida, por extranjeros a quienes se detestaba y por un monarca incapacitado, de apenas dieciséis años de edad. Los enemigos de los Guisa creyeron estar llegando al momento del triunfo; el odio, la ambición y la envidia seguían a la sombra de los altares y se jactaban de obrar sobre seguro.

El condestable y la duquesa de Valentinois fueron alejados enseguida de la Corte, el duque y el cardenal fueron colocados a la cabeza de todo, y las Furias vinieron a agitar sus culebras sobre ese desgraciado país apenas levantado de una guerra tenaz, en la que sus ejércitos y sus finanzas se habían agotado casi por completo.

Por espantoso que sea ese cuadro, era necesario describirlo antes de ofrecer el episodio del que se trata. Antes de erigir las horcas de Amboise, había que mostrar las causas que las erigieron... Había que hacer ver qué manos las regaban de sangre, con qué pretextos se atrevían a cubrirse al fin los instigadores de esas agitaciones.

En Blois todo estaba todavía en la seguridad más completa, cuando una multitud de noticias diferentes vino a despertar la atención de los Guisa. Un correo encargado de despachos secretos y relativos a las circunstancias fue asesinado a las puertas de Blois; otro que venía de la Inquisición, dirigi-

[12] Toda la zona del sur de Francia.

do al cardenal de Lorraine, pasó más o menos por la misma suerte; España, los Países Bajos y varias cortes de Alemania advirtieron a Francia de que se tramaba una conspiración en su seno; el duque de Saboya previno que los refugiados de sus Estados hacían frecuentes asambleas, que se abastecían de armas y de caballos, y que publicaban en voz alta que en poco tiempo sus personas y su culto se restablecerían en Francia.

En efecto, La Renaudie, uno de los jefes protestantes más bravos y más animados, se dio entonces un movimiento que debía hacer que se abriesen los ojos. Recorrió Europa entera tomando opiniones y dándolas, inflamaba las cabezas diciendo que estaba seguro de que se avecinaba una revolución. De vuelta a Lyon, dio cuenta a los demás jefes del éxito de su viaje y fue así como se tomaron las últimas medidas, allí fue donde se convino poner todo en orden para empezar las operaciones en primavera. Se eligió Nantes como ciudad de asamblea, y en cuanto todo el mundo se dirigió allí, La Renaudie, en la casa de La Garai, gentilhombre bretón, arengó a sus hermanos y recibió de ellos las manifestaciones auténticas de emprenderlo todo para conseguir del rey el libre ejercicio de su religión, o de exterminar a aquellos que se opusieran, empezando por los Guisa. En esa misma asamblea se reguló que La Renaudie levantaría, en nombre del jefe al que no se nombraba, un cuerpo de tropas compuesto de quinientos hombres a caballo y mil doscientos hombres de infantería, reclutados de todas las provincias de Francia, no para atacar, sino para defenderse. Se unieron treinta capitanes a ese cuerpo, cuyas órdenes eran encontrarse en los alrededores de Blois el próximo 10 de marzo de 1560; las provincias se repartieron después: el barón del Castelnau, uno de los más ilustres de la facción, cuyas aventuras vamos a contar, tuvo como su departamento la Gascuña; Mazeres, el Bearn; Mesmi, el Perigord y el Limosin; Maille-Breze, el Poitou; Mirabeau, la Saintonge; Coqueville, la Picardía; Ferriere-Maligni, la Champagne, Brie y la isla de Francia; Movans, Provenza y el Delfinado, y Chatoneuf, el Languedoc. Citamos estos nombres para que se vea quiénes eran los jefes de esta empresa y los rápidos progresos de esta Reforma, de la que se tenía la inepta barbarie de creer digna de los mismos suplicios como el asesinato y el parricidio, de tal manera estaba de moda la intolerancia por entonces.

Comoquiera que fuese, todo se tramaba con tanto misterio, o los Guisa estaban tan mal informados, que a pesar de los avisos que recibían desde todas partes, estaban a punto de que los sorprendiesen en Blois, y seguramente iban a estarlo de no ser por una traición. Pierre des Avenelles, abogado, en cuya casa había venido a alojarse en París, aunque él mismo era protestante, lo desveló todo al duque de Guisa. Se estremecieron. El canciller Olivier reprochó a los dos hermanos que estuviesen en una seguridad en la que no habrían estado si se hubiesen escuchado sus consejos. Catalina tembló y en ese mismo momento abandonaron Blois, cuya posición no parecía lo bastante segura, para dirigirse al castillo de Amboise, que anteriormente era una plaza de primer orden y pareció suficiente para poner a la Corte al abrigo de un golpe de mano. Una vez allí, tuvieron un consejo, se hizo lo que Carlos XII de Suecia decía de Augusto, rey de Polonia que, pudiendo tomarla, la había perdido y enseguida había reunido a su consejo en asamblea. «Él delibera hoy —decía Carlos— lo que habría debido hacer ayer». Ocurrió lo mismo en Amboise. El cardenal, con celo papista, pretendía exterminarlo todo. Era el único argumento de Roma. El duque, más político, creyó que se perdería mucha gente siguiendo el consejo de su hermano y que no se descubriría nada. Era mejor, según él, hacer que detuviesen tantos jefes como se pudiera y conseguir de ellos, al ver los tormentos que se les iban a aplicar, la confesión de tantas maniobras sórdidas y misteriosas cuyas causas y autores era esencial desvelar; más valía eso que degollar sin oírles a los que apoyaban a los unos y servían a los otros.

Prevaleció esa opinión. Catalina nombró inmediatamente al duque de Guisa teniente general de Francia, a pesar de la oposición del Canciller, que era demasiado astuto para no entrever el peligro que tenía una autoridad tan amplia y no quiso sellar las patentes más que bajo la condición de que se circunscribirían sólo al momento de los disturbios.

El duque de Guisa temía a los Chatillon, había todo que temer para el partido del rey si desgraciadamente ellos estaban a la cabeza de los protestantes. Sabiendo que esos sobrinos del condestable estaban en buenas relaciones con la reina, comprometió a Catalina para que los sondease. El almirante de Coligni no disimuló los riesgos que había si se continuaba empleando con los protestantes el rigor que utilizaban los Guisa, dijo que «debía saberse que los suplicios y la vía de las coacciones eran más apropiadas para rebelar los ánimos que para llevarlos al camino recto; que por añadidura se podía contar seguramente con sus hermanos y que él respondía ante la reina que ellos y él estarían, en todo tiempo, preparados para dar al soberano las mayores pruebas de su celo».

A esos testimonios satisfactorios, unió el consejo de un edicto que toleraría la libertad de consciencia; aseguró que era el único medio de calmarlo todo. Ese consejo se aceptó, el edicto fue publicado; concedía una amnistía general a todos los Reformados, excepto aquellos que, con el pretexto de la religión, conspirasen contra el Gobierno.

Pero todo eso llegaba demasiado tarde. Desde el 11 de marzo, los protestantes estaban unidos en asamblea a muy poca distancia de Blois. Al no encontrar la Corte donde creían que estaba, comprendieron fácilmente que habían sido traicionados. Sin embargo, los preparativos estaban hechos; a los diferentes cuerpos que habían acudido no les parecía adecuado retroceder, no quisieron admitir siquiera más retrasos en la empresa que los pocos días que hacían falta para acercarse a Amboise y reconocer sus alrededores. Condé acababa de llegar a esa ciudad, le había sido fácil ver, al entrar en ella, que se sospechaba vivamente de él, creyó que podía disimular con palabras, que no engañaron a nadie. Fingió estar más apresurado que lo que estaba en la extinción de los protestantes, y por medio de esa artimaña poco natural no satisfizo en nada al partido del rey y consiguió que el suyo sospechase de él.

Sin embargo, las disposiciones del partido opuesto seguían haciéndose con vigor. El barón de Castelnau-Chalosse se aproximaba a Tours por el flanco, con las tropas de la provincia que le habían repartido, y tenía cerca de él a dos personajes de los que es hora de dar noticia: el uno era Raunai, héroe joven de rostro agradable, lleno de inteligencia, de ardor y de celo, que mandaba directamente bajo el barón; el otro era la hija de ese primer jefe, de la que Raunai estaba perdidamente enamorado desde la infancia.

Juliette de Castelnau, de veinte años de edad, era la viva imagen de Belona[13], alta, modelada como las Gracias, de rasgos nobles y de cabellos bellísimos, con grandes ojos negros llenos de elocuencia y de vivacidad, y porte orgulloso; rompía una lanza cuando era necesario como el guerrero más valiente de la nación, utilizaba todas las armas entonces en uso con tanta destreza como agilidad, desafiaba las estaciones, afrontaba los peligros, era valiente, espiritual y emprendedora, de carácter altivo, firme pero franco, incapaz de fraude y dotada de un celo por encima de todo por la religión protestante, es decir, por la de su padre y la de su amante. Esta heroína no había querido separarse nunca de dos seres tan queridos, y el barón, que conocía la habilidad que tenía y su inteligencia infinita, convencido de que ella podría ser útil en las operaciones, había consentido verla compartir los riesgos. Además, ¿no debía estar mucho más seguro de Raunai, cuando ese joven guerrero, que combatía ante los ojos de su amante, tenía como recompensa los laureles que aquella hermosa muchacha le preparaba cada día?

Con el deseo de reconocer los alrededores, Castelnau, Juliette y Raunai habían avanzado una mañana, seguidos por muy poca gente armada, hasta uno de los barrios de la ciudad de Tours. El conde de Sancerre, enviado a Amboise, acababa de batir esos vecindarios cuando le dijeron que cerca de allí había algunos protestantes. Acudió volando al barrio indicado y penetró apresuradamente en el alojamiento del barón, le preguntó que venía a hacer en esa ciudad... la razón por la que traía soldados, y si ignoraba que llevar armas estaba prohibido. Castelnau le respondió que iba a la Corte por asuntos de los que no tenía que dar cuenta alguna, y que si fuera cierto que ciertos motivos de rebelión lo llevaban allí, no llevaría a su hija consigo. Sancerre, poco satisfecho con esa respuesta, se vio obligado a ejecutar las órdenes que tenía. Ordenó a sus soldados que detuviesen al barón, pero éste se abalanzó sobre sus armas y, con la sola ayuda de Juliette y de Raunai, dispersó enseguida la poca gente que le oponía el conde. Los tres se eva-

13 Diosa de la guerra en la mitología romana.

dieron, y Sancerre, que en este caso prefirió la sensatez y la prudencia al valor que lo distinguía de ordinario, Sancerre, que sabía que en disturbios internos la victoria pertenece más a quien ahorra la sangre que al imprudente que la prodiga, volvió sin vergüenza a Amboise a dar cuenta de su poco éxito a los Guisa.

Sancerre, viejo oficial lleno de méritos, amigo de los Guisa, pero franco y leal —lo que se dice un verdadero francés—, sin embargo, no se había ocupado tanto de su expedición como para no tener tiempo de atisbar los atractivos de Juliette y los elogió grandemente ante el duque. Después de haber descrito la nobleza de su altura y los encantos de su rostro, la alabó por su valor: en medio del fuego la vio defenderse y atacar, sin evitar los peligros que la amenazaban más que para crearlos a su alrededor, y esa valentía poco común hacía sin duda del mayor interés a la que añadía a todas las gracias de su sexo las virtudes que tan raramente se asociaban con él.

El señor de Guisa sintió curiosidad por ver a esa mujer sorprendente y enseguida concibió dos proyectos para atraerla a Amboise y hacerla prisionera, o aprovechar la declaración del barón de Castelnau y hacer que le dijeran que puesto que le había asegurado a Sancerre que no tenía otra intención más que la de hablar con el rey, podía venir con toda seguridad. Esa posibilidad se adoptó con preferencia. El duque escribió; un hombre hábil se encargó del despacho; precedido por una trompeta se adelantó con las formalidades de costumbre y llevó la misiva al barón en el castillo de Noisai, donde estaba alojado con las tropas de Gascuña y el Bearn, enviadas para la expedición de Amboise. Por más precauciones que se tomaron con el emisario del duque, a éste le fue fácil ver que había mucha gente en Noisai; dio cuenta de ello en su regreso y pronto veremos lo que resultó.

El barón de Castelnau, resuelto a aprovechar la propuesta del duque, tanto para disimular sus proyectos como para arreglar, actuando como iba a hacerlo, una correspondencia segura en Amboise, respondió muy sinceramente que la mayor prueba que podía dar de su obediencia y de su sumisión era enviar lo más querido que tenía en el mundo, y que encontrándose él mismo en la imposibilidad de dirigirse a Amboise por causa de una herida que había recibido en la escaramuza de Tours, enviaba a la reina a su hija Juliette, con un memorial encargado por él en el que exigía el edicto de tolerancia que acababa de publicarse y el permiso, para sus cofrades y para él, de profesar su culto en paz.

Juliette partió, provista de instrucciones secretas y de cartas particulares para el príncipe de Condé. Ella había adoptado ese proyecto no sin pena; lo que la separase de su padre y de su amado era siempre tan doloroso para ella que, por valiente que fuese, no se decidía a ello nunca sin derramar lágrimas. El barón prometió a su hija que cuatro días después atacaría la ciudad de Amboise si las negociaciones que iba a emprender resultaban infructuosas, y Raunai, de rodillas ante su amada, le juró que vertería toda su sangre por ella si le faltaban al respeto o a la fidelidad.

La señorita de Castelnau llegó a Amboise, fue recibida allí como era conveniente, pasó por la casa de Sancerre, como se había convenido, y se hizo llevar enseguida a la casa del duque de Guisa. Le suplicó que mantuviese su palabra y que le proporcionase inmediatamente la ocasión de lanzarse a los pies de Catalina de Medicis para presentarle las súplicas de su padre.

Pero Juliette no creía poseer los encantos que podían hacerla descuidar muchos compromisos. El primero que el señor de Guisa olvidó al verla fue la promesa contenida en los despachos al barón; seducido por tantas gracias, su corazón se abrió a las trampas del amor, y el duque, delante de Juliette, no pensó más que en adorarla.

Primeramente le reprochó con dulzura que se hubiese defendido de las tropas del rey, y le dijo amablemente que cuando se estaba tan seguro de vencer, se era doblemente sancionable del proyecto de rebelión. Juliette se ruborizó; le aseguró al duque que ella y su padre no habían tomado las armas los primeros, y que ella creía que a todo el mundo le estaba permitido defenderse cuando se le atacaba injustamente. Renovó su petición más viva para conseguir el permiso de ser presentada a la reina. El duque, que quería conservarla en Amboise el mayor tiempo posible al conmovedor objeto de su nueva pasión, le dijo que sería difícil durante algunos días. Juliette, que preveía lo que iba a emprender su padre si ella no tenía éxito, insistió. El duque se mantuvo firme y volvió a mandarla a la casa del conde de Sancerre, asegurándola de que la avisaría en cuanto ella pudiese hablar con los Medicis.

Nuestra heroína aprovechó ese aplazamiento para examinar secretamente la plaza y para enviar sus cartas al príncipe de Condé, quien, siempre más circunspecto que nunca en Amboise y sin intentar más que disimular en la ciudad, le recomendó a Juliette, por el interés común a los dos, que lo evitase lo más posible, y sobre todo que ocultase con el mayor cuidado que ella hubiese sido encargada nunca de alguna negociación respecto a él. Juliette contó con la palabra del duque e hizo que le dijesen a su padre que contemporizase. El barón la creyó, y se equivocó. Durante ese tiempo, La Renaudie, cuyo celo y actividad se han visto anteriormente, perdió desgraciadamente la vida en el bosque de Chateau-Renaud[14]. Se encontró todo en los papeles de La Bigne, su secretario, y el duque, más claro desde entonces sobre la realidad de los proyectos del barón de Castelnau, y muy

[14] Lo mató un paje del joven Pardaillan, que se lo encontró en el bosque de Chateau-Renaud y corrió hacia él pistola en mano. La Renaudie atravesó dos veces con su espada el cuerpo de Pardaillan, que era primo suyo. El paje descargó inmediatamente su arcabuz sobre La Renaudie y lo tendió sobre el cuerpo de su señor. Llevaron el cadáver de La Renaudie a Amboise, lo ataron a una horca elevada en mitad del puente con esta inscripción: *La Renaudie, hijo del bosque, jefe de los rebeldes. (N. del A.)*

convencido de que las gestiones de Juliette no eran más que un juego, tuvo más deseos que nunca de conservarla a su lado. Al fin se decidió a hacer que ella se explicase y a no actuar ni a favor ni en contra del padre más que en razón de lo que respondiese su hija. Envió a que la trajeran.

—Juliette —le dijo él con aire sombrío—, todo lo que acaba de pasar me convence lo suficiente de que las disposiciones de vuestro padre están muy alejadas de ser tales como las que os ha pedido que me convenzáis, los papeles de La Renaudie nos lo confirman. ¿De qué me serviría presentaros a la reina? ¿Qué os atreveríais a decirle a esa princesa?

—Señor duque —respondió Juliette—, yo no me imaginaba que la fidelidad de un hombre que ha servido tan bien vuestras órdenes, que se ha encontrado en varios combates a vuestro lado y cuyos sentimientos y valor debéis conocer, pudiese convertirse jamás en un sospechoso.

—Las nuevas opiniones han corrompido las almas; ya no reconozco el corazón de los franceses, todos han cambiado de carácter al adoptar esos errores culpables.

—No os imaginéis nunca que por haber retirado de vuestro culto todas las inepcias con las que viles impostores osaron ensuciarlo, nos hayamos hecho menos susceptibles de las virtudes que nos vienen de la naturaleza. En el corazón de un francés, la primera de todas es el amor a su país. Esa sublime virtud, señor, no se pierde por haber vuelto a poner más candor y simplicidad en la manera de servir al Eterno.

—Conozco todos vuestros sofismas, Juliette; bajo todas esas falsas apariencias de virtud disfrazáis todos los vicios que son más de temer en un estado, y en este momento, lo sabemos, no pretendéis nada menos que derribar la administración actual, coronar a uno de vuestros jefes y trastornarlo todo en Francia.

—Yo le perdonaría esos prejuicios a vuestro hermano, señor. Él se ha alimentado en el seno de una religión que nos detesta, y como tiene una parte de sus honores del jefe de esa religión que nos proscribe, debe juzgarnos según su corazón... Pero vos, señor duque, vos que conocéis a los franceses, vos que les habéis dado órdenes en los campos de la gloria, ¿podéis imaginaros que el rechazo a admitir tal o cual opinión pueda extinguir en ellos alguna vez el amor a la patria? ¿Queréis atraeros a esos valientes, lo queréis sinceramente? Mostráos más humano y más justo, utilizad vuestra autoridad para hacerlos felices, y no para verter la sangre de aquellos cuyo error es pensar de manera diferente a vos. *Convencednos, señor, pero no nos asesinéis;* que nuestros ministros puedan razonar con vuestros pastores y el pueblo, iluminado por esos debates, se volverá sin coerciones a los mejores argumentos. El peor de todos es el cadalso, la espada es el arma de quien se equivoca, es el recurso común de la ignorancia y la estupidez; hace prosélitos, inflama el celo y no convence jamás. Sin los edictos de los Nerón y de los Diocleciano, la religión cristiana aún se ignoraría en la tierra; os reitero que nosotros estamos dispuestos a abandonar los signos de lo que llamáis rebelión, pero si es con verdugos como se nos quieren inspirar opiniones absurdas que indignan el sentido común, no nos dejaremos degollar como animales arrojados a la arena del circo; nos defenderemos contra nuestros perseguidores. Respetando a la patria, compadeceremos a sus jefes por su ceguera, y preparados siempre para verter nuestra sangre por ella, cuando ella ya no vea en nosotros más que hermanos, no ofreceremos a sus ojos más que niños y soldados[15].

Ese discurso, pronunciado con voz firme y tono seguro, apoyado por las nobles gracias de esa atractiva muchacha, acabó de inflamar al duque, pero intentó disfrazar su agitación bajo la apariencia de una rigidez fingida.

—¿Sabéis —le dijo a Juliette— que vuestras palabras, vuestra conducta... y mi deber, en una palabra, me obligarían a enviaros a la muerte? ¿Os olvidáis, impetuosa criatura, de que sólo a mí corresponde castigaros severamente?

—Con la misma facilidad, señor duque, que sólo me corresponde a mí despreciaros si abusáis de la confianza que me habéis inspirado con vuestra carta a mi padre.

—No hay ningún juramento sagrado con aquellos a los que la Iglesia condena.

—¿Y vos queréis que abracemos los sentimientos de una iglesia en la que una de sus primeras leyes, según vos, es la de autorizar todos los crímenes, y que legitima el perjurio?

—Juliette, olvidáis a quién le habláis.

—A un extranjero, lo sé. Un francés no me obligaría a las respuestas con que vos me forzáis.

—Este extranjero es el tío de vuestro rey, es ministro suyo y vos se lo debéis todo a esos títulos.

—Que los adquiera en mi estima y no me reprochará que le falte.

—Yo desearía adquirirlos en vuestro corazón —dijo el duque, turbándose aún más y consiguiendo ocultarse aún menos—, sólo a vos corresponderia concedérmelos. Dejad de ver en el duque de Guisa a un juez tan severo como suponéis, Juliette, y ved en él más bien a un amante devorado por el deseo de complaceros y por la necesidad de serviros.

—Vos... amarme... ¡santo cielo! ¿Y qué pretensiones podéis formaros sobre mí, señor? Vos estáis encadenado por los nudos del himeneo, y yo lo estoy por las leyes del amor.

—La segunda dificultad es más espantosa que la otra; quizá haría por vos muchos sacrificios... pero estaríais lejos de querer imitarme.

---

[15] Así es como germinaban ya en esas almas orgullosas las primeras semillas de la libertad. *(N. del A.)*

—¿Se olvida el señor duque de que le he suplicado que haga que pueda hablar con la reina, y que con esa intención es como mi padre ha permitido que viniese a Amboise?

—¿Y Juliette se olvida de que su padre es culpable y que yo no tengo más que dar una orden para que él esté encadenado hoy?

—Entonces me retiraré si me lo permitís, señor, porque supongo que no abusaréis del derecho de gentes hasta el punto de retenerme aquí contra mi voluntad, cuando sólo me he dirigido aquí bajo vuestro salvoconducto.

—No, Juliette, sois libre, solamente yo no lo soy ante vos... Sois libre, Juliette, pero vuelvo a decíroslo por última vez... os adoro... puedo hacerlo todo por vos... no habrá nada que yo no emprenda... O mi amor, o mi venganza... elegid... Os dejo con vuestras reflexiones.

Juliette regresó a la casa del conde de Sancerre; lo tenía por un valiente militar, incapaz de una cobardía o de una traición, y no le ocultó lo que acababa de pasar. Sorprendió muchísimo a ese general, estaba dispuesto a arrepentirse de haberse mezclado en la negociación. Juliette le preguntó al conde si en una circunstancia tan horrorosa no sería mejor que ella volviese junto al barón de Castelnau. El señor de Sancerre no se atrevió a aconsejarle nada, por miedo a irritar al duque de Guisa, pero le dijo que haría bien en pedir permiso expreso, del duque o del cardenal. La señorita de Castelnau, muy enojada por haber venido a quedar atrapada en una trampa así, se dirigió al príncipe de Condé, quien, asqueado por la actitud del duque, le prometió que avisaría inmediatamente al barón de todo lo que ocurría.

Pero durante ese tiempo, el duque de Guisa, viendo claramente que sólo lograría vencer la resistencia de Juliette si adquiría sobre ella un dominio lo bastante grande para arrebatarle la posibilidad de negarse, y aprovechándose de los conocimientos que conseguía a diario sobre la fuerza y la conducta de los Reformados, tomó la resolución de atacar al barón de Castelnau en su cuartel de Noisai. No tenía duda de que si se apoderaba de ese jefe, su hija se rendiría en el mismo momento. Jacques de Saboya, duque de Nemours, uno de los más atrevidos y mejores capitanes del partido de los Guisa, fue encargado seguidamente de la expedición, y el duque le recomendó que, ante todo, no hiriese ni matase a Castelnau, sino que lo llevase vivo a Amboise, porque, al ser uno de los jefes principales del partido opuesto, se esperaban de él las informaciones más serias.

Nemours partió, rodeó Noisai, se mostró con tales fuerzas que Castelnau concibió la imposibilidad de defenderse. Por otra parte, ¿se atrevería a ello en la clase de negociación que fingió iniciar, y sabiendo además que estaba todavía en manos de los Guisa su querida Juliette, que le decía a diario que contemporizase? Castelnau propuso una conferencia, Nemours la concedió y le preguntó al barón en cuanto lo vio cuál era el objetivo de esas disposiciones militares, cómo es que pudo nacer en el alma de un hombre valiente como él abordar la Corte sólo con las armas en la mano, y renunciar con ese paso imprudente a la gloria, de la que siempre había gozado la nación francesa, de ser, de todas las de Europa, la más fiel a la patria. Castelnau respondió que, lejos de renunciar a esa gloria, trabajaba en merecérsela, que la mayor prueba de su sometimiento era el paso que había dado al enviar a su única hija a los pies de la reina, y que un súbdito que se rebela raramente obra de esa manera. «Pero, ¿por qué las armas?», dijo Nemours. «Esas armas, replicó el barón, sólo estaban destinadas a abrirnos camino hasta el trono, están hechas para vengarnos de aquellos que quieren prohibirnos ese acceso, que no nos lo cierren y llegaremos allí con la rama de olivo en la mano».

«Si eso es todo lo que deseáis, dijo Nemours, volved a guardar esas espadas inútiles y me ofrezco a daros satisfacción... yo me encargo de llevaros ante el rey». El barón aceptó, lo entregaron todo, partieron hacia el cuartel real y, a pesar de la actitud de Nemours que reclamó claramente ante los Guisa la palabra que les había dado a esas buenas gentes, fue el fondo de las mazmorras de Amboise quien tuvo la infamia de recibirlas.

Afortunadamente Raunai, trasladado por entonces, no estuvo en el castillo de su general cuando ocurrió todo esto. Como le pareció inútil volver allí solo, hizo que se le reunieran Champs, Coqueville, Lamotte y Bertrand-Chaudieu, que guiaban las milicias de la Isla de Francia. Al reconocer el peligro que verosímilmente corrían el barón y Juliette en Amboise, animó a esos capitanes a vengarse y los decidió a que hiciesen una tentativa de la que pronto conoceremos el éxito que tuvo.

Juliette no tardó en enterarse de la desgraciada suerte de su padre, no dudó ya de que ella era la causa de los métodos indignos del duque de Guisa.

—¡El muy bárbaro! —exclamó ella al conde de Sancerre, que fue lo bastante generoso como para recibir sus lágrimas y compartirlas—. ¿Cree que quitándome lo más apreciado que tengo me obligará a la ignominia que exige?... ¡Ah!, le demostraré quién es Juliette, haré que vea que sabe morir o vengarse, pero que es incapaz de ensuciarse con oprobios.

Fue volando, furiosa, a la casa del duque de Guisa.

—Señor —le dijo ella orgullosamente—, yo imaginaba que la grandeza y la nobleza de alma debían guiar en todos sus actos a aquellos sobre los que el Estado encarga del cuidado de guiarlo, y que los recursos de un Gobierno, en una palabra, sólo se confiaban en manos de la virtud. Mi padre me envió a vos para negociar su defensa, y no solamente me cerráis el acceso al trono, no solamente me impedís que yo pueda hacerme oír, sino que os aprovecháis hasta de ese momento para hundir a mi desgraciado padre en una prisión espantosa. ¡Ah!, señor duque, me parece que los que como él han vertido a vuestro lado su sangre por la patria merecen más consideración, y así, para eludir mi primera petición, ¿me obligáis a hacer una segunda y me precipitáis a nuevas desgracias para que se borre en mí el recuerdo de la primera?... ¡Ah, señor! El rigor, siempre vecino de la injusticia y de la crueldad, exaspera las almas, les arrebata la energía que han recibido de la naturaleza, y por consiguiente el gusto por las virtudes; y entonces, el Estado, en lugar de la gloria de mandar sobre hombres libres y llevados hacia él por el corazón, ya no tiene bajo su vara de hierro más que esclavos que lo aborrecen.

—Vuestro padre es culpable, Juliette, ahora es imposible hacerse ilusiones sobre su conducta. El castillo en el que se hallaba está lleno de armas y de municiones; en una palabra, se cree que él es el segundo jefe de la empresa.

—Mi padre no ha cambiado nunca de lenguaje, señor. Le dijo a Nemours y le dijo a Sancerre: «Que me lleven a los pies del trono, yo sólo pido ser oído. Las armas que me veis sólo están destinadas para luchar contra aquellos que quieren impedirnos ser lo que queremos, y que abusan de un crédito usurpado para establecer su poder sobre la debilidad y la desgracia de los pueblos»... Eso es lo que dijo mi padre, eso es lo que os grita aún desde el fondo de su prisión. En una palabra, ¿acaso estaría yo cerca de vos, señor, si mi padre se creyese culpable? ¿Vendría su hija a levantar el patíbulo que él habría creído merecer?

—Una palabra, una sola palabra puede acabar con vuestra desgracia, Juliette... Decid que no me odiáis, no destruyáis la esperanza que hay en el fondo de un corazón que os adora, y seré el primero en convencer con todas mis fuerzas a la Corte de la inocencia y la fidelidad de vuestro padre.

—Así pues, vos seréis justo si yo consiento en ser criminal, ¡y no tendré derecho a las virtudes que debo pretender, más que pisoteando las que me encadenan! ¿Es justa esa manera de proceder, señor? No os ruboriza exhibirla, ¿y queréis que la publique?

—Comprendéis mal lo que os ofrezco, Juliette; yo no supongo que vuestro padre sea culpable, lo es. Ese es el punto desde donde hay que partir. Castelnau es culpable, merece la muerte, le salvo la vida si os rendís a mí. No le invento crímenes al barón para tener derecho a vuestro agradecimiento. Esos errores existen, merecen el patíbulo para él, yo los anularé si os hacéis sensible a mi pasión. Vuestra suposición me prestaría una manera de pensar que no se relacionaría con mi franqueza. La que me dirige concuerda con el honor, como mucho, demuestra un poco de debilidad... ¡Pero tengo vuestros atractivos como excusa!

—Si es posible, señor, que mi padre esté libre, siendo tan culpable como vos suponéis, ¿no sería más noble de vuestra parte salvarlo sin condiciones que imponerme lo que me es imposible aceptar? Puesto que podéis entregármelo creyéndolo culpable, ¿por qué no podéis hacerlo igualmente si su inocencia es segura?

—Porque no lo es. Quiero pasar por indulgente, pero no quiero que se me crea injusto.

—Lo sois si no absolvéis a un hombre al que os es imposible encontrarle un solo error.

—Terminemos este debate, Juliette. Vuestro padre profesa el culto proscrito por el Gobierno, él es de la religión que mereció la muerte en Dubourg. Además, se lo ha encontrado armado en los alrededores del cuartel real. Todos los días hacemos que mueran gentes cuyas declaraciones los condenan; el barón perecerá como ellos si reflexiones más sensatas por vuestra parte no os deciden pronto a lo único que puede salvarlo.

—Oh, señor, dignaos reflexionar en la sangre que me dio la vida, ¿estoy hecha para ser vuestra amante? Y mientras Anne d'Est exista, ¿puedo ser vuestra esposa?

—¡Ah, Juliette!, aseguradme de que no hay que vencer más que ese obstáculo, y colmaréis todos mis anhelos.

—¡Oh, cielos! ¿Es que no es insuperable ese obstáculo? ¿Envolveréis a vuestra ilustre esposa en la prohibición general? ¿Compondréis errores para ella, como habéis hecho con mi padre, para tener derecho a inmolarla? ¿Y será por medio de esa multitud de crímenes como imagináis que conseguiréis mi mano?

—Muchacha adorada, decid una palabra... una sola palabra. Aseguradme que puedo merecer vuestro corazón y yo me encargo de conseguirlo. Esas cadenas, indisolubles para los mortales ordinarios, se rompen fácilmente en aquellos a quienes elevan la fortuna y el nacimiento... Hay, sin explicación, mil medios de que me pertenezcáis, Juliette, os corresponde a vos pronunciar esa palabra.

—Os lo he dicho, señor, no soy dueña de mi corazón.

—¿Y quién es aquél al que me preferís?

—¿Nombrároslo?... ¿Ofreceros una víctima más?... Ni os lo imaginéis.

—Vamos, señorita, vamos —dijo el duque, irritado—; sabré castigar vuestro rechazo. El espectáculo de vuestro padre a los pies del patíbulo quizá doblegue vuestro injusto rigor.

—¡Ah! Consentid al menos que vaya a abrazarme a sus rodillas, señor, no me impidáis ir a empapar su seno con mis lágrimas. Yo le contaré vuestros proyectos, si él los aprueba, si prefiere la vida al honor de su hija... quizá inmole yo mi amor. Mi padre es lo más sagrado que tengo, no hay nadie en el mundo de quien yo prefiriese ser hija... Pero, señor duque, ¡qué acto!¿No tendríais ningún remordimiento por una victoria conseguida al precio de tantos crímenes... de un triunfo que sólo gozaréis cubriéndonos de lágrimas... y hundiendo a tres mortales en el seno del infortunio? ¡Qué diferente opinión tenía yo de vuestra alma!... Yo suponía que era el asilo de las virtudes, y allí no veo reinar más que pasiones.

El duque prometió a Juliette que le sería permitido ver a su padre, y ella se retiró en el mayor de los abatimientos.

Sin embargo, dicen nuestros historiadores, «todo adquiría en Amboise el paso del rigor más excesivo, los capitanes enviados por el duque de Guisa no fueron menos felices que Nemours; escondidos en barrancos o entre la maleza, en los lugares por donde debían pasar los conjurados, los capturaban sin resistencia y los llevaban en cuadrillas a la ciudad de Amboise. Metían en la prisión a los más aparentes, los demás eran juzgados sin apelación y colgados con botas y espuelas de las almenas del castillo o de largas perchas fijas a las murallas».

Esos rigores provocaron indignación. El canciller Olivier que, en el fondo de su alma, tendía al nuevo culto, hizo entrever que desgracias sin número podían convertirse en la secuela de sus crueldades. Propuso que se concedieran cartas de absolución a todos aquellos que se retractasen pacíficamente. El duque de Guisa no se atrevía a luchar contra esa opinión; estaba poco seguro de las disposiciones de la reina, que seguía entregada a los Chatillon, de quienes sospechaba que eran los motores secretos de las revueltas, y temiendo la inquietud del rey que, a pesar de las cadenas con las que se lo rodeaba, no podía evitar dar testimonio de que tantos horrores no le gustaban. El duque lo aceptó todo, muy seguro de que Castelnau, sorprendido con las armas, no podría escapársele y de que él sería siempre el dueño de Juliette teniendo en sus manos el destino del barón. Se publicó el edicto, se creyeron tranquilos en Amboise; las tropas se dispersaron en los alrededores y se dijo que esa seguridad costaría muy cara.

Ese fue el momento que Raunai creyó propicio para acercarse a Juliette. Inflamó a sus camaradas, les hizo ver que Amboise, sin guarnición militar, no estaba en condiciones de mantenerse contra ellos; que había llegado la hora de ir a librar a la Corte de la indigna esclavitud en que la tenían los Guisa, y conseguir de ella, no ya vanas cartas de absolución, con las que era imposible contar y que no servían más que para demostrar la debilidad del Gobierno y el temor excesivo que se tenía de él, sino el ejercicio asegurado de su religión y la libertad plena de sus pastores. Raunai, mucho más motivado por el amor que por cualquier otra causa que pudiese haber, tomó prestada la elocuencia de ese dios para convencer a sus amigos, encontró enseguida en sus almas el mismo vigor con el que les pareció abrasado. Todos juraron que lo seguirían y esa misma noche, el bravo teniente de Castelnau los llevó bajo las murallas de Amboise.

«Oh, muros que encerráis lo más querido que tengo —exclamó Raunai al verlas—, hago juramento al cielo de derrumbaros o de franquearos, y cualesquiera que sean los obstáculos que puedan oponérseme, el astro del día ya no iluminará más el universo sin verme a los pies de Juliette».

Se preparó el ataque más vigoroso; un malentendido hizo que se perdiese todo. Las diferentes fuerzas de los conjurados no llegaron juntas a la reunión que se les había indicado; los golpes no podían asestarse a la vez; en Amboise estaban advertidos, se pusieron a la defensiva y todo falló.

Únicamente Raunai, con sus tropas, penetró hasta los suburbios, llegaron a una de las puertas, la encontraron cerrada y bien defendida. No eran lo bastante fuertes para intentar hundirla, estaban expuestos al fuego del castillo, que mataba mucha gente, y Raunai ordenó una descarga de arcabucería sobre los que protegían las murallas. Dejó que huyeran sus tropas y él solo, desembarazándose de las armas, se lanzó en un foso, franqueó los muros y cayó en la ciudad. Conocía bien las calles, que suponía desiertas pues era de noche, y con un ataque que debió haber llamado a todo el mundo a la muralla, fue volando a la casa del conde de Sancerre, donde sabía que estaba alojada aquella a quien amaba. Se atrevió, pasara lo que pasase, a confiar en la nobleza y el candor de ese valiente militar. Llegó a su casa... ¡Santo cielo!... Traían al conde herido por los golpes de quien venía a implorarle...

—¡Oh, señor! —exclamó Raunai, humedeciendo con sus lágrimas la herida del conde—, vengáos, aquí está vuestro enemigo, aquí está quien acaba de verter vuestra sangre... esa sangre preciosa, que quisiera rescatar al precio de la mía... ¡Dios todopoderoso, así es como mi mano bárbara ha tratado al benefactor de la que me es tan querida! Vengo a entregarme a vos, señor... soy vuestro prisionero. La infortunada hija de Castelnau, a quien vuestra generosidad da asilo, os ha contado sus desgracias y las mías. La adoro desde mi infancia y ella se digna quererme un poco... Yo venía a encontrarla... a recibir sus órdenes... y morir después si hubiese hecho falta. Ya veis los peligros que he superado, porque no hay nada que pueda serme más querido que ella... Sé lo que me espera... lo que merezco. Soy el jefe del ataque que acaba de hacerse, sé que las cadenas y la muerte son lo que me corresponde, pero habré visto a mi Juliette, estaré consolado por ella y los suplicios no me atemorizan si los padezco ante sus ojos. No traicionéis vuestro deber, señor, aquí están mis manos, encadenadlas... debéis hacerlo, vuestra sangre se vierte, ¡y soy yo quien la ha derramado!

—Infortunado joven —dijo el valiente Sancerre—, consólate; mi herida no es nada, son peligros por los que tú has pasado igual que yo, los dos hemos cumplido nuestro deber. En cuanto a tu imprudencia, Raunai, no creas que abuso de ella, debes saber que yo no cuento en las filas de mis prisioneros más que a aquellos que mi valor encadena en el campo de batalla. Verás a la que adoras, no temas que yo falte a los deberes de la hospitalidad. Tú los pides en mi casa, en ella serás tan libre como en tu propia casa; que te parezca bien, solamente, que para tu descanso y para el mío te indique un alojamiento más seguro. Raunai se arrojó a los pies del conde, le faltaron palabras para expresar su agradecimiento... y su pesar. Sancerre le agarró la mano enseguida, y aunque muy debilitado por su herida, se levantó, lo levantó y lo condujo a las estancias de su mujer, que Juliette compartía desde que estaba en Amboise.

Se necesitarían unos pinceles distintos de los míos para expresar la alegría de esos dos fieles amantes cuando volvieron a verse. Pero ese lenguaje del amor, esos momentos que sólo son conocidos por los corazones sensibles... esos momentos deliciosos en los que el alma se reúne con la del ser al que se adora, esos momentos en los que se calla porque se sabe bien que ninguna palabra expresaría lo que se experimenta, en los que se deja al sentimiento el cuidado de describirse a sí mismo, ese silencio, digo, ¿no está por encima de todas las frases? Y los que se han embriagado con esas situaciones celestiales, ¿se atreverían a decir que pueda existir algo más divino en el mundo... más imposible de trazar?

Sin embargo, Juliette hizo que enseguida callasen los acentos del amor para entregarse a los del agradecimiento. Estaba inquieta por el estado del señor de Sancerre y quiso compartir con la condesa y las gentes del arte médico el cuidado de velar por su seguridad. Se vio que la herida no tendría ninguna consecuencia seria y el conde exigió entonces a Juliette que fuese a emplear junto a su amante unos instantes tan valiosos. La señorita de Castelnau obedeció, dejó a la condesa con su marido y fue a encontrarse con Raunai. Le contó todo lo que había pasado desde su separación, no le ocultó las intenciones del señor de Guisa. Raunai se alarmó por ello. Un rival de esa clase está hecho para inquietar a un enamorado, y más a un enamorado culpable a quien una sola palabra de aquel rival terrible podía cubrir de cadenas al instante.

Al día siguiente, el señor de Sancerre, que estaba mucho mejor, tranquilizó al uno y a la otra, incluso prometió que hablaría con el duque; pero se resolvió que se ocultarían los pasos de Raunai y que desde ese mismo momento iría a vivir ignorado en la casa de un particular de la misma religión que él; y que cada noche, en un gabinete del jardín del conde, ese valeroso enamorado podría conversar con su amada. Los dos volvieron a arrojarse otra vez a los pies de Sancerre y de su esposa, las lágrimas se expresaron por ellos; y por la noche, Raunai, conducido por un paje, fue a encerrarse en su asilo.

El ataque de la noche anterior bastó para convencer a los Guisa de que no debían creerse involucrados en el edicto que se acababa de publicar. La sangre volvió a correr en Amboise, cadalsos levantados en todos los rincones ofrecían nuevos horrores a cada momento; tropas esparcidas por los alrededores se apoderaron de todos los protestantes, que fueron degollados acto seguido, o arrojados atados de pies y manos al Loira. Sólo los capitanes y las gentes notables se reservaban para los tormentos del interrogatorio, con el fin de arrancar de sus bocas los nombres de los jefes verdaderos de la confabulación. Se sospechaba del príncipe de Condé, pero no se atrevían a declararlo. Catalina temblaba por la obligación de encontrar a un culpable así, y los Guisa sabían muy bien que al descubrirlo habría que inmolarlo o temerlo. ¡Cuántos inconvenientes había en uno u otro caso!

Pero cuanta más energía mostraban los protestantes, tantos medios más veía el duque para condenar a Castelnau, y por consiguiente, tanta más esperanza de conseguir a Juliette se encendía suavemente en su alma. Quien tiene la desgracia de proyectar un crimen, no ve a los acontecimientos secundarios que contribuyan al éxito de sus planes sin una alegría secreta.

No había otras diversiones en Amboise más que las de esos horribles asesinatos. La tiranía, que al principio asusta a los soberanos, o más bien a aquellos que los gobiernan, termina casi siempre por encontrarles goces. Toda la Corte asistía regularmente a esos actos sangrientos, igual que la de Nerón antiguamente en las ejecuciones de los primeros cristianos. Las dos reinas, Catalina de Medicis y María Estuardo, estaban con las damas de la Corte en una galería del castillo desde donde se veía toda la plaza, y para divertir más a los espectadores, los verdugos tenían el cuidado de variar los suplicios o la postura de sus víctimas. Así era la escuela donde se formó Carlos IX, así era el taller donde se afilaron los puñales de la noche de san Bartolomé[16]. ¡Dios todopoderoso, así fue como se ensuciaron más de doscientos de Tus altares! Así fue como seres dotados de razón creyeron que debían honrarte, regando Tu templo con la sangre de Tus criaturas, ensuciándose de horrores y de infamias. Por medio de ferocidades dignas de los caníbales fue como varias generaciones de hombres sobre la tierra han creído cumplir con Tus deseos y complacer Tu justicia. Ser de los seres, perdónales esta ceguera, esa fue la pena con la que Tú creíste que debías castigar su depravación y sus crímenes. Tantas atrocidades sólo pueden nacer en el corazón del hombre cuando éste, abandonado por Tus luces, es como Nabucodonosor, que fue reducido por Tu mano hasta la estúpida esclavitud de las bestias.

Sólo Ana d'Este, la respetable esposa del duque de Guisa, aquella mujer interesante que él estaba a punto de sacrificar a sus pasiones, sólo ella se horrorizó de esas barbaries monstruosas y un día se desvaneció sobre las gradas del sangriento anfiteatro. La llevaron a casa bañada en lágrimas, Catalina acudió volando allá y le preguntó la causa de su accidente. «¡Ay, señora! —le respondió la duquesa—, no ha habido jamás una madre que tuviese más razones para afligirse, ¡qué espantosos torbellino de odio, de sangre y de venganza se eleva sobre la cabeza de mis desgraciados hijos![17]».

El conde de Sancerre, cuya herida no era nada y que iba mejor de día en día, mantuvo la palabra que le había dado a la señorita de Castelnau. Fue a encontrarse con el duque de Guisa, de quien era querido y por quien debía ser respetado con toda clase de consideraciones, sólo disimuló la

---

[16] La noche del 23 al 24 de agosto de 1572, día de san Bartolomé, se inició en París la matanza generalizada de hugonotes, cristianos protestantes.

[17] ¿No se convirtió esa queja verdadera en una especie de predicción del acontecimiento en el que Enrique de Guisa, uno de los hijos de Ana d'Este, fuese asesinado en Blois? *(N. del A.)*

estancia de Raunai en Amboise y no le ocultó nada de lo que había sabido por Juliette.

—¿Qué propósito tenéis, señor? —le dijo firmemente el conde—. ¿Le corresponde a quien gobierna el Estado entregarse a las pasiones... siempre peligrosas, cuando se tiene la posibilidad de hacer tanto daño? ¿Os atreveríais a inmolar a Castelnau para haceros dueño de Juliette? ¿Y haríais que dependiese de la ignominia de la hija la suerte de ese desgraciado padre?

El duque, un poco sorprendido al ver al señor de Sancerre tan perfectamente al corriente, le hizo entrever que, aunque tuviese hijos con Ana d'Este, no obstante podría encontrar medios para romper su matrimonio con ella...

—¡Oh, mi querido duque! —interrumpió el conde—. ¡Así es como desvarían las pasiones, siempre! ¿Cómo? ¿Que vais a romper la alianza contraída con una princesa para casaros con la hija de un hombre contra el que hacéis la guerra? ¿Que vais a pelearos con Francisco II, de quien esos lazos os hacen tío; con el duque de Ferrara, de quien os hacen que seáis yerno? ¿Que vais a derribar el edificio de una fortuna en la que trabajáis desde hace tanto tiempo, y todo eso por el vano placer de un momento, por una pasión que se apagará en el mismo momento que se satisfaga y que no os dejará más que remordimientos? ¿Son esos los sentimientos que deben animar a un héroe? ¿Le corresponde al amor perjudicar a la ambición? Vos tenéis ya demasiados enemigos, señor, no intentéis aumentar ese número. Excusad mi franqueza, he adquirido el derecho, por mi edad y por mis trabajos, de hablaros como lo hago; la estima con la que me honráis me autoriza a ello... ¡Ah!, creedme, guardáos de dejar sospechar que el amor pueda entrar para algo en los trastornos que excitan vuestros rigores. El francés se doblega con dolor bajo el yugo de un ministro extranjero, por grande que vos podáis ser, la sangre de su nación no fluye por vuestras venas, y a sus ojos en un gran error cuando se quiere pretender regirlo. Amigos, enemigos, todos os condena, todo atribuye las desgracias con las que afligís a Francia al deseo de elevaros. Se conocen vuestras pretensiones a deciros nacido de la segunda generación de nuestros reyes y a reivindicar la corona con ese título sobre los descendientes de Hugo Capeto. Admitamos por un momento esa idea, ¿la favoreceríais rompiendo ilustres alianzas para contraer una tan fuerte por debajo de vos? Así, ya sea que aspiréis al más alto grado de la gloria o ya sea que os contentéis con el que estáis, en todos los casos vuestros proyectos son indignos de vos. Señor duque, le debéis a los franceses el ejemplo de las virtudes, quizá necesitéis mostrar más virtudes que otro para borrar los errores de los que se os acusa. Que no sea pues en un momento como este, en el que la más reprensible de las debilidades viene a terminar de derramar sobre vuestros actos una sospecha de la que vuestros enemigos se aprovecharían muy deprisa. Es a la posteridad, señor, ante la que un hombre como vos responde de sus pasos, y no debe haber ni uno sólo, en todo el transcurso de su vida, que pueda hacerlo sonrojarse siquiera un instante.

—Conde —respondió el señor de Guisa—, si hubieseis experimentado alguna vez los sentimientos que me inspira Juliette, tendríais un poco más de indulgencia conmigo. Nunca, amigo mío, jamás se ha introducido pasión alguna más vivamente en un corazón. Sus ojos han cambiado mi existencia entera, no hay un solo minuto en el día en el que yo no esté lleno de su imagen, y si algunas veces la reina o su esposo quieren encontrar en mí al ministro, destrozado por la turbación que me domina, no les muestro más que al enamorado. Con el alma que me conocéis, Sancerre, ¿puede esta pasión someterse a deberes? ¿Os extrañaréis de todos los medios que emplearé para asegurarme el objeto de mi idolatría?... No, no habrá ninguno que no emplee para convertirme en el amante o el marido de Juliette; fortuna, honor, consideración, crédito, esperanza, himeneo, niños, todo... todo se inmolará al instante en las rodillas de aquella a quien amo; yo sólo me quejaré de la mediocridad de los sacrificios y si, como vos decís, la ambición pudiera darme remordimientos, todo lo más serían los de no poder ofrecerle más que el segundo puesto del Estado.

Sancerre luchó con vehemencia contra esas resoluciones del delirio, empleó todo lo que creyó más persuasivo y más elocuente, pero el señor de Guisa fue inquebrantable y el conde, sin atreverse a insistir más, se retiró, contento por llevar al menos a su protegida el permiso de ver al barón de Castelnau, prometido hacía varios días y retrasado por los nuevos disturbios.

Juliette derramó lágrimas muy amargas al saber que nada en el mundo podía cambiar las resoluciones del señor de Guisa.

—¡Ay, amigo mío! —le dijo aquella misma noche a Raunai—. ¡Está demasiado seguro que el cielo no nos ha destinado el uno al otro! ¡Que porvenir tan horrible se presenta ante mis ojos! ¡Será necesario que me convierta en la mujer de ese hombre bárbaro, ensuciado con el asesinato de nuestros hermanos!... ¡Me quedaré reducida al horror de compartir su lecho!... ¡Desdichada! Tengo que perder a mi amado o a mi padre, ¡es preciso que inmole a mi amor, o al ser precioso que me ha dado la vida! ¡Ese es el uso que esos hombres de Estado hacen de los poderes que les han sido confiados! Y esas cadenas que recaen sobre nosotros, todas esas calamidades que nos atribulan... en nombre de un soberano... engañado él mismo a cada momento, no son más que los medios de las pasiones de esos hombres poderosos... ¡no son más que las armas secretas de las que se valen para saciarlas!... Hace falta que ellas se cumplan, o que nosotros gimamos...; ¡hace falta que ellos sean felices, o que corra la sangre!... Quisiera que mis días... ¡ay!, no salvarían nada... no por ello pereceremos menos los dos.

—Juliette —respondió Raunai—, mil sentimientos confusos me animan a la vez... Yo puedo salir de Amboise como entré... puedo reunirme con mis amigos y volver con ellos bajo esas murallas a liberaros a tu padre y a ti; puedo cortar sin compasión alguna los días de esos déspotas crueles que hacen un juego de abreviar los nuestros y pulverizarlos a todos al pie del trono que su tiranía deshonra, y merecer al fin tu corazón, después de haber inmolado a nuestros verdugos. La inacción en la que estoy mientras que se riega la sangre de nuestros hermanos me envilece ante mis propios ojos. Yo quería abrazar tus rodillas... lo he conseguido... Déjame que vuelva volando al combate... déjame que huya de los muros de esta ciudad odiosa, sólo quiero volver a ella triunfante, no quiero que me veas en ella más que trayendo a tus pies las cabezas de nuestros perseguidores.

—No, cálmate Raunai, mañana veré a mi padre... Lo escucharé... quizá después te comunique un plan más seguro para terminar nuestros males personales, puesto que no podemos aspirar al honor de terminar los de nuestros compañeros de infortunio... Cálmate, querido y único amado, ama a Juliette, que la idea de ser adorado por ella te consuele y ten por seguro que nadie en el universo adquirirá sobre su corazón derechos... que no pueden pertenecerte más que a ti.

La señorita de Castelnau no tardó nada en aprovechar el permiso que había conseguido para ver a su padre, fue volando a la prisión. El barón no estaba prevenido, esa sorpresa estuvo a punto de costarle la vida, estuvo algunos momentos sin conocimiento en los brazos de su hija.

—¡Oh, hija querida! —exclamó en cuanto sus ojos se abrieron a la luz del día—. Mucho temía que los bárbaros me llevasen al patíbulo sin que me fuese posible besarte por última vez.

—Vos no moriréis, padre mío —respondió Juliette—, yo soy la dueña de vuestros días, una palabra mía puede conservároslos.

—¡Una palabra! ¿Qué quieres decir?... Si esa palabra te costase el honor, Juliette, yo no querría una vida pagada por tu oprobio.

—¡Oh, padre mío! Sin embargo, sólo bajo esas condiciones puedo arrancaros de las manos de nuestros enemigos... El duque de Guisa quiere que yo ceda a su pasión, y puesto que está encadenado por el himeneo, lo que exige puede tener lugar sin que le cueste un crimen, ¿es él, o el honor de vuestra desgraciada hija?

—¡Ah, Juliette! —replicó con firmeza Castelnau—, déjame perecer; yo ya he vivido, eso sería comprar demasiado caro los pocos días que debo languidecer aquí abajo... No, niña mía, no; no los pagaré al precio de tu honor y de tu felicidad. Demasiado bien sabía yo que a esos tiranos sólo los movía el egoísmo, y que la ambición era la única causa de sus crímenes. Pero hay un Dios justo que nos vengará, querida hija, un Dios todopoderoso ante cuyos ojos las desgracias son derechos, y las virtudes, títulos. Estás educada en la más pura de las religiones, guárdate de olvidar sus principios; que te sirvan para siempre de defensa contra las seducciones de esos idólatras, y puesto que mi vida ya no puede garantizar tu juventud, que mi muerte al menos te dé valor... Tú la verás, sí, pediré morir en tus brazos, y mi alma, que estará enseguida a los pies del Eterno, conseguirá de Él esa protección que mis reservas me impiden concederte...

Y Juliette, destrozada en brazos de su padre, no podía más que gemir y derramar lágrimas.

—No llores, hija querida —replicó el barón—, no te aflijas. Volverás a encontrar en el cielo a ese padre infortunado que te quitan en la tierra; va a preparar al Ser Supremo para que te haga gozar de los favores que tu conducta y tu religión deben hacerte esperar de Él... Va a esperarte en el seno de un Dios... ¡Oh, hija mía! Eso es lo que es el mundo... sus esperanzas... ¡y sus bienes!... Fui educado en la Corte, y estuve hecho para pretenderlo todo; fui el amigo, el compañero de esas gentes, vertí a su lado mi sangre por la patria... puesto que no quiero adoptar sus errores... puesto que odio sus sacrilegios y su impiedad... puesto que, en una palabra, yo quiero adorar a Dios en la pureza del Evangelio... todos esos amigos... todos esos compañeros son hoy mis jueces y mañana serán mis verdugos. ¿Quién les ha dicho que su causa era la buena, eh? ¿Dónde han oído mejor que yo la palabra divina? Incluso aunque fuese cierto que yo me equivoco... ¿es que un error en el culto deba ser colocado en el mismo rango que los crímenes? ¿Puede ser honrado el Eterno por la sangre? Y los que, para servirlo, se atreven a sacrificarle hombres, ¿no están ya sólo por eso en el error y el mal camino?... No importa, hija mía, no importa; moriré, puesto que es preciso... Sí, moriré ciertamente, puesto que no podría conservar la vida más que a costa de tu honor... Pero, querida hija, ¿qué ha pasado con el valiente Raunai en este tumulto?

La señorita de Castelnau le contó a su padre todo lo que concernía a su amante... Le dijo que estaba en Amboise, le contó cómo se había introducido en la ciudad y el deseo que tenía de salir de allí para intentar un nuevo golpe de mano.

—No lo conseguirá —replicó el barón—, ahora están a la defensiva; ha fallado todo, nos han traicionado... ¡Oh, Juliette! La causa buena no siempre es la más segura cuando está en manos del débil... Pero el cielo es nuestro recurso, lo imploro, él nos satisfará.

Juliette le habló después al barón de la honestidad del conde de Sancerre... de todos los cuidados que su esposa y él recibían a diario de ella, y de los pasos infructuosos que había dado el conde ante el duque.

—Sancerre es amigo mío desde la infancia —replicó el barón—, a los dos nos criaron en la casa del duque de Orleans, hijo de Francisco I; combatimos juntos en la batalla de San Quintín; fue obligado a lo que hizo con nosotros en la ciudad de Tours, y lo reparó por mil medios nobles. Reconozco bien su alma honesta y su corazón virtuoso... quizá lo vea antes de mi muerte, le rogaré que te sirva de padre... que te reúna con tu enamorado, pero cuando yo ya no esté, querida hija, ¡quién sabe lo que harán nuestros tiranos! Estás proscrita por tu religión, el duque te odia por tu virtud, ¡ay, Juliette, cuántas desgracias pueden estallar sobre ti!...

Y después, elevando las manos al cielo...

—¡Ser Supremo! —exclamó ese infortunado padre—. Dignáos contentaros con mi suplicio; ¡no permitáis que esta hija querida se convierta en víctima de los malvados! Su único crimen es serviros... y adoraros como vos habéis deseado serlo... como vos le habéis enseñado por vuestra santa ley... Si vos quisierais, Señor, que sus virtudes y su religión, que todo lo que la aproxima más a vuestra sublime esencia fuese la causa de su oprobio, de sus tormentos y de su muerte...

Y el infortunado Castelnau volvió a caer llorando en el seno de su hija; la estrechaba... la apretaba entre sus brazos. Tal vez temiendo que fuese la última vez que le estuviese permitido verla, su alma paterna se escapaba entera en sus sombrías caricias, se habría dicho que quería confundir su alma con la de su hija para que algo de él pudiese existir todavía en el ser más precioso que le quedaba sobre la tierra.

—¡Oh, padre mío! —dijo Juliette entre los sollozos que le arrancaba esta escena de dolor— ¿puedo yo consentir tu suplicio? ¿Puede permitirlo el mismo Raunai? ¡Ah!, créemelo, padre, preferiría mil veces renunciar a la felicidad de su vida a conseguirme a costa de la tuya... Pero, ¿cómo?, ¿compartiría yo los errores del duque de Guisa si no hiciera más que consentir en convertirme en su esposa, y dejando que se encargase él sólo de los crímenes que deben ligarme a él? Al menos vivirías, padre; yo habría conservado tus días y sería el apoyo de tu vejez, ¡podría hacértela feliz!

—¿Y compraría yo algunos momentos de vida con una multitud de crímenes?

—No serán los tuyos.

—¿Es que compartirlos no es hacer que ocurran? No, no lo esperes, hija mía; no consentiré que Ana d'Este sea inmolada por mí. Es necesario que perezca uno de los dos; el duque de Guisa no repudiará a su mujer, sólo sería tuyo cortando los días de esa princesa virtuosa. ¿Querrías tú convertirte en la esposa de un hombre así, de un bárbaro que, no contento con su crimen, llena Francia a diario con lutos y lágrimas?... Di, Juliette, ¿podrías gozar de un momento de tranquilidad en brazos de tal monstruo?... Y esa vida, que te habría costado tan cara... ¡oh!, hija mía, ¿crees tú que podría gozar de ella yo mismo?... No, hija mía, me corresponde morir a mí, ha llegado mi hora, es necesario que se cumpla. ¿Y qué son algunos momentos más o menos? ¿Es que no es un suplicio la vida, cuando no se ve alrededor de sí más que horrores y crímenes? Es hora de ir a buscar en los brazos de Dios la paz y la tranquilidad que los hombres me han negado en la tierra... No llores, Juliette, no llores; no soy más desgraciado que el navegante que después de peligros sin número toca al fin el puerto que tanto ha deseado... ¿Tengo que decir más? Te prohíbo, con toda la autoridad que tengo sobre ti, que pienses en conservarme por los medios infames que se te proponen, y si sobre ese punto supiera que me has desobedecido, no te vería más.

—¡Pues bien, padre mío! —dijo Juliette con ese impulso del alma que anuncia que está llena de un proyecto importante—, ¡pues bien! Me queda un medio de salvarte, y corro a ponerlo en marcha.

—Sobre todo, que no sea nunca a costa de lo que tú le debes a Dios... a ti misma... a Raunai... Piensa que yo no querría añadir veinte años más a mi vida, si ese largo plazo pudiese costar un solo suspiro a tu felicidad o a tus virtudes.

Juliette salió y fue en encontrarse con Raunai.

—¡Oh, amigo mío! —le dijo ella—, este es el momento de demostrar los sentimientos que me has jurado desde la infancia... ¿Me amas, Raunai? ¿Te sientes capaz del mayor esfuerzo de la humanidad para demostrarme tu pasión?

—¡Ah! ¿Puedes creer que pueda existir algo en este mundo que yo no estuviese dispuesto a ejecutar por ti?

—Sí, amigo mío, puedo dudar de ello... Temblarás cuando te lo haya dicho todo y, sin embargo, habrá que obedecerme, o dejarme con la horrorosa idea de que tú no has amado nunca a tu amada.

—¿Qué quieres decir, Juliette? Tus palabras... la agitación que tienes... tus ojos, en los que no veo más que desesperación en lugar de amor... todo me hace temblar; explícate.

—Piensa que yo misma me inmolaré en el sacrificio que voy a explicarte... Me costará más que a ti, y, sin embargo, estoy decidida, que te anime mi ejemplo... Raunai, ¿me amas lo bastante como para consentir en no verme más... lo bastante como para perderme para siempre?

—¡Santo cielo!

—Escúchame, Raunai, no te alarmes antes de enterarte. Voy a proponerte un acto de virtud; tu alma acepta, lo comprendo. Nuestros verdugos sólo tienen un objetivo, saber quién es el jefe... cuál es el motor principal de todo esto. Ve a encontrarte con el duque de Guisa, dile que el único deseo de salvar a un amigo que no es culpable te ha hecho superar todos los obstáculos que había para penetrar en Amboise; asegúrale la inocencia de mi padre; dile que él es más temido que amado en el partido, Castelnau no se ha ocupado nunca más que de traicionarlo y darse al rey; dile que eres el único que está al tanto de todo y que con la única condición de que te entregue al barón y a su hija, estás dispuesto a revelárselo todo. Da tu libertad como garantía de tu palabra; dile que quieres remplazar al barón en sus cadenas, que te ofreces al suplicio que se le ha preparado si no revelas lo que él desea... Todo se aceptará, sólo quieren descubrir a los autores de la confabulación; el temor de que tú le engañes no los detendrá, puesto que reemplazarás a mi padre y estarás en sus manos como lo está él... Ya ves la inmensidad del sacrificio que te propongo, porque de ti no arrancarán nada, lo sé. Tú morirás, amigo mío, es a la muerte donde te envío; pero no te imagines que yo te sobreviviré, te seguiré a la oscuridad de la tumba, mi alma volará allí con la tuya. ¿Es que ese respetable anciano no se ha merecido gozar de sus últimos años? ¿Es que no tiene más derecho a la vida que sus hijos? ¡Ah!, el premio de lo que vamos a hacer, amigo mío, se ofrece a nosotros desde todas partes; lo encontraremos en el seno de Dios, nos espera para coronar ese gran acto, que se conservará en el recuerdo de los hombres y lo grabarán en el templo de la memoria. Raunai, ¡qué superior es una suerte así a los disfrutes mundanos! ¡Qué preferibles son las palmas de la inmortalidad a los días oscuros y languidecientes que arrastraríamos sobre la tierra!

—¡Bésame, niña celestial, bésame! —exclamó Raunai—. ¡Ah!, entonces habré podido demostrarte mi amor, entonces habré sabido convencerte una vez de que no hay un solo ser en el mundo que sepa amarte como yo lo hago.

—¿Consientes?

—¿Lo dudas?...

—¡Hombre digno de mí! —exclamó Juliette—. Ven a mis brazos, ven a recoger en mis labios los primeros y los últimos besos del amor... ¡Ah, qué alma la tuya, Raunai, cuánto te amo y cuánto te valoro! Sin embargo, no te imagines que dejaré que te arrastren al cadalso sin trabajar en tu venganza, le costará la vida al bárbaro que pronuncie tu sentencia. Mira este hierro —prosiguió Juliette sacando un puñal de su seno—, no me ha dejado desde que estoy en Amboise y en el instante que estés bajo las cadenas de mi padre, me uniré a los pasos del duque de Guisa, será necesario que él te salve, o que perezca él mismo... ¡Oh, cielos, nos escuchan! —dijo Juliette al oír ruidos cerca del gabinete del jardín donde ella tenía la libertad de hablar con su enamorado—. Nos escuchan, Raunai, quiera Dios que no nos traicionen... Ve, corre, haz lo que te exijo y queda seguro de que serás vengado antes de que me inmole contigo.

Juliette volvió a la casa de la señora de Sancerre sin descubrir la causa de lo que la había asustado; participó su inquietud a la condesa, quien le aseguró que no había podido introducirse nadie en el jardín mientras se le permitía recibir allí a Raunai; que el señor de Sancerre y ella misma estaban uno y otra muy interesados en el misterio para no haber tomado todas las precauciones que podían asegurarlo, pero Juliette no se calmó. ¿La obedecería Raunai? Ella ya no debía volver a verlo, y en ese caso, ¿le había agradecido lo bastante, le había hecho sentir lo conmovida que estaba por un sacrificio tan grande por su parte? Si los enamorados corrientes no terminan nunca de hablarse, ¿cuántas cosas debían quedarles a los que tienen cosas importantes que decirse?

Raunai estaba muy lejos de titubear; lo que había prometido le parecía tan hecho para su bella alma, que no tendría un instante de reposo hasta que el intercambio fuese propuesto. En cuanto se hizo de día, fue volando a casa del duque de Guisa.

—¿Vos, Raunai, en este lugar? —le dijo el ministro extrañado.

—Sí, señor duque, yo mismo, y me parece que de la manera que vengo se ponen al descubierto los intereses que me conducen aquí. Vos cometéis una injusticia, señor, y yo la reparo. El barón de Castelnau, al que retenéis encadenado, no es más culpable que el oficial de vuestro partido que lo sirva con mayor celo; nos correspondía a nosotros castigarlo, puesto que ha debido traicionarnos mil veces; dignáos entregárselo a su desgraciada hija, a quien hundís en la desesperación, y no temáis enemigos tan poco peligrosos como él. Vos exigís el secreto de la empresa, señor, sólo yo puedo reverlarlo; que el barón sea libre y al instante todo se os descubrirá; no os imaginéis que yo quiera hacer escapar de vuestras manos a una víctima para engañaros después. Os pido el puesto y las cadenas del barón, y mi cabeza es vuestra si falto al juramento que hago de deciros todo.

—¿Habéis reflexionado —dijo el duque— sobre la imprudencia de vuestro proceder? ¿Habéis notado que desde el momento que estábais en Amboise os convertisteis en prisionero del rey, sin que hubiese necesidad de entregaros vos mismo, y que desde entonces las condiciones que ponéis para decirnos lo que deseamos se hacían inútiles, puesto que nos bastan los tormentos para conseguir de vos esa confesión?

—Si el paso que he dado es inconsecuente —replicó Raunai con más orgullo que prudencia—, vuestras palabras lo son aún más. Hay que conocer muy poco a la nación; hay que ser, como vos, extranjero en su seno para ignorar que se puede conseguir todo de un francés por el honor, y nada mediante los suplicios. Intentadlos, señor, que vuestros verdugos aparezcan y veréis si me arrancan la más mínima confesión.

—¿Y qué interés tenéis en Castelnau?

—El que debería conmoveros, el deseo de ahorrarle una injusticia al hombre que guía el Estado. Señor, ¿no os reprocha vuestra consciencia ya lo bastante sin que tengáis que ennegreceros aún más con esta? ¿Deberían costar tanto las discusiones como las que nos dividen? Si los enemigos que acaban de perseguir durante treinta años a nuestra patria se preparasen para atribularla aún más, quizá se arrepentirían de haber sacrificado tantas buenas gentes a divisiones que se podrían arreglar con una sola palabra. Durante las desgracias de Francia se lamentan los que saben servirla. El infortunado barón de Castelnau, tantas veces herido ante vuestros ojos... tantas veces útil para el Estado, no merece terminar sus días en un cadalso. Os pido otra vez vuestra gracia con insistencia, señor, y os renuevo mi palabra de desvelaros las cosas más importantes cuando le hayáis entregado a Juliette el ser más querido de sus deseos.

—No es difícil ver que sólo ella os ocupa en este asunto.

—Sí, la adoro, no lo oculto, señor; pero trabajo para conseguirla, y lo que emprendo —prosiguió Raunai, lanzando sobre el señor de Guisa una mirada enérgica—, lo que os propongo, ¿puede asustar a mis rivales? Mi deseo es el de devolverle un padre... un padre inocente al que ama; os ofrezco a ese precio la confesión del secreto que os interesa, y tenéis mi vida si os engaño.

—Raunai, vos amáis a Juliette —dijo el duque, con una turbación que le fue imposible dominar.

—¡Que si la amo, Dios mío! Ella es el único árbitro de mis días, sólo ella dirige mi destino, es mi gloria sobre la tierra, mi esperanza en un mundo mejor... Es mi vida... es mi alma; ella lo es todo, señor, todo para el infortunado que os habla.

—Habríais podido decirlo con más rodeos, debíais sospechar que yo la amaba, puesto que la había visto, y que vuestros arrebatos no son más que una ofensa que sólo me corresponde a mí vengar.

—Hacedlo, señor, hacedlo —respondió firmemente Raunai, haceos aún más odioso que lo que sois, finalizad de convertir en enemigos de Francia a todos los individuos que la habitan; que todo lo que respira en esta hermosa parte de Europa se convierta en la presa de las viles pasiones que os someten; que los ciudadanos no pronuncien vuestro nombre más que con horror y lo maldigan a toda hora del día; sed a la vez el espanto y la profanación de la patria; inundadla de ríos de sangre; cubridla con campos llenos de matanzas, pero no os jactéis de que triunfaréis siempre, los franceses encontrarán a otro Marcel que sepa apuñalar el seno de su amo y a los viles aduladores que lo gobiernan. Si la voz del honor no se ha extinguido en vos, temed ofrecer por segunda vez esos azotes a Francia, inmolad hasta al último de nosotros, pero de nuestras mismas cenizas saldrán héroes que sabrán vengarnos[18].

—Retiráos, Raunai —dijo el duque, demasiado buen político para no contenerse ante reproches tan duros y tan merecidos—; no puedo deciros nada antes de haber escuchado a Castelnau... ¿Sabe agradeceros Juliette todo lo que hacéis por ella?

—Ella lo ignora, señor.

—Quiero creerlo; como sea, retiráos... —y con el tono de la ironía más sangrienta, dijo—: habrá que trabajar para conservaros a todos, unos

[18] Raunai habla aquí de la anécdota de 1358, mientras Carlos V era el regente del reino durante la prisión del rey Juan después de la batalla de Poitiers. Los descontentos de la capital, encabezados por Etienne Marcel, preboste de los comerciantes, asesinaron en la misma cámara del Delfín regente, y a sus pies, a Robert de Clermont, mariscal de Normandía, y a Jean de Conflans, mariscal de Champagne. Ese Marcel que ese mismo año quiso entregar París a los ingleses, pero cuando avanzaba hacia la Puerta de San Antonio, Maillard, ciudadano fiel cuya estatua debería erigirse sobre ese mismo lugar, salvó a la ciudad y mató al traidor de un hachazo. Después hemos edificado muchas iglesias y ni un miserable pedestal a ese hombre célebre. *(N. del A.)*

oficiales tan llenos de ardor deben serle valiosos al Estado, y yo no quiero que me consideréis siempre como un tirano.

Raunai salió, enojado por haberse entregado demasiado a unos impulsos de los que le habían impedido ser dueño su amor y su orgullo, y temiendo que un poco de demasiado ardor hubiese estropeado, más que servido, los intereses del barón.

En cuanto al señor de Guisa, no tardó en contarle a su amigo Sancerre todo lo que acababa de ocurrir; el conde no confesó que sabía que Raunai estaba en la ciudad, pero persistió en exhortar al duque a los caminos de la clemencia, que él creía indispensables en aquel estado de cosas.

—Raunai se inmortaliza —dijo Sancerre—, ese rasgo es digno de los romanos... Señor duque, cuando la posteridad cuente su historia junto a la vuestra, dirá: «Raunai, el valiente Raunai, ofreció su cabeza para salvar la del padre de su amada, mientras que un duque de Guisa, un extranjero que gobernaba el Estado, creía servirlo entonces con una multitud de crímenes y de asesinatos diarios».

El duque callaba, pero era fácil distinguir en sus ojos una especie de tensión y de vergüenza que pintaba la agitación de su alma. Sacudido por tan vivos reproches que le llegaban desde todos los sitios, sin poder vencer su pasión y sin disimular qué perjuicio le causaría en el ánimo de la Corte si llegaba a descubrirse alguna vez, pidió consejos al conde. Rechazó los que no favorecían sus deseos; algunas veces se decidía a hacer sacrificios, y al instante siguiente no se oían de él más que amenazas; se extrañaba de que se le enfrentasen, quería que se arrepintiesen todos los que osaban hacerlo, y esas oscilaciones constantes, ese flujo y reflujo tormentoso de un alma llevada por turnos por el amor y por el deber, lo convertían en el más infortunado de los hombres.

Llamaron a Castelnau ante sus jueces; cualesquiera que fuesen las intenciones del duque de Guisa, ese interrogatorio era inevitable. Como al barón le había sido imposible volver a ver a su hija después de los pasos de Raunai, sus respuestas no pudieron ser análogas a los deseos de los que querían salvarlo. No había nada que no hubiese emprendido Raunai para darle cuenta de sus intenciones y para hacerlo hablar según los planes acordados entre Juliette y él, pero no había podido conseguirlo. Castelnau apareció, pues, y no pudo obrar más que por sí mismo. Los dos Guisa y el Canciller asistían a esa sesión.

Castelnau empezó por exigir las palabras que le había dicho el duque de Nemours.

—Me juró —dijo— que me llevaría a los pies del rey, ¿por qué estoy encadenado?

—Todas las palabras que haya podido deciros Nemours son vanas —dijo el duque de Guisa—, no hay ningún juramento que pueda considerarse sagrado cuando se le hace a un rebelde o a un hereje[19].

—Así pues —replicó Castelnau—, no debo hablar más de la carta que os complacisteis en escribirme, ¡esas son supercherías y traiciones muy atroces con un oficial francés!

Se le ordenó que respondiese con la mayor exactitud a lo que se le iba a preguntar, y se le amenazó con el tormento si alteraba la verdad. Castelnau se perturbó y palideció.

—Tenéis miedo, barón —le dijo enseguida el duque de Guisa.

—Señor —respondió firmemente Castelnau—, yo no he temblado jamás ante los enemigos de Francia, lo sabéis, pero estoy intimidado ante los míos; quizá en el fondo de vuestra alma vos sabéis la razón mejor que otros. Haced que me devuelvan mis armas, señor duque, esas armas que me han hecho triunfar a vuestro lado durante tanto tiempo, y que aparezca entonces quien pueda acusarme de tener miedo... ¡Ah!, quién sabe, señor, quién sabe si vos no temblaríais más que yo en el caso que el destino me pusiera en vuestro lugar... No importa, que se me interrogue y yo no responderé por ello menos exactamente.

Entonces, siguiendo el derecho insolente y bárbaro que creían tener los jueces para mentir en un caso semejante, se le dijo que Raunai lo había inculpado. El barón respondió que eso era imposible; le leyeron las declaraciones de La Bigue y de Mazere, él dijo que los que se envilecen hasta convertirse en *delatores* perdían el derecho de ser oídos como *testigos*.

Los jueces, obligados a contentarse con esa recusación, le dijeron que al profesar la religión reformada y al haber sido atrapado con las armas en la mano, él únicamente podía evitar el último suplicio si revelaba los jefes cuyas órdenes había seguido.

—No ignoro —dijo Castelnau— que mis jueces, entre cuyo número veo a mis mayores enemigos, tienen el poder de hacerme perecer y toda la habilidad necesaria para encontrar los medios para ello; pero detesto la mentira y nada me obligará a emplearla para salvar mi vida. Hay que conocer muy poco a la nación para atreverse a acusar a franceses del crimen que se me supone. No, que ni el Estado ni el que lo gobierna teman nada de nosotros, nosotros no queremos más que presentar al soberano la lamentable situación de Francia; hacerle ver los campos desiertos, a los infortunados ciudadanos arrancados de los brazos de sus esposas y arrastrados a las prisiones más oscuras, a los niños abandonados en las calles, muriendo de hambre y de miseria y reclamando con gritos dolorosos a los padres que

---

[19] El consejo de guerra presidido por el mariscal de Saint-André lo había decidido de esa manera. *(N. del A.)*

el despotismo les ha arrebatado[20]; a los criminales que se aprovechan de estos disturbios para asolar Francia; que todas las partes de la administración están en desorden; que la seguridad de los caminos está olvidada, que el pueblo se ve abrumado a impuestos; que el desgraciado habitante del campo, uncido él mismo a su arado a falta de animales que puedan abrir el seno de la tierra para las escasas semillas que va a confiarle, y que sólo germinarán regadas por sus lágrimas para convertirse en la presa de los insolentes recaudadores de impuestos; que la sangre del pueblo se vierte en todas las ciudades, y, al final, que el reino está en vísperas de ser conquistado por el enemigo. ¡Esos son, señores, los cuadros que debemos trazar... las desgracias que querríamos describir... las calamidades que querríamos evitar! ¿Es que esas intenciones suponen proyectos de revueltas? Nacidos franceses, no tenemos necesidad de que nadie nos enseñe cómo debemos acercarnos a nuestros jefes. Uno de nuestros primeros derechos es exigir su justicia... hacerles escuchar nuestras quejas, ya que tenemos... ¿pero nos armamos, decís? Eso es cierto, un viajero puede hacerlo cuando debe cruzar un bosque lleno de bandoleros, esa es la justificación de nuestras armas y la creemos legítima. Romped las barreras que levantáis entre el Gobierno y nosotros, no se nos verá ya llegar allí más que con reclamaciones en la mano. Hemos depuesto esas armas en cuanto un general en quien creíamos poder confiar[21] nos dio su palabra de facilitar nuestros planes; ya veis la estima que debemos tener para las promesas que sólo se hicieron para engañarnos y arrebatarnos los medios de justificación, y para fabricarnos nuevos crímenes. Pero que no se imagine que la nación pueda engañarse por mucho tiempo sobre los proyectos de los Guisa para abrirse un camino al trono; para llegar a ello les hace falta desgraciadamente la sangre y la desgracia del pueblo, y pronto se verán colmados sus deseos. ¡Que los que nos sigan puedan encontrarse con muchos de esos cambios peligrosos! Si sucede lo contrario... y sucederá, al menos nosotros tendremos otras víctimas, inmoladas hoy por vosotros, como tiernos corderos sin defensa; tendremos, digo, como consuelo en un mundo mejor la idea de haber perdido nuestros días por la felicidad de la patria y para la prosperidad del Estado. Aquí está mi cabeza, hacedla caer bajo vuestros golpes, aquí está, la ofrezco y la pierdo sin pesar, no es morir llevarse consigo esperanzas tan halagadoras, esta muerte con la que queréis condenarnos es por vosotros... únicamente por vosotros, de quienes la posteridad sólo hablará con horror,

---

[20] Poco antes de esos disturbios se habían dado abducciones de niños que no tenían la religión como causa; en los campos se veía a madres desconsoladas huir apretando a sus hijos contra su seno, otras los ocultaban en agujeros y en arbustos donde venían a buscarlos después. La desolación era general, no se supo nunca bien el verdadero propósito de esos raptos. Se los encuentra en cuatro épocas diferentes en los anales secretos de la monarquía: una vez bajo la primera generación, después bajo Luis XI, bajo Francisco I y bajo Luis XV. Se ha dudado de ello, pero equivocadamente, ciertamente tuvieron lugar en cada una de esas épocas. *(N. del A.)*

[21] El duque de Nemours. *(N. del A.)*

mientras que convertidos en objetos de su culto y de su admiración, se dignará hacernos alcanzar todavía en los pies del Eterno esos homenajes lisonjeros que Su equidad entrega a quienes han servido a los hombres.

Se reanudaron los interrogatorios. Castelnau se atuvo siempre a las mismas respuestas, le tendieron trampas imaginando que lo encontrarían en falta sobre la religión... creyendo que un guerrero como él, más arrastrado por el espíritu de partido que por el amor a la verdad, sobre seguro sería un mal teólogo, y lo interrogaron sobre el dogma.

La erudición de Castelnau confundió a todos sus jueces, entre varias otras preguntas, le preguntaron qué repugnancia tenía en creer en la presencia real de la divinidad en la Eucaristía.

—Monseñor —dijo el barón al cardenal que le dirigía la palabra—, esas especies que vos creéis transubstanciadas en el verdadero Cuerpo y la verdadera Sangre del hijo de Dios, ¿se corrompen o no después de las palabras del sacerdote?

—Se corrompen —dijo el cardenal.

—Bien —respondió Castelnau—, señor duque, os tomo como testigo de la confesión de vuestro hermano, ¿y querríais —prosiguió— que especies que ya no serían materiales, sino que según vos contendrían el cuerpo y la sangre de Nuestro Señor estuviesen sometidas a las disoluciones... a las degradaciones de la materia? ¡Ah, señores! ¡Qué idea tan aterradora tenéis de la grandeza del Eterno! ¡Bajo qué aspecto os atrevéis a ofrecérnosla! ¿Y cómo es que un gobierno razonable puede querer cimentar esas blasfemias absurdas con la preciosa sangre de los hombres?

—Barón —dijo el canciller—, es fácil ver que habéis estudiado vuestras lecciones.

—Me consideraría muy despreciable —respondió Castelnau— si habiendo tomado partido en un asunto que atañe a la salud de mi alma y a los intereses de mi patria, me hubiera comprometido con ello como un tonto y sin saber el fondo de la cuestión.

—Cuando vos frecuentabais la Corte —dijo el canciller— me parecíais menos al tanto de todas esas disputas de controversia.

—Eso es cierto —dijo el barón—, pero he tenido desgracias. Fui hecho prisionero de guerra en Flandes, esos momentos de vacío hicieron que naciese en mí el deseo de instruirme, lo creí necesario y lo hice. A mi regreso pasé por vuestra casa, monseñor —continuó el barón mirando al canciller—, por entonces estabais en vuestra tierra de Leuville. Me preguntasteis en qué había pasado el tiempo durante mi prisión, y cuando os respondí que fue en estudiar las Santas Escrituras y en ponerme al tanto de las disputas que agitaban tan fuerte a los espíritus, vos aprobasteis mi trabajo; disipasteis las dudas que me quedaban; si lo recuerdo bien, nosotros estábamos perfectamente de acuerdo. ¿Cómo es posible que en tan poco tiempo uno de nosotros dos haya cambiado tanto de manera de pensar, hasta el punto de que ya no podamos entendernos? Pero por entonces vos estabais sumido en la desgracia y hablabais a corazón abierto. Desgraciado esclavo del favor, ¿por qué es necesario que, para complacer a un hombre que quizá os desprecie, traicionéis hoy a vuestro Dios y a vuestra consciencia?

El canciller, confuso, no digirió bien este reproche; era enemigo de los Guisa y de su manera de gobernar, murió poco después por el pesar de haber compartido sus errores. El cardenal de Lorraine, avisado de que estaba muy mal, acudió a verlo; Olivier, cansado de fingir, se volvió hacia la pared y no se dignó decirle ni una palabra siquiera.

Sin embargo, la presencia de espíritu y la firmeza del barón hicieron que todas las miradas se clavasen el él, y le atrajeron partidarios. En lugar de pronunciar su detención, el duque volvió a enviarlo a su prisión, pero sin explicarse, sin que ni siquiera su amigo, el conde de Sancerre, pudiese vislumbrar sus resoluciones.

El señor de Guisa sospechaba que el barón estaba informado de sus intenciones con Juliette, veía claramente que Castelnau no había revelado nada de eso por prudencia... Que el temor de arrastrar consigo a su desgraciada hija lo había decidido a no hablar del interés personal que tenía el duque para condenarlo, si Juliette no cediera y rescatase los días de su desgraciado padre.

Pero ese hábil ministro disimuló su manera de pensar, se contentó con prohibir severamente que Raunai y Juliette viesen al barón de Castelnau.

Fue entonces cuando Raunai volvió a mostrarse. Le dijo al duque que se entregaba a sus órdenes, que como el interrogatorio del señor de Castelnau ya estaba hecho y el ministro le había dicho que reapareciese en ese momento, venía a pedirle encarecidamente la libertad de un hombre... de cuya inocencia había debido convencerse... Pidió el permiso de reemplazarlo en la prisión, y en el cadalso si no aclaraba inmediatamente lo que parecía desear la Corte... es decir, en el momento en que el barón y su hija habrían dejado sin peligro su estancia en Amboise.

—Si hubieseis podido poneros de acuerdo con Castelnau —dijo el duque—, sin duda él habría hablado de otra manera; no hemos visto nunca a un protestante tan empecinado en su error. No importa, Raunai, acepto vuestra oferta, pero es necesario que lo que tenéis que decirme sea revelado delante de Juliette y del barón; estas son mis órdenes y no me apartaré de ellas; sin embargo, pensad en vuestra palabra, sobre vuestra cabeza recaerá el hacha levantada sobre la de Castelnau si no descubrís sus cómplices y vuestros jefes.

—Mi promesa es inviolable, señor —respondió Raunai—, pero, ¿de qué sirve que Juliette se encuentre en esa conversación? ¿Qué esperáis que os diga delante de ella y de su padre, puesto que me he comprometido a hablar sólo cuando uno y otra estén fuera de estas murallas?

—Sea —respondió el señor de Guisa—, pero es necesario que hable con vos delante de ellos.

—Juliette en vuestra casa... ella... ¿quién me responde?... en esta circunstancia... Cadenas para Juliette... ¡la sola idea hace que me estremezca!

—¿Es que tengo necesidad de vos para doblegarla? Yo no tengo más que dar una orden para convertirme en su dueño.

—Sí, vos lo podéis todo, hombre despiadado. ¡Pues bien!, obedeceré, Juliette estará mañana aquí, pero si abusáis de mi confianza, si cometéis la infamia de utilizar mi mano para aseguraros la víctima, no solamente no conoceréis nada de lo que deseáis saber, sino que nos inmolaremos los dos a vuestro lado antes que convertirnos uno y otra en la presa de vuestra insigne ruindad. Sois hombre muy favorecido por la fortuna, no sabéis lo que la desgracia inspira en dos corazones valerosos, lo que les sugiere, lo que les hace emprender; ignoráis qué energía presta al alma la desesperación, ahorráos el horror de convenceros de ello, no habrá ni cadenas ni suplicios que puedan preservaros de nuestra furia.

—Siempre duro y siempre desafiante, Raunai —dijo el duque—... Salid, acordáos de mis órdenes, acordáos de que vuestra muerte es segura si el uno o la otra os escapáis de Amboise antes de que yo os hable.

—Adiós.

La primera ocupación de Raunai fue contarle a Juliette todo lo que acababa de pasar; no disimuló sus temores, ni la imposibilidad que tenía de distinguir en las miradas del duque cuáles podrían ser sus proyectos.

—¡Ay, Juliette! —dijo Raunai en la agitación más extrema—. ¿Y si ese bárbaro fuese a sacrificarnos a los dos? ¿Y si nosotros mismos hubiésemos aguzado el hierro con el que cortará el hilo de nuestra vida sin haber logrado salvar a Castelnau?

—No temas nada —dijo firmemente Juliette—, obedezcamos y dejemos en manos del cielo el cuidado de preservarnos... Lo hará, él no abandona nunca ni la desgracia, ni la virtud. Raunai... aunque él estuviese rodeado de todos sus guardias, no se me escapará si quiere traicionarnos.

Llegó la hora... nuestros dos amantes se abrazaron; tomaron al cielo por testigo de su infortunio y de su ternura... le imploraron; se juraron perecer juntos si se vieran obligados a ceder por la fuerza y se dirigieron a la casa del señor de Guisa. Juliette habría querido ver antes al conde de Sancerre, no había aparecido en su casa en todo el día... Aquella circunstancia... la del ruido que oyeron en el jardín... todo eso la perturbaba, pero no se atrevía a manifestar su apuro; sentía la necesidad de inspirarle confianza a Raunai, y parecía aún más valerosa que él.

En el trayecto de la casa del conde a la del ministro, les fue imposible no darse cuenta de que los seguían soldados y que no les perdían de vista.

—¡Ay, amigo mío! —le dijo Juliette a Raunai precipitándose en sus brazos un momento antes de entrar—. Puedes estar seguro de que, cualesquiera que puedan ser los acontecimientos, no te sobreviviré ni un minuto.

Entraron, el duque estaba solo, pero los guardias se quedaron fuera.

—Raunai —dijo el señor de Guisa—, he imaginado que la presencia de aquella a quien amáis tendría más efecto sobre vos que los tormentos, y que el temor de verla atribulada bastaría para haceros confesar lo que decís que sabéis.

—Así que entonces —respondió Raunai—, ¿abusáis de la confianza que habéis intentado inspirarme, y lo que habéis exigido de mí es sólo para traicionarme con más seguridad? ¿Acaso ignoráis las condiciones bajo las que he consentido informaros? ¿Habéis olvidado que la libertad del barón es su cláusula esencial? No me imaginaba que debiéramos transigir encadenados.

—¿Así estamos, señor? —dijo Juliette con firmeza—. ¿Y seríais tan cobarde como para obligarnos a temerlo?

—Vuetra suerte depende de Raunai, señora —dijo el duque—, que hable, o en este instante la mazmorra del barón se cerrará sobre vos.

—¡Ella, prisionera! —dijo Raunai desesperado—. Guardáos de eso, señor... ¡ah!, teníais mucha razón, esta amenaza es más cruel que los tormentos... ¡Pues bien!, sabed que...

—Calla —interrumpió Juliette—, ¿no ves que es una trampa? El alma de los traidores les salta a la cara... los descubre.

—Raunai —prosiguió el duque—, vos me habéis engañado, lo sé todo: no tenéis nada que decirme, vuestra única intención era salvar a Castelnau; él, libre, y vos en su prisión. Esta mujer, que mi único error es haber adorado... quizá hasta idolatrado... esta mujer, digo, se pegaba a mis pasos y no los dejaba hasta que tuviese su amante, o mi vida... ¿Me equivoco, Juliette?

—No es cierto que este joven valiente no pueda enseñaros nada, señor, pero es seguro —dijo ella haciendo brillar su puñal ante los ojos del duque de Guisa—, es seguro que aquí está el arma que nos vengará a los dos; ordenad su suplicio o mis cadenas, y vais a conocer a Juliette.

—Es la hora, pues —dijo el duque sin abandonar nunca la flema más completa—, es hora pues de que castigue el insolente subterfugio de este impostor, así como vuestros desdenes, señora. Apareced, Castelnau, venid a ver los tormentos que destino a los que os son queridos...

¡Qué asombro tuvieron Juliette y Raunai al ver al barón libre de sus cadenas!

—Amigo mío, mi viejo compañero —le dijo el duque de Guisa—, que yo una al placer de devolveros el honor y la vida el de volver a poner en vuestras manos a vuestro yerno y a vuestra hija. Vivid, Castelnau, aquí está Juliette... y vos, señora, aquí está vuestro enamorado, quiero que sea vuestro esposo mañana mismo. Juliette..., Castelnau..., Raunai, ¡al menos ya no sospecharéis que haya virtudes imposibles en el alma de los que profesan ese culto que aborrecéis!

—¡Oh, gran hombre! Señor duque —dijo Raunai en el delirio de la felicidad—, Francia no tendrá jamás servidores que valgan tanto como nosotros.

El duque: Raunai, ¿seré vuestro amigo?

Raunai: ¡Ah, mi liberador!

El duque: Vuestro amigo, Raunai, vuestro amigo; y sólo a título de eso os conmino a que abandonéis los errores cuya triste víctima sería vuestra alma.

—Raunai —dijo impetuosamente Castelnau—, ofrece tu sangre a nuestro liberador... el mío... el de tu esposa, pero no traiciones nunca tu consciencia, no sacrifiques por una negación humillante, del que tu alma está lejos, la felicidad eterna que te espera en el seno de nuestra religión pura.

—Vamos, amigos míos —dijo el duque—, presionaros más sería perder el fruto del acto que acaba de dictarme mi corazón. Gozad de vuestra gracia y de mi protección. Sólo Dios juzgará nuestras almas.

—¡Ah, señor duque! —exclamó Castelnau retirándose con su hija y su yerno—. Que esta valiosa tolerancia os ilumine hasta vuestro último suspiro y nuestro desgraciado país no vea ya su seno inundado con la sangre de sus hijos; esa sangre que sólo le es debida a la patria, que no se derramará más que por ella, y enseguida será la maestra del mundo y verá caer el universo a sus pies.

El conde de Sancerre no dejó que la Corte ignorase el gran acto del duque de Guisa. Las dos reinas quisieron besar a Juliette y a Raunai. Allí fue donde se les permitió que fuesen a gozar en paz, en su provincia, de la libertad que se les dio bajo el juramento de no levantar jamás las armas contra el Estado. Las reinas colmaron a Juliette de regalos. La misma Ana d'Este, que no había sabido más que una parte de los errores de su esposo, con su sublime reparación quiso ver a su rival. La besó y le rogó que aceptase su retrato.

—Os lo doy —le dijo esa princesa— para que aumente vuestro triunfo... para que comparándoos con él os acordéis cada día de lo asustada que debía estar aquella a quien la nobleza de vuestra alma devuelve la felicidad y la tranquilidad, y que os pide, por tantos motivos, ser para siempre vuestra amiga.

Sin embargo, aquel gran rasgo de la generosidad del duque de Guisa no calmó los disturbios. Dejamos que la Historia se ocupe de conocerlos, y nos limitamos a llevar a su provincia a Castelnau, a Raunai y a Juliette. Allí la prosperidad, la unión más íntima, los días más largos y los hijos más hermosos hicieron para ellos una felicidad sólida... digna recompensa de sus virtudes...

¡Oh, vosotros, que tenéis en vuestras manos el destino de vuestros compatriotas, que tales ejemplos puedan convenceros de que ahí están los motivos con los que se mueven todas las almas! Las cadenas, las delaciones, las mentiras, las traiciones y los cadalsos hacen esclavos y producen crímenes; sólo le corresponde a la tolerancia iluminar y conquistar los corazones, sólo ella, ofreciendo virtudes, los inspira y los hace que adoren.

NOTA

Una exactitud demasiado escrupulosa a la hora de seguir la Historia no habría arrojado ninguna clase de interés en esta novela, ha sido necesario separarse de ella para quitarle a este relato, que pertenece más a la novela que a la verdad, el aspecto de matanzas y carnicerías que hay en nuestros historiadores. Así pues, hemos creado los personajes de Juliette y de Raunai, así como el rasgo del duque de Guisa. Sin embargo, Raunai y Castelnau existieron en la Historia, los dos perecieron en los cadalsos de Amboise y no obraron en absoluto como los presentamos, con excepción, no obstante, de Castelnau, cuyo interrogatorio de aquí se asemeja bastante al histórico. Se ha hablado muy poco del príncipe de Condé, porque obró poco en Amboise, él era o demasiado grande, o absolutamente inactivo. Como demasiado grande, habría aplastado a Castelnau y a Raunai, sobre quienes queríamos provocar el interés; como inactivo, él sólo tuvo frío en una anécdota... la más ingrata de nuestros anales, para sacar de ella una acción vigorosa y dramática, como debe serlo la de una novela histórica.

LA DOBLE PRUEBA

Hace mucho tiempo que se dice que lo más inútil del mundo es poner a prueba a una mujer; los medios para hacerla caer son tan conocidos y su debilidad es tan segura, que las tentativas se hacen absolutamente superfluas. Las mujeres, igual que las ciudades en guerra, tienen todas un lado que no se defiende, no se trata más que de buscarlo. En cuanto se descubre, la plaza se rinde enseguida. Ese arte, así como todos los demás, tiene sus principios, de los cuales se pueden deducir algunas reglas particulares, en razón de los diferentes rasgos físicos que caractericen a las mujeres que se ataquen.

Sin embargo, hay algunas excepciones a esas reglas generales, y para demostrarlas se escribe esta historia.

El duque de Ceilcour, de treinta años de edad, lleno de inteligencia, con un rostro amable y, lo que vale más que todas esas ventajas porque hace que todas las demás aumenten de valor, en posesión de ochocientas mil libras de renta, que él gastaba con un gusto y una magnificencia de los que no había precedente alguno; desde los cinco años que hacía que disfrutaba de esa fortuna prodigiosa había puesto en su lista al menos a treinta de las mujeres más hermosas de París, y como empezaba a cansarse, antes de ser completamente insensible, Ceilcour quiso casarse.

Estaba poco satisfecho de las mujeres que había conocido, y al no haber encontrado en todas ellas más que artificio en lugar de franqueza, irreflexión en lugar de razón, egoísmo en lugar de humanidad y jerigonza en lugar de sentido común... habiéndolas visto a todas darse a los únicos motivos del interés o del placer, y no habiendo encontrado en su posesión más que pudor sin virtud, o libertinaje sin voluptuosidad, Ceilcour se hizo exigente y para no equivocarse en un asunto del que dependían el descanso y la felicidad de su vida, se decidió a poner en uso todo aquello que podía seducir y a la vez, una vez asegurada su victoria, todo lo que podía convencerlo, destruyendo las ilusiones de aquella a quien quizá se las debía, de lo que realmente le había valido su conquista. Esta clase de maniobra resultaba segura para llevarlo a una valoración razonable, pero, ¡cuántos peligros lo rodeaban! ¿Había alguna mujer en este mundo que pudiera resistir la prueba? Y si la embriaguez de los sentidos en la que Ceilcour quería sumergirla primero conseguía entregársela, ¿resistiría ella la caída del prestigio, amaría al fin a Ceilcour por sí mismo, o no amaría en él más que su artificio? La estratagema era muy peligrosa; cuanto más lo notaba, tanto más decidido estaba a abandonarse definitivamente a aquella cuyo desinterés fuese suficientemente reconocido para no amar de él más que a sí mismo, y reducir a nada el fasto con el que iba a rodearse con el propósito de seducirla.

Dos mujeres atraían por entonces sus miradas, y fue en ellas donde se detuvo, decidido a elegir entre ellas dos a la que le mostrase más franqueza y, sobre todo, desinterés.

Una de esas mujeres se llamaba baronesa Dolsé, estaba viuda desde hacía dos años de un marido viejo que se había casado con ella a los dieciséis y no la había tenido más que dieciocho meses, sin conseguir de ella un heredero.

Dolsé tenía uno de esos rostros celestiales con los que Francesco Albani caracterizaba a sus ángeles. Era alta... muy delgada... con un poco de vacilación y de dejadez en su conducta... Esa clase de abandono en las maneras anuncia casi siempre a una mujer ardiente, que, más ocupada en sentir que en aparentar, no parece ignorar que es bella más que para demostrarlo con más seguridad. Tenía un carácter dulce, un alma tierna y una mente un poco novelesca, y todo ello acababa por hacer de esta mujer la criatura más seductora que había por entones en París.

La otra era la condesa de Nelmours, también viuda y de veintiséis años de edad, tenía una clase de belleza que no era la misma, una fisionomía marcada, rasgos un poco a la romana, ojos bellísimos, una estatura alta y llena, más majestad que gentileza, menos atractivos que pretensiones, un carácter exigente y autoritario, una tendencia excesiva al placer, mucho ingenio, un corazón bastante malo, elegancia, coquetería y, a su cuenta, dos o tres aventuras, no lo bastante decididas para oscurecer su reputación, pero demasiado públicas, no obstante, para que no fuese acusada de imprudencia.

Escuchando solamente a su vanidad o a su interés, Ceilcour no habría dudado en absoluto. La posesión de cualquier otra mujer en París no era tan halagadora como la de la señora de Nelmours. Arrastrarla a un segundo himeneo era una clase de victoria que nadie se atrevía a pretender, pero no siempre escucha el corazón a esa multitud de consideraciones de las que se nutre el amor propio, éste deja que sea el orgullo el que las observe, y se decide sin consultarlo.

Ese era el problema del señor de Ceilcour. Aunque sintiese un gusto muy vivo por la señora de Nelmours, si analizaba el sentimiento que experimentaba reconocía en él más ambición que delicadeza y mucho menos amor que pretensión.

Si, por el contrario, examinaba el impulso que lo arrastraba hacia la interesante Dolsé, no encontraba en ella más que una ternura pura, eximida de cualquier otro motivo. En una palabra, quizá habría deseado que le creyesen el amante de Nelmours, pero era de Dolsé de quien quería convertirse en esposo.

Sin embargo, ya demasiado engañado por la apariencia externa de las mujeres, y estando desgraciadamente muy seguro de que no se las conoce mucho mejor poseyéndolas, sin fiarse de sus ojos, sin creer ya a su corazón y no contando más que con su cabeza, el duque quería sondear el carácter de esas dos mujeres, y decidirse sólo, como hemos dicho, por aquella de la que dudar se le hiciera imposible.

Como consecuencia de estos proyectos, Ceilcour se declaró primeramente a Dolsé; la veía a menudo en casa de una mujer donde cenaba tres veces por semana. Esa joven viuda lo escuchó al principio con sorpresa, y enseguida con interés. Independientemente de sus riquezas... título trivial ante los ojos de una mujer como la baronesa, Ceilcour tenía tantos atractivos y tanta gentileza de alma, un rostro tan delicioso, unas gracias tan conmovedoras... y tanta seducción en las maneras, que era muy difícil que una mujer pudiera resistirle mucho tiempo.

—En verdad —le decía la señora de Dolsé a su pretendiente— es necesario que yo sea muy débil o que esté muy loca para haber podido creer que la persona más festejada de París haya podido fijarse en mí; es un pequeño momento de orgullo del que será necesario que se me castigue pronto, pero si es así, decídmelo; habría una injusticia horrenda en engañar a la mujer más sincera que os hayáis encontrado en vuestra vida.

—¿Yo, engañaros? Bella Dolsé... ¿cómo habéis podido creerlo? ¡Qué despreciable sería quien lo intentase con vos! ¿Se concibe la falsedad junto al candor?... ¿Puede nacer el crimen a los pies de la virtud? ¡Ah!, Dolsé, ¿creéis que los sentimientos que os juro, animados por esas miradas encantadoras de donde saco el ardor, pueden tener otros límites que mi vida?

—Esas palabras son las que les decís a todas las mujeres, ¿creéis que no conozco la jerga? Con ellas se trata de decir lo que se piensa, el sentimiento y el arte de seducir son dos cosas muy diferentes, ¿y para qué sirven las frases del primero cuando lo conseguís por el segundo?

—No, Dolsé, no, vos no debéis saber cómo se engaña, es imposible que os lo hayan enseñado nunca. El amante lo bastante frío para emplear sistemáticamente el arte de seducir no se atrevería a caer a vuestros pies; un rayo de vuestros ojos encantadores, destruyendo sus proyectos de victoria, no haría de él en breve más que un esclavo, y el dios al que hubiera desafiado lo encadenaría enseguida a su culto.

Un tono de voz tan halagador, tanta elegancia en el adorno, en una palabra, tantos medios de complacer sostenían tan bien esas palabras, las animaban tanto y les prestaban una energía tan viva, que el alma sensible de la pequeña Dolsé enseguida perteneció sólo a Ceilcour. En cuanto el pícaro la supo en ese estado, atacó rápidamente a la condesa de Nelmours.

Una mujer tan consumada, tan llena de artificio y de orgullo, exigía cuidados de otra índole. Ceilcour, cuyo deseo, por otra parte, era poner a prueba a las dos, no sentía por ésta una inclinación tan decidida como por la otra, le costaba un poco más hablarle con el lenguaje del amor. Eso que está dictado solamente por la mente, ¿puede tener la misma calidez que lo que sólo se inspira en el alma?

Sin embargo, cualquiera que fuese la diferencia de los sentimientos de Ceilcour por una u otra de esas mujeres, sólo estaba resuelto a entregarse a aquella que resistiese la prueba que había meditado. ¿La resistiría Nelmours? ¡Pues bien!, tenía suficientes atractivos para consolarlo de su rival, y puesto que tenía más sensatez, se convertiría pronto en la más querida.

—¿Pero qué es de vos, señora? —le dijo una noche Ceilcour a ésta—. Creo que habéis tomado la decisión de vivir retirada, anteriormente no era un paseo... ni un espectáculo que vos no embellecieseis, se acudía volando allí para veros; si los abandonáis, todo se queda desierto... ¿Y por qué aislarse así? ¿Es misantropía, es algún arreglo?

—Arreglo, me gusta la palabra, ¿y con quién, por favor, pretendéis vos que me arregle?

—Lo ignoro, pero conozco bien a quien querría arreglarse con vos.

—No me lo nombréis, os lo ruego, les tengo odio a todos los arreglos...

—¿Quién no es irreconciliable?

—Pero creo que me tomáis por una coqueta.

—¿Es ese el nombre que le conviene a la mujer más deliciosa cuya existencia pueda concebirse? Si eso es así, os lo doy...

Y la condesa lanzó sobre el duque de Ceilcour miradas tiernas, que alejó enseguida...

—En verdad, sois el hombre más peligroso que conozco, me había prometido mil veces no veros nunca y...

—¡Pues bien! ¿Es el corazón lo que destruye los proyectos de la razón?

—No, nada de eso, yo concibo proyectos sensatos, y luego mi inconsistencia los perturba, eso es todo; analizad esto como os parezca bien, y sobre todo no veáis en ello nada a vuestro favor.

—Al pensar en prohibírmelo, ¿habéis creído que sería posible que hubiera algo para mi orgullo?

—Si no conociese a las gentes pretenciosas como vos..., la certeza que tienen de gustar les hace creer siempre que es imposible que no tengan éxito; las palabras más leves de una mujer les parecen declaraciones, un vistazo es una derrota, y su vanidad, siempre preparada para atrapar nuestras debilidades, no ve en ello nunca más que triunfos.

—¡Oh, qué lejos estoy de pensar así!

—Es que cometeríais una gran equivocación.

—Y como yo no quiero padecerlas a vuestro lado...

—¿Creéis que yo no os las perdonaría?

—¿Quién sabe hasta dónde llega vuestra cólera?... Sin embargo, me arriesgaría a ella si estuviese muy seguro del perdón.

—Os morís de ganas de hacerme una declaración de amor.

—¿Yo?... ni una palabra; sería el hombre más torpe si quisiera emprenderla... Al veros conocería todo el dominio de ese sentimiento del que habláis, me animaría a estar junto a vos, abrasaría mis sentidos... por ganas que tuviera de prohibírmelo... Pero si fuera necesario confesaros todo eso yo no encontraría nunca la expresión, ninguna de ellas podría describir a mi gusto lo que tanto me inspiráis, y me vería obligado a arder sin poder describir nunca mi pasión.

—¿Y bien? ¿No es eso acaso una declaración?

—Si queréis tomarla como eso... entonces es increíble el esfuerzo que me ahorráis.

—En verdad, señor, que sois el hombre más insoportable que he visto en mi vida.

—¡Pues bueno! Pero ved el dominio que tiene el agradecimiento en un alma bella... yo intento complaceros, y vos me atribuláis.

—¿Complacerme? Estáis a cien leguas de ello. ¿No es mucho más natural decirle a una mujer sencillamente si se la ama o si no se la ama, que emplear con ella esa ininteligible jerigonza con la que intentáis atraparme?

—Pero, suponiendo que fuese esa mi intención, yo no os engañaría más desde que la adivináseis.

—Es decir, ¿tengo que ser yo quien os diga si me amáis o no?

—Al menos es necesario que me dejéis ver si os afligiría demasiado atreviéndome a decirlo.

—¿Es que se aflige uno con estas cosas?

—¿Y os interesarían?

—Eso, según.

—Sois alentadora.

—¿No lo he dicho? Tendré que ponerme a vuestros pies.

—O que no os enojáseis por verme caer a los vuestros...

Y Ceilcour se arrojó a los pies de su bella amada diciendo estas palabras, estrechaba amorosamente las manos de esa mujer encantadora y las colmaba de besos.

—Esta es una buena irreflexión por mi parte —dijo Nelmours al levantarse—... Y estaré ocho días arrepintiéndome de ello.

—¡Ah! No preveáis las desdichas del amor antes de haber saboreado sus placeres.

—No, no, lo más sencillo es no recoger rosas cuando se temen, como yo, las espinas...

—Adiós, Ceilcour... ¿Dónde cenáis esta noche?

—Lo más lejos de vos que pueda.

—¿Eh? ¿Y eso por qué?

—Es que os temo.

—Sí, si vos me amáseis, pero acabáis de decir que no.

—Yo sería el más desgraciado de los hombres si alguna vez pensase así...

Y como con esas palabras la condesa se lanzó a su carruaje, fue necesario separarse, pero no sin hacerle prometer al duque de Ceilcour que iría a cenar al día siguiente en casa de ella.

Durante ese tiempo la interesante Dolsé, muy lejos de creer a su enamorado a los pies de otra, se alimentaba de la felicidad de ser amada. No concebía, le decía a aquella de sus doncellas que gozaba más de su confianza, cómo con tan pocos atractivos había conseguido cautivar al hombre más amable que hubiera en el mundo... ¿De dónde se merecía sus atenciones?... ¿Cómo haría para conservarlas?... Pero si alguna vez el duque era inconstante, ¿no se moriría ella de dolor? No había nada más real que lo que decía esa encantadora mujercita, mucho más prendada que lo que creía, pues la reconocida inconstancia de Ceilcour habría sido sin duda el golpe más espantoso que ella hubiera podido recibir.

En cuanto a la condesa de Nelmours, no había nada trágico en sus sentimientos, se sentía halagada por una conquista como la que acababa de hacer, pero no por ello perdía el reposo. ¿Ceilcour la tomaba en calidad de amante?, el placer de humillar a muchas rivales era un gozo delicioso para su orgullo... ¿Se casaría con ella? Le parecía divino convertirse en la mujer de un hombre que poseía ochocientas mil libras de renta, de manera que el interés o la vanidad en ella llevaban toda la cuenta del amor; pero, a pesar de eso, sus proyectos de resistencia no estaban menos tramados, si el duque no quería hacer de ella más que una amante, era esencial hacerlo languidecer; cuanto más intentase él hacerse digno de gustarle, tanto más se fijarían en ella todos los ojos. Si se rendía enseguida, el asunto podía ser cosa de dos días, y en lugar de un triunfo no encontraría más que humillación. Se hacía entonces de la mayor importancia defenderse bien. Suponiendo que Ceilcour tuviese como objetivo el matrimonio, ¿no renunciaría él a ese proyecto si conseguía de las manos del amor lo que no deseaba tener más que del himeneo? Así pues, era necesario distinguir ese objetivo, retenerlo... moderarlo si se inflamaba demasiado... reanimarlo si se escapaba... De modo que la astucia, la coquetería, el artificio y la falsedad debían ser las armas que había que usar, mientras que la tierna Dolsé, entregada por completo a su candor, no iba a mostrar más que la verdad... la inocencia y la ternura. Pero la condesa estaba sola mientras formaba todos esos proyectos; enseguida veremos si lo que una mujer como ella, resuelta en el silencio de las pasiones, pone manos a la obra del mismo modo cuando éstas se inflaman.

Ese era el estado de las cosas cuando el duque, decidido a la primera parte de su prueba, resolvió empezar por la baronesa. Entonces era el mes de junio, época en la que la naturaleza se desarrolla con tanta magnificencia. Ceilcour invitó a la baronesa a que fuese a pasar dos días en una finca magnífica que él tenía en los alrededores de París. Allí su intención era seducirla con todo lo más elegante que pudiese inventar, y conocer lo bastante su alma en esa primera aventura para poder adivinar de antemano cuál sería el efecto de la prueba cuyo desenlace intentaría después.

Ceilcour, el más galante, el más magnífico de los hombres y uno de los más ricos, no escatimó nada para hacer la fiesta que destinaba a Dolsé tan agradable como magnífica. La condesa, que no debía ser parte del plan, ignoró hasta el proyecto, y el duque tuvo cuidado de componer el grupo de acompañantes que destinaba a la baronesa sólo con mujeres que estaban tan por debajo de ella, que ninguna se sorprendiese del incienso que iba a ofrecer a sus pies; y en cuanto a los hombres, el duque estaba seguro de ellos... Así pues, todo iba a inclinarse ante el ídolo, sin que de ello surgiese nada que pudiera alarmar al enamorado ni nada que pudiese eclipsar a la amante.

Dolsé se llamaba Irene; unos fuegos artificiales ofrecidos a esa amable viuda el día de su santo fue el pretexto para la diversión que se había preparado.

Ella llegó. A una legua del palacio se dejaba la carretera para entrar en las avenidas. Una carroza de nácar, que formaba una especie de trono recubierto por un pabellón verde y oro, uncido con seis ciervos enjaezados con cintas y flores y guiado por un muchacho que representaba al Amor, esperaba a la baronesa a la orilla del camino. La sacaron de su carruaje y la llevaron a ese trono doce muchachas bajo el emblema de los juegos y las risas. Cincuenta caballeros armados a la antigua escoltaron la carroza lanza en ristre, y todo llegó hendiendo los aires.

Apenas llegados a los patios del palacio, una mujer alta vestida como en los tiempos de la caballería, escoltada por doce vírgenes[22] y precedida por Ceilcour, fue a recibir a la baronesa al salir de la carroza y la acompañó hasta el pie de la escalinata. Nuestro héroe, vestido como caballero, más hermoso que Marte bajo ese atuendo estrambótico y al que se hubiese tomado por el valiente Lanzarote del Lago, esa estrella de la Tabla Redonda, dobló una rodilla ante la baronesa en cuanto la vio entrar y la introdujo en el edificio.

Allí todo estaba preparado para uno de esos festines que antiguamente se denominaban *de corte plenaria*, las salas estaban llenas de mesas diferentemente arregladas. En cuanto apareció Dolsé, sonaron las fanfarrias, los oboes y las flautas; los ministriles comenzaron las albadas; los malabaristas se pusieron a dar mil vueltas encantadoras y los trovadores cantaron

---

22 Así se denominaba a las jóvenes vinculadas con los Grandes, las jóvenes de honor los representaron hasta el reinado de Luis XIV; pero como ese monarca había abusado mucho de esa clase de serrallos, las reinas consiguieron que ya no hubiera más *vírgenes* en la Corte. *(N. del A.)*

por todas partes las alabanzas de la heroína celebrada. Al final, ella penetró con su caballero en una última sala donde la esperaba la comida más deliciosa, servida sobre una mesa muy baja rodeada de camas de día. Las vírgenes presentaron aguamaniles de oro para lavarse que contenían los perfumes más dulces, y sus hermosos cabellos largos hasta el suelo servían para enjugarse[23]. Entonces cada caballero tomó una dama para comer en su mismo plato[24], y como fácilmente se imagina, Ceilcour y Dolsé se encontraron juntos enseguida. A los postres, reaparecieron los trovadores a entretener otra vez a la baronesa con coplas e improvisaciones.

Terminada la comida, pasaron a una palestra preparada. Era una llanura inmensa, adornada a lo lejos con pabellones despampanantes, pero la parte destinada a los combates estaba rodeada de anfiteatros recubiertos de tapices verde y oro. Los heraldos de armas recorrieron la carrera anunciando un torneo donde *se harán proezas.* Los jueces de campo vinieron a inspeccionar la palestra. Nada podía igualar la belleza de esos preparativos, y principalmente de las vistas. Por un lado se veían los trofeos, sin que apenas pudiesen mirarse por el resplandor de los rayos del sol que se reflejaban por todas partes. Más lejos, caballeros que se armaban y que ensayaban, había un gentío innumerable; y mientras que los ojos maravillados no sabían adónde dirigirse de preferencia, el aire resonó a lo lejos por la multitud de instrumentos dispersos por cada rincón de la llanura, a los que se unió el ruido confuso de los aplausos y las aclamaciones.

Mientras las mujeres decoraban las gradas, la baronesa dio la señal y las justas *multitudinarias* empezaron el torneo. Cien caballeros vestidos de verde y oro eran los partidarios, llevaban los colores de la baronesa; un número igual, de rojo y azul, eran los asaltantes; éstos salieron con ímpetu, se diría que sus corceles no encontraban la tierra lo bastante rápida para llevarlos al enemigo y acababan de lanzarse al aire. Se abatieron sobre los partidarios... Los caballeros se mezclaron, los caballos relincharon... las armas se rompieron, algunos derrotaron a sus enemigos, otros, mezclados entre el polvo, no se distinguían ya más que por los esfuerzos que hacían para impedir que fuesen doblegados. Con ese desorden espantoso se mezclaban el ruido de los tambores y los gritos de los concurrentes; parecía que todos los guerreros de las cuatro partes del mundo se habían reunido en aquella llanura para inmortalizarse bajo los ojos atentos de Belona y de Marte.

Ese combate, en el que los verdes salieron victoriosos, cesó para hacer sitio a las justas regladas.

Caballeros de todos los colores, cada uno de ellos guiado por su dama, que llevaba de las bridas con lazos de flores al corcel de su enamorado, avanzaron unos contra otros y combatiendo así durante algunas horas. Al fin, se presentó un héroe, estaba vestido de verde y desafiaba todo lo que

---

[23] Era la costumbre, véanse las novelas de caballería. *(N. del A.)*

[24] Expresión reconocida, quiere decir que todos rivalizaban juntos. *(N. del A.)*

aparecía en la palestra... anunció orgullosamente que nada podía igualar la belleza de Dolsé. Se lo disputaron, y más de veinte guerreros vencidos por él se vieron obligados a confesarse vencidos a los pies de la heroína de Ceilcour, quien les impuso a todos diferentes condiciones, cumplidas por ellos al instante.

Esa primera parte del espectáculo ocupó todo el día, la señora de Dolsé, que no había tenido tiempo todavía de componerse, fue conducía a sus estancias, donde Ceilcour le pidió permiso para venir a recuperarla en una hora y así hacerle ver sus jardines durante la noche. Esa proposición inquietó por un momento a la ingenua Dolsé...

—¡Oh, cielos! —le dijo Ceilcour—. ¿Entonces no conocéis las leyes de la caballería? Una dama está tan segura en nuestros castillos como en su propio *palacete*. El honor, el amor y la decencia son nuestras leyes, esas son nuestras virtudes; cuanto más nos inflame la belleza a la que servimos, con tanto más respeto nos encadenamos a sus pies.

Dolsé sonrió a Ceilcour y prometió que lo acompañaría a todos lados donde él tuviera deseos de llevarla, y cada uno de ellos fue a prepararse para el segundo acto de aquella agradable fiesta.

A las diez de la noche, fue Ceilcour a buscar al objeto de sus atenciones. Los recipientes de fuego que iluminaban el camino que debían seguir formaban, con diferentes hileras de luz, los dos nombres enlazados del enamorado y de la amada en medio de los atributos del amor. Así fue como llegaron a la sala del espectáculo francés donde los actores principales de ese teatro representaron *El seductor* y *Zeneida*. Al salir de la comedia se dirigieron a otra parte del parque.

Allí se encontraba una sala de banquetes deliciosa, cuyo interior estaba decorado sólo con guirnaldas de flores naturales, entrelazadas con un millón de velas.

Durante la cena, apareció un guerrero montado y armado con todas sus armas y fue a desafiar a uno de los caballeros que se encontraban en la mesa. Éste se levantó, le revistieron sus armas y los dos combatientes subieron a una explanada frente a la mesa de la cena, y dieron a las damas el placer de verlos batirse de tres maneras diferentes. Cuando terminaron de hacerlo, se vio que volvían en masa los malabaristas, los trovadores y los ministriles, y cada uno entretuvo con su arte al círculo hasta el final de la comida. Pero todo se refería a Dolsé, la pantomima, los versos, la música, todo cantaba para ella, todo la celebraba, todo era según sus gustos, no se trataba más que de ella. Lejos de ser insensible a tanta delicadeza, sus ojos, llenos de amor y de agradecimiento, describían a su caballero los sentimientos que la agitaban...

—Buen señor —le dijo ella ingenuamente—, si de verdad estuviésemos todavía en esos tiempos tan famosos, creo que me habríais escogido como vuestra dama...

—Ángel celestial —le respondió en voz baja Ceilcour—, en cualquier época que hubiésemos vivido habríamos estado destinados el uno al otro; dejadme gozar del encanto de creerlo, esperando el de convenceros de ello.

Después de la cena pasaron a una sala diferente, adornada sin arte, ofrecía al natural las diferentes decoraciones necesarias para dos óperas encantadoras de Monvel, que los mejores comediantes italianos interpretaron allí ante los mismos ojos del amable autor de esas dos obras, que, más satisfactorio aún en la sociedad que delicioso era en esas ingenuas y encantadoras obras, había querido encargarse de los planes y de la ejecución de aquella fiesta brillante.

La aurora vino a iluminar el desenlace de la segunda obra, y volvieron al palacio.

—Señora —le dijo Ceilcour a la baronesa mientras la llevaba a su casa—, perdón si no puedo concederos más que poquísimas hora de sueño, pero los caballeros de esta fiesta, a quienes sólo animan vuestros ojos, que no combaten con ardor más que cuando merecen vuestros elogios, no quieren emprender mañana la importante conquista de la Torre de los Gigantes mientras no estén seguros de vuestra presencia... ¿les negaríais ese favor? Estoy más informado que ellos de lo que debe terminar esta singular aventura, y no debo haceros ignorar siquiera que esa presencia, siempre tan deseada por todas partes, se hace ahora muy esencial. El caballero de las armas negras, gigante furioso de esa torre, desde donde nos asolan él y los suyos desde hace tantos años... y que a veces viene a hacer incursiones hasta las mismas puertas de mi palacio, en fin, ese caballero peligroso, obligado a ceder ante el ascendiente de su estrella, perderá la mitad de sus fuerzas en cuanto haya visto vuestros encantos. Apareced, pues, bella Dolsé, y que lo que os rodea pueda decir conmigo que al fijar para siempre el amor y el placer en nuestros afortunados climas, al mismo tiempo habéis llevado allí la calma y la tranquilidad.

—Yo os seguiré siempre, caballero —dijo la baronesa—, y que esa calma que vos creéis que dispongo pueda encontrarse más seguramente en todos los corazones, igual que reina ahora en el mío.

Dos grandes ojos azules llenos de pasión se clavaron, al decir estas palabras, en los de Ceilcourt y llevaron al fondo de su corazón los dardos divinos que no se apagan jamás.

La señora de Dolsé se acostó en una gran agitación. Tanta delicadeza, tantas atenciones y galanterías de parte de un hombre al que adoraba, acababan de sumergir sus sentidos en una clase de delirio que no había experimentado nunca y, como después de cosas tan impactantes le parecía imposible que quien lo ocupaba únicamente no ardiese con el mismo sentimiento, se entregó sin defensa a una pasión que parecía ofrecerle sólo delicias, y que, sin embargo, le preparaba muchos males.

En cuanto a Ceilcour, firme en su proyecto de prueba, por profunda que hubiera sido la herida que acababan de abrir las miradas tiernas de una mujer tan hermosa, resistió y se prometió aún con más firmeza que nunca se rendiría más que a la más digna de encadenarlo para siempre.

Desde las nueve de la mañana, los clarines, los címbalos, los cornos y las trompetas llamaron a las armas a los caballeros y despertaron a la baronesa... que estaba demasiado emocionada para haber pasado una buena noche. Se preparó pronto para la salida, bajó, Ceilcour la esperaba; cincuenta caballeros verdes armados con todas sus piezas, tomaron enseguida la delantera; la baronesa y Ceilcour los siguieron en una calesa del mismo color, arrastrada por doce caballitos sardos igualmente pintados de verde, revestidos de arneses de terciopelo punteados de oro. Apenas alcanzaron el bosque donde el caballero de armas negras tenía su residencia, a casi cinco leguas del palacio de Ceilcour, vieron a seis gigantes armados con mazas que, montados en caballos enormes, abatieron a sus pies a los cuatro caballeros que galopaban en vanguardia.

Todo se detuvo; Ceilcour y su dama avanzaron a la cabeza del destacamento, y de allí partió un heraldo de armas con la orden de preguntarle al gigante de la torre negra, uno de los que acababan de aparecer, si sería lo bastante descortés como para negar la entrada en sus posesiones a la dama del sol, que venía a pedirle que fuese a cenar con el caballero de las armas verdes, quien tenía el honor de servirla.

El heraldo avanzó, el caballero negro se aproximó igualmente a la linde del bosque; su estatura, su maza, su caballo, su cara, sus gestos... todo era imponente, todo era aterrador; la entrevista tuvo lugar ante los ojos de uno y otro partido, y el heraldo volvió para decir que nada podía domeñar a *Catchukricacambos*. Éste había dicho que «los dardos luminosos de la dama del sol ya me han arrebatado la mitad de mi poder, que lo noto, que nada podía resistir el poder de su ojos, pero que lo que me queda de libertad me es demasiado querido para consentir perderlo sin defenderlo; corred, pues, a decirle a esa dama —había añadido el gigante— que de mí no tendrá nada que no consiga por la fuerza, y aseguradle que combatiré con todo ardor a los guerreros que la acompañan, y que evitaré las miradas... de las que no sería necesario más que un rayo para encadenarme a sus pies».

—¡Al combate..., al combate, amigos míos! —exclamó Ceilcour arrojándose sobre un caballo magnífico—; y vos, señora, seguidnos de cerca porque vuestros ojos deben asegurarnos la victoria. Con un enemigo tan poderoso como el que vamos a combatir, es bueno emplear la fuerza a la vez que la astucia.

Avanzaron; los gigantes se multiplicaron, se los vio salir de todos los confines del bosque. Los caballeros verdes se dividieron para ponerse en situación de hacer frente a todo. Apretaban los flancos de sus fogosos corceles, sabían disminuir el dominio de sus enemigos con habilidad y ligereza, y les asestaron golpes que no podían evitar gentes a las que estorbaban su estatura y el peso de las armas. La heroína siguió de cerca a los que combatían por ella, lo que su hierro evitaba, sus hermosos ojos lo destruían. Todo cedió... todo se retiró en desorden; los vencedores echaron a los vencidos a lo más espeso del bosque, y al fin llegaron cerca de un claro, en cuyo centro estaba situado el palacio de *Catchukricacambos*.

Era un pabellón ancho y alto, flanqueado por cuatro torres de un mármol negro como el azabache; sobre los muros se veían, ordenados simétricamente, monogramas y trofeos de armas en plata. Un foso rodeaba el edificio, en el que no se entraba más que por un puente levadizo; en cuanto los enanos negros que guarnecían lo alto de las torres divisaron la calesa de la dama del Sol, hicieron que lloviese sobre ella una nube de flechas pequeñas de ébano, en cuya punta había un gran ramo de flores. En diez minutos, Dolsé, su carruaje, sus caballos y más de cuatro toesas alrededor de ella se encontraron cubiertos de rosas, de jazmines, de lilas, de junquillos, de claveles y de nardos... apenas podía vérsela bajo aquellas masas de flores.

Sin embargo, no se veía ni a un solo enemigo; todo había vuelto a entrar en el palacio, cuyas puertas se abrieron al instante. Entonces llegó Ceilcour, llevaba encadenado con una cinta verde al caballero de las armas negras, que en cuanto se vio cerca de la baronesa se precipitó a sus pies y se reconoció en voz alta como su esclavo. Le suplicó que honrase su morada con su presencia, y entraron todos, vencedores y vencidos, todo se introdujo en el edificio a los sones de los címbalos y los clarinetes.

Llegada al patio interior, la baronesa descendió del carruaje y pasó a unas salas magníficamente decoradas, donde la recibieron inclinándose sesenta mujeres, esposas de los caballeros vencidos, y que parecían tener más de ocho pies[25] de alto. Cada una de esas mujeres tenía una cesta llena de los regalos más hermosos, pero todos ellos formados por cosas sencillas, aunque singulares y raras, con el fin de tratar bien la delicadeza de Dolsé, que no hubiera aceptado joyas de gran precio. Eran flores y frutas de la especies más bellas y más raras, las había de todas las partes del mundo. Vestiduras de mujer, igualmente de diferentes maneras y de todos los países posibles; una inmensidad de cintas de todos los colores; figuritas de azúcar y confituras; treinta cajas de esencias, de pomadas y de flores de Italia; los encajes más preciosos; flechas y aljabas de salvajes; algunas antigüedades romanas; vasos griegos muy valiosos; manojos de plumas de todos los pájaros de la tierra; sesenta pelucas de mujer tanto de nuestra moda como de las de las demás naciones del mundo; quince clases diferentes de pieles y más de treinta parejas de animalitos raros de una belleza sorprendente, entre los que se veían tórtolas amarillas y lilas de China, que estaban por encima de todo elogio; tres servicios completos de porcelanas extranjeras y dos

[25] Unos 2,5 metros.

de Francia; cajas de mirra, de áloe y de muchos otros perfumes de Arabia, entre los que estaba el nardo, que los israelitas quemaban sólo ante el Arca del Señor; una hermosa colección de piedras preciosas; cajas de canela, de azafrán, de vainilla y de café de las especies más raras y más seguramente indígenas; cien libras de velas de color rosa; cuatro amueblamientos completos, uno de satén verde bordado de oro, uno de damasco de tres colores, uno de terciopelo y el cuarto de pekín; seis alfombras de Persia y un palanquín de las Indias.

En cuanto la baronesa lo vio todo, las gigantas arreglaron simétricamente esos objetos sobre un anfiteatro preparado en la sala de banquetes; entonces se adelantó el caballero de las armas negras, se arrodilló ante Dolsé y le suplicó que aceptase aquellos regalos, asegurándola que así son las leyes de la guerra y que él los hubiera exigido de su enemigo, si hubiera sido lo bastante afortunado como para vencerlo... Dolsé se ruborizó... quiso defenderse; lanzó sobre su caballero miradas en las que reinaba la obligación en medio de mucho amor... Ceilcour estrechaba las manos de aquella mujer encantadora y las cubría con sus lágrimas y sus besos; le suplicó que no lo afligiera hasta el punto de despreciar aquellas bagatelas de tan poca importancia. Lágrimas involuntarias se derramaron de los bellos ojos en los que Ceilcour se abrasaba cada vez más. La baronesa no tuvo la fuerza para decir que sí... pero su agradecimiento lo expresaba por ella y se las sirvieron

Otras gradas que estaban frente a aquellas donde estaban expuestos los regalos se llenaron enseguida de gigantes vencidos. *Catchukricacambos* le pidió a la baronesa que les fuese permitido interpretar algunas piezas de música que habían compuesto...

—Están desprovistas de armonía, señora —añadió él—, ese arte sublime no puede ejercerse en nuestros bosques como en el seno de vuestras ciudades brillantes, pero les haréis una señal para que callen tan pronto como os disgusten.

Y en ese mismo momento se dejó oír la obertura de *Ifigenia,* interpretada con tanta mayor precisión, puesto que quienes la tocaban allí eran los mismos que la interpretaban en la Ópera.

Se pusieron a la mesa al son de esa música deliciosa, que variaba sus piezas y que dejaba oír cada vez las de los mayores maestros de Europa. Los enanos negros y las gigantas eran los únicos que servían en la comida, en la que no eran admitidos más que los caballeros vencedores y algunas mujeres del cortejo de la baronesa. La magnificencia, la delicadeza y el lujo presidían todos los servicios; y *Catchukricacambos,* a quien se le permitió que hiciera los honores, cumplió esa tarea con tanta gracia como elegancia.

Al salir de la mesa, ese noble gigante preguntó a la baronesa si una partida de caza en su bosque podría darle alguna satisfacción. Arrastrada de placeres en placeres, creyéndose en un mundo nuevo, ella aceptó con todo el aspecto de la alegría. Los vencedores se mezclaron con los vencidos y colocaron a la dama del Sol en un trono de flores elevado sobre un montículo que dominaba todos los caminos del bosque, que desembocaban en el palacio de mármol negro.

Apenas estaba colocada allí, más de sesenta ciervas blancas, adornadas con grandes lazos de cintas rosas, que parecían perseguir ellas a los cazadores, vinieron a agacharse a sus pies, donde los rastreadores las encadenaban con trenzas de violetas.

Sin embargo, el sol bajaba... las trompetas tocaron a partida; todos los caballeros, amigos o enemigos, habían vuelto ya de la caza y sólo parecían esperar las órdenes de su jefe. Ceilcour ofreció la mano a su dama para ayudarla a subir de nuevo a la preciosa calesa que la había traído. En ese instante, las puertas del palacio negro se abrieron con estruendo; salió de allí una carroza inmensa; era una especie de teatro ambulante, arrastrado por doce caballos magníficos, sobre el que se habían arreglado en forma de decoración todos los regalos que se le habían hecho a la dama del Sol. Cuatro de las gigantas prisioneras más bellas estaban encadenadas a las cuatro esquinas de la carroza con guirnaldas de rosas; aquella máquina extraordinaria pasó la primera.

Se disponían a seguirla, cuando Ceilcour rogó a la baronesa que volviese una vez más sus miradas al palacio del gigante que acababa de darle de cenar... Ella miró, el edificio estaba ya casi enteramente consumido por el fuego; desde lo alto de las ventanas, de la explanada de los torneos, se precipitó en grupos en mitad de las llamas aquella innumerable cantidad de pequeños negros a los que se vio servir la comida. Llamaron en ayuda, lanzaron gritos que, mezclándose con los silbidos de los torbellinos abrasados, hicieron que el espectáculo fuese tan majestuoso como imponente.

La baronesa se asustó; su alma compasiva y dulce no podía padecer nada de lo que parecía afligir a sus semejantes; su enamorado la tranquilizó, le demostró que todo lo que ella veía no era más que artificio y decorados... Ella se calmó, el edificio era ya cenizas y fueron volando al castillo.

Todo estaba preparado para un baile. Ceilcour lo abrió con Dolsé, y las danzas más variadas y más agradables continuaron al son de los instrumentos.

Pero, ¿qué golpe imprevisto pareció perturbar la fiesta? Eran alrededor de las diez de la noche cuando apareció un caballero, que estaba alarmado. *Catchukricacambos,* dijo, para vengarse del trato que había recibido, de las contribuciones elevadas sobre él y del incendio de su castillo; llegaba a la fiesta encabezando un ejército numeroso para aniquilar al caballero de las armas verdes, a su amada y a sus posesiones.

—Vamos, señora —exclamó Ceilcour ofreciendo su mano a Dolsé— vamos a hacer un reconocimiento antes de asustarnos...

Abandonaron el baile tumultuosamente, llegaron a la entrada de los parterres y enseguida divisaron a lo lejos cincuenta carretas de fuego, todas ellas enganchadas con animales del mismo elemento y cuyas formas eran extraordinarias. Aquella legión formidable avanzaba majestuosamente... Cuando estuvo a cien pasos de los espectadores, de cada una de aquellas carretas mágicas salió una nube de bombas, de cuyos estallidos en el aire surgió una lluvia de piritas que formaban al caer las iniciales de Ceilcour y de Dolsé.

—Ese es un enemigo muy galante —dijo la baronesa—, y ya no le tengo miedo.

Sin embargo, el fuego no terminaba; masas enormes de cohetes y de haces de fuego se sucedían rápidamente, el aire estaba abrasado por ello. En ese momento se vio a la Discordia descender en medio de las carretas, las dividió con sus serpientes y se separaron... Se apoderaron del campo y dieron el espectáculo sublime de un carrusel... ejecutado por las carretas de fuego. Insensiblemente, esas carretas se mezclaron, se confundieron, se enviaron granadas mutuamente. Algunas chocaron, se voltearon, se destrozaron. Más de treinta de las otras, llevadas por grifos y águilas monstruosas, se lanzaron impetuosamente al aire, donde estallaron a más de quinientas toesas[26]; cien grupos de amores se escaparon entonces de sus restos, llevando guirnaldas de estrellas. Éstos descendieron lentísimamente sobre la terraza donde estaba la baronesa, allí se quedaron más de diez minutos suspendidos sobre su cabeza, llenando el parque entero con una luz tan viva, que el astro mismo habría quedado descolorido por ello. Se dejó oír una música de las más dulces, y ese artificio majestuoso, sostenido por los encantos de la armonía, seducía la imaginación hasta tal punto que se hacía imposible no creerse en los campos del Elíseo, o en esos paraísos voluptuosos que nos prometió Mahoma.

Una profunda oscuridad siguió a esos fuegos deslumbrantes, volvieron. Pero Ceilcour, que se creía aún en la época de la primera parte de la prueba que destinaba a su amada, la arrastró suavemente bajo un bosquecillo de flores, donde les recibieron a los dos unos asientos de césped.

—Pues bien, bella Dolsé —le dijo—, ¿he podido conseguir distraeros un momento? ¿Debo temer que os arrepintáis de la gentileza que habéis tenido al venir a aburriros dos días al campo?

—¿Puedo tomarme esa pregunta como algo distinto de una broma? —dijo Dolsé—. ¿Y no debo enojarme por veros emplear conmigo un tono distinto al de la sinceridad? Habéis llevado a cabo muchas extravagancias, y debería reñiros por ello.

—Si el único ser que amo en este mundo ha podido saborear un instante de placer, entonces, ¿lo que he hecho puede tratarse como vos decís?

---

[26] Una toesa equivalía a seis pies, aproximadamente 1,8 metros.

—No se puede imaginar nada más galante, pero este derroche me ha disgustado.

—Y el sentimiento que me lo inspiró todo, ¿os ha enojado también?

—¿Es que queréis adivinar mi corazón?

—Yo desearía mucho más que eso, quisiera reinar en él.

—Estad muy seguro al menos de que nadie podría tener más derecho a ello.

—Eso es inflamar la esperanza junto a la incertidumbre, y es perturbar todos los encantos de la una por los espantosos tormentos de la otra.

—¿No sería yo la más desgraciada de las mujeres si creyese en el sentimiento que intentáis describir?

—Y yo, el más infortunado de los hombres si no llegase a inspirároslo.

—¡Oh, Ceilcour, queréis hacerme llorar toda mi vida la felicidad de haberos conocido!

—Querría hacérosla querer, quisiera que este instante del que habláis fuera tan valioso para vos como lo que son para mí aquellos en los que el amor me colocó por siempre a vuestros pies...

Y Dolsé derramó algunas lágrimas...

—Vos no conocéis mi sensibilidad, Ceilcour..., no, vos no la conocéis... ¡Ah!, no acabéis de extraviar mi razón si no estáis seguro de merecer mi corazón... no sabéis lo que me costaría una infidelidad... Consideremos todo lo que ha pasado como palabras corrientes... como placeres que describen vuestro gusto y vuestra delicadeza, de los que estoy agradecida todo cuanto es posible, pero no vayamos más lejos. Para mi tranquilidad, prefiero veros como el más amable de los hombres a estar obligada un día a consideraros como el más cruel; mi libertad me es muy querida, su pérdida no me ha costado lágrimas nunca, y las derramaría muy amargas si vos no fueseis más que un seductor.

—¡Qué injuriosos son vuestros temores, Dolsé! ¡Qué horrible es para mí ver que los tenéis, cuando lo hago todo por aniquilarlos!... ¡Ah!, lo noto, estos desvíos sólo están hechos para mostrarme mi destino... Tengo que renunciar a que pasen a vuestra alma los fuegos que devoran la mía... tengo que encontrar la desdicha de mi vida cuando de ella desearía la felicidad... y seréis vos, ¡seréis vos, mujer cruel, quien habréis destruido toda la dulzura de mis días!

La oscuridad no le permitió a Ceilcour ver el estado en que se encontraba su bella amada, pero estaba cubierta de llantos... los sollozos le cortaban la respiración... Ella quiso levantarse y salir del bosquecillo. Ceilcour la detuvo y la obligó a que volviera a sentarse.

—No..., no —le dijo él—, no huiréis sin que sepa a qué atenerme... Decís que debo esperar; o devolvedme la vida, o hundid al instante un puñal en mi pecho... ¿Mereceré un día algún sentimiento de vos, Dolsé... o tendré que decidirme a morir de desesperanza por no haber podido enterneceros?

—Dejadme, dejadme, os lo suplico, no arranquéis una confesión que no aportará nada a vuestra felicidad y que perturbará toda la mía.

—¡Ay, santo cielo! ¿Es así, pues, como debía ser tratado por vos?... Os escucho, señora... Sí, pronunciáis mi sentencia... ilumináis mi horrible destino... ¡Pues bien!, soy yo quien va a dejaros... a ahorraros el horror de estar más tiempo con un hombre al que odiáis.

Al pronunciar estas palabras, Ceilcour se levantó.

—¿Odiaros, yo? —dijo Dolsé reteniéndolo a su vez—... ¡Ah!, cómo sabéis que es lo contrario... vos lo queréis... Pues bien, sí... os amo... Ya está, he dicho la palabra que me costaba tanto... pero si abusáis de ella para que se haga mi tormento... Si alguna vez amáis a otra... me precipitaréis a la tumba.

—¡El momento más dulce de mi vida! —dijo Ceilcour, cubriendo de besos las manos de su amada—... ¡He oído esa palabra halagadora que va a hacer toda la alegría de mi vida!... —y apretando las dos manos que sujeta sobre su corazón—... ¡Oh, vos, a quien adoraré hasta mi último suspiro! —prosiguió él con vehemencia—. Si es cierto que he podido inspiraros algo, ¿por qué titubearíais para convencerme de ello?... ¿Por qué aplazar para otro momento la posibilidad de hacerse felices?... Este refugio solitario... El profundo silencio que reina a nuestro alrededor... Ese sentimiento con el que ardemos los dos... ¡Oh, Dolsé!... ¡Dolsé!, no hay más que un momento para gozar, no lo dejemos escapar.

Y al decir estas palabras, Ceilcour, en quien se pintaba el ardor de la pasión más viva, apretó con fuerza entre sus brazos al objeto de su idolatría... pero la baronesa se escapó...

—Hombre peligroso —exclamó—, bien sabía yo que tú sólo querías engañarme... déjame huir, pérfido... ¡Ah, ya no eres digno de mí!... —y luego continuó con furia—... Y esa es la promesa de amor y de respeto... esa es la recompensa de la confesión que me has arrancado... ¡Me has considerado digna de ti sólo para contentar un deseo! ¡Cómo me has despreciado, hombre atroz! Debí esperarme que no sería vista por Ceilcour más que bajo ese aspecto insultante... Ve a buscar mujeres lo bastante viles como para que no quieran de ti más que placeres, y déjame que llore el orgullo que había puesto en poseer tu corazón.

—Criatura angelical —dijo Ceilcour cayendo a los pies de esa mujer celestial—..., no, ¡no lloraréis por la posesión de ese corazón al que os dignáis añadir algún precio! Es vuestro... es vuestro para siempre... Reinaréis en él despóticamente, perdonad un momento de error, adjudicádselo a la violencia de mi pasión... Ese crimen es vuestro, Dolsé, es obra de vuestros encantos, sería una injusticia espantosa querer castigarme por ello. Olvidadlo... olvidadlo, señora... es vuestro enamorado quien os lo suplica.

—Regresemos, Ceilcour... Me habéis hecho sentir mi imprudencia... a vuestro lado no creía en el peligro... Tenéis razón, es culpa mía...

Y seguía intentando salir del bosquecillo.

—¿Queréis verme morir a vuestros pies? —dijo Ceilcour—. No, no los dejaré hasta que me hayáis perdonado.

—¡Oh, señor! ¿Cómo puedo excusar el acto de vuestra vida más capaz de demostrarme vuestra indiferencia?

—Ese acto no ha sido debido más que al exceso de mi amor.

—No se envilece lo que se ama.

—Perdonádselo al delirio de los sentidos.

—Levantáos, Ceilcour, yo sería más castigada que vos si fuera preciso que dejase de amaros... Pues bien, os perdono, pero no me ofendáis más, no humilléis a aquella de quien esperáis, según decís, vuestra felicidad; cuando se tiene tanta delicadeza en el alma, ¿puede faltar en el corazón?... Si es cierto que me amáis como yo os amo, ¿cómo habéis podido querer sacrificarme a la fantasía de un momento? ¿Cómo me consideraríais ahora si hubiese satisfecho vuestros deseos? ¡Y cómo me despreciaría a mí misma si esa debilidad hubiese envilecido mi alma!

—Pero no me detestaréis, Dolsé, por haber sido seducido por vuestros encantos... ¿No me odiaréis por no haber escuchado del amor por un momento... más que su ardor y su embriaguez? ¡Ah, que oiga otra vez ese perdón al que aspiro!

—Venid, venid, Ceilcour —dijo la baronesa arrastrando a su enamorado al palacio—, sí, os perdono... Pero será de mucho mejor corazón cuando los dos estemos lejos del peligro, huyamos de todo lo que pueda renovarlo, y puesto que el uno y el otro somos bastante culpables... vos, por haber conocido mal el amor; yo, por haberlo supuesto demasiado; desentendámonos para siempre de todo lo que pueda multiplicar nuestros errores y facilitar la recaída.

Los dos regresaron al baile; un poco antes de entrar, Dolsé agarró la mano de Ceilcour.

—Mi querido amigo —le dijo ella—, ahora estáis perdonado de buena fe... no me acuséis ni de mojigatería, ni de severidad, aspiro realmente a vuestro corazón, y mi debilidad había hecho que me lo perdiera... ¿me pertenece todavía por entero?

—¡Oh, Dolsé! Sois la más prudente... la más delicada de las mujeres y siempre seréis la más adorada.

Ya no se pensó más que en el placer... Ceilcour, encantado con su operación, se veía en el colmo de la alegría... «Esta es la mujer que me conviene, es esta la que debe hacer mi felicidad; la segunda y nueva prueba en la que todavía quiero meterla se hace casi inútil con un alma como la suya. No debe existir ninguna virtud sobre la tierra que no se encuentre en el corazón de mi Dolsé, que debe ser el refugio de todas ellas... Ese corazón es una imagen del cielo, debe ser tan puro como él. Pero no nos ceguemos —prosiguió—, he prometido que apartaría toda prevención... La condesa de Nelmours es aturdida, ligera, alegre, tiene encantos, como Dolsé, y su alma quizá sea tan bella... Probemos».

La baronesa se marchó al salir del baile. Ceilcour la llevaba él mismo en una calesa de seis caballos. Se hizo repetir su perdón hasta el final de las avenidas; le juró mil veces que la adoraría, y se separó de esa mujer encantadora tan seguro de su amor como de su virtud y de la delicadeza de su alma.

Los regalos que la baronesa había recibido en la casa del caballero de las armas negras se le habían adelantado sin que lo supiera, y ella encontró su casa decorada cuando volvió allá.

—¡Ay! —dijo ante el aspecto de aquellos regalos—. ¡Qué momentos más halagadores me hará experimentar su vista constantemente si él me ama con tanta sinceridad como creo, pero cómo desgarrarán mi corazón esos regalos funestos si no son más que los frutos de la liviandad de ese hombre encantador, o simples efectos de su galantería!

La primera ocupación de Ceilcour al volver a París fue la de ir a casa de la condesa de Nelmours. Ignoraba si ella había sabido de la fiesta que acababa de darle a Dolsé, y en el caso de que estuviese informada de ella, sería muy curioso saber lo que habría producido ese proceder en un alma tan orgullosa.

Acababa de saberlo todo. Ceilcour fue recibido con frialdad; se le preguntó como era posible dejar un campo en el que se gozan placeres tan deliciosos. Ceilcour respondió que no se imaginaba cómo una broma de sociedad... un ramillete dado a una amiga podía haber provocado tal estallido...

—Convencéos, pues, bella condesa —continuó él— de que, si como pretendéis, yo quería dar una fiesta, sería solamente a vos a quien querría proponérsela.

—Al menos vos no volveríais de ella con un ridículo como el que acabáis de daros, al tomar por la dama de vuestros pensamientos a una pequeña mojigata a la que no se ve en parte alguna y que, sin duda, sólo se aísla así para ocuparse más novelescamente de su hermoso caballero.

—Es cierto, me doy cuenta de mis errores —respondió Ceilcour—, y desgraciadamente no conozco más que una manera de repararlos.

—¿Y cuál es?

—Pero haría falta que vos os prestáseis a ello... y no querréis hacerlo jamás.

—¿Y qué tendría yo que ver con eso, por favor?

—Escuchad antes de enojaros. Un ramillete para la baronesa de Dolsé es una ridiculez, lo admito, y para cubrirlo no veo más que una fiesta para la condesa de Nelmours.

—¿Yo, convertirme en la mona de esa mujercita?... ¿Dejar que me lancen flores a la nariz como espectáculo?... ¡Oh!, por una vez, lo admitiréis, si con eso borrase vuestros errores, no sería más que cometiéndolos yo misma, y no tengo ni el deseo de compartir vuestras locuras arriesgando mi reputación, ni el propósito de velar vuestras incongruencias agobiándome con ridiculeces.

—Sin embargo, no está muy admitido que haya un ridículo enorme en darle flores a una mujer.

—¿Tenéis vos a esa mujer?... Os felicito de veras, es la pareja más bonita... al menos me lo diréis... como debéis... ¿Es que no sabéis cuánto me intereso en vuestros placeres?... ¿Quién habría pensado hace seis meses, que tendríais a esa pequeña criatura?... Con dimensiones de muñeca... y ojos muy bonitos, si queréis, pero que nada significan... Un aspecto pudoroso... que me irritaría si yo fuese hombre... y no más formada que si acabase de salir del convento[27]; como esa mujer ha leído algunas novelas, se imagina que posee alguna filosofía en su entendimiento, y que enseguida debe recorrer la misma carrera que nosotras. ¡Ah, nada hay tan jocoso!... Dejadme que me ría de eso a gusto, os lo suplico... pero no me digáis que eso os ha costado mucho esfuerzo... Veinticuatro horas... lo apostaría... ¡Ah, Ceilcour, una historia excelente! Quiero divertir a todo París, pretendo que el Universo entero admire vuestra elección y vuestro gusto para las fiestas... Porque, a pesar de las bromas, se dice que esa fiesta fue de una elegancia... De modo que me concedéis la gracia de poner vuestros ojos en mí para que sustituya a esa heroína... me siento muy glorificada...

—Bella condesa —dijo Ceilcour con la mayor sangre fría—, cuando vuestros sarcasmos se hayan agotado, intentaré hablaros razonablemente... si es posible.

—Entonces, hablad, hablad, os escucho, justificáos si os atrevéis.

—¿Justificarme, yo?... Para justificarse hay que haber cometido errores, y el que me suponéis en esto, ¿es que no es imposible, después de los sentimientos por vos que me conocéis?

—Yo no os conozco ningún sentimiento por mí, que yo sepa, vos no me habéis hecho nunca que os viese alguno; si hubiera sido así, sin duda no le habríais dado esa fiesta a Dolsé.

—¡Bueno, dejadlo ya, señora! Fue una broma sin consecuencias. Le di un baile y algunas flores a Dolsé, pero sólo es a la condesa de Nelmours... a la mujer que más amo del mundo, a quien pretendo darle una fiesta...

—Aún si con ese proyecto de dar dos fiestas, al menos hubiéseis empezado por mí...

—Pero pensad que esto es una historia de calendario, si en él santa Irene va tres semanas antes que santa Enriqueta, ¿es culpa mía? ¿Y qué importancia tiene ese frívolo arreglo, puesto que Enriqueta es la única que reina en el fondo de mi corazón y ella no puede ser precedida por nadie?

[27] Era costumbre en la época que las niñas de familias de clase alta se educasen estando internas en conventos de religiosas.

—Bien sé que me lo habéis dicho, pero, ¿cómo queréis que lo crea?

—Hay que conocerse muy poco, o estar muy desprovisto de orgullo, para atreverse a decir lo que hoy acabáis de decir.

—¡Oh, despacio! La inconsecuencia sólo recae sobre vos, no hay ni un grano menos de vanidad en mí; todavía no me pongo por debajo de vuestra diosa, y he creído poder mofarme de los dos sin que me haga creer en mi humildad.

—Sed, pues, justa por una vez en vuestra vida; apreciad las cosas por lo que valen, y todos ganaremos con ello.

—Es que yo tenía la locura de pretender fijarme en vos... en ello había puesto una especie de triunfo, cuya destrucción me disgustaría... Juradme que esa pequeña indolente no os ha inspirado nunca nada.

—¿Es que es de aquél a quien vos encadenáis de quien hay que exigir ese juramento? No os perdono que lo hayáis pensado siquiera... y si yo hiciera las cosas bien, me enfadaría por eso hasta el punto de no veros más.

—¡Ah, bien sabía yo que el muy astuto iba a obligarme a pedirle excusas!

—Ni una palabra, pero es que hay cosas que están tan fuera de lo verosímil...

—Seguramente, es la historia de todo esto.

—Si lo sentís así, ¿por qué tanto lío?

—Yo no quiero nada de todo lo que parezca arrebataros de mí.

—¿Pero hay algo que pueda conseguirlo?

—¿Qué sé yo? ¿Se conoce a los hombres?

—No me confundáis siempre.

—Imagino que preferiríais que os perdonase.

—Debéis hacerlo... Vamos, dejémonos de niñerías y venid a pasar dos días en mi casa, para saber allí, con más seguridad que en París, si es verdad que solamente he ideado una fiesta para otra mujer y no para mi querida condesa...

Y el hábil personaje agarró entonces una mano de aquella a la que ponía a prueba y se la llevó al corazón.

—Mujer implacable —le dijo con arrebato—, cuando vuestra imagen está grabada aquí para no borrarse jamás, ¿debéis suponer que otra pueda hacer que vacile vuestro dominio sobre él?

—Vamos, no hablemos más de ello... pero para prometeros dos días...

—Cuento con ello.

—Verdaderamente, sería una locura.

—Vos la cometeréis.

—Vamos, pues, vuestro influencia sobre mí se impone y triunfaréis siempre.

—¿Siempre?

—¡Oh! No en general, hay ciertos límites que no sobrepasaré nunca... y si creyese que en todo esto hubiera el más mínimo proyecto sobre mi razón, muy ciertamente os rechazaría.

—No, no, respetaremos esa severa razón... Hasta el punto que yo deba perderla, ¿se aliarían con la seducción las perspectivas que tengo sobre vos? Se engaña a una mujer a la que se desprecia... de quien se quieren los placeres de un momento para no ocuparse más de ella en cuanto se saborean; pero, ¡de qué diferente naturaleza son los procedimientos que se emplean con aquella de quien se espera la felicidad de su propia vida!

—Me gusta veros un poco de sensatez... vos lo queréis y yo iré a veros... pero nada de fastos, que sea por esa diferencia como se reconozca la que debe existir entre mi rival y yo. Quiero que al menos se diga que vos habéis obrado con esa pequeña criatura como con una mujer con la cual se está por ceremonia, y conmigo como con la más sincera amiga de vuestro corazón.

—Creed —dijo Ceilcour, escapándose— que únicamente vuestros deseos serán la regla de mi conducta... que trabajo un poco para mí en esa fiesta cuyo homenaje os dignáis aceptar, y que sería muy difícil que yo quedase satisfecho si no viese, en esos ojos encantadores, el placer de que se despierte el amor y de que reine a su lado.

Ceilcour fue a prepararlo todo. Mientras tanto vio dos o tres veces a la condesa, con el fin de que nada pudiese enfriar la decisión que había tomado. Hizo igualmente dos visitas secretas a Dolsé con quien no dejó de mantener su pasión, en ellas pudo convencerse más que nunca de la delicadeza de los sentimientos de aquella mujer sensible y, sobre todo, aclararse de que ella sería su aflicción más dolorosa si desgraciadamente supiera que debía engañarla. Le ocultó con el mayor cuidado la fiesta que proyectaba para Nelmours, y por lo demás se abandonó plenamente a su destino y a las circunstancias. Cuando se tiene el proyecto de casarse y de que nos decidan a ello *motivos poderosòs,* tras haberlo hecho lo mejor posible para evitar el escándalo, hay que entregarse sin temor a las consecuencias inevitables de un proyecto en el que las mayores precauciones perturbarían quizá su cumplimiento, y por consiguiente perjudicarían nuestras miras.

El 20 de julio, víspera de la fiesta de la señora de Nelmours, esa mujer adorable partió por la mañana para dirigirse al palacio; llegó a mediodía a la entrada de las avenidas, dos genios la recibieron en su carroza y le rogaron que se detuviese un momento.

—No os esperábamos hoy en las posesiones del príncipe Ormasis, señora —dijo uno de ellos—, él está muy ocupado con una pasión que lo devora y ha venido a retirarse aquí para gemir en libertad; debido a estos proyectos de soledad ha hecho transformar todos los caminos de sus dominios.

Y en efecto, al lanzar los ojos la condesa sobre la inmensa avenida que se presentaba ante ella, sólo vio árboles enteramente despojados de sus hojas, un aspecto árido y desierto... un camino roto por todas partes que no ofrecía a cada paso más que barrancos y precipicios. Por un momento fue víctima de la broma...

—¡Oh, qué bien sabía yo —dijo ella— que no le vendrían a la cabeza más que cosas ridículas! Si es así como tiene el proyecto de recibirme, lo libero de su galantería y me vuelvo.

—Pero, señora —dijo uno de los genios reteniéndola—, sabéis que el príncipe no tiene más que decir una palabra para hacer que cambie al instante la faz del universo; pero consentid que se le informe y enseguida dará órdenes para facilitar vuestra llegada a su casa.

—Y mientras espero, ¿qué queréis que haga?

—¡Oh, señora! ¿Es que hace falta un siglo para informar al príncipe?

El genio golpeó el aire con su varita, un silfo se lanzó desde detrás de un árbol, atravesó los aires con rapidez y volvió con más velocidad todavía. Apenas llegó a la carroza de la condesa para advertirle de que era dueña de apearse de ella, volvió a marcharse con la misma prontitud, y en ese segundo viaje todo cambiaba a medida que hendía los aires. Esa misma avenida agreste, aislada y destruida donde no se divisaba ni un alma, se llenó de repente con más de tres mil personas y ofreció a los ojos de la condesa el decorado de una feria magnífica, adornada con cuatrocientas tiendas a cada costado de la avenida llenas de toda clase de joyas y objetos de moda. Muchachas encantadoras y pintorescamente vestidas llevaban esas tiendas y anunciaban las mercancías. Las ramas de aquellos árboles, desnudos y despojados hacía un momento, cedían en ese momento bajo el peso de las guirnaldas de flores y frutos con las que se cargaron, y aquel camino roto hacía un instante, ahora no era más que un tapiz de verdor que recorrieron en medio de un bosque de rosales, lilas y jazmines.

—En verdad, vuestro príncipe es un loco —dijo la condesa a los dos genios que la acompañaban.

Pero al pronunciar esas palabras cambió de color y se hizo fácil distinguir en los rasgos de su fisionomía lo orgullosa y halagada que estaba por los cuidados que se tomaban para sorprenderla y para interesarla. La condesa avanzó.

—Princesa —le dijo uno de los dos genios que la guiaban—, todas esas bagatelas y todas esas frivolidades que vuestros ojos, más brillantes que el relámpago, pueden divisar en esas tiendas os están ofrecidas; nosotros os suplicamos que quiera elegir, lo que vuestros dedos de alabastro se hayan dignado tocar se encontrará esta noche en los aposentos que os están destinados.

—Eso es muy satisfactorio —respondió la condesa—, sé cuánto enojaría al dueño de estos lugares si rechazase esta galantería, pero seré discreta.

Adentrándose en las avenidas, recorrió tanto a derecha como a izquierda las tiendas que le parecieron más elegantes; tocó muy pocas cosas, pero deseó muchas de ellas; y como era observada escrupulosamente y no se perdían ninguno de sus gestos ni de sus miradas, lo que ella indicó y lo que deseó se marcó con la misma exactitud. Se observó igualmente que alababa la belleza de algunas de las mujeres que despachaban las joyas... y enseguida se verá de qué manera satisfacía Ceilcour hasta sus menores deseos.

A treinta pasos del palacio, nuestra heroína vio llegar a su enamorado bajo el emblema del genio del aire, seguido de otros treinta genios que parecía que formaban su corte.

—Señora —dijo Oromasis (téngase a bien reconocer bajo ese nombre a Ceilcour), yo estaba lejos de esperarme el honor que os dignáis hacerme, me habríais visto volar ante vos si hubiese previsto ese favor; permitidme —continuó él inclinándose— que bese el polvo que habéis pisado y que me rebaje ante la divinidad que preside en el cielo y que regula los movimientos de la Tierra.

Al mismo tiempo, el genio y todo lo que lo rodeaba se prosternaron de cara a la arena hasta que la condesa hizo el gesto para ordenar que se levantasen; entonces todos avanzaron hacia el palacio.

Apenas llegados al vestíbulo, el hada Potente, protectora de los dominios de Oromasis[28], vino a saludar respetuosamente a la condesa. Era una mujer alta, de alrededor de cuarenta años, muy bella, majestuosamente vestida y con un aspecto afable que no auguraba más que cosas halagüeñas.

—Señora —le dijo a la diosa del día—, el genio a quien venís a visitar es mi hermano, su poder, que no es tan extenso como el mío, no le permitiría recibiros como vos lo merecéis si yo no lo ayudase en sus intenciones. Una mujer se confía mejor a una persona de su mismo sexo, permitidme, pues, que os acompañe y que haga que se obedezcan todas las órdenes que os plazca dar.

—¡Amable hada! —respondió la condesa—, yo sólo puedo estar encantada con lo que veo, de modo que os haré partícipe de mis pensamientos, y la primera prueba de mi confianza es el permiso que os pido para pasar algunos minutos en los aposentos que se me destinan. Hace mucho calor, he caminado muy aprisa y desearía ponerme algunas vestimentas más frescas.

El hada pasó primero, los hombres se retiraron y la señora de Nelmours llegó a una sala muy grande, donde las pruebas de una nueva galantería de su enamorado se presentaron enseguida ante sus ojos.

Esa mujer elegante... hasta en sus debilidades tenía una bastante perdonable en una mujer bonita. Poseía en su casa de París, la más bonita, la más magnífica y la mejor distribuida del mundo, alguna parte donde le era preciso ir y nunca era sin pesar como abandonaba su refugio delicioso. Estaba acostumbrada a su cama y a sus muebles, y se atribulaba dentro de sí

---

[28] Bajo ese nombre inventado de resonancias egipcias se oculta un juego con la expresión *oro macizo (or massif)*.

en cuanto se trataba de estar en otro sitio. Ceilcour no lo ignoraba... el hada se adelantó, con su varita golpeó una de las paredes de la sala donde dos de ellas se juntaban; la separación se derrumbó y al caer presentó la estancia completa de París que Nelmours echaba de menos. Los mismos adornos... los mismos muebles... la misma distribución.

—¡Oh!, con esta atención tan delicada —dijo ella— verdaderamente me conmueve hasta el fondo de mi alma.

Entró y el hada la dejó en medio de las seis mujeres que más había admirado en la avenida, estaban destinadas a servirla. Su primera tarea fue presentarle unas cestas donde la condesa encontró doce clases de vestidos nuevos... ella eligió. La desvistieron, luego, antes de ponerse los nuevos vestidos que le ofrecieron, cuatro de esas muchachas la frotaron y la hicieron descansar a la manera oriental mientras que las otras dos fueron a prepararle un baño, en el que descansó una hora en aguas de jazmín y de rosa. Al salir le prepararon las magníficas vestiduras que había preferido... Llamó, el hada vino a recogerla y la llevó a una extraordinaria sala de banquetes.

Un centro de mesa de la mayor belleza, que subía y bajaba a voluntad, llenaba una mesa redonda y no dejaba a su alrededor más que un círculo cubierto de flores naranjas y de pétalos de rosa. No obstante, ese círculo, destinado a contener los platos, no presentaba ninguno. La condesa de Nelmours, una de las mujeres de París que mejor entendían de buenas comidas, podía no estar contenta con lo que se le serviría, y a Ceilcour le había parecido más agradable dejar que ella misma ordenase su cena. En cuanto él la hubo invitado a sentarse y los puestos que había alrededor del círculo de flores se ocuparon por su séquito y por él en número de veinticinco hombres y otras tantas mujeres, la condesa leyó en un librito de oro que el hada le presentó un menú de las cien clases diferentes de platos que se sabía que podrían ser más de su gusto... Ella eligió, el hada golpeó y el círculo se hundió, dejando no obstante a su alrededor una rampa de la misma forma en que se encontraban puestos los platos. El círculo volvió a subir enseguida, cargado con cincuenta platos del tipo del que había elegido la señora de Nelmours. En cuanto saboreaba esos manjares, o cuando con la sola vista se le pasaba el capricho, escogía uno nuevo, que aparecía inmediatamente de la misma manera y en el mismo número, sin que fuese posible comprender por qué clase de artificio todo lo que ella deseaba llegaba con tanta velocidad. Dejó la elección que había indicado en el libro y pidió otra cosa, se dieron la misma obediencia y la misma prontitud.

—Oromasis —le dijo entonces al genio del aire—, esto es sumamente singular... Estoy en casa de un mago, dejadme huir de una casa peligrosa donde noto que mi razón y mi corazón no podrían estar seguros.

—Nada de esto es mío, señora —respondió Ceilcour—, esta magia funciona por vuestros deseos, vos ignoráis su poder; seguid haciendo ensayos con ellos y tendréis éxito.

En cuanto dejaron la mesa, Ceilcour propuso a la condesa dar un paseo por sus jardines. Apenas habían dado unos pasos cuando se encontraron cerca de una magnífica extensión de agua, cuyos bordes estaban tan bien disimulados que se hacía imposible ver dónde terminaba ese estanque inmenso, parecía que fuese un mar. De repente, tres bajeles dorados, cuyo cordaje era de seda púrpura y las velas de tafetán del mismo color bordado de oro, aparecieron hacia el occidente. Llegaron otros tres desde el punto opuesto, en los que todo lo que debía ser de madera, era de plata, y todo lo demás, de color de rosa. Esos navíos estaban preparados para encontrarse y se dio la señal del combate.

—¡Oh, cielos —dijo la condesa—, esas naves van a batirse!... ¿Y por qué razón?

—Señora —respondió Oromasis—, voy a explicároslo. Si fuera posible que esos guerreros pudiesen oírnos quizá apaciguásemos su querella, pero están ahora muy metidos en ella y nos sería difícil que cediesen. El genio de las Cometas, que manda a los bajeles de oro, vio que le arrebataban de sus palacios luminosos, hace un año, a su favorita, la joven Azelis, cuya belleza no tiene parangón. El raptor fue el genio de la Luna, a quien veis a la cabeza de la flota de plata; ese genio transportó a su conquista al fuerte que está allí, sobre esa roca —prosiguió Oromasis, mostrando una ciudadela inexpugnable sobre la cresta de una montaña que tocaba las nubes—, allí es donde encadena su presa, perpetuamente defendida por la flota que mantiene en este mar y a cuya cabeza lo veis hoy. Pero el genio de las Cometas, que está decidido a todo por volver a tener a Azelis, acaba de llegar sobre los bajeles que se presentan ante vos, y si él puede destruir las naves de su adversario, se apoderará del fuerte, secuestrará a su amante y volverá a llevársela a sus dominios; sin embargo, un medio sencillo habría podido terminar la querella. Un cambio de destino condenó al genio de la Luna a devolverle a su enemigo la belleza que lo retiene desde que sus ojos fueron golpeados por una mujer más bella que Azelis. Nadie duda, señora —prosiguió Oromasis— de que vuestros encantos femeninos no sean superiores a los de esa joven; al mostraros a ese genio, ¿liberaríais a la desgraciada cautiva que él mantiene encadenada?

—Muy bien —dijo la baronesa—, pero, ¿no estaría obligada a quedarme en su lugar?

—Sí, señora, es inevitable, pero él no abusará inmediatamente de su victoria, una astucia tan fácil como hábil me llevará enseguida a vuestros pies. Tan pronto estéis en poder del genio de la Luna, habrá que pedirle con insistencia que os haga ver la isla de los Diamantes que posee, él os llevará allí. Que vaya con vos es todo cuanto quiero, solamente allí su poder se encuentra subordinado al mío y yo sólo tengo que aparecer en esa isla para arrebataros de su poder. Y así, señora, habréis hecho una buena acción al liberar a Azelis, no habríais corrido riesgo alguno y no por ello dejaréis de estar esta noche de regreso en mis dominios.

—Todo eso está muy bien —replicó la condesa—, pero pensad que para llevar a cabo esa bella acción es necesario que yo sea más bella que Azelis.

—¡Ah, teméis no serlo tanto como Azelis, cuando lo sois más que toda mujer en la tierra! Pero, desgraciadamente, en todo esto quizá ya no estemos en la época, y si el genio de las Cometas llegase a triunfar, vuestra generosa ayuda sería inútil. Allí están los bajeles preparados para reunirse, esperemos el resultado del combate.

Apenas dijo Ceilcour esas palabras, las flotas empezaron a cañonearse... Durante más de una hora se formó de una parte y de la otra un fuego infernal... Los navíos se reunieron al fin, una infantería formidable inundó los puentes... Se golpeaban, se enganchaban, los seis navíos no formaban más que un solo campo de batalla sobre el que los hombres se batían con ardor; los muertos parecían caer de todas partes, el mar estaba teñido de sangre, estaba cubierto de los desgraciados que se precipitaban a él, esperando encontrar la salvación en las olas. Sin embargo, la ventaja era por entero del genio de la Luna. Los bajeles de oro se disgregaron, los mástiles cayeron, las velas se desgarraron; apenas quedaban todavía sobre esa flota algunos soldados para defenderla. El genio de las Cometas ya no pensaba más que en la huida, intentó soltarse, lo consiguió; su flota se separó, pero ya no estaba en condiciones de mantenerse en el mar. El genio que la mandaba, viendo a la muerte rodearle por todas partes, se lanzó a un esquife con algunos de sus marineros. Era hora, apenas había escapado cuando sus navíos, levantados los tres por los aires por medio de pólvoras encendidas en sus flancos por el enemigo, se rompieron con un estruendo espantoso y volvieron a caer como tristes despojos sobre la superficie agitada de las aguas.

—Este es el espectáculo más hermoso que he visto en mi vida —dijo la condesa apretando las manos de su pretendiente—, parece como si hubieseis adivinado que lo que más deseaba en el mundo era ver un combate naval.

—Pero, señora —respondió Oromasis—, mirad dónde os arrastra esto; con el alma generosa que os conozco, vais a ir volando en ayuda de Azelis y a devolvérsela al príncipe de las Cometas, que, como véis, se dirige hacia nosotros para solicitar vuestro apoyo.

—¡Ay, no! —dijo la condesa riendo—, yo no tengo suficiente orgullo para emprender una aventura así... Pensad qué humillación sería si esa muchachita resultase más bonita que yo... y luego verme situada a seiscientas o setecientas toesas de la tierra... sin vos... con un hombre al que no conozco... que quizá sea muy atrevido... ¿Me respondéis de lo que siga?

—¡Oh, señora! Vuestra virtud...

—¿Mi virtud?... ¿Y cómo queréis vos, os lo ruego, que se piense todavía en las virtudes de este bajo mundo cuando se está tan cerca de los cielos? Y si ese genio se os asemeja, ¿creéis que pueda defenderme de él?

—Los medios para sustraeros a todos los peligros os son conocidos, señora. Desead ver la isla de los Diamantes y os arrebataré enseguida de las manos de ese audaz.

—¿Y quién os dice que llegaréis a tiempo? Todo eso significa muchas horas, y no hacen falta más que seis minutos y un genio bello para volver infiel a una amante... Vamos, vamos, sin embargo, acepto —continuó la condesa—, pero me fío de vos, y más aún de vuestra amable hermana; no me abandonéis ni el uno ni la otra, y estaré tranquila...

El hada lo prometió, en ese momento llegó el genio vencido, quien solicitó más vivamente todavía las bondades de la amada de Oromasis... Estuvo decidida, se dio una señal, la fortaleza respondió a ella...

—Partid, señora, partid —dijo Oromasis—, el genio de la Luna acaba de oírme, está preparado para recibiros.

—¿Eh? ¿Y cómo queréis, por favor, que llegue a lo alto de esa roca, cuya cima un pájaro tendría que esforzarse mucho para alcanzar?

Entonces, el hada golpeó el aire con su varita... Cuerdas de seda que no se habían visto, que se sujetaban a la ribera por un extremo... fuertemente atadas a los muros del fuerte por el otro, se tendieron con rigidez. Una carreta de porcelana blanca, uncida con dos águilas negras, descendió rápidamente del fuerte por medio de las cuerdas que se acaban de indicar. En cuanto llegó al suelo, le dieron la vuelta rápidamente. Las águilas miraban hacia el fuerte y parecían listas para volver a subir allí; la condesa y dos de sus criadas se lanzaron a aquel carruaje, y el relámpago tarda más en atravesar una nube que lo que necesitó ese vehículo para llevar a las barreras del fuerte el peso precioso que se le confió.

El genio se adelantó, vino a recibir a la princesa...

—¡Oh, sagrados decretos del destino! —exclamó al divisarla—... Aquí está la que me anunciaron... aquí está la que va a encadenarme para siempre, la que va a liberar a Azelis. Entrad, señora, venid a recibir mi mano, venid a gozar de vuestro triunfo...

—Vuestra mano —dijo la señora de Nelmours un poco asustada—. Verdaderamente, no tengo muchas ganas; no importa, sigamos avanzando, capitularemos dentro de un momento.

Las puertas se abrieron y la condesa entró en pequeñas estancias exquisitas, cuyos techos, paredes y suelos eran de porcelana, tanto variada como de un solo color. Ninguno de los muebles de esa mansión celeste era de una composición diferente.

—Permitid —dijo el genio dejando a su dama en un gabinete de porcelana de color junquillo—, permitid que vaya a buscaros a mi cautiva... Es necesario que una confrontación más exacta asegure mejor vuestra victoria...

El genio salió.

—En realidad —dijo la condesa echándose sobre un sofá de porcelana cubierto de cojines de pequín azul— este genio está alojado muy placenteramente; es imposible ver una casa más fresca...

—Pero hay que tener cuidado con las caídas, señora —le respondió aquella de sus criadas a quien se había dirigido—, mucho me temo que todo lo que vemos no sea más que artificio y que aquí no estemos en el aire, sumamente aventuradas.

Al mismo tiempo, las tres se pusieron a palpar las paredes y reconocieron que el edificio entero donde se encontraban no era más que de cartón, barnizado con tal arte que al primer vistazo se habría tomado a todo aquello como de la porcelana más bella...

—¡Oh, cielos! —dijo la señora de Nelmours con un miedo bastante festivo—. Vamos a rodar con el primer viento y aquí estamos en el mayor de los peligros.

Pero se habían tomado muy bien las precauciones, y la que se encontraba en ese decorado mágico le era demasiado querida al inventor de la galantería como para que tales riesgos fuesen de temer.

El genio volvió a aparecer. ¡Qué sorpresa tuvo la condesa!... La que lo traía... la mujer que venía a rivalizar en belleza con ella... era Dolsé... era aquella rival tan temida, o mejor digamos que (y no tengamos al lector inquieto por más tiempo)... la imagen... la semejanza completa con Dolsé, una joven tan perfectamente a su imagen, que todo el mundo la confundía con ella.

—¡Bueno, señora! —dijo el genio—. Puesto que las leyes del destino me condenan a liberar a esta prisionera en el momento que una mujer más hermosa que ella me haya asombrado los ojos, ¿creéis que ahora puedo romper sus cadenas?

—Señora —dijo la condesa, avanzando hacia la joven, a quien ella seguía tomando por Dolsé—... Explicadme todo esto, os lo suplico.

—¿Podéis quejaros de ello —respondió la joven—, puesto que este paso asegura vuestro triunfo humillándome a mí?... Reinad, princesa, reinad; sois digna de ello. Dejadme que huya de vuestra presencia, dejadme que sepulte para siempre mi derrota y mi humillación...

Y la mujercita desapareció, dejando todavía a la condesa en la ilusión completa de que la que acababa de ver era su rival, pero sin poder discernir qué extraño hado pudo llevarla a esa circunstancia.

—¿Estáis satisfecha, señora? —dijo entonces el genio—. ¿Consentiríais concederme vuestra mano?

—Sí —respondió la condesa, prevenida—, pero con las condiciones de que antes de atar nuestros lazos me deis de cenar esta noche en la isla de los Diamantes, y de que hasta la hora de dirigirnos allí yo pueda recorrer a gusto vuestra singular residencia.

Las condiciones se aceptaron y la condesa continuó la visita a las estancias mágicas del genio de la Luna. Al fin llegó a un gabinete pintado de porcelana japonesa, en cuyo centro había una mesa que contenía un pequeño palacio de diamantes. Nelmours los examinó y los verificó.

—¡Oh!, en esto —les dijo a sus criadas— no hay un fraude como en las murallas de esta casa, y no he visto nunca nada más bello. ¿Qué joya es esta? —le preguntó al genio—. Explicádmelo, os lo suplico.

—Es mi regalo de bodas, señora. Es la representación exacta del palacio de la isla donde me pedís cenar esta noche... Dignaos aceptarlo de antemano —prosiguió, presentándoselo— como precio de los favores que espero de vos.

—¡Ah! —respondió la señora de Nelmours—. Vamos un poco rápido; vuestros diamantes son una delicia, y los acepto de todo corazón... pero querría, lo confieso, que no me comprometiesen a nada... Los tratos desagradan a mi delicadeza.

—¡Pues bien, mujer implacable! —replicó el genio—. Haced todo lo que os plazca... disponed de mí a vuestro antojo; aquí todo os pertenece, mi palacio, mis joyas, mis muebles, los dominios que vamos a recorrer juntos esta noche; todo es vuestro, y sin tratos, ya que os desagradan. Me remitiré a vuestro corazón, y lo esperaré todo de las disposiciones que me esforzaré que nazcan en él.

Enseguida la mesa donde estaba el edificio de diamantes se hundió en el suelo y al volver a subir trajo, en lugar de la preciosa joya, frutos glaseados de todas clases; el genio invitó a la condesa a refrescarse y ella lo consintió, pero no sin lamentar muy amargamente la desaparición del pequeño palacio de pedrería, cuya vista parecía atraerla mucho.

—¿Dónde está esa preciosa joyita? —dijo con inquietud— ... vuestras promesas...

—Están cumplidas —dijo el genio—; lo que echáis en falta, señora, adorna ya vuestros aposentos.

—¡Ay, Dios! —respondió nuestra heroína, tras un poco de desconcierto y de reflexión—. Veo que hay que tener cuidado con lo que se dice aquí, los deseos que se muestran se satisfacen con una prontitud que podría terminar por inquietarme... Dejemos este lugar mágico, acerquémonos un poco más a la tierra; termina el día, quizá la isla donde debemos cenar esté lejos, apresurémonos a dirigirnos allá.

—¿Pero no os asustaréis, señora —prosiguió el genio—, de la manera como vamos a abandonar esta residencia celeste?

—¿Cómo? ¿Es que no será en esa carroza voladora que me ha traído aquí?

—No, señora, sabed todo el horror de mi destino: puesto que no consentís hacerme feliz en esta residencia, ya no me está permitido pretender verla otra vez. Estoy dominado por la influencia de los planetas que me rodean, me obligan a que pierda imperceptiblemente cada parte de mis dominios en las que no experimente más que los rigores de las mujeres que he deseado. La magnífica isla de los Diamantes, donde voy a llevaros, desaparecerá igualmente para mí si no os decidís a convertiros en mi esposa.

—¿Así pues, vais a perder ese bello castillito de cartas?

—Sí, señora, va a engullirse con nosotros.

—Me hacéis temblar, esa manera de viajar es muy peligrosa; yo, que no voy nunca en carruaje sin temor a que se vuelque, imaginad el miedo que vais a darme.

—La hora apremia, señora —dijo el genio—, y no tenemos un momento que perder. Dignáos echaros sobre ese canapé, cubríos vos y vuestras criadas con estas cortinas de seda que os ocultarán el peligro, y sobre todo no tengáis temor alguno.

Apenas se pronunciaron esas palabras, apenas estuvo envuelta la condesa, un trueno espantoso se oyó, y en un parpadeo, sin haber notado más movimiento que el de sentir que se bajaba como por una trampilla... de repente se encontró al abrir las cortinas en una especie de trono, colocado sobre la cubierta de una falúa, bogando sobre ese mismo mar en el que se había librado el combate naval. Se encontraba entre doce pequeños navíos, cuyos cordajes estaban formados sólo por rayos de luz; los mástiles, los puentes, los aparejos, el casco del navío, todo ello no ofrecía más que masas de fuego. Quienes remaban eran jóvenes muchachas de dieciséis años, hechas como para pintarlas, coronadas de rosas y vestidas sencillamente con pantalones color carne que, al apretarles la cintura, dibujaban muy gratamente todas sus formas.

—¿Y bien? —le dijo el genio a la condesa acercándose respetuosamente a ella—. ¿Os ha fatigado el camino?

—Sería difícil hacerlo más suavemente; pero mostradme el punto desde donde hemos partido.

—Allí está, señora —dijo el genio—, pero no queda vestigio alguno, ni de la roca, ni del castillo.

Efectivamente, todo se había hundido a la vez, o mejor dicho, todo se había transformado artísticamente en la agradable falúa que ahora ocupaba la condesa.

No obstante, los marineros remaban... las olas gemían bajo sus esfuerzos multiplicados, cuando de repente una música cautivadora se oyó en las galeras que bogaban en conserva como la de nuestra heroína. Aquellas orquestas estaban dispuestas de manera que se respondiesen mutuamente, al modo de las fiestas de Italia, y la música no cesó en todo el viaje, pero variaba tanto por las diversas piezas que se tocaban como por la diferencia de los instrumentos. Por esa parte se oían flautas mezcladas con los sonidos de las arpas y las guitarras; por otras partes no eran más que voces humanas; aquí, los oboes y los clarinetes; allá, los violines y los contrabajos, y por todas partes, conjunto y armonía.

Esos sonidos halagadores y melodiosos... ese ruido sordo de los remos que se hundían en el agua por todas partes en cadencia... esa calma pura y serena de la atmósfera, esa multitud de brillos repetidos en los espejos de las olas... ese silencio profundo para que no pudiese oírse más que lo que servía a la majestad de la escena... Todo seducía y embriagaba los sentidos, todo sumergía al alma en una melancolía suave, imagen de esa divina voluptuosidad que se pinta en un mundo mejor.

Se divisó al fin la isla de los Diamantes, el genio de la Luna se apresuró a que la percibiera aquella a la que llevaba allí; era fácil distinguirla, no sólo por los rayos luminosos que se escapaban de ella por todos lados, sino más aún por la magnífica construcción que formaba su centro.

Ese edificio de orden corintio era una rotonda inmensa, sostenida por columnas que se parecían a los diamantes por los resplandores claros de los que estaban formadas. La cúpula era de un fuego púrpura que imitaba al topacio y al rubí, y que no podía contrastar mejor con el fuego blanco de las columnas, todo le imprimía al conjunto de ese edificio el aspecto del palacio de la divinidad misma, no podría verse nada más bello.

—Ahí está, señora —dijo el genio—, la isla donde habéis deseado cenar, pero antes de abordarla me es imposible no confiaros mis temores... Vos lo veis, ya no estoy en mi elemento, el genio del Aire que ha tenido a bien enviaros a mí puede venir a reclamaros en esta isla, donde, demasiado débil para atreverme a combatirlo, será necesario que tenga el dolor de cederos. Así pues, no tengo ya más que vuestro corazón para que pueda tranquilizarme, señora; dignaos decirme al menos que sus movimientos serán a mi favor...

—Lleguemos... lleguemos —dijo la condesa de Nelmours—, que la fiesta que me preparáis sea hermosa y veremos lo que yo haré por vos.

Con esas palabras, se tomó tierra a la orilla de un camino cubierto de flores, iluminado a izquierda y derecha por haces de luces que representaban grupos de náyades, cuyas bocas y mamas lanzaban a lo lejos chorros de agua clara y límpida. La condesa descendió con el sonido de los instrumentos de su flota, guiada por el genio y seguida por la multitud de ninfas, de dríadas, de faunos y de sátiros que la acompañaban jugueteando alrededor de ella. Así llegó al palacio de los Diamantes.

En el centro de la rotonda, decorada tan magníficamente en su interior como espléndidamente iluminada por fuera, apareció una mesa redonda, preparada para cincuenta personas, iluminada por reflejos de luz que partían desde el centro de la cúpula, sin que pudieran verse los hogares que los lanzaban[29]. El genio de la Luna presentó a la condesa de Nelmours un círculo de genios de los dos sexos, pidiéndole el permiso para que los colocasen en el festín preparado para ella. La condesa lo concedió, y se sentaron a la mesa.

En el momento que ella estuvo allí, se dejó oír desde lo alto de la cúpula una música suave y voluptuosa, y en ese mismo instante descendieron de los aires veinte sílfides jóvenes que equiparon la mesa con tanto arte como prontitud. Al cabo de diez minutos, otras divinidades aéreas se llevaron el servicio antiguo y lo renovaron con la misma rapidez, pareciendo al ascender que se perdían en las nubes que se arremolinaban sin cesar en el centro de la bóveda, y de donde parecían descender cada vez que había que variar los platos que traían de ella, cosa que se hizo doce veces durante la comida.

Apenas apareció la fruta, una música brillante y guerrera reemplazó a la de la cena...

—¡Oh, cielos, estoy perdido, señora! —dijo el genio que acababa de hacer los honores de la fiesta—. Viene mi rival... oigo a Oromasis y no puedo defenderme de él —dijo.

El ruido se redobló, Oromasis apareció en medio de un tropel de silfos y voló a los pies de su amada.

—¡Por fin os encuentro, señora! —exclamó—, y mi enemigo, vencido sin combatir, no podrá disputaros a mí.

—Poderoso genio —respondió enseguida la condesa—, nada iguala al placer de volver a veros, pero os suplico que tratéis con humanidad a vuestro rival... Yo no puedo más que alabarme por su magnificencia y sus gentilezas.

—Que sea libre, entonces, señora —replicó Oromasis—; romperé las cadenas que podría darle; que goce, incluso tan fácilmente como yo, de la felicidad de veros sin cesar... Pero, dignáos seguirme, os esperan nuevas sorpresas, volemos hacia los lugares donde están dispuestas.

Volvieron a tomar el camino de la flota, se alejaron de la isla de los Diamantes y regresaron a los dominios del príncipe del Aire. Un espléndido salón de espectáculos, cuyo exterior estaba magníficamente iluminado, se ofreció al desembarcar... La condesa vio interpretar allí *Armide* por los cantantes principales de la Ópera. Terminado el espectáculo, la tripulación más ligera y más agradable llevó por fin a la condesa a casa de su enamorado por avenidas iluminadas, llenas de danzas y fiestas burguesas.

---

[29] Sería muy de desear que los iluminadores de los jardines que se destinan a las fiestas en París adoptasen ese método, y sobre todo que no iluminasen desde abajo, con ese procedimiento deslumbran y no iluminan. ¿Cómo esperar éxitos alejándose tanto de la naturaleza? ¿Es que parten desde abajo los rayos del astro que ilumina el mundo? *(N. del A.)*

—Señora —dijo Ceilcour llevando a sus estancias a la que festejaba—, vamos a dejaros, mañana nos esperan tantas aventuras, que para vencer los peligros que presentan es justo que tengáis algunas horas de tranquilidad.

—Quizá ese descanso que me aconsejáis estará un poco trastornado —dijo la condesa retirándose—, pero os ocultaré la causa.

—¿He de temerla, señora?

—¡Ah, mortal seductor!, ella sólo es de temer por mí.

Y la señora de Nelmours entró en las acogedores habitaciones que le fueron preparadas. Allí encontró a las mismas muchachas que la bañaron y la sirvieron al llegar. ¡Pero con cuánta profusión de riquezas estaban decoradas todas las partes de aquella estancia! La condesa vió allí no sólo todas las chucherías,... todas las joyas que eligió por la mañana en la feria que había en las avenidas, incluso todas las que había deseado... todas aquellas en las que sus miradas parecieron dirigirse con un poco más de interés... Se adelantó; una habitación que no se encontraba en el plano de su casa de París se abrió enseguida ante ella; allí reconoció el tocador de Japón que vio en la casa del genio de la Tierra, decorado igualmente en su centro con una mesa, en la que se encontraba el pequeño palacio de diamantes.

—¡Oh, esto es demasiado! —exclamó—. ¿Qué pretende Ceilcour?

—Suplicaros que aceptéis esas bagatelas, señora —respondió una de sus doncellas—, son todas vuestras; las órdenes que tenemos son que las embalemos enseguida y mañana, cuando despertéis, todo estará en vuestra casa.

—¿Incluso el pequeño palacio de diamantes?

—Sin duda, señora; el señor de Ceilcour estaría muy apenado si no lo aceptáseis.

—De veras, ese hombre está loco —dijo la coqueta mientras la desvestían—... Está loco, pero es encantador; yo sería la más ingrata de las criaturas si no recompensase tales procedimientos con todos los sentimientos que me inspiran...

Y la señora de Nelmours, más seducida que delicadamente prendada, se durmió entre sueños maravillosos, producidos por la felicidad.

A la mañana siguiente, hacia las diez, Ceilcour vino a preguntarle a su dama si había descansado bien... si se sentía con las fuerzas y el valor suficientes para ir a ver al genio del Fuego, cuyos dominios limitaban con los suyos.

—Iría hasta el fin del mundo, amable genio —replicó la condesa—... no sin algún temor a extraviarme, lo confieso... Pero, ¿quién sabe si no preferiría perderme con vos a volver a encontrarme con otro? Por lo demás, explicadme, por favor: ¿qué se ha hecho de todos esos aderezos, de todas esas joyas encantadoras que estaban ayer en mi habitación?

—Lo ignoro, señora, yo no colaboré en hacerlas colocar en vuestros aposentos más que lo que me involucré en hacerlas salir... todo esto debe ser obra del destino. Estoy irrefutablemente encadenado por sus decretos, no soy libre en nada, y vos lo domináis mucho más por vuestros deseos que lo que yo lo someto por mi poder... Yo lo imploro, y vuestros ojos lo subyugan.

—Todo eso es encantador —replicó la condesa—, pero sin duda no os habéis imaginado que me haríais aceptar regalos de esa magnificencia. Entre todo eso hay un pequeño palacio de diamantes que me ha venido a la cabeza toda la noche, y que apostaría que vale más de un millón... ¿Os dais buena cuenta de que esas cosas no se dan?

—Ignoro por completo lo que queréis decir, señora —dijo Ceilcour—, pero me parece que si ocurriera que un enamorado le ofreciese un millón, por ejemplo, a la que adora, suponiendo que lo que él esperase a cambio de esa mujer idolatrada valiese el doble ante sus ojos, no solamente la amada no debería tener escrúpulo alguno al recibirlo, sino que vos veríais que el enamorado aún quedaría deudor.

—Ese es el cálculo del amor y de la delicadeza, amigo mío; lo escucho y lo responderé como debo... Vayamos a ver a vuestro genio del Fuego... sí, sí, dilapidadme con algunas llamas extranjeras... las mías bien podrían hacerme cometer aquí alguna extravagancia de la que, a pesar de toda vuestra galantería, tuviese que arrepentirme un día; vayamos.

Uno de los globos aerostáticos más elegantes esperaba a la condesa.

—Señora —dijo Oromasis—, el elemento sobre el que presido raramente me permite viajar de una manera diferente que en vehículos de esta clase. Fui yo quien se los hizo conocer a los hombres; no temáis peligro alguno en éste, está dirigido por dos de mis genios que lo harán hendir el aire con rapidez, pero que no lo mantendrán nunca a más de doce o quince toesas de altura.

La condesa se sentó sin miedo sobre un canapé acogedor colocado a lo largo de la balaustrada; el genio estaba a su lado y al cabo de tres leguas, recorridas en menos de seis minutos, el globo descendió sobre una pequeña elevación del terreno. Nuestros amantes descendieron en medio de su séquito, que encontraron ya reunido. El hada *Potente* los recibió, y todos los ojos se dirigieron hacia el cuadro que debía interesar.

Sobre una explanada de alrededor de dos hectáreas, orientada como anfiteatro de manera que ninguna parte de la óptica pudiese escapar a la mirada, se encontraba una ciudad entera, decorada con edificios magníficos; templos, torres y pirámides se elevaban hasta las nubes; se distinguían las calles, las murallas, los jardines que la rodeaban y el gran camino que llevaba hacia ella, en cuya orilla estaba el montículo donde se encontraban Ceilcour y su dama. A la derecha de ese punto de vista, respecto a los espectadores, se elevaba un volcán enorme que vomitaba hacia el cielo los fuegos alimentados en sus entrañas, y las nubes que oscurecían el cielo parecían esconder entre ellas al rayo.

—Aquí estamos a las puertas de los dominios del genio que preside en el Fuego, señora —dijo Oromasis—, pero es prudente que nos detengamos aquí, hasta que nos haya hecho saber que es posible entrar con seguridad en su ciudad; la estancia en ella es muy peligrosa.

Apenas había dicho Ceilcour esas palabras, cuando una salamandra lanzada desde el volcán fue a caer a los pies de aquella por la que se habían preparado todos esos juegos, y se dirigió a Ceilcour:

—Oromasis —dijo la salamandra—, me envía el genio del Fuego para advertiros de que no entréis en su ciudad hasta que le hayáis enviado a la dama que está con vos; él la ha visto... la ama y pretende casarse con ella enseguida. Toda alianza quedará rota si le negáis ese obsequio, y lanzará sobre vos y lo que os rodea todos los fuegos de los que dispone para obligaros a satisfacerlo.

—Id a decirle a vuestro amo —respondió Ceilcour— que antes cedería yo mi vida que lo que él exige; venía a verlo como amigo... nosotros lo somos, él sabe cuánto aumentan sus fuerzas con las mías, y lo útil que le soy no me permitiría creer en procedimientos de esa clase... Que haga todo lo que quiera, estoy a cubierto de sus rayos... Que los lance, gozaremos de sus efectos sin temerlos, y su cólera impotente sólo habrá servido a nuestros placeres. La preponderancia que me ha dado sobre él la naturaleza llega más lejos que lo que cree, y cuando me haya reído de su debilidad le haré sentir mi poder supremo...

La salamandra se marchó ante esas palabras... bastaron dos minutos para que volviese a sumergirse en el volcán.

Inmediatamente se oscureció el cielo, el relámpago surcó las nubes, torbellinos mezclados de ceniza y de asfalto se lanzaban desde el seno de la montaña y volvían a caer serpenteando sobre los edificios de la ciudad... las lavas se entreabrieron... arroyos de fuego fueron a derramarse en todas las calles... el trueno se hizo oír... la tierra tembló... las llamas, vomitadas desde el volcán con mil veces más de impetuosidad, se reunieron con el fuego del cielo y las sacudidas de la tierra; quemaban, destruían, derribaban los edificios de aquella ciudad magnífica a la que se vio hundirse por todas partes... las torres que caían en ruinas, los templos que se consumían... los obeliscos que se desplomaban... Todo helaba el alma, todo la llenaba de terror, todo era la imagen tenebrosa de esas destrucciones modernas de España y de Italia, imitadas por el Arte en esta circunstancia, de una manera que hacía estremecer...

—¡Ah, qué horror tan sublime! —exclamó la condesa—. ¡Qué bella es la naturaleza hasta en sus desórdenes! De verdad que esto podría servir de materia para reflexiones muy filosóficas.

Sin embargo, el horizonte fue aclarándose poco a poco, las nubes se fueron disipando imperceptiblemente; la tierra se abrió, engulló montones de ceniza y los restos de edificios que la sobrecargaban... La escena cambió, el punto de vista que ofreció era un paisaje delicioso de la feliz Arabia... Por allá fluían arroyos límpidos bordeados de lirios, de tulipanes y de acacias; por acá se veían laberintos hechos con laureles perdiéndose a la entrada de un bosque de tamarindos. Por otras partes, alamedas grotescas e irregulares de palmeras, de azulas y de árboles de rosas; más lejos se veían a la izquierda bonitos bosquecillos, donde hacían agradablemente simétricos setos de cardamomo y de jengibre; lejano a la izquierda se veía un bosque de naranjos y limoneros; mientras que la perspectiva a la derecha, todavía más pintorescamente terminada, no presentaba más que ligeros montículos donde crecían en abundancia el jazmín, el café y el canelo. El centro de ese paisaje cautivador estaba adornado con una tienda a la manera de las que sirven a los jefes de los árabes beduinos, pero infinitamente más magnífica. La de satén de las Indias brocada de oro se elevaba a más de ochenta pies del suelo, todas las cuerdas que la sujetaban eran de púrpura entrelazada de oro, y espléndidas cenefas la enriquecían a su alrededor.

—Avancemos —dijo el hada— y no temamos más la cólera de ese genio, pues cede ante nuestro poder; ya no le queda otra facultad que la de hacernos el bien.

La condesa, cada vez más sorprendida, se agarró del brazo de Ceilcour, asegurándole que era poco frecuente saber llevar la magnificencia y el gusto hasta ese punto.

Llegaron a los dominios del genio Salamandra. Él se postró al ver a aquella que le traían, le pidió mil perdones por haber podido conspirar contra ella por un momento.

—Nada corrompe a los príncipes tanto como la autoridad, señora —le dijo—, abusan de ella para satisfacer sus caprichos; están acostumbrados a no encontrar obstáculos en nada y cuando lo encuentran, se irritan; les hacen falta desgracias para recordarles que son hombres. Yo le doy gracias al destino por aquellas que me ocurren; al moderar el ardor de mis deseos, me enseñan a formarlos sólo sensatos... Yo era príncipe... y aquí estoy, pastor; pero, ¿puedo yo lamentar ese cambio de estado, puesto que sólo a él le debo la dicha de teneros aquí?

Nelmours respondió como debía a esta halagadora recepción y se acercaron a la tienda. Estaba preparada para una comida campestre... pero, ¡qué decoración más agreste!

—Señora —dijo el nuevo pastor—, yo no puedo ofrecer a mi vencedor más que una comida muy frugal, ¿os dignaréis satisfaceros con ella?

—Esa es una manera de servir una cena que me era desconocida —respondió la condesa—, lo original que tiene me divierte.

El interior de la tienda representaba un bosque de arbustos olorosos, en los que cada rama se plegaba bajo la multitud de pájaros de varias especies que parecían apoyarse en ella; todos esos pájaros, que imitaban a los de las cuatro partes de la Tierra, estaban cubiertos de plumaje como si hubiesen existido... Los agarraban, el animal mismo estaba asado bajo ese plumaje ficticio, su cuerpo se abría y mostraba que encerraba dentro de él los manjares más delicados y más suculentos. Asientos de césped, colocados irregularmente frente a una pequeña elevación del suelo, cubiertos de flores, formaban puestos y mesas para cada comensal, y le daban al conjunto de esa comida campestre la apariencia de un alto en la caza bajo un bosquecillo fresco.

—Pastor —le dijo Ceilcour al genio después del primer servicio—, una manera así de comer puede hacérsele incómoda a la princesa, que os parezca bien que yo ordene un momento en vuestra casa.

—¿Puedo resistirme a vos? —respondió el genio—. ¿No conocéis vuestro ascendiente sobre mí?...

En ese mismo instante, un golpe con la varita trajo una mesa al uso común, que representaba un parterre adornado con flores de Arabia, las más bellas y mejor perfumadas, sobre la cual estaban desparramadas sin orden frutas de todas las estaciones y de todos los mundos posibles. Por un artificio asombroso del decorador, no había necesidad ni de importunarse, ni de cambiar de sitio; el mismo asiento, al bajarse, volvía a colocar a cada uno alrededor de la mesa, y todo se cambiaba en un abrir y cerrar de ojos.

Acabado ese servicio, el genio en cuya casa estaban le propuso a la condesa ir a tomar helados en sus bosquecillos. Al salir de la tienda entraron en alamedas fantásticas, formadas por todas las especies de árboles frutales que sea posible ver en el mundo, en los que cada uno de ellos llevaba en sus ramas el fruto que le es propio... pero helado y coloreado hasta el punto de engañar a los ojos. Nelmours, la primera seducida, se manifestó sobre la originalidad de ver magníficos melocotones y uvas en la estación que estaban, de ver la nuez de coco, el fruto del árbol del pan y la piña tan frescos como en el seno mismo de las regiones donde son comunes esos frutos. Entonces, Ceilcour arrancó un limón de las Antillas y le hizo ver que esas frutas imitadas unían a su sabor natural lo esponjoso de los helados más exquisitos.

—¡De verdad que tenemos aquí una extravagancia más que sobrepasa todo cuanto pueda decirse! —exclamó la señora de Nelmours—. Y por una vez me parece que os habéis arruinado con la aventura.

—¿Lo lamentaría yo, cuando habrá sido por vos? —dijo Ceilcour apretando amorosamente la mano de la señora de Nelmours, y encantado de ver que había captado por sí misma, como pronto se verá, uno de los puntos más esenciales de sus pruebas... —¡Ah! —continuó él ardientemente—. Si alguna vez se encontrase perturbada mi fortuna para complaceros, ¿no me ofreceríais de la vuestra los recursos que pudiesen reparararala?

—¿Quién lo duda? —respondió fríamente la condesa mientras agarraba jojobas heladas—... Sin embargo, es mejor no arruinarse... Todo esto es encantador, pero quiero que seáis prudente... Me halaga que no hayáis hecho tantas extravagancias para esa pequeña Dolsé... si creyese que sí, no os lo perdonaría.

La compañía que se acercaba impidió que Ceilcour respondiese, y la conversación se hizo general.

Recorrieron esos agradables bosquecillos, donde probaron todas las frutas posibles. La noche llegó imperceptiblemente y, guiados por Ceilcour, llegaron sin darse cuenta a un montículo que dominaba un vallecillo muy hondo, en el que reinaba una oscuridad profunda.

—Oromasis —dijo el genio de cuya casa salían—, temo que os hayáis adelantado demasiado.

—Bueno —dijo la señora de Nelmours—, aquí tenemos algunas sorpresas más; ese hombre implacable no nos dejará pensar ni un momento en los placeres que dejamos, con él no se tiene ni el tiempo de respirar.

—Pero, ¿qué pasa? —preguntó Ceilcour.

—Vos sabéis —respondió el genio del Fuego— que mis dominios se avecinan a las islas del mar Egeo donde los cíclopes trabajan para Vulcano. Este vallecillo depende de Lemnos, y como en este momento está declarada la guerra entre los Dioses y los Titanes[30], estoy convencido de que el famoso herrero del Olimpo va a venir a pasar la noche en su taller, ¿no arriesgaréis nada al acercaros?

—No, no —respondió Oromasis—, mi hermana y yo no nos dejamos, y su poder conservador nos pone al abrigo de peligros.

—Un artificio fascinante, ya lo veo —dijo la condesa—, pero al menos eso será todo, porque después os dejaré decididamente; tendría que reprocharme por vuestras extravagancias si las compartiese por más tiempo.

Apenas dijo eso, los cíclopes entraron en la fragua; eran hombres de doce pies[31] de alto que no tenían más que un ojo en medio de la frente y parecían enteramente de fuego. Empezaron a forjar armas sobre yunques inmensos; en todos los martillazos que asestaban, saltaban de cada yunque millones de bombas y de cohetes que, cruzándose en diversos sentidos, llenaban el espacio con un fuego continuo. Estalló un trueno, el fuego terminó; Mercurio descendió de las alturas celestes con los cíclopes. Abordó a Vulcano, que le entregó gavillas de armas. Una de ellas, a la que el dios de los herreros puso fuego por delante, la envió al cielo y de ella salieron diez mil bombas a la vez. Mercurio agarró el arma y volvió a volar a los cielos. El Olimpo se abrió; la escena, elevada a más de cien toesas del suelo, ofreció la asamblea completa de todas las divinidades de la fábula

[30] Los Titanes, o Teuts, vivían en los alrededores del Vesubio, en Campania. Se suponía que se servían de ese volcán como arma para atacar al cielo. Cerca de allí libraron una famosa batalla en la que fueron derrotados, ese es el origen de la conocida fábula; la idea de que atacaban al cielo venía de su extremada impiedad y de sus constantes blasfemias contra los dioses. Esos pueblos vencidos fueron a Alemania y tomaron el nombre de Teutones. Su muy elevada estatura hizo que durante mucho tiempo se los tomase por una raza de gigantes. *(N. del A.)*

[31] Unos 3,5 metros.

en un día claro y sereno, formado por los rayos de un Sol inmenso que ardía a quinientos pies por encima... Mercurio llegó a los pies de Júpiter, al que distinguían de los demás dioses una estatura majestuosa y un trono magnífico, y le entregó las armas que había traído de Lemnos. La atención debida a ese nuevo espectáculo impidió que la condesa viese los cambios operados abajo. Pronto la atrajo el ruido que se oía. Toda la parte delantera de la perspectiva no estuvo ocupada ya más que por los Titanes dispuestos a desafiar a los dioses. Los Titanes acumularon rocas... los dioses se armaron, fue una conmoción universal; fue un movimiento admirable, que el Sol iluminó por arriba y por abajo, enormes haces de fuego lanzados constantemente hacia el Olimpo... Poco a poco, el amontonamiento de piedras parecía a punto de tocar el cielo; los gigantes lo escalaron, los fuegos que lanzaban al ascender por sus rocas, reunidos con los que salían desde la tierra, eclipsaron enseguida la luz de los cielos... Todas las divinidades se agitaron, todas temblaban o combatían. Los torrentes de bombas lanzados por el espantoso ejército de Vulcano y los rayos innumerables sembraron al fin el desorden entre los gigantes. A medida que unos se elevaban, los otros eran derribados; el vigor y la valentía de algunos los hacían alcanzar las nubes mismas que envolvían a los dioses. La esperanza renació, las rocas volvieron a amontonarse, los gigantes reaparecieron, se multiplicaron de tal manera, que apenas se les distinguía entre los torbellinos de llamas y de humo con el que estaban cubiertos... Pero los rayos se redoblaron igualmente en el Olimpo y lograron disipar al fin a esa raza presuntuosa; los precipitaron a todos a la vez en la pavorosa sima que se abrió para recibirlos. Todo se derribó, todo se vino abajo, no se oían más que gemidos y gritos. Cuanto más apretaba sobre las bocas del Erebo la masa que se hundía, tanto más se abrían éstas; todo desaparecía y desde las mismas cenizas de esos infortunados se producían sus últimos esfuerzos. Se diría que el Infierno quiso ayudar su revuelta, desde esas aberturas multiplicadas del Tártaro se lanzaron hacia los cielos racimos de ochenta mil cohetes voladores, cada uno como un pie de torre. Golpearon las nubes, hicieron desaparecer el Elíseo, y esa pieza enorme de artificio, que nada igualó jamás y que se divisó desde veinte leguas, dejó caer, estallando, una lluvia de estrellas tan brillantes, que la atmósfera, aunque envuelta en las sombras de la noche más cerrada, pareció durante un cuarto de hora tan brillante como el más hermoso de los días.

—¡Oh, cielos! —dijo la condesa, asustada—. Nunca nada tan bello asombró mis miradas; si ese combate tuvo lugar, fue sin duda menos sublime que lo que esta representación nos describe... ¡Oh, mi querido Ceilcour! —prosiguió apoyándose en él—. No podré haceros nunca todos los elogios que merecéis... Es imposible que se entienda mejor qué es dar una fiesta, es imposible que reinen en ella a la vez tanto orden, tanta magnificencia y tanto gusto. Pero os dejo, hay demasiada magia en la seducción; he querido dejarme encantar, pero no quiero dejarme seducir.

Al pronunciar estas palabras, se dejó llevar por Ceilcour, quien la condujo imperceptiblemente hacia una pérgola de jazmines, donde la rogó que descansase sobre un banco que ella creyó de césped. Él se colocó cerca de ella; una especie de dosel, que la condesa no pudo distinguir, los envolvió a los dos enseguida, de manera que nuestra heroína ya no vio ni dónde estaba, ni la pérgola en la que se imaginó que había entrado.

—¡Todavía hay magia! —dijo ella.

—¿Culpáis a la que nos une tan íntimamente, la que nos oculta a los ojos del universo como si nosotros fuésemos los únicos seres que habitasen en mundo?

—Yo no culpo a nada —dijo la condesa, completamente conmovida—, querría solamente que vos no abusáseis del deliro en el que acabáis de sumergir mis sentidos durante veinticuatro horas.

—Lo que decís sería una seducción, ya habéis utilizado esa palabra; ahora bien, pensad que tal procedimiento no supone más que artificio, por una parte, y debilidad, por la otra; así pues, señora, eso sería donde estaríamos metidos los dos.

—Prefiero suponer que no.

—¡Pues bien! Si eso es así, pasara lo que pasase, todos los errores pertenecerían al amor, y vos no habríais tenido más debilidad que la seducción que yo hubiera puesto.

—Sois el hombre más hábil.

—¡Oh!, mucho menos hábil que cruel sois vos.

—No, no es crueldad, es prudencia.

—Algunas veces es dulce olvidarla.

—Bueno, sí... ¡pero los arrepentimientos!...

—Bueno, ¿quién podría hacer que nacieran? ¿Os ocupáis todavía de esas miserias?

—No podría hacerlo menos, os lo juro... Yo no temo más que vuestra inconstancia, esa pequeña Dolsé me desespera.

—¿No habéis visto cómo os la he sacrificado?

—He encontrado esa manera tan hábil como delicada... pero, ¿cómo creer en todo eso?

—La mejor manera de que una mujer pueda asegurarse de su amante es encadenarlo con favores.

—¿Eso creéis?

—Yo no conozco ninguna que sea más segura.

—Pero, ¿dónde estamos aquí?, os lo ruego... quizá en el fondo de un bosque, lejos de toda ayuda... Si en algún momento vos fueseis a emprender... la cosa más imprudente del mundo, por mucho que yo llamase, no vendría nadie.

—¿Pero vos no llamaréis?

—Eso es según a lo que os atreváis.

—A todo.

Y Ceilcour, que tenía a su amada entre los brazos, intentó multiplicar sus triunfos.

—¡Pues bien! ¿No lo había dicho? —replicó la condesa, dejándose ir débilmente—. ¿No lo había previsto?... a eso era adonde todo esto conducía, ¿vais a exigir extravagancias?

—¿No me las prohibiréis?

—¿Y cómo queréis que se prohíba nada aquí?

—Es decir, que sólo os tendría debido a la ocasión, que mi victoria no será obra más que de las circunstancias...

Y al decir esto, Ceilcour pareció enfriarse; en lugar de apresurar el desenlace, lo retrasaba.

—¡Pero nada de eso! —dijo la condesa haciéndolo recuperar todo el camino que acababa de perder—. ¿Queréis que nos lancemos a la cabeza de la gente?... ¿Queréis obligarme al fin a que yo lleve la iniciativa?

—Sí, es una de mis manías. Quiero que vos me digáis... que me demostréis que la ilusión o las circunstancias no tienen peso alguno en mi conquista, y que, aunque yo fuese el ser más oscuro o el mas desgraciado, no conseguiría de vos menos que lo que exijo.

—¿Eh? ¡Dios mío, qué importa todo eso!... Yo os diré todo lo que queráis, hay momentos en la vida en los que decir no cuesta nada, y casi apostaría que acabáis de hacer que nazca uno de esos momentos.

—¿Exigís entonces que me aproveche de él?

—Yo no exijo más que lo que no prohíbo, ya os he dicho que no sabía lo que hacía.

—Permitid entonces, señora —dijo Ceilcour levantándose—, que la razón no me abandone de la misma manera; mi amor, más iluminado que el vuestro, quiere ser puro, como el objeto que lo anima; si yo fuese tan débil como vos, nuestros sentimientos se extinguirían pronto. Es a vuestra mano a lo que aspiro, señora, y no a vanos placeres que no tienen más que el desenfreno por principio, o el delirio por excusa, y que pronto dejan pesares en el pecho a esos que, por entregarse a ellos, se olvidan a la vez del honor y de la virtud. Mi proceder os choca en este momento en el que vuestra alma exaltada querría entregarse a deseos nacidos de la situación, reflexionando durante unas horas, no os ofenderá ya; esa es la época en la que os espero, es en la que me veréis a vuestros pies, señora, pidiendo para el esposo las excusas del amante.

—¡Oh, señor! ¡Qué obligada os estoy! —dijo la condesa, reponiéndose—. ¡Ojalá puedan las mujeres que se olvidan de sí mismas encontrar siempre hombres tan prudentes como vos! Por favor, ordenad que traigan un vehículo, y que antes que nada vaya a llorar en mi casa mi debilidad y vuestras seducciones.

—Estáis en el vehículo que pedís, señora, es una berlina alemana que a vuestras órdenes llevarán seis caballos ingleses, es el último efecto de la magia del príncipe del Aire, pero no el último de los regalos del feliz esposo de Nelmours.

—Señor —respondió aquella mujer desconcertada, al cabo de algunos momentos de reflexión—... os espero en mi casa, llena de ternura y de agradecimiento me veréis allí ser quizá un poco más prudente, pero no menos apresurada por perteneceros.

Ceilcour abrió la portezuela... descendió, un lacayo volvió a cerrarla pidiendo órdenes.

—A mi casa —dijo Nelmours.

Los caballos se lanzaron al galope, y nuestra heroína, que se creía sobre un lecho de vegetación y en el fondo de una pérgola de jazmines, se encontró en pocas horas en París, en un vehículo magnífico que le pertenecía.

Los primeros objetos que le saltaron a la vista al volver a su casa fueron los espléndidos regalos que había recibido de Ceilcour, entre los que no había sido olvidado el pequeño palacio de diamantes. «Hechas todas las reflexiones —dijo al acostarse—, este es un hombre muy prudente a la vez que muy loco. Sin duda debería ser un marido excelente, pero es un amante muy frío y me parece que los sentimientos de esa clase, tomados con un poco más de calor, no habrían perjudicado en absoluto a los del otro; sea lo que sea, dejémosle venir. Lo peor que podría pasar sería convertirme en su mujer, dar fiestas con él y arruinarlo en muy poco tiempo. En eso hay algunas delicias para una cabeza como la mía. Acostémonos, pues, con esas dulces ideas, me harán el lugar de las realidades que pierdo... ¡Oh, cuánta razón se tiene al decir —añadió abandonándose a sí misma— que no hay que contar nunca con los hombres!

—Esta mujer no me había engañado —decía por su parte Ceilcour, con mucha más prudencia—... ¡Oh, Dolsé, qué diferencia! La segunda parte de mi prueba con esta mujer adorable se haría casi inútil en este momento —continuó—, todas las cualidades deben estar donde la virtud estableció su dominio; así como debo contar con una mujer que resiste tan bien a las trampas de los sentidos, debo hacerlo con aquella a la que arrastra la circunstancia más ligera; debe tener tan poca coherencia en el carácter como caridad en el corazón. No importa, probemos, estoy decidido a ello, no quiero tener nada que reprocharme.

Examinándolo bien, la situación de las dos mujeres que había puesto a prueba Ceilcour era aproximadamente la misma. Dolsé había recibido pruebas y regalos de amor, y su alma, de una situación feliz (al saber todo lo que acababa de ocurrir) debía pasar a la posición más triste en la que pueda encontrarse una mujer prudente y sensible. La señora de Nelmours, por otra parte, había recibido igualmente regalos y pruebas de amor, y su alma, de un asiento suave y tranquilo, debía pasar, según la última escena que acababa de tener con Ceilcour, a una de las situaciones más punzantes en las que una mujer coqueta y orgullosa pueda encontrarse. Respecto a sus esperanzas, eran las mismas con ambas; en cualquier cosa que sucediese, las dos podían contar con la mano de Ceilcour. Así pues, por medio del artificio de quien hacía las pruebas, la semejanza completa de la manera de ser de esas dos mujeres, aunque realizada por procedimientos diferentes, hacía perfecto el equilibrio. Y las últimas experiencias debían obrar más o menos igual sobre ellas, es decir, hacer que se manifestase esencialmente el bien o el mal, en relación con la diferencia de sus almas. Sólo después de esas consideraciones tan sentidas se decidió Ceilcour a sus últimos intentos.

Se quedó a propósito cuatro días en el campo, y al quinto llegó a París. Al día siguiente vendió sus caballos, sus muebles y sus joyas, despidió a sus criados, ya no salió y mandó decir a sus dos damas que un espantoso accidente acababa de echar por tierra en un instante su fortuna, que está arruinado, y que sólo de sus bondades y de sus manos esperaba socorro en el deplorable estado en el que se encontraba. Los enormes gastos que acababa de hacer Ceilcour hicieron pronto sus noticias tan públicas como creíbles. Aquí están, palabra por palabra, las respuestas que recibió de las dos mujeres.

Dolsé a Ceilcour.

¿Qué os había hecho yo, señor, para que hundiéseis el puñal en mi seno? Como único favor os había pedido que no fingiéseis un sentimiento que no experimentábais; os mostré mi alma y su delicadeza y vos las habéis desgarrado por el lugar más sensible; me habéis sacrificado a mi rival, me habéis llevado a la tumba. Pero dejemos de hablar de mis desgracias en cuanto se trata de las vuestras. ¿Me pedís que os conceda mi mano?, venid a ver el estado en que me habéis puesto, hombre despiadado, y reconoceréis si esa mano todavía puede ser vuestra... Me muero, y aunque soy víctima de vuestro proceder, muero adorándoos. Que pueda el débil socorro que os ofrezco restablecer un poco vuestros asuntos y haceros digno de la señora de Nelmours. Sed feliz con ella, es el único voto que le queda por hacer a la desgraciada Dolsé.

P. D.: Bajo este pliego hay un documento por cien mil francos en billetes de la Caja de Descuento, sólo eso tengo libre, os lo envío; aceptad esa bagatela ofrecida por la más tierna amiga... por aquella cuyo corazón no habéis conocido y a la que vuestra mano pérfida arranca la vida tan insoportablemente.

Carta de Nelmours.

Os habéis arruinado, os lo había dicho muchas veces, no se han hecho nunca locuras semejantes; por arruinado que estéis, no obstante me casaría con vos si me fuera posible vencer el horror que le he tenido siempre al vínculo conyugal. Os he ofrecido ser mi amante, vos no habéis querido... En este momento estáis apurado, sea como sea, hay remedio para todo, vuestros acreedores esperarán, están hechos para eso... Viajad... hay que distraerse cuando se tienen penas, es el consejo que yo misma sigo, mañana saldré a un terreno de mi hermana en Borgoña, de donde sólo regresaremos en Navidad. Os aconsejaría a esa pequeña Dolsé, si fuera rica, pero ni con toda su fortuna habría con qué pagar una de vuestras fiestas. Adiós, haceos prudente y no os conmocionéis más así.

Ceilcour necesitó toda su filosofía para no proclamar por todo París a esa criatura indigna como merecía serlo, se contentó con despreciarla, y sin lamentar lo que eso le costase. «Soy demasiado feliz —exclamó— por haber revelado a un monstruo a ese precio; toda mi fortuna, mi honor y mi vida quizá habrían podido estar comprometidos sin esta prueba».

Con la desesperación en el alma, verdaderamente inquieto por Dolsé, Ceilcour fue volando enseguida a su casa, pero, ¡hasta qué punto aumentó su dolor cuando vio a aquella desgraciada y encantadora mujer pálida, deshecha, abatida y ya casi rodeada de las sombras de la muerte! Ella era naturalmente sensible y celosa, adoraba a Ceilcour; había recibido la horrorosa noticia de la fiesta que él le dio a su rival en uno de esos momentos de crisis en los que las mujeres no se enteran impunemente de ninguna desgracia, la revolución había sido terrible... una ardiente fiebre fue la consecuencia. Ceilcour se lanzó a sus pies, le pidió mil excusas y creyó que no debía ocultarle la prueba con la que él había tenido el propósito de tentarla.

—Os perdono la prueba que habéis querido hacerme —respondió Dolsé—, estáis acostumbrado a desconfiar de las mujeres y queríais estar seguro de lo que hacíais, nada más sencillo; pero después de lo que hayáis podido ver, ¿debíais suponer que existiese en este mundo una criatura capaz de amaros mejor que yo?

Ceilcour, que no había previsto errores relativos a sus proyectos, pero que por su segunda prueba los encontró, en efecto, imperdonables respecto a Dolsé, que no tenía ninguno con él, sólo pudo responder con sus lágrimas y con los testimonios del amor más ardiente.

—Ya no queda tiempo —le dijo Dolsé—, el golpe está demasiado avanzado. Os había descrito mi sensibilidad, al menos le debíais alguna consideración; ya que vuestra ruina sólo es fingida, muero con un dolor menos... Pero debemos dejarnos, Ceilcour, tenemos que separarnos para siempre... Salgo muy joven de una vida... en la que vos podríais haberme hecho encontrar la felicidad... ¡Ah, qué querida me habría sido la vida con vos! —continuó, tomando las manos de su enamorado y regándolas con sus llantos—. ¡Qué amiga tan fiel y sensible habríais encontrado en mí!... Os hubiera hecho feliz, me atrevo a creerlo... ¡y cuánto habría yo gozado de una felicidad que se habría convertido en obra mía!...

Ceilcour se deshacía en lágrimas, fue entonces cuando lamentó muy sinceramente la prueba fatal, que no le había servido más que para hacerle conocer a una mujer *deshonesta* y le había hecho perder a una *divina.* Le suplicó a Dolsé que cualquiera que fuese su estado aceptase al menos el título de esposa suya y permitirle que apresurase la ceremonia.

—Eso sería un cargo de conciencia desgarrador para mí —dijo Dolsé—... ¡Con qué amargas lágrimas no regaría yo mi tumba al descender a ella como vuestra esposa! Prefiero morir con el dolor de no haber merecido el título, que aceptarlo en el momento cruel en el que no puedo hacerme digna de él... No, vivid, querido Ceilcour, vivid y olvidadme. Todavía sois muy joven, dentro de unos años todos los recuerdos de una amiga de algunos días se habrán borrado de vuestro corazón... apenas os parecerá que haya existido para vos. Sin embargo, si os dignáis pensar en ella algunas veces, que esta amiga que vais a perder sólo se ofrezca a vos para vuestro consuelo; recordad los pocos momentos que pasamos juntos y que esa idea agite suavemente vuestra alma y la consuele sin desgarrarla. Casáos, mi querido Ceilcour, le debéis vuestra fortuna a vuestra familia; intentad que la que elijáis tenga algunas de las cualidades que os dignáis valorar en mí. Y si los seres que abandonan este mundo pueden recibir consuelos de parte de los que dejan en él, creed que será un verdadero gozo para vuestra amiga saberos atado a una mujer que al menos habrá sabido parecérsela en algo.

Una debilidad espantosa se apoderó de Dolsé al acabar esas palabras... Nada era tan sensible como el alma de esa interesante mujer... Acababa de hacerse violencia; la naturaleza sucumbía, estaba a las puertas de la muerte. Se vieron obligados a llevarse a Ceilcour a otra habitación, su desesperación hacía que temblase todo lo que lo rodeaba, él no quería dejar la casa de esa mujer idolatrada por nada del mundo... Sin embargo, lo arrancaron de allí. Apenas llegó a su casa, cayó con una enfermedad horrible, estuvo tres meses entre la vida y la muerte y sólo debió su retorno a la salud a su edad y a la excelencia de su temperamento. Durante su enfermedad le habían ocultado cuidadosamente la pérdida tremenda que acababa de padecer, al final le informaron de la muerte de la que amaba; la lloró hasta el fin de sus días, no quiso casarse nunca y sólo empleó sus bienes en los actos más santos de la beneficencia y de la humanidad. Murió joven, lamentado por sus amigos, y con ese final desastroso y prematuro dio el ejemplo atroz de que la felicidad más dulce del hombre... la compañía de una mujer que le conviene, puede huir de él incluso en la opulencia y la virtud.

Fin del primer tomo.

MISS HENRIETTE STRALSON
O
LOS EFECTOS DE LA DESESPERACIÓN

Novela inglesa

Una noche en la que el Ranelagh[32] estaba en lo mejor, lord Granwel, de aproximadamente treinta y seis años de edad, el hombre más depravado, más malvado y más insufrible de toda Inglaterra, y desgraciadamente uno de los más ricos, vio pasar cerca de su mesa, en la que a fuerza de ponche y de champán adormecía sus remordimientos con tres de sus amigos, a una cautivadora persona joven que aún no había visto en ninguna parte.

—¿Quién es esa muchacha? —dijo con diligencia Granwel a uno de sus comensales—. ¿Y cómo es posible que haya en Londres una carita tan fina que se me haya escapado? Apuesto a que no tiene ni dieciséis años, ¿tú que dices, sir Jacques?

SIR JACQUES: ¡Una figura como la de las Gracias! Wilson, ¿tú no la conoces?

WILSON: Esta es la segunda vez que me la encuentro, es hija de un baronet[33] de Herreford.

GRANWEL: Aunque fuese hija del diablo, es preciso que la posea o que el rayo me aniquile. Gave, te encargo de la descubierta.

GAVE: ¿Cómo se llama, Wilson?

WILSON: Es *miss* Henriette Stralson; esa mujer alta que veis allí con ella es su madre, su padre murió. Hace mucho tiempo que está enamorada de Williams, un hidalgo de Herreford, y van a casarse. Williams ha venido aquí para hacerse cargo de la herencia de una vieja tía, lo que constituye su fortuna; durante ese tiempo, lady Stralson ha querido que Londres vea a su hija, y cuando hayan terminado los asuntos de Williams, volverán a marcharse juntos a Herreford, donde debe celebrarse el matrimonio.

GRANWEL: ¡Que todas las furias del infierno se apoderen de mi alma si Williams la toca antes que yo!... No he visto nunca nada tan bonito... ¿Está allá ese Williams?, no conozco a ese gracioso, haced que lo vea.

---

[32] Jardín público del barrio de Chelsea, inaugurado en 1742.

[33] Grado nobiliario inferior exclusivamente británico, está entre *caballero* y *barón*.

Wilson: Está allí, es el que las sigue... Sin duda se había detenido con alguno de sus conocidos... Se reúne con ellas... Observadlo... ése es... ahí está.

Granwel: ¿Ese joven alto tan hermosamente hecho?

Wilson: Exactamente.

Granwel: ¡Vaya, si apenas tiene veinte años!

Gave: Realmente es un hombre hermoso, milord... es todo un rival...

Granwel: Del que me desharé como de muchos otros... Gave, levántate y sigue a ese ángel... De veras, ¡qué impresión me ha hecho!... Síguela, Gave, intenta enterarte de todo lo que puedas sobre ella... pon espías tras sus huellas... ¿Tienes dinero, Gave? ¿Tienes dinero?... Aquí van cien guineas[34], que mañana no quede ninguna y que yo lo sepa todo... ¿Yo, enamorado?... Wilson, ¿qué dices?... Sin embargo, es cierto que al ver a esa muchacha he sentido un presentimiento... Sir Jacques, esa criatura celestial tendrá mi fortuna... o mi vida.

Sir Jacques: La fortuna, sea, pero la vida... No creo que estés de humor para morir por una mujer.

Granwel: No...

Y milord se estremeció involuntariamente al pronunciar esa palabra...; luego, recuperándose:

—Todo eso es sólo una manera de hablar, amigo mío, no se muere uno por esos animales, ¡pero es verdad que los hay que conmocionan el alma de los hombres de una manera muy extraordinaria! ¡Eh, mozo! Que traigan vino de Borgoña, se me calienta la cabeza y no la calmo nunca si no es con ese vino.

Wilson: ¿Será verdad, milord, que te sentirías capaz de cometer la locura de perturbar los amores de ese pobre Williams?

Granwel: Entérate, amigo mío, de que cuando este corazón de fuego concibe una pasión, no hay obstáculo alguno que pueda impedir que se satisfaga; cuanta más nace, más me irrita. La posesión de una mujer no es nunca halagadora para mí más que en razón de la multitud de obstáculos que he superado para conseguirla. No hay nada más mediocre que la posesión de una mujer, amigo mío; quien ha tenido una, ha tenido ciento. La única manera de apartar la monotonía de esos triunfos insípidos es debérselos sólo a la astucia, sobre los restos de una multitud de prejuicios vencidos es donde se pueden encontrar algunos encantos.

Wilson: ¿Y no sería mejor intentar complacer a una mujer... intentar conseguir sus favores de las manos del amor, más que debérselos a la violencia?

Granwel: Lo que dices estaría bien si las mujeres fuesen más sinceras, pero como no hay en el mundo ni una sola que no sea falsa y pérfida,

[34] Una *guinea* es una libra y un chelín.

hay que actuar con ellas igual que se hace con las víboras que se emplean en Medicina... Cortar la cabeza para tener el cuerpo... tomar al precio que sea lo poco que hay bueno en su físico, constriñendo tanto a la moral, que no puedan sentirse nunca los efectos.

SIR JACQUES: Esas son máximas que me gustan.

GRANWEL: Sir Jacques es mi alumno, y algún día haré de él un personaje... pero vuelve Gave, escuchemos lo que va a decirnos...

Y Gave se sentó después de haberse bebido un vaso de vino...

GAVE: Vuestra diosa se ha marchado —le dijo a Granwel—, se ha subido a una carroza de punto con Williams y lady Stralson, y le han dich al cochero que fuese a la calle Cecil.

GRANWEL: ¿Cómo? ¿Tan cerca de mi casa?... ¿Has hecho que los sigan?

GAVE: Tengo tres hombres tras ellos... tres de los pícaros más despiertos que se hayan escapado alguna vez de Newgate[35].

GRANWEL: ¡Bien, Gave! ¿Es bonita?

GAVE: Es la persona más hermosa que hay en Londres... Stanley... Stafford... Tilner... Burcley... todos la han seguido, todos la han rodeado, todos están de acuerdo que no existía en los tres reinos[36] una muchacha que valiera lo que ella.

GRANWEL: *(vivamente):* ¿La has oído decir algo?... ¿Te ha hablado?... ¿Ha penetrado en tus oídos el sonido halagador de su voz?... ¿Has respirado el aire que ella acababa de purificar?... ¡Eh, habla!... Habla pues, amigo mío, ¿es que no ves que la cabeza me da vueltas?... Es preciso que ella sea mía, o que yo abandone Inglaterra para siempre.

GAVE: La he oído, milord... Ha hablado, le ha dicho a Williams que hacía mucho calor en el Ranelagh y que prefería retirarse a pasearse más tiempo por allí.

GRANWEL: ¿Y ese Williams?

GAVE: Parece que está muy apegado a ella... La devoraba con los ojos... podría haberse dicho que el amor lo encadenaba a sus pasos.

GRANWEL: Es un canalla al que detesto, y mucho me temo que las circunstancias me obliguen a deshacerme de ese hombre... Salgamos, amigos. Wilson, te agradezco tus informaciones; guárdame el secreto, o propagaré por todo Londres tu amorío con lady Mortmart. Y tú, sir Jacques, te doy cita mañana en el parque para ir juntos a la casa de esa pequeña bailarina de la ópera... Pero, ¿qué digo? No, no iré... Sólo tengo una idea en la cabeza... En el mundo no hay nadie más que *miss* Stralson que pueda ocuparme, sólo tengo miradas para ella, ya no tengo más alma que para adorarla... Tú, Gave, vendrás mañana a cenar conmigo con lo que hayas podido recoger

[35] Cárcel de Londres. *(N. del A.)*

[36] Inglaterra, Escocia y Gales son los tres reinos que conforman el Reino Unido.

sobre esa muchacha celestial... único árbitro de mi destino... Adiós, amigos míos.

Milord se precipitó en su vehículo y fue volando a la ceremonia de acostarse del rey, donde lo llamaban los deberes de su cargo.

No había nada más exacto que los pocos detalles que dio Wilson sobre la belleza que le hacía dar vueltas a la cabeza de Granwel.

Efectivamente, *miss* Henriette Stralson, nacida en Herreford, venía a ver Londres mientras Williams terminaba sus asuntos, y todos volverían después a su patria chica, donde el himeneo debía coronar sus deseos.

Por lo demás, no era muy sorprendente que *miss* Stralson hubiera conquistado a todos en el Ranelagh, cuando a una estatura atractiva, a los ojos más dulces y más seductores, a los cabellos más hermosos del mundo, a los rasgos más finos, más espirituales y más delicados se unía el sonido de una voz deliciosa, mucho ingenio, amabilidad y vivacidad, todo ello moderado por un aire de pudor y de virtud que hacía que esas gracias fuesen aún más penetrantes... y todo eso a los diecisiete años tiene que agradar necesariamente; por ello había causado una sensación prodigiosa y en Londres no se hablaba más que de ella.

Respecto a Williams, era lo que se llama un muchacho honrado, bueno, leal, sin artificio ni falsedad; adoraba a Henriette desde la infancia, ponía toda su felicidad en poseerla algún día, y tenía, para pretenderlo, sentimientos sinceros y unos bienes bastante considerables si ganaba su proceso; tenía un nacimiento un poco inferior al de la *miss,* pero honrado, y un rostro muy agradable.

Lady Stralson era también una persona excelente, que consideraba a su hija el bien más preciado que tuviese en el mundo y la amaba como una verdadera madre de provincias, porque todos los sentimientos se pervierten en las capitales, a medida que se respira el aire apestado, las virtudes se deterioran y, como la corrupción es general, hay que salir de ellas, o viciarse.

Granwel, muy encendido por el vino y por el amor, no bien estuvo en la antecámara del rey se dio cuenta de que no estaba en condiciones de presentarse allí; volvió a su casa, donde, en lugar de dormir, se entregó a los proyectos más locos y más extravagantes para poseer el objeto de sus arrebatos. Después de haber encontrado y rechazado cien de ellos uno tras otro, todos ellos más atroces los unos que los otros, en el que se centró fue en el de interferir entre Williams y Henriette, en tratar, si era posible, de causarle a Williams tales complicaciones, que le fuese imposible salir de ellas en mucho tiempo, y durante todo eso aprovechar los momentos cerca de su bella que el azar le ofreciese para deshonrarla en el mismo Londres, o para secuestrarla y llevársela a una de sus fincas en los límites de Escocia, donde sería su amo absoluto y nada podría impedirle hacer lo que quisiera. Ese proyecto, suficientemente provisto de atrocidades, se convirtió por sí mismo en el que más le convino al pérfido Granwel y, por consiguiente, desde el día siguiente puso todo en marcha para hacerlo triunfar.

Gave era el amigo íntimo de Granwel y estaba dotado de sentimientos todavía más bajos; cumplía junto al milord ese empleo tan común en nuestros días que consiste en servir a las pasiones de los demás, en multiplicar sus excesos, en enriquecerse con sus locuras mientras se deshonra uno mismo. No faltó a la cita del día siguiente, pero las pocas noticias que pudo dar ese día fueron sólo que lady Stralson y su hija estaban alojadas, tal como le habían dicho, en la calle Cecil, en la casa de una de sus parientes, y que Williams residía en el Hotel de Polonia, en Covent Garden.

—Gave —dijo el milord—, es preciso que me respondas por ese Williams, es necesario que, bajo el nombre y la vestimenta de un escocés, llegues mañana con un buen personal al mismo hotel de ese bellaco, que entres en su conocimiento... que le robes... que lo arruines. Durante ese tiempo, yo obraré con las mujeres y verás, amigo mío, que en menos de un mes vamos a trastornar todos los honrados arreglillos de esos virtuosos campesinos.

Gave se guardó mucho de encontrar inconveniente alguno en los planes de su patrón. La aventura requería mucho oro, y estaba claro que cuanto más oro gastase milord, tanto más lucrativa se haría su ejecución para el infame ministro de los caprichos de ese canalla. Así pues, se preparó para actuar, mientras que, por su parte, milord situó con cuidado alrededor de Henriette a una multitud de agentes subalternos que debían darle cuenta exacta hasta de los menores pasos de esa muchacha encantadora.

Miss Henriette estaba alojada en la casa de una pariente de su madre, viuda desde hacía diez años, a la que llamaban lady Wateley.

Entusiasmada con Henriette, a la que, sin embargo, sólo había conocido desde la estancia de esa joven en la capital, lady Wateley no descuidaba nada en absoluto de todo lo que debía hacerla aparecer, con esplendor, como el objeto de su apego y de su orgullo; pero esa amable prima, retenida desde hacía quince días en su habitación por un resfriado de nariz, no solamente no había podido estar en la última visita al Ranelagh, sino que se veía privada hasta del placer de acompañarla al Teatro de la Ópera, donde debían ir al día siguiente.

En cuanto Granwel fue informado de ese proyecto de espectáculo por los espías que había puesto cerca de su amada, no dejó de querer sacar partido. Informes más detallados le comunicaron que utilizarían un carruaje de alquiler, pues lady Wateley necesitaba sus caballos para mandar que trajesen a su médico. Granwel fue volando enseguida a la casa del dueño del carruaje que debía alquilarse a Henriette, y consiguió fácilmente que una rueda del carruaje se rompiese a tres o cuatro calles de distancia del punto de donde debían salir esas damas, y sin pensar que un accidente así podría costarle la vida a la que quería, ocupado únicamente en su estratagema, pagó la ejecución de la misma con largueza y volvió muy contento a su casa, de donde salió a la hora exacta que le habían informado que Henriette debía salir. Ordenó al cochero que lo llevaba que fuese a esperar en los alrededores de la calle Cecil a un carruaje de tal y cual forma que saldría de la casa de lady Wateley, que siguiera inmediatamente a ese carruaje en cuanto lo viese y que no dejase que ningún otro se pusiera entremedias.

Granwel sospechaba que, al salir de la casa de lady Wateley, las damas irían a recoger a Williams al Hotel de Polonia. No se equivocó, pero el carruaje no llegó lejos sin aventura, la rueda se rompió... las mujeres gritaron... uno de los lacayos se rompió un miembro, y Granwel, a quien todo le daba igual siempre que tuviese éxito, se reunió enseguida con el carruaje destrozado, bajó de un salto del suyo y presentó la mano a lady Stralson para proponerle la ayuda que le ofrecía su personal.

—En verdad, milord, sois muy bueno —respondió ésta—, estas carrozas de alquiler son terribles en Londres, no va una en ellas sin arriesgar la vida, debería haber órdenes para remediar estos inconvenientes.

Granwel: Le parecerá bien que no me queje, señora, pues me parece que ni usted ni la joven persona que le acompaña han sufrido accidente alguno, y que con él gano el beneficio, precioso para mí, de serles útil en algo.

Lady Stralson: Es usted demasiado servicial, milord... pero me parece que mi lacayo está mal, este suceso me enoja.

Y el lord hizo enseguida que se llamase a los camilleros y ordenó que se pusiera en una camilla al criado herido... Las damas lo enviaron a casa, subieron al carruaje de Granwel y fueron volando al Hotel de Polonia.

No se puede describir el estado del lord en cuanto se encontró junto a la que amaba, y que la circunstancia que le acercó a ella se asemejaba a un servicio prestado.

—Sin duda la señorita va a hacer una visita a alguna extranjera del Hotel de Polonia —le dijo a Henriette en cuanto el carruaje estuvo en marcha.

—Es mucho más que una visita a una extranjera, milord —dijo lady Stralson con candidez—, es un enamorado... es un marido a quien se va a ver.

Granwel: ¡Cuál habría sido el pesar de la señorita si este accidente hubiera retrasado el placer que se promete! ¡Y cuánto más me felicito por la dicha de haber podido servirla!

Miss Stralson: Milord es demasiado bueno por ocuparse de nosotras, tenemos la desgracia de molestarlo, y mi madre me permitirá que le diga que temo que hayamos cometido una indiscreción.

Granwel: ¡Ah, señorita! ¡Qué injusta sois al considerar así al mayor placer de mi vida! Pero, si me atrevo a cometer yo mismo una indiscreción, ¿no les será necesario mi carruaje para continuar su trayecto esta tarde?

Y en ese caso, ¿sería yo lo bastante dichoso como para que quisieran aceptarlo?

MISS STRALSON: Eso sería un atrevimiento demasiado grande por nuesta parte, milord, nos dirigíamos a la Ópera, pero pasaremos la velada en la casa del amigo a quien vamos a ver.

GRANWEL: Sería pagarme muy mal el servicio admitido por ustedes que me negasen el permiso de continuarlo, no se priven, se lo suplico, del placer con el que contaban. Melico[37] canta hoy por última vez, sería terrible perder esta ocasión de escucharlo. Por otra parte, no supongan que haya molestia alguna para mí en la oferta que les hago, puesto que yo mismo voy a ese espectáculo, así pues, no se trata más que de que me permitan que les acompañe allá.

Habría sido indecoroso para lady Stralson rechazar a Granwel, de modo que no lo hizo y llegaron al Hotel de Polonia. Williams esperaba a las damas; Gave no debía empezar su papel hasta el día siguiente aunque hubiese llegado ese mismo día al hotel; no se había encontrado aún con él, con lo que nuestro joven estaba solo cuando sus amigas llegaron. Las recibió lo mejor que pudo, colmó al lord de cortesías y de agradecimientos, pero la hora apremiaba y se dirigieron a la Ópera. Williams le dio la mano a lady Stralson, y por medio de ese arreglo que había supuesto, Granwel estuvo al alcance de conversar con la joven *miss,* a quien le encontró un ingenio sin límite, extensos conocimientos, gusto delicado y todo lo que quizá habría costado mucho encontrar en una muchacha del más alto rango que no hubiese salido nunca de la capital.

Después del espectáculo, Granwel volvió a llevar a las dos damas a la calle Cecil, y lady Stralson, que no podía por menos que alabarle, lo invitó a entrar en la casa de su pariente. Lady Wateley, que sólo conocía muy imperfectamente a Granwel, no obstante lo recibió de maravilla. Lo invitó a cenar, pero el lord, demasiado hábil para lanzarse así de cabeza, pretextó un asunto importante y se retiró, mil veces más enardecido que nunca.

Por lo común, a un carácter como el de Granwel no le gusta languidecer; las dificultades lo irritaban, pero las que no podían vencerse apagaban las pasiones en un alma así en lugar de inflamarlas, y como a esa clase de individuos les hace falta un alimento continuo, sin duda el objeto cambiaría si la idea del triunfo se destruyese sin esperanza. Granwel vio claramente que trabajar para que Williams riñese con su amada, como ese procedimiento podía ser largo, debía ocuparse además en desunir a esa muchacha encantadora de su madre, ya que estaba muy seguro de que no llegaría al final de sus planes mientras ellas estuviesen juntas. Una vez presentado en la casa de lady Wateley, le parecía imposible, uniendo a eso además el apoyo

---

[37] Célebre *castrato* italiano.

de sus agentes, que pudiese escapársele ninguno de los pasos de Henriette. Así pues, ese nuevo plan de desunión lo ocupó por entero.

Tres días después de la aventura de la ópera, Granwel fue a informarse de la salud de aquellas damas, pero se extrañó mucho cuando vio que lady Stralton llegaba sola a la sala de visitas y excusaba a su pariente por la imposibilidad que tenía de invitarlo a subir. Se alegó un pretexto de salud, y aunque Granwel estaba muy impaciente, no mostró menos interés por el estado de la dueña de la morada; pero no pudo resistir para informarse de Henriette. Lady Stralson le respondió que, un poco lastimada en la caída del carruaje, no había salido de su habitación desde aquel día. Al cabo de un momento, el lord pidió permiso para volver y se retiró muy descontento de su jornada.

Sin embargo, Gave ya había entrado en conocimiento con Williams, y al día siguiente de la enojosa visita del lord a la casa de lady Wateley fue a dar cuenta de sus operaciones.

—He avanzado más en vuestros asuntos que lo que creéis, milord —le dijo a Granwel—; he visto a Williams y gentes de negocios perfectamente al tanto de lo que le concierne; la herencia que espera, esa herencia que constituye la fortuna que espera ofrecer a Henriette, es muy susceptible de ser impugnada. Hay en Herreford un pariente más cercano que él y que no sospecha los derechos que tiene; hay que escribir a ese hombre para que llegue inmediatamente y protegerlo cuando esté aquí... ponerlo en posesión de la herencia; y durante ese tiempo agotaré la bolsa del individuo insolente que se atreva a declararse vuestro rival. Se ha entregado a mí con una candidez completamente digna de su edad, ya me ha hecho partícipe de sus amores, hasta me ha hablado de vos... de las bondades que tuvisteis con su amada el otro día. Ya ha caído en la trampa, os lo aseguro, podéis encargarme a mí sólo de esta labor, os respondo de que la víctima es nuestra.

—Estas noticias me compensan un poco —dijo el lord— de lo enojoso que me sucedió ayer.

Y le contó a su amigo la manera en la que había sido recibido en la casa de lady Wateley.

—Gave —continuó—, estoy perdido de amor, todo esto está adquiriendo un cariz muy largo, me es imposible contener hasta ese punto el deseo violento que tengo de poseer a esa muchacha... Escucha mi nuevo proyecto, escúchalo, amigo mío, y ejecútalo inmediatamente. Manifiesta a Williams el deseo que tendrías de conocer a la que él adora, y que debido a la imposibilidad en la que estás de ir a buscarla a la casa de una mujer que no conoces, será necesario que él ponga el pretexto de una indisposición y que comprometa vivamente a su amada a que utilice una silla de posta para que vaya a su casa con prontitud... Trabaja en eso, Gave... trabaja en eso sin descuidar el resto y déjame actuar según tus operaciones.

Gave, el más hábil de todos los bribones de Inglaterra, tuvo tanto éxito en su empresa, que sin perder de vista el proyecto grande, al tiempo que mandaba escribir al caballero Clark, segundo heredero de la tía de Williams, para que viniese cuanto antes a Londres, consiguió de su nuevo amigo ver a Henriette, y precisamente de la manera que había propuesto Granwel. La señorita fue avisada de la indisposición de su enamorado, le envió noticia de que bajo el pretexto de hacer algunas compras encontraría un momento para ir a verlo, y en ese instante se avisó por los dos lados a milord de que el martes siguiente, a las cuatro de la tarde, la señorita Henriette saldría sola en una silla de posta para dirigirse al Covent Garden.

«¡Oh, tú, a quien idolatro! —exclamó Granwel en el colmo de la alegría—. Esta vez no te me escaparás, por violentos que sean los métodos que utilice para poseerte, pues consolado por tu gozo no me dan remordimientos... Remordimientos... ¿es que acaso se conocen esos impulsos en un corazón como el mío?, desde hace mucho tiempo, la costumbre del mal los apaga en mi alma endurecida. Una multitud de bellezas, seducidas como Henriette... engañadas como lo será ella, abandonadas como ella... Id a decirle si me emocionaron vuestros llantos, si me asustaron vuestros combates, si me enterneció vuestra vergüenza... si vuestros encantos me retuvieron... ¡Pues bien!... Ella es una más en la lista de las ilustres víctimas de mis excesos, ¿y de qué servirían las mujeres si no fuera solamente para eso?... Que se me demuestre que la naturaleza las ha creado para otra cosa. Dejemos a los tontos la manía ridícula de ensalzarlas como a diosas; con esos principios bonachones es como las volvemos insolentes, pues nos ven ponerle tanto valor a su inútil posesión; se creen con derecho a suponer ese valor y a hacernos perder en lamentaciones novelescas un tiempo que sólo está destinado al placer... ¡Ah!, ¿pero qué digo? Henriette, un solo atributo de tus ojos de llama destruirá mi filosofía, y quizá cayese a tus pies mientras juro ofenderte... ¿Quién, yo? Yo conoceré el amor... lejos... lejos ese sentimiento vulgar... si hubiera una mujer en este mundo que pudiese hacérmelo sentir, creo que iría a achicharrarle el cerebro antes que plegarme bajo su arte infernal. No... no, sexo débil y engañoso... no, no espero que me encadenes a ti jamás, demasiado he gozado de tus placeres para que puedan imponérseme todavía; a fuerza de irritar al dios se aprende a destruir el templo, y cuando se quiere absorber el culto, no se pueden multiplicar demasiado los ultrajes».

Tras estas reflexiones, muy dignas de un miserable como él, Granwel envió inmediatamente a alquilar todas las sillas de posta de los alrededores de la calle Cecil. Situó a sus criados en todos los cruces para no dejar que se aproximasen a la residencia de lady Wateley ninguna de las que podrían venir en busca de clientes, y coloca una suya, llevada por dos portadores de los que está seguro, con orden de llevar a Henriette desde que la tengan cerca del parque de Saint-James, a casa de la madame Schmit, que se dedicaba desde hacía veinte años a las aventuras secretas de Granwel y a la que se había ocupado de avisar. Henriette, sin inquietarse, sin dudar de la fidelidad de las gentes públicas de las que creía servirse, se colocó en la silla que se le ofrecía, envuelta en una manta. Ordenó que la llevasen al Hotel de Polonia, y al no conocer las calles, no vino a perturbarla sospecha alguna en ningún momento durante el trayecto. Llegó donde la esperaba Granwel. Los portadores, aleccionados, penetraron en la alameda de la casa de la Schmit y sólo se detuvieron a la puerta de una sala baja. Abrieron... y cuál fue la sorpresa de Henriette cuando se vio en una casa desconocida; dio un grito, se echó para atrás, les dijo a los porteadores que no la habían llevado donde ella había ordenado...

—Señorita —dijo Granwel avanzando enseguida—. ¿Qué gracias no debo darle al cielo porque me ponga por segunda vez en situación de seros útil? Por vuestras palabras reconozco, y veo por el estado de vuestros porteadores que están borrachos y que se han equivocado. ¿No es afortunado, en estas circunstancias, que sea en casa de lady Edward, pariente mía, que os ocurra este ligero incidente? Tomáos la molestia de entrar, señorita, despedid a esos bandidos con los que vuestra vida no está segura y permitid que los criados de mi prima vayan a buscaros gentes más seguras.

Era difícil rechazar una proposición como aquella. Henriette sólo había visto a milord una vez y no había tenido que quejarse de nada, y volvía a encontrarlo a la entrada de una casa cuyo aspecto no presagiaba nada más que honestidad. Incluso suponiendo que hubiese algunos peligros en aceptar lo que se le proponía, ¿no había acaso más en quedarse en manos de gentes ebrias y que, irritados ya por los reproches que les dirigía Henriette, se proponían dejarla allí? Entró, pues, pidiendo mil perdones a Granwel, el mismo lord despidió a los porteadores, parecía que daba órdenes a algunos criados para que fuesen a buscar a otros; la señorita Stralson penetró hasta el fondo de las habitaciones, donde la condujo la dueña del lugar, y cuando llegó a un salón acogedor, la pretendida lady se inclinó y le dijo a Granwel con aire insolente:

—Mucho gusto, milord, en verdad que yo no os la habría dado más bonita.

En ese momento, Henriette se estremeció, sus fuerzas estuvieron a punto de abandonarla, sintió todo el horror de su situación, pero tuvo la fuerza de seguir... su seguridad dependía de ello y se armó de valor.

—¿Qué significan esas palabras, señora? —dijo agarrando el brazo de la Schmit—, ¿y por quién se me toma aquí?

—Por una joven encantadora, señorita —respondió Granwel— por una criatura angelical que en un momento, espero, va a hacer del más afortunado de los hombres al más amoroso de los amantes.

—Milord —dijo Henriette, que seguía sin soltar a la Schmit—, veo claramente que mi imprudencia me hace depender de usted, pero imploro vuestra justicia; si abusáis de mi situación, si me obligáis a detestaros, sin duda no ganaréis tanto como con los sentimientos que ya me habíais dejado por vos.

—Hábil señorita, no me seducirás ni con tu rostro encantador, ni con el ardid inconcebible que te inspiro en este momento. Tú no me amas, ni podrías amarme; yo no pretendo tu amor, conozco a quien te enardece y me creo más feliz que él, que sólo tiene un sentimiento frívolo que yo no conseguiría jamás de ti... Yo tengo tu persona deliciosa, que va a sumergir mis sentidos en el delirio.

—Deteneos, milord, os engañan, yo no soy la amante de Williams, me entregan a él sin que mi corazón consienta en ello. Ese corazón es libre, puede amaros como puede amar a cualquier otro, y ciertamente os odiará si queréis deberle sólo a la fuerza lo que no os corresponde más que a vos merecer.

—¿No amas a Williams? ¿Y cómo es que ibas a casa de ese hombre, si no lo amas? ¿Crees que ignoro que no te dirigías a su casa más que porque lo creías enfermo?

—Sea, pero yo no habría estado allí si mi madre no lo hubiese querido; informáos, no he hecho más que obedecer...

—¡Criatura artificiosa!...

—¡Oh, milord! Entregáos al sentimiento que creo leer ahora en vuestros ojos... Sed generoso, Granwel, no me obliguéis a odiaros, cuando sólo os corresponde a vos ser estimado.

—¿Estima?...

—¡Santo cielo! ¿Preferiríais pues el odio?

—No sería más que un sentimiento más ardiente lo que podría enternecerme para ti.

—¿Conocéis entonces lo bastante mal el corazón de una mujer como para ignorar lo que puede nacer del agradecimiento? Volved a enviarme a mi casa, milord, y un día sabréis si Henriette es una ingrata, ¡si es digna o no de haber conseguido vuestra compasión!

—¿Quién, yo? ¿Compasión? ¿Compasión por una mujer? —dijo Granwel separándola de la Schmit—... ¡Yo, fallando a la más bella ocasión de mi vida y privándome del mayor de los placeres para ahorrarte un momento de pena!... ¿Y por qué lo haría? Acércate, sirena, acércate, ya no te escucho...

Y al pronunciar esas palabras arrancó el pañuelo que cubría el bello seno de Henriette y lo hizo volar al otro extremo de la habitación.

—¡Bondad de los cielos! —exclamó la señorita arrojándose a los pies del lord—. ¡No permitáis que me convierta en la víctima de un hombre que quiere obligarme a detestarlo!... Tened compasión de mí, milord, tened compasión, os lo suplico, que mis lágrimas puedan enterneceros y que la virtud sea escuchada todavía en vuestro corazón. No atribuléis a una desgraciada que no es culpable de nada respecto a vos, a quien habíais inspirado agradecimiento y que quizá no se habría detenido en eso...

Y diciendo esas palabras estaba de rodillas a los pies del lord, con los brazos levantados hacia el cielo... Las lágrimas inundaban las bellas mejillas que animaban el temor y la desesperación y que caían sobre su seno descubierto, mil veces más blanco que el alabastro.

—¿Dónde estoy? —dijo Granwel, enloquecido—. ¿Qué indecible sentimiento viene a perturbar todas las facultades de mi existencia? ¿De dónde has sacado esos ojos que me desarman? ¿Quién te ha prestado esa voz seductora de la que cada sonido reblandece mi corazón? ¿Eres un ángel celestial, o sólo eres una criatura humana? Habla, ¿quién eres? Ya no me conozco, ya no sé ni lo que quiero, ni lo que hago; todas mis facultades se han aniquilado en ti y ya no me dejan hacer más que tus deseos... Levantáos, *miss,* levantáos, me corresponde a mí caer a los pies del dios que me encadena; levantáos, vuestro dominio está bien establecido, se hace imposible... absolutamente imposible que ningún deseo impuro pueda hacer tambalear mi alma...

Y devolviéndole su pañuelo:

—Tened, ocultadme esos encantos que me embriagan; no necesito aumentar en nada el delirio en el que vienen a sumergirme tantos atractivos.

—¡Hombre sublime! —exclamó Henriette apretando una de las manos del lord—. ¿Qué no merecéis por una acción tan generosa?

—Lo que yo quiero merecer, señorita, es vuestro corazón; ese es el único premio al que aspiro, ese es el único triunfo digno de mí. Recordad para siempre que fui dueño de vuestra persona y que no abusé de ello... Y si ese rasgo no me consigue de vos los sentimientos que requiero de él, acordáos de que tendré el derecho de vengarme y que la venganza es un sentimiento terrible en un alma como la mía. Sentáos, *miss,* y escuchadme... Me habéis dado esperanza, me habéis dicho que no amáis a Williams, me habéis dejado creer que podríais amarme... Esos son los motivos que me detienen... esos son aquellos a los que les debéis la victoria. Prefiero merecer de vos lo que no depende más que de mí arrancar; no me hagáis arrepentirme de la virtud, no me obliguéis a decir que la perfidia de los hombres no se debe más que a la falsedad de las mujeres, y que si ellas fuesen siempre con nosotros como deben, nosotros seríamos a nuestra vez como ellas desean que seamos.

—Milord —respondió Henriette—, es imposible que podáis ocultaros que en esta infortunada aventura el primer error ha sido de parte vuestra. ¿Con qué derecho habéis intentado perturbar mi reposo? ¿Por qué me habéis hecho llevar a una casa desconocida cuando me confié a trabajadores públicos y me imaginé que me llevarían donde les ordené? ¿Según cuál certeza, milord, os corresponde a vos darme leyes? ¿No me deberíais excusas, en lugar de imponerme condiciones?... (y viendo a Granwel hacer un gesto de descontento...). Sin embargo, permitid milord —replicó ella con vivacidad—, permitid que me explique: ese primer error que tiene como excusa, si queréis, el amor que vos pretendéis sentir, lo reparáis con el sacrificio más generoso y más noble... Sin duda debo estaros agradecida, os lo he prometido y no me desdigo; venid a casa de mis parientes, milord, haré que os traten como merecéis. La costumbre de veros reanimará sin cesar en mi corazón los sentimientos de agradecimiento que habéis hecho que broten en él. Esperadlo todo de ello, me menospreciaríais si os dijese más.

—Pero, ¿cómo vais a contar esta aventura a vuestros amigos?

—Como debe ser... como un error de los porteadores que, por una suerte muy singular, me ha hecho caer por segunda vez en las manos de quien, habiéndome hecho ya un favor, se ha encontrado regocijado por la ocasión que lo ponía directamente a rendirme uno nuevo.

—¿Y me manifestáis, señorita, que no amáis a Williams?

—Me es imposible sentir odio por un hombre que no ha tenido nunca más que buen comportamiento conmigo, él me ama, no puedo dudarlo, pero la elección es de mi madre y nada me impide revocarla.

Después, levantándose:

—¿Me permitís, milord —continuó—, que os suplique que me hagáis tener porteadores? Una conversación más larga me haría sospechosa y quizá perjudicase lo que voy a decir. Volved a enviarme, milord, y no tardéis en venir a ver a quien vuestras bondades han llenado de agradecimiento y que os perdona un proyecto salvaje en favor de las maneras llenas de prudencia y de virtud con las que queréis que se le haga olvidar.

—Muchacha cruel —dijo el lord, levantándose también—, sí, voy a obedeceros... pero cuento con vuestro corazón, Henriette... cuento con él... Acordáos de que mis pasiones engañadas me llevan a la desesperación... me serviré de las mismas expresiones que vos... No me obliguéis a odiaros, hubo pocos peligros a los que vos habríais sido obligada respecto a mí, pero los habría enormes si me redujéseis respecto a vos.

—No, milord, no, no os obligaré nunca a odiarme, tengo más orgullo que el que me suponéis y siempre sabré conservar derechos a vuestra estima.

Con esas palabras, Granwel pidió porteadores; había muchos de ellos cerca de allí... Los anunciaron y el lord, tomando la mano de Henriette:

—Muchacha angelical —le dijo mientras la llevaba—, no olvides que acabas de lograr una victoria que ninguna otra mujer más que tú se habría atrevido a pretender... un triunfo que sólo le debes a los sentimientos que me inspiras... y que si alguna vez engañas esos sentimientos, se reemplazarán por todos los crímenes que pueda dictarme la venganza.

—Adiós, milord —respondió Henriette entrando en su silla—, no os arrepintáis nunca de una buena acción, y creed que el cielo y todas las almas justas os deberán una recompensa por ello.

Granwel se retiró a su casa en una agitación inexpresable, y Henriette volvió a casa de su madre con tal turbación que creyeron que iba a desvanecerse.

Al reflexionar sobre la conducta de *miss* Stralson se distingue fácilmente, sin duda, que en todo lo que le había dicho a Granwel no había entrado más que el artificio y la política, y esas artimañas, poco hechas para su ingenua alma, se las había creído permitidas para escaparse de los peligros que la amenazaban. No creemos que, al actuar así, esta interesante criatura pueda ser culpada por nadie, la virtud más depurada obliga a veces a algunas desviaciones.

Llegada a su casa y sin tener ya motivos para fingir, les contó a sus parientes todo lo que acababa de ocurrirle; no disimuló ni lo que había dicho para escapar, ni los compromisos que, con ese mismo objetivo, se había visto obligada a adquirir. Excepto la imprudencia de haber querido salir sola, no desaprobaron nada de lo que había hecho Henriette, pero sus amigas se opusieron a la ejecución de la palabra que había dado. Se decidió que la señorita Stralson evitaría a lord Granwel en todas partes y con el mayor cuidado, y que la puerta de lady Wateley estaría firmemente cerrada a las tentativas de ese desvergonzado. Henriette creyó que debía describir que tal manera de actuar enojaría en extremo a un hombre cuya desesperación podría ser funesta, y que de hecho, si había cometido una falta, la había reparado como un hombre galante y que creía que, según eso, era mejor recibirlo que irritarlo. Creyó que podía responder de que esa sería igualmente la opinión de Williams, pero sus dos parientes no se apearon de la suya y se dieron órdenes en consecuencia.

Sin embargo, Williams, que había esperado toda la tarde a su amada, impaciente por no verla venir, dejó al caballero O'Donnel (ese era el nombre que se había dado Gave al llegar al Hotel de Polonia) y le rogó que le permitiese ir él mismo a conocer la causa de un retraso que tan atrozmente lo inquietaba. Llegó a casa de lady Wateley una hora después del regreso de Henriette, que lloró al verlo... Le agarró la mano y le dijo con ternura:

—Amigo mío, poco ha faltado para que ya no fuese digna de ti.

Y como tenía la libertad de hablar a solas tanto como quisiera con un hombre al que su madre ya consideraba como un yerno, se les dejó razonar juntos sobre todo lo que acababa de ocurrir.

—¡Oh, señorita! —exclamó Williams en cuanto lo supo todo—, era por mi por quien íbais a perderlo todo... y para procurarme un momento de satisfacción íbais a volveros la más desgraciada de las criaturas... Sí, señorita, por una fantasía, hay que confesároslo, yo no estaba enfermo; un amigo deseaba veros y yo quería disfrutar ante sus ojos de la felicidad de poseer la ternura de una mujer tan bella. Ese es todo el misterio, Henriette, ya ves que soy doblemente culpable.

—Dejemos eso, amigo mío —respondió *miss* Stralson—, he vuelto a encontrarte y todo está olvidado. Pero admítelo, Williams —añadió, dejando que sus miradas llevasen el fuego más dulce al alma del que adoraba—, admítelo, ¿no habría vuelto a verte nunca si me hubiese ocurrido ese desastre? ¿Tú no habrías querido a la víctima de tal hombre, y yo habría tenido, además de mi propio dolor, la desesperación de perder lo que me es más querido en este mundo?

—Ni te lo imagines, Henriette —replicó Williams—, bajo el cielo no hay nada que pueda impedirte ser querida por quien pone toda su gloria en poseerte... ¡Oh, tú, a quien adoraré hasta mi último suspiro! Convéncete pues de que los sentimientos que enciendes están por encima de todos los acontecimientos humanos, y que es tan imposible no tenerlos como lo es que tú puedas volverte alguna vez indigna de inspirarlos.

Aquellos dos amantes razonaron después con un poco más de sangre fría sobre esa desgracia. Vieron que lord Granwel era un enemigo muy peligroso y que la decisión que se adoptaba no serviría más que para amargarlo, pero no había medio de hacerla cambiar, las mujeres no querían ni oír hablar de ello. Williams habló de su nuevo amigo, y la candidez y la seguridad de aquellas honestas criaturas eran tales, que nunca se les ocurrió sospechar que el falso escocés era sólo un agente de milord; muy lejos de eso, los elogios que hizo de él Williams inspiraron en Henriette el deseo de conocerlo, y le agradeció que se hubiera hecho con un buen conocido. Pero abandonemos a esos seres respetables, que cenaron juntos, se consolaron, tomaron medidas para el futuro y al final se dejaron; dejémosles un momento, digo, para volver con su perseguidor.

—¡Por el infierno y todos los demonios que lo habitan! —le dijo milord a Gave, que fue a verlo al día siguiente—. Soy indigno hasta de la luz del día, amigo mío... no soy más que un escolar, no soy más que un tonto, te digo... La he tenido en mis brazos... la he visto a mis pies y no he tenido el valor de someterla a mis deseos... Atreverme a humillarla ha sido más fuerte que yo... no es una mujer, amigo mío, es una porción de la divinidad misma descendida a la tierra para despertar en mi alma sentimientos virtuosos que no había concebido en toda mi vida. Me ha dejado creer que quizá podría amarme algún día, y yo... yo, que no podía comprender que el amor de una mujer fuese de la más ligera recompensa en su gozo, he renunciado a ese gozo seguro por un sentimiento imaginario que me desgarra y me perturba sin que aún pueda concebirlo.

Gave amonestó con energía a milord, le hizo temer que había sido el juguete de una muchachita, le aseguró que una ocasión semejante quizá no se ofreciese en mucho tiempo, que ahora estarían vigilantes...

—Sí, acordáos, milord —añadió—, tendréis de qué arrepentiros por la falta que acabáis de cometer y vuestra indulgencia os costará caro. ¿Es a un hombre como vos a quien deben enternecer algunos llantos y unos bellos ojos? ¿Y recibiréis de esa situación débil en la que habéis dejado caer a vuestra alma la dosis de voluptuosidad de esa apatía estoica de la que habéis jurado no apartaros nunca? Os arrepentiréis de vuestra compasión, milord, os lo digo... por mi alma que os arrepentiréis de ello.

—Pronto lo sabremos —dijo milord—, mañana sin falta me presentaré en la casa de lady Wateley, estudiaré a esa hábil *miss,* la examinaré, Gave, leeré sus sentimientos en sus miradas. Si abusa de mí, que tiemble, no me faltarán ardides para hacerla caer otra vez en mis trampas, no siempre tendrá el artificio mágico de escaparse de ellas como ha hecho... En cuanto a ti, Gave, sigue arruinando a ese bellaco de Williams, cuando aparezca el caballero Clark, envíaselo a sir Jacques, yo le avisaré de todo. Él le aconsejará que prosiga con la herencia que intentan quitarle, y nosotros lo ayudaremos con los jueces... Seremos libres para romper todos esos acuerdos si es cierto que mi ángel me ama, o para apresurarlos de la manera más enérgica si la criatura infernal me ha engañado... Pero te lo repito, no soy más que un niño, no me perdonaré jamás la tontería que he hecho... Ocúltales esta falta a mis amigos, Gave, disimúlala cuidadosamente, pues me agobiarían con sus reproches y me los merecería todos.

Se separaron y al día siguiente, es decir, el tercer día después de la aventura en casa de la Schmit, Granwel se presentó en casa de lady Wateley con todo su lujo y su magnificencia.

Nada había cambiado en la decisión de las mujeres, milord fue dolorosamente rechazado... Insistió, hizo que se dijera que tenía que hablar con lady Stralson y con su hija de un asunto de la mayor importancia... Le respondieron que las damas por las que preguntaba ya no estaban alojadas en esa casa, y él se retiró furioso. Su primer impulso fue ir a encontrarse con Williams a hacer valer ante él el servicio que le había prestado a su amada, contando el asunto como se había convenido con Henriette en casa de la Schmit; a exigirle que lo llevase a la casa de lady Stralton, o que se cortaran el cuello uno al otro si su rival no asentía a sus planes; pero ese proyecto no le pareció lo bastante malvado. Era sólo con la señorita Stralson con quien estaba enojado... Es probable que no le hubiese contado a su familia las cosas, tal como le había prometido, sólo a ella se debía el rechazo que experimentaba, no era más que a ella a quien quería buscar y castigar, no debía trabajar más que en eso.

Cualesquiera que fuesen las precauciones que se proponían adoptar en casa de lady Wateley, no se trataba, no obstante, de encerrarse. Gracias a eso, lady Stralson y su hija no dejaban de hacer los recados que exigían sus asuntos en Londres, e incluso aquellos que sólo podían contentar a su placer o a su curiosidad. Lady Wateley, que estaba mejor de salud, las acompañaba a un espectáculo, algunos amigos se encontraban allí con ellas; Williams acudiría por su lado. Milord Granwel, siempre bien servido, no ignoraba ninguno de sus pasos e intentaba sacar partido de todos para encontrar medios de satisfacer su venganza y sus culpables deseos. Sin embargo, transcurrió un mes sin que hubiese podido encontrarlos, y sin que por otra parte dejase de actuar sordamente.

Clark llegó de Herreford. Informado por sir Jacques, interpuso ya la denuncia por la herencia, poderosamente apoyado por Granwel y sus amigos. Todo eso preocupaba al desgraciado Williams, a quien el fingido capitán O'Donnel estafaba cada día, reducido por otra parte a no saber qué pensar. Pero aunque esas maniobras suponían demasiado tiempo para el gusto de los fogosos deseos del lord, no por ello deseaba con menos ahínco la ocasión más cercana para humillar a la desgraciada Henriette. Quería volver a verla a sus pies, quería castigarla por la artimaña que había empleado con él; esos eran los proyectos fatídicos que concibió su maldita cabeza, cuando vinieron a avisarle de que toda la compañía de Wateley, que no frecuentaba el Gran Mundo desde que los asuntos de Williams tomaron un cariz tan enojoso, iba a dirigirse al día siguiente, sin embargo, al teatro de Drury Lane[38], donde Garrick, que se ocupaba por entonces de su retiro, iba a actuar por última vez en *Hamlet.*

La mente atroz de Granwel concibió en ese momento el proyecto más negro que pueda inspirar la perversidad. Se decidió nada menos que a hacer que se detuviese a la señorita Stralson en el teatro y que la llevasen esa misma noche a Bridwell[39].

Echemos alguna luz sobre ese abominable objetivo.

Una muchacha llamada Nancy, una cortesana muy célebre, acababa de escaparse otra vez de Dublín después de haber hecho allá una multitud de robos y de haber molestado públicamente a varios irlandeses; había viajado a Inglaterra, donde, aunque llegada recientemente, ya se había hecho culpable, sin embargo, de algunos delitos indeterminados y la Justicia, por medio de una orden de detención, trabajaba para apoderarse de ella. Granwel tenía conocimiento de ese asunto, se acercó a la casa del jefe de la Policía encargado de la orden, y al ver que ese hombre sólo conocía muy imperfectamente a la muchacha que tenía que detener, lo convenció fácilmente de que esa criatura estaría esa noche en Drury Lane, en el palco en el que sabía que iba a situarse *miss* Henriette. Por ese medio, al ser encerrada en lugar de la cortesana que buscaban, se encontraría a merced de sus odiosos proyectos. Se presentó enseguida como garantía, si esa infortunada consentía sus deseos, sería libre... si se negase a asentir, el lord haría que Nancy se evadiese y reforzaría más que nunca la opinión de que Henriette no era otra más que esa aventurera de Dublín y eternizaría así las cadenas de su desgraciada víctima. La compañía con la que se encontraba la señorita Stralson le preocupaba muy poco, pero se apoyaría en la Wateley, quien, de hecho, sólo había visto a lady Stralson y a su hija desde que una y otra

---

[38] El teatro más antiguo de Londres, todavía en activo.

[39] Casa de mujeres de mala vida. *(N. del A.)*

estaban en Londres... que sabía que ella tenía parientes con ese apellido en Herreford, pero que podría haber sido engañada sobre la personalidad de esos parientes. La convencerían fácilmente, decía Granwel, de que estaba en el mayor de los errores, ¿y con qué podría oponerse para defender a esas mujeres y salvarlas de las órdenes de la justicia? Ese proyecto que se había preparado en la cabeza de Granwel, fue confiado a Gave y a sir Jacques, quienes lo tantearon, le dieron vueltas en todos los sentidos y no vieron en él inconveniente alguno; y ya no se pensó más que en ponerlo en marcha. Granwel fue volando a casa del juez de paz encargado del asunto de Nancy, afirmó que la había visto la víspera y que con toda seguridad debía encontrarse ese mismo día en Drury Lane, con unas mujeres honradas a las que había seducido, y frente a las que se atrevía a llamarse muchacha de calidad. El juez y el policía no titubearon, dieron la orden y se dispuso todo para detener sin falta ese mismo día a la desdichada Henriette en el teatro.

La horrible cohorte de Granwel no dejó de encontrarse aquella noche en el teatro, pero, tanto por decencia como por política, los sujetos de ese grupo infame sólo debían ser espectadores. El palco se llenó, Henriette se colocó entre lady Wateley y su madre; detrás de ellas estaban Williams y milord Barwill, un amigo de lady Wateley, miembro del Parlamento y muy considerado en Londres... Acabó la obra, lady Wateley quiso que dejasen que saliese todo el mundo... Parecía que hubiese tenido un presentimiento sobre la desgracia que amenazaba a sus amigas. Sin embargo, el inspector y sus hombres no perdían de vista a Henriette, y Granwel, así como sus socios, tuvieron siempre los ojos sobre el inspector. Una vez disipada la multitud, salieron al fin. Williams le dio la mano a lady Wateley, lady Stralson caminaba sola y Barwill era el escudero de *miss* Henriette. A la desembocadura de los corredores, el inspector avanzó con la mano levantada sobre la infortunada señorita, la tocó con su varita y la ordenó que lo siguiera. Henriette se desvaneció, la Wateley y la Stralson cayeron una en brazos de la otra, y Branwill, apoyado por Williams, rechazaba a los policías.

—¡Os equivocáis, bellacos! —gritó Barwill—. ¡Alejaos, o haré que os castiguen!

Ese cuadro asustó a quien se encontraba todavía en la sala, lo observaron, lo rodearon... El inspector le mostró la orden a Barwill y le hizo ver por qué prendía a Henriette. En ese momento, sir Jacques, inspirado por Granwel, se acercó a Barwill.

—Milord, permitidme que diga —dijo aquel bribón— que sería enojoso haber tomado partido por esta muchacha que no conocéis; no dudéis, milord, que sea la Nancy de Dublín, y lo juraría si fuese necesario.

Barwill, que sólo conocía a esas extranjeras desde hacía poco tiempo, se acercó a la Wateley mientras Williams socorría a su amada.

—Señora —le dijo—, esta es la orden, y aquí está este señor a quien conozco como caballero, incapaz de equivocarse, que me asegura la justicia de esta orden y que el inspector no se engaña; dignaos explicarme todo esto.

—Por todo lo más sagrado que tengo —exclamó inmediatamente lady Stralson—, esta infortunada es mi hija y no es en absoluto la criatura que se busca; dignaos no abandonarnos, dignaos servirnos de defensor, convencéos de la verdad, milord, protegednos, asegurad nuestra inocencia.

—Retírense, pues —le dijo entonces Barwill al inspector—, yo respondo de esta joven, la llevaré enseguida yo mismo a casa del juez de paz; vayan a esperarnos allí, donde ejecutarán las órdenes nuevas que recibirán; hasta ese momento le sirvo de garantía a Henriette y su misión se ha cumplido.

Con esas palabras todo se disipó, el inspector salió por su lado, sir Jacques, Granwel y su grupo por el suyo, y Barwill, que arrastraba a esas damas:

—Vayámonos enseguida —les dijo— no nos ofrezcamos como espectáculo por más tiempo...

Le dio la mano a Henriette y lo siguieron. Las tres mujeres y él subieron a su carruaje y bastaron pocos minutos para dirigirlos a casa del célebre Fielding, juez encargado de este asunto. Ese magistrado, sobre la palabra de lord Bradwill, amigo suyo desde hacía mucho tiempo, y sobre las respuestas sinceras e ingenuas de las tres mujeres, no puede evitar ver que había sido engañado. Para convencerse aún más, confrontó el señalamiento de Nancy con la misma Henriette, y habiendo encontrado diferencias evidentes, colmó a esas damas de excusas y de explicaciones. En ese momento se separaron de milord Barwill, a quien dieron testimonio de su agradecimiento, y regresaron tranquilamente a su casa, donde las esperaba Williams...

—¡Ay, amigo mío! —le dijo Henriette al volver a verlo, todavía muy emocionada—. Tenemos algunos enemigos poderosos en esta maldita ciudad, ¡ojalá pudiésemos no haber entrado en ella nunca!

—No hay duda alguna —dijo lady Stralson— de que todo esto viene de ese pérfido Granwel; no he querido decir nada de mis ideas por moderación, pero cada nueva reflexión las respalda: es imposible que se pueda dudar de que no sea ese canalla quien nos atormenta así por venganza, ¿y quién sabe —continuó— si no ha sido igualmente él quien ha causado que Williams tenga ese nuevo competidor en la herencia de su tía? No conocemos apenas a ese caballero Clark, en Herreford nadie había sospechado nunca ese parentesco, y ahora triunfa ese hombre, aquí lo tenemos, protegido por todo Londres, y a mi desgraciado amigo Williams quizá en vísperas de ser arruinado. No importa —dijo después aquella buena y honesta criatura—, aunque él se hiciera más pobre que Job, tendrá la mano de mi hija... Te la prometo, amigo mío, te la prometo, Williams, sólo tú le gustas a esta niña querida, y yo sólo aspiro a su felicidad. Y Henriette y su enamorado se echaron llorando en brazos de lady Stralson, y la abrumaron el uno y la otra con sus muestras de agradecimiento.

Sin embargo, Williams se sentía culpable, no se atrevía a manifestarlo. Hechizado por Gave, bajo el nombre de capitán O'Donnel, había perdido, fuese con ese falso amigo, o fuese en las compañías donde éste lo había llevado, casi todo el dinero que había traído a Londres. Al no ver relación alguna entre Granwel y el capitán escocés, estaba muy lejos de sospechar que éste debía ser agente del otro... Se callaba, suspiraba en silencio, recibía con confusión las muestras de ternura de Henriette y de su madre; no se atrevía a confesar sus errores, seguía esperando que un momento más afortunado quizá volviera a traerle su pequeña fortuna; pero si no llegaba ese momento, si por otra parte Clark ganaba el proceso, Williams, indigno de las bondades con las que lo abrumaban... el desgraciado Williams estaba decidido a todo antes que engañarlas.

En cuanto a Granwel, no es necesario describir su furia, se la concibe sin mucho esfuerzo...

—No es una mujer —les repetía sin cesar a sus amigos—, es un ser por encima de lo humano... ¡Ah!, por muchas conspiraciones que yo formase contra ella, se zafaría siempre de ellas... Sea, que continúe... se lo aconsejo... Si mi estrella adquiriese ascendiente sobre la suya, pagaría muy caro el infame engaño que me ha hecho.

Sin embargo, todas las baterías para la ruina del desgraciado Williams estaban dispuestas, con más arte y prontitud que nunca. El proceso de la herencia estaba a punto de juzgarse, y Granwel no ahorraba cuidados ni gestiones para los intereses del caballero Clark, que, al no hablar nunca más que con sir Jacques, no sospechaba siquiera cuál era la mano que lo apoyaba con tanto poder.

Al día siguiente de la aventura del Drury Lane, Granwel fue a la casa de Fielding a excusarse por su malentendido; lo hizo con tan buena fe, que no pareció que el juez le guardase resquemor alguno, y el bribón se marchó de allí para irse a inventar otras artimañas, cuyos éxitos, menos desafortunados, pudieran llevar al fin a sus redes al infeliz objeto de su idolatría.

La ocasión no tardó mucho en encontrarse. Lady Wateley tenía una finca bastante bonita entre Newmarket y Hosden, a aproximadamente quince millas de Londres, y pensó en llevar allí a su joven pariente para distraerla un poco de las negras preocupaciones que empezaban a agitarla. Granwel, informado de todos los pasos de su amada, se enteró del día que se había fijado para la partida; sabía que iban a pasar ocho días en esa finca y que volverían el noveno por la noche. Se disfrazó, tomó con él una docena de esos canallas que pisotean los adoquines de Londres a los que el primero que llega puede hacer satélites por algunas guineas, y fue volando a la cabeza de aquellos bandidos a esperar la carroza de lady Wateley, en el rincón de un bosque poco alejado de Newmarket, famoso por los asesinatos que se cometían allí diariamente y que había que atravesar a la vuelta. El carruaje llegó, lo detuvieron... los arneses se rompieron... los criados fueron apaleados... los caballos se escaparon... las mujeres se desvanecieron... la señorita Stralson fue llevada, sin conocimiento, a un carruaje a dos pasos de allí, su secuestrador subió a él con ella, los corceles vigorosos se lanzaron, y llegaron a Londres. El lord, que no se dio a conocer a Henriette y que no le dijo ni una sola palabra durante el camino, entró rápidamente en su hotelito con su presa; se instaló en una habitación retirada, despidió a sus hombres... y se quitó la máscara.

—¡Y bien, pérfida! —dijo entonces, enfurecido—. ¿Reconoces a quien te has atrevido a traicionar impunemente?

—Sí, milord, os reconozco —respondió valerosamente Henriette—; puesto que me sucede una desgracia, ¿me es posible no nombraros al instante? Vos sois la única causa de todas las que padezco, vuestro único encanto es perturbarme; si yo fuese vuestra enemiga más mortal, vos no actuaríais de manera diferente.

—Mujer cruel, ¿es que no habéis sido vos quien ha hecho de mí el más infortunado de los hombres habiendo abusado de mi buena fe? Y con vuestra infame duplicidad, ¿acaso no me habéis convertido por completo en la víctima de los sentimientos que yo había concebido para vos?

—Yo os creía más justo, milord, me imaginaba que antes de condenar a la gente, al menos os dignabais escucharla.

—¿Y dejarme prender por segunda vez en tus condenados artificios?... ¿yo?

—¡Desdichada Henriette! Así pues, vas a ser castigada por demasiada franqueza y credulidad, ¡y será el único hombre al que has distinguido en el mundo quien será la causa de todos los desastres de tu vida!

—¿Qué queréis decir, *miss?* Explicaos. Todavía quiero escuchar vuestra justificación, pero no os jactéis de engañarme... ni penséis en abusar de este amor fatal, del que tengo demasiadas cosas para ruborizarme, sin duda... No, *miss,* no, no me induciréis más al error... Vos ya no me interesáis, Henriette, ahora os veo con sangre fría y ya no encendéis en mí otros deseos que los del crimen y la venganza.

—Más despacio, milord, me acusáis con demasiada ligereza; una mujer que os hubiese engañado, os habría recibido y habría prolongado vuestra esperanza, habría intentado desarmaros y, con las artimañas que suponéis que tengo, lo habría conseguido... Examinad la conducta diferente que he tenido... Distinguid el principio y condenadme si os atrevéis.

—¿Y qué?... En nuestra última conversación me dejásteis creer que no os soy indiferente, vos misma me invitásteis a dirigirme a vuestra casa... Ese es el precio con el que me calmo... Esa es la condición con la que la delicadeza reemplaza en mi corazón a los sentimientos que os veo censurar... y cuando lo hago todo para complaceros... cuando lo sacrifico todo para conseguir un corazón... cuya posesión se me haría inútil si no hubiese escuchado más que a mis deseos, y la recompensa de todo ello es ver que me cerráis vuestra puerta... No, no, pérfida, no esperéis escapar de nuevo... no lo esperéis, *miss*... vuestras tentativas serían inútiles.

—Haced de mí lo que queráis, milord, estoy en vuestras manos... (y vertió involuntariamente algunas lágrimas...), me conseguiréis sin duda a expensas de la vida de mi madre... No importa, haced de mí lo que queráis, os digo, no quiero emplear ningún medio para defenderme... Pero si fuera posible que escucháseis la verdad, sin acusarla de artificio, os pediría, milord, si los rechazos que habéis padecido no son pruebas ciertas tanto de la confesión que hice de los sentimientos que me habéis inspirado, como del temor que se tuvo de su poder sobre mí. ¿Qué necesidad había de apartaros si no se os hubiera temido? ¿Y se os habría temido si yo no hubiese confesado públicamente lo que sentía por vos? Vengáos, milord, vengáos, castigadme por haberme entregado a ese error encantador... merezco toda vuestra cólera, vos no volveréis nunca lo bastante brillantes esos efectos... vos no los apremiaréis lo bastante jamás.

—¡Pues bien! —dijo Granwel, con una increíble agitación—. ¿Acaso no había previsto yo que esta astuta criatura intentaría encadenarme otra vez?... ¡Oh, no, no! Vos no tenéis más errores, soy yo quien los tiene todos... yo soy el único culpable, me corresponde a mí castigarme por ello. Sin duda alguna yo era un monstruo, puesto que pude conspirar contra la que me adoraba en el fondo de su alma... No lo veía, *miss*, lo ignoraba... Perdonadlo por la extrema humildad de mi carácter, ¿cómo podía yo concebir el orgullo de ser amado por una muchacha como vos?

—No os parezca mal que os lo diga, milord, no estamos ni vos ni yo en la situación del sarcasmo o de la broma. Me hacéis la más desgraciada de las mujeres, y yo estaba muy lejos de desear que vos fueseis el más infortunado de los hombres; eso es todo lo que tengo que deciros, milord. Es tan sencillo que vos no lo creéis, permitidme que a mi vez tenga bastante orgullo, con lo humillada que estoy, para no intentar convenceros. Ya es bastante atroz para mí tener que sonrojarme por mi falta con mi familia y mis amigos, sin estar obligada a seguir llorándola con aquel que me hizo cometerla... No creáis nada de lo que os digo, milord, os engaño en todo, soy la más falsa de las mujeres, no debe estaros permitido que me veáis de otra forma... no me creáis, os digo...

—Pero, *miss,* si fuera cierto que vuestros sentimientos por mí fuesen tales como intentáis convencerme, sin poder conseguir verme, ¿quién os impedía escribirme? ¿No debíais suponerme muy inquieto por el rechazo que había padecido?

—Yo no dependo de mí, milord, no olvidéis nunca esa circunstancia; convendréis conmigo que una muchacha de mi edad, cuyos sentimientos responden a la buena educación, debe trabajar sólo en ahogar en su corazón todo lo que su familia desapruebe.

—¿Y ahora ya no dependéis de esa familia salvaje que se opone a vuestros deseos igual que a los míos? ¿Consentís en darme vuestra mano inmediatamente?

—¿Yo? Cuando mi madre muera quizá... ¡y que sean vuestros golpes los que me la arrebaten! ¡Ah!, permitidme que no piense más que en aquella a quien debo la vida antes de ocuparme de mi felicidad.

—Estad tranquila con eso, *miss*, vuestra madre está segura; se encuentra en casa de lady Wateley, y las dos están tan sanas como vos. La orden de socorrerlas en cuanto vos fueseis raptada ha sido ejecutada con más inteligencia aún que la que os puso en mi poder; que ese asunto no os proporcione, pues, ninguna clase de inquietud, que no perturbe en nada la respuesta decisiva que os ruego que me deis: ¿Aceptáis vos mi mano, *miss,* o no la aceptáis?

—No penséis que me decida sobre una cosa así sin la conformidad de mi madre. No es vuestra amante, milord, lo que yo quiero ser, lo que quiero es ser vuestra mujer. ¿Me convertiría en eso legítimamente si, dependiente de mi familia, me casara con vos sin su consentimiento?

—Pero, señorita, observad que soy dueño de vuestra persona, ¿y quién es un esclavo para querer imponer condiciones?

—¡Oh, milord! Entonces no me casaré con vos... Yo no quiero ser esclava más que de aquel que haya elegido mi corazón.

—¡Orgullosa criatura, no conseguiré humillarte nunca!

—¿Y qué sutileza le pondríais al triunfo que hubieseis conseguido sobre una esclava?, lo que no se debe más que a la violencia, ¿puede halagar al amor propio?

—No siempre es seguro que esa sutileza tan ensalzada sea tan preciosa como se la imaginan las mujeres.

—Abandonad esa dureza de principios, milord, para quienes no están hechos para merecer los corazones que intentan controlar; esas máximas abominables no están hechas para vos.

—Pero ese Williams, *miss*... ese Williams... Yo quisiera que todas las desgracias con las que la naturaleza puede atribular a los hombres se reunieran sobre la cabeza de ese miserable.

—No llaméis así al más honrado de los hombres.

—Me arrebata vuestro corazón, él es la causa de todo, sé que lo amáis.

—Ya os he respondido a ese punto, seguiré diciéndoos lo mismo, Williams me ama, eso es todo... ¡Ah, milord!, que no tengáis nada que combata tan peligrosamente vuestros proyectos, y no seréis tan desgraciado como suponéis.

—No, seductora, no, no te creo *(y turbándose)*... Vamos, *miss,* preparáos, os he dado todo el tiempo para la reflexión, ya os imaginaréis que no es para ser todavía vuestra víctima por lo que os he traído aquí, es preciso que desde esta noche seáis mi mujer... o mi amante...

Y al mismo tiempo la agarró fuertemente del brazo y la arrastró hacia el altar impío donde el bárbaro quería sacrificarla.

—Una palabra... milord —dijo Henriette, reteniendo sus lágrimas y resistiéndose con todas sus fuerzas a los empeños de Granwel—, una sola palabra, os lo suplico... ¿Qué esperáis del crimen que vais a cometer?

—Todos los placeres que pueda proporcionarme.

—No los conoceréis más que un día, milord, mañana ya no seré ni vuestra esclava ni vuestra amante, mañana ya no tendréis ante vuestros ojos más que el cadáver de la que habréis mancillado... ¡Oh, Granwel! Vos no conocéis mi carácter, ignoráis a qué excesos puedo llegar. ¿Podéis vos, si es cierto que tenéis por mí el más ligero sentimiento, comprar al precio de mi pérdida el gozo desdichado de un cuarto de hora? Os ofrezco esos mismos placeres que queréis arrancar, ¿por qué no queréis tenerlos de mi corazón? Hombre equitativo y sensible —prosiguió, a medias inclinada y tendiendo las manos juntas hacia su tirano—, dejáos enternecer por mis llantos... que los gritos de mi desesperación lleguen por una vez a vuestra alma, no os arrepentiréis de haberlos escuchado. ¡Oh, milord!, ved ante vos en actitud suplicante a la que ponía toda su gloria en encadenaros un día a sus pies; queréis que yo sea vuestra mujer, ¡pues bien!, consideradme ya como tal y en esa calidad no deshonréis a aquella cuyo destino está tan unido al vuestro... Devolved a Henriette a su madre, ella os lo suplica, y será con los sentimientos más vivos y ardientes como ella compensará vuestros buenos actos.

Pero Granwel ya no la miraba, se paseaba a grandes pasos por la estancia... ardiendo de amor... atormentado por la sed de gozar... devorado por la venganza... combatido por la compasión que esa voz dulce, que esa postura atractiva, que esos llantos que corrían a grandes oleadas excitaban a pesar de sí mismo en su alma, y que nacían de su amor... algunas veces dispuesto a agarrarla, algunas veces queriendo perdonarla. Era imposible decir a cuál de esos dos sentimientos iba a entregarse, cuando Henriette, captando su turbación, le dijo:

—Venid, milord, venid a ver si tengo deseos de engañaros. Llevadme vos mismo con mi madre, venid a pedirme a ella y veréis si serviré vuestros deseos.

—¡Muchacha incomprensible! —dijo el lord—. ¡Pues bien!... ¡Pues bien, sí! Te cedo por segunda vez, pero si por desgracia me engañas otra vez, no habrá ninguna fuerza humana que pueda evitarte los efectos de mi venganza... recuerda que será terrible... que costará la sangre de los seres que te sean más queridos y que no habrá ni uno sólo entre los que te rodean que mi mano no inmole a tus pies.

—Me someto a todo, milord; partamos, no me dejéis por más tiempo en la inquietud que tengo por mi madre, a mi felicidad sólo le falta su permiso... saber que está sin peligro... y vuestros deseos se coronarán al instante.

Milord pidió que trajesen los caballos...

—Yo no os acompañaré —le dijo a Henriette—, no debo elegir este momento para aparecer con vuestros amigos, ¿veis cómo es mi confianza? Mañana, justo al mediodía, un carruaje irá de mi parte a buscar a vuestra madre y a vos, llegaréis a mi casa, allí os recibirá mi familia, los notarios estarán también, me convertiré en vuestro esposo el mismo día, pero si vuelvo a sentir, de vuestros parientes o de vos, siquiera la apariencia del más leve rechazo, no lo olvidéis, *miss*, no tendréis en Londres un enemigo más mortal que yo... Marchad, el carruaje os espera, no quiero ni llevaros a él siquiera... no podría abandonar tan pronto las miradas cuyos efectos son tan singulares sobre mi corazón, que en ese mismo instante encuentre en él todo lo que impulsa al crimen y todo lo que lleva a la virtud.

De regreso en su casa, Henriette la encontró toda alarmada; lady Stralson se había herido la cabeza y el brazo; su prima Wateley guardaba cama por causa del susto terrible que había tenido; dos criados habían sido casi aplastados en el lugar. Sin embargo, Granwel no se había aprovechado, en el momento de después de su partida, las mismas gentes que habían atacado la carroza se habían convertido en sus defensores; habían recuperado los caballos, habían ayudado a las mujeres a subir otra vez a la carroza y las habían escoltado hasta las puertas de Londres.

Lady Stralson lloraba mucho más amargamente la pérdida de su hija que los dolores inmediatos que padecía; era imposible consolarla, iban a decidirse a las gestiones más serias cuando apareció Henriette y se precipitó al seno de su madre. Una palabra lo aclaró todo, pero no le enseñó nada a lady Wateley, que no había dudado que el pérfido lord hubiese sido el único autor de esos nuevos desastres. La señorita Stralson dio cuenta de lo que había ocurrido, y sólo consiguió más inquietud. Si acudían a la invitación, ya no se podían echar atrás; era preciso que al día siguiente se convirtiese en la mujer de Granwel... ¿Qué enemigo no tendrían en contra si faltaban a ello?

En esa terrible perplejidad, lady Stralson quería regresar inmediatamente a Herreford, pero por violento que fuera ese deseo, ¿pondría a esa desgraciada madre y a su hija al abrigo de la cólera de un hombre que juró perseguirlas hasta el fin del mundo si faltaban a su palabra? ¿Era un medio más seguro quejarse... emplear protectores poderosos? No podría ponerse en práctica sin agriar mil veces más a un ser cuyas pasiones eran terribles y su venganza, temible. Lady Wateley se inclinaba por el matrimonio, era difícil que *miss* Henriette encontrase algo mejor: un lord de la calidad más alta... bienes inmensos... Y con el ascendiente que tenía sobre él, ¿no debía convencerse Henriette de que haría todo lo que quisiera toda su vida?

Pero el corazón de *miss* Henriette estaba lejos de esa opción. Todo lo que sentía, le hacía más querido a su enamorado y no servía más que para hacerle detestar aún más al hombre espantoso que se ensañaba con ella. Aseguró que prefería la muerte a la propuesta de lady Wateley, y que la tremenda necesidad que había tenido de fingir con lord Granwel se lo hacía todavía más odioso. Se atuvieron, pues, al proyecto de demorar, de recibir al lord con cortesía, de seguir alimentando su pasión con la esperanza, mientras que por otra parte la extinguirían a fuerza de largas; de terminar durante ese plazo los asuntos que se tenían en Londres, de casarse en secreto con Williams y de regresar un buen día a Herreford sin que Granwel pudiese sospecharlo. Una vez allí, continuaban, si ese hombre peligroso proseguía sus pasos, dirigidos contra una mujer en poder de su marido, éstos adquirirían una clase de gravedad que concedería a lady Stralson y a su hija la protección de las leyes. Pero, ¿podía ser conveniente esa opción? Un hombre tan fogoso como Granwel, engañado dos veces ya, ¿no tendría fundamento para creer que trabajarían para que lo fuese una tercera? Y en ese caso, ¿qué no habría que temer?

Sin embargo, esas reflexiones no se les habían ocurrido a las amigas de Henriette. Se atuvieron al plan adoptado y al día siguiente la señorita escribió a su perseguidor que el estado de salud de su madre no permitía que ella pudiese cumplir la promesa que había hecho. Le suplicaba encarecidamente al lord que no se enojase, que, al contrario, viniese a consolarla de los pesares que padecía por no poder mantener su palabra y por la tristeza que la atribulaba junto a una madre enferma.

El primer impulso de Granwel fue el despecho.

—¡Aquí estoy, otra vez engañado! —exclamó—. ¡Aquí estoy, otra vez víctima de esa criatura falsa... y yo era su amo... y podía obligarla a mis deseos... hacerla esclava de mis caprichos!... La he dejado que venza... la pérfida... se me escapa otra vez... Pero veamos lo que quiere de mí... veamos si el estado de su madre puede servirle verdaderamente de excusa legítima.

Granwel llegó a la casa de lady Wateley, y, como puede imaginarse fácilmente, no se confesó autor de los desastres de la víspera; solamente convino en que los había sabido y que el interés, que le era imposible no tener por lady Stralson desde que había tenido la dicha de conocerla, le había hecho ir volando hacia ella para informarse del estado de su salud y el de las personas que le eran queridas. Ese comienzo fue admitido, le siguieron la corriente y al cabo de algunos momentos, Granwel llevó aparte a Henriette y le preguntó si ella creía que esa leve incomodidad de su madre pondría largos obstáculos a la felicidad de pertenecerle, y si no podría, a pesar de esos contratiempos, seguir intentando algunas propuestas. Henriette lo calmó, le suplicó que no se impacientase; le dijo que aunque sus amigas fingían, no por ello estaban menos convencidas de que él era el único autor de todo lo que habían sufrido la víspera, y que, según eso, no era el momento de iniciar una negociación semejante.

—¿No es ya mucho —continuó ella— que se nos permita que nos veamos? ¿Y me acusaréis todavía de engañaros, cuando acabo de abriros para siempre la puerta de una casa que llenáis de amargura y de duelo?

Pero milord, que no creía que se hubiese hecho nunca nada por él mientras sus deseos no estuviesen satisfechos, sólo respondió con balbuceos, y le dijo a *miss* Stralson que consentía en darle veinticuatro horas más, y que al cabo de ese plazo quería saber sin falta a qué atenerse. La visita se terminó al fin, y este pequeño instante de reposo nos va a llevar a Williams, a quien todo esto nos ha hecho perder de vista.

Con las atenciones criminales de Granwel y de Gave, era difícil que los asuntos de ese pobre muchacho estuvieran peor que lo que estaban. El proceso iba a juzgarse en pocos días, y el caballero Clark, apoyado por toda la ciudad de Londres, se consideraba ya, no sin fundamento, el único heredero de los bienes que Williams contaba ofrecer con su mano a la amable Henriette. Granwel no descuidaba nada en absoluto todo lo que hiciese que ese juicio se pusiera conforme a sus deseos; aquella astucia, que al principio sólo era accesoria, se convertía ahora en la que esperaba el éxito completo de sus operaciones. ¿Se decidiría Henriette a casarse con ese Williams si estuviera completamente arruinado? Suponiendo que su delicadeza la obligase a ello incluso en ese caso, ¿podría dar su consentimiento su madre? A pesar de todo lo que Granwel había sabido de *miss* Stralson en su última conversación, resultaba imposible que ese seductor no hubiese reconocido en las palabras de la que amaba más política y contemplaciones que ternura y verdad. Por otra parte, sus espías le informaban y no podía dudar de que los dos jóvenes siguiesen viéndose. Así pues, se decidió a acelerar la ruina de Williams, tanto para asquear con ello a las Stralson, como para conseguir de ese desastre un último medio de volver a poner a Henriette en sus manos... de donde juró que ya no se le escaparía.

En cuanto al capitán O'Donnel, después de haberle sacado todo lo que había podido a Williams, lo había abandonado vilmente y se había retirado a la casa de Granwel, de donde salía muy poco por temor a que lo reconociesen; su protector le había exigido esa precaución hasta el desenlace de toda aquella intriga, lo cual, según el lord, no debía tardar muchos días más.

Sin embargo, Williams, reducido a sus cuatro últimas guineas y sin saber siquiera con qué hacer frente a los gastos del proceso que tenía que seguir, se había decidido a hacer confesión de sus faltas a los pies de la buena Stralson y de su adorable hija. Iba allí, cuando los últimos resplandores del rayo suspendido sobre su cabeza estallaron súbitamente. Su asunto se juzgaba, se había reconocido que Clark tenía con la pariente cuya herencia se pleiteaba dos grados más de cercanía que Williams; y ese infortunado joven se vio privado a la vez del poco de fortuna del que disfrutaba en ese momento, y de la que podía esperar algún día. Desolado por la multitud de sus reveses y sin poder soportar el horror de su situación, estaba dispuesto a quitarse la vida, pero le era imposible atentar contra ella sin haber visto por última vez al único ser que se la hacía querida. Fue volando a la casa de lady Wateley, sabía que allí se veía al lord Granwel, conocía sus motivos, y por más inquietud que eso le proporcionase, no se atrevía, sin embargo, a desaprobarla, ¿le correspondía a él dictar las leyes en la fatal posición en la que se encontraba?

Según la política que guiaba las gestiones actuales, se había convenido no recibir nunca a Williams más que en secreto, por lo tanto llegó de noche, y en un momento en el que estaba seguro de que Granwel no vendría. No se sabía aún nada de la pérdida de su proceso, dio parte de ella y unió al mismo tiempo la novedad espantosa de sus desgracias en el juego.

—¡Ay, mi querida Henriette! —exclamó precipitándose a los pies de la que adoraba—. Esta es la última despedida que os doy, acabo de liberaros de vuestros vínculos y de romper igualmente los de mi vida. Cuidad a mi rival y no le neguéis vuestra mano, en este momento sólo él puede hacer vuestra felicidad, mis faltas y mis reveses no me permiten ser vuestro. Convertíos en la esposa de mi rival, Henriette, os lo suplica vuestro mejor amigo; olvidad para siempre a un infeliz que ya sólo es digno de vuestra compasión.

—Williams —dijo Henriette, levantando a su enamorado y colocándolo a su lado—, ¡oh, tú, a quien nunca he dejado de adorar ni un solo instante!, ¿cómo has podido creer que mis sentimientos podrían depender de las fantasías de la fortuna? ¿Y qué criatura injusta sería yo si debiese dejar de amarte por imprudencias o desgracias? Cree, Williams, cree que mi madre no te abandonará más que yo; me encargo de la tarea de decirte todo lo que te pasa, quiero ahorrarte el pesar de confesárselo. Pero respóndeme de tu vida, Williams, júrame que mientras estés seguro del corazón de Henriette, ninguna desdicha podrá obligarte a cortar el hilo de tu vida.

—¡Oh, adorada dueña mía! Hago ese juramento a tus pies, ¿qué tengo yo que sea más sagrado que tu amor? ¿Qué desgracia puedo temer, querido siempre por mi Henriette? Sí, viviré puesto que me amas, pero no exijas de mí que me case contigo, no dejes que tu suerte se una a la de un miserable que ya no está hecho para ti; hazte la mujer del lord, si no me enteraré sin pesar, al menos lo veré sin celos, y el esplendor con el que ese hombre poderoso te hará gozar me consolará, si es posible, de no haber podido pretender a esa misma felicidad.

No sin verter lágrimas oía estas palabras la tierna Henriette, la desagradaban hasta el punto de que no pudo dejar que terminasen.

—¡Hombre injusto! —exclamó agarrando la mano de Williams—. ¿Es que puede existir mi felicidad sin la tuya? ¿Serías tú feliz si yo estuviese en brazos de otro? No, amigo mío, no, yo no te abandonaré nunca. Tengo una deuda más que saldar en este momento... la que me impone tu infortunio. Sólo el amor me encadenaba antes a ti, y hoy estoy ligada a él por deber... Te debo consuelos, Williams, ¿de quién te serían queridos si no fuese de tu Henriette? ¿Es que no está en mi mano enjugar tus lágrimas? ¿Por qué quieres quitarme ese gozo? Al casarme con la fortuna que debía pertenecerte, tú no me habrías debido nada, amigo mío, y ahora te uno a mí con los lazos del amor y con los tiernos nudos del agradecimiento.

Williams regó con sus llantos las manos de su amada, y el exceso del sentimiento que lo embargaba le impidió encontrar expresiones que pudiesen describir lo que sentía. Lady Stralson llegó de improviso cuando nuestros dos enamorados, anonadados en los brazos uno y otra, hacían que pasase mutuamente en sus almas el fuego divino que las consumía. Su hija le contó entonces lo que Williams no se atrevía a decir, y terminó su relato pidiendo a su madre como gracia que no cambiase nada en las inclinaciones que había tenido siempre.

—Ven, querido mío —dijo la buena de la Stralson después de haberlo sabido todo—, ven —dijo echándole a Williams los brazos al cuello—, nosotras te queríamos rico, y pobre te querremos todavía más. No olvides nunca a tus dos buenas amigas y déjales a ellas el cuidado de consolarte... Has cometido un error, amigo mío... eres joven... y no tienes vínculos, ya no cometerás más cuando seas el esposo de la que amas.

Pasamos en silencio las expresiones de la ternura de Williams. Que quien tenga un corazón como el suyo, que las sienta sin que haya necesidad de decirlas, y no se les puede describir nada a las almas frías.

—¡Oh, hija mía querida! —continuó lady Stralson—. ¡Cuánto temo que haya en todo esto nuevas artimañas de ese hombre espantoso que nos atormenta!... Ese capitán escocés que ha arruinado en tan poco tiempo a nuestro buen Williams... ese caballero Clark, que nunca hemos conocido como pariente de la tía de este amigo querido, todo eso son tramas de ese hombre pérfido... ¡Ay, ojalá no hubiésemos venido nunca a Londres! Tenemos que dejar esta ciudad peligrosa, hija mía, tenemos que alejarnos de ella para siempre.

Que Henriette y Williams adoptaron con alegría ese plan no es difícil de creer. Así pues, eligieron el día, se decidió que se marcharían a los dos días, pero que todo se haría con un misterio tal, que ni siquiera los criados de lady Wateley pudiesen saber nada; y, admitido esos planes por una y otra parte, Williams quiso salir para preparar su realización. La señorita lo detuvo.

—¿Te das cuenta, amigo mío —le dijo ella al darle una bolsa llena de oro...—, te das cuenta de que me has confiado el triste estado de tus finanzas y que sólo a mí me corresponde volver a ponerlas en orden?

—¡Oh, *miss,* cuánta generosidad!

—Williams —dijo lady Stralson—, ella hace que vea mis errores... Tómalo, amigo mío... tómalo, hoy la dejo gozar de ese placer, pero a condición de que no me lo arrebate más...

Y Williams, llorando, Williams, lleno de agradecimiento, salió diciendo:

—Si la felicidad puede ser para mí en este mundo, sin duda no será más que en el seno de esta honrada familia. He cometido una falta... he padecido un revés terrible... soy joven, el servicio militar me ofrece recursos... Intentaré que mis hijos no puedan darse cuenta de todo esto. Estas muestras preciosas del amor de la que adoro serán para siempre la única ocupación de mi vida, y combatiré tan bien por la fortuna, que ellos no percibirán nunca mis desgracias.

Milord Granwel vino al día siguiente a hacerle una visita a la que amaba. Se obligaron como hacían de ordinario, pero, demasiado hábil para no distinguir algunas variaciones en la conducta de la *miss* y de su madre, demasiado fino para no atribuirlas a la revolución de la fortuna de Williams, se informó. Aunque se hubiese guardado el secreto sobre la proyectada marcha y sobre las últimas visitas de Williams, se hizo imposible que no se hubiese filtrado nada, y que, por consiguiente Granwel, maravillosamente servido por sus espías, pudiese estar mucho tiempo sin saberlo todo.

—¡Pues bien! —le dijo a Gave en cuanto le trajeron esos últimos informes—. ¡Aquí estoy, otra vez víctima de ese hatajo de traidores! Y la pérfida Henriette, mientras me entretiene no piensa más que en coronar a mi rival... ¡Sexo falso y engañoso! ¡Hay razón para ultrajarte y despreciarte después! ¿Es que cada día no justificas tú con tus errores los reproches dirigidos a ti?... ¡Oh, Gave! ¡Oh, amigo mío! Esa ingrata no sabe a quién ofende. Quiero vengar sobre ella sola a mi sexo entero, quiero hacerle llorar con lágrimas de sangre sus errores y los de todos los seres que se le asemejan... En el trato que has mantenido con ese bribón de Williams, Gave, ¿te has hecho con su caligrafía?

—Aquí está.

—Dame... bien... lleva enseguida este billete a casa de Johnson, a casa de ese bandido que tiene el arte de falsificar con tanto arte todas las caligrafías. Que imite inmediatamente ésta y que transcriba con los rasgos de Williams las líneas que voy a dictarte.

Gave escribió y llevó el billete; Johnson lo copió y la víspera de la marcha de *miss* Henriette, recibió sobre las siete de la tarde la carta que se va a leer, de manos de un hombre que le aseguró que era de Williams y que ese desventurado amante esperaba la respuesta con la más viva impaciencia.

Están a punto de detenerme por una deuda mucho más fuerte que el dinero que yo pueda tener; es seguro que enemigos poderosos se mezclan en todo. Apenas tendré tiempo quizá para abrazaros por última vez, espero esa dicha y vuestros consejos. Venid sola a consolar un momento, en el rincón de los jardines de Kensington, al desgraciado Williams, preparado para morir de dolor si le negáis esta gracia.

Henriette quedó desolada después de haber leído ese billete, y por temor de que tanta imprudencia enfriase al final las bondades de su madre, se decidió a ocultarle ese nuevo desastre, a proveerse de tanto dinero como le fuese posible y a acudir volando en socorro de Williams... Por un momento reflexionó sobre el peligro de salir a una hora así... pero, ¿qué podía darle miedo del lord? Lo creía perfectamente víctima de los ardides de su madre y de su amiga lady Wateley. Esas dos mujeres y ella no habían dejado de recibirlo; el mismo Granwel no había parecido nunca tan calmado... Así pues, ¿qué podía temer de él? Quizá actuase en contra de Williams, quizá fuese él otra vez quien provocaba este nuevo revés, pero el deseo de perjudicar a un rival al que no se deja de temer no es una razón para atentar de nuevo contra la libertad de aquella de quien debe estar más seguro.

¡Débil y desdichada Henriette, así eran tus locas mañas! El amor te las sugería y las legitimaba todas, tú no imaginabas que el velo sobre los ojos de los amantes no es nunca más espeso que cuando el precipicio está listo para abrirse bajo sus pasos... *Miss* Stralson envió por porteadores y se dirigió al lugar indicado... La silla se detuvo... la abrieron...

—Señorita —le dijo Granwel, dándole la mano para salir de la silla—, no me esperábais aquí, estoy seguro. Por esta vez vais a decir que el azote de vuestra vida se ofrece en todo momento a vuestros ojos...

Henriette lanzó un grito, quiso desprenderse de él y huir...

—Despacio, bello ángel, despacio —dijo Granwel, poniéndole la punta de una pistola sobre el seno y haciéndole ver que estaba rodeada—, no esperéis escaparos de mí, *miss,* no, no lo esperéis... Estoy cansado de ser vuestra víctima... es necesario que me vengue... Silencio, pues, o no respondo de vuestra vida...

La señorita Henriette, privada del uso de sus sentidos, fue llevada a una silla de posta donde el lord se lanzó con ella, y sin detenerse ni un minuto llegaron al norte de Inglaterra, a un vasto castillo aislado que poseía Granwel en la frontera de Escocia.

Gave se había quedado en el palacete del lord, estaba encargado de observar y de dar muy puntualmente, por medio de correos rápidos, las noticias exactas de lo que ocurriese en Londres.

Dos horas después de la marcha de su hija, lady Stralson se dio cuenta de que había salido; como estaba segura de la conducta de su hija, al principio no se inquietó; pero cuando oyó que tocaban las diez se estremeció y sospechó nuevas trampas... Fue volando a casa de Williams... le preguntó, temblando, si había visto a Henriette... Con las respuestas de aquel infortunado enamorado se asustó aún más. Le dijo a Williams que esperase y se hizo llevar a casa de lord Granwel... Le respondieron que estaba enfermo... Ella hizo decir quién era, pues estaba muy segura de que con ese nombre el lord debía dejarla entrar. La misma respuesta; sus sospechas se redoblaron. Volvió a casa de Williams y los dos, tremendamente emocionados, fueron al instante a encontrarse con el primer ministro, de quien saben que Granwel era pariente. Le contaron su desgracia, certificaron que quien perturbaba tan atrozmente su vida, que quien era la única causa de todo lo que les ocurría, que quien había raptado, en una palabra, a la hija de la una y la enamorada del otro no era otro más que lord Granwel...

—¡Granwel! —dijo el ministro, sorprendido—... pero, ¿sabéis que es amigo y pariente mío... y que aunque le suponga alguna ligereza, no obstante le creo incapaz de un horror...

—Es él, es él, milord —respondió esa madre desolada—, haced que las pesquisas sean profundas y veréis si os engañamos.

Enviaron personal inmediatamente al palacete del lord. Gave, no atreviéndose a mentir a los emisarios del primer ministro, hizo decir que Granwel se había marchado para dar una vuelta por sus propiedades. Ese informe, junto con las sospechas de la madre de Henriette, abrieron por fin los ojos del ministro.

—Señora —le dijo a lady Stralson—, id con vuestro amigo a tranquilizaros en vuestra casa. Voy a actuar, estad segura de que no descuidaré nada de lo que pueda devolveros lo que habéis perdido y restableceréis el honor de vuestra familia.

Pero todas esas gestiones habían tomado tiempo; el ministro no quería emprender nada jurídicamente hasta haber recibido previamente los consejos del rey, a quien Granwel estaba vinculado por su cargo. Esas dilaciones le habían dado a Gave la facilidad de hacer llegar un correo al castillo de su amigo, y de ello resultó que los acontecimientos que nos quedan de contar pudiesen ejecutarse sin obstáculos.

Al llegar a sus tierras, Granwel, a fuerza de calmar a *miss* Henriette, había conseguido de ella que se tomase un poco de descanso, pero había tenido el cuidado de colocarla en una habitación de la que le sería imposible evadirse. Por poco deseo que tuviese *miss* Stralson de dormir en ese insoportable estado, demasiado contenta por poder estar tranquila algunas horas, todavía no había hecho ninguna clase de ruido que pudiese hacer sospechar que estaba despierta, cuando llegó el correo de Gave. Desde ese momento, el lord se dio cuenta de que si tenía deseos de triunfar, era necesario apresurar sus gestiones. Todo lo que pudiese asegurarlas le daba igual; por criminal que pudiera ser, estaba decidido a todo, siempre que se vengase y que gozase de su víctima. Lo peor que puede pasar, se decía, será casarse con ella y no reaparecer en Londres más que con el título de marido suyo, pero en la situación en la que todo se encontraba, y según lo que acababa de mostrarle el correo de Gave, vio que no tendría tiempo para nada si no calmaba inmediatamente la tormenta que se formaba en su cabeza. Llegó fácilmente a la conclusión que para conseguirlo eran precisas necesariamente dos cosas, tranquilizar a lady Stralson y aprehender a Williams. Una treta abominable y un crimen más odioso aún acabarían con la una y con el otro, y Granwel, a quien nada le costaba si se trataba de saciar sus deseos, en cuanto hubo concebido esos planes horribles, ya no pensó más que en su ejecución. Hizo que el correo esperase y se presentó ante Henriette. Empezó por las proposiciones más insultantes y, según su costumbre, Henriette las eludió a fuerza de artimañas. Eso era lo que Granwel quería, sólo pedía que emplease toda su seducción con el fin de parecer que sucumbía a ella otra vez y atraparla en las mismas trampas que ella tenía costumbre de emplear contra él. No había nada que no hiciera *miss* Stralson para derribar los proyectos que milord declaraba: llantos, ruegos, amor, todo lo oponía indiscriminadamente, y Granwel, después de muchos combates, poniendo al fin aire de rendirse, cayó él mismo con perfidia a los pies de Henriette.

—Muchacha implacable —le dijo regando sus manos con lágrimas fingidas de arrepentimiento—, tu ascendiente es demasiado marcado, tú triunfas sin cesar y, al final, me rindo para siempre... Está hecho, *miss,* en mí vos[40] no encontraréis ya a vuestro perseguidor, no veréis más que a vuestro amigo; más generoso que lo que creéis, con vos quiero ser capaz de los esfuerzos finales del valor y de la virtud. Véis todo lo que tendría derecho a exigir, todo lo que podría pedir en el nombre del amor, todo lo que podría conseguir de la violencia. Pues bien, Henriette, renuncio a todo. Sí, quiero obligaros a estimarme, quizá a añorarme un día... Sabed, *miss,* que no he sido nunca vuestra víctima; por mucho que finjáis, ¡amáis a Williams... *miss!* Vais a recibirlo de mi mano... ¿Conseguiré a ese precio el perdón por todos los males que os he hecho sufrir?... Al daros a Williams, reparando incluso con mi propia fortuna los reveses que acaba de sufrir la suya, ¿habré adquirido algún derecho al corazón de mi querida Henriette? ¿Me seguirá llamando su enemigo más cruel?...

—¡Oh, generoso benefactor! —exclamó la joven *miss,* demasiado presta para aprovechar la quimera que acababa de acariciarla un momento—. ¿Qué dios ha venido a inspiraros esos propósitos, y cómo es que os dignáis a cambiar tan rápidamente el destino de la triste Henriette? ¿Me preguntáis qué derechos habréis adquirido sobre mi corazón? Todos los sentimientos de ese corazón sensible que no pertenecerán al infortunado Williams serán siempre para vos; seré vuestra amiga, Granwel... vuestra hermana... vuestra confidente. Estaré únicamente ocupada en complaceros, me atreveré a pedir como única gracia pasar mi vida cerca de vos y emplear

[40] En este párrafo y en otros, Sade mezcla el tuteo y el voseo en el original.

todos los momentos en daros testimonio de mi agradecimiento... ¡Ah!, reflexionad en ello, milord... ¿No son preferibles los sentimientos de un alma libre a esos que queríais arrancar? No habríais tenido más que una esclava en la que va a convertirse vuestra amiga más tierna.

—Sí, *miss,* vos seréis esa amiga sincera —dijo Granwel balbuciendo—, tengo tanto que reparar con vos, que incluso con el precio del sacrificio que os hago, no me atrevo todavía a creerme en paz, lo esperaré todo del tiempo y de mis procedimientos.

—¿Qué decís, milord? ¿Qué mi alma os es poco conocida? Las ofensas la irritan, igual que el arrepentimiento la abre, y ya no puedo acordarme de las injurias de aquel que da un solo paso para conseguir el perdón.

—¡Pues bien, *miss!* Que se olvide todo de una y otra parte, y dadme la satisfacción de preparar yo mismo los nudos que tanto deseáis.

—¿Aquí? —respondió Henriette, con un movimiento de inquietud que le fue imposible evitar—. Yo había creído, milord, que íbamos a salir para Londres.

—No, mi querida *miss,* no, pongo toda mi gloria en no llevaros allí más que bajo el título de esposa del rival al que os cedo... Sí, *miss,* al mostraros quiero dar a conocer a toda Inglaterra hasta qué punto ha debido costarme la victoria, no os opongáis a este proyecto, puesto que encuentro en él mi triunfo a la vez a que mi tranquilidad. Escribamos a vuestra madre para que se calme, mandemos llamar a Williams para que se dirija aquí, celebremos ese himeneo con prontitud, y marchemos al día siguiente.

—Pero, milord, ¿y mi madre?

—Nosotros le pediremos su consentimiento, ella está muy lejos de negarlo, y será lady Williams quien vaya a darle las gracias.

—Pues bien, milord, disponed de mí. Estoy llena de ternura y de agradecimiento, ¿me corresponde a mí arreglar los medios por los que os dignáis trabajar en mi felicidad? Hacedlo, milord, lo apruebo todo... y entregada por entero a los sentimientos que os debo, demasiado ocupada en sentirlos y en describirlos, olvido todos los que podrían distraerme de ello.

—Pero, *miss*, es necesario que escribáis.

—¿A Williams?

—Y a vuestra madre, *miss*, ¿sería lo que yo dijese tan convincente como lo que vos misma escribáis?

Trajeron todo lo que hacía falta y *miss* Henriette escribió los dos billetes siguientes:

Miss Henriette a Williams.

Caigamos los dos a los pies del más generoso de los hombres, venid a ayudarme a darle testimonio del agradecimiento que uno y otro le debemos; nunca hubo un sacrificio más noble, nunca se ha hecho con tanta gracia y nunca fue más completo. Milord Granwel quiere unirnos él mis-

mo, Williams, será su mano la que va a apretar nuestros nudos... Acudid... Abrazad a mi madre, conseguid su consentimiento y decidle que su hija gozará pronto de la dicha de estrecharla entre sus brazos.

La misma a su madre.

Al momento de la inquietud más horrorosa, le sigue la calma mázs dulce. Williams os enseñará mi carta, ¡oh, la más adorable de las madres! No os opongáis, os lo suplico, ni a la felicidad de vuestra hija, ni a las intenciones de milord Granwel, son tan puras como su corazón. Adiós, perdonad si vuestra hija, entregada por completo al sentimiento de la gratitud, apenas puede expresaros aquellos en los que arde por la mejor de las madres.

Granwel unió a estos billetes dos cartas que les aseguraban a Williams y a lady Stralson de la felicidad que suponía para él reunir a dos personas de quien quería llegar a ser el amigo más tierno, y encargó a Williams que recogiese, en el despacho de su notario en Londres, diez mil guineas que le suplicaba que aceptase como regalo de bodas. Esas cartas estaban llenas de afecto, llevaban tal carácter de franqueza y de ingenuidad, que era imposible no darles fe. Al mismo tiempo, el lord escribió a Gave y a sus amigos que aplacaran el rumor público, que calmasen al ministro, y que divulgasen la noticia de que en Londres se vería pronto de qué manera reparaba él sus faltas. El correo partió con sus despachos; Granwel no se ocupó más que de colmar a *miss* Stralson de atenciones con el fin, decía él, de hacerla olvidar lo mejor posible todos los crímenes que él tenía que reprocharse ante ella... Y en el fondo de su alma, el monstruo se regocijaba por haber dominado al fin con argucias a la que desde hacía tanto tiempo lo encadenaba con las suyas.

El correo del secuestrador de Henriette llegó a Londres en el momento en que el rey acababa de aconsejar al primer ministro que emplease todas las vías de la justicia contra Granwel... pero lady Stralson, plenamente víctima de las cartas que recibió y cuyo contenido creyó tanto más por cuanto estaba acostumbrada a las victorias de Henriette sobre Granwel, fue volando al instante a ver al ministro, le suplicó que no hiciera persecución alguna contra el lord y le dio cuenta de lo que ocurría; todo se calmó y Williams se preparó para la partida.

—Tratad bien a ese hombre poderoso y peligroso —le dijo lady Stralson, abrazándolo—, disfrutad del triunfo que mi hija ha conseguido sobre él, y volved enseguida los dos a consolar a una madre que os adora.

Williams partió, pero sin haber tomado el regalo que le destinaba Granwel, no se dignó siquiera en informarse de si esa suma lo esperaba, o no. Esa gestión habría tenido el aspecto de una duda, y esas gentes valientes y honradas están lejos de tenerlas. Williams llegó... ¡Dios todopoderoso!... llegó... y mi pluma se detiene, se niega a detallar los horrores que esperaban a ese afligido enamorado. ¡Oh, furias del infierno! ¡Acudid, prestadme vuestras culebras, que sea con sus dardos resplandecientes como mi mano escriba aquí los horrores que todavía me quedan por describir!

—¡Oh, mi querida Henriette! —dijo Granwel, entrando por la mañana en la habitación de su cautiva con aspecto de felicidad y de alegría—. Venid a gozar de la sorpresa que he tenido el arte de prepararos; acudid, querida *miss*, no he querido mostraros a Williams más que al pie mismo del altar donde va a recibir vuestra mano... Seguidme, *miss,* él os está esperando.

—Él, milord... él, ¡Dios todopoderoso!... Williams... está en el altar... ¡y os lo debo a vos!... ¡Oh, milord!, permitid que caiga a vuestros pies... los sentimientos que me inspiráis prevalecen sobre cualquier otro...

Y Granwel se turbó.

—No, *miss,* no, no puedo disfrutar todavía de ese agradecimiento, será en el último momento cuando deba arrancar sangre de mi corazón; no me lo mostréis, *miss,* no tiene más que un día para seguir siéndome cruel... Mañana lo saborearé más a gusto... Démonos prisa, Henriette, no hagamos esperar más tiempo a un hombre que os adora y que arde por unirse a vos.

Henriette se adelantó... estaba en una turbación... en una agitación... apenas respiraba, nunca fueron más brillantes las rosas de su tez... Animada por el amor y la esperanza, aquella muchacha querida se creía en el momento de la dicha... Llegaron al extremo de una galería inmensa que terminaba en la capilla del castillo... ¡Oh, cielo santo, qué espectáculo!... Aquel lugar sagrado estaba revestido de negro, y sobre una especie de lecho fúnebre rodeado de ardientes cirios, reposaba el cuerpo de Williams atravesado por trece puñales, todos todavía clavados en las heridas sangrientas que acababan de abrir.

—Ahí está tu amante, pérfida, así es como mi venganza lo entrega a tus indignos anhelos —dijo Granwel.

—¡Traidor! —exclamó Henriette, reuniendo todas sus fuerzas para no sucumbir en un momento tan terrible para ella—... ¡Ah! Tú no me has engañado, todos los excesos del crimen deben pertenecer a tu alma feroz, sólo la virtud me habría sorprendido en ella. Déjame morir ahí, despiadado, es la última gracia que te pido.

—Tú no conseguirás ese favor todavía —dijo Granwel con esa firmeza fría, lo único que comparten los grandes canallas—... No he saboreado mi venganza más que a medias, hay que saciar el resto. Ahí está el altar que va a recibir vuestros juramentos, ahí es donde quiero oír de vuestra boca el que vais a darme de pertenecerme para siempre.

Granwel quería ser obedecido... Henriette, lo bastante valiente para resistir esa espantosa crisis... Henriette, en quien el deseo de venganza despertaba la energía, lo prometió todo y retuvo sus lágrimas.

—*Miss* —dijo Granwel en cuanto estuvo satisfecho— creed ahora lo que voy a deciros. Todos mis sentimientos de venganza se han apagado, ya no pienso más que en reparar mis crímenes... Seguidme, *miss,* dejemos esta cámara lúgubre, nos espera todo en el templo, los ministros del cielo y el pueblo se nos han adelantado desde hace mucho tiempo; venid a recibir enseguida mi mano allí... Esta noche os brindaréis a los primeros deberes de la esposa, mañana os llevaré públicamente a Londres y os devolveré a vuestra madre como mi mujer.

Henriette miró con ojos extraviados a Granwel; creía estar segura de que esta vez no sería engañada, pero su corazón lacerado ya no era capaz de consuelo... Estaba desgarrada por la desesperanza... devorada por el deseo de vengarse, y se le hizo imposible escuchar otros sentimientos...

—Milord —dijo con la calma más valerosa—, tengo una confianza tan grande en ese regreso inesperado, que estoy dispuesta a concederos de buen grado lo que podríais conseguir por la fuerza. Aunque el cielo no haya legitimado nuestra unión, no por ello dejaré de cumplir esta noche los deberes que vos exigís, pero os suplico que pospongáis la celebración hasta Londres, tengo algunos escrúpulos en hacerla lejos de los ojos de mi madre. Poco os importa, Granwel, puesto que voy a someterme igualmente a todos vuestros arrebatos.

Aunque Granwel hubiese deseado realmente convertirse en el esposo de esa muchacha, veía con una especie de alegría maligna, sin embargo, que consintiese arriesgarse a ser su víctima una vez más, y previendo que después de una noche de gozos él quizá no tuviese tanta delicadeza, consintió de todo corazón lo que ella quería. Todo estuvo en calma el resto del día, ni siquiera se cambió nada en la decoración fúnebre, al ser esencial que las sombras más espesas de la noche presidiesen la inhumación del desdichado Williams.

—Granwel —dijo *miss* Stralson en el momento de retirarse—, os imploro un nuevo favor. Después de todo lo que ha pasado esta mañana, ¿seré dueña de no temblar al verme en brazos del asesino de mi amante? Permitid que ninguna luz ilumine el lecho donde vais a recibir mi fidelidad, ¿no le debéis acaso esa consideración a mi pudor? ¿Es que no he adquirido con los dolores suficientes el derecho a conseguir lo que imploro?

—Ordenadlo, *miss,* ordenadlo —respondió Granwel—, haría falta que yo fuese muy injusto para negaros tales cosas. Concibo muy fácilmente la violencia que tenéis que haceros y os permito de todo corazón lo que pueda disminuirla.

La señorita se inclinó y regresó a su habitación, mientras que Granwel, encantado con sus infames éxitos, se aplaudía en silencio por haber triunfado al fin sobre su rival. Él se acostó, se llevaron las antorchas, avisaron a Henriette de que la obedecían y que podía pasar cuando quisiera al cuarto nupcial... Acudió, estaba armada con un puñal que había arrancado ella misma del corazón de su amante... se aproximó... con el pretexto de guiar sus pasos, una de sus manos tanteó el cuerpo de Granwel y hundió en él con la otra el arma que sostenía; el canalla rodó por tierra, blasfemando contra el cielo y la mano que lo golpeaba.

Henriette salió enseguida de aquel cuarto, llegó temblando al lugar fúnebre donde reposa Williams, llevaba una lámpara en la mano, y en la otra el puñal ensangrentado con el que acababa de cumplir su venganza...

—¡Williams! —exclamó— *el crimen nos desunió, la mano de Dios va a reunirnos*... Recibe mi alma, ¡oh, tú a quien he idolatrado toda mi vida! Va a aniquilarse en la tuya para no separarse jamás de ella...

Con esas palabras, se apuñaló y cayó palpitante sobre ese cuerpo frío al que, por un movimiento involuntario, su boca presionó todavía con sus últimos besos.

Esas noticias funestas llegaron pronto a Londres. Granwel fue poco añorado allí; desde hacía mucho tiempo sus excesos lo habían vuelto odioso. Gave, temiendo verse mezclado en esa horrible aventura, se marchó inmediatamente a Italia, y la desdichada lady Stralson regresó sola a Herreford, donde no dejó de llorar por las dos pérdidas que acababa de tener hasta el momento en el que el Eterno, conmovido por sus lágrimas, se dignó llamarla a su seno y reunirla en un mundo mejor con las personas queridas, tan dignas de serlo, las que le habían quitado el libertinaje, la venganza, la crueldad... en fin, todos los crímenes nacidos del abuso de las riquezas, del prestigio y, más que nada, del olvido de los principios del hombre honesto, sin los que ni nosotros, ni lo que nos rodea, podemos ser felices sobre la tierra.

FAXELANGE
O
LOS ERRORES DE LA AMBICIÓN

El señor y la señora de Faxelange, que poseían de treinta a treinta y cinco mil libras de rentas, vivían normalmente en París. Como único fruto de su himeneo tenían una hija, bella como la misma diosa de la Juventud. El señor de Faxelange había servido en el Ejército, pero se había retirado joven y desde entonces sólo se ocupaba en los afanes de su hogar y de la educación de su hija. Era un hombre muy gentil, con poco ingenio y de un carácter excelente; su mujer, aproximadamente de su misma edad, es decir, de entre cuarenta y cinco y cincuenta años, tenía un poco más de sutileza en su mente, pero en cualquier caso había entre esos dos esposos mucha más candidez y buena fe que astucia y desconfianza.

La señorita de Faxelange acababa de cumplir los dieciséis años; tenía una de esas caras románticas en las que cada rasgo describe una virtud; una piel blanquísima, unos bellos ojos azules, la boca un poco grande, pero bien dotada, un talle flexible y ligero y los cabellos más hermosos del mundo. Su mente era dulce, como su carácter, incapaz de hacer daño, hasta el punto de no poder imaginar siquiera que pudiese cometerse; en una palabra, era la inocencia y la candidez embellecidas por la mano de las Gracias. La señorita de Faxelange era instruida, no se había ahorrado nada en su educación; hablaba muy bien inglés e italiano; tocaba varios instrumentos y pintaba miniaturas con buen gusto. Como era hija única, y por lo tanto estaba destinada a reunir un día todos los bienes de su familia, aunque eran modestos, debía esperarse un matrimonio ventajoso, y desde hacía dieciocho meses esa era la única ocupación de sus padres. Pero el corazón de la señorita de Faxelange no había esperado el permiso de los autores de sus días para atreverse a darlo por entero, hacía más de tres años que ya no era dueña de él. El señor de Goé, que era pariente lejano y que por ello iba a menudo a su casa, era el objeto querido de esa tierna muchacha, lo amaba con una sinceridad... una delicadeza que recordaban esos sentimientos preciosos de la edad antigua, tan corrompidos por nuestra depravación actual.

El señor de Goé se merecía sin duda una felicidad así; tenía veintitrés años, buena estatura, una cara agradable y un carácter franco, completamente hecho para entenderse con el de su bella prima. Era oficial de dragones[41], pero poco rico; le hacía falta una muchacha de gran dote, así como a su prima un hombre opulento, ya que, aunque heredera, sin embargo, no tenía una fortuna inmensa, como acabamos de decir, y por consiguiente los dos veían muy claramente que sus intenciones no se cumplirían nunca y que los fuegos en los que ambos ardían se consumirían en suspiros

El señor de Goé no había manifestado nunca a los padres de la señorita de Faxelange los sentimientos que tenía por su hija, estaba seguro del rechazo y su orgullo se oponía a que se pusiese en situación de tener que oírlo. La señorita de Faxelange, mil veces más tímida todavía, se había guardado muy bien de decir una palabra de ello; de manera que esa dulce y virtuosa intriga, estrechada por los nudos del amor más tierno, se nutría en paz en la sombra del silencio, pero, por lo que pudiese ocurrir, los dos se habían prometido que no cederían a ninguna solicitud de matrimonio y que no serian nunca más que el uno para el otro.

Nuestros jóvenes amantes estaban en esa situación, cuando un amigo del señor de Faxelange fue a pedirle permiso para presentarle a un hombre de provincias que acababa de serle recomendado indirectamente.

—No por nada os hago esta proposición —dijo el señor de Belleval—; el hombre de quien os hablo posee bienes prodigiosos en Francia y magníficas residencias en América. El único objeto de su viaje es el de buscar una mujer en París; quizá se la lleve al nuevo mundo, eso es lo único que temo, pero excepto eso, si la circunstancia no os asusta demasiado, es muy seguro que, desde todos los puntos de vista, es lo que le convendría a vuestra hija. Él tiene treinta y dos años, su cara no es muy agradable... tiene algo sombrío en los ojos, pero una compostura muy noble y una educación particularmente cultivada.

—Traédnoslo —dijo el señor de Faxelange... y dirigiéndose a su esposa—: ¿qué os parece, señora?

—Habrá que verlo —respondió ésta—, si verdaderamente es un partido conveniente, le concederé la mano de todo corazón, por más pena que pueda hacerme sentir la separación de mi hija... La adoro y su ausencia me entristecerá, pero no me opondré en modo alguno a su felicidad.

El señor de Belleval, encantado con estas primeras presentaciones, concertó día con los dos esposos y se convino que el siguiente jueves el barón de Franlo sería presentado en casa de la señora de Faxelange.

El señor barón de Franlo estaba en París desde hacía un mes, ocupaba el mejor aposento del Hotel de Chartres y tenía una bodega muy hermosa, dos lacayos, un ayuda de cámara, una gran cantidad de joyas, un portafolio lleno de letras de cambio y los trajes más hermosos del mundo. No conocía en absoluto al señor de Belleval, pero conocía, como afirmaba, a un amigo

---

[41] Soldados que combatían tanto a pie como a caballo.

íntimo de ese señor de Belleval, quien llevaba dieciocho meses lejos de París y, por consiguiente, no podía serle de ninguna utilidad al barón. Se había presentado a la puerta de ese hombre y le habían dicho que estaba ausente, pero que el señor de Belleval era su amigo más íntimo y que haría bien en encontrarse con él; por consiguiente fue al señor de Belleval a quien el barón había presentado sus cartas de recomendación, y éste, para hacerle un favor a un hombre honrado, no había tenido problemas para abrirlas y de darle al barón todas las atenciones que ese extranjero habría recibido del amigo de Belleval si se hubiese hallado presente.

Belleval no conocía de ninguna manera a las personas de provincias que recomendaban al barón, ni siquiera se las había oído nombrar a su amigo, pero bien podría no conocer a todos los que conocía su amigo, de manera que no hubo obstáculo alguno en el interés que mostró desde entonces por Franlo. «Es un amigo de mi amigo, ¿no es eso más que lo que hace falta para legitimar en el corazón de un hombre honesto el motivo que lo compromete a ayudar?».

Así pues, el señor de Belleval, encargado del barón de Franlo, lo llevaba por todas partes; en los paseos, en los espectáculos, en las tiendas de los comerciantes, sólo se los encontraba juntos. Es esencial establecer esos detalles con el fin de legitimar el interés que Belleval se tomaba con Franlo, y las razones por las que, al creerlo un partido excelente, lo presentaba en casa de los Faxelange.

El día elegido para la esperada visita, la señora de Faxelange, sin avisar a su hija, la hizo prepararse con sus atavíos más hermosos, la recomendó que fuese lo más cortés y amable posible delante del extranjero al que iba a ver, y que utilizase sin problema sus talentos, si se le exigía, porque ese desconocido era un hombre que les habían recomendado personalmente y el señor de Faxelange y ella tenían razones para recibirlo bien.

Dieron las cinco, era el momento anunciado; el señor de Franlo apareció escoltado por el señor de Belleval. Era imposible haber estado mejor vestido, tener un tono más decente y una compostura más honesta, pero, lo hemos dicho, había cierto no sé qué en la fisionomía de ese hombre que predisponía en su contra inmediatamente, y sólo mediante muchos artificios en sus modales y mucho juego en los rasgos de su cara conseguía cubrir ese defecto.

Se entabló la conversación, hablaron de temas diferentes y el señor de Franlo los trató todos como el hombre mejor educado del mundo... el más instruido. Razonaron sobre las Ciencias, el señor de Franlo las analizó todas; las Artes tuvieron su turno, Franlo demostró que las conocía y que no había ninguna con la que no se deleitara algunas veces... Se habló de Política, con la misma profundidad. Ese hombre dominaba el mundo entero, y todo eso sin afectación, sin presumir, poniendo en lo que decía un aire de modestia que parecía pedir indulgencia, y avisaba de que podía equivocarse, que podía estar muy lejos de estar seguro de lo que se atrevía a afirmar. Hablaron de Música. El señor de Belleval rogó a la señorita de Faxelange que cantase, ella lo hizo ruborizándose y Franlo, en la segunda canción, le pidió permiso para acompañarla con una guitarra que vio sobre un sofá. Punteó ese instrumento con toda la gracia y la afinación posibles, dejando ver en sus dedos, sin afectación, sortijas de un precio extraordinario. La señorita de Faxelange atacó un tercer tema, absolutamente de moda, el señor de Franlo la acompañó al piano con toda la finura de los mejores maestros. Invitaron a la señorita de Fraxelange a leer algunas líneas de Pope en inglés, inmediatamente Franlo conectó la conversación en esa lengua y demostró conocerla perfectamente.

Sin embargo, la visita terminó sin que se le hubiese escapado nada al barón que atestiguase su manera de pensar sobre la señorita de Faxelange, y el padre de esa joven, entusiasmado con su nuevo conocimiento, no quiso separarse de él sin una promesa íntima del señor de Franlo para venir a su casa a cenar el domingo siguiente.

Al hablar esa noche sobre ese personaje, la señora de Faxelange, menos entusiasmada, no fue completamente de la misma opinión de su esposo; decía que le encontraba a ese hombre algo tan indignante a primera vista, que le parecía que si venía a pedir a su hija, ella no la daría nunca más que con mucho esfuerzo. Su marido combatió esa repugnancia; decía que Franlo era un hombre muy agradable, que era imposible ser más instruido y tener un porte más hermoso, ¿qué podía importar la cara? ¿Había que fijarse en esas cosas en un hombre? Que por lo demás no tuviese temores la señora de Faxelange, que no sería lo bastante afortunada para que Franlo quisiese aliarse a ella nunca, pero que si por azar quería serlo, seguramente sería una locura perder un partido así. ¿Debía su hija esperarse encontrar alguna vez uno de esa importancia? Todo eso no convencía a una madre prudente, ella afirmaba que la fisionomía era el espejo del alma y que si el alma de Franlo correspondía con su cara, sin duda no era el marido que debía hacer feliz a su hija.

Llegó el día de la cena. Franlo, mejor vestido que la otra vez, más profundo y más amable todavía, fue el adorno y las delicias de la misma. Al salir de la mesa, se le puso al juego con la señorita de Faxelange, Belleval y otro hombre de la compañía. Franlo fue muy infortunado, y lo fue con una nobleza asombrosa; perdió todo lo que se puede perder y a menudo eso es una manera de ser amable en el mundo, nuestro hombre no lo ignoraba. Siguió un poco de música y el señor de Franlo tocó tres o cuatro clases de instrumentos diversos. La velada termino en *Los franceses,* donde el barón le dio públicamente la mano a la señorita de Faxelange, y se despidieron.

Pasó un mes de esa manera, sin que se oyese hablar de ninguna proposición, cada uno se mantenía por su parte en la reserva; los Faxelange no querían apresurarse y Franlo, que por su parte tenía grandes deseos de tener éxito, temía echarlo todo a perder si mostraba demasiada diligencia.

Al fin apareció el señor de Belleval, y esta vez encargado de una negociación en toda regla. Declaró formalmente al señor y la señora de Faxelange que el señor barón de Franlo, oriundo del Vivarais, que poseía enormes bienes en América y deseaba casarse, había puesto los ojos en la señorita de Faxelange y hacía que se les preguntase a los padres de esa persona adorable si le estaba permitido que se hiciese alguna esperanza.

Las primeras respuestas, por las formalidades, fueron que la señorita de Faxelange era todavía muy joven como para que se ocuparan de casarla, y quince días después rogaron al barón que fuese a cenar; el señor de Franlo fue allí comprometido a explicarse. Dijo que poseía tres tierras en Vivarais, por valor de doce a quince mil libras de renta cada una, que su padre se marchó a América y se casó allí con una criolla, de la que había tenido unos bienes por valor de un millón, que heredaría esos bienes al no tener ya parientes, y que como no las había visto nunca, estaba decidido a ir allá con su mujer en cuanto estuviese casado.

Esa cláusula desagradó a la señora de Faxelange y confesó sus temores. Franlo respondió a eso que ahora uno iba a América como iba a Inglaterra, que ese viaje le era indispensable, pero que sólo duraría dos años y que a su término se comprometía a volver a traer a su mujer a París. Así pues, no quedaba más que el asunto de la separación de la querida hija y su madre, pero que era necesario en todo caso que eso tuviese lugar, pues su plan no era vivir constantemente en París, donde, al no encontrase más que en el mismo tono de todo el mundo, no podía estar con el mismo placer que en las tierras donde su fortuna le hacía interpretar un gran papel. Entraron después en algunos otros detalles y aquella primera entrevista terminó, rogándole a Franlo que quisiera dar él mismo el nombre de alguien conocido en su provincia a quien pudieran dirigirse para las informaciones, siempre acostumbradas en un caso semejante. Franlo, no sorprendido de ningún modo por la idea de esas garantías, las aprobó, las aconsejó y dijo que lo que le parecía más sencillo y más rápido era dirigirse a las oficinas del ministro. El medio se aprobó; el señor de Faxelange fue allá al día siguiente, habló con el propio ministro, quien le certificó que el señor de Franlo, actualmente en París, era con toda seguridad uno de los hombres del Vivarais y que valía mucho, el mejor y el más rico. El señor de Faxelange, más excitado que nunca con ese asunto, llevó esas excelentes noticias a su mujer y, al no tener deseos de diferir más tiempo, se hizo venir a la señorita de Faxelange esa misma noche, y se le propuso al señor de Franlo como esposo.

Desde hacía quince días, aquella muchacha arrebatadora se había dado buena cuenta de que había algunos planes de casamiento para ella, y por un capricho bastante común en las mujeres, el orgullo impuso silencio al amor. Halagada por el lujo y la magnificencia de Franlo, le dio preferencia imperceptiblemente sobre el señor de Goé, de manera que respondió afirmativamente que estaba dispuesta a hacer lo que se le proponía y que obedecería a su familia.

Por su parte, Goé no había estado en una indiferencia tan grande que no se hubiese enterado de una parte de lo que pasaba. Acudió a casa de su amada y quedó consternado por la frialdad que ella le mostró; él se expresó con todo el ardor que le inspiraba la pasión con la que ardía; con el amor más tierno, mezcló los reproches más amargos. Le dijo a la que amaba que veía claro de dónde nacía un cambio que le daba la muerte, ¿habría debido hacerla sospechosa alguna vez de una infidelidad tan desalmada? Las lágrimas fueron a añadir relevancia y energía a las quejas sangrantes de ese joven; la señorita de Faxelange se conmovió, confesó su debilidad y los dos convinieron que no había otra forma de reparar el daño cometido que hacer que interviniesen los padres del señor de Goé. Esa resolución se puso en práctica, el joven cayó a los pies de su padre, le suplicó que le consiguiese la mano de su prima, manifestó que abandonaría Francia para siempre si le negaban ese favor. Y tantas cosas hizo, que el señor de Goé, enternecido, fue al día siguiente a encontrarse con Faxelange y le pidió la mano de su hija. Faxelange le agradeció el honor que le hacía, pero le declaró que ya no había tiempo y que las palabras estaban dadas. El señor de Goé, que sólo actuaba por amabilidad, que en el fondo no estaba nada enojado por ver que se ponían obstáculos a un matrimonio que no le convenía demasiado, regresó y anunció fríamente aquella noticia a su hijo, al mismo tiempo le suplicó que cambiase de idea y que no se opusiera a la felicidad de su prima.

El joven Goé, furioso, no prometió nada; acudió a la casa de la señorita de Faxelange, que oscilaba sin cesar entre su amor y su vanidad. Esa vez fue mucho menos delicada que la otra y trató de comprometer a su enamorado a consolarse por el partido que ella estaba a punto de tomar. El señor de Goé intentó parecer calmado, se contuvo, besó la mano de su prima y salió en un estado tan insoportable, que se vio obligado a disimularlo, pero no lo bastante para no jurarle a su amada que él no adorará jamás a nadie más que a ella, pero que no quería perturbar su felicidad.

Mientras tanto, Franlo, avisado por Belleval que era hora de atacar en serio el corazón de la señorita de Faxelange, dado que había rivales a quienes temer, lo utilizó todo para hacerse aún más amable. Le envió magníficos regalos a su futura esposa, quien, de acuerdo con sus padres, no ofrecía dificultad alguna en recibir las galanterías de un hombre al que debía considerar como su marido. Él alquiló una casa acogedora a dos leguas de París y allí dio fiestas exquisitas a su amada durante ocho días seguidos, sin dejar de unir así la seducción y la más hábil de las gestiones serias que debían concluirlo todo. Pronto hizo enloquecer la cabeza de nuestra querida muchacha, que pronto borró de ella a su rival.

Sin embargo, le quedaban a la señorita de Faxelange momentos de recuerdo en los que fluían sus lágrimas involuntariamente; tenía unos remordimientos terribles por traicionar así al primer objeto de su ternura, al que tanto había amado desde su infancia... «¿Qué ha hecho él para merecer este abandono por mi parte?, se preguntaba con dolor. ¿Ha dejado de adorarme?... ¡Ay, no!, y yo lo he traicionado... ¿y por quién, Dios todopoderoso, por quién?... Por un hombre al que no conozco en absoluto... que me seduce con sus fastos... y que quizá me haga pagar muy cara esa gloria a la que sacrifico mi amor... ¡Ah!, los vanos galanteos que me seducen... ¿valen tanto como las expresiones cautivadoras de Goé?... Aquellos juramentos tan sagrados de adorarlo siempre... esas lágrimas de sentimiento que los acompañaban... ¡Ay, Dios, cuántos remordimientos si fuese a ser engañada!».

Pero durante todas aquellas reflexiones, prepararon a la divinidad para una fiesta, la embellecieron con los presentes de Franlo y se olvidó de sus remordimientos.

Una noche soñó que su pretendiente, transformado en un animal feroz, la precipitaba en un abismo de sangre donde flotaba una multitud de cadáveres, ella levantaba en vano su voz para conseguir la ayuda de su marido, él no la escuchaba... Vino Goé, la retiró, la abandonó... ella se desvaneció... Ese sueño espantoso la enfermó durante dos días; una nueva fiesta disipó esas fantasías feroces, y la señorita de Faxelange, seducida, llegó al punto de resentirse consigo misma por la impresión que había podido sentir en ese sueño quimérico[42].

Todo se preparaba al fin, y Franlo, apremiado por concluir, estaba en el momento de fijar el día, cuando nuestra heroína recibió de él una mañana el siguiente billete:

Un hombre furioso al que no conozco de nada me priva de la dicha de dar una cena esta noche, como me jactaba de ello, al señor y la señora

---

[42] Los sueños son movimientos secretos que no se ponen lo bastante en su verdadero lugar, la mitad de los hombres se burla de ellos, la otra parte les tiene fe. No habría ningún inconveniente en escucharlos, incluso en dirigirse a ellos en el caso que voy a decir. Cuando esperamos el resultado de un suceso cualquiera, y la manera en la que debe suceder para nosotros nos ocupa a todo lo largo del día, soñamos con ello muy ciertamente; ahora bien, nuestra alma entonces, preocupada únicamente con su objeto, casi siempre nos hace ver una de las caras de ese suceso en la que no hemos pensado a menudo durante la vigilia, y en ese caso, ¿qué superstición, qué inconveniente, qué falta, en fin, contra la filosofía habría en clasificar en el número de los resultados del suceso esperado el que el sueño nos haya ofrecido, y conducirse en consecuencia? Me parece que eso no sería más que un aumento de sabiduría, porque ese sueño, en fin, es sobre el resultado del suceso en cuestión; uno de los esfuerzos del alma que nos abre y nos indica una cara nueva del suceso. Que ese esfuerzo se haga dormido o despierto no tiene importancia, ahí está siempre una de las combinaciones encontradas y todo lo que se pueda hacer en razón de ella no puede ser nunca una locura, no debe ser acusado jamás de superstición. Sin duda, la ignorancia de nuestros padres les llevaba a grandes absurdos, pero créase que la filosofía tiene también sus escollos. A fuerza de analizar la naturaleza, nos asemejamos al químico que se arruina para hacer un poco de oro. Depuremos, pues, pero no aniquilemos todo, porque en la naturaleza hay cosas muy singulares que no adivinaremos jamás. *(N. del A.)*

de Faxelange y a su adorable hija. Ese hombre, que dice que le quito la felicidad de su vida, ha querido batirse en duelo y me ha dado un espadazo que le devolveré, espero, en cuatro días, pero me han puesto a régimen veinticuatro horas. ¡Qué privación es para mí no poder, como esperaba esta noche, renovar a la señorita de Faxelange los juramentos del amor!

DEL BARÓN DE FRANLO.

Esa carta no fue un misterio para la señorita de Faxelange, se apresuró a darle la noticia a su familia y creyó deber hacerlo por la seguridad misma de su antiguo enamorado, y porque estaba apenada por sentir que se comprometia por ella así... por la que lo agraviaba tan lastimosamente. Ese paso atrevido e impetuoso de un hombre al que amaba todavía, hacía vacilar furiosamente los derechos de Franlo, pero si el uno había atacado, el otro había perdido su sangre, y la señorita de Faxelange estaba en el infortunado caso de interpretarlo todo ahora en favor de Franlo; así pues, Goé había cometido un error y ella sintió lástima por Franlo.

Mientras que el señor de Faxelange volaba a casa del padre de Goé para avisarle de lo que ocurría, Belleval, la señora de Faxelange y la señorita fueron a consolar a Franlo, que las recibió echado sobre un diván, con el batín más coqueto y con esa clase de abatimiento en la cara que parecía reemplazar por el interés lo que en ella se encontraba a veces de chocante.

El señor de Belleval y su protegido aprovecharon la circunstancia para instar a la señora de Faxelange a que se apresurase, este asunto podía tener consecuencias... quizá obligar a Franlo a dejar París, ¿querría hacerlo sin haber terminado sus asuntos?... y mil otras razones, que la amistad del señor de Belleval y la habilidad del señor de Franlo encontraron enseguida y que hicieron valer con energía.

La señora de Faxelange estaba completamente vencida; seducida, como toda la familia, por la apariencia del amigo de Belleval, atormentada por su marido y sin ver en su hija más que una excelente disposición para ese himeneo, se preparaba para él ahora sin la menor repugnancia. Terminó la visita, pues, asegurando a Franlo que el primer día que su salud le permitiese salir, sería el de su matrimonio. Nuestro diplomático enamorado manifestó algunas tiernas inquietudes a la señorita de Faxelange por el rival que todo esto acababa de hacerle conocer, ésta lo tranquilizó lo más honestamente del mundo, exigiendo de él, al menos, su palabra de que no perseguiría nunca a Goé, pasara lo que pasase. Franlo lo prometió y se despidieron.

Todo iba arreglándose en la casa del padre de Goé, su hijo había reconocido lo que la violencia de su amor le había hecho cometer, pero tan pronto como ese sentimiento disgustaba a la señorita de Faxelange, puesto que había sido tan lamentablemente abandonado, no intentaría obligarla. El señor de Faxelange, tranquilizado, no pensó pues más que en concluir el asunto. Faltaba el dinero; al señor de Franlo, que iba a marchar enseguida a América, le sería muy fácil solucionarlo allí, o aumentar allí sus posesiones, y era en ellas donde pensaba colocar la dote de su mujer. Se había convenido en cuatrocientos mil francos, era una brecha feroz en la fortuna del señor de Faxelange, pero sólo tenía una hija y todo debía ir a parar a ella un día, era un asunto que ya no se volvería a encontrar, de modo que había que sacrificarse. Vendió propiedades, se comprometió, en pocas palabras, la suma se encontraba lista al sexto día después de la aventura de Franlo, y alrededor de tres meses desde la época en la que había visto a la señorita de Faxelange por primera vez. Al final apareció como su esposo; los amigos, la familia, todos se reunieron, el contrato matrimonial se firmó, se convino hacer la ceremonia al día siguiente sin ruido y que dos días después Franlo partiría con su dinero y su mujer.

La noche de aquel día fatídico, el señor Goé hizo suplicar a su prima que le concediese una cita en un lugar secreto que le indicó, y donde él sabía bien que la señorita de Faxelange tenía la posibilidad de dirigirse. Debido al rechazo de ésta, él envió un segundo mensaje, en el que aseguraba a su prima que lo que tenía que decirle era de una importancia demasiado grande para que ella pudiera negarse a escucharlo. Nuestra heroína infiel, seducida... impresionada, pero sin poder odiar a su antiguo enamorado, cedió y al final se dirigió al sitio convenido.

—Yo no vengo —le dijo el señor de Goé a su prima en cuanto la divisó—, no vengo en absoluto, señorita, a perturbar lo que vuestra familia y vos llamáis la felicidad de vuestra vida, pero la probidad que profeso me obliga a advertiros de que se aprovechan de vos. El hombre con quien vais a casaros es un estafador que después de haberos robado quizá os haga la más infeliz de las mujeres, es un ladrón y vos estáis engañada.

Ante esas palabras, la señorita de Faxelange le dijo a su primo que antes de permitirse difamar tan vilmente a alguien, se necesitaban pruebas más claras que la luz del día.

—Aún no las tengo —dijo el señor de Goé—, lo admito, pero estoy informándome y dentro de poco todo puede aclararse. En nombre de todo lo que os es más querido, conseguid un aplazamiento de vuestros padres.

—Querido primo —dijo la señorita de Faxelange sonriendo—, vuestro engaño está al descubierto, vuestros consejos no son más que un pretexto, y el aplazamiento que requerís es un medio para intentar desviarme de un arreglo que ya no puede romperse. Confesadme vuestra artimaña, os la perdono, pero no intentéis inquietarme sin razón en un momento en el que ya no es posible interrumpir nada.

El señor de Goé, que verdaderamente sólo tenía sospechas sin ninguna certeza real, y que de hecho sólo intentaba ganar tiempo, se precipitó a los pies de su amada.

—¡Oh, tú, a quien adoro! —exclamó—. Tú, a quien idolatraré hasta la tumba, ya se terminó la felicidad de mis días y vas a abandonarme para siempre... Lo confieso, lo que he dicho es sólo una sospecha, pero no puede salir de mi mente, me atormenta todavía más que la desesperación que tengo por separarme de ti... ¿Te dignarás, en la cima de tu gloria, acordarte de aquellos tiempos tan dulces de nuestra infancia... de aquellos momentos maravillosos en los que me jurabas no ser nunca más que mía... ¡Ah, cómo han pasado esos momentos de placer, y qué largos van a ser los del dolor! ¿Qué había hecho yo para merecer este abandono por tu parte?, dime, despiadada, ¿qué había hecho yo? ¿Y por qué sacrificas a quien te adora? ¿Te amará tanto como yo el monstruo que te arrebata de mi ternura? ¿Te ha amado él durante tanto tiempo?...

Las lágrimas fluían con abundancia de los ojos del infortunado Goé... Apretaba con mucha expresión la mano de quien adoraba, y la llevaba por turnos a su boca y a su corazón.

Era difícil que la sensible Faxelange no se encontrase un poco conmovida por tanta agitación... dejó que se escapasen algunas lágrimas...

—Mi querido Goé —le dijo a su primo—, cree que me serás querido siempre. Estoy obligada a obedecer, tú ves claramente que era imposible que fuésemos alguna vez el uno para el otro.

—Habríamos esperado.

—¡Ay, Dios! ¡Fundar la felicidad de uno sobre la desgracia de los padres!

—No lo habríamos deseado, pero estábamos en edad de esperar.

—¿Y quién me habría respondido de tu fidelidad?

—Tu carácter... tus encantos, todo lo que te pertenece... No se deja nunca de amar cuando eres tú a quien se adora... Si todavía quisieras ser mía... huyamos al final del universo, atrévete a amarme lo bastante para seguirme.

—Nada en este mundo me decidiría a dar ese paso; venga, consuélate, amigo mío, olvídame, es lo más sensato que te queda por hacer, mil bellezas te compensarán.

—No añadas la ofensa a la infidelidad. ¿Olvidarte yo, desalmada? ¿Consolarme yo alguna vez de tu pérdida? No, no lo creo, tú no has sospechado nunca que yo sea lo bastante cobarde para atreverte a creer eso ni por un momento.

—Amigo demasiado desgraciado, tenemos que separarnos, todo esto no hace más que afligirme sin remedio, ya no lo hay para los males de los que te quejas... Separémonos, es lo más sensato.

—¡Pues bien! Voy a obedecerte, veo que es la última vez en mi vida que hablo contigo. No importa, voy a obedecerte, pérfida, pero requiero de ti dos cosas, ¿llevarás la barbarie hasta negármelas?

—¿Y cuáles son?

—Un rizo de tus cabellos, y tu palabra de que me escribirás una vez todos los meses para informarme al menos de si eres feliz... me consolaré si lo eres... Pero si alguna vez ese monstruo... créeme, querida amiga, sí, créeme... iré a buscarte al fondo del infierno para arrancarte de él.

—Que no te perturbe nunca ese temor, querido primo, Franlo es el más honrado de los hombres, en él no veo más que sinceridad y delicadeza... no le veo más que proyectos para mi felicidad.

—¡Ah, cielo santo! Dónde está el tiempo en que tú decías que esa felicidad no sería posible nunca más que conmigo... ¡Pues bien! ¿Me concedes lo que te pido?

—Sí —respondió la señorita de Faxelange, toma, aquí tienes los cabellos que deseas, y queda muy seguro de que te escribiré. Despidámonos, es necesario.

Al pronunciar esa palabras le tendió una mano a su enamorado... pero la infeliz se creía mejor curada que lo que estaba... Cuando sintió la mano inundada de llantos de quien ella había amado tanto... sus sollozos la sofocaron y cayó sobre un sofá sin conocimiento. Esta escena ocurría en la casa de una mujer unida a la señorita de Faxelange, quien se apresuró a socorrerla, y sus ojos sólo se abrieron para ver a su enamorado regando sus rodillas con las lágrimas de la desesperación. Evocó ella su valor... todas sus fuerzas... lo levantó...

—Adiós —le dijo—, adiós, ama siempre a aquella para quien le serás querido hasta el último día de su vida. No me reproches mi falta, ya no hay tiempo; he sido seducida... arrastrada... mi corazón sólo puede escuchar su deber, pero todos los sentimientos que no me exija ese deber serán tuyos para siempre. No me sigas. Adiós.

Goé se retiró en un estado terrible, y la señorita de Faxelange fue a buscar en el seno de un descanso, que imploró en vano, alguna calma para los remordimientos que la desgarraban y de los que nacía una especie de presentimiento del que no era dueña. Sin embargo, la ceremonia de aquél día... las fiestas que debían embellecerlo, todo calmó a esa muchacha demasiado débil. Pronunció la palabra inevitable que la vinculaba para siempre... todo la aturdió... todo la arrastró el resto del día, y esa misma noche consumó el sacrificio espantoso que la separaba eternamente del único hombre que fue digno de ella.

Al día siguiente, los preparativos de la partida la ocuparon; el día después, abrumada por las caricias de sus padres, la señora de Franlo subió a la silla de posta de su marido, provista con los cuatrocientos mil francos de su dote, y partieron hacia el Vivarais. Franlo iba allí, según decía, por seis semanas antes de embarcarse para América. Allí pasaría a un barco de La Rochelle que había contratado de antemano.

El personal de nuestros nuevos esposos consistía en dos criados a caballo que pertenecían al señor de Franlo y una doncella para la señora, unida a ella desde la infancia, que la familia había pedido que le dejasen toda su vida. Debían hacerse con nuevos criados cuando estuviesen en el lugar de destino.

Estuvieron en Lyon sin detenerse, y hasta allí los placeres, la alegría y la delicadeza acompañaron a nuestros dos viajeros; en Lyon todo cambió de cara. En lugar de hospedarse en un hotel bien dotado, como hacen las gentes honradas, Franlo fue a alojarse en un albergue oscuro más allá del puente de la Guillotiere. Cenó allí, y al cabo de dos horas despidió a uno de sus criados, tomó un coche de punto con el otro, su esposa y la doncella, se hizo seguir por una carreta donde iba todo el equipaje y fue a acostarse a más de una legua de la ciudad, en una taberna completamente aislada en la orilla del Ródano.

Esa conducta inquietó a la señora de Franlo.

—¿Dónde me lleváis, señor? —le dijo a su marido.

—¡Vaya, señora! —le dijo éste con brusquedad—... ¿Tenéis miedo de que os pierda? Al oíros, parecería que estuviéseis en manos de un bribón. Debemos embarcarnos mañana por la mañana; tengo por costumbre, con el fin de estar más a mano, alojarme la víspera a la orilla del agua, unos bateleros me aguardan allá y así perderemos mucho menos tiempo.

La señora de Franlo se calló. Llegaron a un tugurio cuyas inmediaciones hacían temblar, pero cuál fue la estupefacción de la desgraciada Faxelange al oír a la dueña de esa horrorosa taberna, más espantosa aún que su morada... cuando la oyó decir al supuesto barón:

—¡Ah, ahí estás, Cortamontañas! Te has hecho esperar endiabladamente. ¿Hacía falta tanto tiempo para ir a buscar a esa muchacha? Venga, ha habido muchas noticias desde que te fuiste, La Roche fue colgado anoche en la plaza de los Terreaux... Rompebrazos está todavía en la cárcel, quizá lo juzguen hoy mismo; pero no te inquietes, ninguno ha hablado de ti y todo va bien por allá. Han hecho una captura de mil diablos estos días, ha habido seis personas muertas sin que tú hayas perdido ni un solo hombre.

Un estremecimiento general se apoderó de la desventurada Faxelange... Pongámonos por un momento en su lugar y consideremos el terrible efecto que debía producir en su alma delicada y dulce la caída tan súbita de la ilusión que la seducía. Al darse cuenta de ello, su marido se le acercó:

—Señora —le dijo con firmeza—, ya no es hora de fingir, os he engañado, ya lo veis, y como no quiero que esa bribona de ahí —continuó, mirando a la doncella— pueda dar noticias de esto, que os parezca bien —dijo, sacando una pistola de su bolsillo y atravesando de un tiro la cabeza de aquella infortunada—, que os parezca bien, señora, que sea así como impido que abra la boca alguna vez...

Y después, recogiendo enseguida en sus brazos a su esposa, casi desvanecida...

—En cuanto a vos, señora, estad perfectamente tranquila, por vos sólo tendré procedimientos excelentes. Estoy sin cesar en posesión de los derechos de mi esposa y gozaréis por todas partes de esa prerrogativa, y mis compañeros, estad muy segura de eso, respetarán siempre en vos a la mujer de su jefe.

Como la criatura interesante cuya historia escribimos se encontraba en una situación de las más deplorables, su marido le dio todos sus cuidados, y cuando se recuperó un poco, al no ver ya a la querida compañera cuyo cadáver había hecho arrojar Franlo al río, volvió a deshacerse en lágrimas.

—Que la pérdida de esa mujer no os inquiete —dijo Franlo—, era imposible que os la dejase, pero mis cuidados proporcionarán que no os falte de nada, aunque ya no la tengáis a vuestro lado.

Y viendo que su desdichada esposa estaba un poco menos inquieta:

—Señora —continuó—, yo no he nacido para el oficio que hago, fue el juego lo que me precipitó a esta carrera de infortunio y de crímenes. No os he engañado dándome a vos como barón de Franlo, ese nombre y ese título me han pertenecido. Pasé mi juventud en el Ejército, y a los veintiocho años había dilapidado el patrimonio que había heredado tres años antes, sólo hizo falta ese corto período para arruinarme. Aquel a cuyas manos han pasado mi fortuna y mi nombre ahora está en América, y creí que podía engañar en París durante algunos meses al público volviendo a tomar lo que había perdido. El ardid ha tenido un éxito superior al que deseaba; vuestra dote me cuesta cien mil francos de gastos, con lo que gano, como veis, cien mil escudos y una mujer encantadora, una mujer a la que amo y a la que juro que tendré toda mi vida el mayor cuidado. Que se digne, pues, con un poco de calma a oír la continuación de mi historia. Una vez soportadas mis desgracias, tomé parte de un grupo de bandidos que asolaba las provincias centrales de Francia (nefasta lección a los jóvenes que se dejen arrebatar por la loca pasión del juego). Di golpes intrépidos con ese grupo, y dos años después de haber entrado en él, fui reconocido como su jefe. Cambié mi lugar de residencia, vine a vivir en un valle desierto y angosto en las montañas del Vivarais que es casi imposible de descubrir y donde la Justicia no ha entrado nunca. Así es el lugar donde habito, señora, así son las propiedades en cuya posesión voy a meteros; es el cuartel general de mi grupo, es de allí desde donde marchan mis destacamentos. Los llevo al norte hasta Borgoña, al mediodía hasta las orillas del mar, al oriente llegan hasta la frontera del Piamonte, al poniente hasta más allá de las montañas de Auvernia; mando sobre cuatrocientos hombres, todos ellos tan decididos como yo y todos dispuestos a desafiar mil veces a la muerte para vivir y para enriquecerse. Al dar nuestros golpes, matamos poco por miedo a que los cadáveres nos traicionen; les dejamos la vida a aquellos que no tememos, forzamos a los demás a seguirnos en nuestra retirada, y sólo los degollamos allá, después de haberles sacado todo lo que podía poseer y todas las informaciones que nos sean útiles. Nuestra manera de hacer la guerra es un poco cruel, pero nuestra seguridad depende de ello.

¿Debería aguantar un gobierno justo que por la falta que comete un joven al dilapidar sus bienes tan joven se le castigue al atroz suplicio de vegetar cuarenta o cincuenta años en la miseria? ¿Lo degrada una imprudencia? ¿Lo deshonra? Puesto que es desgraciado, ¿no hay que dejarle más que los recursos que lo envilecen, o las cadenas? Con tales principios no se crean más que facinerosos, ya lo veis, señora, soy la prueba de ello. Si las leyes contra el juego no están en vigor, si, al contrario, lo autorizan, que al menos no se permita que un hombre tenga en el juego el derecho de despojar con él totalmente a otro, o que si el estado al que el primero reduce al segundo en un rincón de un tapete verde, si ese crimen, digo, no es reprimido por ninguna ley, que no se castigue tan cruelmente como se hace el delito casi igual que cometemos cuando despojamos al pasajero del mismo modo en un bosque, ¿y qué importancia tiene la manera de hacerlo, puesto que las consecuencias son iguales? ¿Creéis que hay una gran diferencia entre un banquero de juego que os roba en el *Palais Royal* y Cortamontañas, que os pide la bolsa en el bosque de Bolonia? Es lo mismo, señora, y la única distancia real que pueda establecerse entre ambos es que el banquero os roba como un cobarde, y el otro como un hombre valiente. Volvamos a vos, señora: os destino a vivir en mi casa con la mayor tranquilidad, encontraréis algunas otras mujeres de mis compañeros que podrán formaros un pequeño círculo... poco entretenido, sin duda, esas mujeres están muy lejos de vuestra condición y de vuestras virtudes, pero os serán sumisas, se ocuparán de vuestros placeres y eso será siempre una distracción. En cuanto a vuestro puesto en mi pequeño dominio, os lo explicaré cuando estemos en él; esta noche no pensemos más que en vuestro descanso, es bueno que tengáis un poco para que estéis en condiciones para salir mañana muy temprano.

Franlo ordenó a la dueña de aquella morada que tuviese todos los cuidados posibles con su esposa, a quien dejó con esa vieja. Ésta había cambiado mucho de tono con la señora de Franlo cuando supo con quién tenía que habérselas, la obligó a tomarse un caldo cortado con vino de la ermita, del que la desdichada mujer tragó algunas gotas para no disgustar a su huésped, y después le suplicó que la dejase a solas el resto de la noche; en cuanto estuvo en paz, esa pobre criatura se entregó a toda la amargura de su dolor.

—¡Ay, mi querido Goé! —exclamó entre sollozos—. ¡Cómo me castiga la mano de Dios por la traición que te he hecho! Estoy perdida para siempre, un retiro impenetrable va a enterrarme a los ojos del universo, hasta se me hará imposible informarte de las desgracias que me atribularán, y aunque no me lo impidieran, ¿me atrevería después de lo que te he hecho? ¿Sería yo digna todavía de tu compasión?... Y vos, padre mío... y vos, mi respetable madre, vos, cuyos llantos mojaron mi seno mientras que ebria de orgullo yo estaba casi fría ante vuestras lágrimas, ¿cómo sabréis de mi espeluznante destino?... ¡A qué edad, Dios mío, me veo enterrada viva con unos monstruos así! ¿Cuántos años podré sufrir todavía este terrible castigo? ¡Ay, miserable, cómo me has seducido y cómo me has engañado!

La señorita de Faxelange (porque su nombre de casada ahora nos repugna) estaba en ese caos de ideas sombrías... de remordimientos... y de terribles aprensiones sin que las dulzuras del sueño hubiesen podido calmar su estado, cuando llegó Franlo a rogarle que se levantase con el fin de embarcar antes de la salida del sol. Ella obedeció y se lanzó al barco con la cabeza envuelta en cofias que disimulaban los rasgos de su dolor y que le ocultaban sus lágrimas al desalmado que las hacía fluir. En la barca se había preparado un pequeño rincón donde ella podía ir a descansar en paz, y Franlo, se debe decir en justicia, Franlo, que veía la necesidad de un poco de calma que tenía su triste esposa, se la dejó disfrutar sin perturbarla. Existen algunas trazas de honestidad en el alma de los criminales, y la virtud es de tal precio ante los ojos de los hombres, que hasta los más corrompidos están obligados a rendirle homenaje en mil ocasiones de su vida.

Sin embargo, las atenciones que esa joven veía que tenían con ella la calmaban un poco; se dio cuenta de que en su situación no tenía otro partido que tomar que tratar bien a su marido, y le mostró agradecimiento.

Gentes del grupo de Franlo llevaban la barca, ¡y Dios sabe todo lo que allí se decía! Nuestra heroína, hundida en su dolor, no escuchó nada y esa misma noche llegaron a las cercanías de la ciudad de Tournon, situada en la orilla occidental del Ródano, a los pies de las montañas del Vivarais. Nuestro jefe y sus compañeros pasaron la noche como la anterior, en una taberna oscura que sólo ellos conocían en esos alrededores. Al día siguiente le trajeron un caballo a Franlo, montó en él con su mujer; dos mulas llevaban los equipajes y cuatro hombres armados las escoltaban. Atravesaron las montañas y entraron en el interior del país por senderos inalcanzables.

Nuestros viajeros llegaron el segundo día, muy tarde, a una pequeña llanura, de alrededor de media legua de extensión, rodeada en todas partes por montañas inaccesibles y en la que sólo se podía entrar por un único sendero, que seguía Franlo. En la garganta de ese sendero había un puesto de diez de esos bandidos, que se relevaban tres veces por semana, y que lo vigilaba día y noche constantemente. Una vez en la llanura, se encontraba una mala aldea, formada por un centenar de cabañas a la manera de los salvajes, a cuya cabeza había una casa bastante limpia, que estaba formada por dos plantas y rodeada en todas partes por altos muros, y pertenecía al jefe. Esa era su residencia, y al mismo tiempo la ciudadela del lugar, el lugar donde se mantenían los almacenes, las armas y los prisioneros; dos subterráneos profundos y bien abovedados servían para esos usos. Sobre ellos se habían construido tres piezas pequeñas en la planta baja, una cocina, una habitación, una salita y por encima un aposento bastante cómodo para la mujer del capitán, completo con un gabinete de seguridad para los tesoros. Un criado muy rudo y una muchacha que servía de cocinera eran toda la dotación de la casa, no había tantos en las demás casas. La señorita de Faxelange, abatida de cansancio y de pena, no vio nada de todo eso la primera noche, llegó con esfuerzo al lecho que se le indicó, y habiéndose adormecido allí de decaimiento, al menos estuvo tranquila hasta la mañana siguiente.

Entonces entró el jefe en su aposento.

—Aquí estáis en vuestra casa, señora —le dijo—, esto es un poco diferente de las tres bellísimas tierras que os había prometido y de las magníficas propiedades de América con las que habíais contado; pero consoláos, querida mía, no siempre haremos este oficio, no hace mucho tiempo que lo ejerzo y el gabinete que veis ya contiene, incluyendo vuestra dote, cerca de dos millones en efectivo, cuando tenga cuatro, marcharé a Irlanda y me estableceré magníficamente allí con vos.

—¡Ah, señor! —dijo la señorita de Faxelange esparciendo un torrente de lágrimas—, ¿creéis que el cielo os dejará vivir en paz hasta entonces?

—¡Oh! Nosotros no calculamos nunca esa clase de cosas —dijo Franlo—; nuestro proverbio es que *quien tenga miedo de la hoja, que no vaya al bosque*. La gente muere por todas partes, y si aquí me arriesgo al patíbulo, me arriesgo a un espadazo en este mundo; no hay ninguna situación que no tenga sus peligros, y le corresponde al hombre sensato comparar los beneficios y decidir en consecuencia. La cosa de la que menos nos ocupamos en este mundo, es de la muerte que nos amenaza. Me objetaréis que es el honor, pero los prejuicios de los hombres me lo habían arrebatado de antemano, yo estaba arruinado, y ya no debía tener honor. Me habrían encerrado, yo habría pasado por un facineroso, ¿no vale más serlo efectivamente, disfrutando de todos los derechos de los hombres... siendo libre, en fin, que ser sospechoso entre rejas? No os extrañéis de que el hombre se convierta en un criminal cuando se lo degrada, aunque sea inocente, no os extrañe que prefiera el crimen a las cadenas, puesto que en ambas situaciones lo espera el oprobio. Legisladores, haced menos frecuentes vuestras afrentas si queréis disminuir la masa de los crímenes. Una nación que supo hacer un dios del honor, puede derribar sus patíbulos cuando para llevar a los hombres le queda el freno sagrado de una quimera tan bella...

—Pero, señor —interrumpió en ese punto la señorita de Faxelange—, sin embargo, en París teníais todo el aspecto de hombre honesto.

—Era muy necesario para conseguiros, lo he logrado y la máscara ha caído.

Tales palabras y actos semejantes horrorizaban a esa infortunada mujer, pero estaba decidida a no apartarse de las decisiones que había tomado. No contrarió a su marido, hasta pareció que lo aprobaba y éste, viéndola más tranquila, le propuso ir a visitar las instalaciones. Ella lo consintió y recorrió la aldea; por entonces no había mucho más que unos cuarenta hombres, los demás estaban de correría; era ese remanente lo que abastecía el puesto que defendía el desfiladero. La señora de Franlo fue recibida por todas partes con las mayores señales de respeto y de distinción; vio a siete u ocho mujeres bastante jóvenes y bonitas, pero cuyo aspecto y tono le proclamaban muy claro la enorme distancia que había entre aquellas criaturas y ella, sin embargo, ella les devolvió la acogida que recibía de ellas, y terminada la ronda, sirvieron la comida. El jefe se sentó a la mesa con su mujer, que, sin embargo, no pudo obligarse hasta el punto de formar parte de esa comida, se excusó por el cansancio de la ruta y no la presionaron. Después de la comida, Franlo le dijo a su mujer que era hora de acabar de instruirla, porque al día siguiente quizá estuviese obligado a ir de correría.

—No tengo necesidad de advertiros, señora —le dijo a su esposa—, de que aquí se os hace imposible escribir a nadie, sea quien sea. Primeramente, los medios os estarán severamente prohibidos, no veréis nunca ni pluma, ni papel. Si lograseis engañar mi vigilancia, alguno de mis compañeros se encargaría sin duda de vuestras cartas y el intento podría costaros caro. Es indudable que os amo mucho, señora, pero los sentimientos de la gente de nuestro oficio están subordinados siempre al deber, y ahí está quizá lo que nuestro estado tiene de superior al de los demás. «No hay nada en el mundo que el amor no haga olvidar», con nosotros es todo lo contrario, no hay ninguna mujer sobre la tierra que pueda hacernos olvidar nuestro estado, porque nuestra vida depende de la manera segura con la que la ejercemos. Vos sois mi segunda mujer, señora.

—¿Cómo, señor?

—Sí, señora, vos sois mi segunda esposa, la que os precedió quiso escribir y los caracteres que trazó fueron borrados con su sangre, murió sobre la propia carta...

Que se juzgue la situación de esa desgraciada con esos relatos espantosos... con esas amenazas terribles, pero se contuvo de nuevo y le manifestó a su marido que ella no tenía intención alguna de infringir sus órdenes.

—Eso no es todo, señora —continuó aquel monstruo—, cuando yo no esté aquí, sólo vos mandaréis en mi ausencia; por buena fe que haya entre nosotros, no obstante comprenderéis muy bien que, puesto que se tratará de nuestros intereses, yo siempre me fiaré de vos, más que de mis compañeros. Ahora bien, cuando os envíe prisioneros, será preciso que vos misma los despojéis y que los hagáis degollar ante vos.

—¿Yo, señor? —exclamó la señorita de Faxelange, echándose para atrás, horrorizada—. ¿Hundir yo las manos en sangre inocente? ¡Ah! Prefiero que la mía corra mil veces a que me obliguéis a un horror así.

—Perdono este primer impulso por vuestra debilidad, señora —respondió Franlo—, pero no es posible que pueda evitaros esa ocupación, ¿preferís perdernos a todos a no aceptarla?

—Vuestros compañeros pueden cumplirla.

—La cumplirán también, señora, pero sólo vos recibiréis mis cartas, es necesario que sea según vuestras órdenes, emanadas de las mías, que se encierre o se haga perecer a los prisioneros; mis hombres las llevarán a cabo, pero es preciso que vos les hagáis llegar mis órdenes.

—¡Oh, señor! ¿No podríais dispensarme?...

—Eso es imposible, señora.

—Pero al menos no estaré obligada a asistir a esas infamias.

—No... Sin embargo, será absolutamente necesario que os encarguéis de los despojos... que los encerréis en nuestros almacenes. La primera vez os haré el favor, si es que lo exigís terminantemente, tendré el cuidado de enviar con mis prisioneros a un hombre seguro en esta primera ocasión, pero esa atención no podrá durar, después será necesario que lo hagáis vos misma. Todo es acostumbrarse, señora, no hay nada a lo que uno no se haga. ¿Es que a las damas romanas no les gustaba ver caer a sus pies a los gladiadores? ¿No llevaban la ferocidad hasta querer que no muriesen allí más que en posturas elegantes? Para acostumbraros a vuestro deber, señora —prosiguió Franlo—, tengo allá abajo a seis hombres que no esperan más que el momento de la muerte, voy a hacerlos matar, ese espectáculo os familiarizará con esos horrores, y antes de quince días, la parte del deber que os impongo ya no os costará.

No hubo nada que la señorita de Faxelange no hiciera para evitarse esa escena espantosa, le suplicó a su marido que no se la proporcionase, pero Franlo veía en ello, decía, demasiada necesidad, le parecía demasiado importante acostumbrar los ojos de su mujer a lo que iba a ser una parte de sus funciones como para no trabajar en ello enseguida. Trajeron a los seis desgraciados, y fueron implacablemente degollados por las propias manos de Franlo ante los ojos de su desdichada esposa, que se desvaneció durante la ejecución. La llevaron a su cama, donde, recuperando pronto su valor en ayuda de su seguridad, acabó por comprender que, de hecho, al no ser más que la voz de las órdenes de su marido, su conciencia no se cargaba con el crimen, y que con esa facilidad de ver a muchos desconocidos, por encadenados que estuviesen, quizá le quedasen medios para salvarlos y escaparse con ellos, por lo que prometió al día siguiente a su bárbaro esposo que tendría ocasión de estar contento con su conducta. Franlo, que al final pasó la noche con ella, lo que no había hecho desde París por causa del estado en que ella se encontraba, la dejó al día siguiente para ir de correría, prometiéndole que si se portaba bien, dejaría el oficio antes de lo que había dicho para hacerle pasar los últimos treinta años de su vida en felicidad y sosiego.

En cuanto la señorita de Faxelange se vio sola en medio de todos aquellos ladrones, la inquietud volvió a apoderarse de ella. «¡Ay! —se decía—, si por desgracia yo fuese a inspirar algún sentimiento en esos bandidos, ¿quién les impediría satisfacerse? Si quisieran saquear la casa de su jefe, matarme y huir, ¿no serían dueños de hacerlo?... ¡Ah, quisiera el cielo —continuaba, vertiendo un torrente de lágrimas— que lo más afortunado que pueda sucederme es que me arranquen lo antes posible una vida que sólo debe estar manchada de horrores!».

Al menos, la esperanza renacía poco a poco en esa alma joven, y fortalecida por el exceso de la desgracia, la señora de Franlo se decidió a mostrar mucho valor, creyó que necesariamente esa opción debía ser la mejor, y se resignó a ello. Por consiguiente, fue a visitar los puestos, visitó sola todas las cabañas, intentó dar algunas órdenes y por todas partes encontró respeto y obediencia. Las mujeres fueron a verla, ella las recibió honestamente; escuchó con interés la historia de algunas, seducidas y raptadas como ella, que sin duda al principio eran honestas, degradadas después por la soledad y el crimen, y convertidas en monstruos como los hombres con los que se habían casado.

«¡Oh, cielo santo! —se decía algunas veces esa infortunada—. ¿Cómo puede uno embrutecerse hasta ese punto? ¿Sería posible que un día me volviese como esas desgraciadas?...». Después se encerraba, lloraba, reflexionaba en su triste destino, no se perdonaba haberse precipitado ella misma en el abismo por demasiada confianza y encandilamiento, y todo eso volvía a llevarla a su querido Goé, y lágrimas de sangre fluían de sus ojos.

Así pasaron ocho días. Recibió carta de su esposo con un destacamento de doce hombres que traían a cuatro prisioneros. Se estremeció al abrir esa carta, y sin dudar de lo que contenía, estuvo a punto de vacilar un momento entre la idea de darse la muerte a sí misma en lugar de hacer que aquellos desdichados pereciesen. Eran cuatro jóvenes, en cuyas frentes se distinguían educación y calidad.

Haréis que pongan al mayor de los cuatro en el calabozo —le mandaba su marido—, *es un canalla que se ha defendido y me ha matado a dos hombres, pero hay que dejarle la vida, tengo aclaraciones que sacarle. Haréis que maten inmediatamente a los otros tres.*

—Ya veis las órdenes de mi marido —le dijo al jefe del destacamento, que sabía que era el hombre seguro del que le había hablado Franlo—, haced, pues, lo que os ordena...

Y al pronunciar esas palabras en voz baja, corrió a ocultar en su habitación su desesperación y sus lágrimas, pero por desgracia oyó los gritos de las víctimas inmoladas al pie de su casa, su sensibilidad no lo soportó y se desvaneció. Vuelta en sí, la decisión que estaba resuelta a tomar reanimó sus fuerzas, vio que no debía esperar nada, excepto de su firmeza, y volvió a mostrarse. Hizo que colocasen los efectos robados en los almacenes, apareció en la aldea, visitó los puestos, en una palabra, se dominó tanto, que el lugarteniente de Franlo, que marchó al día siguiente para ir a reunirse con su jefe, entregó a ese esposo los informes más ventajosos de su mujer...

¡Que no se la censure! ¿Qué alternativa la quedaba entre la muerte y esa conducta?... Y uno no se mata mientras tenga esperanza...

Franlo estuvo fuera mucho más tiempo que lo que había creído, y no volvió hasta el cabo de un mes, durante el que envió prisioneros dos veces a su mujer, que se condujo siempre de la misma manera. Al final reapareció el jefe, trajo inmensas sumas de dinero de aquella expedición, que legitimaba con toda clase de sofismas, refutados por su honesta esposa.

—Señora —le dijo al fin—, mis argumentos son los de Alejandro Magno, los de Gengis Khan y los de todos los conquistadores famosos de la tierra; su lógica es la mía, pero ellos tenían trescientos mil hombres a sus órdenes, y yo tengo sólo cuatrocientos, ahí está mi error.

—Todo eso está bien, señor —dijo la señora de Franlo, que creyó que en ese momento debía preferir el sentimiento a la razón—, pero si es cierto que me amáis como a menudo os habéis dignado decirme, ¿no estaríais triste por verme morir en un patíbulo cerca de vos?

—No temáis nunca esa catástrofe —dijo Franlo—, nuestro refugio es inencontrable y en mis correrías no le temo a nadie... Pero si alguna vez nos descubriesen aquí, recordad que tendré el tiempo de romperos la cabeza antes de que os pongan una mano encima.

El jefe lo examinó todo, no encontró más que motivos para alabarse de su mujer y la colmó de elogios y de amistad, la encomendó más que nunca a sus hombres y volvió a partir. Las mismas preocupaciones de su mísera esposa, la misma conducta, los mismos sucesos trágicos durante aquella segunda ausencia, que duró más de dos meses, al cabo de los cuales regresó Franlo a su cuartel, cada vez más encantado con su esposa.

Hacía alrededor de cinco meses que esa pobre criatura vivía en la obligación y el horror, saturada de lágrimas y alimentada por su desesperanza, cuando el cielo, que no abandona jamás a la inocencia, se digno al fin a liberarla de sus males por el suceso menos esperado.

Era el mes de octubre. Franlo y su mujer cenaban juntos bajo un emparrado a la puerta de su casa, cuando en ese momento se oyeron diez o doce disparos de fusil en el puesto.

—Nos han traicionado —dijo el jefe, levantándose enseguida de la mesa y armándose con rapidez—... Aquí tenéis una pistola, señora, quedáos aquí, si no podéis matar al que os aborde, daos un tiro en la cabeza para no caer en sus manos.

Lo dijo y, reuniendo apresuradamente lo que quedaba de sus hombres en la aldea, fue volando él mismo a la defensa del desfiladero. Ya no había tiempo, doscientos dragones a caballo acababan de forzar el puesto y cayeron sobre la llanura sable en mano; Franlo abrió fuego con su grupo, pero como no había podido ponerlo en orden, fue rechazado en un minuto y la mayoría de sus hombres fue acuchillada con los sables y pisoteada por las patas de los caballos. A él mismo lo agarraron, lo rodearon, lo guardaron, veinte dragones respondieron de él, y el resto del destacamento, con su jefe a la cabeza, fue volando a la señora de Franlo. ¡En qué estado cruel encontraron a esa desdichada!... con los cabellos revueltos y los rasgos de su cara descompuestos por la desesperación y el temor, estaba apoyada contra un árbol con la punta de la pistola sobre el corazón, dispuesta a quitarse la vida antes que caer en manos de aquellos a los que tomaba por secuaces de la Justicia...

—¡Detenéos, señora, detenéos —le gritó el oficial al mando, bajando del caballo y precipitándose a sus pies para desarmarla con esa acción—, detenéos, os digo. *Reconoced a vuestro infeliz enamorado, es él quien cae a vuestros pies, es él a quien el cielo ha favorecido tanto al haberlo encargado de vuestra liberación; abandonad esa arma y permitid que Goé vaya a lanzarse a vuestro seno*.

La señorita de Faxelange creyó que estaba soñando; poco a poco reconoció a quien le hablaba y cayó sin movimiento en los brazos que se le abrían. Ese espectáculo arrancó lágrimas a todos lo que lo vieron.

—No perdamos tiempo, señora —dijo Goé, trayendo a su bella prima a la vida—, apresurémonos a salir de un lugar que debe ser terrible para vuestros ojos; pero recuperemos antes todo lo que os pertenezca.

Hundió la puerta del gabinete de las riquezas de Franlo, retiró de allí los cuatrocientos mil francos de la dote de su prima y diez mil escudos que hizo que se distribuyesen entre sus dragones, puso un sello sobre el resto, liberó a los prisioneros retenidos por aquel criminal, dejó ochenta hombres de guarnición en la aldea, volvió en busca de su prima con los demás, y la animó a partir inmediatamente. Cuando ella llegó al sendero del desfiladero, vio a Franlo encadenado.

—¡Oh, señor! —le dijo a Goé—. Os pido de rodillas gracia para este infortunado... yo soy su mujer... ¿qué digo?, soy lo bastante desventurada como para llevar en mi seno las prendas de su amor, y sus actos sólo han sido siempre honestos conmigo.

—Señora —respondió el señor de Goé—, yo no soy dueño de nada en esta aventura, solamente he conseguido dirigir las tropas, yo mismo me he encadenado al recibir mis órdenes. Este hombre no me pertenece, no lo salvaría más que arriesgándolo todo. Al salir del desfiladero me espera el capitán preboste de la provincia y dispondrá de él. No le haré dar un paso hacia el patíbulo, eso es todo lo que puedo hacer.

—¡Oh, señor, dejadle que se salve! —exclamó esa mujer interesante—, os lo pide llorando vuestra desdichada prima.

—Os ciega una compasión injusta, señora —replicó Goé—, ese desgraciado no se corregirá, y salvar a un hombre le costará la vida a más de cincuenta.

—Él tiene razón —exclamó Franlo—, tiene razón, señora; me conoce tan bien como yo mismo, el crimen es mi elemento, yo sólo viviría para volver a sumergirme en él. No es la vida lo que quiero, sólo una muerte que no sea ignominiosa; que el alma sensible que se interesa por mí se digne conseguirme como única gracia el permiso para que los dragones me den un tiro en la cabeza.

—¿Quién de vosotros quiere encargarse, muchachos? —dijo Goé.

Pero nadie se movió. Goé mandaba a *franceses,* no debía encontrarse con *verdugos.*

—Que me den una pistola, entonces —dijo aquel criminal.

Goé, muy emocionado por las súplicas de su prima, se acercó a Franlo y él mismo le entregó el arma que pedía. ¡Oh, colmo de la perfidia! El esposo de Faxelange, en cuanto tuvo lo que deseaba, soltó el tiro contra Goé... pero afortunadamente sin alcanzarlo. Ese gesto irritó a los dragones, aquello se convirtió en un asunto de venganza, ya no escucharon más que a su resentimiento, cayeron sobre Franlo y lo destrozaron en un momento. Goé se llevó a su prima, apenas pudo ver ella el horror de ese espectáculo. Pasaron el desfiladero a galope. Un caballo manso esperaba a la señorita de Faxelange más allá de la garganta. El señor de Goé dio cuenta rápidamente al preboste de su operación. La gendarmería se apoderó del puesto, los dragones se retiraron, y la señorita de Faxelange, protegida por su liberador, estuvo en seis días en el seno de sus padres.

—Aquí tenéis a vuestra hija —dijo aquel hombre valiente al señor y la señora de Faxelange—, y aquí está el dinero que os robaron. Escuchadme ahora, señorita, y vais a ver por qué he aplazado hasta este momento las aclaraciones que debo dar sobre todo lo que os interesa. En cuanto hubisteis partido, las sospechas, que al principio sólo os había ofrecido para reteneros, vinieron a atormentarme con fuerza. No hubo nada que no hubiese hecho para seguirle el rastro a vuestro secuestrador, y para conocer a fondo a su persona, fui lo bastante afortunado para conseguirlo todo y no equivocarme en nada. Sólo avisé a vuestros padres cuando creí estar seguro de volver a teneros. No se me negó el mando de las tropas que solicité para romper vuestras cadenas y para liberar al mismo tiempo a Francia del monstruo que os engañó. He llegado hasta el final de todo, y lo he hecho sin interés alguno, señorita; vuestras faltas y vuestras desdichas levantan barreras imperecederas entre nosotros... al menos me compadeceréis... me añoraréis, vuestro corazón estará obligado al sentimiento que me negasteis y yo seré vengado... Adiós, señorita, he saldado los lazos de la sangre y los del amor, ya no me queda más que despedirme de vos para siempre. Sí, señorita, me marcho, la guerra que se libra en Alemania me ofrece la gloria, o la muerte; yo habría deseado sólo los laureles, cuando me hubiese estado permitido ofrecéroslos, y ahora sólo buscaré la muerte.

Con esas palabras, Goé se retiró; por muchas súplicas que se le hicieron, se marchó para no volver jamás. Al cabo de seis meses llegaron unas noticias de que atacando un puesto a la desesperada, se había hecho matar en Hungría al servicio de los turcos.

En cuanto a la señorita de Faxelange, poco tiempo después de su regreso a París trajo al mundo al triste fruto de su himeneo, al que sus padres colocaron con pensión elevada en una casa de caridad. Terminado el período de alumbramiento, solicitó insistentemente a su padre y a su madre tomar el velo en las Carmelitas, sus padres le pidieron como gracia que no les privase en su vejez del consuelo de tenerla junto a ellos, y ella accedió, pero su salud se fue debilitando de día en día; extenuada por sus penas, marchitada por sus lágrimas y su dolor, arrasada por sus remordimientos, murió de consunción al cabo de cuatro años. Triste y desgraciado ejemplo de la avaricia de los padres y de la ambición de las hijas.

¡Que pueda el relato de esta historia volver a los unos más justos y a las otras más sensatas!, entonces no lamentaremos el esfuerzo que nos hemos tomado para transmitir a la posteridad un suceso que, por horroroso que sea, podría servir para el bien de los hombres.

FLORVILLE Y COURVAL
O
EL FATALISMO

El señor de Courval acababa de cumplir cincuenta y cinco años; en buen estado y con buena salud, podía apostar todavía por veinte años más de vida. No habiendo tenido más que contrariedades con una primera mujer que lo había abandonado hacía mucho tiempo para entregarse al libertinaje, y suponiendo que esa criatura estaba en la tumba, según los testimonios menos equívocos, pensó en unirse por segunda vez con una persona razonable, que por la bondad de su carácter y la excelencia de sus costumbre consiguiese hacerle olvidar sus primeras desgracias.

Infortunado con sus hijos, igual que con su esposa, el señor de Courval, que sólo había tenido dos, una niña que había perdido muy joven, y un niño que a la edad de quince años lo había abandonado igual que su mujer, desgraciadamente por los mismos principios de depravación. No creyendo que ningún medio pudiese encadenarlo a ese monstruo nunca, el señor de Courval, digo, proyectaba en consecuencia desheredarlo y donar sus bienes a los niños que esperaba conseguir de la nueva esposa que tenía deseos de tomar. Poseía quince mil libras de renta; dedicado anteriormente a los negocios, era el fruto de sus trabajos, y consumía esa renta como hombre honrado con algunos amigos que lo apreciaban. Todos ellos lo estimaban, y lo veían algunas veces en París, donde ocupaba un bonito apartamento en la calle de Saint-Marc, o con más frecuencia en una pequeña finca acogedora cerca de Nemours, donde el señor de Courval pasaba dos terceras partes del año.

Ese hombre honrado confió su proyecto a sus amigos y, viendo que lo aprobaban, les rogó muy insistentemente que se informasen entre sus conocidos de una persona de entre treinta y treinta y cinco años, viuda o soltera, que pudiese cumplir su objetivo.

Dos días después, uno de sus antiguos colegas vino a decirle que pensaba que había encontrado favorablemente lo que le convenía.

—La señorita que os ofrezco —le dijo ese amigo— tiene dos cosas en su contra; debo comenzar por decíroslas, con el fin de que después os consoléis haciendo el relato de sus cualidades buenas. Es muy seguro que no tiene ni padre, ni madre, pero se ignora por completo quiénes fueron y dónde los perdió; lo que se sabe —continuó el mediador— es que es prima del señor de Saint-Prat, hombre muy conocido, que confiesa que la estima, y que os dará de ella el elogio menos dudoso y más merecido. Ella no tiene bien alguno de sus padres, pero tiene cuatro mil francos de pensión de ese señor de Saint-Prat, en cuya casa fue educada y donde pasó toda su juventud, ese es un primer fallo. Pasemos al segundo —dijo el amigo del señor de Courval—: un asunto amoroso a los dieciséis años, un niño que ya no existe y cuyo padre no ha vuelto a ver, eso es todo lo malo, y ahora unas palabras de lo bueno.

La señorita de Florville tiene treinta y seis años, apenas aparenta veintiocho; es difícil tener una fisionomía más agradable y más interesante; sus rasgos son dulces y delicados, su piel tiene la blancura de los lirios y sus cabellos castaños le llegan al suelo; su boca fresca y muy agradablemente dotada es la imagen de la rosa en primavera. Es muy alta, pero está tan bellamente formada y hay tanta gracia en sus movimientos, que no se encuentra nada que decir de su altura, que sin eso quizá le diese un aspecto un poco duro; sus brazos, su cuello, sus piernas, todo está moldeado, y tiene uno de esos tipos de belleza que no envejecen en mucho tiempo. Respecto a su conducta, su extrema regularidad podría quizá no complaceros; no le gusta el mundo, vive muy retirada; es muy piadosa, muy asidua a los deberes del convento que habita, y si por sus cualidades religiosas es edificante para todo lo que la rodea, encanta a todo el que la ve por las gracias de su ingenio y los atractivos de su carácter... En una palabra, es un ángel bajado a este mundo que el cielo reservaba para la felicidad de vuestra vejez.

El señor de Courval, encantado con un hallazgo así, no tuvo prisa más que para rogarle a su amigo que le hiciese ver a la persona de la que se trataba.

—Su nacimiento no me inquieta —dijo—, si su sangre es pura, ¿qué me importa quién se la haya transmitido? Su aventura a la edad de dieciséis años me asusta igual de poco, ha reparado esa falta con un gran número de años de sensatez; me casaría con ella a título de viuda, al decidirme a tomar sólo una persona de entre treinta y treinta y cinco años era muy difícil unir a esa condición la loca pretensión de las primicias; de modo que no me desagrada nada en vuestra proposición, sólo me queda apremiaros para que me hagáis conocer a su objetivo.

El amigo del señor de Courval lo satisfizo pronto, tres días después le dio una cena en su casa con la señorita de la que se trataba. Resultaba difícil no ser seducido a primera vista por esta muchacha amable, eran sus rasgos los de la propia Minerva, disfrazados bajo los del Amor. Como sabía de qué iba el asunto, fue aún más reservada, y su decencia, su contención y la nobleza de su porte, unidas a tantos atractivos físicos, a un carácter tan dulce y a un ingenio tan certero y tan florido, le hicieron dar tantas vueltas a la cabeza del pobre Courval, que le suplicó a su amigo que tuviera a bien apresurar la conclusión.

Volvieron a verse dos o tres veces más, tanto en la misma casa como en la del señor de Courval o la del señor de Saint-Prat, y al final la señorita de Florville, instada con insistencia, le declaró al señor de Courval que nada la halagaba tanto como el honor que él quería hacerle, pero que su delicadeza no le permitía aceptar nada antes de que ella misma le hubiese informado de las aventuras de su vida.

—No le han contado todo, señor —dijo esa amable muchacha— y no puedo consentir en ser vuestra sin que sepáis más de ello. Vuestra estima me es demasiado importante para ponerme en situación de perderla, y sin duda no la merecería si, aprovechándome de vuestra ilusión, fuese a consentir en convertirme en vuestra mujer sin que vos juzguéis si soy digna de serlo.

El señor de Courval le aseguró que lo sabía todo, que sólo a él le correspondía formarse las inquietudes que ella testimoniaba, y que si él era lo bastante dichoso como para gustarle, ella ya no debía incomodarse por nada. La señorita de Florville se mantuvo firme, declaró decididamente que no consentiría en nada sin que el señor de Courval estuviese enterado a fondo de lo que la concernía, de modo que hubo que pasar por eso. Todo lo que el señor de Courval pudo conseguir fue que la señorita de Florville iría a su finca de cerca de Nemours, que se dispondría todo para la celebración del himeneo que él deseaba, y que una vez oída la historia de la señorita de Florville, ella sería su mujer al día siguiente...

—Pero señor —dijo esa amable muchacha—, si todos esos preparativos pueden ser inútiles, ¿por qué hacerlos? ¿Y si os convenzo de que no he nacido para perteneceros?...

—Eso es lo que vos no me demostraréis nunca, señorita —respondió el honesto Courval—, a eso es a lo que os desafío que me convenzáis; de modo que partamos, os lo suplico, y no os opongáis a mis intenciones.

No hubo manera de ganar nada en ese último asunto; todo quedó dispuesto y partieron a la finca de Courval. Sin embargo, fueron allí solos, lo había exigido la señorita de Florville; las cosas que tenía que decir solamente debían revelarse al hombre que tenía a bien unirse a ella, de manera que no se admitió a nadie. Al día siguiente de su llegada, esa bella e interesante persona rogó al señor de Courval que la escuchase y le contó los acontecimientos de su vida en los siguientes términos:

Historia de la señorita de Florville

—Las intenciones que tenéis respecto a mí, señor, no permiten ya que se os engañe. Habéis visto al señor de Saint-Prat, a quien se os ha dicho que yo pertenecía, él mismo se ha dignado certificároslo, sin embargo, sobre ese asunto habéis sigo engañado por todas partes. Mi nacimiento es desconocido, no he tenido nunca la satisfacción de saber a quién se lo debo; unos pocos días después de haber recibido la vida me encontraron en una cuna de tafetán verde en la puerta del palacete del señor de Saint-Prat, con una carta anónima unida a la cubierta de mi cuna, en la que estaba escrito sencillamente:

Vos no habéis tenido hijos en los diez años que habéis estado casado, los deseáis todos los días; adoptad a esta criatura, su sangre es pura, es fruto del más casto himeneo y no del libertinaje, su nacimiento es honrado. Si la pequeña no os gusta, llevadla al Orfanato. No hagáis pesquisa alguna, no tendríais éxito con ninguna; es imposible deciros más.

Las personas honradas en cuya casa me habían dejado me acogieron enseguida, me criaron, tuvieron todos los cuidados posibles conmigo y puedo decir que les debo todo. Como no había nada que indicase mi nombre, a la señora de Saint-Prat le pareció bien darme el de *Florville*.

Yo acababa de cumplir quince años cuando tuve la desgracia de ver morir a mi protectora, nada puede expresar el dolor que sentí con esa pérdida. Me había vuelto tan querida para ella, que al morir le suplicó a su marido que me asegurase cuatro mil libras de pensión y que no me abandonase nunca. Las dos cláusulas se ejecutaron puntualmente, y el señor de Saint-Prat unió a esas bondades la de reconocerme como prima de su mujer y pasarme, bajo ese título, el contrato que habéis visto. Sin embargo, yo no podía quedarme más en esa casa, el señor de Saint-Prat me lo hizo notar:

—Soy viudo, y joven todavía —me dijo ese hombre virtuoso—, vivir bajo el mismo techo sería hacer que naciesen dudas que no nos merecemos; vuestra felicidad y vuestra reputación me son queridas y no quiero comprometer a ninguna de las dos. Es necesario que nos separemos, Florville, pero yo no os abandonaré en toda mi vida, no deseo siquiera que salgáis de mi familia. Tengo una hermana viuda en Nancy, voy a enviaros allí, os respondo de su amistad igual que de la mía, y allí, siempre ante mis ojos, por así decirlo, podré continuar velando todavía por todo lo que exija vuestra educación y vuestro establecimiento.

No me enteré de esta noticia sin derramar lágrimas; ese nuevo aumento del dolor renovó muy amargamente el que acababa de sentir por la muerte de mi bienhechora. Sin embargo, convencida por las excelentes razones del señor de Saint-Prat, me decidí a seguir sus consejos y marché a la provincia de Lorraine, bajo la tutela de una dama de esa región a quien fui encomendada, que me puso entre las manos de la señora de Verquin, hermana del señor de Saint-Prat, con la que yo debía vivir.

La casa de la señora de Verquin era de un tono muy distinto que la del señor de Saint-Prat, si en ésta había visto reinar la decencia, el sentido religioso y las buenas costumbres, la frivolidad, el gusto por los placeres y la independencia estaban en la otra como en su asilo.

La señora de Verquin me advirtió ya desde los primeros días que mi aspecto de pequeña puritana la disgustaba, que era inaudito llegar de París con una compostura tan torpe... con un fondo de sensatez tan ridículo, y que si tenía deseos de estar a bien con ella, tenía que adoptar otro tono. Ese inicio me inquietó. No intentaré parecer a vuestros ojos mejor que lo que soy, señor, pero todo lo que se aparta de las buenas costumbres y de la religión me ha disgustado tan soberanamente toda mi vida, he sido siempre tan enemiga de lo que chocaba con la virtud, y las rarezas a las que he sido llevada a mi pesar me han provocado tantos remordimientos, que no es hacerme un favor volver a colocarme en el mundo, os lo confieso, no estoy hecha para vivir en él, pues en el mundo me encuentro salvaje y feroz; el retiro más oscuro es lo que mejor le conviene al estado de mi alma y a las disposiciones de mi espíritu.

Aquellas reflexiones, todavía mal hechas, no lo bastante maduras por la edad que tenía, no me protegerían ni de los malos consejos de la señora de Verquin, ni de los males donde debían sumergirme sus seducciones; la gente que veía constantemente, los placeres bulliciosos que me rodeaban, el ejemplo, las palabras, todo me arrastraba. Me aseguraron que yo era bonita, y para mi desgracia me atreví a creerlo.

El regimiento de Normandía estaba por entonces de guarnición en esa capital; la casa de la señora de Verquin era el lugar de reunión de los oficiales. Todas las jóvenes se encontraban allí también, y allí se ataban, se rompían y se recomponían todos los amoríos de la ciudad.

Es verosímil que el señor de Saint-Prat ignorase una parte de la conducta de esa mujer, con la austeridad de sus costumbres, ¿cómo habría podido consentir en enviarme a su casa, si la hubiera conocido bien? Esa consideración me retuvo y me impidió quejarme con él y, ¿hay que decirlo todo?, quizá ni siquiera me preocupaba aquello, el aire impuro que respiraba empezaba a ensuciar mi corazón y, del mismo modo que Telémaco en la isla de Calipso, quizá no hubiese escuchado yo tampoco las advertencias de Méntor[43].

La desvergonzada Verquin, que desde hacía mucho tiempo intentaba seducirme, me preguntó un día si era cierto que yo había llevado un corazón totalmente puro a Lorraine, y si no echaba de menos a algún amante en París.

—¡Ay, señora! —le dije—. Yo no he concebido nunca ni siquiera la idea de los errores que me sospecháis, y el señor vuestro hermano puede responderos de mi conducta.

—¿Errores? —interrumpió la señora de Verquin—. Si vos tenéis alguno, es el de estar todavía demasiado nueva a vuestra edad, pero os corregiréis de eso, espero.

---

43 Amigo de Odiseo (Ulises) a quien éste confía a su hijo Telémaco al partir para la guerra de Troya.

—¡Oh, señora! ¿Es ese el lenguaje que yo debía oír de una persona tan respetable?

—¿Respetable?... ¡Ah! Ni una palabra de eso. Os aseguro, querida, que, de todos los sentimientos, el respeto es el que menos me preocupa que nazca, es el amor lo que quiero inspirar... pero el respeto... ese sentimiento todavía no me corresponde a mi edad. Imítame, querida, y serás feliz... A propósito, ¿te has fijado en Senneval? —añadió esa sirena, hablándome de un joven oficial de diecisiete años que venía mucho a su casa.

—No de manera diferente a otros, señora —respondí—, puedo aseguraros que los veo a todos con la misma indiferencia.

—Pero eso es lo que no hay que hacer, mi pequeña amiga, quiero que de ahora en adelante compartamos nuestras conquistas... Es necesario que tengas a Senneval, es obra mía, me he tomado la molestia de formarlo; él te ama, tienes que *tenerlo*...

—¡Oh, señora, si quisieseis dispensarme de ello! Verdaderamente no me intereso por nadie.

—Hay que hacerlo, son los acuerdos tomados con su coronel, mi amante *del día,* como ves.

—Os suplico que me dejéis libre sobre ese asunto, ninguna de mis inclinaciones me lleva a los placeres que vos apreciáis.

—¡Oh! Eso cambiará, un día te gustarán como a mí, es muy simple no apreciar lo que no se conoce todavía, pero no está permitido no querer conocer lo que está hecho para ser adorado. En una palabra, es un plan decidido. Senneval, señorita, os declarará su pasión esta noche, y vos tendréis a bien no hacerlo languidecer, o me enfadaré con vos... pero en serio.

A las cinco se formó la reunión. Como hacía mucho calor, las partidas se prepararon en los bosquecillos, y todo quedó tan bien organizado, que el señor de Senneval y yo nos encontramos siendo los únicos que no jugábamos, y nos vimos obligados a conversar.

Es inútil que os lo disimule, señor, aquel joven amable y lleno de ingenio, no bien me había hecho confesión de su amor, me sentí arrastrada hacia él por un impulso indomable, y cuando después quise darme cuenta de esa simpatía, no encontré en ella más que oscuridad, me parecía que esa inclinación no era efecto de un sentimiento ordinario. Un velo disimulaba a mis ojos lo que lo caracterizaba, por otra parte, en el mismo momento en que mi corazón volaba hacia él, parecía que una fuerza invencible lo retenía, y en ese tumulto... en ese flujo y reflujo de ideas incomprensibles, yo no podía distinguir si hacía bien al amar a Senneval, o si debía huir de él para siempre.

Se le dio todo el tiempo para confesarme su amor... ¡Ay!, se le concedió demasiado. Yo tuve el de parecer sensible a sus ojos, él se aprovechó de mi turbación y exigió una confesión de mis sentimientos, yo fui lo bastante débil como para decirle que él estaba lejos de disgustarme, y tres días después fui lo bastante culpable para dejarlo gozar de su victoria.

Es una cosa verdaderamente singular esa dicha maligna que tiene el vicio en sus triunfos sobre la virtud. Nada igualó los arrebatos de la señora de Verquin en cuanto me supo en la trampa que me había preparado, me ridiculizó, se divirtió y terminó por asegurarme que lo que yo había hecho era lo más sencillo del mundo y lo más razonable, y que yo podía recibir sin temor a mi amante todas las noches en su casa... que ella no vería nada de eso, que por su parte estaba demasiado ocupada para cuidarse de esas miserias; no por ello admitiría menos mi virtud, puesto que era verosímil que me atendría sólo a este hombre, mientras que ella, obligada a encararse con tres, sin duda se encontraría muy alejada de mi reserva y de mi modestia. Cuando quise tomarme la libertad de decirle que esa depravación me era odiosa, que no suponía ni delicadeza ni sentimiento, y que rebajaba a nuestro sexo a la especie más vil de los animales, la señora de Verquín estalló en risas.

—*¡Heroína gala!* —me dijo—, te admiro y no te censuro; sé muy bien que a tu edad la delicadeza y el sentimiento son dioses a los que se inmola el placer; no es lo mismo que la mía, que está perfectamente desengañada de esos fantasmas; se les concede un poco menos de dominio, voluptuosidades más reales se prefieren a las tonterías que ahora te entusiasman, ¿y por qué tener fidelidad con personas que no la tienen nunca con nosotras? ¿No es ya bastante ser las más débiles, sin convertirse además en las más víctimas? Está muy loca la mujer que ponga delicadeza en tales actos... Créeme, querida, varía tus placeres mientras tu edad y tus encantos te lo permitan, y deja por ahí tu quimérica constancia, virtud triste y arisca muy poco satisfactoria en sí misma, y que no engaña nunca a las demás.

Esas palabras hicieron que me estremeciese, pero vi claro que ya no tenía el derecho de combatirlas; los cuidados criminales de esa mujer inmoral se me hacían necesarios y yo debía llevarme bien con ella. Nefasto inconveniente del vicio, puesto que desde que nos entregamos a él nos pone bajo las ataduras de aquellos a los que habríamos despreciado sin eso. Así pues, acepté todas las gentilezas de la señora de Verquin, cada noche me daba Senneval nuevas pruebas de su amor y así pasaron seis meses en tal embriaguez, que apenas tuve tiempo para reflexionar.

Funestas consecuencias me abrieron pronto los ojos. Me quedé encinta, y creí morir de desesperación al verme en un estado con el que la señora de Verquin se divertía.

—Sin embargo —me dijo—, hay que guardar las apariencias, y como no sería demasiado decente que dieses a luz en mi casa, el coronel de Senneval y yo hemos hecho unos arreglos. Va a darle permiso al joven, tú marcharás algunos días antes que él a Metz, él te seguirá enseguida, y allí, socorrida por él, le darás la vida a ese fruto ilícito de tu ternura; después volveréis aquí uno tras otro de la manera que partisteis.

Yo tenía que obedecer; ya os lo he dicho, señor, nos ponemos a merced de todos los hombres y al azar de todas las situaciones cuando hemos tenido la desgracia de cometer una falta; se deja que todo el universo tenga derechos sobre una, que se convierte en la esclava de todo lo que respira desde el momento que una se ha entregado hasta ese punto de serlo de sus pasiones.

Se arregló todo como había dicho la señora de Verquin. Al tercer día, Senneval y yo nos encontramos reunidos en Metz, en la casa de una comadrona, cuyas señas había tomado al salir de Nancy, y traje al mundo a un niño. Senneval, que no había dejado de mostrarme los sentimientos más delicados y tiernos, pareció amarme aún más desde que hube, según decía él, duplicado su existencia. Tuvo conmigo todas las consideraciones posibles, me suplicó que le dejase a su hijo, me juró que él tendría toda su vida los mayores cuidados, y no pensó en volver a aparecer por Nancy más que cuando cumplió lo que me debía.

En el momento de su partida fue cuando me atreví a hacer que se diese cuenta de hasta qué punto iba a hacerme desgraciada la falta que me había hecho cometer, y le propuse que la reparase uniéndonos al pie del altar. Senneval, que no se esperaba esa proposición, se turbó...

—¡Ay! —me dijo—. ¿Soy yo dueño de ello? Estoy aún en la edad de depender, ¿no me haría falta la autorización de mi padre? ¿En qué se convertiría nuestro himeneo si no estuviese revestido de esa formalidad? Y por otra parte, es muy necesario que yo sea un partido decente para vos. Sois sobrina de la señora de Verquin (creían eso en Nancy) y podéis pretender algo mucho mejor; creedme, Florville, olvidemos nuestros extravíos y estad segura de mi discreción.

Esas palabras, que yo estaba lejos de esperar, me hicieron sentir atrozmente toda la enormidad de mi falta; mi orgullo me impidió responder, pero mi dolor fue más amargo por ellas. Si algo había ocultado el horror de mi conducta ante mis propias miradas, era, os lo confieso, la esperanza de repararla casándome un día con mi amante. ¡Crédula muchacha! Yo no me imaginaba, a pesar de la perversidad de la señora de Verquin, quien sin duda hubiese debido iluminarme, no creía que se pudiese hacer un juego de seducir a una muchacha desdichada y abandonarla después, y ese honor, ese sentimiento tan respetable a los ojos de los hombres, no suponía yo que su acto no tuviese energía respecto a nosotras, y que nuestra debilidad pudiese legitimar un insulto que sólo se atreverían a hacerse entre ellos al precio de su sangre. Así pues, me veía a la vez víctima y engañada de aquel por quien hubiese dado mil veces mi vida; poco faltó para que esa espantosa revolución me llevase a la tumba. Senneval no me abandonó, sus atenciones fueron las mismas, pero no volvió a hablarme de mi proposición y yo tenía demasiado orgullo para presentarle por segunda vez el motivo de mi desesperación. Al final, desapareció en cuanto me vio repuesta.

Yo estaba decidida a no regresar a Nancy y me daba buena cuenta de que veía a mi amante por última vez en mi vida. Se abrieron todas mis heridas en el momento de la partida, no obstante, tuve la fuerza para soportar ese último golpe... ¡El muy cruel! ¡Se marchó, se retiró de mi seno inundado con mis lágrimas sin que le viese derramar ni una sola!

¡Y eso es lo que resulta de los juramentos de amor en los que tenemos la locura de creer! Cuanto más sensibles somos, tanto más nos abandonan nuestros seductores... ¡Los muy pérfidos!... Se alejan de nosotras por razón de que tienen más medios que los que hemos empleado nosotras para retenerlos.

Senneval había tomado a su hijo y lo había colocado en una casa de campo donde me fue imposible descubrirlo... Había querido privarme de la dulzura de amar y de criar yo misma a ese tierno fruto de nuestra relación, habría podido decirse que deseaba que yo olvidase todo lo que aún podía encadenarnos a ambos, y yo lo hice, o creí hacerlo, más bien.

Me decidí a salir de Metz en ese instante y no volver a Nancy, sin embargo, no quería pelearme con la señora de Verquin; a pesar de sus faltas, bastaba con que le perteneciese de tan cerca a mi benefactor para que yo la tratase bien toda mi vida. Le escribí la carta más sincera del mundo; para no reaparecer en su ciudad puse el pretexto de la vergüenza por el acto que había cometido, y le pedí permiso para volver a París junto a su hermano. Me respondió inmediatamente que yo era muy dueña de hacer cuanto quisiera, que ella conservaría su amistad por mí en todo tiempo; añadía que Senneval no estaba todavía de regreso, que se ignoraba dónde se había retirado y que yo era una loca por afligirme por todas esas miserias.

Recibida aquella carta, volví a París y fui corriendo a ponerme a los pies del señor de Saint-Prat. Mi silencio y mis lágrimas le mostraron pronto mi infortunio, pero tuve la atención de acusarme a mí sola y no le hablé nunca de las seducciones de su hermana. El señor de Saint-Prat, ejemplo de todas las naturalezas buenas, no sospechaba de manera alguna los desórdenes de su pariente, la tenía por la más honesta de las mujeres y le dejé con toda su ilusión; esa conducta, que la señora de Verquin no ignoró, me conservó su amistad.

El señor de Saint-Prat me compadeció... me hizo sentir vivamente mis errores y terminó por perdonarlos.

—¡Ay, niña mía! —me dijo con esa compunción de las almas honestas, tan diferente de la odiosa embriaguez del crimen—. ¡Ay, mi querida muchacha!, ya ves lo que cuesta abandonar la virtud... Es tan necesario adoptar la virtud, está tan íntimamente ligada a nuestra existencia, que para nosotros no hay más que infortunios en cuanto la abandonamos. Compara la tranquilidad que tenía el estado de inocencia en el que estabas al salir de mi casa, con la horrorosa turbación con la que vuelves a ella. ¿Te compensan los débiles placeres que has podido saborear en tu caída los tormentos en los que está tu desgarrado corazón? Así pues, la felicidad sólo está en la virtud, niña mía, y ni todos los sofismas de sus detractores proporcionarán jamás ni una sola de sus alegrías. ¡Ah!, Florville, los que niegan esas alegrías tan dulces, o los que las combaten, lo hacen sólo por envidia, queda segura de ello, sólo por el placer bárbaro de hacer a los demás tan culpables y tan desgraciados como lo son ellos. Se ciegan ellos mismos y querrían cegar a todo el mundo; se equivocan, y querrían que todo el mundo se equivocase, pero si se pudiese leer el fondo de su alma, no se vería allí más que dolores y arrepentimientos. Todos esos apóstoles del crimen son sólo unos malvados, sólo unos desesperados; no podría encontrarse ni uno que fuera sincero, ni uno que no confiese, si eso pudiera producirse, que sus apestadas palabras o sus escritos peligrosos sólo han tenido por guía a sus pasiones. Y en efecto, ¿qué hombre podrá decir con sangre fría que las bases de la moral pueden quebrantarse sin riesgo? ¿Qué ser se atreverá a mantener que hacer el bien, que desear el bien, no debe ser necesariamente el verdadero cometido del hombre? ¿Y cómo puede esperar ser feliz aquel que no haga más que el mal en medio de una sociedad cuyo interés más poderoso es que el bien se multiplique sin cesar? ¿Es que no temblará en todo momento ese mismo apologista del crimen cuando haya desarraigado de todos los corazones lo único de lo que debe esperar su conservación? ¿Quién se opondrá a que sus criados lo arruinen, sin han dejado de ser virtuosos? ¿Quién impedirá que lo deshonre su mujer, si él la ha convencido de que la virtud no es útil para nada? ¿Quién retendrá la mano de sus hijos, si se ha atrevido a mustiar las semillas del bien en su corazón? ¿Y cómo se respetarán su libertad y sus posesiones si él ha dicho a los grandes, *la impunidad os acompaña y la virtud no es más que una quimera?* Así pues, cualquiera que sea el estado de ese infeliz, ya sea esposo o padre, rico o pobre, amo o esclavo, nacerán peligros por todas partes para él, por todas partes se levantarán los puñales sobre su pecho, si se ha atrevido a destruir en el hombre los únicos deberes que contrapesan su perversidad, no dudemos de que el infortunado perecerá tarde o temprano, víctima de sus espantosos métodos[44].

Dejemos por un momento la religión, si se quiere, y no consideremos más que al hombre solo, ¿quién será el ser lo bastante imbécil para creer que infringiendo todas las leyes de la sociedad, podrá dejarlo descansar esa misma sociedad a la que ultraja? ¿No es del interés del hombre, y de las

[44] ¡Oh, amigo mío! No intentes corromper jamás a la persona que amas, eso puede llegar más lejos que lo que se cree, decía un día una mujer sensible al amigo que quería seducirla. Mujer adorable, déjame que cite tus propias palabras, pues describen tan bien el alma de la que poco después salvó la vida de ese mismo hombre, ¡cómo querría yo grabar esas palabras conmovedoras en el templo de la memoria, donde tus virtudes te aseguran una plaza! *(N. del A.)*

leyes que hace para su seguridad, tender siempre a destruir lo que molesta o lo que perjudica? Algo de crédito, o de riqueza, quizá le asegure al malvado un destello efímero de prosperidad, pero, ¡qué corto será su reinado! Será reconocido y desenmascarado, pronto se convertirá en el objeto del odio y del desprecio público, ¿encontrará entonces a los apologistas de su conducta o a sus partidarios para consolarse? Ninguno querrá confesarlo, y al no tener nada más que ofrecerles, todos lo rechazarán como una carga; la desgracia lo rodeará por todas partes, languidecerá en el oprobio y el infortunio y, no teniendo siquiera su corazón como refugio, morirá pronto en la desesperación. ¿Cuál es, pues, ese razonamiento absurdo de nuestros adversarios? ¿Cuál es ese esfuerzo impotente por atenuar la virtud, para atreverse a decir que todo lo que no es universal, es quimera, y que no siendo las virtudes nada más que locales, ninguna de ellas podría tener realidad? ¿Cómo? ¿Es que no hay virtud, puesto que cada pueblo ha debido hacerse las suyas? Puesto que los climas diversos, las distintas clases de temperamentos han necesitado clases de frenos diferentes; puesto que, en una palabra, la virtud se multiplica en mil formas, ¿no hay virtud sobre la tierra? Tanto valdría dudar de la realidad de un río porque se separa en mil ramas diferentes. ¿Qué demuestra mejor la existencia de la virtud y de su obligación que la misma necesidad que tiene el hombre de adaptarla a todas sus costumbres diferentes y de hacer de ella la base de todas, eh? Que me encuentren un solo pueblo que viva sin virtud, uno sólo en el que la beneficencia y la humanidad no sean los vínculos fundamentales; y voy más lejos, que me encuentren incluso una asociación de facinerosos que no esté cimentada por algunos principios de virtud, y yo abandonaré su causa; pero si, por el contrario, se ha demostrado que es útil en todas partes, si no hay ninguna nación, ningún estado, ninguna sociedad, ningún individuo que pueda pasar sin ella; si el hombre, en una palabra, no puede vivir ni feliz ni seguro sin la virtud, ¿me equivocaría yo, ¡oh, hija mía!, al exhortarte a no separarte nunca de ella? Mira, Florville —continuó mi benefactor estrechándome en sus brazos—, mira dónde te han hecho caer tus primeros extravíos, y si el error vuelve a tentarte, si la seducción o tu debilidad te preparan trampas nuevas, piensa en las desgracias de tus primeros extravíos, piensa en un hombre que te quiere como a su propia hija... cuyo corazón desgarrarían tus faltas, y encontrarás en esas reflexiones la fuerza que exige el cultivo de las virtudes, donde quiero restituirte para siempre.

El señor de Saint-Prat, siempre dentro de esos mismos principios, no me ofreció su casa, pero me propuso que fuese a vivir con una de sus parientes, mujer tan célebre por la mucha piedad en la que vivía como lo era la señora de Verquin por sus excentricidades. Ese arreglo me gustó mucho. La señora de Lerince me aceptó lo más gustosamente del mundo, y estuve instalada en su casa la misma semana de mi regreso a París.

¡Oh, señor! ¡Qué diferencia entre esa mujer respetable y la otra que dejaba! Si el vicio y la depravación habían establecido su dominio en la casa de la una, habría podido decirse que el corazón de la otra era el refugio de todas las virtudes. Tanto me horrorizó la primera con sus depravaciones, como me encontré consolada por los principios edificantes de la segunda; si no había encontrado más que amargura y remordimientos al escuchar a la señora de Verquin, sólo encontraba dulzura y consuelo entregándome a la señora de Lerince... ¡Ah!, señor, permitidme que os describa a esa mujer adorable a quien querré siempre, es un homenaje que mi corazón le debe a sus virtudes, me resulta imposible resistirme a ello.

La señora de Lerince, de alrededor de cuarenta años de edad, estaba todavía muy lozana, un aire de candor y de modestia embellecía mucho más sus rasgos que las divinas proporciones que hacía reinar en ellos la naturaleza; se decía que una nobleza y una majestad excesivas la hacían imponente a primera vista, pero lo que habría podido tomarse por altivez se suavizaba en cuanto abría la boca. Era un alma tan bella y tan pura, tenía una amabilidad tan perfecta y una franqueza tan completa, que se sentía imperceptiblemente, a pesar de uno mismo, aunar a la veneración que inspiraba en principio todos los sentimientos más tiernos. No había nada de exagerado ni de supersticioso en el sentido religioso de la señora de Lerince, los principios de su fe se encontraban en ella en la más extrema sensibilidad. La idea de la existencia de Dios y el culto debido a ese Ser Supremo, esos eran los gozos más vivos de esa alma amorosa; confesaba claramente que sería la más infeliz de las criaturas si luces pérfidas obligasen alguna vez a su espíritu a destruir en ella el respeto y el amor que tenía por su culto. Mucho más unida, si era posible, a la moral sublime de esa religión que a sus prácticas o a sus ceremonias, hacía de esa moral excelente la regla de todos sus actos. La calumnia no había ensuciado sus labios jamás, no se permitía siquiera una broma que pudiese afligir a su prójimo; estaba llena de ternura y de sensibilidad por sus semejantes; si le parecían interesantes los hombres, incluso con sus defectos, su única ocupación era ocultar esos defectos con cuidado, o reprendérselos con dulzura; si eran desgraciados, ningún encanto igualaba para ella el de consolarlos; no esperaba a que los indigentes viniesen a implorar su socorro, los buscaba... los adivinaba, y se veía que la alegría estallaba en sus rasgos cuando había consolado a la viuda o dotado al huérfano, cuando había derramado el desahogo sobre una familia pobre, o cuando sus manos habían roto las cadenas del infortunio. No había nada de áspero ni de austero junto a todo ello; si los placeres que le proponían eran castos, se entregaba a ellos con delicia, incluso los imaginaba, por temor a que se aburriesen a su lado. Sensata... esclarecida con el moralista... profunda con el teólogo, inspiraba al novelista y sonreía al poeta, asombraba al legislador o al político y dirigía los juegos de un niño. Poseía todas las clases de ingenio, el que más brillaba en ella se reconocía principalmente por el cuidado particular... por la atención adorable que tenía para que apareciese el de los demás, o para encontrárselo siempre. Vivía retirada por gusto y cultivaba a sus amigos por ellos mismos; en una palabra, la señora de Lerince era el modelo para ambos sexos, hacía disfrutar a todo el que la rodeaba con esa dicha tranquila... con ese deleite celestial prometido al hombre honesto por el Dios santo del cual ella era imagen.

No os aburriré, señor, con los detalles monótonos de mi vida durante los diecisiete años que he tenido la dicha de vivir con esa criatura adorable. Conferencias de moral y de piedad, la mayor cantidad de actos de beneficencia que nos era posible, esos eran los deberes en que repartíamos nuestros días.

«Los hombres no se espantan de la religión, mi querida Florville —me decía la señora de Lerince—, sino sólo porque guías torpes no les hacen sentir de ella más que las cadenas, sin ofrecerles las dulzuras. ¿Puede existir un hombre lo bastante absurdo como para atreverse, al abrir los ojos sobre el universo, a no estar de acuerdo en que tantas maravillas sólo pueden ser obra de un Dios todopoderoso? Sentida esa primera verdad... ¿se necesita algo más que su corazón para convencerse de ello?... ¿Qué podría ser, pues, ese individuo cruel y bárbaro que negase entonces su homenaje al Dios benéfico que lo ha creado? Pero la diversidad de cultos estorba, creen encontrar su falsedad en su multitud, ¡qué sofisma! ¿Y no es en esa unanimidad que tienen los pueblos en reconocer y servir a un Dios, no es en esa confesión tácita, impresa en el corazón de todos los hombres, donde se encuentra aún más, si es posible, que en la sublimidades de la naturaleza, la prueba irrevocable de la existencia de ese Dios supremo? ¿Cómo? El hombre no puede vivir sin adoptar un Dios, no puede interrogarse sin encontrar sus pruebas en sí mismo, no puede abrir los ojos sin encontrar por todas partes las trazas de ese Dios, ¿y todavía se atreve a dudar de él? No, Florville, no, no hay ningún ateo de buena fe; el orgullo, la terquedad, las pasiones, esas son las armas destructivas de ese Dios que se reaviva sin cesar en el corazón del hombre o en su razón; y cuando cada latido de ese corazón, cuando cada trazo luminoso de esa razón me ofrecen a ese ser innegable, ¿le negaré mi homenaje, le hurtaré el tributo que su bondad permite a mi debilidad, no me humillaré ante su grandeza, no le pediré la gracia de soportar las miserias de la vida ni de hacerme participar un día de su gloria? ¡Yo no ambicionaría el favor de pasarme la eternidad en su seno, ni me arriesgaría a esa misma eternidad en una aterradora sima de suplicios, por haberme negado a las pruebas indudables que haya tenido a bien darme ese gran Ser de la certeza de Su existencia! Hija mía, ¿permite esa misma alternativa espantosa un momento de reflexión? ¡Oh!, vosotros, que os negasteis tenazmente a las lenguas de llama lanzadas por ese Dios mismo al fondo de vuestro corazón, sed justos al menos por un momento, y por piedad para con vosotros mismos, rendíos a ese argumento invencible de Pascal: *Si no hay Dios, ¿qué os importa creer en Él, qué daño os hace esa adhesión?, y si hay uno, ¿qué peligros no correréis al negarle vuestra fe?* Vosotros no sabéis, decís, incrédulos, qué homenaje ofrecerle a ese Dios; la multitud de las religiones os ofusca. Pues bien, examinadlas todas, consiento en ello, y venid después a decir de buena fe a cuál le encontráis más grandeza y majestad; negad si os es posible, ¡oh, cristianos!, que en la que habéis tenido la dicha de nacer no os parezca de entre todas ellas aquella cuyos características no sean las más santas y sublimes; buscad en otras partes misterios tan grandes, dogmas tan puros y una moral tan consoladora; encontrad en otra religión el sacrificio inefable de un Dios a favor de su criatura, ¡ved en ello las promesas más bellas, un futuro más halagüeño, un Dios más grande y más sublime! No, tú no puedes hacerlo, filósofo del momento, tú tampoco puedes, esclavo de tus placeres cuya fe cambia según el estado físico de tus nervios; impío en el fuego de las pasiones, crédulo en el momento que se han calmado, tú tampoco puedes hacerlo, te digo; el sentimiento lo confiesa sin cesar: ese Dios que tu alma combate existe siempre cerca de ti, incluso en medio de tus errores; rompe esas cadenas que te atan al crimen, y ese Dios santo y majestuoso no se alejará jamás del templo que Él ha erigido en tu corazón. Es en el fondo de ese corazón, mucho más todavía que en la razón, donde se debe encontrar, mi querida Florville, la necesidad de ese Dios que todo nos indica y nos demuestra; desde ese mismo corazón hay que recibir igualmente la necesidad del culto que le rendimos, y es sólo ese corazón lo que pronto te convencerá, querida amiga, que la más noble y la más depurada de todas es aquella en la que hemos nacido. Practiquemos, pues, con escrupulosidad y con alegría ese culto dulce y consolador; que llene aquí abajo nuestros más bellos momentos, y que guiados insensiblemente al último término de nuestra vida venerándolo, sea por una vía de amor y de deleites como vayamos a depositar en el seno del Eterno esta alma emanada de Él, creada únicamente para conocerlo, y de la que no hemos podido gozar más que para creer en Él y para adorarlo».

Así era como me hablaba la señora de Lerince, así era la manera en que mi espíritu se fortalecía con sus consejos y como se dilataba mi alma bajo su ala sagrada. Pero ya os lo he dicho, relego al silencio todos los pequeños detalles de los acontecimientos de mi vida en esa casa para no dejar más que lo esencial; son mis faltas lo que debo revelaros, hombre generoso y sensible, y cuando el cielo ha querido permitirme vivir en paz en el camino de la virtud, yo no tengo más que agradecérselo y callarme.

No había dejado de escribir a la señora de Verquin, recibía sus noticias regularmente dos veces al mes, y aunque sin duda yo habría debido renunciar a ese trato, aunque la reforma de mi vida y principios mejores me obligasen de alguna manera a romperlo, lo que le debía al señor de Saint-Prat, y más que todo, debo confesarlo, un sentimiento secreto que me arrastraba siempre invenciblemente hacia los lugares donde tantos seres queridos me encadenaron anteriormente y la esperanza, quizá, de conocer algún día noticias de mi hijo; en fin, todo eso me incitaba a continuar un trato que la señora de Verquin tuvo la honradez de mantener siempre de manera regular. Intenté convertirla, le ensalzaba las dulzuras de la vida que yo llevaba, pero ella las trataba de quimeras, no dejaba de reírse de mis resoluciones o de combatirlas y, siempre firme en las suyas, me aseguraba que nada en este mundo sería capaz de debilitarlas; me hablaba de los prosélitos nuevos que se divertía en hacer, ponía su docilidad muy por encima de la mía, sus caídas multiplicadas eran, decía aquella mujer perversa, pequeños triunfos que siempre conseguía con deleite, y el placer de arrastrar al mal a aquellos corazones jóvenes la consolaba de no poder hacer todo lo que le dictaba su imaginación. A menudo le rogaba a la señora de Lerince que me prestase su elocuente pluma para derribar a mi adversaria, y ella lo consentía con dicha; la señora de Verquin nos respondía, y sus sofismas, algunas veces muy fuertes, nos obligaban a recurrir a los argumentos que muy de otra manera habrían sido victoriosos en un alma sensible, en los que la señora de Lerince afirmaba, con razón, que se encontraba inevitablemente todo lo que debía destruir al vicio y confundir a la incredulidad. De cuando en cuando, le pedía a la señora de Verquin que me diera noticias de aquel a quien todavía amaba, pero o no pudo, o no quiso comunicármelas nunca.

Ya es hora, señor, vayamos a esa segunda catástrofe de mi vida, a esa pequeña historia sangrienta que me rompe el corazón cada vez que se me presenta a la imaginación, y que, al daros a conocer el espantoso crimen del que soy culpable, os hará renunciar sin duda a los proyectos demasiado halagüeños que formábais sobre mí.

La casa de la señora de Lerince, por regular que haya podido describírosla, se abría, sin embargo, a algunos amigos; la señora de Dulfort, mujer de cierta edad, anteriormente vinculada con la princesa del Piamonte y que venía a vernos muy a menudo, le pidió un día a la señora de Lerince permiso para presentarle a un joven que le habían recomendado expresamente, y al que ella tendría mucho gusto de introducir en una casa donde los ejemplos de virtud que recibiría sin cesar sólo podrían contribuir a formarle el corazón. Mi protectora se excusó porque no recibía nunca a jóvenes, pero vencida después por las apremiantes exhortaciones de su amiga, consintió ver al caballero de Saint-Ange, y aquel caballero apareció.

Ya fuese un presentimiento... ya fuese todo lo que queráis, señor, al ver a ese joven me asaltó un estremecimiento general cuya causa me fue imposible discernir... estuve cerca de desvanecerme... No busqué el motivo de ese efecto tan extraño y lo atribuí a algún malestar interno, y Saint-Ange dejó de afectarme. Pero si ese joven me había agitado de esa manera ya a primera vista, un efecto semejante se manifestó en él... lo supe después de su propia boca. Saint-Ange estaba lleno de una veneración tan grande por la residencia cuya entrada se le había abierto, que no se atrevía olvidarse de ella hasta el punto de dejar que se escapase el fuego que lo consumía. Pasaron tres meses antes de que se atreviese a decirme nada, pero sus ojos me manifestaban un lenguaje tan vivo, que se me me hacía imposible confundirme. Yo estaba muy decidida a no volver a caer en una clase de falta a la que le debía la infelicidad de mis días, y muy afirmada por los mejores principios, muchas veces estuve a punto de prevenir a la señora de Lerince de los sentimientos que creía distinguir en ese joven; contenida luego por la pena que temía causarle, tomé partido por el silencio. Sin duda una resolución funesta, puesto que fue la causa de la terrible desgracia que pronto voy a daros a conocer.

Teníamos la costumbre de pasar todos los años seis meses en una casa de campo muy bonita que la señora de Lerince poseía a dos leguas de París. El señor de Saint-Prat venía a vernos a menudo allí, pero, para desgracia mía, la gota lo retuvo ese año y le fue imposible aparecer por allá. Digo para desgracia mía, señor, porque, teniendo de manera natural más confianza en él que en su pariente, le habría confesado cosas que no pude decidirme nunca a decir a los demás, y cuya confesión habrían evitado sin duda el funesto accidente que sucedió.

Saint-Ange le pidió permiso a la señora de Lerince para estar en el viaje, y como la señora de Dulfort solicitaba igualmente esa gracia para él, le fue concedida.

En nuestro grupo estábamos todos bastante inquietos por saber quién era ese joven, nada parecía muy claro ni muy decidido sobre su existencia; la señora de Dulfort nos lo presentaba como hijo de un caballero de provincias, con quien ella estaba emparentada; y él, olvidándose a veces de lo que le había dicho a la señora de Dulfort, se hacía pasar por piamontés, opinión que fundamentaba bastante su manera de hablar italiano. No estaba en el Ejército, sin embargo, estaba en edad de hacer algo y todavía no lo veíamos decidirse por ninguna alternativa. Por otra parte, tenía un rostro muy bonito, como para pintarlo, el porte muy decente, las palabras muy sinceras y todo el aspecto de una educación excelente, pero a través de todo ello tenía una vivacidad prodigiosa y una clase de impetuosidad en el carácter que algunas veces nos asustaba.

Desde el momento que el señor de Saint-Ange llegó a la casa de campo, como sus sentimientos no habían hecho más que crecer por el freno que había intentado imponerles, se le hizo imposible ocultármelos. Yo me estremecí... y, no obstante, me hice bastante dueña de mí misma para mostrarle sólo compasión.

—De verdad, señor —le dije—, hace falta que desconozcáis lo que podéis valer, o que tengáis mucho tiempo que perder para emplearlo con una mujer que os duplica la edad, pero incluso suponiendo que yo estuviese lo bastante loca para escucharos, ¿qué intenciones ridículas os atreveríais a formaros sobre mí?

—Las de unirme a vos por los nudos más santos, señorita, ¡qué poco me estimaríais si pudieseis suponerme otras!

—De verdad, señor, yo no presentaría al público la extraña escena de ver a una mujer de treinta y cuatro años casarse con un muchacho de diecisiete.

—¡Ah, qué cruel! ¿Veríais esa débil desproporción si en el fondo de vuestro corazón existiese la milésima parte del fuego que devora al mío?

—Lo seguro es, señor, que en cuanto a mí, estoy muy en calma... lo estoy desde hace muchos años, y espero estarlo tanto tiempo como le plazca a Dios dejarme languidecer sobre la tierra.

—Me arrancáis hasta la esperanza de enterneceros algún día.

—Yo voy más lejos, me atrevo a prohibiros que me habléis más tiempo de vuestras locuras.

—¡Ah, bella Florville! ¿Queréis acaso la desdicha de mi vida?

—Lo que yo quiero es el sosiego y la felicidad.

—Todo eso no puede existir más que con vos.

—Sí... mientras vos no destruyáis los sentimientos ridículos que no deberíais haber concebido nunca; intentad vencerlos, tratad de ser dueño de vos y vuestra tranquilidad renacerá.

—No puedo hacerlo.

—Vos no queréis hacerlo. Tenemos que separarnos para conseguirlo, estad dos años sin verme, esta efervescencia se apagará, me olvidaréis y seréis dichoso.

—¡Ah, jamás, jamás! Para mí no habrá dicha más que a vuestros pies...

Y como el grupo se nos unía, nuestra primera conversación se quedó ahí.

Tres días después, habiendo encontrado Saint-Ange el medio de encontrarme todavía sola, quiso recuperar el tono de la antevíspera. Pero esa vez le impuse silencio con tanto rigor, que sus lágrimas fluyeron con abundancia; me dejó bruscamente, me dijo que lo lanzaba a la desesperación y que se quitaría la vida pronto si seguía tratándolo así... Después volvió como un loco sobre sus pasos...

—Señorita —me dijo—, no conocéis el alma que agraviáis... no, vos no la conocéis... Sabed que soy capaz de llevarme hasta el último extremo... incluso a aquél que quizá estéis lejos de pensar... Sí, me llevaré allí mil veces antes que renunciar a la dicha de ser vuestro.

Y se retiró con un dolor tremendo.

No estuve nunca más tentada que entonces de hablarle a la señora de Lerince, pero os lo repito, el temor de perjudicar a ese joven me retuvo y me callé. Saint-Ange estuvo ocho días rehuyéndome, apenas me hablaba, me evitaba en la mesa... en el salón... en los paseos, y todo eso, sin duda, para ver si ese cambio de conducta produciría alguna impresión en mí; si yo hubiese compartido sus sentimientos, el método era seguro, pero estaba tan alejada de ellos que apenas tuve el aspecto de sospechar de sus maniobras.

Al fin me abordó al fondo del jardín...

—Señorita —me dijo, en el estado más airado del mundo—..., al fin he logrado calmarme, vuestros consejos han hecho en mí el efecto que esperábais... ya veis que vuelvo a estar tranquilo... Sólo he intentado encontraros sola para daros mi última despedida... Sí, voy a huiros para siempre, señorita... voy a huir de vos... ya no veréis más a quien odiáis... ¡oh, no, no lo veréis más!

—Ese plan me agrada, señor, me gusta creeros razonable al fin, pero —añadí sonriendo— vuestra conversión aún no me parece muy real.

—¿Eh? ¿Y cómo hace falta que esté, señorita, para convenceros de mi indiferencia?

—De manera muy distinta a como os veo.

—Pero al menos, cuando yo me haya marchado... cuando ya no tengáis el dolor de verme, ¿quizá creeréis vos en esa razón a la que hacéis tantos esfuerzos para llevarme?

—Cierto es que sólo ese paso podría convencerme de ello, y no dejaré de aconsejároslo sin cesar.

—¡Ah! ¿Es que entonces soy para vos un ser tan horrible?

—Señor, vos sois un hombre muy amable que debe volar a hacer conquistas de otro precio, y dejar en paz a una mujer a la que le es imposible escucharos.

—Pues me escucharéis —dijo entonces, enfurecido—, sí, cruel, escucharéis, digáis lo que digáis. Los sentimientos de mi alma de fuego y la seguridad de que no habrá nada en el mundo que yo no haga... o para mereceros, o para conseguiros... Al menos no creáis —reanudó impetuosamente—, no creáis en esta marcha simulada, la he fingido sólo para probaros... ¿yo, dejaros?... ¿arrancarme yo del lugar que os posee? ¡Antes me privaría mil veces de la luz del sol!... Odiadme, pérfida, odiadme, puesto que es así mi desgraciada suerte, pero no esperéis vencer jamás en mí el amor con el que ardo por vos...

Y Saint-Ange se encontraba en tal estado al pronunciar estas últimas palabras, por una fatalidad que no he podido comprender nunca, había conseguido emocionarme tanto, que aparté la cara de él para ocultarle mis llantos y lo dejé en el fondo del bosquecillo donde había encontrado el medio de reunirse conmigo. No me siguió, lo oí lanzarse al suelo y abandonarse a los excesos del delirio más tremendo... Yo misma, es necesario confesároslo, señor, aunque estaba muy segura de no experimentar ningún sentimiento de amor por ese hombre, ya fuese por conmiseración o ya fuese por el recuerdo, me fue imposible no estallar a mi vez.

¡Ay!, me decía yo entregándome a mi dolor... ¡esas eran las mismas palabras de Senneval!... Él me expresaba los sentimientos de su pasión con esos mismos términos... igualmente en un jardín... ¿no era en un jardín como este... donde me decía que me amaría siempre... y me engañó cruelmente?... ¡Santo cielo!, él tenía la misma edad... ¡Ah, Senneval!... Senneval, ¿eres tú quien intenta arrebatarme otra vez mi sosiego? ¿No eres tú quien vuelve a aparecer bajo esos rasgos seductores sólo para arrastrarme por segunda vez al abismo?... ¡Huye, cobarde... huye... ahora aborrezco hasta tu recuerdo!

Enjugué mis lágrimas y fui a encerrarme en mi aposento hasta la hora de cenar. Entonces bajé... pero Saint-Ange no apareció; hizo que se dijera que estaba enfermo, y al día siguiente fue lo bastante hábil par no dejarme leer en su rostro más que la tranquilidad... En eso me equivoqué, verdaderamente creí que él había hecho bastantes esfuerzos consigo mismo para vencer su pasión. Yo me engañaba, ¡el muy pérfido!... ¡Ay!, ¿pero qué digo, señor? Ya no le debo más invectivas... él no tiene derecho más que a mis lágrimas, ya sólo lo tiene a mis remordimientos.

Saint-Ange sólo parecía tan calmado porque ya tenía hechos sus planes. Así pasaron dos días, y hacia la noche del tercero anunció su marcha. Con su protectora, la señora de Dulfort, tomó los arreglos relativos a sus asuntos comunes en París.

Fuimos a acostarnos... Perdonadme, señor, la turbación en que me pongo ya antes del relato de esa catástrofe espantosa, nunca se me viene a la memoria sin que me haga temblar de horror.

Como hacía un calor extremado, yo me había echado en mi cama casi desnuda, mi doncella estaba fuera, yo acababa de apagar mi vela... Por desgracia, una bolsa de labores se había quedado abierta encima de mi cama porque acababa de cortar unas gasas que necesitaba al día siguiente. Apenas empezaban mis ojos a cerrarse, cuando oí ruido... me incorporé rápidamente... sentí que una mano me agarraba...

—Ya no huirás más de mí —me dijo Saint-Ange... era él—... Perdona el exceso de mi pasión, pero no intentes escapar de ella... es preciso que seas mía.

—¡Infame seductor! —exclamé—. ¡Huye al momento, o teme los efectos de mi cólera!...

—Yo sólo temo no poder poseerte, mujer cruel —replicó aquel joven ardoroso, precipitándose sobre mí tan hábilmente y en tal estado de furia, que me convertí en su víctima antes de poder impedírselo.

Encolerizada por tal exceso de audacia, decidida a todo antes que padecer lo que seguiría, me desembaracé de él y me lancé sobre las tijeras que tenía a mis pies; sin embargo, me contuve en mi furia, busqué su brazo para herirle en él y, para asustarlo con esa resolución por mi parte, mucho más que para castigarlo como se merecía, con el movimiento que sintió que yo hacía redobló la violencia de los suyos.

—¡Huye, traidor! —exclamé, creyendo que lo golpeaba en el brazo—. ¡Huye ahora mismo y avergüénzate de tu crimen!

¡Ay, señor! Una mano funesta había dirigido mis golpes... El desdichado joven lanzó un grito y cayó sobre las baldosas... Volví a encender la vela inmediatamente, me acerqué... ¡Cielo santo! Lo había golpeado en el corazón... ¡se estaba muriendo! Me precipité sobre ese cadáver ensangrentado... lo apreté con delirio sobre mi agitado seno... mi boca pegada a la suya quiso llamar a un alma que se exhalaba; lavé su herida con mis llantos...

—¡Oh, tú, cuyo único crimen ha sido amarme demasiado! —dije con el extravío de la desesperación—. ¿Es que te merecías un martirio semejante? ¿Debías perder la vida a manos de aquella a la que habrías sacrificado la tuya? ¡Oh, desventurado joven!... imagen de aquél a quien amaba, si no hay más que amarte para devolverte a la vida, aprende en este instante despiadado en el que desgraciadamente ya no puedes oírme... entérate, si tu alma todavía palpita, que quisiera reanimarla al precio de mi vida... entérate de que no me fuiste indiferente nunca... de que no te he visto nunca sin turbarme, y que los sentimientos que tenía por ti eran quizá muy superiores a los del débil amor que ardía en tu corazón.

Con esas palabras, caí sin conocimiento sobre el cuerpo de aquel infortunado joven. Entró mi doncella, había oído el ruido; me atendió, unió sus esfuerzos a los míos para volver a Saint-Ange a la vida... ¡Ay!, todo fue inútil. Salimos de aquel aposento funesto, cerramos la puerta con cuidado, nos llevamos la llave y fuimos volando al instante a París a la casa del señor de Saint-Prat... Hice que lo despertaran, le entregué la llave de aquella funesta habitación, le conté mi horrible aventura, él me compadeció, me consoló y a pesar de que estaba enfermo, se dirigió enseguida a casa de la señora de Lerice. Como aquella casa de campo estaba muy cerca de París, la noche bastó para todas esas gestiones. Mi protector llegó a casa de su pariente en el momento que se levantaban todos y que todavía no se sabía nada. No ha habido nunca amigos ni parientes que se portasen mejor en esa circunstancia, lejos de imitar a esas gentes estúpidas o despiadadas que no tienen más ideas en tales crisis que divulgar todo lo que pueda arruinar o hacer desgraciados a sí mismos y a lo que les rodea; los criados apenas sospecharon lo que había ocurrido.

—Pues bien, señor —dijo en ese momento la señorita de Florville, interrumpiéndose por causa de las lágrimas que la ahogaban—. ¿Os casaríais ahora con una mujer capaz de un asesinato así? ¿Aceptaríais en vuestros brazos a una criatura que ha merecido el rigor de las leyes? ¿Una desdichada, en fin, a quien su crimen atormenta sin cesar y que no ha tenido ni una noche tranquila desde ese insoportable momento? No, señor, no hay ni una en la que mi desventurada víctima no se me presente inundado con la sangre que arranqué de su corazón.

—Calmáos, señorita, calmáos, os lo suplico —dijo el señor de Courval, uniendo sus lágrimas a las de esa interesante mujer—; con el alma sensible que habéis recibido de la naturaleza, concibo vuestros remordimientos, pero ni siquiera hay apariencia de crimen en esa aventura fatídica, sin duda es una desgracia terrible, pero no es más que eso; no hay nada premeditado, nada atroz, el único deseo de salvaros del atentado más odioso... un asesinato, en una palabra, cometido por azar al defenderse... Tranquilizáos, señorita, tranquilizáos pues, lo exijo. Ni el más severo de los tribunales haría nada más que enjugar vuestras lágrimas. ¡Oh!, cómo os habéis equivocado si habéis temido que un suceso así os haría perder en mi corazón todos los derechos que os aseguran vuestras cualidades. No, no, bella Florville, esta ocasión, lejos de deshonraros, alza ante mis ojos el esplendor de vuestras virtudes, sólo os hace más digna de encontrar una mano consoladora que os haga olvidar vuestros pesares.

—Lo que tenéis la bondad de decirme —replicó la señorita de Florville— me lo dijo igualmente el señor de Saint-Prat, pero las bondades excesivas de ambos no ahogan los reproches de mi conciencia, nada calmará jamás los remordimientos. No importa, prosigamos, señor, debéis estar inquietos por el desenlace de todo esto.

La señora de Dulfort estuvo desolada, sin duda; ese joven interesantísimo por sí mismo le había sido recomendado demasiado especialmente para no lamentar su pérdida; pero se dio cuenta de las razones del silencio, vio que el escándalo, al perderme, no le devolvería la vida a su protegido y se calló. La señora de Lerince, a pesar de la severidad de sus principios y de la excesiva regularidad de sus costumbres, se portó aún mejor, si es posible, porque la prudencia y la humanidad son las características distintivas de la verdadera piedad. En primer lugar, hizo público en la casa que yo había tenido la locura de querer regresar a París durante la noche para disfrutar del tiempo fresco, que ella estaba perfectamente informada de esa pequeña extravagancia, y que, por lo demás, yo había hecho bien, ya que su plan era haber ido a cenar a la capital esa misma noche y con ese pretexto envió allí a todos sus criados. Una vez sola con el señor de Saint-Prat y su amiga, enviaron a buscar al cura; el pastor de la señora de Lerince debía ser un hombre tan sensato y tan esclarecido como ella, le envió sin problema un atestado en regla a la señora de Dulfort, y él mismo, en secreto con la ayuda de dos criados suyos, enterró a la infortunada víctima de mi furia.

Cumplida esa tarea, volvió a aparecer todo el mundo, se juró el secreto por unas y otras partes y el señor de Saint-Prat fue a calmarme, informándome de todo lo que se acababa de hacer para enterrar mi falta en el olvido más profundo. Pareció que deseaba que volviese a mi vida ordinaria en la casa de la señora de Lerince... ella estaba dispuesta a recibirme... Yo no pude soportarlo, entonces me aconsejó que me distrajese. La señora de Verquin, con quien no había dejado nunca de tratarme, como os he dicho, señor, seguía instándome a ir otra vez a pasar algunos meses con ella. Hablé de ese plan con su hermano, él lo aprobó y ocho días después salí hacia Lorraine; pero el recuerdo de mi crimen me perseguía a todas partes y nada conseguía calmarme.

Me desperté en mitad de mi sueño creyendo oír todavía los gemidos y los gritos de aquel desventurado Saint-Ange; lo veía, ensangrentado a mis pies, reprocharme mi barbarie y asegurándome que el recuerdo de aquel acto espantoso me perseguiría hasta mis últimos momentos, y que yo no conocía el corazón que había desgarrado. Una de tantas noches, Senneval, aquel desgraciado amante al que no había olvidado, puesto que sólo él me arrastraba otra vez a Nancy... Senneval me hacía ver dos cadáveres a la vez, el de Saint-Ange y el de una mujer que yo desconocía[45]; los regaba a los dos con sus lágrimas y me mostraba, no lejos de allí, un ataúd erizado de espinas que parecía abrirse para mí. Me desperté con una agitación terrible, se elevaron en mi alma mil sentimientos confusos; una voz secreta parecía decirme: «Sí, mientras respires, esta desdichada víctima te arrancará lágrimas de sangre que cada día se harán más abrasadoras, y el aguijón de tus remordimientos se agudizará sin cesar, en vez de atenuarse».

Ese era el estado en el que llegué a Nancy, señor, allí me esperaban mil pesares nuevos; una vez que la mano del destino cae sobre nosotros, se redobla y sus golpes nos aplastan.

Fui a la casa de la señora de Verquin, ella me lo había rogado en su última carta y tendría mucho gusto, decía, en volver a verme; ¡pero en qué situación, cielo santo, íbamos las dos a disfrutar de esa alegría! Ella estaba en su lecho de muerte cuando llegué, ¡quién me lo hubiera dicho, Dios santo!, no hacía ni quince días que me había escrito... que me hablaba de sus placeres de ese momento y que me anunciaba los siguientes; y allí van, pues, los planes de los mortales en el momento que los forman, en medio de sus diversiones es cuando la muerte implacable viene a cortar el hilo de sus vidas, y viven sin ocuparse jamás de ese instante fatídico, viven como si debiesen existir siempre y desaparecen en esa nube oscura de la inmortalidad, inseguros del destino que allí los aguarda.

Permitid, señor, que interrumpa por un momento el relato de mis aventuras para hablaros de esa pérdida y para describiros el tremendo estoicismo que acompañó a esa mujer a la tumba.

La señora de Verquin, que ya no era joven, pues por entonces tenía cincuenta y dos años, después de una excursión alocada para su edad, se lanzó al agua para refrescarse, allí se encontró mal, la llevaron a su casa en

[45] Que no se olvide la expresión *una mujer que yo desconocía*, con el fin de no confundir. Florville tenía aún algunas pérdidas que sufrir antes de que se levantase el velo y le hiciese conocer a la mujer a la que veía en sueños. *(N. del A.)*

un estado espantoso y al día siguiente se declaró una pleuresía; al sexto día le anunciaron que apenas le quedaban veinticuatro horas de vida. Esa noticia no la asustó; sabía que yo iba a llegar y recomendó que me recibiesen. Llegué, y según el dictamen del médico, ella debía morir esa misma noche. Había hecho que la colocasen en una habitación amueblada con todo el gusto y la elegancia posibles, allí estaba acostada, descuidadamente vestida, sobre una cama voluptuosa, cuyas cortinas de grueso tejido lila estaban agradablemente realzadas por guirnaldas de flores naturales; manojos de claveles, de jazmines, de nardos y de rosas adornaban todos los rincones de su habitación; deshojaba esas flores en una cesta y cubría con ellas su habitación y su cama. Me tendió la mano en cuanto me vio.

—Acércate, Florville —me dijo—, abrázame en mi cama de flores... ¡qué alta y hermosa te has hecho!... ¡oh!, efectivamente, hija mía, la virtud te ha sentado muy bien... Te han dicho mi estado... te lo han dicho, Florville... yo también lo sé... en pocas horas yo ya no estaré, no habría creído verte por tan poco tiempo... —y como vio que mis ojos se llenaban de lágrimas, me dijo—: Vamos, loca, no te hagas la niña... ¿me crees muy desdichada? ¿No he gozado más que ninguna otra mujer en el mundo? No me pierdo más que los años en los que me hubiera hecho falta renunciar al placer, ¿y qué hubiera hecho yo sin los placeres? De verdad que no me quejo de no haber vivido hasta ser más vieja; en poco tiempo ningún hombre habría querido nada de mí, y yo nunca he deseado vivir más que lo necesario para no inspirar repugnancia. La muerte sólo es de temer, hija mía, para los que creen, pues están siempre entre el infierno y el paraíso, inseguros de cuál de ellos se les abrirá y esa angusta los entristece; pero para mí, que no espero nada, para mí, que estoy muy segura de que no seré más desgraciada en mi muerte que lo que lo he sido antes en mi vida, voy a dormirme tranquilamente en el seno de la naturaleza, sin pesares ni dolores, sin remordimientos y sin inquietud. He pedido que me pongan bajo mi pérgola de jazmines, ya están preparando mi sitio, allí estaré, Florville, y los átomos emanados de este cuerpo destruido servirán para alimentar... para hacer germinar la flor que más he querido de todas. Toma —me dijo, jugando en mis mejillas con un ramillete de esa planta—, cuando huelas estas flores el año que viene, respirarás en su seno el alma de tu antigua amiga, al lanzarse hacia las fibras de tu cerebro, te dará ideas bonitas y te forzará a que pienses otra vez en mí.

Mis lágrimas volvieron a fluir por un paso nuevo... Estreché las manos de esta desdichada mujer y quise cambiar esas aterradoras ideas materialistas por algunas menos impías; pero apenas manifesté mi deseo, la señora Verquin me rechazó con horror...

—Oh, Florville —exclamó— no envenenes, te lo suplico, mis últimos momentos con tus errores y déjame morir tranquila, los he detestado toda mi vida y no voy a adoptarlos en mi muerte...

Me callé, ¿qué habría hecho mi escasa elocuencia junto a tanta firmeza? Habría entristecido a la señora de Verquin sin convertirla, se oponía a ello la humanidad. Ella llamó, pronto oí un concierto dulce y melodioso cuyos sonidos parecían brotar de un gabinete cercano.

—Así es —me dijo aquella epicúrea— como quiero morir, Florville, ¿no es eso mucho mejor que rodeada de curas que llenarían mis últimos momentos de turbación, de inquietud y de desesperación?... No, quiero enseñarles a tus devotos que, sin parecérseles, sé que puedo morir tranquila, quiero convencerlos de que no es la religión lo que se necesita para morir en paz, sino solamente el valor y la razón.

La hora avanzaba. Entró un notario, ella lo había pedido; la música terminó, ella dictó algunas últimas voluntades; sin hijos y viuda desde hacía varios años, era, por consiguiente, dueña de muchas cosas, hizo legados para sus amigos y para sus criados. Después sacó un cofrecillo de un escritorio colocado junto a su cama.

—Esto es lo que me queda ahora —dijo—, un poco de dinero en metálico y algunas joyas. Divirtámonos el resto de la velada: sois seis personas en mi habitación, voy a hacer seis lotes con esto, será una lotería, echaréis a suerte entre vosotros y cada uno tendrá lo que le haya tocado.

Yo no salía de mi asombro por la sangre fría de esa mujer; me parecía increíble que tuviese tantas cosas que reprocharse y que llegase a sus últimos momentos con una calma así, fatídico efecto de la incredulidad. Si el horrible fin de algunos malvados hace temblar, ¿cuánto más no debe asustar un endurecimiento tan sostenido?

Sin embargo, se llevó a cabo lo que ella deseaba. Hizo que nos sirviesen una colación magnífica, comió de varios platos, bebió vinos de España y licores, el médico le había dicho que eso daba igual en el estado en que se encontraba.

La lotería se hizo, a cada uno nos tocaron casi cien luises, tanto en oro como en joyas. Apenas terminaba ese pequeño juego, cuando se apoderó de ella una crisis violenta.

—¿Y bien? ¿Es para ahora? —le dijo al médico, siempre con la serenidad más completa.

—Eso temo, señora.

—Entonces ven, Florville —me dijo, echándome los brazos— ven a recibir mi despedida, quiero morir sobre el seno de la virtud...

Me estrechó fuertemente contra sí, y sus bellos ojos se cerraron para siempre.

Yo era una extraña en esa casa, y al no tener nada que me retuviese allí, salí inmediatamente. Os dejo que penséis en qué estado... y cómo ennegrecía aún mi imaginación aquel espectáculo.

Entre la manera de pensar de la señora de Verquin y la mía existía demasiada distancia para que pudiese quererla muy sinceramente; y, por otra parte, ¿no era ella la causa primera de mi deshonra y de todos los reveses que la habían seguido? Sin embargo, aquella mujer, hermana del único hombre que cuidó realmente de mí, sólo había tenido modos excelentes conmigo y los colmó incluso al morir. Así pues, mis lágrimas fueron sinceras y su amargura se redobló al reflexionar que, con cualidades excelentes, aquella pobre criatura se había perdido involuntariamente y que, rechazada ya del seno del Eterno, sin duda padecía cruelmente las penas debidas a una vida tan depravada. Sin embargo, la bondad suprema de Dios vino a ofrecérseme para calmar esas ideas desoladoras, caí de rodillas, me atreví a rogar al Ser de los seres que tuviese piedad con esa desventurada, y yo, que tenía tanta necesidad de la misericordia del cielo, me atreví a implorarla por otros, y para influirle en lo que de mí pudiese depender, uní diez luises de mi dinero al lote ganado en la casa de la señora de Verquin y lo hice repartir inmediatamente todo entre los pobres de su parroquia.

Por lo demás, las intenciones de aquella infortunada se siguieron puntillosamente. Había hecho arreglos demasiado seguros como para que pudiesen faltar, la depositaron en su bosquecillo de jazmines con un obelisco de mármol negro en su cabecera, sobre el cual estaba grabada una sola palabra: *Vixit*[46].

Así pereció la hermana de mi amigo más querido; llena de inteligencia y de conocimientos, moldeada por gracias y talentos, la señora de Verquin habría podido, con una conducta distinta, merecer la estima y el amor de todo aquél que la hubiese conocido, pero sólo consiguió el desprecio. Sus desórdenes aumentaron al ir envejeciendo, cuando no se tienen principios no se es nunca más peligroso que a la edad en la que se ha dejado de sonrojarse; la depravación gangrena el corazón, se refinan sus primeras rarezas y se llega insensiblemente a los crímenes, imaginándose todavía que no son más que errores. Pero la increíble ceguera de su hermano no dejó de sorprenderme, así es la marca distintiva del candor y la bondad; las personas honestas no sospechan nunca el mal del que ellas mismas son incapaces, por eso son víctimas tan fácilmente del primer bribón que se apodera de ellas, de ahí es de donde viene que sea tan fácil y tan poco glorioso engañarlas. El bandido insolente que lo intenta, trabaja solamente en envilecerse, y sin haber demostrado sus talentos para el vicio, solamente le ha prestado más resplandor a la virtud.

Al perder a la señora de Verquin, perdía también toda esperanza de conocer noticias de mi amante y de mi hijo, ya os imagináis que no me había atrevido a hablarle de ello en el espantoso estado en que la había visto.

Destrozada por esa catástrofe, y muy cansada por un viaje hecho en una cruel situación espiritual, resolví descansar algún tiempo en Nancy en el albergue en el que me había instalado, sin ver absolutamente a nadie,

[46] Vivió.

puesto que parecía que el señor de Saint-Prat deseaba que disimulase mi nombre; desde allí escribí a ese querido protector, decidida a marcharme sólo después de recibir su respuesta.

Una muchacha desdichada que no es nada para vos —le decía— *y que no tiene derecho más que a vuestra compasión, perturba siempre vuestra vida, en lugar de hablaros solamente del dolor en el que debéis estar, relacionado con la pérdida que acabáis de tener, se atreve a hablaros de ella, a pediros vuestras órdenes y a esperarlas,* etc.

Pero estaba escrito que la desgracia me seguiría por todas partes y que yo sería perpetuamente testigo o víctima de sus efectos siniestros.

Una noche yo volvía a casa bastante tarde de tomar el aire con mi doncella, sólo me acompañaban esa muchacha y un lacayo de alquiler que había tomado al llegar a Nancy; todo el mundo se había acostado ya. En el momento de entrar en mi casa, una mujer de alrededor de cincuenta años, alta y muy hermosa todavía, a la que conocía de vista puesto que me alojaba en el mismo edificio que ella, salió de repente de su habitación, cercana a la mía, y se lanzó armada con un puñal en otro cuarto de enfrente... Lo natural es ir a ver... fui volando... mis criados me siguieron, en un parpadeo, sin que tuviésemos tiempo de llamar ni de socorrer... vimos a aquella miserable precipitarse sobre otra mujer, hundirle muchas veces el arma en el corazón y volver a su casa, extraviada y sin haber podido descubrirnos. Al principio creímos que se le había ido la cabeza a aquella criatura, no podíamos comprender un crimen del que no descubrimos motivo alguno; mi doncella y mi criado quisieron ponerse a gritar, un impulso más dominante, cuya causa no he podido adivinar, me obligó a hacerlos callar, a agarrarlos del brazo y a arrastrarlos conmigo a mi casa, donde nos encerramos enseguida.

Pronto se oyó un estruendo horroroso, la mujer a la que acababan de apuñalar se había lanzado, como pudo, sobre las escaleras lanzando alaridos espantosos. Tuvo tiempo, antes de morir, de nombrar a la que la asesinó, y como se supo que nosotros éramos los últimos que habían entrado en el albergue, nos detuvieron al mismo tiempo que a la culpable. Sin embargo, las palabras de la agonizante no dejaban duda alguna sobre nosotros, se contentaron con comunicarnos que teníamos prohibido salir del albergue hasta la conclusión del proceso. La criminal, arrastrada a la cárcel, no confesó nada y se defendió con firmeza, no había más testigos que mis criados y yo, y fue necesario comparecer... hubo que declarar, tuve que ocultar con cuidado la perturbación que me devoraba secretamente, yo... que merecía la muerte como aquella a la que mi confesión forzosa iban a arrastrar al suplicio, puesto que en circunstancias parecidas yo era culpable de un crimen semejante. No sé lo que habría dado para evitar aquellas insoportables declaraciones, al dictarlas me parecía que se arrancaban tantas gotas de sangre de mi corazón como palabras decía; sin embargo, hubo que decirlo todo, confesamos lo que habíamos visto. Por otra parte, por mucha convicción que se tuviese del crimen de esa mujer, cuya historia era la de haber asesinado a su rival, por mucha certeza, digo, que se tuviera de ese delito, después supimos de manera positiva que sin nosotros habría sido imposible condenarla, porque en la aventura había un hombre comprometido, que se escapó y del que bien se habría podido sospechar; pero nuestras declaraciones, sobre todo la del lacayo de alquiler, que se averiguó que era un hombre del albergue... un hombre vinculado con la casa en la que había tenido lugar el crimen... Aquellas implacables declaraciones, a las que nos era imposible negarnos sin comprometernos, sellaron la muerte de aquella infortunada.

En mi última confrontación, aquella mujer me miraba con el mayor de los sobrecogimientos y me preguntó mi edad.

—Treinta y cuatro años —le dije.

—¿Treinta y cuatro años?... ¿Y sois de esta provincia?

—No, señora.

—¿Os llamáis Florville?

—Sí —respondí—, así es como me llaman.

—Yo no os conozco —replicó ella—, pero sois honesta y estimada, dicen, en esta ciudad; desgraciadamente, eso basta para mí... —y luego continuó con turbación—... señorita, un sueño os ha ofrecido a mí en medio de los horrores en los que me veo; en él estabais con mi hijo... porque soy madre y desgraciada, como veis... vos teníais la misma cara y la misma estatura... el mismo vestido... y el patíbulo estaba delante de mis ojos...

—¡Un sueño! —exclamé—. ¡Un sueño, señora!

Y el mío se presentó enseguida en mi mente. Los rasgos de aquella mujer me impactaron, la reconocí como aquella que se había presentado ante mí en el sueño con Senneval, junto al ataúd erizado de espinas... Mis ojos se inundaron de llanto; cuanto más miraba a esa mujer, tanto más tentada estaba de desdecirme... Quería pedir la muerte en su lugar... quería huir, pero no podía arrancarme de allí... Cuando vieron el estado terrible en el que ella me ponía, y como estaban convencidos de mi inocencia, se contentaron con separarnos. Volví a mi casa destrozada, doblegada por mil sentimientos diversos cuya causa no podía discernir; y al día siguiente, aquella mísera fue llevada a la muerte.

Ese mismo día recibí la respuesta del señor de Saint-Prat, me instaba a volver. La ciudad de Nancy no debía serme muy agradable después de las horripilantes escenas que acababa de ofrecerme, la abandoné inmediatamente y me encaminé hacia la capital, perseguida por el fantasma nuevo de esa mujer, que parecía gritarme a cada momento: *Eres tú, desgraciada, eres tú quien me envía a la muerte, y no sabes a quién arrastra allí tu mano.*

Trastornada por tantas calamidades y perseguida por tantos pesares, le rogué al señor de Saint-Prat que me buscase algún retiro donde pudiese acabar mis días en la soledad más profunda y en los deberes más rigurosos de mi religión; él me propuso aquel donde me habéis encontrado, señor. Me instalé allí esa misma semana, y no salía más que dos veces al mes para ir a ver a mi querido protector y para pasar algunos momentos en casa de la señora de Lerince. Pero el cielo, que cada día quiere asestarme golpes agudos, no me dejó disfrutar mucho tiempo de esta última amiga, tuve la desdicha de perderla el año pasado. Su ternura hacia mí no quiso que me separase de ella en esos atroces momentos, y también ella rindió su último aliento en mis brazos.

Pero, ¿quién lo habría pensado, señor?, esa muerte no fue tan tranquila como la de la señora de Verquin. Ésta no había esperado nunca nada y no temió perderlo todo, la otra pareció temblar al ver desaparecer al objeto seguro de su esperanza. Ningún remordimiento asaltó a la mujer a la que debían asaltar en masa... y la que no se había puesto nunca en el caso de tenerlos, los concibió. Al morir, la señora de Verquin no lamentaba más que no haber hecho bastante el mal, la señora de Lerince expiró arrepentida del bien que no había hecho. La una se cubrió de flores, sin lamentar más que la pérdida de sus placeres, la otra quiso morir sobre una cruz de cenizas, triste por el recuerdo de las horas que no había ofrecido a la virtud.

Aquellas contraposiciones me impactaron; se apoderó de mi alma un poco de laxitud. ¿Y por qué, me dije, en momentos así no es la calma el equipaje de la prudencia, cuando parece serlo de la mala conducta? Pero en ese instante, fortalecida por una voz celestial que parecía retumbar en el fondo de mi corazón, exclamé: ¿me corresponde a mí sondear la voluntad del Eterno? Lo que veo me asegura un mérito más; los terrores de la señora de Lerince son las consideraciones de la virtud, la despiadada apatía de la señora de Verquin no es más que el último extravío del crimen. ¡Ah!, si pudiera elegir mis últimos momentos, prefiero que Dios me conceda la gracia de aterrorizarme como la una, a la de aturdirme como la otra.

En fin, así es la última de mis aventuras, señor. Hace dos años que vivo en la Asunción, donde me colocó mi benefactor; sí, señor, hace dos años que resido allí, sin que un momento de reposo haya lucido aún para mí, sin que haya pasado ni una sola noche en la que la imagen de ese infortunado Saint-Ange y la de la desdichada a la que hice que condenasen en Nancy no se presenten ante mis ojos. Ese es el estado en el que me habéis encontrado, esas son las cosas secretas que tenía que revelaros, ¿no era mi deber decíroslas antes de que cedáis a los sentimientos que os engañan? Ved si ahora es posible que pueda ser digna de vos... ved si aquella cuya alma está afligida de dolor puede aportar alguna alegría a los momentos de vuestra vida. ¡Ah!, creedme, señor, dejad de haceros ilusiones, dejadme volver al retiro severo que es lo único que me conviene; vos sólo me arrancaríais de allí para tener constantemente ante los ojos el horrible espectáculo de los remordimientos, del dolor y del infortunio.

La señorita de Florville no había terminado su historia sin encontrarse en una fuerte agitación. Era de natural vivo, sensible y delicado, y era imposible que el relato de sus desgracias no la hubiese afectado considerablemente.

El señor de Courval, quien en los últimos acontecimientos de esta historia no veía, más que en los primeros, razones plausibles que debiesen interrumpir sus planes, lo utilizó todo para calmar a la que amaba.

—Os lo repito, señorita —le decía—, hay cosas funestas y singulares en lo que vos acabáis de contarme, pero en ellas no veo ni una sola que esté hecha para inquietar a vuestra conciencia, ni hacerle daño a vuestra reputación... un asunto amoroso a los dieciséis años... lo admito, pero, ¡cuántas excusas no tenéis para vos misma!... vuestra edad, las seducciones de la señora de Verquin... un joven quizá muy amable... a quien no habéis vuelto a ver, ¿no es verdad, señorita? —continuó el señor de Courval con un poco de inquietud—... al que probablemente no volveréis a ver jamás...

—¡Oh!, nunca, con toda seguridad —respondió Florville, adivinando el motivo de la inquietud del señor de Courval.

—Pues bien, señorita, concluyamos —replicó éste—, terminemos, os lo suplico, y dejadme convenceros lo antes posible de que no hay nada en el relato de vuestra historia que pueda disminuir en el corazón de un hombre honesto ni la extrema consideración debida a tantas virtudes, ni el homenaje exigido por tantos atractivos.

La señorita de Florville pidió permiso para regresar de nuevo a París para consultar a su protector por última vez, prometiendo que seguramente ningún obstáculo nacería ya por su parte. El señor de Courval no pudo negarse a ese honesto deber, ella se marchó y volvió al cabo de ocho días con el señor de Saint-Prat. El señor de Courval colmó a este último de atenciones, le manifestó, de la manera más sensible, lo halagado que estaba por unirse con aquella a la que se dignaba proteger, y le suplicó que concediese siempre el título de pariente suya a esa amable persona; Saint-Prat correspondió como debía a las atenciones del señor de Courval, y siguió dándole al carácter de la señorita de Florville las calificaciones más ventajosas.

Al fin apareció el día que tanto deseaba el señor de Courval. Se realizó la ceremonia y a la lectura del contrato él se extrañó mucho cuando vio que, sin haber avisado a nadie, el señor de Saint-Prat había hecho añadir, en favor de ese matrimonio, otras cuatro mil libras de renta a la pensión de una suma igual que ya le daba a la señorita de Florville, y un legado de cien mil francos a su muerte.

Aquella interesante muchacha vertió abundantes lágrimas al ver las nuevas bondades de su protector, y en el fondo estaba halagada por poder ofrecer a quien quería pensar bien de ella una fortuna por lo menos igual a la que él era poseedor.

Las amabilidades, la alegría pura, las promesas recíprocas de estima y de cariño presidieron la celebración de ese himeneo... de ese himeneo funesto, cuyas antorchas apagaban sordamente las Furias.

El señor de Saint-Prat pasó ocho días en casa de Courval, así como los amigos de nuestro recién casado, pero los dos esposos no los siguieron a París; se decidieron a quedarse hasta la entrada del invierno en su casa de campo, con el fin de establecer en sus asuntos el orden capaz de ponerlos después en condiciones de tener una buena casa en París. El señor de Saint-Prat se encargó de encontrarles una bonita residencia cerca de su casa, con el fin de verse más a menudo, y en la halagadora esperanza de todos esos agradables arreglos, el señor y la señora de Courval habían pasado ya cerca de tres meses juntos, incluso ya había certeza de embarazo, de lo que se apresuraron a dar parte al amable Saint-Prat, cuando un acontecimiento imprevisto apareció para arruinar atrozmente la prosperidad de esos esposos felices, y para cambiar en terrible ciprés las tiernas rosas del himeneo.

Aquí se detiene mi pluma... yo debería pedir gracia a los lectores y suplicarles que no vayan más lejos... sí... sí, que se interrumpan en este momento si no quieren estremecerse de horror... Es triste la condición de la humanidad en la tierra, son crueles los efectos de la extrañeza del destino... ¿Por qué es necesario que la desventurada Florville, que el ser más virtuoso, más amable y más sensible, se encontrase, por un inconcebible encadenamiento de fatalidades, como el monstruo más abominable que haya podido crear la naturaleza?

Aquella tierna y amable esposa leía una noche, junto a su marido, una novela inglesa de una perversidad increíble y de la que se hablaba mucho por entonces.

—Sin duda —dijo ella tirando el libro—, aquí hay una criatura casi tan desventurada como yo.

—Tan desventurada como tú —dijo el señor Courval estrechando a su querida esposa entre sus brazos—. ¡Oh, Florville! Yo había creído que te haría olvidar tus desgracias... pero veo que me he equivocado... ¿tenías que decírmelo tan duramente?

Pero la señora de Courval se había vuelto como insensible, no respondió ni una palabra a las caricias de su esposo y con un movimiento involuntario lo rechazó con espanto, y fue a precipitarse lejos de él sobre un sofá, donde se deshizo en lágrimas. En vano fue a echarse a sus pies ese honrado esposo, en vano le suplicó a esa mujer que idolatraba que se calmase, o que al menos le dijese la causa de tal acceso de desesperación, la señora de Courval siguió rechazándolo y volviendo la cabeza cuando él quería enjugar sus lágrimas, hasta el punto de que Courval, no dudando ya de que un recuerdo funesto de la antigua pasión de Florville hubiese venido a inflamársela de nuevo, no pudo evitar hacerle algunos reproches. La señora de Courval los escuchó sin responder nada, pero al final se levantó.

—No, señor —le dijo a su esposo—, no... os equivocáis al interpretar así el acceso de dolor del que acabo de ser presa, no son recuerdos lo que me alarma, son los presentimientos lo que me asusta... Yo me siento feliz con vos, señor... sí, muy feliz... y no he nacido para serlo, es imposible que lo sea por mucho tiempo, la fatalidad de mi estrella es tal, que la aurora de la felicidad no es para mí más que el relámpago que precede al rayo... Eso es lo que me hace temblar, temo que no estemos destinados a vivir juntos. Hoy soy vuestra esposa, quizá mañana ya no lo sea... Una voz secreta grita en el fondo de mi corazón que toda felicidad no es para mí más que una sombra que va a desaparecer como la flor que nace y se extingue en un día. No me acuséis entonces de capricho, ni de enfriamiento, señor, yo sólo soy culpable de un exceso demasiado grande de sensibilidad, de un don desdichado de ver todos los objetos por el lado más siniestro, consecuencia despiadada de mis reveses...

Y el señor de Courval, a los pies de su esposa, se esforzaba en calmarla con sus caricias y con sus palabras, sin conseguirlo, no obstante, cuando de repente... Eran alrededor de las siete de la noche, en el mes de octubre... Un criado vino a decirles que un desconocido pedía con insistencia hablar con el señor de Courval... Florville se estremeció... lágrimas involuntarias surcaron sus mejillas, titubeaba, quería hablar y su voz moría en sus labios.

El señor de Courval, más ocupado en el estado de su mujer que en lo que se le informaba, respondió amargamente que esperase, y fue volando a socorrer a su esposa, pero la señora de Courval, temiendo sucumbir al impulso secreto que la arrastraba... queriendo ocultar lo que experimentaba ante el extraño al que anunciaban, se levantó con fuerza, y dijo:

—No es nada, señor, no es nada, que lo hagan entrar.

El lacayo salió y volvió un momento después seguido por un hombre de treinta y siete o treinta y ocho años, que llevaba en su fisionomía, agradable por otra parte, las marcas del dolor más arraigado.

—¡Oh, padre mío! —exclamó el desconocido arrojándose a los pies del señor de Courval—. ¿Reconocéis a un infortunado hijo, separado de vos desde hace veintidós años, que ha sido demasiado castigado de sus faltas crueles por los reveses que no han dejado de abatirse sobre él desde entonces?

—¿Cómo? ¿Que sois mi hijo?... ¡Dios todopoderoso!... ¿Qué acontecimiento... ingrato, puede haberte hecho recordar mi existencia?

—Mi corazón... ese corazón culpable que, sin embargo, no ha dejado nunca de amaros... Escuchadme, padre mío... escuchadme, tengo desgracias mayores que las mías que revelaros, dignáos sentaros y escucharme. Y vos, señora —prosiguió el joven Courval dirigiéndose a la esposa de su padre—, perdonad si, en esta primera vez de mi vida que os rindo mi homenaje, me veo obligado a desvelar ante vos ciertas desdichas horrorosas de familia que ya no es posible ocultarle a mi padre.

—Hablad, señor, hablad —dijo la señora de Courval balbuciendo y lanzando sus ojos extraviados sobre aquel joven—, el lenguaje de la desgracia no es nuevo para mí, lo conozco desde mi infancia.

Y nuestro viajero, mirando fijamente entonces a la señora de Courval, le respondió con una especie de turbación involuntaria...

—¿Vos, desdichada... señora?... ¡oh, santo cielo! ¿Podéis serlo tanto como nosotros?

Se sentaron... Sería difícil describir el estado de la señora de Courval... Ella lanzó los ojos sobre ese atrevido... y volvió a hundirlos en tierra... Suspiró con agitación... El señor de Courval lloraba, su hijo intentaba calmarlo y le suplicaba que le prestase atención. Al final, la conversación tomó un rumbo más ajustado.

—Tengo tantas cosas que deciros, señor —dijo el joven Courval—, que me permitiréis que suprima los detalles para no mostraros más que los hechos, y requiero vuestra palabra, así como la de la señora, de que no interrumpiréis hasta que haya terminado de exponéroslas. Os dejé a la edad de quince años, señor, mi primer movimiento fue seguir a mi madre, a la que tenía la ceguera de preferiros a vos; ella se había separado de vos desde hacía muchos años. Me reuní con ella en Lyon, donde sus desórdenes me asustaron hasta tal punto, que para conservar el resto de los sentimientos que le debía me vi obligado a huir de ella. Fui a Estrasburgo, donde se encontraba el regimiento de Normandía... —la señora de Courval se alborotó, pero se contuvo—, le inspiré cierto interés al coronel —siguió el joven Courval—, me di a conocer por él y me hizo subteniente. Al año siguiente fui a Nancy con el cuerpo de guarnición, allí me enamoré de una pariente de la señora de Verquin... seduje a aquella joven, tuve un hijo con ella y abandoné despiadadamente a la madre —con esas palabras, la señora de Courval se estremeció y se exhaló de su pecho un gemido sordo, pero siguió siendo firme—. Esa desdichada aventura ha sido la causa de todas mis desgracias. Puse al hijo de esa señorita infortunada en casa de una mujer cerca de Metz, la cual me prometió que cuidaría de él, y algún tiempo después volví a mi regimiento. Censuraron mi conducta, como la señorita no había podido volver a aparecer por Nancy, se me acusó de haber causado su pérdida. Ella era demasiado amable como para no haber interesado a toda la ciudad, y en ella encontró vengadores. Me batí, maté a mi adversario y me marché a Turín con mi hijo, a quien fui a buscar cerca de Metz. Serví durante doce años al rey de Cerdeña, no os hablaré de los infortunios que me ocurrieron allí, fueron innumerables. Abandonando Francia es como se aprende a añorarla. Sin embargo, mi hijo crecía y era muy prometedor. Entré en conocimiento en Turín con una francesa que había acompañado a esa princesa nuestra que se casó en esa corte, y como esa respetable persona se interesó en mis desgracias, me atreví a proponerle que llevase a mi hijo a Francia para que perfeccionase allí su educación, y le prometí que pondría el orden suficiente en mis asuntos como para ir a retirarlo de sus manos en seis años. Ella aceptó, llevó a París a mi desdichado hijo, no descuidó nada para educarlo bien y me dio sus noticias muy cumplidamente.

»Aparecí un año antes que lo que había prometido. Llegué a la casa de aquella dama, lleno del dulce consuelo de abrazar a mi hijo y de estrechar entre mis brazos a esa prueba de un sentimiento traicionado... pero que aún ardía en mi corazón...

—Vuestro hijo ya no está —me dijo aquella digna amiga, derramando lágrimas—, ha sido víctima de la misma pasión que provocó la desgracia de su padre. Lo habíamos llevado al campo, allí se enamoró de una muchacha adorable cuyo nombre he jurado callar; llevado por la violencia de su amor, quiso arrebatar por la fuerza lo que se le negaba por virtud... un golpe, dirigido solamente a asustarlo, penetró hasta su corazón y lo derribó, muerto...

En ese punto, la señora de Courval cayó en una especie de estupefacción que por un momento hizo creer que hubiese perdido la vida de repente, sus ojos estaban fijos y su sangre no circulaba. El señor de Courval, que comprendía demasiado bien la funesta relación de esas desdichadas aventuras, interrumpió a su hijo y acudió volando a su mujer... Ella se reanimó, y con un valor heroico...

—Dejemos que prosiga vuestro hijo, señor —dijo—, quizá no estoy aún al final de mis desdichas.

Sin embargo, el joven Courval no comprendía el pesar de esa dama por hechos que no parecían concernirle más que indirectamente, pero distinguió algo incomprensible para él en los rasgos de la esposa de su padre y no dejó de mirarla, completamente emocionado. El señor de Courval agarró la mano de su hijo, distrajo su atención hacia Florville y le ordenó que siguiera, que se ciñera sólo a lo esencial y que suprimiese los detalles, porque esos relatos contienen particularidades misteriosas que se convierten en un poderoso interés.

—Desesperado por la muerte de mi hijo —continuó el viajero—, y no habiendo nada más que pudiese retenerme en Francia... nada más que vos, ¡oh, padre mío!... a quien no me atrevía a acercarme y de cuya cólera huía, me decidí a viajar a Alemania... Desdichado autor de mis días, aquí está lo más cruel que me queda por deciros —dijo el joven Courval regando de lágrimas las manos de su padre—, armáos de valor, me atrevo a suplicároslo.

Al llegar a Nancy supe que una tal señora Desbarres, ese era el nombre que había tomado mi madre en sus desórdenes en cuanto os hizo creer en su muerte, supe, digo, que esa señora Desbarres acababa de ser metida en la cárcel por haber apuñalado a su rival, y que quizá iba a ser ejecutada al día siguiente.

—¡Ay, señor! —exclamó en ese momento la desdichada Florville arrojándose al seno de su marido con lágrimas y gritos desgarradores—... ¡Ay, señor!, ¿veis toda la serie de mis desgracias?...

—Sí, señora, lo veo todo —dijo el señor de Courval—, lo veo todo, señora, pero os suplico que dejéis terminar a mi hijo.

Florville se contuvo, pero apenas respiraba, no tenía ni un sentimiento que no estuviese comprometido, ni un nervio cuya contracción no fuese temible.

—Continúa, hijo mío, continúa —dijo aquel afligido padre—, en un momento te lo explicaré todo.

—Pues bien, señor —continuó el joven Courval—, me informé de si no habría alguna confusión con los nombres, pero desgraciadamente era muy cierto que esa criminal era mi madre. Pedí permiso para verla, lo conseguí, caí en sus brazos...

—Muero culpable —me dijo aquella infortunada—, pero hay una fatalidad muy horrible en el suceso que me lleva a la muerte. Deberían haber sospechado de otro, y lo habría sido, pues todas las pruebas estaban contra él. Una mujer y sus dos criados, que el azar hizo que se encontrasen en ese albergue, vieron mi crimen sin que la preocupación que yo tenía me permitiese verlos; sus declaraciones son las únicas causas de mi muerte. No importa, no perdamos en quejas vanas los pocos momentos en los que puedo hablarte, tengo secretos importantes que decirte, escúchalos, hijo mío. En cuanto mis ojos se cierren, ve a encontrarte con mi esposo y le dirás que entre todos mis crímenes hay uno que él no supo nunca y que debo confesar al final... Tú tienes una hermana, Courval... vino al mundo un año después que tú... Yo te adoraba y temía que esa niña te hiciese daño, que con el propósito de casarla un día y dotarla se hicieran con los bienes que debían pertenecerte; para conservarlos más completos, me decidí a desembarazarme de esa niña y de hacerlo todo para que en el futuro mi esposo no recogiese ya frutos de nuestros vínculos. Mis desórdenes me arrojaron a otras excentricidades, que impidieron el efecto de esos crímenes nuevos haciéndome cometer otros más espantosos, pero para esa niña me decidí sin compasión alguna a darle la muerte. Iba a llevar a cabo esa infamia de acuerdo con la nodriza, a quien compensé ampliamente, cuando esa mujer me dijo que conocía a un hombre, casado desde hacía muchos años, que cada día deseaba tener hijos y no podía conseguirlos, que ella me desharía del mío sin que hubiese crimen y de una manera que quizá la hiciese feliz, y acepté enseguida. Llevó a mi hija esa misma noche a la puerta de ese hombre con una carta en su cuna. Ve volando a París en cuanto yo ya no exista, y suplica a tu padre que me perdone, que no me maldiga y que conserve a esa niña de su lado.

—Con esas palabras, mi madre me abrazó... intentó calmar la espantosa turbación a la que acababa de arrojarme todo lo que acababa de saber de ella... ¡Oh, padre mío!, fue ejecutada al día siguiente. Una terrible enfermedad me llevó casi a la tumba, estuve dos años entre la vida y la muerte, sin tener ni la fuerza ni la audacia de escribiros. El primer uso que le he dado al retorno de mi salud ha sido venir a arrojarme a vuestros pies, venir a suplicaros que perdonéis a esa desdichada esposa, y de daros a conocer el nombre en cuya casa tendréis noticias de mi hermana, es la casa del señor de Saint-Prat.

El señor de Courval se turbó, se helaron todos sus sentidos, sus facultades se destruyeron... su estado se volvió aterrador.

En cuanto a Florville, desgarrada por los detalles desde hacía un cuarto de hora, se levantó con la calma de quien acaba de tomar una decisión:

—Pues bien, señor —le dijo a Courval—, ¿creéis ahora que en el mundo pueda existir una criminal más horrible que la miserable Florville?... Reconóceme, Senneval, reconoce a la vez a tu hermana, a la que sedujiste en Nancy, a la asesina de tu hijo, a la esposa de tu padre y a la infame criatura que arrastró a tu madre al patíbulo... Sí, señores, estos son mis crímenes, cuando echo mis ojos sobre cualquiera de los dos, no veo más que un motivo de horror, o veo a mi amante en mi hermano, o veo a mi esposo en el autor de mis días, y si los vuelvo sobre mí, no veo más que al monstruo abominable que apuñaló a su hijo y que hizo morir a su madre. ¿Creéis que el cielo podrá tener para mí los tormentos suficientes, o suponéis que pueda sobrevivir ni un momento a las calamidades que atormentan mi corazón? No, todavía me queda un crimen que cometer, ese los vengará a todos.

Y en ese momento, la infortunada se arrojó sobre una de las pistolas de Senneval, se la quitó impetuosamente y se dio un tiro en la cabeza antes de que tuviesen tiempo de adivinar sus intenciones. Murió sin pronunciar ni una palabra más.

El señor de Courval se desvaneció, su hijo, absorto por tantas escenas horribles, pidió socorro como pudo. Ya no se necesitaba para Florville, las sombras de la muerte ya se extendían sobre su frente, todos sus rasgos, alterados, sólo presentaban la horrorosa mezcla de la conmoción de una muerte violenta y las convulsiones de la desesperación... Flotaba en medio de su sangre.

Llevaron al señor de Courval a su cama, allí estuvo dos meses al límite; su hijo, que se hallaba en un estado también atroz, fue, sin embargo, tan afortunado para que su ternura y sus socorros pudiesen traer de nuevo a su padre a la vida; pero los dos, después de los golpes del destino multiplicados tan despiadadamente sobre sus cabezas, decidieron abandonar el mundo. Una soledad severa los sustrajo para siempre a los ojos de sus amigos, y allí, estando los dos en el seno de la piedad y de la virtud, terminaron sosegadamente una vida triste y penosa, que no les fue dada a ambos más que para convencerlos, a ellos y a quienes lean esta deplorable historia, de que sólo en la oscuridad de la tumba es donde el hombre puede encontrar la calma que la maldad de sus semejantes, el desorden de sus pasiones y, por encima de todo, la fatalidad de su destino, les negarán constantemente sobre la tierra.

Fin del segundo tomo.

RODRIGO
O
LA TORRE ENCANTADA

Cuento alegórico

Rodrigo, rey de España, el más sabio de todos los príncipes en el arte de variar de placeres y el menos escrupuloso en la manera de procurárselos, contemplaba el trono como uno de los medios más seguros para prometerse impunidad por ellos, y se atrevió a todo para llegar a él. Para alcanzar ese objetivo sólo tenía que hacer caer la cabeza de un niño, y la desterró sin remordimientos; pero Anagilda, la madre del desgraciado Sancho, de quien se trataba y del cual Rodrigo, tío y tutor, quería convertirse en verdugo también, fue tan afortunada como para desembrollar la planeada conjura contra su hijo, y lo bastante hábil como para evitarla. Se fue a África, ofreció a los moros al heredero legítimo del trono de España, les dio a conocer el proyecto del crimen que la impulsaba a ello, imploró su protección y murió con aquel desdichado niño en el momento que iba a conseguirla.

Rodrigo, completamente eximido de todo lo que pudiera perjudicar a su felicidad, Rodrigo, rey, no se ocupaba más que de sus goces, y para multiplicar los objetos de que debían excitarlo, se le ocurrió atraer a la corte a las hijas de todos sus vasallos. El pretexto que dio para ocultar sus culpables proyectos era el de asegurarse de ellos por medio de rehenes. ¿Se resistían? ¿Pedían que les devolviesen a sus hijos? Culpable pronto de crímenes de Estado, hizo pagar esa rebelión con sus cabezas, y bajo ese reinado inhumano, entre la cobardía y la perfidia no había término medio que tomar.

Entre la cantidad de jóvenes que embellecían por ese medio la corte corrupta de ese príncipe, Florinda, de alrededor de dieciséis años de edad, se distinguía entre sus compañeras como la rosa en medio de las flores. Era la hija del conde Julián, a quien Rodrigo acababa de emplear en África para oponerse a las negociaciones de Anagilda, pero la muerte de don Sancho y de su madre hizo inútiles las operaciones del conde. Habría podido volver, sin duda, y eso se habría producido de no ser por la belleza de Florinda. En cuanto divisó Rodrigo a esa criatura cautivadora, se dio cuenta de que el regreso del conde iba a crear obstáculos para sus deseos; le escribió que se quedase en África, y apremiado por gozar de un bien que esa ausencia parecía asegurarle, indiferente por los medios de conseguirlo, un día hizo que llevasen a Florinda al interior de su palacio, y allí, más apresurado por recoger sus favores que en hacerse digno de ellos, Rodrigo, feliz, no pensó más que en otros botines.

Si a quien insulta le ocurre que se olvida rápidamente de sus injurias, quien acaba de padecerlas disfruta al menos del derecho de recordárselas.

Florinda, desesperada, sin saber cómo decirle a su padre lo que acababa de ocurrirle, se sirvió de una ingeniosa alegoría que nos han transmitido los historiadores. Escribió al conde: *que el anillo que él le había encomendado tanto que cuidase, acaba de romperlo el mismo rey, al lanzarse sobre ella con el puñal en la mano, el príncipe había roto aquella joya cuya pérdida lamentaba, y que ella solicitaba venganza, pero murió d*e dolor antes de la respuesta.

Sin embargo, el conde había escuchado a su hija. Volvió a España, imploró a sus criados, que le prometieron que le servirían, y de vuelta en África consiguió el interés de los moros para la misma venganza, les dijo que un rey capaz de tal horror, seguramente era muy fácil de vencer. Les demostró la debilidad de España, les describió su despoblación y el odio de los súbditos por su señor, en fin, se hizo valer de todos los medios que le sugería su corazón, fuertemente indignado, y no vacilaron en serle útiles.

El emperador Muza, que reinaba por entonces en ese rincón de África, hizo que primero pasase en secreto un pequeño destacamento de tropas, con el fin de verificar lo que proclamaba el conde. Esas tropas se unieron a los irritados vasallos de ese señor, recibieron apoyo de ellos y se fortalecieron al momento con las otras tropas con las que Muza creyó que debía asegurar sus planes. España se fue llenando imperceptiblemente de africanos, y Rodrigo todavía estaba seguro. Por otra parte, ¿qué podría hacer? No tenía soldados, no contaba con ninguna plaza fuerte, todas habían sido desmanteladas con el fin de quitarles a los españoles los refugios donde hubiesen podido prevalecer frente a las vejaciones del príncipe; y para colmo de desgracias, no había dinero en las arcas. Sin embargo, el peligro aumentaba, el desdichado monarca estaba en vísperas de ser destronado y entonces se acordó de un monumento antiguo, en las inmediaciones de Toledo, al que llamaban la *Torre Encantada.* La opinión común creía que allí había tesoros, el príncipe fue volando a esa torre con la idea de apoderarse de ellos, pero no pudo entrar en ese reducto tenebroso: una puerta de hierro, provista de mil cerraduras, prohibía el paso de tal manera, que ningún mortal había podido penetrar todavía allí. Encima de esa puerta temible, se leía en caracteres griegos: *No te acerques si temes morir.* Rodrigo no estaba asustado, para él se trataba de sus Estados, cualquier otra esperanza de encontrar fondos le había sido arrebatada por completo; hizo que rompiesen las cerraduras, y se adentró en la torre.

En el segundo escalón se presentó ante él un gigante espantoso, que dirigió la punta de su espada al vientre de Rodrigo:

—¡Detente! —le gritó—, si quieres ver este lugar, ven a él solo, que aquí no te siga nadie...

—¿Y qué me importa? —dijo Rodrigo, avanzando y dejando su séquito atrás—, me hace falta ayuda, o la muerte...

—Quizá encuentres esas dos cosas —respondió el espectro.

Y la puerta se cerró con estrépito. El rey siguió adelante sin que el gigante que lo precedía le dirigiese ni una sola palabra. Al cabo de más de ochocientos escalones, llegaron al fin a una gran sala iluminada por una cantidad innumerable de antorchas. Todos los sacrificados por Rodrigo estaban reunidos en esa sala, donde cada uno padecía el suplicio al que había sido condenado.

—¿Reconoces a estos infortunados? —le dijo el gigante—. Así es como los crímenes de los déspotas deberían ofrecerse alguna vez a sus miradas.

Los segundos le hicieron olvidar a los primeros, no los veían más que uno por uno... presentados así todos juntos quizá le hubiesen hecho temblar.

—Considera los riachuelos de sangre que se han vertido por tu mano solamente para servir a tus pasiones. Con una palabra, puedo hacer libres a todos estos desdichados, con una palabra, puedo entregarte a ellos.

—Haz lo que quieras —dijo el orgulloso Rodrigo—, no he venido desde tan lejos para ponerme a temblar.

—Entonces, sígueme —continuó el gigante—, puesto que tu valor iguala tus crímenes.

Desde allí, Rodrigo pasó a una segunda sala, donde su guía le hizo ver a todas las jóvenes que habían sido deshonradas por sus viles placeres; unas se arrancaban los cabellos, otras intentaban apuñalarse, algunas se habían dado ya la muerte y nadaban en oleadas de su sangre. Desde el seno de esas infortunadas, el monarca vio elevarse a Florinda, tal como era el día que abusó de ella...

—¡Rodrigo! —le gritó ella—, tus crímenes espantosos han atraído enemigos a tu reino; mi padre me vengará, pero no me devolverá el honor ni la vida. Yo he perdido el uno y la otra, y sólo tú eres la causa. Volverás a verme otra vez, Rodrigo, pero teme ese momento fatal, será el último de tu vida. Solamente a mí me está reservada la gloria de vengar a todas las desdichadas que ves.

El orgulloso español giró la cabeza y pasó con su guía a una tercera sala.

En el centro de esa pieza había una estatua enorme que representaba al Tiempo, estaba armada con una maza y golpeaba el suelo cada pocos minutos, con un ruido tan espantoso, que toda la torre temblaba con él.

—¡Miserable príncipe! —exclamó aquella estatua—. ¡Tu malvado destino te ha traído a estos lugares, aprende aquí al menos la verdad, sabe que pronto serás desposeído por naciones extranjeras con el fin de que seas castigado por tus crímenes!

En ese mismo instante, cambió la escena. Las bóvedas desaparecieron, Rodrigo las franqueó. Un poder aéreo, que él no veía, lo transportó al lado de su guía, por encima de las torres de Toledo.

—Mira tu destino —le dijo el gigante.

El príncipe lanzó enseguida la mirada sobre los campos, vio a los moros luchando contra sus gentes, y a éstas tan derrotadas, que apenas se veían más que fugitivos

—¿Qué decides hacer según este espectáculo? —le preguntó el gigante al rey.

—Quiero volver a la torre —dijo el orgulloso Rodrigo—, quiero sacar de allí los tesoros que encierra, y regresar para tentar a la suerte, cuyos reveses no me hace temer esa visión.

—Lo consiento —dijo el espectro—, sin embargo, piensa que te quedan pruebas feroces y que ya no me tendrás para animarte.

—Lo acometeré todo —dijo Rodrigo.

—Sea —respondió el gigante—, pero acuérdate de que incluso triunfando en todo... que hasta llevándote los tesoros que buscas, la victoria no te está asegurada todavía.

—¿Qué importa? —dijo Rodrigo—. Lo estará mucho menos si no puedo alzar un ejército y si soy atacado sin poder defenderme.

Dijo esto, y en un parpadeo se encontró de nuevo con su guía en el fondo de la torre, en la misma sala donde estaba la estatua del Tiempo.

—Yo te dejo aquí —dijo el espectro, desapareciendo—, pregúntale a esa estatua dónde está el tesoro que buscas, te lo indicará.

—¿Dónde tengo que ir? —preguntó Rodrigo.

—Al lugar de donde saliste para la desgracia de los hombres —respondió la estatua.

—No te entiendo, habla más claro.

—Tienes que ir a los infiernos.

—Ábrelos, me precipitaré en ellos...

La tierra tembló y se hendió. Rodrigo se precipitó, como a su pesar, a más de diez mil toesas de la superficie del suelo. Se levantó, abrió los ojos y se vio en la orilla de un lago en llamas donde barcas de hierro paseaban a criaturas espantosas.

—¿Quieres cruzar el río? —le gritó uno de aquellos monstruos.

—¿Debo hacerlo? —preguntó Rodrigo.

—Sí, si es el tesoro lo que buscas; está a dieciséis mil leguas de aquí, más allá de los desiertos de Ténaro.

—¿Y dónde estoy —preguntó el rey.

—En las orillas del río *Agraformikubos,* uno de los dieciocho mil que hay en el Infierno.

—¡Entonces, crúzame! —exclamó Rodrigo.

Se acercó una vela, Rodrigo saltó adentro y esa barca ardiente, sobre la que no podía posar los pies sin convulsiones de dolor, lo transportó en un momento a la otra orilla. Allí seguía siendo noche cerrada, esas regiones espantosas no han recibido jamás los favores del astro bienhechor. Rodrigo, instruido del camino que debía seguir por el barquero que lo desembarcó, avanzó sobre arenas ardientes, por senderos bordeados de setos constantemente incendiados desde donde surgían de cuando en cuando animales espantosos de los que no se tiene ninguna idea sobre la tierra. Poco a poco, el terreno se fue estrechando, ante él ya no veía más que una barra de hierro que servía de puente para llegar, a más de doscientos pies de allí, a la otra parte del terreno, separada de aquella en la que estaba por barrancos de seiscientas toesas de profundidad, en cuyo fondo fluían diferentes ramales del río de fuego, que parecía que tenía allí su origen.

Rodrigo consideró un momento aquel terrorífico paso, vio cuál sería su muerte si fuese a precipitarse allí; no había nada que pudiese asegurar sus pasos, no se ofrecía nada que lo sujetase.

—Después de los peligros que he atravesado ya —pensó—, sería muy cobarde si no me atreviese a seguir adelante... avancemos.

Pero no estaba apenas a cien pasos cuando se le nubló la cabeza, en lugar de cerrar los ojos a los peligros que lo rodeaban, los contempló con espanto... perdió el equilibrio y el malaventurado príncipe cayó a las simas que estaban a sus pies... Después de algunos minutos de desvanecimiento, volvió a levantarse, sin concebir cómo podía seguir existiendo, sin embargo, le parecía que su caída había sido tan suave y afortunada, que sólo podía ser efecto de un poder mágico. ¿Cómo podría ser de otra manera, puesto que todavía respiraba? Recuperó los sentidos, y lo primero que le asombró en el horrendo vallecito donde fue transportado es una columna de mármol negro, sobre la que leyó: «Valor, Rodrigo, tu caída era necesaria, el puente por donde acabas de pasar es el símbolo de la vida, ¿es que la vida no está rodeada de peligros como ese puente? El virtuoso llega al final sin percances, los monstruos como tú sucumben; sin embargo, sigue adelante ya que tu valor te incita a ello; tú sólo estás a catorce mil leguas del tesoro, haz siete mil al norte de las Pléyades y el resto de cara a Saturno».

Rodrigo avanzó a las orillas del río de fuego que serpenteaba de mil maneras diferentes en aquel vallecillo, al final, uno de esos repliegues tortuosos lo detuvo y no se le ofreció medio alguno para pasarlo. Se presentó un león horripilante... Rodrigo lo observó: «déjame cruzar este río sobre tus lomos», le dijo al animal. El monstruo se agachó al momento a los pies del monarca, Rodrigo se montó en él, el león se arrojó al río y llevó al rey a la otra orilla.

—Te devuelvo bien por mal —dijo el león a dejarlo.

—¿Qué quieres decir? —preguntó Rodrigo.

—Bajo mi símbolo tú ves al más mortal de tus enemigos —respondió el león—, me has perseguido en el mundo y yo te hago un favor en los infiernos... Rodrigo, si consigues conservar tus dominios, recuerda que un soberano sólo es digno de serlo cuando hace feliz todo lo que lo rodea; el cielo lo ha elevado por encima de los demás para consolar a los hombres, y no para utilizarlos como instrumentos para sus vicios. Recibe esta lección de beneficencia de uno de los animales de la tierra que se tiene por el más feroz, pero sabe que lo es mucho menos que tú, puesto que el hambre, la más dominante de las necesidades, es la única causa de sus crueldades, mientras que las tuyas sólo fueron inspiradas por las pasiones más abominables.

—Príncipe de los animales —dijo Rodrigo—, tus máximas complacen a mi pensamiento, pero no le convienen a mi corazón. Yo nací para ser el juguete de esas pasiones que me reprochas, son más fuertes que yo... me arrastran, y yo no puedo vencer a la naturaleza.

—Entonces, perecerás.

—Ese es el destino de todos los hombres, ¿por qué tendría que asustarme?

—Pero, ¿sabes lo que te espera en otra vida?

—¿Y qué me importa? Está en mí desafiarlo todo.

—Adelante, pues, pero acuérdate de que tu fin está próximo.

Rodrigo se alejó y pronto perdió de vista las orillas del río de fuego. Entró en un sendero estrecho, apretado entre agudas rocas, cuyas cimas llegaban a las nubes. En todo momento, trozos inmensos de esas rocas caían a plomo sobre el sendero, amenazando la vida del príncipe, o cortándole el paso. Rodrigo se enfrentó a aquellos peligros y al fin llegó a una llanura inmensa donde no había nada que guiase sus pasos. Agotado de cansancio, exánime por la sed y el hambre, se arrojó sobre un montículo de arena. A pesar de su orgullo, imploró al gigante que lo había bajado en la torre; en ese mismo instante, seis cráneos humanos se presentaron ante él y un riachuelo de sangre fluyó a sus pies: «¡Tirano! —le gritó una voz desconocida, sin que pudiese distinguir de qué criatura emanaba—. Aquí está lo que saciaba tus pasiones cuando estabas en el mundo, utiliza en los infiernos esos mismos alimentos para tus necesidades», y Rodrigo, el orgulloso Rodrigo, indignado sin conmoverse, se levantó y prosiguió su recorrido. El riachuelo de sangre no se apartó ya de él y crecía a medida que avanzaba el rey, parecía que le servía de guía en ese terrible desierto. Rodrigo no tardó en ver errar sombras sobre la superficie de ese arroyo... las reconoció, eran las de esos infortunados que había visto al entrar en la torre. «¡Este río es obra tuya, Rodrigo! —le gritó una de esas sombras—. Míranos flotar sobre nuestra propia sangre... sobre esa sangre desdichada vertida por tus manos.

¿Por qué te niegas a beberla, ya que tanto te satisfacía en la tierra? ¿Es que eres más delicado aquí que bajo las molduras doradas de tu palacio? No te quejes, Rodrigo, el espectáculo de los crímenes del tirano es el castigo que le destina el Eterno». Serpientes enormes brotaban del seno de ese río, y venían a añadirse al horror de aquellas sombras espantosas que revoloteaban sobre su superficie.

Durante dos días enteros bordeó Rodrigo esos ríos sangrientos, cuando al fin, iluminado por un ligero crepúsculo, percibió el extremo de la llanura. La limitaba un volcán inmenso, parecía imposible pasar al otro lado. A medida que avanzaba Rodrigo, se veía rodeado de riachuelos de lava, vio que masas enormes, vomitadas desde el cráter, se lanzaban más allá de las nubes. Ya sólo estaba guiado por las llamas que lo rodeaban... estaba cubierto de cenizas y apenas podía caminar.

En este nuevo apuro, Rodrigo llamó a su espectro: «¡Supera la montaña! —le gritó la misma voz que le había hablado antes—. Al otro lado encontrarás seres con los que podrás hablar». ¡Qué empresa! Aquella montaña ardiente, de donde se exhalaban a cada momento rocas y llamas, parecía tener más de mil toesas de alto, todos los senderos estaban bordeados de precipicios, o llenos de lava. Rodrigo se alentó, su mirada midió el objetivo y su firmeza se lo hizo alcanzar. Todo lo que los poetas nos han descrito del Etna no es nada en comparación con los horrores que vio Rodrigo. La boca de aquel abismo espantoso tenía tres leguas de circunferencia. Rodrigo vio que sobre su cabeza llovían masas enormes dispuestas a aniquilarlo, se apresuró a franquear ese horrible horno, encontró al otro lado una pendiente bastante suave y la bajó con prisa. Allí, rebaños de animales desconocidos de un tamaño monstruoso rodearon a Rodrigo por todas partes.

—¿Qué queréis? —les preguntó el español—. ¿Estáis aquí para servirme de guía, o para impedirme pasar más allá?

—¡Nosotros somos los símbolos de tus pasiones! —le gritó un leopardo enorme—. Te asaltan como hacemos nosotros, pues, como nosotros, te impedían ver el final de tu trayectoria. Ya que no pudiste vencerlas, ¿cómo triunfarías sobre nosotros? Es otra más de tus pasiones lo que te ha llevado a estos lugares, donde jamás ha penetrado mortal alguno; sigue, pues, tu ímpetu y vuela adonde te llama la fortuna, te espera para coronarte allí. Pero encontrarás otros enemigos más peligrosos que nosotros, y en cuya víctima quizá te conviertas. Avanza, Rodrigo, avanza, las flores están bajo tus pasos, sigue por esta llanura otras seiscientas leguas, y verás lo que hay al final...

—¡Desgraciado! —exclamó Rodrigo—. Aquí está el lenguaje que tenían conmigo en el mundo esas implacables pasiones, me halagaban, me asustaban por turnos, y yo escuchaba sus desafortunadas inspiraciones sin poder comprenderlas nunca.

Rodrigo siguió adelante, poco a poco iba descendiendo y llegó sin que se diese cuenta a la entrada de un subterráneo a cuya puerta encontró una inscripción que le decía que penetrase; pero a medida que se introducía, el camino se estrechaba y Rodrigo no encontró más que un paso de un pie de ancho, erizado de puntas de puñales; vio que también los había colgando sobre su cabeza. Estaba presionado por todas aquellas puntas, se sintió herido en todo momento y cubierto de su propia sangre; el valor estaba casi abandonándolo, cuando una voz consoladora lo invitó a proseguir.

—¡Estás llegando al momento de descubrir el tesoro! —le gritó aquella voz—, y la fortuna a la que tentarás con él ya no dependerá entonces más que de ti. Si el aguijón de los remordimientos te hubiera presionado en medio de los halagadores que te corrompían, si te hubiese desgarrado como esas puntas que se hunden en ti ahora, y hubieses tenido tus finanzas en regla y tus tesoros llenos, sólo estarías expuesto a los males que soportas para reparar sus desórdenes... ¡Avanza, Rodrigo, que no se diga que tu orgullo te abandona y que tu valor te traiciona! Esas son las únicas virtudes que te quedan, ponlas en práctica, no estás lejos del final.

Rodrigo vio al fin un poco de luz del día, imperceptiblemente, el camino se fue ensanchando, las puntas desaparecían y estaba en la embocadura de la caverna. Allí se ofrecía un torrente rápido sobre el que se le hizo imposible no embarcarse, puesto que no se presentaba ningún otro camino. Una canoa ligera estaba lista, Rodrigo subió a ella. Un momento de calma vino a suavizar sus infortunios, el canal que recorría estaba sombreado por los árboles frutales más agradables; la naranja, la uva moscatel, el higo, el melocotón, el coco, la piña colgaban ante sus ojos indiscriminadamente y le presentaban su fresco alimento ante sus deseos. El monarca se aprovechó de ellos y durante ese tiempo disfrutó conciertos deliciosos de los mil pájaros diferentes que revoloteaban por las ramas de aquellos árboles tan ricamente cargados. Pero como los pocos placeres que todavía le estaban reservados debían estar mezclados con penas insoportables, y como no le ocurría nada que no fuese la imagen de su propia vida, nada podía expresar la velocidad de la barca que le hacía recorrer esas orillas divinas. Cuanto más avanzaba, tanto más aumentaba su velocidad. Unas cataratas de una altura prodigiosa se mostraron pronto ante Rodrigo y reconoció la causa de la rapidez de su marcha. Vio que, frágil juguete del torrente que lo arrastraba, iba a caer en el abismo más aterrador. Apenas tuvo tiempo de reflexionar, cuando su barca, llevada a más de quinientas toesas de profundidad, se encontró sumergida en un valle desierto, de donde brotaban con estruendo las aguas que acababan de sostenerlo. Allá se dejó oír por él aquella misma voz que lo hablaba de cuando en cuando.

—¡Oh, Rodrigo! —exclamó la voz—. Acabas de ver la imagen de tus placeres pasados, nacían ante ti como esos frutos que te han quitado la sed por un momento, ¿adónde te han llevado esos placeres? Rey soberbio, ya lo ves, te has precipitado como esa barca en un abismo de dolores del que no saldrás más que para volver pronto. Ahora sigue el camino tenebroso estrechado por esas dos montañas cuya cima se pierde entre las nubes; al extremo del desfiladero, después de haber hecho dos mil leguas, encontrarás lo que deseas.

—¡Ay, cielo santo! ¿Es que entonces voy a pasarme la vida en esta búsqueda implacable?

Le parecía que hacía más de dos años que viajaba así por las entrañas de la tierra, aunque no hubiese pasado aún una semana desde su entrada en la torre. Sin embargo, el cielo que había seguido viendo desde su salida del subterráneo se cubrió poco a poco con los velos más oscuros, rayos terribles surcaban las nubes, el rayo retumbaba, sus truenos resonaban en las altas montañas que dominaban el camino que seguía el rey, podría decirse que los elementos estaban a punto de mezclarse. En todo momento, el fuego del cielo golpeaba las rocas de alrededor, desprendía de allí trozos inmensos que rodaban a los pies de nuestro desgraciado viajero y le ofrecían nuevas barreras sin cesar. Un granizo espantoso se unió a aquellos desastres y lo atacó de tal manera, que se vio obligado a detenerse. Mil espectros, a cuál más terrorífico, descendían entonces de las nubes inflamadas para revolotear en torno a él, y cada una de esas sombras le volvía a ofrecer a Rodrigo la imagen de sus víctimas.

—Nos verás bajo mil formas diferentes —exclamó una de ellas— y vendremos a desgarrarte el corazón hasta que se convierta en presa de las Furias, que te esperan para vengarnos de tus crímenes.

Sin embargo, la tormenta se redobló, torbellinos de fuego se lanzaban en todo momento desde el cielo, mientras que el horizonte se cortaba transversalmente con los relámpagos que se rompían y se cruzaban en todos los sentidos; la misma tierra paría por todas partes trombas de fuego que, al elevarse en el aire, volvían a caer como lluvias abrasadoras desde más de dos mil toesas; jamás presentó horrores más bellos la naturaleza encolerizada.

Rodrigo, con la cabeza a cubierto bajo una roca, insultó al cielo, sin rogarle ni arrepentirse. Se levantó, miró a su alrededor, se estremeció por los desórdenes que lo rodeaban y en ellos sólo encontró un nuevo motivo para la blasfemia.

—¡Ser incoherente y despiadado! —exclamó, mirando fijamente al cielo—. ¿Por qué nos condenas cuando el ejemplo de la perturbación y del desastre nos viene dado por tu misma mano? Pero, ¿dónde estoy? —continuó al no ver ya ningún camino—. ¿Y qué va a ser de mí en medio de estas ruinas?

—¡Mira esa águila acurrucada sobre la roca que te servía de refugio! —le gritó la voz que estaba acostumbrado a oír—, acércate a ella, siéntate en su lomo, te llevará con un vuelo rápido a donde se dirigen tus pasos desde hace tanto tiempo.

El monarca obedeció y en tres minutos estaba muy arriba en el aire.

—Rodrigo —le dijo entonces la orgullosa ave que lo transportaba—, mira si tu soberbia era justa... ahí está toda la tierra a tus pies, observa el exiguo rincón del globo donde dominabas, ¿debía hacerte él orgulloso de tu rango y de tu poder? Contempla lo que deben ser ante los ojos del Eterno esos débiles potentados que se disputan el mundo, y recuerda que sólo a Él le corresponde exigir el homenaje de los hombres.

Rodrigo siguió elevándose y distinguió al fin algunos de los planetas de los que está lleno el espacio, reconoció que la Luna, Venus, Mercurio, Marte, Saturno y Júpiter, junto a los cuales pasó, son mundos como la Tierra.

—¡Ave sublime! —exclamó—. ¿Están esos mundos habitados como la Tierra?

—Lo están, y por seres mejores —respondió el águila—; son moderados en sus pasiones, no se destrozan entre sí para satisfacerlas; en ellos no se ven más que pueblos felices y allí no se conocen tiranos.

—Y entonces, ¿quién gobierna a esos pueblos?

—Sus virtudes. No le hacen falta ni leyes ni soberanos a quien no conoce los vicios.

—¿Son más valorados al Eterno los pueblos de esos mundos?

—Todo es igual a los ojos de Dios. Esta multitud de mundos esparcidos por el espacio, que produjo un solo acto de su beneficencia y que un segundo acto puede destruir, no aumenta su gloria ni su felicidad, pero si la conducta de quienes los habitan le es indiferente, al menos es necesario que sea justo y, ¿no está siempre en su corazón la recompensa del hombre honrado?

Poco a poco, nuestros viajeros se aproximaron al Sol, y sin la virtud mágica que rodeaba al monarca, le hubiera sido imposible soportar los rayos que lo asaeteaban.

—¡Cuánto más grande que los demás me parece ese globo luminoso! —dijo Rodrigo—, dame, pues, rey de los aires, algunas explicaciones sobre un astro donde vas a planear cuando quieres.

—Ese hogar sublime de luz —dijo el águila— está a treinta mil leguas de nuestro globo, y no estamos más que a un millón de leguas de su órbita, ya ves cuánto nos hemos elevado en poco tiempo; es un millón de veces más grande que la Tierra, y sus rayos llegan a ella en ocho minutos[47].

---

[47] A una bala de cañón le harían falta veinticinco años para recorrer el mismo espacio. Pero todo esto es en el sistema de Newton que, como se sabe, tiene hoy muchos detractores; porque es muy necesario, si nosotros no sabemos nada, tener al menos el aspecto de saber más que los que nos han precedido. *(N. del A.)*

—¿Sigue teniendo ese astro —preguntó el rey—, cuya cercanía me asusta, su misma sustancia? ¿Es posible que sea siempre igual?

—No lo es —replicó el águila—, son los cometas que caen de cuando en cuando en su esfera lo que sirve para reparar sus fuerzas.

—Explícame la mecánica celeste de todo lo que impresiona mis miradas —siguió Rodrigo—, mis sacerdotes supersticiosos y malvados no me han enseñado más que fábulas, no me han dicho una sola verdad.

—¿Y qué verdad te dirían los embusteros que sólo subsisten por la mentira? Escúchame, pues —prosiguió el águila mientras volaba—: el centro común hacia el que gravitan todos los planetas está casi en el centro del Sol y ese astro gravita hacia los planetas; la atracción que el Sol ejerce sobre ellos sobrepasa a la que ellos ejercen sobre él tantas veces como los sobrepasa en cantidad de materia. Ese astro sublime cambia de posición en todo momento, a medida que está más o menos atraído por los planetas, y esa leve aproximación del Sol restablece el trastorno que los planetas ejercen unos sobre otros.

—Así pues —replicó Rodrigo—, el trastorno continuo de ese astro mantiene el orden en la naturaleza, pues ahí está el desorden necesario para el mantenimiento de las cosas celestes. Si el mal es útil en el mundo, ¿por qué habría que reprimirlo? ¿Y quién asegura que de nuestros desórdenes diarios no nazca el orden general?

—¡Débil monarca de la porción más pequeña de esos planetas! —exclamó el águila—. No te corresponde a ti sondear la perspectiva del Eterno, y mucho menos justificar tus crímenes por las leyes incomprensibles de la naturaleza. Lo que en ella te parece desorden, quizá no sea más que una de las maneras de llegar al orden. No saques de esa probabilidad ninguna clase de consecuencia en la moral; nada demuestra que lo que te sorprende en el examen de la naturaleza sea realmente desorden, y tu experiencia te convence de que los crímenes del hombre sólo pueden obrar el mal.

—Y esas estrellas, ¿también están habitadas? ¡Cuánto aumenta su esfera cuando nos acercamos a ellas!

—No tengas duda de que son mundos, y aunque esos globos luminosos se encuentran cuatrocientas mil veces más alejados de la Tierra de lo que está el Sol, se encuentran aún astros por encima de ellas que nos es imposible ver, que están poblados como las estrellas y como todos los planetas que ves. Pero nos acercamos al final, no me elevaré más —dijo el águila, volviendo a bajar hacia la Tierra—. Que todo lo que has visto, Rodrigo, te dé una idea de la grandeza del Eterno, y mira lo que te han hecho perder tus crímenes, puesto que te privan de acercarte a ello para siempre...

Con esas palabras, el águila descendió sobre la cima de una de las montañas más altas de Asia.

—Aquí estamos, a mil leguas del lugar donde te recogí —dijo el celeste amigo de Júpiter—; desciende tú solo de esta montaña, en su pie es donde existe lo que buscas.

Y desapareció enseguida. Rodrigo descendió en pocas horas la escarpada roca sobre la que lo depositó el águila. Al pie de la montaña encontró una cueva cerrada por una reja que guardaban seis gigantes de más de quince pies de alto.

—¿Qué vienes tú a hacer aquí? —le preguntó uno de ellos.

—A llevarme el oro que debe estar en esa cueva —dijo Rodrigo.

—Antes de conseguirlo, tendrás que destruirnos a los seis —replicó el gigante.

—Esa victoria me asusta poco —respondió el rey—, prestadme unas armas.

Unos escuderos revistieron a Rodrigo inmediatamente. El orgulloso español atacó vigorosamente al primero que se presentó y pocos minutos le bastaron para vencerlo; se acercó un segundo y lo abatió igual; en menos de dos horas, Rodrigo venció a todos sus enemigos.

—¡Tirano! —le gritó la voz que oía algunas veces—. Disfruta de tus últimos laureles, los éxitos que te esperan en España no serán tan brillantes como éstos. El destino de la suerte está cumplido, los tesoros de la cueva son tuyos, pero no servirán más que para tu perdición.

—¿Cómo? ¿Es que no habré triunfado más que para ser vencido?

—Deja de querer sondear al Eterno, sus decretos son inmutables. Son incomprensibles, sabe solamente que la prosperidad que no se espera, no es nunca para el hombre más que el pronóstico seguro de sus desgracias.

La cueva se abrió, Rodrigo vio millones en ella. Un sueño ligero se apoderó de sus sentidos, y cuando se despertó se encontró a la puerta de la torre encantada, en medio de toda su corte y de quince furgones cargados de oro. El monarca abrazó a sus amigos, les dijo que al hombre le sería imposible imaginar todo lo que él acababa de ver, y les preguntó cuánto tiempo hacía que estaba ausente de ellos.

—Trece días —le respondieron.

—¡Oh, cielo santo! —dijo el rey—. Me parece como si hiciera cinco años que viajo.

Al decir esto, se lanzó sobre un caballo andaluz y se alejó al galope para llegar a Toledo, pero apenas estaba a cien pasos de la torre se dejó oír un trueno. Rodrigo se dio la vuelta y vio que ese monumento antiguo era llevado por el aire como una hoja. No por ello voló menos el rey hacia su palacio; justo a tiempo, todas las provincias sublevadas abrían ya las puertas de sus ciudades a los moros. Rodrigo levantó un ejército formidable, marchó a su cabeza contra los enemigos, los encontró cerca de Córdoba, los atacó, y allí se libró un combate que duró ocho días... el combate más sangriento, sin duda, que se hubiese visto nunca en las dos Españas: veinte veces prometió la victoria inconstante sus favores a Rodrigo, otras tantas se los arrebató despiadadamente. Al final del primer día, en el momento que Rodrigo había reunido a todos sus hombres y quizá éstos iban a colocar sobre él los laureles, se presentó un héroe que le propuso que se batiesen cuerpo a cuerpo.

—¿Y quién eres tú —dijo orgullosamente el rey— para que yo te conceda ese favor?

—El jefe de los moros —respondió el guerrero—, estoy harto de la sangre que vertemos, ahorrémosla, Rodrigo, ¿es que debe sacrificarse la vida de los súbditos de un imperio a los débiles intereses de sus señores? Que los soberanos se batan entre sí, cuando les separen las discusiones, y sus querellas ya no serán tan largas. Toma terreno, orgulloso español, y ven a medir tu lanza con la mía. Los frutos de la victoria serán del que de los dos venza... ¿lo aceptas?

—Estoy contigo —respondió Rodrigo—, prefiero no tener que vencer más que a un adversario semejante, a luchar mucho más tiempo contra esas oleadas innumerables de gentes.

—¿No te parezco temible, entonces?

—No he visto nunca un enemigo más débil.

—Es cierto que ya me has vencido, Rodrigo, pero ya no estás en el día de tus triunfos, no languideces en el fondo de tu palacio en el seno de tus indignos deleites, ya no viertes la sangre de tus súbditos para saciarlos, ya no arrebatas el honor de sus hijas...

Con esas palabras, los dos guerreros tomaron campo, los ejércitos tenían los ojos sobre ellos... Se acercaron, se golpearon con ímpetu... se llevaron golpes furiosos. Rodrigo fue abatido del caballo al fin, su valeroso enemigo le hizo morder el polvo y se lanzó enseguida sobre él.

—Reconoce a tu vencedor antes de morir, Rodrigo —dijo el guerrero quitándose el casco.

—¡Ay, cielos! —dijo el español.

—¡Tiemblas, cobarde! ¿No te había dicho que volverías a ver a Florinda en el último momento de tu vida? El cielo, agraviado por tus crímenes, ha permitido que yo saliese del seno de los muertos para venir a castigarte y a terminar tus días. Mira a aquella a quien arrebataste el honor, mírala arruinar tu gloria y tus laureles. ¡Muere, príncipe desgraciado! Que tu ejemplo le enseñe a los reyes de la tierra que sólo la virtud puede consolidar su poder, y que quien abusa de su autoridad, como tú, encuentra tarde o temprano en la justicia del cielo el castigo a sus crímenes.

Los españoles huyeron, los moros se apoderaron de todas las plazas, y así fue la época que los hizo dueños de España, hasta que una nueva revolución, causada por un crimen similar, vino a expulsarlos para siempre.

LORENZA Y ANTONIO

Novela italiana

Los desastres de la batalla de Pavía, el carácter atroz y astuto de Fernando, la superioridad de Carlos V, el crédito singular de aquellos afamados comerciantes de lana, dispuestos a compartir el trono de Francia, y ya instalados en el de la Iglesia[48], la situación de Florencia, instalada en el centro de Italia y que parecía destinada a dominarla; la reunión de todas aquellas causas, al desear el cetro de esa capital, ¿no parecía destinarlo más especialmente, sin duda, a aquél de los príncipes de Europa cuyo esplendor fuese el más brillante? Sin embargo, Carlos V, que lo sentía y al que esas perspectivas debían guiar, ¿se comportó como habría debido prefiriendo a don Felipe, a quien ese trono le era tan necesario para mantener sus posesiones en Italia, prefiriéndolo, digo, a la de su bastarda, a quien casó con Alejandro de Medicis? Y pudiendo hacer a su hijo duque de Toscana, ¿cómo se contentó con no dar más que una princesa a esa bella provincia?

Pero ni esos acontecimientos, ni el crédito que él aseguraba a los florentinos, consiguieron deslumbrar a los Strozzi, poderosos rivales de su príncipe. Nada les hizo perder la esperanza de expulsar tarde o temprano a los Medicis de un trono del que se suponían más dignos y que pretendían desde hacía mucho tiempo.

En efecto, ninguna casa tenía en Toscana un rango más elevado que la de los Strozzi... a quienes una conducta mejor les hubiera hecho pronto poseedores de ese envidiado cetro de Florencia.

Fue durante el mayor esplendor de esa familia[49], cuando todo prosperaba alrededor de ella, cuando Carlo Strozzi, hermano de quien sostenía el esplendor del nombre, menos entregado a los asuntos del gobierno que a sus fogosas pasiones, se aprovechaba del inmenso crédito de su familia para satisfacerlas más impunemente.

Es poco común que los recursos de la grandeza, al halagar los deseos de un alma mal nacida, no se conviertan pronto en los del crimen, ¿qué no

48 Es León X, de la casa Medicis, de quien se trata aquí. *(N. del A.)*

49 De 1528 a 1537. *(N. del A.)*

emprendería el perverso afortunado que se veía por encima de las leyes por su nacimiento, que despreciaba al cielo por sus principios, y que lo podía todo por sus riquezas?

Carlo Strozzi, uno de esos hombres peligrosos a quienes no les costaba nada satisfacerse, había alcanzado sus cuarenta y cinco años, es decir, la edad en la que los crímenes, no siendo ya a consecuencia del ímpetu de la sangre, se razonan y se combinan con más arte, y se cometen con menos remordimientos. Acababa de perder a su segunda mujer, y en Florencia estaban más o menos seguros de que, al haber muerto la primera víctima de la multitud de malos tratos de ese hombre, la segunda debía haber corrido la misma suerte.

Carlo había vivido poco con esa segunda esposa, pero de la primera tenía un hijo, por entonces de veinte años, cuyas excelentes cualidades compensaban a esa casa de las peculiaridades de su segundo jefe, y consolaban a Luigi Strozzi, el mayor de la familia, quien mantenía la guerra contra los Medicis, de no tener una esposa y de no haber sido nunca padre. Toda la esperanza de esa ilustre estirpe no existía, pues, más que en el joven Antonio, hijo de Carlo y sobrino de Luigi. Por lo general, se lo consideraba como aquél que debía heredar las riquezas y la gloria de los Strozzi, como aquél que podía hasta reinar un día en Florencia si la inconstante fortuna retiraba sus favores a los Medicis. Según esto, se comprende fácilmente lo querido que debía ser ese muchacho y los cuidados que se tomaban en su educación.

No había nada que igualase la manera feliz con la que Antonio respondía a esas perspectivas. Era vivo, penetrante, estaba lleno de ingenio y de inteligencia, no tenía otros fallos más que demasiado candor y buena fe, venturoso defecto de las almas buenas; muy instruido, de rostro agradable, no corrompido de ninguna manera por los malos ejemplos y los peligrosos consejos de su padre, ardiendo con el deseo de inmortalizarse, entusiasta de la gloria y el honor; humano, prudente, generoso y sensible, Antonio, como se ve, debía a muchos títulos merecer la estima general, y si nacía alguna inquietud acerca de él en la mente de su tío, era la de ver a un joven tan lleno de virtudes bajo la guía de un padre así, porque Luigi, siempre en los campos de batalla, Luigi, invadido de ambición, apenas podía encargarse de ese valioso muchacho y lo había dejado educarse, a pesar de tantos riesgos, en la casa de Carlo.

¿Quién lo creería? El carácter malvado y celoso de aquel mal padre no veía sin una sombra de envidia tantas bellas cualidades en Antonio, y en el temor de ser eclipsado por ellas tarde o temprano, lejos de fomentarlas, sólo intentaba arruinarlas. Afortunadamente, ese proceder no tuvo consecuencias, la naturaleza excelente de Antonio lo puso al abrigo de las seducciones de Carlo; supo distinguir los crímenes de su padre y odiarlos, sin dejar de amar a quien ensuciaban esos vicios; pero su confianza, demasiado grande, lo hizo algunas veces, no obstante, víctima de un hombre al que debía querer a la vez que despreciar. El corazón lo llevó por encima de la mente a menudo, y eso es lo que producen los malos consejos de un padre tan peligroso: seducen al corazón domando a la razón, se apoderan de todas las cualidades del alma a la vez, y ya se está corrompido, creyendo no haber hecho más que amar o que obedecer.

—Hijo mío —le dijo un día Carlo a Antonio—, la verdadera felicidad no está donde te han dicho, ¿qué esperas de ese vano esplendor de la opción de las armas al que quiere comprometerte tu tío? Esa estima adquirida por la gloria es como esos fuegos fatuos que engañan al viajero; seduce a la imaginación y no aporta más que un deleite más a los sentidos. Eres lo bastante rico, hijo mío, como para someterte al trono, deja a los Medicis el peso agotador del dominio; el segundo del Estado es siempre más feliz que el primero, y raramente crecen los mirtos del amor a los pies del laurel de Marte. ¡Ah, amigo mío! Una caricia de Cipris[50] vale mil veces más que todas las palmas de Belona[51], y no es en mitad de los campos de batalla donde nos encadena el placer, el ruido de las armas lo ahuyenta; el celo y el valor, esas virtudes fanáticas del hombre salvaje, al agarrotar nuestra alma contra las seducciones del placer le quitan esa suavidad deliciosa tan propia para saborearlo. Se ha hecho el oficio de un bárbaro, se está inscrito en los fastos que jamás se leerán; se han abandonado las rosas del templo de Citera[52] al preferir el de la Inmortalidad, donde sólo se recogen espinas. Tu fortuna sobrepasa la de cualquier ciudadano; te rodearán todos los placeres, no tendrás otro estudio que el de elegirlos, ¿y renuncias a tantos atractivos por los sinsabores del cetro? En medio de las preocupaciones de la administración, ¿se te ofrecerá una hora para tus diversiones? ¿Y nacemos para otros cuidados diferentes de los del placer? ¡Ah!, créeme, querido Antonio, la púrpura está muy alejada de los encantos que se le suponen; si uno quiere conservar su esplendor, se pierde en preocupaciones enojosas los momentos más bellos de su vida; si se descuida uno de realzarla, quienes nos envidian la arruinan pronto; sus manos nos arrebatan un cetro que las nuestras ya no pueden sostener, y así, siempre entre el fastidio de reinar y el temor a no ser dignos de ello, llegamos al borde de la tumba sin haber conocido los gozos. Entonces nos envuelve una noche oscura como al último de nuestros súbditos, y hemos sacrificado alocadamente, para sobrevivir en ella lo que, sin lograrlo, nos hunde allí con el desgarrador remordimiento de haberlo perdido todo por ilusiones. Y por otra parte, ¿qué es ese frágil dominio que pretendes, hijo mío? ¿Pueden tener los tiranos de Florencia un papel en Italia cuando no tengan más energía que la suya propia? Echa un vistazo rápido al estado actual de Europa, a los intereses de sus reyes...

---

50 Afrodita.

51 Diosa de la guerra en la mitología romana.

52 Dedicado a Venus.

a los rivales que nos rodean: un príncipe altivo[53] quiere invadir la monarquía del universo... todos los demás deben oponerse a ello, y en esta hipótesis, ¿no debe ser Florencia el primer objetivo de sus deseos? ¿Acaso no son las orillas del Arno desde donde ese príncipe ambicioso, o sus competidores, deben ponerle cadenas a Italia? Florencia será entonces el foco de la guerra, y su trono, el templo de la discordia. Francisco I se levantará del desastre de Pavía, para los franceses, una batalla perdida no es nada; volverá a entrar en Italia, volverá allí con tropas tan numerosas, que los Sforza ya ni se imaginarán que puedan disputarle el Milanesado y él se adueñará de Florencia... Carlos V se opondrá a ello, se dará cuenta de la falta que ha cometido al no asegurarle ese trono a Don Felipe y lo hará todo para que sea su dueño, ¿quién nos quedará contra intereses tan grandes? ¿El papa?... ¿El propio Medicis, cuyas negociaciones, más peligrosas que las armas, no tendrán otro objetivo que el de volver a poner su casa en Florencia, sometiéndola al más fuerte?... Venecia, cuya prudente política no tiende más que al mantenimiento del equilibrio en Italia, no consentirá nunca en Toscana a esos pequeños soberanos que, siempre una carga en la balanza y sin tomar ningún partido, sólo trabajan para que se inclinen hacia ellos el uno y el otro. Todo, hijo mío, todo nos causará enemigos, aparecerán por todas partes sin que se presente ningún aliado. Habremos arruinado nuestra fortuna y aplastado nuestra casa para que un día ya sólo nos encontremos en Florencia siendo los más débiles y los menos opulentos... Deja, pues, tus quimeras, te digo, y lleva a tus deseos a objetos de una posesión más fácil y más agradable, vuela a olvidar en los brazos del placer la loca ambición de tus vastos propósitos.

Pero ni esas palabras, ni otras más peligrosas todavía porque tenían como objetivo las costumbres o la religión, llegaban a corromper a Antonio. Se mofaba de los sentimientos de su padre y le suplicaba que le permitiese no hacerles caso, asegurándole que, si alguna vez llegaba al trono, sabría mantenerse en él con tanto arte y sensatez, que sería él quien diese lustre a la corona, mucho más que el esplendor que recibiría de ella. Entonces Carlo empleaba otros medios para oscurecer las virtudes que lo deslumbraban; tendía trampas a los sentidos de Antonio, lo rodeaba de todo lo que él creía capaz de seducirlo más seguramente, lo hundía con su propia mano en un océano de voluptuosidades, lo animaba a esos desórdenes por medio de lecciones y de ejemplos. Antonio, joven y crédulo, cedía un momento por debilidad, pero la gloria se reanimaba pronto en su alma orgullosa en cuanto la calma de las pasiones lo devolvía a sí mismo. Sacudía con horror todas las trabas de la molicie y regresaba a vencer junto a Luigi.

---

[53] Carlos V. *(N. del A.)*

Un motivo más poderoso todavía que la ambición mantenía en el corazón de Antonio la atención por las costumbres y el gusto por las virtudes, ¡quién no conoce los milagros del amor!

El interés de los Pazzi armonizaba muy bien con los sentimientos de Antonio por la heredera de aquella casa, igualmente rival de los Medicis, y para fortalecer el partido de los Strozzi y derribar más fácilmente a los enemigos comunes, no se pedía nada mejor que concederle a Antonio a Lorenza, aquella heredera que amaba a nuestro joven héroe desde sus años más tiernos, y a la que él adoraba desde que su joven corazón aprendió a hablar. Si había que acudir volando a los combates, Antonio recibía las armas de manos de Lorenza; esas mismas manos cubrían a Antonio de laureles en cuanto él supo recogerlos; una sola palabra de Lorenza inflamaba a Antonio, que por ella habría conquistado la corona del mundo y al colocarla a sus pies aún habría creído que no había hecho nada.

Lorenza reunía sobre su cabeza los bienes de los Pazzi, ¡cuántos títulos nuevos adquirirían los Strozzi mediante esos vínculos!, así pues, se decidieron. Poco después, aquella hermosa muchacha, que sólo tenía aún trece años, perdió a su padre, y como tampoco tenía madre desde hacía mucho tiempo, y como Luigi, que seguía en el ejército, no podía encargarse de esa preciosa sobrina, no se encontró nada mejor que terminase su educación en el palacio de Carlo, donde, más cercana a su futuro marido, podría adquirir los talentos y las virtudes que podrían complacer a aquel con quien ella iba a compartir el destino, y mantener en ese corazón joven los sentimientos de amor y de gloria que ella había alimentado en él hasta entonces.

La heredera de los Pazzi fue llevada enseguida a casa de su futuro suegro, y allí, al ver a Antonio todos los días, se entregó, más aún que lo que había hecho antes, a los sentimientos exquisitos que los atractivos de aquel joven guerrero habían hecho nacer en su corazón.

Sin embargo, debieron separarse. Marte llamó a su hijo querido, Antonio debía ir al combate; todavía no había recogido palmas suficientes para ser digno de Lorenza, pues quería ser coronado para el himeneo con las alas de la gloria; por su parte, Lorenza era demasiado joven para soportar las leyes de ese dios; así pues, todo necesitó aplazamientos.

Pero por mucho dominio que la ambición tuviese sobre Antonio, no pudo alejarse de allí sin lágrimas, y Lorenza no vio partir a su amante sin verterlas muy amargas.

—¡Oh, dueña adorada de mi corazón! —exclamó Antonio en ese momento ineludible—. ¿Por qué es necesario que otras ocupaciones aparte de la de complaceros me arrebaten la dicha de ser tuyo? Ese corazón donde aspiro a reinar mucho más que sobre ningún pueblo, ¿me seguirá al menos en mis conquistas? ¿Y añorarás a tu amante si contratiempos inesperados, mientras combate por ti, lograsen retrasar por un momento sus éxitos?

—Antonio —respondió modestamente Lorenza, volviendo sus bellos ojos llenos de lágrimas sobre los del objeto de su pasión—. ¿Dudarías de un corazón que debe pertenecerte para siempre?... ¿Por qué no me llevas tras tus pasos?, continuamente bajo tus miradas o combatiendo a tu lado, demostrándote si soy digna de ti; encenderé mucho mejor esa antorcha de la gloria que va a guiar tus pasos. ¡Ay!, no nos dejemos, Antonio, me atrevo a suplicártelo, para mí la felicidad no puede existir más que donde tú estés.

Antonio, cayendo a los pies de su amada, se atrevió a mojar con sus llantos las bellas manos que cubrió de besos.

—No —le dijo a Lorenza—, no, alma mía querida, quédate junto a mi padre; mis deberes, tu edad, todo lo exige... es preciso. Pero ámame, Lorenza, júrame, como si estuviésemos ya al pie del altar, esa fidelidad que debe hacerme feliz y mi corazón, más tranquilo y sin escuchar nada más que a sus deberes, me hará volar adonde me llame su voz con un poco menos de dolor.

—¿Qué juramentos tengo que hacerte, eh? ¿Es que no los lees todos en esta alma que sólo está inflamada por ti?... Antonio, si un solo pensamiento extraño pudiese ocuparla un momento, expúlsame para siempre de tus ojos, y que Lorenza no sea nunca la esposa de Antonio.

—Esas palabras lisonjeras me tranquilizan, las creo, Lorenza, y parto menos inquieto.

—Ve, Strozzi, ve a combatir, ve, puesto que es necesario, a buscar otras dulzuras que las que mi ternura te prepara, pero cree que todos los gozos de la gloria, que van a embriagarte el corazón, no lo halagarán nunca tanto como lo está el mío por la esperanza de ser pronto digna de ti; y si es verdad que me amas, Antonio, no te enfrentes a peligros inútiles, piensa que es mi vida los que vas a exponer en los combates, y que después de la desgracia de haberte perdido yo no existiría ni un instante.

—¡Pues bien! Escatimaré esa sangre que debe arder por ti; inflamado por el amor y la gloria, renunciaré a ésta antes que inmolar mi amor, de donde saco mi felicidad y mi vida —y al ver a su amada llorando—. Cálmate, Lorenza, cálmate, volveré triunfante y fiel, y los besos de tu boca de rosa recompensarán a la vez al enamorado y al vencedor.

Antonio se retiró y Lorenza se desvaneció en los brazos de sus doncellas, en su delirio creía oír todavía el tono halagador que acababa de encantarla... Extendió los brazos, no agarró más que una sombra, y volvió a caer en los arrebatos más violentos del dolor.

Con el alma que se le conocía a Carlo Strozzi, y con sus principios y sus pasiones, es fácil darse cuenta de que no fue dueño de la joven belleza, que se había tenido la imprudencia de dejar en sus manos, sin concebir en ese mismo momento el bárbaro proyecto de arrebatársela a su hijo.

Y, en efecto, ¿quién podía ver a Lorenza sin adorarla, eh? ¿Qué ser habría podido resistirse a la llama de sus grandes ojos negros, donde la voluptuosidad misma había elegido su templo?... Corre, hijo de Venus, préstame tu antorcha para dibujar, si puedo, con sus rayos ardientes los encantos seductores que colocaste en ella; haz que tú mismo oigas los tonos que me es preciso emplear para ofrecer una idea de los atractivos con los que la embellece tu poder. ¿Pintaré yo, ¡ay! sin tu ayuda ese talle flexible y suelto que les robaste a las Gracias? ¿Esbozaré esa sonrisa fina donde reina el pudor junto con el placer?... ¿Se verán, sin tu cuidado, las rosas de su tez animarse en medio de los lirios? Esos cabellos del rubio más hermoso flotando por debajo de su cintura... ese interés en todo el conjunto que predispone tan bien a tu culto... Sí, dios poderoso, inspírame, pon en mis manos el pincel de Apeles, guiado por tus delicados dedos... Es tu obra lo que quiero expresar... es a Hebe[54] encadenando a los dioses, o mejor, ¡eres tú mismo, Amor, oculto por coquetería bajo los rasgos de la más bella de las mujeres, para conocer mejor tu dominio y ejercerlo con más seguridad!

Carlo, embriagado por el veneno seductor que sacó de los ojos de Lorenza, no pensaba más que en perturbar la felicidad de aquel desventurado a quien dio la luz. El horror de ese proyecto inquietó poco a Strozzi, no es con un alma como la suya como puede uno asustarse del crimen; sin embargo, se disfrazó. La astucia es el arte del perverso, es el recurso de todos sus crímenes. El primer cuidado de Carlo fue consolar a Lorenza, aquella muchacha inocente dio testimonio de la gratitud ante las bondades que ella creía sinceras y, lejos del motivo que las inspiraba, no pensaba más que en devolver su agradecimiento. Strozzi vio claramente que a su edad no destruiría en esa muchacha los sentimientos que su hijo había hecho nacer, que se rebelaría si le hablase de amor; así pues, había que utilizar la sutileza. La primera idea que se presentó en la mente de Carlo fue emplear con esa persona tan bella una parte de las seducciones que utilizó con su hijo cuando quiso desviarlo de la gloria. Se dieron fiestas a diario en su palacio; Carlo tenía el cuidado de reunir en ellas todo lo más delicioso que la juventud de Florencia podía ofrecer. «Ella no puede amarme, se decía, pero si ella amase a otro que no fuese mi hijo, ahí habría una distracción favorable para mí, eso sería un ultraje a los sentimientos que ella le ha jurado y, desde ese momento, una facilidad que me ofrecería para arrastrarla a otros errores. La misma distracción en casa, Lorenza era servida sólo por los pajes de Carlo, y se tenia el cuidado de rodearla de los más hermosos[55].

Entre éstos, uno preferido de Carlo, de dieciséis años, al que llamaban Urbano, pareció que fijaba un poco más, muy inocentemente, las miradas de Lorenza. Urbano tenía una cara cautivadora, aspecto de salud y de corpulencia, aunque su estatura y todos sus miembros fuesen de una

[54] En la mitología griega, hija de Zeus y Hera, personificación de la juventud y primera copera de los dioses.

[55] No hay que olvidar que, por entonces, aquellos pajes salidos de las mayores casas se encontraban a menudo siendo los padres de sus dueños. *(N. del A.)*

regularidad perfecta; tenía ingenio, amabilidad y atrevimiento, y todo ello mezclado con tantas gracias, que siempre se le perdonaba todo. Su vivacidad, sus ocurrencias y los divertidos giros de su imaginación divirtieron a Lorenza... muy alejada de tomar en consideración sus otros encantos, era a él a quien ella debía las primeras risas que se hubiesen visto sobre sus labios desde la ausencia de Antonio.

Urbano recibió enseguida la orden de Carlo de volar por delante de los deseos de Lorenza...

—Complácela, hazle la corte... ve más lejos —dijo el pérfido Strozzi—, tu fortuna estará hecha si puedes inflamarla... Escúchame, mi querido Urbano, voy a abrirte mi corazón. Aunque eres joven, conozco tu discreción y debes saber cuánto te aprecio, se trata de servirme. El matrimonio que se me ha propuesto para Antonio me desagrada, no hay otra manera de romperlo más que arrebatándole el corazón de Lorenza; haz que este proyecto tenga éxito, hazte querer por la enamorada de mi hijo y te convertiré en uno de los mayores señores de Toscana; tu nacimiento es elevado y puedes, igual que mi hijo, pretender la mano de Lorenza... Sedúcela, cásate con ella, pero que de su derrota quede constancia, ¿podría dártela yo sin eso?... Es necesario que se entregue... sin embargo, no remates tu conquista sin avisarme... En cuando Lorenza haya cedido... en cuanto te hayas hecho dueño de su persona, arrástrala a uno de esos gabinetes que rodean mi aposento... me avisarás... seré testigo de tu victoria... Lorenza, confusa, será obligada a darte su mano... y si todo tiene éxito... si sabes unir la habilidad con la temeridad... ¡Ah!, querido Urbano, ¡qué felicidad será tu recompensa!

Era difícil que tales palabras no produjesen los mayores efectos sobre un muchacho de la edad y del carácter de Urbano. Se lanzó a los pies de su dueño, lo colmó de agradecimientos, le confesó que no había esperado hasta ese momento para sentir por Lorenza la llama más viva, y que el más hermoso de sus días sería aquel en que se coronase esa pasión.

—¡Pues, bien! —dijo Carlo—, trabaja en ello seguro de mi protección, no descuidemos nada que pueda asegurar el objetivo que te halaga y que también es la esperanza más dulce de mi vida.

A pesar de ese primer éxito, Carlo comprendió que habría que poner en juego más de un recurso; después de haber sondeado a varias de las doncellas de Lorenza, pudo averiguar que aquella de la que debía esperar más era una tal Camila, que fue la primera dueña[56] de la joven Pazzi y que estaba junto a ella desde la cuna. Camila era bella aún y podía inspirar deseos, era posible que se entregase a los de su dueño. Strozzi, cuyo principal talento era el conocimiento más profundo del corazón humano... Strozzi, que sabía que la mejor manera de hacer que una mujer aceptase la complicidad en un

---

[56] En el sentido antiguo de *aya* o *preceptora*.

crimen era poseerla, al principio sólo le entró a Camila con esa primera intención; el oro, más poderoso aún que sus palabras, se la consiguió pronto. Por una casualidad de las más afortunadas para Carlo, el alma de aquella criatura detestable era tan negra y tan perversa como la de Strozzi; lo que una engendraba, a la otra le encantaba ponerlo en práctica; se podría haber dicho que aquellos corazones horribles eran obra del Infierno.

Camila carecía de motivo alguno de celos que pudiese legitimar los horrores de los que consintió encargarse, como no había estado nunca en el caso de tener rivalidad alguna con su dueña, ¿por qué la habría envidiado? Pero a Camila se le proponían atrocidades, no hacía falta más para una mujer que, según su propia confesión, sólo estaba contenta cuando se le presentaba la ocasión de poder hacer el mal.

Strozzi, perfectamente al tanto del carácter de ese monstruo, ya no le ocultó que su plan era abusar de Lorenza; además le dijo que ese propósito no debía inquietarla de ninguna manera, porque era una fantasía muy simple que no impediría que Carlo dejase a la fiel dueña la entera posesión de su amor. Sin embargo, Camila, asustada al principio, se tranquilizó después; sin duda deseaba el corazón de Strozzi, pero como era mucho más por interés o por maldad que por delicadeza, en cuanto Strozzi satisficiera una de esas pasiones y se divirtiese con la otra, los sentimientos que podría tener verdaderamente por ella la interesaron menos; que le mandasen horrores y que se le pagase, con eso Camila era la más feliz de las mujeres. Strozzi le habló del plan de que el joven paje sedujese a Lorenza, Camila lo aprobó, respondió que lo seguiría y que sólo pensaba en ejecutarlo. Cada noche tenían en el aposento de Carlo reuniones secretas sobre la manera de tender o de dirigir las trampas que habían organizado; se rendían cuentas de las iniciativas diferentes y combinaban artimañas nuevas. Urbano y Camila eran los agentes principales de aquellas pérfidas negociaciones, en las que las Furias presidían al lado de las Bacantes.

¡Cuántos escollos para la desventurada Pazzi! Su candor... su ingenuidad... su franqueza... su extremada confianza... ¿resistirían?... ¿Es la virtud lo que desarma al crimen? Y, al contrario, ¿no lo irrita más, ya sea al darle más medios de ejecutarse, ya sea en razón de la altura de las barreras que presenta la virtud? ¿Qué dios protegerá entonces a Lorenza de tantas tramas urdidas para arrastrarla al abismo? Urbano puso pronto en marcha todos sus encantos y todos los atractivos de su ingenio, pero cuando, en lugar de divertir, se atrevía a querer gustar... no lo conseguía. ¿Qué otro aparte de Antonio podía reinar en el corazón de Lorenza, eh? Aquel corazón honesto y delicado, que encontraba su felicidad cumpliendo sus deberes, ¿podía alejarse de su objeto ni por un momento? Aquella muchacha inocente ni siquiera parecía que se diese cuenta de que Urbano tuviese otro deseo que el de distraerla. Es una característica de la virtud no sospechar nunca el mal.

Carlo se había jactado de que tendría éxito antes de la época convenida para el matrimonio de Antonio... se equivocó; el deseo de no hacer nada bruscamente para asegurar mejor el éxito le hizo perder mucho tiempo. Antonio regresó; Luigi lo acompañaba; Lorenza había llegado a la edad prescrita, había cumplido los catorce años; el matrimonio se consumó.

Si es difícil describir la ingenua alegría de Lorenza al encontrarse en el culmen de sus deseos... los excesivos arrebatos de Antonio... la satisfacción de Luigi, lo es sin duda mucho más expresar el dolor de Carlo, al ver que todos los pasos que debían asegurar su crimen iban ahora a hacerse mucho más difíciles... Lorenza en poder de un esposo, ¿dependería de él tan íntimamente? Pero los obstáculos inflaman a los pérfidos y Carlo estuvo más furioso por ellos, nunca fue más constantemente jurada la pérdida de su nuera.

Como la influencia de los Medicis seguía aumentando en Florencia, fue necesario que Antonio renunciase a las dulzuras del himeneo para ir a combatir de nuevo. El propio Luigi presionó a su sobrino, le hizo ver que no podía prescindir de él, pero que no había razón personal alguna que debiese hacerlo descuidar los intereses generales.

—¡Ay, cielo santo, te pierdo por segunda vez, Antonio! —exclamó Lorenza—. ¡Apenas hemos conocido la felicidad, y el destino se complace en separarnos! ¡Ay! ¿Quién sabe si la suerte seguirá siéndonos favorable?... Ya te ha protegido, lo reconozco, pero, ¿seguirá colmándote con sus dones? ¡Ah! Strozzi, Strozzi, no sé, mil presentimientos espantosos, que no sentí en nuestra primera separación, vienen hoy a inquietarme; vislumbro desdichas dispuestas a caer sobre nosotros, sin que me sea posible distinguir la mano que va a abatirse... Antonio, ¿me amarás siempre? Piensa que ahora le debes mucho más a la esposa que lo que le debías antes a la enamorada... ¡Cuántos títulos te encadenan a mí!

—¿Y quién los siente mejor que tu esposo, Lorenza? Multiplica sin cesar ante mis ojos todos esos derechos cautivadores, y mi alma, todavía más exigente, te descubrirá otros nuevos.

—Pero, Strozzi, ¿por qué separarnos esta vez? Lo que el año pasado no se podía, hoy ya no presenta ningún obstáculo, ¿es que no soy tu esposa? ¿Es que hay algo en este mundo que pueda impedirme estar a tu lado?

—¿Convienen el tumulto y el peligro de los campos de batalla a tu sexo y a tu edad?... No, alma querida, no, quédate, la ausencia será aquí menos larga que la otra; una batalla va a decidir el éxito de nuestras armas: o seremos aniquilados para siempre, o reinaremos antes de seis meses.

Lorenza acompañó a su esposo hasta San Giovanni, a poca distancia del cuartel de Luigi, y siguió asegurándole que presagiaba desgracias que le era imposible designar... diciéndole que se extendía un velo oscuro para ella sobre el futuro, sin que pudiese atravesarlo. Con esas sombrías ideas, los llantos de la joven esposa de Antonio fluyeron con abundancia, y así fue como se separó de todo lo que amaba en el mundo.

La piadosa Lorenza no quiso dejar los alrededores de la célebre abadía de Valombroza sin ir a hacer un voto allí por el éxito de las armas de su marido. Al llegar a ese retiro tenebroso, situado al fondo de un oscuro bosque donde apenas penetraban los rayos del sol... donde todo inspiraba esa especie de terror religioso que tanto les gusta a las almas sensibles, Lorenza no pudo evitar que se derramasen lágrimas nuevas, que inundaron el altar de Dios adonde iba a implorar... Allí, en el seno del llanto y del dolor, postrada junto al santuario con los cabellos flotando en desorden y los brazos alzados al cielo... la compunción y el enternecimiento le prestaban a sus hermosos rasgos más interés aún; allí, digo, pareció que esa sublime criatura, elevada hacia su Dios, recibía de los rayos de ese mismo Dios Santo las virtudes que la caracterizaban... Se habría podido acusar de injusto al Eterno si no hubiese complacido los votos del ángel celestial, en el que tan bien se describía su imagen.

Carlo, que había acompañado a su nuera, pero que, lleno de desprecio por esos actos piadosos, no había querido penetrar siquiera en el templo, después de haber cazado por los alrededores vino a recogerla y la llevó a una finca que él poseía bastante cerca de allí, en un paraje más agreste todavía. Se había convenido que se pasaría el verano en aquella casa; los disturbios que iban a agitar Florencia hacían que vivir allí fuese peligroso; además, aquella soledad era del gusto de Carlo. El crimen se complace en esos lugares horribles: al envolver con las sombras del misterio a un culpable, la oscuridad de los vallecillos y a la umbría imponente de los bosques parecen disponerlo con más energía a las confabulaciones que medita. La clase de horror que esas situaciones arrojan sobre el alma, la arrastran a actos que tienen el mismo tono de desorden que le imprime la naturaleza a esos terroríficos lugares; se diría que la mano de esa naturaleza incomprensible quisiera someter a todo el que vaya a contemplarla en sus caprichos... a las mismas irregularidades que presenta.

—¡Ay, Dios! ¡Qué desierto! —dijo Lorenza asustada al percibir un montón de torres en el fondo de un precipicio, coronado de tal manera de pinos y de alerces[57], que el aire apenas circulaba por allí—. ¿Hay otros seres —continuó Lorenza—, además de las bestias feroces, que puedan vivir en este lugar?

—Que lo de afuera no te subleve —respondió Carlo—, lo de adentro te compensará.

Después de muchas penas y fatigas, puesto que a ese lugar no podía llegar carruaje alguno, Lorenza llegó allá por fin y reconoció que, efectivamente, a esa residencia solitaria no le faltaba nada de lo que puede hacer

[57] Especie de pino, común en los Alpes y los Apeninos, especialmente triste y sombrío. *(N. del A.)*

agradable la vida. Una vez llegados a aquella hondonada, aparte de un castillo cómodo y perfectamente amueblado, podían encontrarse parterres, bosquecillos, huertos y estanques[58].

Pasaron los primeros momentos instalándose, pero la esposa de Antonio, aunque estaba en medio del lujo y la abundancia, al no ver absolutamente a nadie que viniese a ese oscuro reducto, se dio cuenta rápidamente de que su retiro no era más que una prisión aceptable. Manifestó un poco de inquietud, Carlo alegó las inclemencias del tiempo, las dificultades, el peligro de los caminos... el decoro, que parecía exigir que mientras Antonio estuviera en el ejército su mujer viviese en la soledad...

—Este aburrimiento se animará, no obstante —dijo Carlo con falsedad—. Ya lo ves, hija mía, no he escatimado nada que pudiera complacerte; Camila, que está apegada a ti, y Urbano, que te divierte, están de camino y se apresuran a anticipar tus deseos... Tus dibujos... tu guitarra, bastante buen número de libros, entre los cuales no he olvidado a Petrarca, a quien veneras, todo está aquí... todo va a servir para distraerte, y seis meses pasan muy deprisa.

Lorenza quiso informarse de los medios para escribir a su marido.

—Tú me darás tus cartas —respondió Carlo— y saldrán cada semana con mi remesa.

Ese arreglo, que pareció incomodar los pensamientos de Lorenza, estaba muy lejos de gustarle, sin embargo, no manifestó nada... De hecho, aún no tenía nada de qué quejarse, así pues, disimuló y los días fueron pasando.

Todo volvió a tomar el mismo curso que en la capital; pero el extremo pudor de Lorenza se inquietó enseguida por las libertades que se tomaba Urbano; excitado fuertemente por su dueño y otro tanto, sin duda, por su propia disposición natural, el imprudente paje se atrevió al fin a reconocer su pasión. Aquella audacia sorprendió inesperadamente a la esposa de Antonio, que, muy alarmada, fue volando enseguida hacia Carlo y le llevó las quejas más amargas contra Urbano... Al principio, Strozzi la escuchó con atención...

—Mi querida hija —dijo él después—, creo que le das demasiada importancia a la indisciplina que yo mismo he aconsejado; considera todo esto con muchísima más filosofía. Eres joven y apasionada, estás en la edad de los placeres y tu esposo está ausente. ¡Ah! Querida hija, no lleves tan lejos una severidad de costumbres de la que no recogerás más que privaciones; la lección a Urbano ya está dada, niña mía, con él no corres peligro alguno. Respecto al extraño perjuicio que temes provocarle a los sentimientos debidos a tu esposo, no hay ninguno; un daño que se ignora no afecta nunca. ¿Me alegarás el amor? Pero la satisfacción de una necesi-

[58] Esa residencia no está inspirada en un país quimérico, el autor la vio y la describió en el propio lugar; está a cuatro millas al norte de Valombroza, en el mismo bosque. Ya no pertenece a los Strozzi. *(N. del A.)*

dad no ofende en nada a los sentimientos morales; reserva para tu esposo todo lo que corresponda a la metafísica del amor y que Urbano goce del resto; y digo más, incluso si la imagen de ese esposo adorado llegases a olvidarla, incluso si los placeres saboreados con Urbano llegasen a apagar el amor que tú conservas locamente por un ser al que los peligros de la guerra te arrebatarán quizá en cualquier momento, ¿dónde estaría entonces el crimen? ¿Eh, Lorenza?... Lorenza, incluso si tu esposo se enterase de todo, sería el primero que te diría que la mayor de todas las locuras es reprimir deseos que, extendidos... que multiplicados pueden formar de dos cautivos voluntarios los seres más libres y más felices del mundo.

El infame, aprovechándose entonces del desorden que arrojó su horrible discurso en el alma virtuosa de aquella atractiva criatura, abrió un gabinete, en el cual estaba Urbano.

—Mira —exclamó él—, eres una mujer demasiado crédula y has recibido de mi mano un marido que no podrá satisfacerte, para consolarte, acepta a un amante capaz de repararlo todo.

Y el indigno paje se arrojó enseguida sobre la virtuosa y triste esposa de Antonio y quiso obligarla al último exceso...

—¡Desgraciado! —exclamó Lorenza, rechazando a Urbano con horror—. Huye lejos de mí si no quieres arriesgar la vida... Y tú, padre mío... tú, de quien debería oír otros consejos... tú, que deberías guiar mis pasos en la trayectoria de la virtud... tú, a quien venía a implorar por los atentados de ese miserable... No te pido más que un favor... déjame salir al instante de esta casa que detesto, iré a encontrar a mi esposo en los campos de batalla de Toscana... iré a compartir su destino, y sean los que sean los peligros que me amenacen, siempre serán menos horribles que los que me rodean en tu casa.

Pero Carlo, furioso, se puso delante de la puerta por donde la joven se lanzaba para huir...

—No —le dijo—, no, ciega criatura, no saldrás de este aposento hasta que Urbano esté satisfecho.

Y el paje, enardecido, renovó sus indignos esfuerzos, cuando un impulso involuntario lo detuvo de repente... Miró a Lorenza... no se atrevió a terminar... estaba emocionado y vertió sus lágrimas... ¡Maravillosa influencia de la virtud!... Urbano cayó a los pies de aquella a quien se quería que mancillase, sólo pudo pedirle gracia... no tuvo más que la fuerza de implorar su perdón... Strozzi se enfureció.

—¡Sal! —le dijo a su paje—. ¡Ve a llevarte lejos de mí tus remordimientos y tu timidez!, y tú, Lorenza, prepárate a todos los efectos de mi resentimiento.

Pero aquella mujer interesante, a quien le prestaba fuerzas la virtud, se refugió en un resquicio y, armándose con el puñal de Strozzi, imprudentemente dejado encima de una mesa...

—Acércate, monstruo —le dijo ella—, acércate ahora si te atreves; mis primeros golpes serán para ti, los segundos me arrancarán la vida.

Una acción tan valerosa en una mujer que apenas llegaba a los dieciséis años, se impuso completamente a Strozzi. Todavía no era el dueño de su nuera, como esperaba serlo un día; se calmó, o más bien lo fingió.

—Deja esa arma, Lorenza —dijo con sangre fría—, déjala, te lo ordeno por la autoridad que tengo sobre ti... —y abriéndole la puerta del aposento—: Sal, Lorenza —continuó—, sal, eres libre; te doy mi palabra de que no te obligaré... Me equivocaba, hay almas para cuya felicidad no hay que trabajar nunca, las ofuscan demasiados prejuicios, es necesario dejarlas que languidezcan; sal, te digo, y deja esa arma.

Lorenza obedeció sin responder, y en cuanto franqueó la puerta de ese nefasto aposento, tiró el puñal y volvió a sus habitaciones.

El único consuelo de aquella infortunada en crisis semejantes era la pérfida Camila, aún sin desenmascarar a los ojos de su dueña. Lorenzo se arrojó a los brazos de esa criatura, le contó lo que había pasado, se deshizo en lágrimas y suplicó a la dueña que se valiese de todo para hacerle llegar secretamente una carta a su marido. Camila, encantada de demostrar su celo a Carlo traicionando enseguida a Lorenza, se encargó del recado. Pero aquella adorable mujer, demasiado circunspecta para acusar al padre de su esposo, se quejó a Antonio solamente del mortal aburrimiento que la devoraba en la casa de Carlo; describió el deseo que tenía de salir de ella, la necesidad que había de que ella pudiese ir a reunirse con él al instante, o que él viniese a verla al menos por un solo día.

En cuanto esa carta estuvo escrita, le fue enviada a Carlo por Camila. Strozzi la abrió con precipitación y no pudo impedirse, a pesar de toda su furia, de admirar la prudente contención de aquella joven, que, sin duda fuertemente ofendida, no se atrevió, no obstante, a nombrar a su perseguidor. Quemó la carta de su nuera y escribió enseguida otra a Antonio con un estilo muy diferente.

Ven en cuanto recibas mi carta —le decía a su hijo—, *no hay un momento que perder. Te han traicionado, y lo has sido por la serpiente que yo misma he alimentado en mi casa. Tu rival es Urbano... ese hijo de un aliado nuestro, que fue criado junto a ti y casi con las mismas consideraciones; no me he atrevido a castigarlo, la circunstancia era demasiado delicada... Ese crimen me sorprende y me indigna hasta tal punto, que algunas veces he creído que me equivocaba; corre, pues... ven a aclararlo todo. Llegarás hasta mí con misterio... evitarás todas las miradas y yo misma ofreceré a las tuyas el horroroso cuadro de tu deshonra... Pero trata bien a esta infiel, es la única gracia que te pido, es débil y joven, yo sólo estoy furiosa con Urbano, es necesario que nuestra venganza caiga solamente sobre él.*

Un correo fue volando al campamento de Luigi, y durante el intervalo Strozzi terminó de preparar sus artimañas. Primero consoló a Lorenza y la halagó... y gracias a su arte seductor la convenció de que todo lo que había hecho era sólo para probar su virtud y situarla bajo una luz más brillante...

—¡Qué triunfo para tu marido, Lorenza, cuando se entere de tu conducta!... ¡Ah!, no dudes, querida niña, del extremo placer que me ha causado, ojalá pudiesen tener todos los esposos mujeres que se parezcan a ti, y el amor conyugal, el don más bello de la divinidad, haría muy pronto felices a todos los hombres.

No hay nada tan confiado como la juventud y nada tan crédulo como la virtud. La joven esposa de Antonio se arrojó a los pies de su suegro, le pidió perdón por todo lo que hubiese podido escapársele con demasiada violencia en su defensa. Carlo la abrazó, quiso sondar aún más ese corazón joven y le preguntó a su hija si no le había escrito a Antonio.

—Padre mío —respondió Lorenza con ese candor que la hacía adorable—, ¿es que puedo ocultarte algo? Sí, envié una carta, se lo encargué a Camila.

—Habría debido decírmelo.

—No la reprendas por su celo conmigo.

—La regañaré por su discreción.

—Te pido que la perdones.

—Concedido, Lorenza; ¿y en esa carta?...

—Le ruego a Antonio que vuelva o que me permita ir a reunirme con él; pero no escribí ninguna queja por esa escena, cuya causa ignoraba y de la que en este momento no puedo ocultarme.

—No le haremos un misterio de eso, hija mía, es preciso que conozca tu amor, es necesario que se entere de su triunfo.

Todo se calmó, y el mayor entendimiento reinó entonces en una casa a la que acababan de perturbar tantos desórdenes. Pero esa calma no debía reinar por mucho tiempo, ¿es que el alma de los perversos deja que la virtud respire en paz? Semejantes a las olas de un mar cambiante, es necesario que sus constantes crímenes trastornen a todo el que se atreva a confiarse sobre su elemento, y sólo en el fondo de la tumba encuentra la inocencia un puerto seguro para los escollos innumerables de ese océano peligroso.

Carlo maquinaba a la vez todo lo que podía legitimar la acusación con la que acababa de cargar a la esposa de su hijo, y todo lo que al mismo tiempo pudiera librarla de un cómplice tímido del que veía claramente que tenía que desconfiar. El maquiavelismo empezaba a hacer progresos en Toscana, ese sistema[59], concebido en Florencia, debía empezar por seducir a los habitantes de esa ciudad. Carlo era uno de los partidarios más importantes, y a menos que estuviese obligado a fingir, publicaba siempre sus

[59] Fue a Lorenzo II de Medicis, padre de Alejandro y primer duque de Florencia, a quien MAQUIAVELO dedicó su obra, titulada *El Príncipe*; libro del que se trata aquí. *(N. del A.)*

máximas. En ese gran sistema político, había leído: *Que era necesario engatusar a los hombres, o sacrificarlos, puesto que se vengan de las ofensas leves, y que no pueden vengarse cuando están muertos*[60]. Había leído en los discursos del mismo autor[61]: *Que el afecto del cómplice debe ser muy grande, si el peligro al que se expone no le parece todavía mayor, y que en consecuencia, era necesario, pues, o no elegir más que cómplices íntimamente ligados a uno mismo, o deshacerse de ellos en cuanto se hubiesen utilizado.*

Partiendo de esos nefastos principios, Carlo dio, pues, órdenes análogas; se aseguró de Camila, volvió a encender el celo de Urbano, lo animó con una nueva esperanza de recompensas más impresionantes, y dejó que llegase Antonio.

El joven esposo, asustado, acudió apresuradamente; un momento de calma se lo permitió. Entró de noche en la casa de Carlo y se arrojó llorando en sus brazos.

—¿Cómo? ¡Padre mío, ella me ha traicionado!... la esposa que yo adoraba... ella... ella... Pero, ¿estás completamente seguro? ¿No te han engañado tus ojos?... ¿Es posible que la virtud misma?... ¡Ay, padre mío!

—Ojalá no la hubiese traído nunca a esta casa —dijo Carlo estrechando contra su pecho a Antonio—, el aburrimiento, la soledad... tu ausencia, ¡sin duda todas esas causas la han arrastrado al horroroso crimen que mis ojos han descubierto demasiado bien!

—¡Ah! Guárdate mucho de convencerme de ello, padre mío; con lo enfurecido que estoy... quizá no podría responder de su vida... Pero ese Urbano... ¡ese monstruo al que colmábamos de bondades!... sobre él recaerá toda mi cólera... ¿Me lo confías, padre?

—Cálmate, Antonio... convéncete, tu sosiego te lo exige. ¿De qué serviría tu cólera?

—Para vengarme de un traidor y castigar a una pérfida.

—En cuanto a ella, no, me opongo a ello, hijo mio... al menos hasta que te hayas aclarado. Quizá me equivoqué, no condenes a esa infortunada sin que tus ojos hayan visto su crimen y sin que hayas escuchado lo que pueda decir para justificarlo. Pasemos la noche tranquila, Antonio, y mañana todo se aclarará.

—Pero, padre, ¿y si la viese en este mismo instante? Si fuese a caer a sus pies... ¡o atravesarle el corazón!

—Aplaca ese desorden, Antonio, y te lo repito, no tomes ninguna decisión hasta que lo hayas visto todo, no decidas nada hasta que hayas escuchado a Lorenza.

---

[60] Página 15, capítulo 3. *(N. del A.)*

[61] Libro 3, capítulo 6. *(N. del A.)*

—¡Ay, Dios!, vivir en la misma casa que ella... pasar una noche cerca de ella, no castigarla si ella ha faltado... ¡no gozar de sus castos besos y abrazos si es inocente!

—Desventurado joven, no puede serte permitida esa alternativa de tu ciego amor, tu esposa es criminal, sin duda, pero no es el momento de vengarte.

—¡Ah! ¿Encontraré jamás el de odiarla? Lorenza, ¿son esos tus juramentos de adorarme siempre? ¿Qué te he hecho yo para que me ofendas así?... Los laureles que iba a recoger... ¿acaso no era para presentártelos?... Si deseaba dar fama a mi casa, era para embellecerte con su esplendor... No hay ni un solo pensamiento de Antonio que no se dirija a Lorenza... no hay ninguno de mis actos que no la tenga como principio... Y cuando te idolatro, cuando ni toda mi sangre vertida por ti me parecía suficiente todavía para convencerte de mi amor... ¡cuando te comparaba con los ángeles del cielo!... cuando la dicha de la que gozan ellos era la imagen de la que yo esperaba en tus brazos... ¡entonces me traicionas tan despiadadamente!... No, no, no habrá suplicio lo bastante aterrador... ¡no lo habrá lo bastante horrible!... ¿Quién, yo, vengarme de Lorenza?... Suponer que es culpable... lo vería sin poder creerlo... si ella me lo dijese, yo acusaría de error a mis sentidos antes que a ella de inconstancia... No, no, sólo hay que castigarme a mí, padre... es en mi corazón donde se hundirá el puñal... ¡Oh, Lorenza, Lorenza! ¿En qué se han convertido aquellos días exquisitos en los que los juramentos de tu amor se estampaban tan maravillosamente en mi alma... Entonces, ¿no era más que para engañarme por lo que el amor te embellecía pronunciando aquellas promesas aduladoras? ¿Se llenaba de encantos tu voz sólo para seducirme con más artificio? ¡Y todas las expresiones de mi ternura debían cambiarse en mi corazón en otras tantas serpientes que lo devoran! ... Padre mío... padre... sálvame de mi desesperación... ¡es preciso que yo muera, o que Lorenza sea fiel!

En el mundo sólo podía existir el alma feroz de Strozzi a la que tales tonos no desgarrasen, pero los malvados se complacen en el espectáculo de los males que provocan, y cada una de las gradaciones del dolor con el que absorben a sus víctimas es un disfrute para ellos. Quienes conozcan la clase de alma donde establece su dominio el crimen, imaginarán fácilmente que la de Carlo debía estar muy lejos de estremecerse con esa dolorosa escena; al contrario, el bárbaro estaba encantado al ver a su hijo en la situación donde lo quería para asegurarse del crimen que se atrevía a esperar. Sin embargo, a fuerza de ruegos, Antonio consintió pasar el resto de la noche sin ver a Lorenza; se hundió en su dolor sobre un sillón junto a la cama de Carlo, y el día llegó al fin para iluminar la escena horrible que iba a convencer a Antonio.

—Hay que tener paciencia hasta las cinco —dijo Carlo despertándose—, ese es el momento en que tu indigna esposa espera a Urbano en el parque, en la glorieta de naranjos.

Llegó por fin aquel terrible momento.

—Sígueme —le dijo Carlo a su hijo—... Apresurémonos, Camila acaba de avisarme y tu deshonra se consuma...

Los dos Strozzi avanzaron al fondo de los jardines... Cuanto más se acercaban, menos podía contenerse Antonio...

—Detengámonos —dijo Carlo—... Desde este lugar podremos verlo todo...

Con esas palabras, entreabrió un seto para su hijo... a diez pies todo lo más de la glorieta fatídica... ¡Oh, santo cielo! ¡Qué espectáculo para un hombre que adoraba a su esposa! Antonio vio a Lorenza tendida sobre un lecho de plantas, y al traidor Urbano en sus brazos... Ya no se contuvo; franquear el follaje que le servía de escudo... volar hacia la pareja adúltera y apuñalar al infame que lo deshonraba, todo eso no era para él más que obra de un instante... Su brazo se elevó sobre su culpable esposa, pero el estado en que él creía que le puso su presencia lo desarmó... La desventurada tenía los ojos cerrados, ya no respiraba... la palidez de la muerte cubría sus bellas mejillas... Antonio amenazó... no se le oía... se estremeció, lloró, se tambaleó...

—¡Está muerta! —exclamó—... no ha podido soportar mi vista... La naturaleza me arrebata la dulzura de vengarme yo mismo; derramaría su sangre en vano... ya no notaría mis golpes... ¡Que la socorran... que se devuelva a esta pérfida a la luz!... ¡Que se me dé el placer cruel de desgarrar ese corazón ingrato que ha podido traicionarme hasta este punto!... Quiero que ella respire por cada uno de sus sentidos la muerte espantosa que le preparo... Sí, que la devuelvan a la luz... es posible que... ¡Oh, Lorenza, Lorenza! Que yo pueda dudar aún... Que la reanimen, padre... que la reanimen, quiero oírlo, quiero saber de ella misma qué razones han podido llevarla a este cúmulo de horrores... quiero ver si le queda bastante falsedad para justificar su perjurio... y con qué mirada sostendrá toda la vergüenza.

Ya no había necesidad de socorro alguno para el desventurado paje. Ahogado por su propia sangre junto a Lorenza, entregó el alma sin proferir ni una palabra. Con una alegría maligna vio Carlo expirar a ese torpe cómplice del que no tenía casi nada que esperar para el crimen, y todo que temer por la delación. Llevaron a Lorenza a sus habitaciones, abrió los ojos... Ignoraba lo que había pasado... le preguntó a Camila la razón de ese amodorramiento súbito que se había apoderado de ella en la pérgola de los naranjos... ¿la habían abandonado?... ¿había estado sola? Se dio cuenta de la consternación... ¿qué había ocurrido?... Sintió un malestar cuya causa le era desconocida. En el espantoso sueño de aquella letargia, creyó ver a Antonio lanzarse sobre ella y amenazar su vida... ¿Era cierto?... ¿estaba su marido en ese lugar? Todas las preguntas de Lorenza se cruzaban y se multiplicaban, si empezaba veinte, no terminaba ninguna. Sin embargo, Camila está lejos de tranquilizarla.

—Se conocen vuestros crímenes, señora —le dijo ella—, preparaos a expiarlos.

—¡Mis crímenes!... ¡Oh, cielo santo!... Me asustas, Camila, ¿qué crimen he cometido? ¿Qué era ese sueño mágico en el que he caído a mi pesar?... ¿Se habrán aprovechado de él para renovar los horrores?... Pero Carlo me ha decepcionado, que preparaba un triunfo para mi virtud... que no le tendía trampas a mi inocencia... Me lo dijo... ¿me habrá engañado? ¡Dios, en qué estado me encuentro!... ¡Ah!, lo veo todo... me han traicionado... durante ese sueño espantoso... Urbano... el monstruo... y Strozzi, los dos de acuerdo, sin duda... ¡Ay, Camila!, dímelo todo... dímelo todo, Camila, o te tendré como la enemiga más mortal.

—Ahorráos esos fingimientos, señora —respondió la dueña—, son inútiles, todo ha sido descubierto... que vos amabais a Urbano, que le dábais citas en el parque... donde lo habéis vuelto muy feliz, ¿y qué momento habéis elegido para ello? El mismo en que vuestro esposo acudía por la carta para él que me habíais encargado, que venía para manifestaros su amor y su celo por vos, aprovechando el único día que le dejaba libre la tarea de las armas.

—¿Está aquí Antonio?

—Os ha visto, señora, ha sorprendido vuestros amoríos culpables y ha apuñalado al objeto... Urbano ya no está, el desvanecimiento en el que os ha sumergido la vergüenza y la desesperación os ha salvado la vida, sólo a esa causa le debéis el no haber seguido a vuestro amante a la tumba.

—No te entiendo, Camila, un desconcierto tremendo se ha apoderado de mi razón... noto que desvarío... ten compasión de mí, Camila... ¿Qué has dicho tú?... ¿Qué he hecho yo?... ¿De qué quieres convencerme?... Urbano, muerto... Antonio, en este lugar. ¡Oh, Camila! Socorre a tu afligida dueña...

Y con estas palabras, Lorenza se desvaneció.

Apenas volvía a abrir los ojos cuando Carlo y Antonio entraron en sus aposentos; ella quiso arrojarse a los pies de su marido.

—Deteneos, señora —le dijo fríamente Antonio—, esa agitación, dictada por vuestros remordimientos, está lejos de enternecerme; sin embargo, no vengo como juez informado a condenaros antes de escucharos; no me pronunciaré hasta después de haber conocido, por vos misma, qué razones han podido llevaros a la acción infame que acabo de sorprender.

Ante esas palabras, nada podía igualar la nefasta turbación de Lorenza; veía claramente que habían engañado a sus sentidos... pero, ¿qué podía decir? ¿Se defenderá como debiera? No podía hacerlo sin desvelar la terrible intriga de Carlo... sin armar al hijo contra el padre... ¿Se acusará a sí misma? Estaba perdida... y lo que era peor, se había vuelto indigna de volver a ganarse jamás el corazón de su esposo. ¡Oh, qué situación más fatídica!... Lorenza habría preferido la muerte... y, sin embargo, había que responder.

—Antonio —dijo ella con tranquilidad—, desde que estamos unidos, ¿has visto en mí algo que debiera hacerte creer que yo fuese capaz de pasar en un instante de la virtud al crimen?

ANTONIO: Es imposible responder de una mujer.

LORENZA: Yo tenía el orgullo de creerme la excepción, imaginé que el corazón donde tú reinabas ya no podía pertenecer a otro.

CARLO: ¡Cuántos rodeos!... ¡Qué artificios tan ingeniosos! ¿Se trata de saber si se ha podido cometer el mal, o no?... ¿Se duda de lo que se ha visto? Nosotros te preguntamos los motivos que hayan podido llevarte a este exceso, y no si es cierto que seas culpable o que pudieses ser inocente.

—Cuántas razones, padre mío —le dijo Lorenza a Carlo—, deberían invitarte a tratarme con menos rigor; de suponer que yo fuese una criminal, ¿no te corresponde a ti hacerte cargo de mi defensa? ¿No es de ti de quién debo esperar compasión?... ¿No debes servir de mediador entre tu hijo y yo? No os he dejado desde la ausencia de mi esposo... ¿quién mejor que tú debe creer en la inocencia de una mujer... de una mujer que ha hecho de su virtud su único tesoro?... Strozzi, acúsame tú mismo, y me creeré culpable.

—No hace falta que mi padre os acuse —dijo Antonio con cólera en los ojos—, los testigos... los delatores, todo se vuelve inútil después de lo que he visto.

LORENZA: Así que entonces Antonio me cree adúltera... se atreve a sospechar de la que ama... de la que le jura que habría preferido la muerte al crimen horroroso del que se me acusa... —y tendiendo sus bellos brazos a su esposo y vertiendo un torrente de lágrimas—: ¿Es cierto que mi esposo me acusa? ¿Puede creer siquiera un momento que Lorenza haya dejado de adorarlo?

—¡Traidora! —exclamó Antonio, rechazando los brazos de su esposa—. Tu seducción ya no me impresiona... no te imagines que me desarmarás con esas palabras almibaradas que anteriormente eran el encanto de mis días... ya no las escucho... ya no podría escucharlas... esa miel de amor que brota de tus labios ya no puede embriagar mi corazón, en este corazón, endurecido para ti, ya no encuentro más que ira y odio.

—¡Ay, cielo santo! ¡Qué desgraciadísima soy! —exclamó Lorenza, fundiéndose en lágrimas—. Puesto que, de mis acusadores, el que debería estar más convencido de mi inocencia es el que más severamente me ataca... —y recuperándose—: No, Antonio, no, tú no lo crees... es imposible que yo haya podido ensuciarme con ese crimen, y es más imposible todavía que tú puedas creerlo.

—Es inútil, hijo mío, escuchar más tiempo a esta criminal —dijo Carlo queriendo alejar a Antonio, al que veía demasiado a punto de ceder—; su alma, ya corrompida, le sugiere mentiras espantosas que sólo servirían para irritarte aún más... Vamos a pronunciarnos sobre su suerte.

—¡Un momento... un momento! —exclamó Lorenza, precipitándose a los pies de los dos Strozzi y formándoles una barrera con su cuerpo—... No, no me dejaréis mientras yo no esté justificada... *(y mirando fijamente a Carlo)*... si, tú me justificarás... *(orgullosamente)* es de ti de que espero mi defensa... sólo tú estás en condiciones de emprenderla.

—Levantáos, Lorenza —dijo Antonio completamente emocionado—, levantáos y responded con exactitud si queréis convencer. Vuestra justificación no concierne a mi padre, sólo vos podéis establecerla, ¿y cómo os atreveríais, después de lo que he visto? No importa. Responded: ¿estabais o no en el jardín hace unos momentos?

LORENZA: Allí estaba.

ANTONIO: ¿Os dirigisteis allí sola?

LORENZA: Allí no fui nunca de esa manera, Camila me acompañaba, como lo ha hecho siempre.

ANTONIO: ¿Habíais dado una cita a alguien en ese paseo?

LORENZA: A nadie.

ANTONIO: Entonces ¿qué ha podido hacer que Urbano se encontrase en el mismo lugar que vos?

LORENZA: Es imposible que pueda darte cuenta de eso... Oh, Carlo, ¿te dignarías explicárselo a tu hijo?

CARLO: Ella quiere que yo diga lo que pudo arrastrarla al crimen; pues lo diré, hijo, ya que lo exige. Desde el día siguiente de vuestro matrimonio, esta criatura perversa no dejó de poner sus ojos en Urbano; se escribían, lo he sabido y he vacilado en contártelo... ¿Me correspondía a mí denunciarla ante ti?... Rompí ese trato... castigué a Urbano, lo amenacé con toda mi cólera; yo todavía respetaba bastante a esta miserable para no hablarle de sus errores, me imaginaba que al contener a uno de los dos, el otro no se atrevería a intentar nada... Me sedujo mi bondad, me engañó, ¿puede detenerse alguna vez a una mujer que quiere perderse? Seguí vigilándoles a ambos... de eso se encargó Camila, yo sólo quería enterarme por aquella de sus doncellas que la amase más y que, al no haberse separado de ella desde niña, de forma natural debía acusarla menos o defenderla mejor. Por Camila he sabido que esta intriga comenzó en Florencia y continuó en esta casa de campo; desde entonces he creído que debía renunciar a toda consideración, he creído deber advertirte y lo he hecho. Ya ves cómo se defiende... ¿qué más quieres, hijo mío? ¿Qué más te hace falta para obligarte a castigar a esta miserable?... ¿Para vengar tu honor ofendido?

—¿Camila me acusa? —le dijo Lorenza a Carlo, con tanta sorpresa como orgullo.

—Hay que escucharla —dijo Antonio dirigiéndose a la dueña—. Tú, en quien había confiado el cuidado de todo lo que amaba... habla. ¿Es culpable Lorenza?

Camila: Señor...

Antonio: Habla, te digo, quiero que lo hagas.

Lorenza: Responde, Camila, yo también lo exijo, ¿qué pruebas tienes de que soy culpable?

Camila: ¿Puede hacerme la señora esa pregunta después de lo que sabe de sí misma? ¿Lo ignora, o es que ya no se acuerda de que quiso encargarme de esa correspondencia culpable, y de que me dijo que era muy desdichada por no haber conocido al joven Urbano antes que a Antonio, y que, puesto que él era de alta cuna y podía emparejarse a la señora, ella no habría querido nunca otro esposo?

—¡Abominable criatura! —dijo Lorenza queriendo arrojarse sobre esa mujer, pero fue contenida por Carlo—. ¿A qué abismo del Infierno vas a buscar las calumnias con las que te deshonras?...

Y presentándose a Antonio con el seno descubierto...

—¡Pues bien, señor, castigadme!... Castigadme en este mismo instante si es verdad que soy tan culpable como se atreven a pintarme a vuestros ojos... Aquí está mi corazón, hundid en él vuestro puñal, no dejéis que subsista por más tiempo un monstruo que ha podido traicionaros hasta ese punto, sólo soy digna de vuestro odio y vuestra venganza... Arrancadme la vida, o yo misma me ocuparé de eso.

Y al pronunciar esas palabras, se arrojó sobre el puñal de Antonio, pero éste, oponiéndose a esa furia...:

—No, Lorenza, no —le dijo—, tú no morirás así, debes ser reservada para dolores más grandes... que cada día tu crimen, presentado ante tus ojos, te haga sentir mejor el aguijón de los remordimientos.

Lorenza: Antonio, yo no soy una adúltera; en el mismo momento que me acusas, una voz secreta te habla en mi favor... averigua la verdad... infórmate; ¿hasta qué punto me crees un monstruo?... Aquí respiran unos más espantosos que yo, conócelos antes de condenarme, descúbrelos antes de quitarme tu corazón, y no me desprecies antes de estar más esclarecido. Yo estaba en el jardín, con la única compañía de Camila; apenas llegué bajo el bosquecillo, un adormecimiento sobrenatural vino a apoderarse de mis sentidos... Dicen que me viste... que me viste en los brazos de Urbano... que has matado a Urbano... lo ignoro todo... sólo he tenido unos sueños horribles y el sueño más profundo.

Carlo: ¡Qué insolencia! Camila, ¿habrías sumergido tú con algún filtro a tu dueña en esa letargia de la que no ha podido defenderse?... Urbano... el desdichado Urbano, desprovisto de toda clase de fortuna, ¿te propuso que hicieras la tuya para conseguir ese servicio de ti? ¿Y te prestaste tú a ello?

Camila: Por mucha fortuna que me hubiese ofrecido Urbano, señor, y aunque me hubiese convertido en dueña de un imperio, ¿habría yo querido conseguirla al precio de tal infamia?... Mi edad... mi posición, la confianza con la que se me honra en esta casa, mi enorme cariño por mi dueña, todo debe responderos sin duda de mi, y si dejaseis de estimarme, señor, yo pediría retirarme inmediatamente.

—¿Qué respondes tú, pérfida? —dijo entonces Antonio, lanzando miradas furiosas a Lorenza—. ¿Qué respondes a estas acusaciones donde reinan la franqueza y la verdad?

Lorenza: Nada, señor, pronunciáos... era sólo de vuestra alma de donde esperaba mi defensa... Pronunciáos, señor, lo he dicho todo, se me hace imposible añadir nada a mi justificación... todo habla en contra de mí... Antonio, crédulo, prefiere acusarme a abrir los ojos; Antonio, engañado por todo lo que lo rodea, prefiere creer a sus enemigos más peligrosos que a aquella que lo idolatrará hasta el último suspiro... Ya no tengo más que sufrir mi sentencia... ya no tengo más que rogar a mi esposo... y al que habría debido servirme de padre... que me acusa cuando sabe muy bien que soy inocente, ya no tengo más que suplicar a uno y otro que decidan pronto mi destino.

—¡Ah, Lorenza! —exclamó el joven Strozzi, mirando todavía con ternura a aquella por quien se creía tan fuertemente ofendido—. ¿Entonces es eso lo que me juraste desde mis más tiernos años?

—Antonio —replicó Lorenza—, cede al impulso que te habla en mi favor... No detengas esas lágrimas que mojan tus párpados, ven a derramarlas en mi pecho... en este pecho que arde por tu amor... Ven a desgarrar, si quieres, este corazón al que crees culpable y que sigue inflamando tu ternura... Sí, lo consiento, aniquila la vida de quien ya no crees que sea el homenaje digno de ti, pero no me dejes morir con la espantosa idea de que mi esposo sospecha de mí... que me desprecia... ¿Por qué no vive ya Urbano?... Menos astuto... quizá su candor... Antonio, ¿es que no puedes escucharme? ¿Por qué están encadenadas mis expresiones en mis labios? ¿Por qué prefieres acusarme?... ¿Y quién debe amarte más que yo?

Pero Antonio ya no oyó esas últimas palabras; arrastrado por su padre... convencido del crimen de su mujer, iba a pronunciarse contra ella... iba, por desgracia demasiado engañado, a consentir la desgracia de la más virtuosa y más desdichada de las criaturas.

—Hijo mío —dijo Carlo—, esa joven no me ha engañado nunca, reconocí el engaño en su carácter desde los primeros días de su himeneo. Soy mucho menos enemigo de los Medicis que tu tío, y pensaba terminar los trastornos que nos dividen y que desgarran el seno de la patria dándote una de las sobrinas de Cosme... todavía hay tiempo, ella es un ángel de belleza, de dulzura y de virtudes, pero se necesitarían dos cosas imposibles de conseguir de ti: que renunciases a la vana ambición que te enceguece... y que, contento con ser el segundo en Florencia, le dejases el trono a los Medicis, que, apoyados ahora por el emperador, lo conservarán infaliblemente; y que supieses vengarte del monstruo que te ofende.

—¡Inmolarla!... ¿Yo, padre mío, inmolar a Lorenza?... ¡A ella, que a pesar de su crimen parece amarme todavía con tanto ardor!

—¡Hombre débil! ¿Pueden seguir dominándote los sentimientos fingidos para engañarte más? Si Lorenza te amase, ¿te habría traicionado?

—La muy pérfida, ¡no la perdonaré en mi vida!

—Y en ese caso, ¿puedes dejarla vivir? ¿Debo soportarlo yo mismo, puedo permitir que una mujer que te deshonra encuentre refugio en mi casa?... Y esa descendencia que espero de ti... que deseo y que debe ser mi consuelo... ¿puedes sustraerte a ella, hijo?... Necesitas una mujer... necesitas una mujer por fuerza, y como no puedes tener dos, entonces es necesario que sacrifiques a la que te ofende por aquella de la que debemos esperar nuestra felicidad mutua. Que la mujer que tomes sea el vínculo por el cual yo trabajaba para encadenar la discordia y acabar con nuestras diferencias, o bien otra que te convenga más; de todas maneras, necesitas una esposa, ese deber incontenible es la sentencia de Lorenza.

—Pero, ¿podemos pronunciarnos nosotros solos sobre la muerte de esta culpable?

—Sin duda alguna —dijo Carlo—, es inútil que proclamemos nuestra infamia, y además, ¿es que la política de los príncipes en esta materia puede ser alguna vez la de los pueblos? ¿Qué esperas de Lorenza hoy? ¿Se regresa alguna vez a la virtud cuando uno se ha precipitado tan joven en el vicio? Ella sólo viviría para perpetuar tu deshonra, para multiplicar tus penas, para convertirte cada día en el hazmerreír y el desprecio de nuestros compatriotas... Y si tú llegases a reinar, Antonio, ¿elevarías al trono de Florencia a quien mancilló tu lecho? ¿Podrías presentar al homenaje de los pueblos a la que no será digna más que de su desprecio? Y ese amor que los súbditos conceden tan de buen grado a los hijos de su señor, ¿te atreverás a exigirlo para el resultado de los amores vergonzosos de tu pérfida esposa? Si llegasen a descubrir los florentinos que el hijo de los Strozzi al que han coronado no es más que el fruto ilegítimo de la intemperancia de su madre, ¿supones que lo harían príncipe después de ti? Prepararías en tus dominios discusiones seguras y revoluciones inevitables que harían entrar muy pronto a tu familia en la nada, de donde no la habrías sacado más que un día. ¡Ah!, renuncia a tus planes de ambición si no puedes ofrecerle al pueblo, sobre el que pretendes reinar, una compañera que sea tan digna como tú; pero, ¡qué me importa el hombre cobarde y crédulo, qué me importan tu vergüenza y tu deshonra! Languidece, languidece en paz en las cadenas con que te cautiva esa miserable, ámala criminal y culpable, respétala mientras te aplasta con su odio y su desprecio... Sé vil a los ojos de toda Europa, pero expulsa de ese débil corazón la ambición que querrías aliar en vano con tanta bajeza; ¿pueden nacer sentimientos de grandeza y de gloria en un alma de barro? Arruínate tú sólo al menos, no exijas que yo comparta tu deshonra, no te imagines que me envolverás en ella, sabré huir de la presencia de un hijo tan poco digno de mí... y morir lejos de una infamia que no tuvo la fuerza de vengar.

Unas lágrimas falsas fueron a prestar aún más energía a las espantosas palabras de Carlo, Antonio se dejó convencer... Lorenza ya no estaba ante su vista, todo la pintaba infiel, y firmó su sentencia. Se convino entre el padre y el hijo que Camila se encargaría de la tarea de hundir a la culpable en la noche eterna de la tumba; se decidió que su muerte sería anunciada como fruto de una enfermedad; que Antonio iría a terminar la campaña bajo las órdenes de su tío y que, a su vuelta, los dos hermanos se pondrían de acuerdo en unos nuevos esponsales. Antonio habría querido ver una vez más a su desventurada esposa antes de partir, un impulso secreto, del que no era dueño, parecía arrastrarlo irresistiblemente hacia esa víctima infortunada de la perversidad de Carlo, pero se resistía a ello. Su padre tenía el cuidado de no dejarlo solo y de reafirmarlo si titubeaba. Antonio partió sin ver a Lorenza, se alejó hecho un mar de lágrimas... volviendo los ojos a cada momento hacia el triste castillo que iba a servir de ataúd a quien había amado tanto... a quien era más digna que nunca de todos los sentimientos de su corazón.

—¡Bien, Camila! —dijo Carlo en cuanto se vio seguro del fruto de su crimen—. Ella ahora nos pertenece... ¿Comprende tu imaginación lo que puede resultar de la situación en que la coloco?... Y del arte con el que me he deshecho, por mano de mi hijo, de ese cómplice torpe que no podía más que perjudicarme, ¿qué piensas? Pero escúchame, Camila, y sigue sirviéndome con el mismo celo si quieres gozar de la fortuna cierta que te aseguro. No quiero deberle Lorenza a la fuerza, ese triunfo sería demasiado flojo para mi corazón ofendido, quiero obligarla a suplicarme que sea suyo... me rendiré sólo a sus ruegos, y quiero que me los haga... Escúchame, Camila, voy a explicártelo todo, vas a ver lo necesario que me es todavía tu apoyo. Lorenza adora a Antonio, por ese mismo amor, que debes encargarte de destruir, voy a obligarla a que me lo conceda todo. Hay que alimentar la esperanza en ese corazón de fuego, tu tarea será enardecerlo sin cesar. Vamos a consignar a Lorenza en una mazmorra de mi castillo... La sentencia de su marido, diremos, la condena a muerte, y sólo por compasión la sustraemos de ella. Lorenza debía morir y ese destino le parecerá suave en comparación con el que le estaba destinado. Allí le hablarás sin cesar la posibilidad de calmar a su marido y de hacer que un día resplandezca su inocencia ante los ojos de Antonio; te excusarás por haber sido su delatora, te justificarás por haber sido tú misma víctima de todo, en una palabra, intentarás volver a ganarte su confianza... Solamente te verá a ti, eso no será difícil. No dejarás de presentarme como el único conciliador que alguna vez pueda conseguir devolverle el descanso que ha perdido. Te contará mis pretensiones con ella, no se ha atrevido a decírselas a su marido, pero a ti te las confesará, Camila. De esas mismas confesiones nacerán tus seducciones. «¡Pues bien! —le dirás—, esos son los medios de romper vuestras cadenas, no os resistáis a las perspectivas de Carlo, encadenadlo con la atracción de los placeres y no dudéis de que él mismo llevará a Antonio a vuestros pies». Atizarás sobre todo esa llama con la que arde por su marido, le propondrás encargarte de sus cartas, en una palabra, controlarás siempre, con arte, ese amor por mi hijo y la sumisión que exijo de ella, de esa manera se cumplirán mis planes. Me invocará para terminar su suplicio, me lo concederá todo con tal de volver a ver a Antonio, incluso exigirá que me satisfaga con el fin de devolvérsela antes a su esposo... y ese es el objetivo de mis deseos.

Camila, tan pervertida como su dueño, no se asustó de ninguna manera por esos propósitos abominables, aquellas palabras monstruosas no la hicieron temblar... Estúpida y malvada criatura, que no se daba cuenta de que las armas que iba a aguzar podrían atravesarla a ella misma, y que con un criminal como Strozzi... *(acababa de verlo)*... el cómplice tenía tanto que temer como la víctima. No lo vio, o sólo lo percibió demasiado tarde. Es un permiso de la Providencia que la ceguera que acompaña siempre al crimen y que esa seguridad que tiene quien se entrega a él se conviertan en la sentencia del cielo, que venga a la naturaleza.

Se preparó enseguida una prisión para Lorenza; Camila quería que fuese horrible, pero Carlo se opuso a ello.

—No —dijo él—, compongamos nuestros golpes por política, no asestemos los más fuertes más que por necesidad; quiero que Lorenza encuentre en su celda todos los muebles que puedan suavizar su situación, allí será servida espléndidamente y no le faltará de nada.

Todo estuvo preparado aquella misma noche. Strozzi, que ardía por estar seguro de su conquista, entró en el aposento de su nuera y le declaró que estaba provisto con la orden de su marido de hacerla morir en un baño.

—¿En un baño, señor?... ¿Es muy espantoso ese suplicio?

—Es el menos doloroso de todos.

—¡Oh! ¿Qué importa, qué importa? Ya no tengo ni desgracias ni tormentos que temer, la pérdida del corazón de Antonio era lo único que podía destrozarme y lo he experimentado en todo su horror. Hoy la vida me es indiferente, consiento en perderla... Pero vos, que conocéis tan bien mi inocencia, ¿de dónde viene que os hayáis complacido en acusarme... en cubrirme de calumnias? ¿Por qué habéis tolerado las atrocidades de Camila?

—Desde que conocisteis mis deseos, puesto que los resististeis con tanto rigor, ¿pudísteis imaginar por un momento que mi venganza no os aplastaría?

—Entonces, ¿me engañásteis muy cruelmente cuando me asegurásteis que vuestras pruebas eran sólo una trampa para mi virtud, con las que su lustre se destacaría con más resplandor?

—Esas recriminaciones se hacen superfluas, hay que ceder a vuestra estrella.

—¡Así pues, soy vuestra víctima! Entonces sois vos sólo quien me sacrifica... vos, de quien esperaba ayudas en mis años jóvenes; vos, que debíais asegurar mis pasos en el sendero de la sabiduría; vos, que debíais ocupar el lugar del tierno padre que me arrebataron mis desgracias... sois vos, despiadado, quien, porque ya no tengo apoyos en el mundo, quien, porque no he querido ceder al crimen, vais a cortar bárbaramente mis tristes días... *(y prosiguiendo con lágrimas),* ¡ay!, sin duda habré vivido muy poco... sin embargo, lo bastante para conocer a los hombres y para detestar sus horrores... ¡Oh, padre mío, padre mío, dígnate salir del seno de los muertos!... que mi tono lastimero pueda reanimar vuestras cenizas, venid a proteger otra vez a vuestra desgraciada Lorenza... venid a contemplarla al borde del ataúd, donde la hacen descender todos los crímenes reunidos contra ella en la primavera de su vida... Vos decíais que la educábais para asentarla en uno de los tronos mejores de Italia, y no habéis hecho más que venderla a los verdugos.

—Se ofrece todavía un medio para salvaros del infortunio.

—¿Un medio? ¿Y cuál es?

—¿Es que no me entendéis, Lorenza?

—¡Ah! Demasiado, señor... pero no esperéis nada del estado al que me reducís... No, no esperéis nada de él, Strozzi, yo moriré pura e inocente... digna de ti, mi querido Antonio. Esa idea me consuela, y prefiero mil veces la muerte a ese precio que una vida infame que me envilecería ante tus ojos.

—Bien, Lorenza, tenéis que seguirme.

—¿No podría yo gozar de la última despedida de mi esposo?... ¿Por qué no es él quien me da la muerte?, sería menos horrenda para mí si la recibiese de su mano.

—Él ya no está aquí.

—Se ha marchado... sin verme... sin escuchar mi justificación... ¡sin permitirme que me eche a sus pies!... Se ha marchado creyéndome culpable... ¡Oh, Carlo!... Carlo, ya no tenéis la posibilidad de un tormento que pueda desgarrar mi corazón con tanta furia... Golpead... golpead sin temor; Antonio me desprecia... ya sólo puedo desear la muerte, la pido, la exijo... Le corresponde a la mortaja recibir mis lágrimas y a la tumba engullirlas... *(y después de un ataque de espantoso dolor)...* Señor —continuó aquella desdichada—, ¿me estará permitido al menos que tenga al morir el retrato de Antonio ante mi vista?... Ese retrato pintado por Rafael, en una época más feliz para mí... esa imagen querida a la que adoro y que me devuelve tan bien sus rasgos... ¿podré fijar mis últimas miradas en ella y morir idolatrándola?

—Ni ese retrato, ni la vida os serán arrebatados, Lorenza, os digo que tenéis que seguirme, pero no a la muerte.

—Ojalá que sea a la muerte, más que a la infamia, señor; recordad que prefiero la muerte a los tratamientos indignos que sin duda me destináis.

—Entra, Camila —dijo Carlo con tranquilidad—, entra y guía tú misma a tu dueña al aposento que te está destinado, puesto que su desconfianza conmigo es todavía más horrenda en el momento mismo que le salvo la vida.

Lorenza siguió a Camila y vio con extrañeza la nueva residencia que se le destinaba...

—¿Qué se quiere hacer de mí? —exclamó—. ¿Y por qué encerrarme? Soy inocente, o soy culpable; en el primer caso, no merezco nada de esto; en el segundo, soy un monstruo al que no hay que dejar vivir ni un instante.

—Que esta indulgencia no os extrañe ni os aflija, señora —respondió la dueña—, yo sólo la veo como un augurio muy favorable para vos. Carlo, convertido en dueño de vuestro destino; Carlo, al que Antonio suplicó que os diera muerte, sin duda no imaginó este medio más que para suavizar a vuestro esposo... para daros el tiempo de hacer que resplandezca vuestra inocencia y llevaros luego con él.

—Esos no son los propósitos de Carlo... Y además, ¿qué confianza puedo tener en la que los interpreta... en la que sólo me ha pagado las bondades que he tenido con ella con mentiras y calumnias espantosas?... ¡Pérfida criatura, tú sola eres la causa de mis males!... es a ti sola a quien debo mi perdición... ¡qué horrores no han salido de tu boca! ¿Cómo has podido actuar tan indignamente conmigo?

—Yo misma he podido estar engañada en muchas cosas, señora; todo esto es un enigma que sólo le corresponde resolver al tiempo. Que sólo os preocupe el futuro..., pensad que podéis mucho, que vuestra vida, vuestra felicidad... que todo está en poder vuestro... pensadlo... Vos amáis a Antonio, podéis volver a verlo... ¡Oh, Lorenza, Lorenza! No puedo decir más de ello; adiós.

Lorenza, muy agitada, pasó ocho días en esa situación sin oír hablar ni de Camila, ni de su suegro. La servía un viejo que no permitía que le faltase de nada, pero de quien resultaba imposible sacar ninguna clase de aclaración. Su estado fue inhumano durante esa primera parte de sus infortunios; el temor, la inquietud... sobre todo, la desesperación por no encontrarse ya en situación de demostrar su inocencia, el pesar (al precio que hubiera sido) de no haberla hecho resplandecer lo bastante cuando podía hacerlo y de haberse contenido por consideraciones que eran demasiado delicadas como para que el bárbaro que la sacrificaba hubiese podido percibirlas; tales eran los sentimientos confusos que la desgarraban uno tras otro, tal era el caos de ideas donde flotaba su imaginación. La infortunada se ahogaba en sus lágrimas, hacía que fluyesen, con una alegría amarga, sobre ese retrato adorable de un esposo demasiado crédulo y demasiado presto para acusarla, al que ella no adoraba menos.

Como no se le había negado nada hasta ahora, en momentos de calma aprovechó sus talentos para suavizar sus males; hizo una copia con sus manos de aquel retrato tan querido, y transcribió con su sangre, en la parte baja, estos versos que Petrarca, su autor preferido, había escrito para el de Laura[62].

Però che' vista ella[63] *si mostra umile,*
prommettendomi pace nell' aspetto
ma poi ch'i' vengo a ragionar con lei,
benignamente assai par che m'ascolte;
se risponder savesse a' detti miei.
Pigmalion, quanto lodar ti dei
dell' immagine tua se mille volte
n'avesti quel ch'i' sol' una vorrei!

PÉTRARCA, DEL SONETO 57.

Camila apareció al noveno día y encontró a su dueña en un gran abatimiento. Le hizo notar, con toda la habilidad que le hacía capaz su falsedad, que el único medio que podía quedarle para romper sus cadenas y ser devuelta a su marido era ceder a los deseos de Carlo.

—Que su parentesco respecto a vos no os asuste, señora —continuó aquella sirena—, ese crimen no existe más que por la mezcla de la misma sangre; pero aquí no se trata más que de lazos de convención, sólo tenéis a Carlo por las alianzas. ¡Ah!, creedme, no titubeéis; ya conocéis a Carlo, sólo está demasiado seguro de que Antonio lo ha dejado como dueño de vuestra vida, y no respondo de los efectos de su venganza si seguís irritándolo con vuestras negativas.

---

[62] Ese retrato de la bella Laura fue realizado por el célebre Simone de Siena, discípulo de Giotto, a quien se puede considerar junto a Cimabue como el restaurador de la pintura en Florencia. Ambos fueron los primeros que hicieron que volviese a florecer en Italia ese arte, desconocido desde los siglos antiguos de Roma. Para complacer a su amigo Petrarca, Simone multiplicó mucho los retratos de Laura. La pintó en Aviñón, en la iglesia de Notre-Dame de Dons, allí está representada vestida de verde y salvada del dragón por san Jorge. Se la ve igualmente en Florencia, en la iglesia de Santa-Maria-Novella; una llamita le surge del pecho, está igualmente vestida de verde con flores entremezcladas en su vestido y entre el número de mujeres que representan los placeres de este mundo. Simone la pintó también en Siena, allí está como virgen y eso es lo que les hizo decir a algunos imbéciles que el objeto que celebraba Petrarca era la Santísima Virgen, mentira absurda y suficientemente rebatida en nuestros días; no era a la Virgen lo que Petrarca celebraba, sino a Laura, bajo los rasgos de la Virgen. *(N. del A.)*

[63] Ese femenino se relaciona con la imagen y no con Laura, a quien se dirigía Petrarca; no se ha querido cambiar nada del texto. *(N. del A.)*

Pero ningún sofisma tuvo éxito; esas palabras indignas indignaron a Lorenza, desafió todas las amenazas y nada pudo decidirla a dar ese paso.

—Camila —respondió llorando la joven esposa de Strozzi—, tú ya me has sumido bastante en la desgracia, no intentes que me ahogue en ella. De todas las calamidades que me aplastan, para mí la más horrenda sería faltarle a mi esposo. No, Camila, no, no conservaré mi vida al precio de un crimen semejante. De todas maneras, es preciso que yo perezca, mi sentencia ya se ha dictado, lo siento de sobra; la muerte no será nada para mí si la recibo siendo inocente, me sería horrible si fuese culpable.

—Vos no moriréis, Lorenza, no moriréis, os lo juro, si concedéis a Carlo lo que exige de vos, no os respondo de nada sin eso.

—¡Pues bien! Suponiendo que fuese lo bastante débil como para ceder a tus odiosas peticiones y que pagase mi libertad con mi honra, ¿te imaginas, a pesar de tus horrorosos razonamientos, que yo me atrevería a ofrecerme a mi esposo ensuciada por un crimen tan abominable?... Al acabar de ser la amante del padre, ¿tendría yo el atrevimiento de convertirme en la mujer del hijo? ¿Crees que ese horror le permanecería ignorado por mucho tiempo? Y aunque yo misma llegase a vencer toda mi repugnancia, ¿con qué ojos me vería Antonio cuando conociese mi ignominia? No y no, te lo digo otra vez, Camila, prefiero morir honrada por él, que conservar mi vida por un acto hecho para merecer su desprecio; son el corazón y la estima de mi esposo los encantos de mi vida, toda la dulzura se vería perturbada en ella si yo no fuese digna del uno y de la otra. Aunque él debiera ignorar lo horroroso que yo hubiese hecho para recuperarlo, la horrible turbación de mi consciencia no me dejaría disfrutar ni un solo instante de calma, y yo moriría igualmente en una desesperación cuyo origen él conocería muy pronto.

Con terribles ataques de furia se enteró Carlo del poco éxito que habían tenido las exhortaciones de Camila; los obstáculos llevan a la crueldad en un alma como la de Strozzi.

—Vamos —dijo Carlo—, cambiemos de táctica, lo que no he conseguido por la astucia... quizá me lo valgan los tormentos. La esperanza la sostiene, sus quimeras la consuelan, hay que tratarla con severidad y destruir todas sus ilusiones... Me detestará, pero qué me importa... ya me odia... Camila, hay que meterla en una prisión más desagradable, hay que quitarle todas las comodidades de las que goza ahora, arrebatarle sobre todo ese retrato de donde extrae las fuerzas que la incitan a resistirme, lo que la consuela y la fortalece de sus males... en fin, hay que hacerle tan aciaga su situación y redoblar de tal manera el peso de sus cadenas, que ceda a ello y que me implore.

La despiadada Camila ejecutó inmediatamente las órdenes de su señor, arrastraron a Lorenza a un cuarto donde apenas penetraban los rayos del sol, allí la vistieron de negro, le anunciaron que no se entraría allí más que cada tres días para llevarle un alimento muy inferior al que había tenido hasta entonces. Sus libros, su música, los medios de dibujar sus ideas, todo le fue arrebatado dolorosamente; pero cuando Camila pidió el retrato, cuando quiso llevárselo de las manos de su dueña, Lorenza lanzó unos gritos espantosos hacia el cielo.

—¡No! —dijo ella—. ¡No! No me quitéis lo que puede calmar mi destino, ¡en nombre de Dios, no me lo arrebatéis! Quitadme la vida, sois sus dueños, pero que al menos muera sobre este retrato venerado, mi único consuelo es hablarle... bañarlo a cada momento con mis lágrimas... ¡Ah!, no me privéis del único bien que me queda... yo le pinto mis males, él me escucha... su dulce mirada los suaviza; yo lo invado con mi inocencia, él cree en ella; devuelto algún día a mi esposo, le dirá lo que he sufrido. ¿A quién me dirigiría si ya no lo tuviera?... ¡Oh, Camila, no me quites este tesoro!

Las órdenes eran rigurosas, había que ejecutarlas; se arrancó el retrato a la fuerza y Lorenza se desvaneció. Ese fue el momento en que Carlo se atrevió a ir a contemplar a su víctima...

—¡La muy pérfida! —exclamó, teniendo en las manos el retrato que acababan de entregarle—. Así que este es el objeto que cautiva su corazón... que la impide entregarse a mí —y arrojando a lo lejos aquella joya—. Pero, ¿qué digo? ¡Ay! ¿Qué hago, Camila? ¿Será atormentándola como podré doblegar su odio?... ¡Qué bella es... y cómo la idolatro!... Abre los ojos, Lorenza, atrévete por un momento a creer que tu esposo está a tus pies, déjame gozar de la ilusión... Camila, ¿por qué no me aprovecharía yo de este instante?... ¿Quién me lo impide?... No, no, quiero estimular su cólera todavía más, si no puedo encender su amor. No sería lo bastante desgraciada si sólo triunfase sobre ella en brazos del sueño.

Carlo se retiró; a fuerza de cuidados, Camila reanimó los sentidos de su dueña y la abandonó a sus pensamientos.

Cuando tres días después Lorenza vio entrar a Camila, tendió los brazos hacia aquella Furia y le suplicó que consiguiera su muerte.

—¿Por qué se me quiere conservar viva por más tiempo —dijo—, si es seguro que jamás concederé lo que se exige de mí? Que se me abrevie la vida, lo pido con insistencia, o pasando al fin por encima los principios religiosos que hasta ahora me han retenido, me destruiré a mí misma sin duda alguna; mis males son demasiado horribles para que pueda soportarlos por más tiempo. Dile a Carlo, que se complace en verme sufrir, que el placer del que disfruta está a punto de extinguirse, que le suplico que me sacrifique los últimos momentos de ese placer y que me hunda inmediatamente en la tumba.

Camila respondió solamente con nuevas seducciones, no había nada que no hubiese puesto aún en uso; desarrolló junto a su joven dueña la elocuencia más hábil del crimen, pero sin tener éxito. Lorenza persistió en pedir la muerte, y solamente algunos auxilios religiosos, si quieren concedérselos. Carlo, avisado por Camila, se atrevió a volver a ese lugar de horrores.

—¡Basta ya de compasión! —le dijo a su víctima—. Pero sabe que no morirás sola, ahí está tu indigno esposo, y la suerte que lo espera es la misma que va a arrancarte la vida; su muerte precederá a la tuya. Adiós, ya no te queda más que un momento de vida...

Se retiró.

En cuanto Lorenza estuvo sola, se entregó a los extravíos más horrendos...

—¡Esposo querido! —exclamó—. Tú morirás, mi verdugo me lo ha dicho, pero al menos será cerca de mí... quizá sabrás que he sido acusada falsamente y nosotros dos volaremos a los pies de un Dios que nos vengará. Si la felicidad no ha podido lucir para nosotros en la tierra, volveremos a encontrarla en el seno de ese Dios justo, siempre abierto a los desventurados... Tú me amas, Antonio, tú todavía me amas, yo sigo teniendo en mi corazón esas últimas miradas que te dignaste echar sobre mí cuando te arrancaste de mis brazos... Te han cegado y te han seducido, Antonio, te perdono, ¿puedo acaso entrever tus errores cuando mi alma se ocupa de ti? Esa alma será pura, será digna de la tuya, no habré conservado mi vida por un crimen horrible, no habré merecido tu desprecio... Pero si fuera cierto que tu vida fuese al precio del crimen que se exige... si fuera verdad que yo pudiera salvarte cediendo... ¡No, tú no lo querrías, Antonio!, la muerte te asustaría menos que la infidelidad de tu Lorenza... ¡Ah!, renunciemos juntos a esos lazos terrenales que sólo nos cautivan sobre un océano de dolores; rompamos esos lazos, puesto que es preciso, y perezcamos los dos en el seno de la virtud.

Aquella infortunada se arrojó al suelo después de esa invocación y allí se quedó... allí permaneció inanimada hasta el momento en que volvió a abrirse su mazmorra.

En ese intervalo se había cumplido un suceso singular. Carlo se había decidido a cometer dos crímenes a la vez: el de no esperar más tiempo para consumar sus proyectos sobre la esposa de su hijo, a quien iba a someter a la fuerza, puesto que se le hacía imposible conseguirlo de otra manera, y el de sepultar hasta el recuerdo de todos sus horrores desembarazándose del segundo cómplice que lo servía. Había envenenado a Camila, pero en cuanto esa nueva víctima sintió los estragos del veneno, los remordimientos acudieron a desgarrarla y, aprovechando sus últimas fuerzas, se apresuró a escribir a Antonio. Le puso al decubierto las tramas de su padre, le pidió perdón por haberlo ayudado a urdirlas; le informó de que Lorenza respiraba todavía, que era inocente, y le aconsejaba que no perdiese ni un instante para venir a arrancarla de la afrenta y de la muerte que la esperaban inevitablemente. Camila había encontrado la clave para hacer que su carta llegase al campamento de Luigi, y sólo fue a tenderse sobre su lecho de muerte después de haber calmado su consciencia con ese paso. Carlo, que lo ignoraba, no dejó de seguir sus propósitos y se preparó para llevarlos a cabo.

Era de noche; el canalla, con una lámpara en la mano, entró en la mazmorra de su nuera. Lorenza estaba en el suelo, tendida allí casi sin vida. Allí estaba el objeto... el objeto de la compasión más tierna sobre el que aquel monstruo se atrevió a concebir placeres abominables... Contempló a aquella infortunada... Pero el cielo estaba harto de sus crímenes, y ese fue el momento que eligió para poner término al fin a las profanaciones de aquella bestia feroz... Se oyó un ruido tremendo... era Luigi... y era Antonio; los dos se precipitaron sobre ese criminal. Luigi quiso apuñalarlo, Antonio desvió el acero que amenazaba la vida del autor de sus días.

—Dejémoslo vivir —dijo el generoso Antonio—, ahí está quien me es querida y vuelvo a encontrarla inocente; dejemos que viva su verdugo, será mucho más desgraciado que si le arrebatásemos la vida.

—Estoy demasiado convencido de ello para dejarte ese gozo —dijo el feroz Carlo, apuñalándose él mismo...

—¡Oh, padre mío! —exclamó Antonio, queriendo proteger una vez más la vida de aquel infortunado.

—No, déjalo —dijo Luigi—, así es como deberían morir todos los traidores; éste sólo habría vivido para volver a ser el horror del mundo y de su familia; que regrese a los infiernos de donde se escapó para nuestra desgracia; que vuelva allí a asustar, si se puede, a las sombras de la Estigia con el espantoso relato de sus crímenes, y que sea rechazado por ellas como lo es por nosotros, es el último tormento que le deseo.

Lorenza fue retirada de su mazmorra... Apenas pudo soportar la sorpresa de tal acontecimiento. En los brazos de su esposo, las lágrimas se convirtieron en las únicas expresiones que podía permitirse en el violento estado en que se encontraba.

Abrazos y felicitaciones le hicieron olvidar pronto sus desdichas, y lo que las borró enteramente de su alma inocente y pura fue la felicidad que la rodeaba... fue la felicidad que volvió a poner sobre ella aquel esposo virtuoso durante los cuarenta años que la Toscana pudo gozar del orgullo de poseer todavía en su seno una mujer, a la vez tan bella, tan virtuosa y tan digna de tantos títulos, del amor, del respeto y de la veneración de los hombres.

Nota

Quizá sea darle algún gusto a los aficionados a la poesía italiana restablecer por entero aquí el soneto número 57 de Petrarca, que sólo habíamos podido adaptar a medias a nuestro tema; se verá que los primeros versos de ese soneto demuestran la verdad de la nota puesta al pie, era a propósito de ese soneto por lo que Vasari decía:

«Qué dicha para un pintor cuando puede encontrarse con un gran poeta; el pintor le hará un pequeño retrato que no durará más que cierto número de años, porque la pintura está sometida a toda clase de accidentes, y tendrá como recompensa versos que durarán siempre, porque el tiempo no tiene poder alguno sobre ellos».

Simone fue muy afortunado al encontrar a Petrarca en Aviñón. Un retrato de Laura le valió dos sonetos que lo harán inmortal, algo que todas sus pinturas no habrían podido hacer.

Y así es como en el siglo del Renacimiento de las Artes, los que las cultivaban supieron establecer entre ellos una jerarquía justa y hacerse justicia mutuamente. ¿Se encontraría hoy esa buena fe... ese precioso candor?

Este es el soneto del que se trata, con una traducción literal en verso francés. Está muy lejos de alcanzar al original, pero las gentes de letras saben que la poesía italiana no puede traducirse.

Soneto

Quando giunse a Simon l'alto concerto
ch'a mio nome gli pose in man lo stile;
s'avesse dato all'opera gentile
con la figura voce, ed intellecto;

Di sospir molti mi sgombrava il petto:
che cio altri han più caro, a me fan vile;
pero ch'a vista ella si mostra umile,
promettendomi pace nell'aspetto

Ma poi ch'i vengo a raggionare con lei;
benignamente assai par che m'ascolte
se risponder s'avessc a'detti miei.
pigmalion, quanto lodar' ti dei
dell'imagine tua, se mille volte
n'avesti quel ch'i'sol'una vorrei.

Traducción de Sade

Lorsque Simon à ma prière,
fit ce portrait si ressemblant;
à cette image qui m'est chère,
s'il eût donné la voix, le sentiment,

Ah! qu'il m'eût épargné le soupirs et de larmes!
Laure dans ce portrait déployant mille charmes,
me traite avec douceur et m'annonce la paix:
si j'ose lui parler, je crois voir dans ses traits,

qu'elle est sensible à mes alarmes;
pour me répondre, hélas ! il lui manque la voix.
Heureux Pigmalion!, tu reçus mille fois,

cette faveur de ton ouvrage,
qu'une seule fois je voudrais
obtenir de ma chère image[64].

TRADUCCIÓN[65]

Al tiempo que el concepto hubo llegado
a mi Simón guiándole la mano,
si fuera de poder tan soberano
que voz a la figura hubiera dado,

de tanto suspirar me había librado
que aquello que otros juzgan por muy sano
en se mostrar humilde dello gano
muy poco, es antes pena bien mirado.

Que cuando a platicar vengo con ella,
da muestra de me oír benignamente,
si a mis dichos respuesta alguna diese.

Pudo Pigmaleón gozar de aquella
suya mil veces sin inconveniente:
o quién sola una vez tal por sí viese.

---

64 *Memorias para la vida de Petrarca*, tomo I, página 400. *(N. del A.)*

65 De la primera traducción *Los sonetos y canciones del Petrarcha,* de HENRIQUE GARCÉS, Madrid, 1591. Figura con el número 59.

ERNESTINE

Novela sueca

Después de Italia, Inglaterra y Rusia, pocos países de Europa me parecían tan atrayentes como Suecia, pero si mi imaginación se activaba con el deseo de ver las célebres tierras de donde salieron antiguamente los Alarico, los Atila, los Teodorico, en fin, todos esos héroes que, seguidos de una multitud innumerable de soldados, supieron valorar el águila imperial cuyas alas aspiraban a cubrir el mundo, y hacer temblar a los romanos en las mismas puertas de su capital; si por otra parte mi alma ardía del deseo de inflamarse en la patria de los Gustave Vasa, de las Cristinas y los Carlos XII... famosos los tres en un género muy diferente, sin duda, puesto que uno de ellos[66] se ilustró por esa filosofía, rara y valiosa en un soberano, por esa prudencia estimable que hace pisotear los sistemas religiosos cuando contrarían la autoridad de un Gobierno, a la que deben estar subordinados; y la felicidad de los pueblos, objeto único de la legislación; la segunda por la grandeza de alma que hace que se prefieran la soledad y las letras al vano esplendor del trono... y el tercero por las virtudes heroicas que le han merecido para siempre el apodo de Alejandro; si todos esos objetos me animasen, digo, ¡cuánto no desearía, con más ardor aún, admirar a ese pueblo sensato, virtuoso, sobrio y magnánimo al que se le puede llamar modelo del Norte!

Con esa intención salí de París el 20 de julio de 1774, y después de haber atravesado Holanda, Westfalia y Dinamarca, llegué a Suecia hacia la mitad del año siguiente.

Al cabo de una estancia de tres meses en Estocolmo, el primer objeto de mi curiosidad me llevó a esas minas famosas, cuyas descripciones había leído tanto, y en las que imaginaba encontrar tal vez algunas aventuras semejantes a las que nos relaciona el abate Prevost en el primer volumen de sus anécdotas. Eso lo conseguí... ¡pero qué diferencia!

---

[66] Gustave Vasa, habiendo visto que el clero romano, déspota y sedicioso por naturaleza, invadía la autoridad real y arruinaba al pueblo con sus vejaciones habituales cuando no se lo disciplinaba, introdujo el luteranismo en Suecia, después de haber hecho que se le devolviese al pueblo los bienes inmensos que le habían robado los sacerdotes católicos. *(N. del A.)*

De entrada me dirigí a Upsala, situada sobre el río Fyris, que parte a esa ciudad en dos. Upsala fue durante mucho tiempo la capital de Suecia y todavía hoy es su ciudad más importante después de Estocolmo. Tras haber permanecido allí tres semanas, me dirigí a Falum, antigua cuna de los Escitas, cuyas costumbres y vestimenta conservan todavía los habitantes de la capital de la Dalecarlia. Al salir de Falum llegué a la mina de Taperg, una de las más considerables de Suecia.

Esas minas, durante mucho tiempo el mayor recurso del Estado, cayeron pronto bajo la dependencia de los ingleses, por causa de las deudas contraídas por los propietarios con esa nación, siempre dispuesta a servir a los que se imagina que podrán devorar un día, después de haber entorpecido su comercio o arruinado su poder por medio de sus préstamos usurarios.

Llegado a Taperg, mi imaginación trabajó antes de descender a esos subterráneos donde el lujo y la avaricia de algunos hombres saben tragarse a tantos otros.

Había regresado nuevamente de Italia, al principio me figuraba que aquellas canteras debían parecerse a las catacumbas de Roma o de Nápoles; me equivocaba, con mucha más profundidad, allí debía encontrar una soledad menos aterradora.

En Upsala me habían dado para que me guiara un hombre muy instruido, que cultivaba las letras y las conocía bien. Afortunadamente para mí, Falkeneim (así se llamaba) hablaba inmejorablemente el alemán y el inglés, únicos idiomas del norte por los que pudiese comunicarme con él. Por medio de la primera de esas lenguas, que ambos preferíamos, pudimos conversar sobre todos los temas y se me hizo fácil conocer por él la anécdota que en breve voy a referir.

Con la ayuda de un cesto y de una cuerda, máquina dispuesta de manera que el trayecto se hiciese sin peligro alguno, llegamos al fondo de esa mina y en un instante nos encontramos a ciento veinticinco toesas[67] bajo la superficie del suelo. Con asombro vi allí calles, casas, templos, albergues, movimiento, trabajos, policía, jueces, en fin, todo lo que podría ofrecer el burgo más civilizado de Europa.

Después de haber recorrido aquellas viviendas singulares, entramos en una taberna donde Falkeneim consiguió del anfitrión todo lo necesario para refrescarnos, cerveza bastante buena, pescado seco y una especie de pan sueco muy usado en el campo, hecho con cortezas de pino y de abedul, mezcladas con paja y con algunas raíces silvestres, amasadas con harina de avena, ¿hace falta más para satisfacer una necesidad verdadera? El filósofo que recorra el mundo para instruirse debe acomodarse a todas las costumbres, a todas las religiones, a todos los tiempos, a todos los climas, a todas las camas, a todos los alimentos y dejar al voluptuoso indolente de

[67] La toesa francesa equivale a unos dos metros.

la capital con sus prejuicios... su lujo... ese lujo indecente que, al no contentar nunca las necesidades reales, cada día las crea ficticias a expensas de la fortuna y de la salud.

Estábamos al final de nuestra frugal comida, cuando uno de los obreros de la mina, con chaqueta y pantalones azules, la cabeza cubierta de una mala peluquita rubia, vino a saludar a Falkeneim en sueco; mi guía le respondió en alemán por gentileza hacia mí y el prisionero (porque era uno de ellos) se expresó enseguida en esa lengua. Aquel infortunado, al ver que esa manera de hablar sólo me tenía a mí por objeto, y creyendo reconocer mi patria, me hizo un cumplido en francés, que dijo muy correctamente, y después se informó por Falkeneim de si había alguna noticia de Estocolmo. Nombró a varias personas de la corte, habló del rey, y todo ello con una clase de desenvoltura y de libertad que hicieron que lo considerase con más atención. Le preguntó a Falkeneim si creía que algún día pudiese haber alguna absolución para él, a lo que mi guía le respondió de manera negativa, estrechándole la mano con pena. El prisionero se alejó enseguida, con tristeza en los ojos y sin querer aceptar nada de nuestros platos, por muchas instancias que le hiciéramos. Un momento después, volvió y le preguntó a Falkeneim si querría encargarse de una carta que él iba a darse prisa en escribir. Mi compañero se lo prometió y el prisionero salió.

En cuanto estuvo fuera, le dije a Falkeneim:

—¿Quién es ese hombre?

—Uno de los caballeros más importantes de Suecia —me respondió.

—Me sorprendéis.

—Es muy afortunado por estar aquí, esta tolerancia de nuestro soberano podría compararse a la de Augusto con Cinna. Ese hombre que acabáis de ver es el conde Oxtiern, uno de los senadores más contrarios al rey en la revolución de 1772[68]. Se rindió cuando todo se hubo calmado, culpable de crímenes sin parangón. En cuanto las leyes lo hubieron condenado, el rey volvió a acordarse del odio que anteriormente le había mostrado, lo hizo acudir y le dijo:

—Conde, mis jueces os entregan a la muerte... Vos me desterrásteis también hace algunos años, es lo que hace que os salve la vida. Quiero haceros ver que el corazón de aquél al que no encontrabais digno del trono, sin embargo, no carecía de virtud.

Oxtiern cayó a los pies de Gustave derramando un torrente de lágrimas.

—Quisiera que me fuese posible salvaros completamente —dijo el príncipe al levantarlo—, pero la gravedad de vuestros actos no lo permite. Os envío a las minas, no seréis feliz, pero al menos viviréis... Retiráos.

—Trajeron a Oxtiern a estos lugares, acabáis de verlo. Marchémonos —añadió Falkeneim—, es tarde, recogeremos su carta al pasar.

---

[68] Es bueno recordar aquí que, en esa revolución, el rey era del partido popular y que los senadores estaban en contra del pueblo y del rey. *(N. del A.)*

—¡Oh, señor! —le dije entonces a mi guía—. Deberíamos pasar ocho días aquí, habéis excitado demasiado mi curiosidad. No abandonaré las entrañas de la tierra hasta que me hayáis contado el motivo que sepulta aquí a ese desgraciado para siempre; aunque criminal, su cara es interesante, ¿ha cumplido siquiera los cuarenta años ese hombre?... Quisiera verlo libre, puede volver a ser honrado.

—¿Honrado? ¿Él?... nunca... nunca.

—Por favor, señor, satisfacedme.

—Lo consiento —replicó Falkeneim—; además, ese retraso le dará tiempo de hacer sus despachos. Le diremos que no se apresure y vayamos a aquella habitación del fondo, allí estaremos más tranquilos que al lado de la calle... Sin embargo, estoy molesto por deciros estas cosas, perjudicarán al sentimiento de compasión que ese canalla os inspira, preferiría que él no perdiese nada y que vos permanecieseis en la ignorancia.

—Señor —le dije a Falkeneim—, las faltas del hombre me enseñan a conocerlo, viajo sólo para estudiarlo; cuanto más se aparta de los diques que le imponen las leyes de la naturaleza, tanto más interesante es su estudio, y más digno de mi análisis y de mi compasión. La virtud no necesita más que culto, su trayectoria es de felicidad... debe serlo, miles de brazos se abren para recibir a sus seguidores si los persigue la adversidad; pero todo el mundo abandona al culpable... se avergüenzan de recibirlo, o de llorar por él; el contagio asusta, está proscrito de todos los corazones y se aplasta por orgullo al que se debería socorrer por humanidad. Así pues, ¿dónde puede haber, señor, un mortal más interesante que aquél que de la cima de la grandeza haya caído de repente en un abismo de males; quien, nacido para los favores de la fortuna, no experimente más que las desgracias... no tenga a su alrededor más que las calamidades de la indigencia y en su corazón las puntas aceradas de los remordimientos, o las serpientes de la desesperación. Sólo éste, querido, es digno de mi compasión; yo no diría como los tontos: *es culpa suya,* o como los corazones fríos que quieren justificar su endurecimiento: *es demasiado culpable.* ¿Qué importan los límites que haya sobrepasado, lo que haya despreciado o lo que haya hecho, eh? Es hombre, debe ser débil... es criminal, es desgraciado y lo compadezco... Hablad, Falkeneim, hablad, ardo por oíros.

Y mi honrado amigo tomó la palabra en los términos siguientes:

—Hacia los primeros años de este siglo, un gentilhombre de religión católica romana, nacional de Alemania, se vio obligado a huir de su patria por un asunto que estaba muy lejos de deshonrarlo. Sabía que aunque hayamos abjurado de los errores del papismo, se toleran, sin embargo, en nuestras provincias. Llegó a Estocolmo. Joven y bien formado, aficionado a lo militar, lleno de ardor por la gloria, le gustó a Carlos XII y tuvo el honor de acompañar al rey en varias campañas suyas; estuvo en el desafortunado asunto de Pultava, siguió al rey en su retirada de Bender, allí compartió su detención por los turcos, y volvió a Suecia con él.

En 1718, cuando el Estado perdió a aquél héroe bajo las murallas de Frédérikshall, en Noruega, Sanders (ese es el nombre del gentilhombre de quien os hablo) había conseguido el despacho de coronel y en calidad de tal se retiró a Nordkoping, ciudad comercial situada a quince leguas de Estocolmo, sobre el canal que une el lago Veter con el mar Báltico, en la provincia de Ostrogocia. Sanders se casó y tuvo un hijo, al que Federico I y Adolfo Federico acogieron igualmente. Avanzó por sus propios méritos, obtuvo la misma graduación que su padre y se retiró, aunque joven todavía, también en Nordkoping, su lugar de nacimiento, donde se casó, como su padre, con la hija de un negociante, que no era muy rico y que murió doce años después de haber traído al mundo a Ernestine, tema de esta anécdota. Hace tres años, Sanders podía tener alrededor de cuarenta y dos, su hija tenía dieciséis por entonces, y con justa razón pasaba por ser una de las criaturas más bellas que se hubiesen visto alguna vez en Suecia. Era alta, hecha como para pintarla, el aspecto noble y orgulloso, los ojos negros más hermosos y más vivos, cabellos muy largos de ese mismo color, característica poco frecuente en nuestros climas, y, a pesar de eso, la piel más bella y más blanca. Le encontraban un poco de parecido con la bella condesa de Sparre, la ilustre amiga de nuestra ilustrada Cristina, y era cierto.

La joven Sanders no había llegado a la edad que tenía sin que su corazón hubiese elegido ya, pero como había oído decir a menudo a su madre lo insufrible que es para una mujer joven, que adora a su marido, estar separada de él en todo momento por los deberes de un Estado que lo encadena, tanto en una ciudad, como en otra, Ernestine, con la aprobación de su padre, se había decidido a favor del joven Herman, de la misma religión que ella y que se destinaba al comercio y se formaba para esa profesión en las tiendas del señor Scholtz, el comerciante más famoso de Nordkoping y uno de los más ricos de Suecia.

Herman era de una familia de esa misma profesión, pero había perdido a sus padres muy joven, y su padre, al morir, lo había recomendado a Scholtz como socio. Así pues, vivía en su casa, habiéndose ganado la confianza por su prudencia y su constancia, y aunque no tuviese más que veintidós años, estaba a la cabeza de los fondos y los libros de esa casa cuando el jefe murió sin hijos. El joven Herman se encontró desde entonces dependiendo de la viuda, mujer altanera, autoritaria y que, a pesar de todas las recomendaciones de su esposo relativas a Herman, parecía estar muy resuelta a deshacerse de aquel joven si él no respondía enseguida a las perspectivas que se habían formado sobre él. Herman, enteramente hecho para Ernestine, tan bien parecido, por lo menos, como hermosa era ella, adorándola tanto como era querido por ella, sin duda podía inspirar amor a la viuda Scholtz, mujer de cuarenta años y muy lozana todavía, pero como tenía el corazón comprometido, nada más sencillo que no respondiese a esa pretensión de su patrona, y que, aunque sospechase del amor que ella sentía por él, fingió prudentemente no darse cuenta de ello.

Sin embargo, esa pasión inquietaba a Ernestine Sanders; conocía a la señora Scholtz como mujer audaz y emprendedora, de carácter celoso e irritable; una rival así la alarmaba portentosamente. Por otra parte, era necesario que ella fuese para Herman un partido tan bueno como la Scholtz, nada por parte del coronel Sanders, poca cosa en verdad por parte de la madre, pero, ¿podía compararse eso con la considerable fortuna que la Scholtz podía ofrecer a su joven contable?

Sanders aprobaba la elección de su hija, como no tenía más hijos que ella, la adoraba, y como sabía que Herman tenía bienes, inteligencia y buena conducta, y que además poseía el corazón de Ernestine, estaba lejos de suponer un obstáculo a un arreglo tan conveniente. Pero la Fortuna no siempre quiere lo que está bien; parece que su placer fuese perturbar los proyectos más sensatos del hombre, con el fin de que éste pueda extraer de esa inconsecuencia unas lecciones hechas para enseñarlo a no contar nunca con nada en un mundo en el que la inestabilidad y el desorden son las leyes más seguras.

—Herman —le dijo un día la viuda Scholtz al joven enamorado de Ernestine—, ya estáis suficientemente formado en el comercio como para que toméis una decisión. Los fondos que os dejaron vuestros padres, han rendido, con los cuidados de mi esposo y los míos, más que lo necesario para poneros ahora a vuestro gusto; tomad una casa, amigo mío, quiero retirarme pronto, haremos nuestras cuentas en cuanto podamos.

—A vuestras órdenes, señora —dijo Herman—, ya conocéis mi integridad y mi altruismo; estoy tan tranquilo sobre los fondos míos que vos tenéis como vos debéis estarlo sobre los que yo dirijo en vuestra casa.

—Pero, Herman, ¿es que no tenéis aún ningún proyecto de estableceros?

—Todavía soy joven, señora.

—Vos sois más que apropiado para convenirle a una mujer sensata, estoy segura de que hay alguna cuya felicidad haríais con toda seguridad.

—Quiero tener una fortuna más considerable antes de llegar a eso.

—Una mujer os ayudaría a hacerla.

—Cuando me case quiero que ya esté hecha, con el fin de tener que ocuparme solamente de mi esposa y de mis hijos.

—¿Queréis decir que no hay ninguna mujer a la que hayáis preferido entre otras?

—Hay una en este mundo a la que aprecio como a mi madre, y mis servicios estarán dedicados a ella durante tanto tiempo como se digne aceptarlos.

—No os hablo de sentimientos, amigo mío, os lo agradezco, pero no es eso lo que se necesita para el matrimonio; Herman, os pregunto si tenéis a la vista a alguna persona con la que quisierais compartir vuestro destino.

—No, señora.

—Entonces, ¿por qué estáis siempre en casa de los Sanders? ¿Qué vais a hacer siempre en la casa de ese hombre? Él es militar, vos sois comerciante; relacionáos con la gente de vuestra profesión y dejad a quienes no lo son.

—La señora sabe que yo soy católico, que el coronel también lo es y que nos reunimos para rezar... para ir juntos a las capillas que nos están permitidas.

—Yo no he censurado nunca vuestra religión, aunque no sea de ella. Estoy completamente convencida de la inutilidad de todas esas sandeces, sean del género que sean; vos sabéis, Herman, que siempre os he dejado en paz con ese tema.

—Pues bien, señora, la religión... por eso voy algunas veces a casa del coronel.

—Herman, hay otra causa para esas visitas frecuentes y vos me la ocultáis. Amáis a Ernestine... a esa muchachita que, a mi parecer, no tiene ni personalidad ni ingenio, aunque toda la ciudad hable de ella como una de las maravillas de Suecia... sí, Herman... vos la amáis, os digo, lo sé.

—La señorita Ernestine Sanders tiene buena opinión de mí, creo, señora... Su nacimiento... su estado... ¿Sabéis, señora, que su abuelo, el coronel Sanders amigo de Carlos XII, era un gentilhombre excelente de Westfalia?

—Lo sé.

—Pues bien, señora, ¿podría convenirme ese partido?

—Por consiguiente os aseguro, Herman, que no os conviene lo más mínimo; necesitáis una mujer hecha, una mujer que piense en vuestra fortuna y que la cuide, en una palabra: una mujer de mi edad y condición.

Herman se sonrojó y volvió la cabeza... Como en ese momento traían el té, la conversación se interrumpió, y Herman, después del almuerzo, fue a retomar sus ocupaciones.

—¡Oh, mi querida Ernestine! —le dijo al día siguiente Herman a la joven Sanders—. Es muy cierto que esa mujer malvada tiene perspectivas conmigo, ya no puedo dudar de ello; ya conoces su malhumor, sus celos, su crédito en la ciudad[69], Ernestine, lo temo todo.

Y como el coronel entró en ese momento, los dos enamorados le contaron sus aprensiones.

Sanders era un antiguo militar, hombre de muy buen juicio, como no se preocupaba de que se formasen enredos en la ciudad, y veía claro que

---

[69] Nordkoping es una ciudad enteramente comercial, en la que, por consiguiente, una mujer como la señora Scholtz, que estaba a la cabeza de una de las casas más ricas de Suecia, debía ostentar el primer rango. *(N. del A.)*

la protección que concedía a Herman iba a lanzar contra él a la Scholtz y todos sus amigos, creyó que debía aconsejar a los jóvenes enamorados que cediesen a las circunstancias, le hizo entrever que la viuda de la que dependía se convertía en el fondo en un partido mucho mejor que Ernestine, y que a su edad debía apreciar muchísimo más las riquezas que la cara.

—No es, querido mío, —continuó el coronel— que os niegue a mi hija... Os conozco... os aprecio, poseéis el corazón de la mujer que adoráis, así pues, lo consiento todo, sin duda, pero me entristecería haberos preparado pesares. Los dos sois jóvenes, a vuestra edad no se ve más que el amor, nos imaginamos que él debe hacernos vivir, y nos equivocamos. El amor languidece sin la riqueza, y a la elección que ha decidido el amor sólo la siguen pronto los remordimientos.

—Padre mío —dijo Ernestine, lanzándose a los pies de Sanders—... respetable autor de mi vida, no me quitéis la esperanza de ser de mi querido Herman, me prometisteis su mano desde la misma infancia... Esa idea constituye toda mi alegría y no me la arrancaríais sin provocarme la muerte; me entregué a ese apego y es muy dulce ver que su padre aprueba sus sentimientos. En el amor que tiene por mí, Herman encontrará toda la fuerza necesaria para resistir las seducciones de la Scholtz... ¡Oh, padre mío, no nos abandonéis!

—Levántate, hija mía —dijo el coronel—, te quiero... te adoro... puesto que Herman te hace feliz y os convenís los dos, tranquilízate, querida hija, no tendrás nunca otro esposo... y de hecho, no le debe nada a esa mujer, la integridad... el celo de Herman lo absuelven en cuanto al agradecimiento, no está obligado a sacrificarse para complacerla... Pero habría que intentar no pelearse con nadie...

—Señor —dijo Herman, estrechando al coronel entre sus brazos—, vos, a quien me permitís que llame padre, ¿qué no os debo por las promesas que acaban de emanar de vuestro corazón?... Sí, me mereceré lo que hacéis por mí. Siempre ocupado de vos y de vuestra querida hija, los momentos más dulces de mi vida se emplearán en consolar vuestra vejez... no os inquietéis, padre mío... no nos haremos de ningún enemigo, yo no he contraído compromiso alguno con la Scholtz al rendirle cuentas lo mejor ordenadas y pedirle las mías, ¿qué podría decir ella?...

—¡Ah! Amigo mío, no conoces a los individuos a quienes pretendes enfrentarte —replicó el coronel con una inquietud que no podía dominar—; no hay ni una sola clase de crimen que una mujer malvada no se permita cuando se trata de vengar sus atractivos de los desdenes de un amante; esa desgraciada hará caer justo sobre nosotros los dardos envenenados de su ira, y serán malvas lo que nos haga recoger, Herman, en lugar de las rosas que esperas.

Ernestine y aquel a quien amaba se pasaron el resto del día tranquilizando a Sanders, destruyendo sus temores, prometiéndole la felicidad, presentándole dulces imágenes sin cesar; no hay nada tan convincente como la elocuencia de los enamorados, su corazón tiene una lógica que la de la mente no igualó jamás. Herman cenó en casa de sus cariñosos amigos y se retiró temprano, con el alma embriagada de esperanza y de alegría.

Pasaron así alrededor de tres meses sin que la viuda se explicase más, y sin que Herman se atreviese a encargarse de proponerle una separación; el coronel le hacía entender al joven que esos retrasos no suponían inconveniente alguno. Ernestine era joven y su padre no estaba molesto por reunir con la pequeña dote que ella debía tener la herencia de cierta viuda Plorman, tía suya, que residía en Estocolmo, que era ya de cierta edad y podía morir en cualquier momento.

Sin embargo, la Scholtz, impaciente y demasiado hábil para no adivinar el aprieto de su joven contable, tomó la palabra la primera y le preguntó si había pensado en lo que le había dicho la última vez que hablaron ellos dos.

—Sí —respondió el enamorado de Ernestine, y si de lo que quiere hablar la señora es de una rendición de cuentas y de una separación, estoy a sus órdenes.

—Me parece, Herman, que no era exactamente de eso de lo que se trataba.

—¿Y entonces de qué, señora?

—Os preguntaba si no desearíais estableceros y si no habíais elegido a una mujer que pudiese ayudaros a llevar vuestra casa.

—Creía que había respondido que quería poseer cierta fortuna antes de casarme.

—Lo dijisteis, Herman, pero no lo creí; y en este momento todas las expresiones de vuestra cara anuncian la mentira en vuestra alma.

—¡Ah! La falsedad no la ha ensuciado nunca, señora, y vos lo sabéis bien. Yo he estado a vuestro lado desde mi infancia y os dignasteis ocupar el lugar de la madre que yo había perdido, no temáis que mi agradecimiento pueda apagarse ni debilitarse.

—Siempre el agradecimiento, Herman, habría querido de vos un sentimiento más tierno.

—Pero, señora, ¿depende eso de mí?...

—¡Traidor! ¿Es esto lo que han merecido mis atenciones? Tu ingratitud me ilumina, lo veo... He trabajado sólo por un monstruo... Ya no te lo oculto, Herman, era tu mano a lo que aspiraba desde que estoy viuda... el orden que he puesto en tus asuntos... la manera que hacía fructificar tus fondos... mi conducta hacia ti... mis ojos, que sin duda me han traicionado, todo... ¡todo, pérfido!, todo te manifestaba bastante mi pasión, ¿y así es como me la pagarás, con la indiferencia y el desprecio?... Herman, no conoces a la mujer que ofendes... No, no sabes de lo que es capaz... quizá lo sepas demasiado tarde... ¡Sal ahora mismo!... sí, sal... Prepara tus cuentas,

Herman, voy a entregarte las mías y nos separaremos... sí, nos separaremos... No tendrás que esforzarte por un alojamiento, sin duda la casa de Sanders ya está preparada para ti.

La enajenación en la que parecía estar la señora Scholtz, le hizo darse cuenta fácilmente a nuestro joven enamorado de que era esencial ocultarle su pasión, para no atraer sobre el coronel la cólera y la venganza de esa criatura peligrosa. De modo que Herman se contentó con responder con suavidad que su protectora se equivocaba, y que el deseo que él tenía de no casarse antes de ser más rico, sin duda no proclamaba proyecto alguno sobre la hija del coronel.

—Amigo mío —dijo a eso la señora Scholtz—, conozco vuestro corazón como vos mismo. Sería imposible que vuestro distanciamiento de mí fuese tan marcado si no ardieseis por otra. Aunque no estoy ya en la primera juventud, ¿creéis que no me quedan atractivos todavía para encontrar un esposo? Sí, Herman, sí, vos me amaríais de no ser por esa criatura que aborrezco y en la que me vengaré de vuestros desdenes.

Herman se estremeció. Mucho habría hecho falta para que el coronel Sanders, poco acomodado y retirado del servicio en el Ejército, tuviese tanta preponderancia en Nordkoping como la viuda Scholtz. La reputación de ésta llegaba muy lejos, mientras que la otra, ya olvidada, no era vista, entre los hombres que, tanto en Suecia como en todas partes, no valoran a la gente más que en razón de su favor o de su riqueza; ya no lo consideraban más que como un simple individuo al que el crédito y el oro podían aplastar fácilmente, y la señora Scholtz, como todas las almas mezquinas, pronto hizo ese cálculo.

Herman se echó encima mucho más todavía que lo que había hecho, se arrojó a los pies de la señora Scholtz, le pidió que se tranquilizase, le aseguró que él no tenía sentimiento alguno en su corazón que pudiese perjudicar a aquella de quien había recibido tantos bienes, y que le suplicaba que no pensase aún en esa separación con que lo amenazaba. En el estado en que la Scholtz sabía que se encontraba el alma de ese joven, era difícil que pudiese esperar nada mejor, así pues, lo esperó todo del tiempo y del poder de sus encantos, y se calmó.

Herman no dejó de contarle al coronel esa última conversación, y ese hombre prudente, que seguía temiendo las artimañas y el peligroso carácter de la Scholtz, otra vez intentó convencer al joven de que haría mejor en ceder a las intenciones de su patrona que insistir en Ernestine; pero los dos enamorados utilizaron de nuevo todo lo que creyeron que era más capaz de recordarle al coronel las promesas que les había hecho, y para comprometerlo a que no las abandonase nunca.

Hacía alrededor de seis meses que las cosas estaban en esa situación, cuando el conde Oxtiern, ese criminal al que se acaba de ver cubierto de cadenas, donde gemía desde hacía más de un año y donde iba a estar para toda la vida, se vio obligado a ir de Estocolmo a Nordkoping para retirar los considerables fondos colocados en la casa de la señora Scholtz por su padre, a quien acababa de heredar. Ésta conocía la posición del conde, hijo de senador y también senador él mismo; le había preparado las mejores estancias de su casa y se disponía a recibirlo con todo el lujo que le permitían sus riquezas.

El conde llegó, y ya el día siguiente su elegante huésped le ofreció la mayor de las cenas, seguida de un baile donde debían estar las jóvenes más bonitas de la ciudad. No se olvidaron de Ernestine; con cierta inquietud la vio Herman decidirse a acudir al baile, ¿vería el conde una joven tan bella sin rendirle al momento el homenaje debido? ¿Qué no tendría que temer Herman de un rival así? Suponiendo que ocurriese aquella desgracia, ¿tendría Ernestine más fuerza y se negaría a convertirse en la esposa de uno de los señores más grandes de Suecia? ¿No nacería de aquel nefasto arreglo una liga decidida contra Herman y contra Ernestine, cuyos poderosos jefes serían el conde y la Scholtz? ¿Y qué infortunios no debía temer Herman, siendo él débil y desgraciado? ¿Podría resistir a las armas de tantos enemigos conjurados contra su frágil existencia? Comentó sus reflexiones con su enamorada, y aquella muchacha honesta, sensible y delicada, dispuesta a sacrificar unos placeres tan frívolos a los sentimientos que la abrasaban, le propuso a Herman que rechazase la invitación de la Scholtz. El joven participaba bastante de ese parecer, pero como en aquel pequeño círculo de personas honradas no se hacía nada sin el dictamen de Sanders, le consultaron, y su opinión fue muy distinta. Hizo ver que el rechazo de las insinuaciones de la Scholtz suponía inevitablemente una ruptura con ella, que esa mujer astuta no tardaría mucho tiempo en descubrir las razones de que hubiese procedido así y que, en circunstancias donde parecía que lo más esencial era tratarla aún mejor, lo más seguro era que eso la irritaría.

Ernestine se atrevió a preguntar entonces a quien amaba lo que él podría temer, y no le ocultó el dolor donde la sumergían sospechas semejantes.

—¡Oh, amigo mío! —dijo aquella atractiva muchacha tomando de las manos a Herman—. Aunque las personas más poderosas de Europa estuviesen todas en esa asamblea, y aunque todos ellos se inflamasen por tu querida Ernestine, ¿tienes dudas de que la suma de esos cultos pudiera ser otra cosa que un homenaje más a su vencedor? ¡Ah, no temas nada, Herman! La que tú has seducido no podría brillar para otro; si fuera preciso vivir contigo en la esclavitud, preferiría ese destino al del propio trono, ¿pueden existir para mí todas las prosperidades de la tierra en otros brazos que no sean los de mi enamorado?... Hazte justicia a ti mismo, Herman, ¿puedes sospechar que mis ojos verían en ese baile a algún mortal que pueda valer lo que tú? Deja a mi corazón el cuidado de quererte, amigo mío, y serás siempre el más amable de los seres igual que eres el más amado. Herman besó mil veces las manos de su enamorada, dejó de manifestar sus temores, pero no se curó de ellos, en el corazón de un hombre que ama hay ciertos presentimientos que engañan muy poco, Herman los experimentaba y los hizo callar. La bella Ernestine apareció en el círculo de la señora Scholtz como la rosa en medio de las flores: había tomado la apariencia de las antiguas mujeres de su patria, estaba vestida a la manera de las escitas; sus rasgos, nobles y altivos, estaban especialmente realzados por ese aderezo; su talle, fino y flexible, muchísimo mejor marcado bajo el justillo sin pliegues que dibujaba sus formas; sus hermosos cabellos flotantes sobre su carcaj, el arco que llevaba en la mano... todo le daba la apariencia del Amor disfrazado bajo los rasgos de Belona, y se podría haber dicho que cada una de las flechas que llevaba con tanta gracia debían llegar a los corazones y encadenarlos enseguida bajo su celestial dominio.

Si el infortunado Herman vio entrar a Ernestine temblando, Oxtiern, por su parte, la vio con una emoción tan viva que estuvo varios minutos sin poder expresarse. Ya habéis visto a Oxtiern, es un hombre bastante apuesto, pero, ¡qué alma envolvía la naturaleza bajo esa envoltura engañosa! El conde era muy rico, dueño desde hacía poco de toda su fortuna, no imaginaba que pudiese haber límites para sus fogosos deseos, todos los obstáculos que la razón o las circunstancias podían presentarle no se convertían más que en un aliciente más para su impetuosidad; no tenía principios, como tampoco tenía virtud; estaba imbuido todavía por los prejuicios de un cuerpo cuyo orgullo acababa de luchar contra el soberano mismo. Oxtiern se imaginaba que no había nada en el mundo que pudiese imponer freno a sus pasiones; ahora bien, de todas las que lo enardecían el amor era la más impetuosa, pero ese sentimiento, casi una virtud en un alma buena, debía convertirse en la fuente de muchos crímenes en un corazón corrompido como el de Oxtiern.

Nada más haber notado ese hombre peligroso a nuestra bella heroína, concibió enseguida el pérfido plan de seducirla; bailó mucho con ella, se situó a su lado en la cena y al final dio testimonio tan claro de los sentimientos que ella le inspiraba, que nadie en toda la ciudad dudó de que ella se convertiría pronto o en la mujer, o en la amante de Oxtiern.

No se refleja la insoportable situación de Herman mientras ocurrían todas esas cosas. Había acudido al baile, pero al ver a su amada rodeada de un favor tan clamoroso, ¿le habría sido posible atreverse a acercarse a ella siquiera un instante? Sin duda alguna, Ernestine no había cambiado respecto a Herman, pero, ¿puede una muchacha muy joven defenderse del orgullo? ¿Puede no embriagarse un momento con los homenajes públicos? Y esa vanidad que se acaricia en ella al mostrarle que puede ser adorada por todos, ¿no debilitaría el deseo que antes tenía de no ser sensible más que a las alabanzas de uno sólo? Ernestine vio claramente que Herman estaba inquieto, pero Oxtiern estaba a sus pies, toda la reunión la alababa, y la orgullosa Ernestine no sintió, como habría debido, el pesar con el que aplastaba a su infeliz enamorado. El coronel estuvo igualmente colmado de honores, el conde le habló mucho, le ofreció sus servicios en Estocolmo, le aseguró que era demasiado joven aún para retirarse, que debía incorporarse a algún cuerpo militar y terminar de recorrer el escalafón al que sus talentos y su cuna debían hacerlo aspirar; que él lo serviría en eso como en todo lo que pudiese desear en la corte; le suplicó que no lo escatimase y que consideraría como otras tantas satisfacciones personales suyas cada uno de los servicios que un hombre tan valiente le pondría en situación de rendirle.

El baile terminó, como la noche, y todos se retiraron.

Al día siguiente, el senador Oxtiern rogó a la señora Scholtz que le diese más detalles de aquella joven escita cuya imagen seguía estando presente en sus sentidos desde que la vio.

—Es la muchacha más hermosa que tenemos en Nordkoping —dijo la negociante, encantada al ver que el conde se cruzaba en los amores de Herman y quizá le devolviera el corazón de ese joven—, en realidad, senador, no hay en todo el país una muchacha que se la pueda comparar.

—¡En el país! —exclamó el conde—. ¡No la hay en toda Europa, señora!... ¿Y a qué se dedica? ¿Qué piensa?... ¿Quién la ama?... ¿Quién adora a esa criatura celestial? ¿Quién será el que pretenda disputarme la posesión de sus encantos?

—No os hablaré de su cuna, sabéis que es hija del coronel Sanders, hombre de mérito y de calidad; pero lo que quizá ignoréis, y que os afligirá según los sentimientos que mostráis hacia ella, es que está en vísperas de casarse con un joven contable de mi casa del que está perdidamente enamorada, y que la quiere al menos otro tanto.

—¡Una alianza así para Ernestine! —exclamó el senador—. ¡Convertirse ese ángel en mujer de un contable!... Eso no ocurrirá, señora, eso no ocurrirá, debéis uniros a mí para que una alianza tan ridícula no tenga lugar. Ernestine está hecha para brillar en la Corte, y quiero hacer que aparezca allí bajo mi apellido.

—Pero no posee bienes, conde... es hija de un pobre gentilhombre... de un oficial de fortuna.

—¡Ella es la hija de los dioses! —dijo Oxtiern fuera de sí—. ¡Y debe vivir en su morada!

—¡Ah, senador!, llevaréis a la desesperación al joven del que os he hablado, pocas ternuras son tan vivas... pocos sentimientos son tan sinceros.

—Lo que menos me incomoda en este mundo, señora, es un rival de esta clase. ¿es que seres tan inferiores deben inquietar mi amor? Vos me ayudaréis a encontrar los medios para alejar a ese hombre, y si no lo consiente de buen grado... dejadme hacer, señora Scholtz, dejadme hacer, nos libraremos de ese impertinente.

La Scholtz aplaudió y lejos de enfriar al conde, ella sólo le presentó esa clase de obstáculos, fáciles de vencer, con cuyo triunfo se enardece el amor.

Pero mientras que todo esto ocurría en casa de la viuda, Herman estaba a los pies de su amada.

—¿No lo había dicho yo, eh, Ernestine? —exclamó en llantos—. ¿No había previsto yo que ese maldito baile nos costaría muchas penas? Cada uno de los elogios que os prodigaba el conde eran otras tantas puñaladas con las que me desgarraba el corazón. ¿Dudáis ahora de que os adore? ¿No lo ha declarado bastante?

—¿Qué me importa, hombre injusto? —replicó la joven Sanders, calmando lo mejor que podía al objeto de su único amor—. ¿Qué me importan las alabanzas que ese hombre se complace en ofrecerme, puesto que mi corazón sólo te pertenece a ti, ¿es que has creído que estaba halagada por sus homenajes?

—Sí, Ernestine, lo he creído y no me he equivocado, vuestros ojos brillaban por el orgullo de gustarle y sólo os ocupabais de él.

—Esos reproches me enojan, Herman, me afligen viniendo de vos, creía que teníais bastante delicadeza para no deber estar siquiera asustado; pues bien, confiad vuestros temores a mi padre y que nuestro himeneo se celebre mañana mismo, lo consiento.

Herman aprovechó rápidamente ese proyecto; entró en la casa de Sanders con Ernestine, y arrojándose en brazos del coronel, le suplicó que por lo que más quisiera tuviese a bien no poner más obstáculos a su felicidad.

Menos contrapesado por otros sentimientos, el orgullo había hecho en el corazón de Sanders mucho más progreso todavía que en el de Ernestine. El coronel, lleno de honor y de franqueza, estaba muy lejos de querer faltar a los compromisos que había adquirido con Herman, pero la protección de Oxtiern lo deslumbraba. Se había dado buena cuenta del triunfo de su hija sobre el alma del senador, sus amigos le habían hecho comprender que si esa pasión tenía la continuación legítima que él debía esperar, su fortuna sería el premio indudable. Todo esto lo había preocupado durante la noche, había construido proyectos, se había entregado a la ambición; en una palabra, el momento estaba mal elegido, Herman no podría escoger uno peor, sin embargo, Sanders se guardó bien de rechazar a ese joven, ese proceder estaba alejado de su corazón y, por otra parte, ¿no podía haber edificado sobre arena? ¿Quién le garantizaba la realidad de las quimeras con las que acababa de alimentarse? Así pues, volvió a lanzarse sobre lo que tenía costumbre alegar:... la juventud de su hija, la esperada herencia de la tía Plorman, el temor de atraer sobre Ernestine y sobre él toda la venganza de la Scholtz, que ahora, respaldada por el senador Oxtiern, sería mucho más temible. Por otra parte, ¿era necesario elegir el momento en que el conde estaba en la ciudad? Parecía inútil ofrecerse como espectáculo, y si verdaderamente la Scholtz debía irritarse por esa decisión, el momento en que ella se encontraba sostenida por los favores del conde sería sin duda cuando más peligrosa podría ser. Ernestine fue más insistente que nunca, su corazón le hacía algunos reproches por la conducta de la víspera, se alegraba mucho de demostrar a su amigo que el enfriamiento no entraba para nada en sus errores; el coronel, en vilo, poco acostumbrado a resistirse a las instancias de su hija, le pidió que esperase a que el senador se marchara y prometió que después sería el primero en levantar todas las dificultades, y que incluso iría a ver a la Scholtz, si fuese necesario, para calmarla o para comprometerla en la depuración de las cuentas, sin cuya rendición el joven Herman no podía separarse decentemente de su patrona.

Herman se retiró poco contento, tranquilizado, no obstante, sobre los sentimientos de su amada, pero devorado por una sombra de inquietud que nada podía suavizar. Apenas había salido, cuando el senador apareció en la casa de Sanders, lo llevaba la Scholtz y venía, según dijo, a presentar sus respetos al respetable militar, que se felicitaba por haber conocido en su viaje, y le pidió permiso para saludar a la amable Ernestine. El coronel y su hija recibieron esas cortesías como debían; la Scholtz disimulaba su cólera y sus celos porque veía nacer en masa todos los medios de servir a los despiadados sentimientos de su corazón, colmó al coronel de elogios, alabó mucho a Ernestine, y la conversación fue tan agradable como podía serlo en aquellas circunstancias.

Así pasaron varios días, durante los que Sanders y su hija, la Scholtz y el conde se hicieron visitas mutuas, comieron alternadamente los unos en casa de los otros, y todo esto sin que el desventurado Herman fuese invitado nunca a ninguna de esas partidas de placer.

Durante ese intervalo, Oxtiern no había perdido ninguna ocasión de hablar de su amor, y a la señorita Sanders le resultaba imposible dudar de que el conde ardía por ella con la pasión más ardiente; pero el corazón de Ernestine lo había garantizado y su extremo amor por Herman ya no le permitía dejarse prender por segunda vez en las trampas del orgullo. Lo rechazaba todo, se negaba a todo, sólo parecía estar forzada y soñadora en las fiestas a las que la arrastraban, y no volvía nunca de una sin suplicarle a su padre que ya no la arrastrase a otras. Ya era tarde; Sanders, que, como os he dicho, no tenía las mismas razones que su hija para resistirse a los cebos de Oxtiern, se dejó prender en ellos con facilidad. Había habido conversaciones secretas entre la Scholtz, el senador y el coronel que habían acabado de deslumbrar al desdichado Sanders, y el hábil Oxtiern, sin comprometerse nunca demasiado, sin asegurar su mano nunca, solamente dejaba ver que sería muy necesario que un día las cosas llegasen a ese punto. Había seducido a Sanders de tal manera, que no sólo había conseguido de él que se negase a las persecuciones de Herman, sino que hasta se había decidido a abandonar el destino solitario de Nordkoping para ir a Estocolmo a gozar del crédito que le aseguraba y de los favores con los que tenía intención de colmarlo.

Ernestine, que veía mucho menos a su enamorado después de todo eso, no dejó, sin embargo, de escribirle; pero como lo consideraba capaz de un escándalo y ella quería evitar las escenas, le disimulaba lo mejor que podía todo lo que ocurría. Además, no estaba todavía muy segura de la debilidad de su padre y, antes de asegurarle nada a Herman, se decidió a aclarar la situación.

Entró una mañana en el aposento del coronel.

—Padre mío —dijo con respeto—, parece que el senador vaya a quedarse mucho tiempo en Nordkoping, sin embargo, le habéis prometido a Herman que nos uniríais pronto, ¿me permitís preguntaros si vuestras decisiones son las mismas?... ¿Y qué necesidad hay de esperar a la marcha del conde para celebrar un himeneo que los dos deseamos con tanto ardor?

—Ernestine —dijo el coronel—, siéntate y escúchame. He creído tanto que tu felicidad y tu fortuna podían encontrarse en el joven Herman, que lejos de oponerme a ello, sin duda, has visto con qué premura me presté a vuestros deseos, pero como te espera un destino más afortunado, Ernestine, ¿por qué quieres que te sacrifique?

—¿Un destino más afortunado, decís? Si es mi felicidad lo que buscáis, padre, no la supongáis nunca en otra parte que con mi querido Herman, no puede estar segura más que con él. No importa, creo que adivino vuestros proyectos... me estremecen... ¡Ah!, dignaos no convertirme en la víctima.

—Pero, hija mía, mi carrera depende de esos proyectos.

—¡Oh! Padre mío, si el conde sólo se encarga de vuestra fortuna consiguiendo mi mano... Sea, lo convengo, gozaréis de los honores que se os prometen, pero quien os los vende no gozará de lo que espera; moriré antes que ser suya.

—Ernestine, yo suponía que tenías el alma más tierna... creía que sabías amar mejor a tu padre.

—¡Ah! Querido autor de mis días, yo creía que vuestra hija os era más valiosa que... ¡Desgraciado viaje!... ¡Infame seductor!... Todos éramos felices antes de que ese hombre apareciese por aquí... Se presentaba sólo un obstáculo, lo habríamos vencido; yo no temía nada mientras mi padre estuviese por mí, pero me ha abandonado y ya no me queda más que morir...

Y la desdichada Ernestine, sumergida en su dolor, lanzaba unos gemidos que habrían enternecido a las almas más duras.

—Escucha, hija mía, escucha antes de afligirte —dijo el coronel, enjugando con sus caricias las lágrimas que cubrían a Ernestine—, el conde quiere hacer mi felicidad, y aunque no me haya dicho expresamente que exigiría tu mano como precio, es fácil de comprender, sin embargo, que ese sea su único objetivo. Por lo que pretende, está seguro de reintegrarme en el servicio del Ejército, exige que vayamos a vivir a Estocolmo, allí nos promete el destino más halagador, y desde mi llegada a esa ciudad, dice que él mismo quiere adelantárseme con una patente de mil ducados[70] de pensión debida a mis servicios... a los de mi padre, que la Corte me habría concedido desde hace mucho tiempo si hubiésemos tenido el más mínimo amigo en la capital que hubiese hablado por nosotros. Ernestine... ¿quieres perder todos esos favores? ¿Pretendes entonces fallarle a tu fortuna y a la mía?

—No, padre mío —respondió con firmeza la hija de Sanders—, no, pero exijo una gracia de vos, y es que ante todo se someta al conde a una prueba a la que estoy segura de que no se resistirá. Si quiere haceros todo el bien que dice, y si es honesto, debe continuar siendo vuestro amigo sin el más mínimo interés; si pone condiciones a eso habrá que temerlo todo de su conducta. Por consiguiente, será personal y puede ser falsa; él no es vuestro amigo, es mi seductor.

—Se casa contigo.

—No hará nada; además, escuchadme, padre, si los sentimientos que el conde tiene por vos son reales, deben ser independientes de los que haya podido concebir por mí; no debe querer complaceros a sabiendas de dañarme; si es virtuoso y sensible, debe haceros todo el bien que os ha prometido, sin exigir que yo sea el precio. Para sondear su manera de pensar, decidle que aceptáis todas sus promesas, pero que le pedís, como primer efecto de su generosidad hacia mí, que él mismo haga aquí, antes de dejar la ciudad, el matrimonio de vuestra hija con el único hombre al que ella puede amar en este mundo. Si el conde es leal, si es franco, si es desinteresado, lo aceptará; si no planea más que inmolarme al serviros, se descubrirá. Es necesario que responda a vuestra proposición, y esa proposición por vuestra parte no debe extrañarlo, puesto que hasta ahora no os ha pedido abiertamente mi mano, según decís; si la respuesta es pedirla como precio de sus efectos benéficos, es que tiene más ganas de obsequiarse a sí mismo que de serviros, puesto que sabrá que estoy comprometida y que entonces querría obligarme contra mi corazón. Por lo tanto, su alma sería deshonesta y vos debéis desconfiar de todas sus ofertas, sea cual sea el barniz con que las coloree. Un hombre de honor no puede querer la mano de una mujer de la que sabe que no tendrá amor, no se debe favorecer al padre a expensas de la hija. La prueba es segura, os suplico que la intentéis; si tiene éxito... quiero decir que si podemos estar seguros de que el conde no tiene más que perspectivas legítimas... habrá que prestarse a todo y entonces él habrá favorecido vuestra carrera sin dañar mi felicidad, todos nosotros seremos dichosos... lo seremos todos, padre mío, sin que vos tengáis remordimientos.

---

70 El ducado sueco vale algunos céntimos menos que nuestro escudo grande. *(N. del A.)*

—Ernestine —dijo el coronel—, es muy posible que el conde sea un hombre honesto, aunque no quiera favorecerme más que con la condición de tenerte por mujer.

—Sí, si no supiera que estoy comprometida, pero si al decirle que lo estoy persiste en no querer ayudaros más que obligándome a mí, entonces es que sólo habrá egoísmo en su proceder y la delicadeza estará completamente excluida; a partir de ese momento, sus promesas deben hacérsenos sospechosas...

Ernestine se arrojó en brazos del coronel.

—¡Oh, padre mío! —exclamó, llorosa—. No me neguéis la prueba que exijo, no me la neguéis, padre, os lo suplico, no sacrifiquéis tan despiadadamente a una hija que os adora y que sólo quiere vivir para vos. El infortunado Herman moriría de dolor por ello y moriría odiándonos, yo lo seguiría de cerca a la tumba y vos habríais perdido los dos amigos más queridos de vuestro corazón.

El coronel amaba a su hija, era generoso y noble, no podía reprochársele más que esa especie de buena fe que, aunque vuelva tan fácilmente al hombre honesto en víctima de los bribones, no por ello deja de revelar todo el candor y toda la franqueza de un alma buena. Le prometió a su hija que haría lo que exigía, y al día siguiente habló con el senador.

Oxtiern, más falso él que aguda era la señorita Sanders, y cuyas medidas sin duda estaban ya tomadas para toda eventualidad con la Scholtz, respondió al coronel de la manera más satisfactoria.

—Entonces, ¿habéis creído, querido amigo —le dijo el conde—, que yo quería ayudaros por interés? Conoced mejor mi corazón, lo llena el deseo de seros útil, dejando de lado toda otra consideración. Sin duda alguna, amo a vuestra hija, ocultároslo no serviría de nada, pero puesto que ella no me cree destinado a hacerla feliz, estoy muy lejos de obligarla. No me encargaré de estrechar aquí los lazos de su himeneo, como parece que vos queréis, ese proceder le costaría demasiado a mi corazón; ya que me sacrifico, que al menos no sea por mi propia mano; pero el matrimonio se hará, pondré en él mis esfuerzos y se lo encargaré a la Scholtz. Puesto que vuestra hija prefiere convertirse en la esposa de un contable que en la de uno de los senadores más importantes de Suecia, es dueña de hacerlo. No temáis que su elección perjudique en nada los favores que quiero haceros. Me marcharé en breve, apenas haya arreglado algunos asuntos, un carruaje mío vendrá a buscaros a vuestra hija y a vos. Llegaréis a Estocolmo con Ernestine, Herman podrá seguiros y casarse con ella allí, o esperar, si eso le conviene más, a que tengáis el puesto donde quiero colocaros, su matrimonio será mejor por ello.

—¡Hombre respetable! —dijo Sanders, estrechando las manos del conde—. ¡Qué obligado os estoy! Los favores que os dignáis hacernos se harán tanto más preciosos al ser desinteresados, y os costarán un sacrificio...

¡Ah!, senador, es el último grado de la generosidad humana, una acción tan hermosa debería valeros templos, en un siglo en el que todas las virtudes son tan escasas.

—Amigo mío —dijo el conde, respondiendo a las alabanzas del coronel—, el hombre honesto es el primero que goza de los beneficios que reparte, ¿no es eso lo que necesita para su felicidad?

El coronel no pudo darse más prisa para contarle a su hija la importante conversación que acababa de tener con Oxtiern. Ernestine se conmovió por ella hasta las lágrimas y creyó todo sin problemas (las almas buenas son confiadas, se convencen fácilmente de lo que son capaces de hacer); Herman no fue tan enteramente crédulo; algunas palabras que se le escaparon a la Scholtz, por la alegría que sin duda tenía al ver tan bien servida su venganza, hicieron que le naciesen sospechas que comunicó a su amada. Esa tierna muchacha las tranquilizó; le hizo darse cuenta de que un hombre de la cuna y de la posición de Oxtiern debía ser incapaz del engaño... La inocente criatura no sabía que los vicios, respaldados por el nacimiento y la riqueza, incentivados desde entonces por la impunidad, sólo se vuelven más peligrosos. Herman dijo que quería aclararlo con el propio conde; Ernestine le prohibió de hecho esa vía, el joven prometió que no la tomaría, pero en el fondo no escuchó más que a su orgullo, a su amor y a su valentía, y cargó con dos pistolas. A la mañana siguiente se introdujo en la cámara del conde y lo abordó a la cabecera de la cama.

—Señor —le dijo audazmente—, os tengo por un hombre de honor; vuestro apellido, vuestra casa, vuestra riqueza, todo debe convencerme de ello, de modo que exijo vuestra palabra, señor, vuestra palabra por escrito, de que renunciáis completamente a las pretensiones que habéis manifestado por Ernestine, o, sin eso, espero que aceptéis una de estas dos armas con el fin de que los dos nos disparemos a la cabeza.

El senador, un poco aturdido por el halago, empezó de entrada por preguntarle a Herman si había pensado bien el paso que daba, y si creía que un hombre de su rango le debía alguna reparación a un subalterno como él.

—Nada de insultos, señor —respondió Herman—, no he venido aquí para recibirlos, sino, al contrario, para pediros razón por el insulto que me hacéis al querer seducir a mi amada. ¿Un subalterno, decís? Senador, todo hombre tiene derecho a exigir de otro la reparación del bien que le arrebata o de la ofensa que le hace; el prejuicio que separa las jerarquías es una quimera, la naturaleza ha creado a todos los hombres iguales, no hay ni uno sólo que no haya salido de su seno pobre y desnudo, ninguno que conserve o aniquile diferentemente de otro; no conozco entre ellos otra distinción que la que establece la virtud. El único hombre que está hecho para ser despreciado es aquél que no usa los derechos que le conceden las falsas convenciones más que para entregarse más impunemente al vicio. Levantáos, conde, aunque fueseis un príncipe, exigiría de vos la satisfacción que se me debe; dadmela, os digo, o de lo contrario os meto un tiro en la cabeza si no os apresuráis a defenderos.

—Un momento —dijo Oxtiern vistiéndose—, sentáos, joven, quiero que desayunemos juntos antes de batirnos... ¿Me negaréis ese favor?

—A vuestras órdenes, conde —respondió Herman—, pero espero que después me devolváis igualmente mi invitación...

Llamaron, se sirvió el desayuno y el senador, habiendo ordenado que lo dejasen solo con Herman, le preguntó después de la primera taza de café si lo que hacía estaba acordado con Ernestine.

—Sin duda que no, senador, ella ignora que estoy en vuestra casa. Ha hecho más, ha dicho que vos queríais servirme.

—Si eso es así, ¿cuál puede ser entonces el motivo de vuestra imprudencia?

—El temor a ser engañado, la certeza de que cuando se ama a Ernestine es imposible renunciar a ella y, al final, el deseo de aclararme.

—Pronto lo estaréis, Herman, y aunque no os deba más que reproches por la indecencia de vuestra acción... y aunque este paso desconsiderado quizá debiera hacerme cambiar mis planes en favor de la hija del coronel, sin embargo, mantendré mi palabra... Sí, Herman, os casaréis con Ernestine, lo he prometido y será así. Yo no os la cedo, joven, no estoy hecho para cederos nada, es Ernestine sola quien lo consigue todo de mí, es a su felicidad a lo que yo inmolo la mía.

—¡Oh, generoso mortal!

—Vos no me debéis nada, os digo, yo sólo lo hago por Ernestine, y sólo de ella espero agradecimiento.

—Permitid que lo comparta, senador, permitid que a la vez os presente mil excusas por mi vivacidad... Pero, señor, ¿puedo contar con vuestra palabra? Y si tenéis el propósito de mantenerla, ¿os negaréis a dármela por escrito?

—Yo escribiré todo lo que queráis, pero es inútil, y esas sospechas injustas se añaden a la tontería que acabáis de permitiros.

—Es para tranquilizar a Ernestine.

—Ella es menos desconfiada que vos y me cree. No importa, acepto escribirle, pero dirigiéndole a ella la nota. Cualquier otra manera estaría fuera de lugar, no puedo serviros y al mismo tiempo humillarme ante vos...

El senador tomó recado de escribir y trazó las líneas siguientes:

El conde Oxtiern promete a Ernestine Sanders dejarla que elija libremente y que tome las mejores medidas para hacerla gozar muy pronto de los placeres del himeneo, por mucho que pueda costarle a quien la adora, cuyo sacrificio será pronto tan seguro como espantoso.

El desventurado Herman, que estaba muy lejos de comprender el despiadado sentido de esa nota, la recogió, la besó con ardor, renovó sus excusas al conde y fue volando a casa de Ernestine a llevarle los tristes trofeos de su victoria.

La señorita Sanders reprendió mucho a Herman, lo acusó de no tener ninguna confianza en ella, añadió que según lo que ella había dicho, Herman no habría debido dejarse llevar nunca a tales extremos con un hombre tan fuerte que estaba por encima de él, que era de temer que el conde hubiese cedido sólo por prudencia y que la reflexión lo llevase después a ciertos extremos tal vez muy aciagos para ellos dos y en todo caso, sin duda sumamente perjudiciales para su padre. Herman tranquilizó a su amada, le hizo tener en cuenta la nota... que ella había leído, igualmente sin comprender su ambigüedad. Le contaron todo al coronel, que desaprobó, mucho más vivamente aún que su hija, la conducta del joven Herman. Sin embargo, todo se concilió y nuestros tres amigos, llenos de confianza en las promesas del conde, se separaron bastante tranquilos.

Sin embargo, Oxtiern, después de su escena con Herman, acudió enseguida a casa de la Scholtz y le contó todo lo que acababa de ocurrir. Aquella malvada mujer, aún más convencida por ese paso del joven de que se le hacía imposible pretender seducirlo, se comprometió más firmemente que nunca con la causa del conde y le prometió que la serviría hasta la entera destrucción del desdichado Herman.

—Tengo medios seguros para perderlo —dijo aquella malvada arpía—... Tengo llaves duplicadas de su caja, él no lo sabe. Dentro de poco debo descontar cien mil ducados de letras de cambio a unos negociantes de Hamburgo, sólo depende de mí encontrarlo en falta, desde ese momento tendrá que casarse conmigo, o estará perdido.

—En ese último caso —dijo el conde—, haréis que yo lo sepa inmediatamente, estad segura de que entonces obraré como conviene a nuestra mutua venganza.

Luego, aquellos dos miserables, demasiado cruelmente unidos por el interés, renovaron sus últimas medidas para darle a sus pérfidos proyectos toda la firmeza y toda la perversidad que deseaban en ellos.

Decidido esos arreglos, Oxtiern fue a despedirse del coronel y de su hija. Delante de ella él se contuvo, y en lugar de su amor y de sus verdaderas intenciones, le dio testimonio de toda la nobleza y el desinterés que su falsedad le permitió emplear; le renovó a Sanders sus mayores ofertas de ayuda y convino con él el viaje a Estocolmo. El conde quería que les preparasen unos aposentos en su casa, pero el coronel respondió que prefería ir a casa de su prima Plorman, cuya herencia esperaba para su hija, y que esa señal de amistad se convertiría en un motivo para Ernestine para agradar a aquella mujer, que podía aumentar mucho su fortuna. Oxtiern aprobó el proyecto, se convino que fuese en carruaje, pues Ernestine tenía miedo al mar, y se despidieron con las más vivas manifestaciones de cariño y estima recíprocas, sin que se hubiese mencionado siquiera el paso dado por el joven.

La Scholtz seguía fingiendo con Herman, tenía la necesidad de disimular hasta el escándalo que preparaba. Ella no le hablaba de sus sentimientos, ya no le manifestaba, como anteriormente, más que confianza e interés. No le había dicho que conocía su torpeza en la casa del senador, y nuestro buen joven creyó que como la escena no fue muy ventajosa para el conde, éste la había ocultado cuidadosamente.

No obstante, Herman no ignoraba que el coronel y su hija iban a salir pronto de Nordkoping, pero como estaba lleno de confianza en el corazón de su amada, en la amistad del coronel y en las promesas del conde, no dudaba de que el primer uso que haría Ernestine en Estocolmo de su crédito con el senador sería el de comprometerlo a reunirlos muy pronto; la joven Sanders no dejaba de asegurárselo a Herman y ese era muy sinceramente su proyecto.

Así pasaron algunas semanas, cuando en Nordkoping se vio que llegaba un vehículo magnífico acompañado por varios criados, a los que se les había encomendado que entregasen una carta al coronel Sanders de parte del conde Oxtiern, y que al mismo tiempo recibiesen las órdenes de ese oficial, relativas al viaje que debía hacer a Estocolmo con su hija, para lo que estaba destinado el vehículo que se les enviaba desde su casa. La carta le anunciaba a Sanders que, por atención del senador, la viuda Plorman les destinaba a sus dos aliados los mejores aposentos de su casa, que ambos eran dueños de llegar allí cuando quisieran, y que el conde esperaba ese momento para comunicarle a su amigo Sanders el éxito de las primeras gestiones que había emprendido para él. Respecto a Herman, el senador añadía que creía que había que dejarlo terminar en paz los asuntos que tenía con la señora Scholtz, a cuya conclusión, estando más en orden su fortuna, podría venir a presentar su mano a la bella Ernestine con más decoro aún; que todo ganaría con ese arreglo y que durante ese plazo, honrado el coronel con una pensión y quizá con un ascenso, se encontraría en mejor situación todavía para ayudar a su hija.

Esa cláusula no le gustó a Ernestine, le despertó ciertas sospechas de las que informó enseguida a su padre. El coronel pretendió que no había concebido nunca los proyectos de Oxtiern de una manera diferente a aquella, y por otra parte, ¿qué medio habría —continuaba Sanders— de que Herman saliese de Nordkoping antes de que hubiese terminado sus cuentas con la Scholtz? Ernestine derramó algunas lágrimas y, siempre entre su amor y el temor de perjudicar a su padre, no se atrevió a insistir sobre el extremado deseo que ella habría tenido de aprovechar sólo las ofertas del senador en el momento en el que su querido Herman se hubiese encontrado libre.

Así pues, hubo que decidirse a la partida. Herman fue invitado por el coronel a que fuese a cenar a su casa para despedirse mutuamente; él se dirigió allí, y esa insoportable escena ocurrió con el enternecimiento más vivo.

—¡Oh, mi querida Ernestine! —dijo Herman entre llantos—. Tengo que dejaros y no sé cuándo volveré a veros; me dejáis con una enemiga despiadada... con una mujer que disimula, pero cuyos sentimientos están lejos de haber muerto, ¿quién me socorrerá en las argucias innumerables con las que va a atribularme esta arpía?... Sobre todo, cuando me vea más decidido que nunca a seguiros y que yo le haya declarado que no quiero ser nunca más que vuestro... Y vos misma, ¿adónde vais, Dios todopoderoso?... A estar bajo la dependencia de un hombre que os ha amado... que todavía os ama... y cuyo sacrificio es muy dudoso. Él os seducirá, Ernestine, os deslumbrará, y el desventurado Herman, abandonado, ya no tendrá más que sus lágrimas.

—Herman tendrá siempre el corazón de Ernestine —dijo la señorita Sanders, estrechando las manos de su enamorado—. ¿Puede temer ser engañado alguna vez con la posesión de ese bien?

—¡Ah, ojalá que yo no lo pierda nunca! —dijo Herman arrojándose a los pies de su bella enamorada—. Ojalá que Ernestine, sin ceder nunca a los ruegos que se le van a hacer, se convenza muy bien de que no puede existir ni un solo hombre sobre la tierra que la ame como yo.

Y el infortunado joven se atrevió a suplicar a Ernestine que le permitiese recoger de sus labios de rosa un beso precioso que pudiera servirle de la prueba que exigía de sus promesas. La sensata y prudente Sanders, que no había concedido nunca tanto, creyó que se lo debía a las circunstancias. Se inclinó entre los brazos de Herman que, incendiado de amor y de deseo, sucumbía al exceso de ese gozo sombrío que sólo se expresa mediante llantos, selló los juramentos de su pasión sobre la boca más bella del mundo, y recibió de esa boca, todavía estampada sobre la suya, las expresiones más cautivadoras del amor y de la constancia.

Sin embargo, llegó la hora fatídica de la partida. Para dos corazones verdaderamente enamorados, ¿qué diferencia hay entre ésta y la de la muerte? Se diría que al dejar a quien se ama el corazón se rompe, o se arranca; nuestros órganos, encadenados, por así decirlo, al objeto del que se alejan, parecen mustiarse en ese momento atroz. Queremos huir, volvemos, abandonamos, abrazamos, no podemos decidirnos, pero al final es necesario. Todas nuestras facultades se aniquilan, nos parece que abandonemos el principio mismo de nuestra vida, que lo que queda es inanimado; que la existencia ya no está más que en el ser de quien nos separamos.

Se había decidido que subirían al carruaje al salir de la mesa. Ernestine lanzó su mirada sobre su enamorado, lo vio llorando y su alma se desgarró...

—¡Ay, padre mío! —exclamó fundiéndose en lágrimas—. ¡Mirad el sacrificio que hago por vos!

Y echándose en brazos de Herman:

—Tú, a quien nunca he dejado de amar —le dijo—, tú, a quien adoraré hasta la tumba, recibe en presencia de mi padre el juramento que te hago de no ser nunca más que tuya; escríbeme, piensa en mí, no escuches más que lo que te diga, y mírame como la más vil de las criaturas si alguna vez un hombre que no seas tú recibe mi mano, o mi corazón.

Herman estaba enloquecido, acurrucado en el suelo besaba los pies de la que idolatraba. Se hubiera dicho que por medio de esos besos ardientes, su alma, que los estampaba, su alma entera en esos besos de fuego hubiese querido cautivar a Ernestine...

—Ya no volveré a verte... ya no volveré a verte —le decía entre sollozos—... Padre mío, dejad que os siga, no toleréis que se me lleven a Ernestine, o si el destino me condena a ello, ¡ay, hundidme vuestra espada en el pecho!

El coronel calmaba a su amigo, le comprometía su palabra de que no forzaría nunca las intenciones de su hija, pero nada tranquiliza al amor inquieto, pocos amantes se dejaban en unas circunstancias tan crueles. Herman lo notaba muy bien y el corazón se le partía a su pesar. Al final hubo que partir; Ernestine, abatida por el dolor... con los ojos inundados de lágrimas, se lanzó junto a su padre en un vehículo que la arrastraba fuera de las miradas de quien amaba. Herman creyó ver en ese momento a la muerte envolviendo con sus velos oscuros la carroza fúnebre que le arrebataba su bien más dulce; sus gritos lúgubres llamaban a Ernestine, su alma extraviada la siguió, pero ya no vio nada... todo se escapaba... todo se perdía en las sombras espesas de la noche. El infortunado regreso a casa de la Scholtz en un estado bastante desesperado para irritar todavía más los celos de aquel peligroso monstruo.

El coronel llegó a Estocolmo al día siguiente muy temprano, y se encontró a la puerta de la señora Plorman, donde se apeó del vehículo, con el senador Oxtiern, que ofreció la mano a Ernestine. Aunque hiciera algunos años que el coronel no veía a su pariente, no por ello fue peor recibido; pero fue sencillo darse cuenta de que la protección del senador había influido enormemente en esa excelente acogida. Ernestine fue admirada y acariciada; la tía aseguró que esa adorable sobrina eclipsaría a todas las bellezas de la capital, y desde ese mismo día se tomaron las disposiciones necesarias para procurarle todos los placeres posibles, con el fin de aturdirla, de embriagarla y de hacerle olvidar a su enamorado.

La casa de la Plorman era evidentemente solitaria. Aquella mujer, ya anciana y de natural avaro, veía a bastante poca gente, y quizá era eso por lo que al conde, que la conocía, no le había molestado de ninguna manera la elección de residencia que había hecho el coronel.

En la casa de la señora Plorman había un joven oficial del Regimiento de los Guardias, que estaba emparentado con ella un grado más cerca que

Ernestine y que, por consiguiente, tenía más derecho que ella a la herencia. Lo llamaban Sindersen, buen sujeto, muchacho honesto, pero obviamente poco inclinado hacia parientes que, más alejados que él de su tía, parecían no obstante tener las mismas pretensiones sobre ella. Esas razones establecieron un poco de frialdad entre él y los Sanders, sin embargo, fue cortés con Ernestine, convivió con el coronel y supo disimular, bajo ese barniz mundano al que se denomina cortesía, los sentimientos poco cariñosos que debían tener el primer lugar en su corazón.

Pero dejemos que el coronel se instale y regresemos a Nordkoping mientras Oxtiern puso todo en marcha para divertir al padre, deslumbrar a la hija y tener éxito al fin en los pérfidos proyectos de los que esperaba su triunfo.

Ocho días después de la marcha de Ernestine, aparecieron los negociantes de Hamburgo y reclamaron los cien mil ducados que les adeudaba la Scholtz. Sin duda aquella suma debía encontrarse en la caja de Herman, pero la canallada ya estaba hecha y, por el método de las llaves dobles, los fondos habían desaparecido. La señora Scholtz, que había retenido para el almuerzo a los negociantes, hizo avisar enseguida a Herman de que preparase el efectivo, dado que sus huéspedes querían embarcarse esa misma noche para Estocolmo. Herman no había inspeccionado esa caja desde hacía mucho tiempo, pero como estaba seguro de que los fondos debían encontrarse allí, la abrió con confianza y cayó casi sin conocimiento cuando se dio cuenta del robo que le habían hecho; corrió junto a su protectora...

—¡Ay, señora! —exclamó frenético—. ¡Nos han robado!

—¿Robado, amigo mío?... En mi casa no ha entrado nadie, y respondo de mis sirvientes.

—Sin embargo, es muy necesario que haya entrado alguien, señora, muy necesario, puesto que los fondos ya no están en la caja... y vos debéis estar segura de mí.

—Yo podía estarlo anteriormente, Herman, pero cuando el amor le vuelve la cabeza a un muchacho como vos, con esa pasión todos los vicios deben introducirse en su corazón... Infortunado joven, tened cuidado con lo que hayáis podido hacer; necesito mis fondos en este momento, si sois culpable, confesádmelo... pero si os equivocáis y no queréis decir nada, no seréis el único al que implique en este funesto asunto... Ernestine se marcha a Estocolmo justo en el momento en que desaparecen mis fondos... ¿Quién sabe si todavía está en Suecia?... Ella os precede... es un retirada planeada.

—¡No, señora, no! Vos no creéis lo que acabáis de decir —respondió Herman con firmeza—, no lo creéis, señora, habitualmente, un bribón no se inicia con una cantidad tan grande, y en el corazón del hombre los grandes crímenes están precedidos siempre por los vicios. ¿Qué habéis visto en mí hasta ahora que deba haceros creer que yo pueda ser capaz de tal malversación? Si yo os hubiese robado, ¿estaría aún en Nordkoping? ¿Es que no me habéis avisado hace ocho días de que debíais descontar ese dinero? Si yo lo hubiera tomado, ¿habría tenido el atrevimiento de esperar tranquilamente aquí el momento en que se revelaría mi vergüenza? ¿Es verosímil esa conducta, debéis suponer que la he tenido?

—No me corresponde a mí buscar las razones que puedan excusaros cuando soy yo la perjudicada por vuestro crimen, Herman. No hago más que establecer un hecho. Vos estáis encargado de mi caja, sólo vos respondéis de ella, que está vacía cuando necesito los fondos que deben encontrarse dentro, las cerraduras no están dañadas, ninguno de mis criados ha desaparecido; este robo, sin fractura, sin vestigios, no puede haber sido entonces obra más que de quien posee las llaves. Por última vez, pensadlo bien, Herman, retendré a esos negociantes veinticuatro horas más; mañana mis fondos... o la justicia me responderá de vos.

Herman se retiró con una desesperación más fácil de sentir que de describir. Estaba deshecho en lágrimas y acusaba al cielo de dejarlo vivir para tantos infortunios. Dos opciones se le presentaban... huir, o darse un tiro en la cabeza... pero aún no había acabado de formarlas cuando las rechazó con horror... Morir sin estar justificado... sin haber destruido las sospechas que afligirían a Ernestine, ¿podría consolarse ella alguna vez por haber entregado su corazón a un hombre capaz de tamaña bajeza? Su alma delicada no podría sostener el peso de esa infamia y por ello moriría de dolor... Huir era confesarse culpable, ¿se puede consentir la apariencia de un crimen que se está tan lejos de haber cometido? Herman prefería entregarse a su destino y reclamar enseguida mediante cartas la protección del senador y la amistad del coronel, creía estar seguro del primero, y ciertamente no dudaba del segundo. Les escribió sobre la horrenda desgracia que le ocurría, les convencía de su inocencia, sobre todo hizo notar al coronel lo funesta que debía ser para él una aventura semejante con una mujer cuyo corazón, alimentado por los celos, no dejaría de aprovechar esa ocasión para destrozarlo. Les pidió los consejos más seguros en esa nefasta circunstancia, y se entregó a los decretos del cielo, atreviéndose a creerse seguro de que su equidad no dejaría abandonada a la inocencia.

Os imagináis fácilmente que nuestro joven debió pasar una noche espantosa; por la mañana, la Scholtz lo hizo acudir a sus aposentos.

—Bien, amigo mío —le dijo con aspecto de candor y de amabilidad—, ¿estáis dispuesto a confesar vuestros errores? ¿Os decidís al fin a decirme la causa de un proceder tan singular por vuestra parte?

—Yo me presento y entrego mi persona como toda justificación, señora —respondió con valor el joven—; no me habría quedado en vuestra casa si fuese culpable; me habéis dejado tiempo para huir, lo habría hecho.

—Quizá no habríais llegado muy lejos sin que os siguieran, y por otra parte, esa evasión habría acabado de condenaros. Vuestra huida demostraría que seríais un bribón muy novicio, vuestra firmeza me hace ver a uno que no está en su primera vez.

—Haremos nuestras cuentas cuando queráis, señora; hasta que hayáis encontrado errores en ellas, no tenéis el derecho de tratarme así, y yo tengo el de rogaros que aguardéis a pruebas más seguras antes de arruinar mi integridad.

—Herman, ¿es esto lo que yo debía esperar de un joven al que he criado y sobre el que fundaba todas mis esperanzas?

—Vos no respondéis, señora; ese subterfugio me sorprende, casi me haría concebir dudas.

—No me irritéis, Herman, no me irritéis cuando no debíais intentar más que enternecerme... *(y prosiguiendo con calor)*... ¿Ignoras tú, despiadado, los sentimientos que tengo por ti? Según eso, ¿quién sería entonces el ser más dispuesto a ocultar tus errores?... ¿Te los buscaría yo, cuando querría destruir los que tienes al precio de mi sangre?... Escucha, Herman, puedo arreglarlo todo, en el banco de mis corresponsales tengo diez veces más que lo que es necesario para cubrir esta falta... confiésala, es todo lo que te pido... consiente en casarte conmigo y todo se olvidará.

—¿Y yo compraría la desgracia de mis días al precio de una mentira horrible?

—¿La desgracia de tus días, pérfido? ¡Cómo! ¿Eso es lo que te parecen los nudos que pretendo cuando sólo tengo que decir una palabra para que te pierdas para siempre?

—Vos no ignoráis que mi corazón no es mío, señora, Ernestine lo posee por completo; todo lo que perturbe el propósito que tenemos de ser el uno del otro no puede ser para mí más que horroroso.

—¿Ernestine?... No cuentes más con ella, ya es la esposa de Oxtiern.

—¿Ella?... Eso no puede ser, señora, tengo su palabra y su corazón; Ernestine no podría engañarme.

—Todo lo que se ha hecho estaba convenido, el coronel se prestó a ello.

—¡Santo cielo! ¡Pues bien!, entonces voy a aclararme yo mismo, voy volando ahora mismo a Estocolmo... Allí veré a Ernestine, por ella sabré si me engañáis o no... Pero, ¿qué digo? ¡Haber podido traicionar Ernestine a su enamorado! No, no... no conocéis su corazón, puesto que os es posible creerlo; el astro del día dejaría de iluminarnos antes que tal crimen pudiese ensuciar su alma.

Y con esas palabras, el joven quiso lanzarse fuera de la casa... la señora Scholtz lo retuvo:

—Herman, vais a perderos; escuchadme, amigo mío, os hablo por última vez... ¿Hay que decíroslo? Seis testigos declaran contra vos, se os ha visto sacar mis fondos de la casa, se sabe el uso que habéis hecho de ellos; habéis desconfiado del conde Oxtiern y, provisto de esos cien mil ducados, debíais secuestrar a Ernestine y llevarla a Inglaterra... El proceso ya ha empezado y os lo repito, puedo detenerlo todo con una palabra... Aquí tienes mi mano, Herman, acéptala y todo quedará arreglado.

—¡Gavilla de horrores y de mentiras! —exclamó Herman—. ¡Mira cómo estallan el fraude y la incongruencia en tus palabras! Si Ernestine, como dices, es esposa del senador, entonces no he debido robar para ella la suma que te falta, y si he tomado ese dinero para ella, entonces es falso que sea la esposa del conde. Ya que puedes mentir con tanta desfachatez, todo esto no es más que una trampa donde quiere atraparme tu maldad; pero yo encontraré... al menos me atrevo a jactarme de ello, los medios de restablecer el honor que quieres arrebatarme, y aquellos que se convencerán de mi inocencia demostrarán al mismo tiempo todos los crímenes a los que te entregas para vengarte de mis desdenes.

Lo dijo y, rechazando los brazos de la Scholtz, que todavía se abrían para retenerlo, se lanzó enseguida a la calle con el proyecto de ir a Estocolmo... El infortunado estaba lejos de imaginar que sus cadenas ya estaban listas... diez hombres lo atraparon a la puerta de la casa y lo arrastraron ignominiosamente a la prisión de los criminales, bajo la mirada misma de la feroz criatura que lo perdía y que parecía disfrutar, siguiéndolo con los ojos, de la desgracia excesiva donde su cólera desenfrenada acababa de sumir a aquel infortunado.

—¡Pues bien! —dijo Herman, al verse en la residencia del crimen... y demasiado a menudo de la injusticia—. ¿Puedo desafiar al cielo ahora? ¿Puedo inventar males que puedan desgarrar mi alma con más furia? Oxtiern... pérfido Oxtiern, has guiado esta trama tú sólo, y aquí no soy más que la víctima de los celos, de tus cómplices y de ti... ¡Aquí está, pues, cómo pueden pasar los hombres en un momento al último grado de la humillación y del infortunio! Imaginaba que sólo el crimen podía envilecerlos hasta ese punto... No... se trata sólo de ser sospechoso para ser ya criminal, ¡no se trata más que de tener enemigos poderosos para ser aniquilado! Pero tú, Ernestine mía... tú, cuyos juramentos consuelan todavía mi corazón, ¿me queda al menos el tuyo en el infortunio? ¿Iguala tu inocencia a la mía?... ¿Y no te has sumergido en todo esto?... ¡Ay, cielo santo, qué sospechas tan odiosas! Estoy más angustiado por haber podido formarlas durante un momento, que destruido por todos mis otros males... Ernestine culpable... ¡Haber traicionado Ernestine a su enamorado! ¿Nacieron alguna vez la impostura y el fraude en el fondo de esa alma sensible?... y ese tierno beso que todavía saboreo... ese único y dulce beso que recibí de ella, ¿puede haberse recogido de una boca que hubiese envilecido la mentira?... No, no, alma querida, no... nos engañan a los dos... ¡Cómo van a aprovecharse de mi situación esos monstruos para degradarme en tu alma!... ¡Ángel del cielo, no te dejes seducir por el artificio de los hombres, y que tu alma tan pura como el Dios de donde emana esté a salvo, como su modelo, de las iniquidades de la tierra!

Un dolor mudo y sombrío se apoderó de aquel infortunado, a medida que iba comprendiendo el horror de su destino, el pesar que experimentaba se convertía en una fuerza tal, que pronto se debatió entre sus cadenas. Tan pronto quería correr a justificarse, como al momento después era a los pies de Ernestine. Rodaba por el suelo haciendo resonar la bóveda con sus agudos gritos... volvió a levantarse, se precipitó contra los obstáculos que se le oponían, quiso romperlos con su peso, se desgarró, cubierto de sangre, y volvió a caer cerca de las barreras a las que ni siquiera había hecho temblar, pero ya no era más que por sollozos y lágrimas... con las sacudidas de la desesperación, como su alma abatida se aferraba aún a la vida.

No hay ninguna situación en el mundo que pueda compararse a la de un prisionero a quien el amor le abrasa el corazón. La imposibilidad de aclararse hace realidad al instante, de una manera espantosa, todos los males de ese sentimiento; los trazos de un Dios tan dulce en el mundo, para él ya no son más que culebras que lo desgarran. Mil quimeras lo ofuscan a la vez, a veces inquieto, y a veces tranquilo, a veces crédulo, y otras desconfiado, temiendo y deseando la verdad, detestando... y adorando al objeto de su pasión, excusándolo y creyéndolo pérfido; su alma, semejante a las olas del mar embravecido, no es más que una sustancia blanda, donde todas las pasiones se impregnan sólo para consumirla antes.

Acudieron a socorrer a Herman, pero, ¡que servicio funesto le prestaron al traer a sus tristes labios la copa amarga de la vida, de la que no le quedaba ya más que la hiel!

Sintiendo la necesidad de defenderse, reconociendo que el extremo deseo que lo abrasaba de volver a ver a Ernestine no podía satisfacerse más que haciendo que su inocencia brillase, volvió en sí. Empezó el período de instrucción del caso, pero siendo la causa demasiado importante para un tribunal inferior como el de Nordkoping, se convocó ante los jueces de Estocolmo. Llevaron allá al prisionero... contento... si era posible estarlo en su atroz situación, consolado por respirar el aire que también animaba a Ernestine.

—Estaré en la misma ciudad —se decía con satisfacción—, quizá pueda informarla de mi suerte... ¡sin duda se la ocultan!... Quizá pueda verla, pero por lo que pueda ocurrir, allí estaré menos expuesto a los dardos dirigidos contra mí; es imposible que todo lo que se acerque a Ernestine no sea purificado como su bella alma, el resplandor de sus virtudes se extiende sobre todo lo que la rodea... son los rayos del astro con el que se vivifica la tierra... donde esté ella, no debo temer nada.

Desdichados amantes, esas son vuestras quimeras... Os consuelan, y es mucho. Dejemos allí al triste Herman para ver lo que ocurría en Estocolmo entre las personas que nos interesan.

Ernestine, siempre distraída, siempre paseada de fiesta en fiesta, estaba lejos de olvidarse de su querido Herman; a los nuevos espectáculos con los que intentaban embriagarla sólo les entregaba los ojos, pero su corazón, siempre lleno de su enamorado, sólo respiraba por él. Ella hubiese querido compartir sus placeres con él, se le hacían insípidos sin Herman. Lo deseaba, lo veía en todas partes, y la pérdida de su ilusión sólo le hacía más despiadada la verdad. La infortunada estaba lejos de saber a qué espantoso estado se encontraba reducido quien lo ocupaba tan despóticamente, no había recibido más que una carta, escrita antes de la llegada de los negociantes de Hamburgo, y se habían adoptado medidas de manera que desde entonces no pudiera tener más. Cuando manifestó su inquietud, su padre y el senador achacaban esos retrasos a la inmensidad de asuntos de los que estaba encargado el joven, y la tierna Ernestine, cuya alma delicada temía el dolor, se dejaba ir suavemente a lo que pareciera calmarla un poco. ¿Se producían nuevas reflexiones?, se las apaciguaba de la misma manera, el coronel de muy buena fe, el senador engañándola, pero la tranquilizaban y, al esperar, el abismo seguía profundizándose bajo sus pasos.

Oxtiern entretenía del mismo modo a Sanders, lo había presentado en la casa de algunos ministros; esa consideración halagaba su orgullo y le hacía tener paciencia con las promesas del conde, que no dejaba de decirle que por buena voluntad que tuviese de favorecerlo, todo iba muy despacio en la corte.

Aquel peligroso sobornador, que si hubiese podido triunfar de otra manera diferente a los crímenes que meditaba quizá hubiese podido ahorrárselos, intentaba volver de cuando en cuando al lenguaje del amor con aquella que ardía por corromper.

—A veces me arrepiento de mis pasos —le dijo un día a Ernestine—, noto que el poder de vuestros ojos destruye imperceptiblemente mi valor. Mi honestidad quiere que os una a Herman, pero mi corazón se opone a ello. ¡Oh, cielo santo! ¿Por qué colocó la mano de la naturaleza tantas gracias a la vez en la adorable Ernestine, y tanta debilidad en el corazón de Oxtiern? Os serviría mejor si fuéseis menos bella, o tal vez yo tendría menos amor si vos no tuvieseis tanto rigor.

—Conde —dijo Ernestine inquieta—, ¡yo creía a esos sentimientos ya lejos de vos, no concibo que os ocupen todavía!

—Es hacernos muy poca justicia a los dos creer a la vez que las impresiones que vos producís puedan debilitarse, o imaginar que cuando es mi corazón lo que las recibe puedan no ser eternas en él.

—Entonces, ¿pueden armonizarse con el honor? ¿Y no fue por ese juramento sagrado como me prometisteis que sólo me llevaríais a Estocolmo para la carrera de mi padre y mi unión con Herman?

—¡Siempre Herman, Ernestine!... ¿Y qué? ¿Es que ese nombre fatal no saldrá nunca de vuestra memoria?

—Sin duda que no, senador, será pronunciado por mí tanto tiempo como la imagen venerada de quien lo lleva abrase el alma de Ernestine, y eso es advertiros de que la muerte se convertirá en su último término. Pero, conde, ¿por qué retrasáis las promesas que me hicisteis?... Según vos, yo debía volver a ver a ese tierno y único objeto de mi pasión, entonces, ¿por qué no aparece?

—Sus cuentas con la Scholtz, ese es sin duda el motivo de ese retraso que os afecta.

—¿Lo tendremos con nosotros inmediatamente después de eso?

—Sí... lo veréis, Ernestine... Os prometo que haré que lo veáis, por mucho que pueda costarme... en el lugar que pueda ser... lo veréis, ciertamente... ¿Y cuál será la recompensa por mis servicios?

—Vos disfrutaréis del encanto de haberlos proporcionado, conde, es la más halagadora de todas las recompensas para un alma sensible.

—Comprarla al precio del sacrificio que exigís es pagarla muy cara, Ernestine; ¿creéis que haya muchas almas capaces de un esfuerzo así?

—Cuanto más os haya costado, tanto más estimable seréis a mis ojos.

—¡Ah! ¡Qué fría es la estima para pagar el sentimiento que tengo por vos!

—Pero si es el único que podríais conseguir de mí, ¿no debería contentaros?

—Nunca... nunca —dijo entonces el conde, lanzando furibundas miradas a aquella desventurada criatura... y levantándose enseguida para dejarla—: Tú no conoces el alma que desesperas... Ernestine... muchacha demasiado ciega... no, tú no conoces a esta alma, ¡no sabes hasta dónde pueden llevarla tu desprecio y tus desdenes!

Es fácil creer que esas últimas palabras inquietasen a Ernestine, muy rápidamente le informó de ellas al coronel que, siempre lleno de confianza en la honestidad del senador, estaba lejos de ver en ellas el sentido con que las interpretaba Ernestine. El crédulo Sanders, siempre ambicioso, retomaba a veces el proyecto de preferir el conde a Herman, pero la hija le recordaba la palabra que había dado. El honesto y franco coronel era esclavo de ella, cedió a las lágrimas de Ernestine y le prometió que seguiría recordándole al senador las promesas que les había hecho a los dos, o que volvería a llevarse a su hija a Nordkoping si creía ver que Oxtiern no tenía el propósito de ser sincero.

Fue entonces cuando esas dos personas honradas, demasiado lamentablemente engañadas, recibieron cartas de la Scholtz, de la que se habían separado de la mejor manera posible. Esas cartas disculpaban a Herman por su silencio; él se encontraba de maravilla, pero agobiado por una rendición de cuentas en la que se encontró un poco de desorden, que no había que atribuir más que a la pena que experimentaba Herman por estar separado de la que amaba, se veía obligado a tomar prestada la mano de su benefactora para dar sus noticias a sus mejores amigos. Les suplicaba que no se inquietasen, porque antes de ocho días la propia señora Scholtz llevaría a Estocolmo a Herman, a los pies de Ernestine.

Esos escritos calmaron un poco a aquella querida enamorada, pero no la tranquilizaban del todo...

—Una carta se escribe pronto —decía ella—. ¿Por qué no se toma Herman la molestia de escribir? Bien podía haberse imaginado que yo tendría más fe en una sola palabra suya que en veinte cartas de una mujer de quien tenía tantas razones para desconfiar.

Sanders tranquilizaba a su hija, Ernestine, confiada, cedía un momento a los esfuerzos que se daba el coronel para calmarla, y la inquietud volvía enseguida a desgarrar su alma con saetas de fuego.

Sin embargo, el asunto Herman seguía adelante, pero el senador, que veía a los jueces, les había encomendado la máxima discreción y les había demostrado que si la instrucción de ese proceso llegara a conocerse, los cómplices de Herman, los que estaban provistos de las sumas reclamadas, se marcharían a países extranjeros, si no estaban ya allí, y que por medio de las protecciones que tomarían ya no se podría recuperar nada. Esa razón engañosa comprometía a los magistrados al mayor de los silencios. Así, todo se hacía en la misma ciudad donde vivían Ernestine y su padre, sin que ninguno de ellos lo supiera y sin que fuese posible que nada llegase a su conocimiento.

Tal era más o menos la situación de las cosas cuando el coronel, por primera vez en su vida, se encontró comprometido a cenar en casa del ministro de la Guerra. Oxtiern no podía llevarlo allí, decía que había invitado él mismo a veinte personas ese día, pero no dejó que Sanders ignorase que ese favor era obra suya, y al decírselo no dejó de exhortarlo a que no eludiese una invitación así. El coronel estaba lejos de desear ser incorrecto, porque era muy necesario que esa pérfida cena contribuyese a su felicidad. Así pues, se vistió lo más apropiadamente que pudo, encomendó a su hija a la Plorman y se dirigió a casa del ministro.

No hacía ni una hora que estaba allí, cuando Ernestine vio entrar en su casa a la señora Scholtz. Los cumplidos fueron breves.

—Apresuráos —le dijo la negociante— y vayamos volando juntas a la casa del conde Oxtiern, acabo de dejar allí a Herman, he venido a avisaros rápidamente de que vuestro protector y vuestro enamorado os esperan los dos con igual impaciencia.

—¿Herman?

—Él mismo.

—¿Por qué no os ha seguido hasta aquí?

—Sus primeras atenciones han sido para el conde, sin duda se las debía; el senador, que os ama, se inmola por ese joven, ¿no le debe agradecimiento Herman?... ¿No sería un ingrato si faltase a él?, pero veis que los dos me envían hacia vos con precipitación... Es el día de los sacrificios, señorita —continuó la Scholtz lanzando una mirada falsa a Ernestine—, venid a verlos consumarse todos.

Aquella desventurada muchacha, dividida entre el deseo supremo de ir volando donde le decían que estaba Herman y el temor de dar un paso arriesgado al ir a casa del conde durante la ausencia de su padre, quedó en suspenso sobre la opción que debía tomar, y como la Scholtz seguía apremiándola, Ernestine creyó que en tal caso debía apoyarse en el consejo de su tía Plorman, y pedirle que la acompañase o que al menos lo hiciera su primo Sindersen; pero éste no se encontraba en la casa, y la viuda Plorman, consultada, respondió que el palacio del senador era demasiado decente para que una joven tuviese nada que arriesgar yendo allí. Añadió que su sobrina debía conocer aquella casa, puesto que había estado allí varias veces con su padre y que, además, puesto que Ernestine iría allí con una dama de la edad y condición de la señora Scholtz, ciertamente no había ningún peligro; que ella se uniría sin duda con mucho gusto, si unos dolores horribles no la tuviesen cautiva en casa desde hacía diez años sin poder salir de ella.

—Pero vos no arriesgáis nada, querida sobrina —continuó la Plorman—. Id con toda seguridad, se lo avisaré al coronel en cuanto aparezca para que vaya enseguida a buscaros.

Ernestine, encantada por un consejo que se armonizaba tan bien con sus perspectivas, se lanzó al vehículo de la Scholtz y las dos llegaron a casa del senador, que fue a recibirlas a la misma puerta de su palacete.

—Corred, encantadora Ernestine —dijo él dándole la mano—, venid a gozar de vuestro triunfo, del sacrificio de la señora y del mío; venid a convenceros de que en las almas sensibles la generosidad prevalece sobre todos los demás sentimientos...

Ernestine ya no podía contenerse, su corazón palpitaba de impaciencia, y si la esperanza de la felicidad embellece, sin duda Ernestine no fue nunca tan digna de los homenajes del universo entero... Sin embargo, algunas circunstancias la inquietaron y disminuyeron la dulce emoción de que era presa: aunque fuese mediodía, no aparecía criado alguno en aquella casa... reinaba un silencio lúgubre en ella, no se pronunciaba ni una palabra, las puertas volvían a cerrarse con cuidado en cuanto se pasaba por ellas; la oscuridad se hacía cada vez más profunda a medida que avanzaban, y esas advertencias asustaron de tal manera a Ernestine, que estaba casi desvanecida cuando entró en la sala donde querían recibirla. Allí llegó al fin, aquel salón, bastante grande, daba sobre la plaza pública, pero por ese lado las ventanas estaban completamente cerradas, sólo una en la parte posterior estaba tenuemente entreabierta y dejaba que penetrasen algunos rayos a través de las celosías bajadas ante ella, y no había nadie en aquella sala cuando Ernestine apareció allí. La infortunada apenas respiraba, sin embargo, viendo claramente que su seguridad dependía de su valor, dijo con sangre fría:

—Señor, ¿qué significan esta soledad y este silencio horrible... esas puertas que cierran con tanto cuidado y esas ventanas que no le dejan más que una ligera entrada a la luz? Tantas precauciones no dejan de inquietarme. ¿Dónde está Herman?

—Sentáos, Ernestine —dijo el senador, colocándola entre la Scholtz y él—... Calmáos y escuchadme. Han pasado muchas cosas, querida mía, desde que salísteis de Nordkoping, aquél a quien vos habíais entregado vuestro corazón, ha demostrado, por desgracia, que no era digno de poseerlo.

—¡Ay, cielo santo!, me asustáis.

—Vuestro Herman no es más que un canalla, Ernestine; se trata de saber si vos habéis participado en el robo considerable que le ha hecho a la señora Scholtz, se sospecha de vos.

—Conde —dijo Ernestine, levantándose con tanta dignidad como firmeza—, vuestro artificio está descubierto, me doy cuenta de mi imprudencia... soy una muchacha perdida... estoy en manos de mis mayores enemigos... no evitaré la desgracia que me aguarda...

Y cayó de rodillas con los brazos levantados al cielo...

—Ser Supremo —exclamó—, sólo te tengo a Ti como protector, ¡no abandones a la inocencia en las manos peligrosas del crimen y de la perversidad!

—Ernestine —dijo la señora Scholtz, volviendo a levantarla y sentándola a su pesar en el asiento que acababa de dejar—, aquí no se trata de rezar a Dios, sino de responder. El senador no os engaña, vuestro Herman me ha robado cien mil ducados y estaba en vísperas de venir a secuestraros, cuando afortunadamente se ha sabido todo. Herman está detenido, pero no se encuentran los fondos, él niega haberlos malversado, eso es lo que nos ha hecho creer que los fondos estaban ya en vuestras manos. Sin embargo, el asunto de Herman ha tomado el peor cariz, unos testigos han declarado contra él, varios ciudadanos de Nordkoping lo vieron salir por la noche de mi casa con bolsas bajo su abrigo; en fin, que el delito está más que demostrado y vuestro enamorado está en manos de la justicia.

Ernestine: ¡Herman culpable y Ernestine sospechosa!, ¿y vos lo habéis creído, señor?... ¿habéis podido creerlo?

El conde: Ernestine, no tenemos tiempo ni para discutir este asunto, ni para pensar en otra cosa más que en procurar el remedio más diligente. Sin hablaros de ello, sin afligiros en vano, he querido verlo todo antes de dar el paso que me veis hacer hoy. Contra vos sólo hay sospechas, esa es la razón de que os haya evitado el horror de un cautiverio humillante, se lo debía a vuestro padre y a vos, y lo he hecho; pero en cuanto a Herman, es culpable... Hay algo peor, querida mía, os diré esa palabra temblando... está condenado.

Ernestine palideció.

—¿Condenado? ¿Él?... ¿Herman?... ¡Si es la inocencia misma!... ¡Oh, santo cielo!

—Todo puede arreglarse, Ernestine —replicó vivamente el senador, sosteniéndola en sus brazos—, todo puede arreglarse, os digo... No os resistáis a mi pasión, concededme inmediatamente los favores que exijo de vos, y voy corriendo a buscar a los jueces... están ahí, Ernestine —dijo Oxtiern señalando el lado de la plaza—, están reunidos para terminar este insoportable asunto... Voy volando allá... les llevo los cien mil ducados, declaro que el error provenía de mí y la señora Scholtz, que desiste de toda persecución a Herman, certifica igualmente que fue en las cuentas hechas últimamente cuando esa suma se anotó dos veces, en una palabra, salvo a vuestro enamorado... Y haré más, mantengo la palabra que os di y ocho días después os haré su esposa... Decidíos, Ernestine, y sobre todo no perdamos el tiempo... Pensad en la cantidad de dinero que sacrifico... en el crimen del que sois sospechosa... en la horrible situación de Herman... en la felicidad que os espera al fin si satisfacéis mis deseos.

ERNESTINE: ¿Entregarme yo a tales horrores? ¿Comprar a ese precio la absolución de un crimen del que ni Herman ni yo hemos sido culpables nunca?

EL CONDE: Ernestine, estáis en mi poder, lo que teméis puede tener lugar sin capitulación, de modo que hago más por vos que lo que debería hacer al devolveros a quien vos amáis bajo la condición de un favor que puedo conseguir sin esa cláusula... El momento apura... en una hora ya no habrá tiempo... en una hora Herman estará muerto sin que vos estéis menos deshonrada por ello... Pensad que vuestro rechazo pierde a vuestro enamorado sin salvar vuestro pudor, y que el sacrifico de ese pudor, cuya estima es imaginaria, vuelve a darle la vida a quien os es tan preciado... ¿qué digo?, lo devuelve a vuestros brazos al instante... Muchacha crédula y falsamente virtuosa, tú no puedes vacilar sin una debilidad condenable... no puedes hacerlo sin cometer un crimen seguro. Concediendo, no perderás más que un bien ilusorio... rechazando, sacrificas a un hombre, y ese hombre inmolado por ti es quien te es el más querido del mundo... Decídete, Ernestine, decídete, no te doy más que cinco minutos.

ERNESTINE: Todas mis reflexiones están hechas ya, señor, nunca está permitido cometer un crimen para impedir otro. Conozco lo bastante a mi enamorado como para estar segura de que no querría gozar de una vida que me hubiese costado el honor, y con mayor razón no se casaría conmigo después de mi deshonra; por lo tanto, yo me habría hecho culpable sin hacerlo a él más feliz y sin salvarlo, puesto que sin duda él no sobreviviría a tal cúmulo de horrores y de calumnias. Así pues, dejadme salir, señor, no os hagáis más criminal que lo que sospecho que sois ya... Yo iré a morir junto a mi enamorado, iré a compartir su espantosa suerte, al menos pereceré siendo digna de Herman, y prefiero morir virtuosa a vivir en la ignominia...

Entonces el conde se enfureció.

—¿Salir de mi casa? —dijo, abrasado de amor y de ira—, ¿escaparte de aquí antes de que yo esté satisfecho?, no lo esperes, ni te lo imagines siquiera, criatura feroz... ¡Aplastaría el rayo la tierra antes de que yo te dejase libre sin haberte obligado a servir a mi pasión!

Y agarró a aquella desventurada en sus brazos... Ernestine quiso defenderse... pero en vano... Oxtiern era un desenfrenado cuyas iniciativas daban horror...

—Un momento, un momento —dijo la Scholtz—, su resistencia quizá venga de sus dudas.

—Eso podría ser —dijo el senador—, hay que convencerla.

Y agarrando a Ernestine de la mano, la arrastró hacia una de las ventanas que daban a la plaza y la abrió con precipitación.

—¡Mira, pérfida! —le dijo—. ¡Contempla a Herman y a su cadalso!

Efectivamente, allá se encontraba preparado aquel escenario sangriento, y el miserable Herman, a punto de perder la vida, aparecía en él a los pies de un confesor... Ernestine lo reconoció... quiso dar un grito... se lanzó hacia la ventana... sus órganos se debilitaron... todos sus sentidos la abandonaron y cayó al suelo como una masa inerte.

Todo precipitó entonces los pérfidos planes de Oxtiern... Agarró a aquella desventurada, y sin temor por el estado en que se hallaba, se atrevió a consumar su crimen, se atrevió a utilizar para el exceso de su ira a la respetable criatura a la que el abandono del cielo sometió injustamente al delirio más espantoso. Ernestine fue deshonrada sin haber recobrado el conocimiento; ese mismo instante sometió a la espada de las leyes al infortunado rival de Oxtiern, Herman dejó de existir.

A fuerza de cuidados, Ernestine abrió al fin los ojos. La primera palabra que pronunció fue *Herman,* su primer deseo fue un puñal... Se levantó, volvió a aquella terrible ventana, todavía entreabierta, quiso arrojarse por ella, se le opusieron; preguntó por su enamorado, le dijeron que ya no existía y que ella era la única culpable de su muerte... Ernestine tembló... desvarió, palabras sin ilación salieron de su boca... entrecortadas por sus sollozos... no tenía más que sus llantos, que no podían fluir... sólo entonces se dio cuenta de que acababa de ser la presa de Oxtiern... le lanzó miradas furiosas.

—Entonces has sido tú, canalla —dijo ella—, entonces has sido tú quien acaba de arrebatarme a la vez el honor y a mi amado.

—Ernestine, todo puede arreglarse —dijo el conde.

—Lo sé —dijo Ernestine—, y todo se arreglará, sin duda, pero, ¿puedo salir por fin, se ha saciado ya tu ira?

—¡Senador! —exclamó la Scholtz—, no dejemos escapar a esta muchacha... nos perderá. ¿Qué nos importa la vida de esta criatura?... que la pierda y que su muerte ponga a salvo nuestros días.

—No —dijo el conde—, Ernestine sabe que las denuncias no servirían de nada contra nosotros. Ha perdido a su amado, pero puede hacerlo todo para la fortuna de su padre. Que se calle, y la felicidad aún podría lucir para ella.

—¿Denuncias, senador? ¿Denuncias, yo?... ¿Puede imaginarse señora que quiera hacerlas? ¡Oh, no!, esto es una clase de ultraje que una mujer no debe denunciar nunca... no podría hacerlo sin envilecerse a sí misma, y las confesiones de las que estaría obligada a sonrojarse inquietarían mucho más a su pudor que satisfarían su venganza las reparaciones que recibiese. Abridme, senador, abridme y contad con mi discreción.

—Ernestine, vais a ser libre... Os lo repito, vuestra suerte está en vuestras manos.

—Lo sé —replicó orgullosamente Ernestine—, son ellas las que van a asegurármela.

—¡Qué imprudencia! —exclamó la Scholtz—. ¡Oh, conde! Yo no habría consentido nunca en compartir un crimen con vos si hubiese creído que érais tan débil.

—Ernestine no nos traicionará, sabe que aún la amo... sabe que el himeneo puede ser el precio de su silencio.

—¡Ah! No temáis nada, no temáis nada —dijo Ernestine subiendo al vehículo que la esperaba—, tengo demasiados deseos de reparar mi honor como para envilecerme con métodos tan bajos... Vos estaréis contento de los que emplearé, conde, nos honrarán a ambos. Adiós.

Ernestine se dirigió a su casa... allí se dirigió por el centro de esa plaza donde su enamorado acababa de perecer, allí atravesó la multitud que acababa de deleitarse los ojos con ese terrorífico espectáculo. Su valor la sostenía, sus resoluciones le daban fuerzas, y llegó. Su padre volvió en ese mismo momento, el pérfido Oxtiern se había cuidado de hacer que lo retuviesen todo el tiempo que necesitaba para su crimen... Vio a su hija con el cabello en desorden... pálida, con la desesperación en el alma; sin embargo, sus ojos estaban secos, su postura era altiva y la palabra era firme.

—Encerrémonos, padre, tengo que hablaros.

—Hija mía, me haces temblar... ¿Qué ha ocurrido? Tú has salido durante mi ausencia... se habla de la ejecución de un joven de Nordkoping... he vuelto con una turbación... con una agitación... Explícate, llevo a la muerte en el alma.

—Escuchadme, padre mío... contened vuestras lágrimas... *(echándose en los brazos del coronel),* nosotros no nacimos para ser felices, padre, hay algunos seres que la naturaleza crea sólo para dejarlos flotar de desgracia en desgracia los pocos momentos que pueden existir sobre la tierra; no todos los individuos pueden pretender la misma porción de felicidad, hay que someterse a la voluntad del cielo. Al menos os queda vuestra hija, que consolará vuestra vejez y será su apoyo... El desventurado joven de Nordkoping del que acabáis de oír hablar es Herman, acaba de morir en el cadalso, ante mis ojos... Sí, padre mío, ante mis ojos... han querido que yo lo viese... y lo he visto... Ha muerto víctima de los celos de la Scholtz y del frenesí de Oxtiern... Pero eso no es todo, padre, quisiera no tener que informaros más que de la pérdida de mi amado, pero he padecido una mucho más cruel todavía... Vuestra hija se os ha devuelto deshonrada... Oxtiern... mientras inmolaba a una de sus víctimas... el canalla mancillaba a la otra.

En ese momento, Sanders se levantó con furia.

—¡Basta! —dijo—. Conozco mi deber; el hijo del valiente amigo de Carlos XII no necesita que le enseñen cómo hay que vengarse de un traidor; dentro de una hora, yo estaré muerto, hija mía, o tú quedarás satisfecha.

—No, padre, no —dijo Ernestine, impidiendo que saliese el coronel—, en nombre de todo lo que más queráis, exijo que no os embarquéis vos mismo en esta venganza, si tuviese la desgracia de perderos, ¿pensáis lo horrorosa que sería mi suerte? Dejada sola y sin apoyos... en las pérfidas manos de esos monstruos, ¿creéis que no me inmolarían pronto?... Vivid, pues, por mí, padre mío, por vuestra hija querida que, en el exceso de su dolor, sólo os tiene a vos por socorro y consuelo... que ya no tiene en el mundo más que vuestras manos que puedan enjugar sus lágrimas... Escuchad mi plan. Aquí se trata de un pequeño sacrificio, que hasta podría ser superfluo si es que mi primo Sindersen tiene alma. El temor a que mi tía nos prefiera a nosotros en su testamento es la única razón de que se introduzca un poco de frialdad entre él y nosotros, voy a disipar ese temor, voy a firmarle una renuncia completa a ese legado, voy a interesarlo en mi causa; él es joven y valiente... militar como vos, irá a encontrarse con Oxtiern y lavará mi injuria con la sangre de ese traidor, y como es necesario que nosotros quedemos satisfechos, si es él quien sucumbe, padre mío, ya no retendré vuestro brazo, iréis a buscar al senador y vengaréis a la vez el honor de vuestra hija y la muerte de vuestro sobrino; de esta manera, el canalla que me ha engañado tendrá dos enemigos en vez de uno, nunca podremos multiplicarlos demasiado contra él.

—Hija mía, Sindersen es muy joven para un enemigo como Oxtiern.

—No temáis nada, padre, los traidores son siempre unos cobardes, la victoria no es difícil... ¡ah, cuánto falta para que la mire como tal!... Este arreglo... lo exijo... tengo algunos derechos sobre vos, padre, mi desgracia me los concede, no me neguéis la gracia que imploro... A vuestros pies os la pido.

—Tú lo quieres, y yo lo consiento —dijo el coronel levantando a su hija— y lo que me hace ceder a tus deseos es la certeza de que por ella multiplicaremos, como tú dices, los enemigos del que nos deshonra.

Ernestine abrazó a su padre y fue volando enseguida hacia su pariente; volvió poco después.

—Sindersen esta totalmente dispuesto, padre —le dijo al coronel—, pero por causa de su tía os ruega insistentemente que no digáis nada; esa pariente no podría consolarse del consejo que me dio de que fuese a casa del conde, ella hablaba de buena fe. Así pues, Sindersen opina que se le oculte todo a la Plorman, él mismo os evitará hasta la conclusión, y vos lo imitaréis.

—Bueno —dijo el coronel—, que vaya volando a la venganza... lo seguiré de cerca.

Todo se calmó... Ernestine se acostó aparentemente tranquila, y a la mañana siguiente, temprano, el conde Oxtiern recibió una carta escrita por mano desconocida, en la que sólo se encontraban estas palabras:

No se comete un crimen atroz sin castigo, no se consuma una injusticia odiosa sin venganza, no se deshonra a una muchacha honesta sin que le cueste la vida al seductor o a quien deba vengarla. Esta noche, a las diez, un oficial vestido de rojo se paseará cerca del puerto, con la espada bajo el brazo. Espera encontrarse con vos, si no acudís, ese mismo oficial ira mañana a vuestra casa a daros un tiro en la cabeza.

Un criado sin librea llevó la carta, y como tenía orden de traer una respuesta, entregó la misma nota, simplemente con estas dos palabras escritas al pie: *allí estaremos.*

Pero el pérfido Oxtiern tenía demasiado interés en saber lo que había ocurrido en casa de la Plorman después del regreso de Ernestine como para no haber empleado a precio de oro todos los medios que pudiesen informarle. Supo quién era el oficial vestido de rojo, sabía igualmente que el coronel le dijo a su criado de confianza que le preparase un uniforme inglés, porque quería disfrazarse para seguir al que debía vengar a su hija, con el fin de que éste no lo reconociese, y de emprender inmediatamente su defensa si por azar fuese vencido. Eso era más que lo que le hacía falta a Oxtiern para construir una nueva estructura de horror.

Llegó la noche, sumamente oscura. Ernestine avisó a su padre de que Sindersen saldría en una hora, y que por el abatimiento en que estaba le pedía permiso para retirarse. El coronel, muy contento de estar solo, dio las buenas noches a su hija y se preparó para seguir al que tenía que batirse por ella, y salió... Ignoraba cómo estaría vestido Sindersen, Ernestine no le mostró la nota del duelo. Para no fallar al misterio exigido por aquel joven y no infundir ninguna sospecha en su hija, no había querido hacer pregunta alguna, no le importaba, siguió avanzando. Sabía el lugar del duelo y estaba muy seguro de reconocer allí a su sobrino. Llegó al lugar indicado, nadie había aparecido todavía y se paseó. En ese momento lo abordó un desconocido, sin armas y con el sombrero calado.

—Señor —le dijo aquel hombre—, ¿sois vos el coronel Sanders?

—Lo soy.

—Entonces, preparáos, Sindersen os ha traicionado y no se batirá con el conde; pero este último me sigue y se las verá sólo contra vos.

—¡Alabado sea Dios! —dijo el coronel con un grito de alegría—. Eso es todo lo que deseaba en el mundo.

—No digáis ni una palabra, señor, os lo ruego —replicó el desconocido—, este lugar no es muy seguro, el senador tiene muchos amigos que quizá acudiesen para separaros... él no quiere que lo separen, quiere daros una satisfacción completa... Atacad, pues, rápidamente y sin decir ni una palabra al oficial vestido de rojo que se adelantará hacia vos por este lado.

—Bien —dijo el coronel—, alejáos enseguida, ardo por llegar a las manos...

El desconocido se retiró, Sanders dio dos vueltas más y al fin distinguió entre las tinieblas al oficial vestido de rojo que se acercaba valientemente hacia él, no dudaba de que fuese Oxtiern, se abalanzó sobre él con la espada en la mano, sin decir palabra por miedo a que los separasen. El militar se defendió, igualmente sin pronunciar una palabra y con una valentía increíble. El valor del oficial cedió al final ante los vigorosos ataques del coronel, y el infortunado cayó agonizante sobre el polvo; en ese instante se escapó un grito de mujer, y ese grito funesto atravesó el alma de Sanders... Se acercó... distinguió unos rasgos muy diferentes a los del hombre con quien creía batirse... ¡Cielo santo!... Reconoció a su hija... era ella, era la valerosa Ernestine, que había querido morir o vengarse por sí misma y que, ya ahogada en su propia sangre, expiraba entre las manos de su padre.

—¡Qué día tan espantoso para mí! —exclamó el coronel—. Ernestine, ¡es a ti a quien inmolo! ¡Qué error!... ¿Quién ha sido el autor?...

—Padre mío —dijo Ernestine con voz débil, estrechando al coronel entre sus brazos—, no os he reconocido, perdonadme, padre, he osado armarme contra vos... ¿os dignaréis perdonarme?

—¡Dios todopoderoso! ¿Perdonarte, cuando es mi mano lo que te hunde en la tumba? ¡Oh, alma querida, con cuántos golpes enconados a la vez quiere aplastarnos el cielo!

—Todo esto es también obra del pérfido Oxtiern... Me ha abordado un desconocido, me ha dicho de parte de ese monstruo que mantuviese el mayor silencio, por temor a ser separados, y que atacase a quien estuviese vestido como vos lo estáis, que sólo ése sería el conde... Lo he creído, ¡oh, espantoso culmen de la perfidia!... Me muero... pero al menos muero entre vuestros brazos, esa muerte es la más dulce que puedo recibir después de todos los males que acaban de atribularme; abrazadme, padre, y recibid la despedida de vuestra desdichada Ernestine.

La infortunada expiró tras estas palabras; Sanders la bañó con sus lágrimas... pero la venganza apacigua el dolor. Dejó aquel cadáver ensangrentado para implorar la ayuda de la Ley... morir... o perder a Oxtiern... sólo quería recurrir a los jueces... ya no debía... ya no podía comprometerse con un malvado que lo haría asesinar, sin duda, antes que medirse con él. Cubierto aún con la sangre de su hija, el coronel cayó a los pies de los magistrados, les expuso el horrible encadenamiento de sus desgracias y les reveló las infamias del conde... Los conmovió, les interesó y, sobre todo, no olvidó hacerles ver cuánto les habían engañado en el juicio de Herman las estratagemas del traidor que denunciaba... Le prometieron que sería vengado.

A pesar de todo el prestigio del que se jactaba el senador, lo detuvieron esa misma noche. Creyéndose seguro del efecto de sus crímenes, o sin duda mal informado por sus espías, descansaba con tranquilidad. Lo encontraron en brazos de la Scholtz, los dos monstruos se felicitaban conjuntamente por la espantosa manera por la que creían haberse vengado. Ambos fueron llevados a la cárcel del Juzgado. El proceso se instruyó con el mayor rigor... la integridad más completa lo presidió, los dos culpables se contradijeron en su interrogatorio... se condenaron mutuamente entre sí... La memoria de Herman fue rehabilitada, y la Scholtz fue a pagar el horror de sus crímenes sobre el mismo cadalso donde había hecho que muriese el inocente.

El senador fue condenado a la misma pena, pero el rey suavizó el horror con un destierro perpetuo en el fondo de las minas.

El rey Gustavo ofreció, de los bienes de los culpables, diez mil ducados de pensión al coronel y el grado de general a su servicio, pero Sanders no aceptó nada.

—Majestad —le dijo al monarca—, sois demasiado bueno. Si es por mis servicios la razón de que os dignéis ofrecerme esos favores, éstos son demasiado grandes y no me los merezco; si son para compensarme por las pérdidas que he sufrido, entonces no bastarían. Majestad, las heridas del alma no se curan ni con el oro, ni con los honores... Ruego a vuestra majestad que me deje algún tiempo con mi desesperación, dentro de poco solicitaré la única gracia que pueda convenirme.

—Y aquí están, señor —interrumpió Falkeneim—, los detalles que me habíais pedido. Me disgusta la obligación que vamos a tener de volver a ver otra vez a ese Oxtiern, va a horrorizaros.

—No hay nadie más indulgente que yo, señor —respondí—, con todas las faltas a que nos arrastra nuestra condición. Considero a los malhechores entre las gentes honradas como a esas irregularidades que mezcla la naturaleza con las bellezas que decoran el Universo; pero vuestro Oxtiern, y especialmente la Scholtz, abusan del derecho que las debilidades del hombre deben conseguir de los filósofos. Es imposible llevar más lejos el crimen, hay en la conducta del uno y de la otra circunstancias que hacen temblar. Abusar de aquella infortunada mientras hacía inmolar a su amado y hacerla asesinar después por su padre, son refinamientos del horror que hacen que uno se arrepienta de ser hombre cuando se es lo bastante desgraciado para compartir ese título con unos criminales tan grandes.

Apenas había dicho yo esas palabras, apareció Oxtiern llevando su carta. Tenía el ojo demasiado fino para no distinguir en mi cara que acababa de ser informado de sus aventuras... me miró.

—Señor —me dijo en francés—, compadecedme. Riquezas inmensas... un buen nombre... prestigio, esas son las sirenas que me perdieron. Enseñado por la desgracia, sin embargo, he conocido los remordimientos y ahora puedo vivir con los hombres sin perjudicarlos ni asustarlos.

El infortunado conde acompañó esas palabras con algunas lágrimas que me fue imposible compartir. Mi guía tomó su carta, le prometió sus servicios, y nos preparábamos para marcharnos cuando vimos la calle obstruida por una multitud que se aproximaba al lugar donde estábamos nosotros... nos detuvimos. Oxtiern estaba todavía con nosotros. Poco a poco distinguimos a dos hombres que hablaban acaloradamente, y que al vernos se dirigieron enseguida a nuestro lado. Oxtiern reconoció a aquellos dos personajes.

—¡Oh, cielo santo! —exclamó—. ¿Qué es esto?... El coronel Sanders traído por el sacerdote de la mina... Sí, es nuestro pastor quien viene trayéndonos al coronel... Esto me concierne, señores... ¡Vaya! ¡Que ese irreconciliable enemigo viene a buscarme en las entrañas de la tierra!... ¡Mis atroces penas no bastan entonces para satisfacerlo aún!...

Oxtiern no había terminado aún cuando lo abordó el coronel.

—Sois libre, señor —le dijo en cuanto estuvo a su lado—, al hombre más gravemente ofendido por vos en el Universo le debéis esta gracia... Aquí la tenéis, senador, la traigo yo mismo. El rey me ofreció grados y honores, pero lo he rechazado todo, sólo he querido vuestra libertad y la he conseguido, podéis seguirme.

—¡Oh, generoso mortal! —exclamó Oxtiern—. ¿Es posible?... ¿Yo, libre?... ¿Y libre por vos?... ¿Por vos, que ni arrancándome la vida me castigaríais como merezco serlo?

—He creído que lo comprenderíais —dijo el coronel—, por eso imaginé que ya no había riesgos en devolveros un bien del que es imposible que hubieseis abusado más... Y además, ¿es que vuestros males reparan los míos? ¿Puedo ser feliz con vuestros dolores? ¿Compensa vuestra condena la sangre que ha vertido vuestra barbarie? Si yo lo pensase, sería tan despiadado como vos, y tan injusto... ¿Desagravia la prisión de un hombre a la sociedad de los males que le ha hecho? Es necesario hacer libre a ese hombre si se quiere que enmiende sus errores, y en ese caso no hay ninguno que no lo haga, no hay ni uno sólo que no prefiera el bien a la obligación de vivir encadenado. Lo que sobre eso pueda inventar el despotismo, en algunas naciones, o el rigor de las leyes en otras, lo desmiente el corazón del hombre honesto... Marchad, conde, marchad, os repito que sois libre...

Oxtiern quiso arrojarse a los brazos de su benefactor.

—Señor —le dijo fríamente Sanders, resistiéndose a ese impulso—, vuestro agradecimiento es inútil, y no quiero que vos me agradezcáis tanto por una cosa que sólo he hecho por mí... Dejemos enseguida estos lugares, tengo más prisa que vos por veros afuera, con el fin de explicaros todo.

Sanders nos había visto con Oxtiern, y al saber quiénes éramos nos rogó que subiésemos con el conde y con él, y aceptamos. Oxtiern fue con el coronel a cumplir ciertas formalidades necesarias para su liberación, nos devolvieron las armas a todos y volvimos a subir.

—Señores —nos dijo Sanders en cuanto estuvimos fuera—, tened la bondad de servirme de testigos en lo que me queda por dar a conocer al conde Oxtiern. Habéis visto que no le he dicho todo en la mina, allí había demasiados espectadores.

Como seguíamos andando, nos encontramos pronto en la cercanía de un seto que nos ocultaba de todos los ojos. Entonces el coronel agarró al conde por el cuello.

—Senador —le dijo—... Ahora se trata de darme satisfacción, espero que seáis lo bastante valiente para no negármela y que tengáis bastante conocimiento para estar convencido de que el motivo más poderoso que me ha hecho obrar en lo que acabo de hacer, era la esperanza de batirme a muerte con vos.

Falkeneim quiso servir de mediador y separar a aquellos dos adversarios.

—Señor —le dijo secamente el coronel—, vos conocéis los ultrajes que he recibido de este hombre; el alma de mi hija exige sangre, es preciso que uno de nosotros dos se quede en el sitio. El rey Gustavo está informado, conoce mi proyecto; al concederme la libertad de este desgraciado no lo desaprobó, así que dejadme hacer, señor.

El coronel lanzó su chaqueta al suelo y se puso enseguida espada en mano... Oxtiern también se puso, pero apenas estuvo en guardia tomó su espada por el extremo, agarró con la mano izquierda la punta de la del coronel y le presentó la empuñadura de su arma; dobló una rodilla al suelo y dijo, mirándonos:

—Señores, os tomo por testigos a los dos de mi acción, quiero que ambos sepáis que no me he merecido el honor de batirme contra este hombre honrado, pero que lo dejo libre para hacer lo que desee con mi vida, y le suplico que me la arranque. Tomad mi espada, coronel, tomadla, os la entrego; aquí está mi corazón, hundid en él la vuestra, yo mismo dirigiré el golpe. No vaciléis, lo exijo, liberad al instante a la tierra de un monstruo que la ha ensuciado durante demasiado tiempo.

Sanders, sorprendido por el impulso de Oxtiern, le gritó que se defendiera.

—No lo haré, y si no utilizáis el acero que sujeto —respondió firmemente Oxtiern, dirigiendo la punta del arma de Sanders a su pecho desnudo—, si no lo utilizáis para arrebatarme la vida, os declaro, coronel, que yo mismo voy a atravesarme ante vuestros ojos.

—Conde, es necesario que haya sangre... es necesario, os digo que es necesario.

—Lo sé —dijo Oxtiern—, por eso os presento mi pecho, apresuráos a atravesarlo... la sangre no debe brotar más que de ahí.

—No es así como tengo que comportarme —replicó Sanders, que seguía intentando liberar la hoja de su espada—, son las leyes del honor por las que quiero castigaros por vuestros crímenes.

—No soy digno de aceptar esas leyes, hombre respetable —replicó Oxtiern—, y puesto que no queréis satisfaceros vos mismo, como debéis, voy a ahorraros la ocupación.

Dijo esto y se lanzó sobre la espada del coronel, que no había dejado de sujetar con su mano; hizo que brotase la sangre de sus entrañas, pero el coronel retiró enseguida su espada y exclamó:

—¡Es suficiente! Vuestra sangre fluye, estoy satisfecho... Que el cielo termine vuestro castigo, no quiero serviros de verdugo.

—Entonces, abracémonos, señor —dijo Oxtiern, que perdía mucha sangre.

—No —dijo Sanders—, yo puedo perdonar vuestros crímenes, pero no puedo ser vuestro amigo.

Nosotros nos apresuramos a vendar la herida del conde, el generoso Sanders nos ayudó.

—Id, conde —le dijo entonces al senador—, id a gozar de la libertad que os devuelvo; intentad, si os es posible, reparar por medio de algunas buenas acciones todos los crímenes a los que os entregásteis; o si no responderé ante toda Suecia del crimen que yo mismo habré cometido al devolverle a un monstruo del que ya se había liberado. Señores —continuó Sanders, mirándonos a Falkeneim y a mí—, lo he previsto todo, el vehículo que está en el albergue donde nos dirijimos estaba destinado sólo a Oxtiern, pero puede llevaros a ambos, mis caballos me esperan en otro sitio. Os saludo y exijo vuestra palabra de honor de que le daréis cuenta al rey de lo que acabáis de ver.

Oxtiern quiso lanzarse una vez mas a los brazos de su liberador, le suplicó que le devolviese su amistad, que fuese a vivir en su casa y a compartir su fortuna.

—Señor —dijo el coronel, rechazándolo—, ya os lo he dicho, no puedo aceptar de vos ni favores, ni amistad, pero exijo virtud, no hagáis que me arrepienta de lo que he hecho... Decís que queréis consolarme de mis penas, la manera más segura es cambiar de conducta, cada buena acción que sepa de vos en mi retiro tal vez borre de mi alma las profundas huellas de los dolores que vuestros crímenes grabaron en ella; si seguís siendo un canalla, no cometeréis un solo crimen que no vuelva a colocar ante mis ojos la imagen de aquella que hicisteis morir por mi propia mano y me hundiréis en la desesperación. Adiós, dejémonos, Oxtiern, y, sobre todo, no nos veamos nunca más...

Con esas palabras se alejó el coronel... Oxtiern, llorando, quiso seguirlo y se arrastró hacia él... Nosotros lo detuvimos y lo llevamos casi desvanecido en el vehículo que nos llevó pronto a Estocolmo. El desgraciado estuvo un mes entre la vida y la muerte; al cabo de ese tiempo, nos rogó que lo acompañásemos a ver al rey, quien nos hizo dar cuenta de todo lo que había ocurrido.

—Oxtiern —le dijo el rey Gustavo al senador—, ya veis cómo humilla el crimen al hombre, y cómo lo rebaja. Vuestro rango... vuestra fortuna... vuestra cuna, todo os situaba por encima de Sanders, pero sus virtudes lo elevan a donde vos no llegaréis jamás. Disfrutad de los favores que él ha hecho que os devuelvan, Oxtiern, yo los he consentido. Después de una lección así, o que vos mismo os castiguéis antes de que yo sepa de nuevos crímenes vuestros, o que vos no volváis a ser lo bastante vil como para seguir cometiéndolos.

El conde se arrojó a los pies de su soberano y le hizo el juramento de tener una conducta irreprochable.

Mantuvo su palabra, mil acciones, a cuáles más bellas y generosas, han reparado sus errores ante los ojos de toda Suecia, y su ejemplo ha demostrado a esa sensata nación que no es siempre por la vía tiránica y por medio de espantosas venganzas como se puede reformar y contener a los hombres. Sanders regresó a Nordkoping, allí terminó su carrera en soledad, derramando lágrimas cada día por la infortunada hija que había adorado, y consolándose de su pérdida sólo por los elogios que oía hacer a diario de aquel cuyas cadenas había roto.

—¡Oh, virtud! —exclamaba algunas veces—. Tal vez el cumplimiento de todas esas cosas era necesario para llevar a Oxtiern a tu templo. Si eso fuera así, me consuelo, los crímenes de ese hombre sólo me habrían afligido a mí, pero sus buenas acciones serán para los demás.

Fin del tercer tomo.

DORGEVILLE,
O
EL CRIMINAL POR VIRTUD

Dorgeville, hijo de un rico negociante de La Rochelle, se marchó muy joven a América, recomendado a un tío cuyos asuntos habían resultado bien; lo enviaron allí antes de haber cumplido la edad de doce años. Se educó junto a ese pariente en la carrera que se destinaba a seguir y en el ejercicio de todas las virtudes.

El joven Dorgeville estaba poco favorecido por gracias corporales, no tenía nada de desagradable, pero no poseía ninguno de esos dones físicos que le valen a un individuo de nuestro sexo el título de *hombre apuesto.* Sin embargo, lo que perdía por ese lado, se lo devolvía la naturaleza por otro: una buena inteligencia, lo que a menudo vale más que el genio; un alma sorprendentemente delicada, un carácter franco, leal y sincero; en una palabra, todas las cualidades que conforman al hombre honesto y sensible, Dorgeville las poseía con profusión, y en el siglo *en el que se vivía entonces,* era mucho más que lo necesario para convertirlo casi seguro en un ser desgraciado toda su vida.

Apenas había llegado Dorgeville a los veintidós años, su tío murió y lo dejó a la cabeza de su negocio, que él controló durante otros tres años con toda la inteligencia posible; pero la bondad de su corazón se convirtió pronto en la causa de su ruina; se comprometió por varios amigos que no fueron tan honrados como él, y aunque los pérfidos fallasen a sus compromisos, él quiso cumplir con ellos, y Dorgeville estuvo perdido muy pronto.

—Es horroroso estar arruinado a mi edad —decía aquel joven—, pero si algo me consuela de ese pesar es la certeza de haber hecho felices a algunos y de no haber arrastrado a nadie conmigo.

No sólo en América experimentaba infortunios Dorgeville, el propio seno de su familia se los presentaba bastante horribles. Un día le informaron de que una hermana suya, nacida algunos años después de su partida al Nuevo Mundo, acababa de deshonrar y de perderle enteramente a él y a todos los suyos; que aquella muchacha perversa, ahora de dieciocho años, llamada Virginie y, desgraciadamente, bella como el amor, estaba enamorada de un escribiente de las tiendas de su firma, al no poder conseguir el permiso para casarse con él, cometió la infamia, para conseguir sus perspectivas, de atentar contra las vidas de su padre y de su madre; que en el momento que iba a escaparse con una parte del dinero, afortunadamente se impidió el robo, pero sin conseguir aprehender a los culpables, y se decía que los dos estaban en Inglaterra. En esa misma carta, se instaba a Dorgeville a que volviese a Francia, con el fin de ponerse a la cabeza de sus bienes y de que al menos reparase con la fortuna que iba a encontrar la que había tenido la desgracia de perder.

Dorgeville, desesperado por una multitud de incidentes tan enojosos y de tanta ruina, acudió rápidamente a La Rochelle, y allí confirmó a fondo las noticias funestas que le habían enviado. Renunció desde entonces al comercio que se imaginaba que no podría mantener después de tantos infortunios, y con una parte de lo que le quedaba hizo frente a los compromisos de sus corresponsales en América, rasgo de una delicadeza única, y con la otra formó el proyecto de comprar una casa de campo en Fontenay, en el Poitou, donde pudiera pasar el resto de su vida en el sosiego... en el ejercicio de la caridad y de la beneficencia, las dos virtudes más queridas de su alma sensible.

Aquel proyecto se llevó a cabo. Dorgeville, reducido a su pequeña finca, aliviaba a los pobres, consolaba a los ancianos, casó a huérfanos, animó al agricultor y, en una palabra, se convirtió en el dios de la pequeña comarca donde vivía. Si encontraba algún ser desgraciado, la casa de Dorgeville estaba abierta al instante para él; si allí tenía una buena obra que hacer, disputaba ese honor a sus vecinos; en una palabra, si se derramaba una lágrima, únicamente la mano de Dorgeville iba volando a enjugarla, y al bendecir su nombre, todo el mundo decía desde el fondo de sus corazones:

—Este es el hombre que destina la naturaleza para compensarnos de los malvados... aquí están los dones que la naturaleza le hace algunas veces a la tierra para consolarla por los males con los que la atribula.

Habrían querido que Dorgeville se casase. Personas de una sangre así se habrían convertido en valiosas para la sociedad, pero hasta entonces él había sido absolutamente inaccesible a los atractivos del amor. Dorgeville había declarado más o menos que de no ser que el azar le hiciese encontrar una muchacha que, muy suya por el agradecimiento, se encontrase encargada de hacerlo feliz, era seguro que no se casaría. Le habían ofrecido varios partidos y los había rechazado a todos, al no encontrar, según decía, en ninguna de las mujeres que se le proponían motivos suficientes para estar seguro de que lo amasen algún día.

—Quiero que la que elija me lo deba todo —decía Dorgeville—, como no tengo ni unos bienes muy considerables, ni una cara lo bastante hermosa como para encadenarla con esos vínculos, quiero que los mantenga por obligaciones esenciales que, al atarla a mí, le priven de todo medio de abandonarme o de traicionarme.

Algunos amigos de Dorgeville se enfrentaban a su manera de pensar.

—¿Qué fuerza tendrían esos vínculos —le hacían observar algunas veces— si el alma de aquella a la que habríais favorecido no es tan bella como la vuestra? No para todos los seres es el agradecimiento una cadena tan indisoluble como lo es para vos, hay almas débiles que lo desprecian y las hay orgullosas que se evaden de él, ¿es que no habéis aprendido a costa vuestra, Dorgeville, que al hacer favores es más seguro pelearse que hacer amigos?

Esas razones eran engañosas, pero la desdicha de Dorgeville era que juzgaba siempre a los demás según su propio corazón, y ese sistema lo había hecho infeliz hasta entonces; era muy verosímil que acabase siendo así el resto de su vida.

Así pensaba, fuese lo que fuese, el hombre honesto cuya historia contamos, cuando el destino fue a presentarle, de una manera muy especial, al ser que él creyó que estaba destinado a compartir su fortuna y que se imaginó que estaba hecho para el valioso don de su corazón.

En esa interesante estación del año en la que la naturaleza parece que sólo se despida de nosotros abrumándonos con sus obsequios, en la que sus cuidados, infinitos para nosotros, no dejan de multiplicarse durante varios meses para prodigarnos todo lo que pueda hacernos esperar en paz el retorno de sus primeros favores, en esa época en la que los habitantes del campo más se frecuentan, ya por la caza, ya por la vendimia o cualquier otra de esas ocupaciones tan dulces para quien aprecia la vida rural, y de tan poco valor para esos seres fríos e inanimados, embotados por el lujo de las ciudades y resecos por su corrupción, que no conocen de la sociedad más que dolores o minucias, porque esa franqueza... ese candor... esa dulce cordialidad que tan deleitosamente estrecha los vínculos, no se encuentran más que entre los campesinos, pues pareciera que sólo bajo un cielo puro puedan ser igualmente puros los hombres, y que las emanaciones tenebrosas que cargan la atmósfera de las grandes ciudades ensucien igualmente el corazón de los infortunados cautivos que se condenan a no abandonar nunca su recinto. Al fin, en el mes de septiembre, Dorgeville tuvo el proyecto de ir a rendirle una visita a un vecino que lo había acogido a su llegada a la provincia, y cuya alma dulce y compasiva parecía congeniar con la suya.

Montó a caballo, seguido por un solo criado, y se encaminó hacia el palacete de ese amigo, alejado cinco leguas del suyo. Apenas había recorrido Dorgeville tres de ellas, cuando oyó, tras un seto que bordeaba el camino, unos gemidos que lo detuvieron, primero por curiosidad y poco después por ese impulso, tan natural en su corazón, de consolar a quien sufriese. Le entregó el caballo a su criado, franqueó la zanja que lo separaba del seto, lo rodeó y al fin llegó al mismo lugar de donde salían las quejas que lo habían sorprendido.

—¡Oh, señor! —exclamó una mujer muy bella, que llevaba en sus brazos a un niño que acababa de traer al mundo—, ¿qué dios os envía en socorro de este infortunado?... Vos veis una criatura desesperada, señor —continuó esa mujer desconsolada, vertiendo un torrente de lágrimas—, este mísero fruto de mi deshonra no iba a ver la luz más que para perderla enseguida por mi mano.

—Antes de entrar con vos, señorita —dijo Dorgeville—, en los motivos que han podido llevaros a un acto tan horrible, permitidme que me ocupe primero de vuestro consuelo. Me parece ver una granja a algunos centenares de pasos de aquí, intentemos llegar a ella, y allí, después de que hayáis recibido los primeros cuidados que exige vuestro estado, me atreveré a preguntaros algunos detalles sobre las desgracias que parecen agobiaros, y os doy mi palabra de que mi curiosidad no tiene otro objetivo que el deseo de seros útil y que se encerrará dentro de los límites que os plazca prescribirle.

Cecile se deshizo en muestras de agradecimiento y consintió hacer lo que le proponía. Se acercó el criado, tomó al niño, Dorgeville colocó a la madre con él sobre su caballo y avanzaron hacia la granja. Ésta pertenecía a campesinos acomodados que, a solicitud de Dorgeville, recibieron muy bien a la madre y al niño. Prepararon una cama para Cecile, pusieron al niño en una cuna de la casa y Dorgeville, que estaba demasiado curioso por la continuación de esta aventura como para no sacrificar al deseo de conocerla la placentera visita que había proyectado, envió a que dijeran que no se le esperase, pues estaba decidido a pasar en aquella choza como pudiera el resto del día y la siguiente noche. Cecile necesitaba descanso y él empezó por suplicarle que se lo tomase antes de pensar en satisfacer su curiosidad, y como hacia la noche no se encontraba mejor, él esperó hasta la mañana siguiente para preguntarle a aquella criatura adorable en qué podía serle de alguna ayuda.

El relato de Cecile no fue largo, dijo que era hija de un gentilhombre que se llamaba Duperrier, cuya finca estaba a diez leguas de allí; que ella había tenido la desgracia de dejarse seducir por un joven oficial del regimiento de Vermandois, que entonces estaba de guarnición en Niort, de donde el palacete de su padre estaba sólo a unas leguas; que su amante, en cuanto supo que estaba embarazada, desapareció; y que lo más horrible que había, añadió Cecile, era que aquel joven había muerto tres semanas después en un duelo, con lo que ella había perdido a la vez su honra y la esperanza de reparar su falta alguna vez. Continuó diciendo que había ocultado a sus padres su situación durante tanto tiempo como había podido, pero que al verse al fin lejos de poder engañarlos más, lo había confesado todo y desde entonces había recibido tantos malos tratos de su padre y de su madre, que tomó la decisión de irse. Hacía varios días que estaba en los alrededores, sin saber a qué decidirse y sin poder tomar la decisión de abandonar por completo la casa paterna, o los terrenos del vecindario, cuando fue presa de los dolores de parto. Se decidió a matar a su niño y quizá a sí misma después, cuando se le había aparecido Dorgeville y se había dignado darle tanto socorro y consuelo.

Esos detalles, apoyados por un rostro amable y por el aire más ingenuo y más interesante del mundo, penetraron pronto en el alma sensible de Dorgeville.

—Señorita —le dijo a aquella infortunada—, estoy muy feliz porque el cielo os haya ofrecido a mí, con ello consigo dos placeres muy valiosos para mi corazón, el de haberos conocido, y el mucho más dulce todavía de estar casi seguro de poder reparar vuestros males.

Ese amable dador de consuelo le declaró entonces a Cecile el propósito que tenía de ir a encontrarse con sus padres y reconciliarla con ellos.

—Pues entonces iréis solo, señor —respondió Cecile—, porque ciertamente yo no me presentaré allí.

—Sí, señorita, primero iré solo —dijo Dorgeville—, pero espero no volver sin el permiso de llevaros otra vez con ellos.

—¡Oh, señor! No contéis con ello nunca, no conocéis la dureza de la gente con la que tengo que ver, su barbarie es tan reconocida, su falsedad es tan grande, que, incluso si me asegurasen el perdón, yo todavía no me fiaría de ellos.

Sin embargo, Cecile aceptó el ofrecimiento que se le había hecho, y viendo que Dorgeville estaba decidió a dirigirse a la mañana siguiente a casa de los Duperrier, le suplicó que tuviese a bien encargarse de una carta para un tal Saint-Surin, uno de los criados de su padre, que era el que más había merecido su confianza por su extremo apego a ella. La carta se entregó sellada a Dorgeville y Cecile, al dársela, le suplicó que no abusase de la extrema confianza que ella tenía en él y que entregase la carta intacta, tal como ella se la daba. Dorgeville pareció enojarse porque se pudiera dudar de su discreción después de la conducta que tenía, y ella le pidió mil perdones por ello. Él se encargó del mensaje, encomendó a Cecile a los campesinos en cuya casa estaba, y se marchó.

Dorgeville, imaginando que la carta de la que se había encargado debía avisar en su favor al criado a quien iba dirigida, creyó que, al no conocer de ninguna manera al señor Duperrier, lo mejor que se podía hacer era darle primero la carta que llevaba al criado y luego hacerse anunciar por ese mismo criado, quien lo conocía por ese medio. Habiéndose presentado a Cecile, no dudaba que ella le diría a ese Saint-Surin, cuya fidelidad había ensalzado, quién era la persona que venía a interesarse por su suerte. Por consiguiente, entregó la carta, y en cuanto la leyó Saint-Surin, éste exclamó con una emoción de la que no era dueño:

—¿Cómo? ¿Sois vos, señor?... ¿Es el señor Dorgeville es el protector de nuestra desdichada ama? Voy a anunciaros a sus padres, señor, pero os prevengo que lamentablemente están encolerizados, dudo que podáis lograr reconciliarlos con su hija. Sea como sea, señor —continuó Saint-Surin, que parecía un muchacho avispado y de aspecto agradable— este proceder hace demasiado honor a vuestra alma como para que yo no ponga de mi parte todo lo posible para apresurar su éxito...

Saint-Surin subió a los aposentos superiores, avisó al momento a sus amos y volvió al cabo de un cuarto de hora. Consentían ver al señor Dorgeville, ya que se había dado el trabajo de venir desde tan lejos por un asunto así, pero estaban más apenados aún de que se hubiese encargado de ello, puesto que no se veía medio alguno de concederle lo que venía a solicitar en favor de una hija maldecida que se merecía su destino por la enormidad de su falta. Dorgeville no se desanimó. Lo presentaron, encontró que el señor y la señora Duperrier tenían alrededor de cincuenta años, que lo recibieron amablemente, aunque con cierto malestar, y Dorgeville expuso sucintamente lo que lo llevaba a esa casa.

—Mi esposa y yo estamos irrevocablemente decididos, señor —dijo el marido— a no volver a ver nunca a una criatura que nos ha deshonrado; puede hacer de sí lo que le parezca bien, nosotros la abandonamos a la suerte del cielo, esperando de su justicia que nos vengue pronto de una hija así...

Dorgeville contradijo ese propósito bárbaro con todo lo más patético y elocuente que pudo emplear; al no poder convencer la mente de aquellas gentes, intentó atacar su corazón... pero hubo la misma resistencia. Sin embargo, Cecile no fue acusada por esos padres despiadados de ningún otro error que de los que ella misma se había confesado culpable, y se vio que los relatos que había hecho estaban absolutamente en conformidad en todo con las acusaciones de sus jueces. Por mucho que Dorgeville manifestase que una debilidad no es un crimen, que sin la muerte del seductor de Cecile un matrimonio lo hubiera reparado todo, no consiguió nada; nuestro negociador se retiró muy poco satisfecho. Quisieron retenerlo para cenar, lo agradeció y al irse hizo notar que la causa de ese rechazo no debía encontrarse más que en la que él mismo había recibido; no lo presionaron y salió.

Saint-Surin esperaba a Dorgeville al salir del palacete.

—¿Y bien, señor? —le dijo ese criado con aspecto del mayor interés—. ¿No tenía yo razón al creer que vuestros esfuerzos serían infructuosos? Vos no conocéis a las personas con las que acabáis de tratar, sus corazones son de hierro, nunca tuvieron humanidad; sin mi respetuoso apego a esa persona tan querida a quien tenéis a bien servir de protector y amigo, hace mucho tiempo que yo mismo los habría dejado, y le confieso, señor —prosiguió aquel muchacho— que al haber perdido hoy, como me ha ocurrido, la esperanza de consagrar alguna vez mis servicios a la señorita Duperrier, ya no voy a ocuparme más que de encontrar colocación en otro sitio.

Dorgeville calmó a ese criado fiel, le aconsejó que no dejase a sus amos, y le aseguró que podía estar tranquilo por la suerte de Cecile, que desde el momento que era lo bastante desgraciada para ser abandonada tan cruelmente por su familia, él pretendía hacer para siempre de padre para ella. Saint-Surin, llorando, se abrazó a las rodillas de Dorgeville y le pidió al mismo tiempo su permiso para darle respuesta a la carta que recibió de Cecile. Dorgeville se encargó de ello con gusto y volvió junto a su interesante protegida, a quien no consoló tanto como habría querido.

—¡Ay, señor! —dijo Cecile cuando se enteró de la dureza de su familia—. Debería habérmelo esperado; estando segura de su proceder, como debía estarlo, no me perdono el no haberos ahorrado una visita tan desagradable.

Y esas palabras fueron acompañadas por un torrente de lágrimas, que enjuagó el bienhechor Dorgeville asegurándole a Cecilia que no la abandonaría nunca.

Sin embargo, al cabo de algunos días se encontró recuperada nuestra interesante aventurera, y Dorgeville le propuso que fuese a terminar de restablecerse en su casa.

—Señor —respondió Cecile con dulzura—, ¿estoy en condiciones de resistirme a vuestros ofrecimientos, y, sin embargo, no debo sonrojarme por aceptarlos? Vos habéis hecho demasiado ya por mí, pero cautiva por los lazos de mi agradecimiento, no me negaré a nada que pueda multiplicarlos y al mismo tiempo hacérmelos más queridos.

Se dirigieron a la casa de Dorgeville. Un poco antes de llegar al palacete, la señorita Duperrier manifestó a su benefactor que desearía no estar públicamente en el refugio que tenía a bien darle; porque aunque estuviese a cerca de quince leguas de la casa de su padre, no obstante no era suficiente para que ella no tuviese que temer que la reconociesen, ¿y no debía ella tener miedo de los efectos del resentimiento de una familia lo bastante despiadada como para castigarla con tanta severidad... por una falta... grave (lo reconocía), pero que debía haberse evitado antes de que sucediese, en lugar de castigarla tan duramente cuando ya no se podía impedir? Y por otra parte, por él mismo, ¿estaría cómodo al publicar ante los ojos de toda la provincia que él quería tomarse un interés tan particular en una desdichada hija proscrita por sus padres y deshonrada ante la opinión pública? La honestidad de Dorgeville no le permitió detenerse en esa segunda consideración, pero la primera lo decidió y le prometió a Cecile que estaría en la casa de él como ella lo necesitase, que dentro la haría pasar por una de sus primas, y que por fuera no vería más que a las pocas personas que ella desease. Cecile volvió a agradecer a su generoso amigo, y llegaron.

Es hora de decirlo, Dorgeville no había visto a Cecile sin una especie de interés mezclado con un sentimiento que hasta entonces le había sido desconocido. Un alma como la suya no debía rendirse al amor más que ablandada por la sensibilidad, o preparada por una buena acción. Todas las cualidades que Dorgeville quería en una mujer se encontraban en la señorita Duperrier; aquellas circunstancias extrañas, a las que él quería deberle el corazón de aquella con la que se casase, se encontraban igualmente allí. Él había dicho siempre que deseaba que la mujer a quien diese su mano estuviese de alguna manera ligada a él por el agradecimiento, y que aspiraba a no mantenerla, por así decirlo, más que por ese sentimiento. ¿Y no era eso lo que ocurría aquí? Y en el caso de que los movimientos del alma de Cecile no estuviesen muy alejados de los suyos, ¿debía él, con su modo de ver, vacilar en ofrecerse a consolarla de los errores imperdonables del amor por los vínculos del himeneo? La esperanza de algo muy delicado y supremamente hecho para el alma de Dorgeville todavía estaba presente, y al reparar el honor de la señorita Duperrier, ¿no estaba claro que la reconciliaría con sus padres, y no se le hacía una delicia devolverle a una mujer desdichada el honor que le arrebataba el más bárbaro de los prejuicios, a la vez que el cariño de una familia que le quitaba también la dureza más inaudita?

Lleno de esas ideas, Dorgeville le preguntó a la señorita Duperrier si le parecía bien que hiciese una segunda tentativa con sus padres, Cecile no lo disuadió, pero se guardó de aconsejarle, hasta intentó hacerle observar la inutilidad, dejándolo, no obstante, dueño de que hiciera sobre ese punto todo lo que desease. Acabó por decirle a Dorgeville que sin duda empezaba a ser una carga para él, puesto que deseaba con tanto ardor devolverla al seno de una familia que él veía claramente que la aborrecía.

Dorgeville, muy contento con la respuesta que le preparaba los medios de sincerarse, le aseguró a su protegida que si él deseaba una reconciliación con sus padres, era únicamente por ella y por el público, ya que él no necesitaba nada para animar el interés que ella le inspiraba o, todo lo más, la esperanza de que los cuidados que él le daba no la disgustasen. La señorita Duperrier respondió a esa galantería dejando caer sobre su amigo unos ojos lánguidos y tiernos, que mostraban un poco más que agradecimiento. Dorgeville comprendió bien la expresión y, resuelto a todo para devolver al fin el honor y el sosiego a su protegida, dos meses después de su primera visita a la casa de los padres de Cecile se decidió a hacerles una segunda y a declararles al fin sus legítimas intenciones. No dudaba de que tal proceder por su parte los decidiría inmediatamente a abrir su casa y sus brazos a la que se encontraba lo bastante feliz para reparar tan bien la falta que les había obligado a alejar de ellos demasiado duramente a una hija a la que debían querer en el fondo de sus almas.

Esta vez no le encargó Cécile una carta para Saint-Surin como había hecho con ocasión de su primera visita, quizá pronto sepamos la causa. No por ello dejó de dirigirse Dorgeville a ese criado para que lo presentase de nuevo en la casa del señor Duperrier. Saint-Surin lo recibió con las mayores muestras de respeto y de alegría, le pidió noticias de Cecile con los testimonios más vivos de interés y de veneración, y en cuanto se enteró de los motivos de la segunda visita de Dorgeville, alabó sin límite un proceder tan noble, pero al mismo tiempo declaró que estaba casi seguro de que esa segunda visita de Dorgeville no tendría más éxito que la otra. Nada desanimó a Dorgeville y entró en la casa de Duperrier. Le dijo que su hija estaba en su casa, que él tenía el mayor cuidado con ella y con su hijo, que la creía completamente arrepentida de sus errores, que ella no había desmentido sus remordimientos ni un solo instante, y que, en fin, una conducta semejante le parecía merecer alguna indulgencia. Todo lo que dijo fue escuchado por el padre y la madre con la mayor atención; por un momento Dorgeville creyó haberlo conseguido, pero con la flema sorprendente con la que le respondieron no tardó mucho en convencerse de que trataba con almas de hierro, con una especie de animales mucho más parecidos a bestias feroces que a criaturas humanas.

Confuso por tal insensibilidad, Dorgeville les preguntó al señor y la señora Duperrier si es que había algún otro motivo de queja o de odio contra su hija, pues le parecía inconcebible que para una falta de aquella naturaleza ellos se decidiesen a tales excesos de rigor hacia una criatura dulce y honesta que compensaba sus errores con una multitud de virtudes. Duperrier tomó la palabra en ese momento:

—No os disuadiré de ninguna manera, señor —dijo— de las bondades que tenéis por quien yo antes llamaba mi hija y que se ha hecho indigna de ese nombre; de cualquier crueldad que os plazca acusarme, no la llevaré, sin embargo, hasta ese extremo. No le conocemos otro error más que el de su mala conducta con un mal sujeto, al que ella no habría debido ni mirar; esa falta es lo bastante grave para nosotros como para que después de haberse ensuciado con ella la hayamos condenado a no volver a vernos en la vida. En los inicios de su embriaguez, advertimos más de una vez a Cecile de sus consecuencias, le predijimos todo lo que le ha ocurrido, pero nada la detuvo, despreció nuestros consejos, ignoró nuestras órdenes, en una palabra, se arrojó voluntariamente al precipicio, aunque le mostrábamos sin cesar que estaba abierto bajo sus pies. Una muchacha que ama a sus padres no se porta así; mientras se apoyaba en el embaucador al que le debe su caída, creyó que podía enfrentarse a nosotros, y lo hizo insolentemente. Es bueno que ella sienta ahora sus errores, es justo que le neguemos nuestra ayuda cuando la despreció cuando tenía una necesidad tan real de ella. Cecile ha cometido una estupidez, señor, y pronto cometerá una segunda. El escándalo ha ocurrido, nuestros amigos y nuestros parientes saben que ella ha huido de la casa paterna, avergonzada del estado al que la habían reducido sus errores. Dejémoslo ahí y no nos obliguéis a volver a abrir nuestro seno a una criatura sin alma y sin honra que sólo volvería a entrar en él para prepararnos nuevos pesares.

—¡Qué ideas tan terribles! —exclamó Dorgeville, irritado por tanta resistencia—. Son máximas muy peligrosas las que castigan a una hija cuyo único error es haber sido sensible. Tales son los abusos peligrosos que se convierten en la causa de tantos asesinatos espantosos. ¡Padres crueles! Dejad de pensar que una mujer desdichada está deshonrada por haber sido seducida, habría sido menos culpable de haber tenido menos prudencia o religión; no la castiguéis por haber respetado la virtud en el seno mismo del delirio; no forcéis, por una estúpida incongruencia, las infamias sobre quien no ha cometido otro error que haber seguido a la naturaleza. Así es como la imbécil contradicción de nuestras costumbres, al hacer que el honor dependa de la más disculpable de las faltas, arrastre a los mayores crímenes a aquellas para quienes la vergüenza es un peso más horroroso que los remordimientos, y así es como en este caso, como en otros miles, se prefieren las atrocidades que sirven de velos a errores imposibles de disimular. Que las faltas leves no impriman ningún estigma a los culpables, y que, para enterrar esas minucias, aquellos que se las hayan permitido no se hundan ya en un abismo de males... Prejuicios aparte, ¿dónde está pues la infamia para una pobre muchacha que, demasiado entregada al sentimiento más natural, haya duplicado su existencia por excesos de sensibilidad? ¿De qué crimen es culpable? ¿Dónde están en todo ello los terribles errores de su alma o de su espíritu? ¿No se percibirá nunca que la segunda falta no es más que una continuación de la primera, que ni siquiera sería una falta? ¡Qué contradicción más imperdonable! Se educa a ese desventurado sexo en todo lo que puede decidir su caída, ¡y se le censura cuando está hecha! ¡Padres bárbaros! No les neguéis a vuestras hijas por un egoísmo atroz el objeto que les interesa, no las convirtáis eternamente en las víctimas de vuestra avaricia o de vuestra ambición y, cediendo a sus inclinaciones, bajo vuestras leyes, si no ven ya en vosotros más que a amigos, se guardarán muy bien de cometer las faltas a que las obligan vuestras negativas; así pues, ellas no son culpables más que por vuestra culpa... sólo vosotros imprimís sobre sus frentes el sello funesto del oprobio... Ellas han escuchado a la naturaleza, y vosotros las violáis; ellas han errado bajo sus leyes, y vosotros las ahogáis en vuestras almas... Sólo vosotros mereceríais pues el deshonor o la condena, puesto que sólo vosotros sois la causa del mal que ellas hacen y no habrían vencido jamás, sin vuestras crueldades, los sentimientos de pudor y de decencia que el cielo imprimió en ellas.

—¡Pues bien! —prosiguió Dorgeville, con más acaloramiento aún—. ¡Pues bien, señor! Puesto que no queréis reparar el honor de vuestra hija, yo mismo me ocuparé de esa tarea. Ya que tenéis la barbarie de no ver más que una extraña en Cecile, yo os declaro que en ella veo una esposa. Me hago cargo de la suma de sus errores, hayan sido los que hayan sido, y no por ello dejaré de reconocerla como mi esposa de cara a toda la provincia y, siendo más honesto que vos, señor, aunque según la manera que os conducís vuestro consentimiento se me hace inútil, todavía quiero pedíroslo... ¿Puedo estar seguro de conseguirlo?

Duperrier, confuso, no pudo evitar mirar fijamente en ese momento a Dorgeville con las señales de una sorpresa extraordinaria.

—¿Cómo, señor? —le dijo—. ¿Se expone voluntariamente un hombre galante como vos a todos los peligros de una alianza así?

—A todos, señor. Razonablemente, los errores de vuestra hija antes de que me conociese no pueden inquietarme; sólo un hombre injusto, o con prejuicios atroces, puede considerar vil o culpable a una muchacha por haber amado a otro hombre antes de que ella conociese a su marido. Esa manera de pensar tiene su origen en un orgullo imperdonable que, no contento con adueñarse de lo que tiene, querría encadenar lo que no posee todavía... No, señor, esas cosas absurdas tan indignantes no tienen dominio alguno sobre mí, yo tengo mucha más confianza en la virtud de una muchacha que haya conocido el mal, y que se arrepiente de ello, que en la de una mujer que no haya tenido nunca nada que reprocharse antes de sus nudos matrimoniales; la una conoce el abismo y lo evita, la otra presiente que allí hay flores y se lanza. Una vez más, señor, sólo espero vuestro consentimiento.

—Ese consentimiento ya no está en nuestro poder —replicó con firmeza Duperrier—, al renunciar a nuestra autoridad sobre Cecile, al maldecirla, al renegar de ella como hemos hecho y como todavía seguimos haciendo, no podemos conservar la facultad de disponer de ella; para nosotros ella es una extraña que el azar ha puesto en vuestras manos... una extraña que se hace libre por su edad, por sus pasos y por nuestro abandono... y con la cual, en una palabra, señor, os está permitido hacer todo lo que os parezca bien.

—¡Entonces, qué, señor! ¿Vos no le perdonáis a la señora Dorgeville los errores de la señorita Duperrier?

—Nosotros perdonamos a la señora Dorgeville el libertinaje de Cecile, pero la que lleva uno y otro nombre, habiéndole faltado demasiado gravemente a su familia... sea el que sea el que tome para presentarse a sus padres, no será recibida por ellos ni bajo el uno, ni bajo el otro.

—Observad, señor, que es a mí a quien insultáis en este momento, y que vuestra conducta se hace ridícula al lado de la decencia de la mía.

—Puesto que lo siento así, señor, creo que lo mejor que tenemos que hacer es separarnos; sed el esposo de una ramera tanto como os guste, nosotros no tenemos derecho alguno de impedíroslo, pero no os imaginéis tener tampoco derechos que puedan obligarnos a recibir a esa mujer en nuestra casa, cuando la ha llenado de duelo y de amargura... cuando la ha ensuciado con sus infamias.

Dorgeville, furioso, se levantó y se marchó sin decir una sola palabra.

—Habría aplastado a ese hombre despiadado —le dijo a Saint-Surin, que le traía su caballo— si mi humanidad no me retuviese y no me casase mañana con su hija.

—¿Os casáis con ella, señor? —dijo Saint-Surin sorprendido.

—Sí, quiero reparar mañana su honor... mañana quiero consolar el infortunio.

—¡Oh, señor! ¡Qué acción tan generosa! Vais a confundir la crueldad de esas gentes, vais a devolverle la vida a la más infortunada de las muchachas, aunque es la más virtuosa. Vais a cubriros de una gloria inmortal ante los ojos de toda la provincia...

Y Dorgeville se escapó al galope.

De regreso junto a su protegida, le contó con todo detalle la horrenda recepción que había tenido y le aseguró que, de no ser por ella, sin duda le habría hecho arrepentirse de su indecente conducta a Duperrier. Cecile le agradeció su prudencia, pero cuando Dorgeville, recuperando la palabra, le informó de que a pesar de todo estaba decidido a casarse con ella al día siguiente... una turbación involuntaria se apoderó de aquella muchacha... Quiso hablar... las palabras morían en sus labios... Quiso ocultar su apuro... lo aumentó...

—¿Yo? —dijo ella con una agitación indecible—... ¡Yo, convertirme en vuestra esposa!... ¡Ah!, señor... ¡Hasta qué punto os sacrificáis por una pobre muchacha... tan poco digna de vuestra bondad con ella!...

—Vos sois digna de ella, señorita —replicó con vehemencia Dorgeville—. Una falta castigada demasiado severamente, la manera en que se os ha tratado, y más aún por vuestros remordimientos; una falta que no puede tener continuación puesto que quien os la hizo cometer ya no existe, una falta, en fin, que sólo sirve para madurar vuestro espíritu y para daros esa funesta experiencia de la vida que uno no adquiere nunca más que a su propia costa... Una falta así, digo, no os degrada de ninguna manera ante mis ojos. Si vos me creéis hecho para repararla, me ofrezco a vos, señorita... Mi mano, mi casa... mi fortuna, todo lo que poseo está a vuestro servicio... Decidíos.

—¡Oh, señor! —exclamó Cecile—. Perdonad si lo excesivo de mi confusión me lo impide, ¿podía yo esperar tales bondades de vuestra parte después del proceder de mis padres? ¿Y cómo queréis que pueda creerme capaz de poder aprovecharme de ellas?

—Estoy muy lejos del rigor de vuestros padres, yo no juzgo una ligereza como un crimen, y ese error que os cuesta lágrimas lo borro dándoos mi mano.

La señorita Duperrier cayó a los pies de su benefactor, parecía que le faltaban expresiones para los sentimientos de los que su alma estaba colmada; a través de los que debía, supo mezclar el amor con tanta destreza, encadenó, en una palabra, tan bien al hombre que creía que tenía tanto interés en cautivar, que antes de ocho días se celebró el matrimonio y ella se convirtió en la señora Dorgeville.

Sin embargo, la recién casada no dejó todavía su retiro; le hizo entender a su esposo que, al no haberse congraciado con su familia, la decencia la obligaba a no ver más que a muy pocas personas; su salud le sirvió de pretexto, y Dorgeville se limitó a los de su casa y a algunos de sus vecinos. Durante ese tiempo, la hábil Cecile hizo todo lo que pudo para convencer a su marido de dejar el Poitou, le hacía ver que en la situación en que estaban las cosas, no podrían estar allí el uno y el otro más que con la mayor contrariedad, y que sería mucho más decente para ellos ir a establecerse en alguna provincia alejada de aquella donde la esposa de Dorgeville había recibido tantos disgustos y afrentas por todas partes.

A Dorgeville le gustó bastante ese plan, incluso le escribió a un amigo que vivía cerca de Amiens que le buscase en esos alrededores una casa de campo donde él pudiese ir a terminar su vida con una joven amable con la que acababa de casarse y que, peleada con sus padres, no encontraba en Poitou más que pesares que la obligaban a alejarse de allí.

Esperaban la respuesta de esas negociaciones cuando Saint-Surin llegó al palacete. Antes de atreverse a presentarse ante su antigua ama, pidió a Dorgeville permiso para saludarla; se lo recibió con satisfacción.

Saint-Surin dijo que el calor con que se había tomado los intereses de Cecile le había hecho perder su puesto, que venía a requerir sus bondades y a despedirse de ella antes de ir a buscar fortuna en otras partes.

—Vos no nos dejaréis de ninguna manera —dijo Dorgeville, movido a compasión y no viendo en ese hombre más que una adquisición tanto más agradable de hacer, y que ciertamente complacería a su esposa—; no, no nos dejaréis de ninguna manera.

Y Dorgeville, concibiendo enseguida con este suceso un asunto halagüeño de sorpresa para aquella a quien adoraba, entró en los aposentos de Cecile presentándole a Saint-Surin como el primer criado de su casa. La señora Dorgeville, conmovida hasta las lágrimas, abrazó a su esposo... le agradeció mil veces por esa singular atención y ante él manifestó a ese criado lo sensible que era por el apego que él siempre conservó por ella. Hablaron por un momento sobre el señor y la señora Duperrier; Saint-Surin los describió a los dos con los mismos trazos de rigor que los caracterizó ante los ojos de Dorgeville, y ya no se ocuparon más que de los planes para una pronta marcha.

Habían llegado las noticias de Amiens, se había encontrado muy favorablemente lo que convenía, y los dos esposos estaban en el momento de ir a tomar posesión de aquella residencia, cuando el acontecimiento menos esperado y más cruel vino a abrir los ojos de Dorgeville, a destruir su tranquilidad y a desenmascarar al fin a la infame criatura que se aprovechaba de él desde hacía seis meses.

Todo era calma y satisfacción en el palacete, acababan de cenar en paz. Dorgeville y su esposa, absolutamente solos aquel día, conversaban en su salón con ese dulce descanso de la felicidad, experimentado sin temor ni remordimientos por Dorgeville, pero no sentido por su esposa con tanta pureza, sin duda. La felicidad no está hecha para el crimen, el ser lo bastante depravado para haber seguido esa carrera puede fingir la feliz tranquilidad de un alma bella, pero la disfruta muy escasamente. De repente, se oyó un ruido espantoso, las puertas se abrieron con estruendo, Saint-Surin, encadenado, apareció en medio de un grupo de caballeros de la Gendarmería, cuyo oficial, seguido por cuatro hombres, se lanzó sobre Cecile, que quería huir, la retuvo y sin consideración alguna por sus gritos ni por la actitud de Dorgeville, se preparó para llevársela inmediatamente.

—¡Señor!... ¡Señor! —exclamó Dorgeville llorando—. ¡En nombre del cielo, escuchadme!... ¿Qué os ha hecho esta dama, y adónde pretendéis llevárosla? ¿Ignoráis que ella me pertenece y que estáis en mi casa?

—Señor —respondió el oficial, un poco más tranquilo al verse dueño de sus dos presas—, la mayor desgracia que pueda sucederle a un hombre tan honrado como vos es seguramente haberse casado con esta criatura, pero el título que ha usurpado con tanta infamia como descaro no puede protegerla de la suerte que la espera... ¿Me preguntáis adónde me la llevo? A Poitiers, señor, según la orden de detención emitida contra ella en París y que ella ha conseguido evitar con sus artimañas. Mañana será quemada viva con su indigno amante, que está aquí —continuó el oficial, mostrando a Saint-Surin.

Con estas palabras nefastas, las fuerzas de Dorgeville lo abandonaron y cayó sin conocimiento, lo socorrierton, el oficial, seguro de sus prisioneros, ayudó él mismo con los cuidados que requería ese desventurado esposo... Dorgeville recuperó el sentido al fin... En cuanto a Cecile, estaba sentada en una silla, custodiada como criminal en ese salón en el que una hora antes reinaba como dueña... Saint-Surin, en la misma postura, estaba a dos o tres pasos de ella, también estrechamente vigilado, pero mucho menos calmado que Cecile, en cuya frente no se percibía alteración alguna; nada perturbaba la tranquilidad de esa desgraciada, su alma estaba hecha al crimen y veía el castigo sin temor.

—Dadle gracias al cielo, señor —le dijo a Dorgeville—, esta es una aventura que os salva la vida. Al día siguiente de nuestra llegada a la nueva residencia donde contabais con estableceros, esta dosis —continuó, sacándose del bolsillo un paquetito de veneno— se mezclaría con vuestros alimentos y moriríais seis horas después. Señor —dijo esa horrible criatura al oficial—, sois dueño de mí, una hora más o menos no debe tener mucha importancia, os la pido con el fin de informar a Dorgeville de las circunstancias singulares que le interesan. Sí, señor —prosiguió, dirigiéndose a su marido—, sí, en todo esto estáis mucho más comprometido que lo que creéis; conseguid que pueda hablaros durante una hora, y os enteraréis de cosas que os sorprenderán, ojalá podáis escucharlas hasta el final con calma y sin que redoblen el horror que debéis tener por mí. Al menos, veréis por este horroroso relato que, si yo soy la más desdichada y la más criminal de las mujeres... este monstruo —dijo, señalando a Saint-Surin—, es sin duda el más malvado de los hombres.

Todavía era temprano, el oficial consintió el relato que anunciaba su cautiva, quizá porque se alegraba de enterarse él mismo, aunque conocía los crímenes de su prisionera, de qué relación tenían éstos con Dorgeville. Sólo dos de los guardias se quedaron en el salón con el oficial y los dos culpables, el resto se retiró, se cerraron las puertas y la falsa Cecile Duperrier comenzó su relato con las palabras siguientes:

—Vos veis en mí, Dorgeville, a la criatura que el cielo ha hecho nacer para atormentar vuestra vida y para el oprobio de vuestra casa. En América supisteis que, algunos años después de vuestra salida de Francia, os había nacido una hermana; igualmente conocisteis, mucho tiempo después, que esa hermana, para disfrutar más a gusto del amor de un hombre al que adoraba, se atrevió a levantar la mano sobre aquellos de quienes tenía la vida, y que después se escapó con ese amante... ¡Pues bien, Dorgeville!, reconoced a esa hermana criminal en vuestra esposa infortunada, y a su amante en Saint-Surin... ¡Ved lo que me cuestan los crímenes y si sé duplicarlos cuando hace falta! Enteraos ahora de cómo os he engañado, Dorgeville... y calmáos —dijo al ver a su desventurado hermano echarse para atrás de horror y dispuesto a perder el sentido por segunda vez—... Sí, reponeos, hermano mío, me correspondería a mí temblar... y ya veis lo tranquila que estoy. Tal vez yo no había nacido para el crimen, y sin los pérfidos consejos de Saint-Surin quizá no se hubiera despertado nunca en mi corazón... A él le debéis la muerte de nuestros padres, me la aconsejó él y me suministró lo que hacía falta para llevarla a cabo; también tengo de su mano el veneno que debía terminar con vuestra vida.

En cuanto hubimos llevado a cabo nuestros primeros planes, sospecharon de nosotros, tuvimos que marcharnos sin siquiera poder recoger las sumas de las que contábamos apoderarnos; las sospechas cambiaron pronto en pruebas, nuestro proceso se instruyó y se pronunció contra nosotros la funesta sentencia que vamos a sufrir. Nos alejamos... pero no lo suficiente, por desgracia. Hicimos correr el rumor de una evasión a Inglaterra, lo creyeron; nos imaginamos insensatamente que no era necesario ir más lejos. Saint-Surin se presentó como criado en la casa del señor Duperrier, sus talentos hicieron que pronto fuese contratado. Me ocultó en un pueblo cercano a la finca de ese hombre honrado, me veía allí en secreto, y durante ese tiempo no aparecí nunca ante otras miradas que no fuesen las de la mujer en cuya casa estuve alojada.

Esa manera de estar me aburría, no me sentía hecha para una vida tan ignorada. A veces hay ambición en las almas criminales, interrogad a todos los que hayan llegado a algo sin méritos, y veréis que raramente ha sido sin crímenes. Saint-Surin consentía de buen grado ir a buscar otras aventuras, pero yo estaba embarazada, ante todo era necesario librarme de mi carga. Saint-Surin quiso enviarme, para el parto, a un pueblo más alejado de donde vivían sus amos, a casa de una amiga de mi anfitriona. Siempre con la intención de preservar mejor el misterio, se decidió que iría allí sola. Y allí iba cuando me encontrásteis vos, los dolores de parto me habían asaltado antes de llegar a la casa de esa mujer, y di a luz sola al pie de un árbol... y allí, un impulso de desesperación me atrapó al verme abandonada como lo estaba entonces. Yo, que nacida en la opulencia y que, con una conducta más regulada, hubiera podido pretender a los mejores partidos de la provincia, quise matar al infeliz fruto de mi libertinaje, y apuñalarme después. Vos pasásteis por allí, hermano mío, tuvisteis aspecto de interesaros por mi suerte, y la esperanza de nuevos crímenes volvió a encenderse enseguida en mi pecho; me decidí a engañaros para aumentar el interés que parecía que os tomábais por mí. Cecile Duperrier acababa de escaparse de la casa paterna para evadirse del castigo y la vergüenza de una falta cometida con un amante que la ponía en la misma situación que a mí, como estaba perfectamente al tanto de todas las circunstancias, decidí interpretar el papel de esa muchacha. Yo estaba segura de dos cosas: de que ella no volvería a aparecer, y de que sus padres, aunque ella misma viniese a precipitarse a sus pies, no le perdonarían jamás su conducta. Esos dos puntos me bastaron para crear toda mi historia. Vos mismo os encargásteis de la carta en la que informaba de ello a Saint-Surin, y en la que le contaba el sorprendente encuentro con un hermano al que no habría reconocido nunca si no me hubiese dicho su nombre, y de la audaz esperanza que tenía de utilizarlo, sin que sospechase, para la recuperación de nuestra fortuna.

Saint-Surin me respondió por vuestra mediación, y desde ese momento, sin que lo supiérais, no dejamos de escribirnos e incluso de vernos en secreto algunas veces. Os acordáis de los fracasos en casa de los Duperrier, yo no me oponía a vuestros pasos, de los que no temía nada respecto a ese hombre, y que, al haceros conocer a Saint-Surin, podían interesaros por un amante al que yo tenía el plan de acercarlo a nosotros. Vos me demostrásteis amor... os sacrificasteis por mí; todo ese proceder encajaba con la perspectiva que yo tenía de cautivaros; vísteis cómo correspondí a ellos y habéis experimentado, Dorgeville, si los lazos que me encadenaban a vos me impedían formar los de un himeneo que de tan buena forma consolidaba mis planes... que me sacaba del oprobio, de la degradación y de la miseria, y que, por medio de las consecuencias de mis crímenes, me situaba en una provincia alejada de la nuestra y rica... y esposa al fin de mi amante. El cielo se ha opuesto a ello, ya sabéis todo lo demás y véis cómo se me castiga por mis faltas... Vais a libraros de un monstruo que debe seros odioso... de una pérfida que no ha dejado de engañaros... que incluso disfrutaba en vuestros brazos de placeres incestuosos, y que no por ello dejaba de entregarse cada día a ese monstruo en cuanto el exceso de vuestra compasión lo hubo acercado imprudentemente a nosotros.

Odiadme, Dorgeville... me lo merezco... detestadme, os lo pido... Pero al ver mañana desde vuestro palacete las llamas que van a consumir a una infortunada... que os ha engañado tan despiadadamente... que pronto habría cortado el hilo de vuestra vida... no me quitéis al menos el consuelo de creer que se escaparán algunas lágrimas de ese corazón sensible, abierto aún a mis desdichas, y que os acordaréis quizá de que, nacida como vuestra hermana antes de convertirme en el azote y el tormento de vuestra vida, no debo perder en un instante los derechos que mi nacimiento me da a vuestra compasión.

La infame criatura no se equivocaba, había conmovido el corazón del infortunado Dorgeville, que se deshacía en lágrimas durante el relato.

—No lloréis, Dorgeville, no lloréis —dijo ella—. No, me equivoco al pediros lágrimas, no me las merezco, y ya que tenéis la bondad de verterlas, permitidme, para secarlas, que no os recuerde en este momento más que mis errores. Echad la mirada a la infortunada que os habla, considerad en ella la reunión más odiosa de todos los crímenes, y temblaréis en lugar de compadecerla.

Con esas palabras, Virginie se levantó.

—Vayamos, señor —le dijo firmemente al oficial—, vayamos a darle a la provincia el ejemplo que espera con mi muerte, que mi débil sexo aprenda al verla adónde lleva olvidarse de los deberes y abandonar a Dios.

Al bajar los escalones que la llevaban al patio, pidió a su hijo. Dorgeville, cuyo corazón noble y generoso hacía criar a ese niño con el mayor cuidado, no creyó que debiese rehusarle ese consuelo; trajeron a aquella mísera criatura, ella la agarró, la apretó contra su pecho, la besó... y luego, apagando enseguida los sentimientos de ternura que, al ablandar su alma quizá iban a dejar penetrar en ella con demasiado dominio los horrores de su situación, asfixió a aquel mísero niño con sus propias manos.

—Vete —dijo ella, desechándolo—, no merece la pena que veas la vida para no conocer en ella más que la infamia, la vergüenza y la desgracia, que sobre la tierra no quede rastro alguno de mis crímenes, conviértete en mi última víctima.

Con esas palabras, la criminal se lanzó en el vehículo del oficial; Saint-Surin seguía detrás, encadenado sobre un caballo, y al día siguiente, a las cinco de la tarde, aquellas dos abominables criaturas perecieron en medio de los aterradores suplicios que les reservaban la cólera del cielo y la justicia de los hombres.

En cuanto a Dorgeville, después de una cruel enfermedad, dejó sus bienes a diferentes casas de caridad. Abandonó el Poitou y se retiró a un convento de la Trapa, donde murió al cabo de dos años sin haber podido destruir en él, a pesar de lecciones tan terribles, ni los sentimientos de caridad y de compasión que conformaban su alma bella, ni el amor excesivo con el que ardió hasta el último suspiro por la desgraciada mujer... convertida en el oprobio de su vida y en la causa única de su muerte.

* * *

¡Oh, vosotros que leeréis esta historia! Ojalá pueda imbuiros la obligación que todos tenemos de respetar los deberes sagrados, de los que uno no se aparta nunca sin ir volando a su perdición. Si, contenido por los remordimientos que se hacen sentir al romper el primer freno, se tuviese la fuerza de quedarse ahí, los derechos de la virtud no se aniquilarían nunca del todo; pero nos pierde nuestra debilidad, los consejos horribles corrompen, los ejemplos peligrosos pervierten, todos los peligros parecen disiparse, y el velo no se desgarra hasta que la espada de la Justicia viene a detener al fin el curso de los crímenes. Entonces es cuando se hace insoportable el aguijón del arrepentimiento; ya no hay tiempo, a los hombres les es necesaria la venganza, y aquel que sólo supo causar daño debe acabar tarde o temprano por horrorizarlos.

LA CONDESA DE SANCERRE
O
LA RIVAL DE SU HIJA

Anécdota de la corte de Borgoña

Carlos el Temerario, duque de Borgoña, siempre enemigo de Luis XI y siempre ocupado con sus planes de venganza y de ambición, tenía en su séquito a casi todos los caballeros de sus dominios, y todos a su lado, a las orillas del Somme, no ocupándose más que de vencer o morir dignos de su jefe, olvidaban bajo las banderas los placeres de su patria. Las cortes estaban tristes en Borgoña y los castillos, desiertos; ya no se veían brillar en los magníficos torneos de Dijon y de Autun a esos gallardos caballeros que les dieron renombre en otro tiempo, y las bellas abandonadas descuidaban hasta la tarea de agradar, cuyo objeto ya no podían ser ellos. Temblando por las vidas de aquellos guerreros queridos, ya no eran más que preocupaciones e inquietudes lo que se veía sobre aquellas frentes radiantes, animadas por el orgullo, cuando en otra época, en medio de la arena de las justas, tantos valientes ejercitaban para sus damas su destreza y su valor.

Al seguir a su príncipe en el ejército, al ir a demostrarle su celo y su apego, el conde de Sancerre, uno de los mejores generales del rey Carlos, había encomendado a su esposa que no descuidase nada en la educación de su hija Amelie, y que dejase que creciese sin inquietudes el tierno ardor que esa joven sentía por el castellano[71] de Monrevel, que debía poseerla algún día y que la adoraba desde la infancia. Monrevel, de veinticuatro años de edad, ya había participado en varias campañas bajo la mirada del duque, y en consideración a ese matrimonio acababa de conseguir quedarse en Borgoña. Su alma joven tenía necesidad de todo el amor que la inflamaba para no enojarse por los retrasos que esos arreglos significaban para su éxito en las armas. Pero Monrevel, el mejor caballero de su siglo, el más amable y valiente, sabía amar lo mismo que sabía vencer; estaba favorecido por las Gracias y por el dios de la guerra, le arrebataba a éste lo que exigían las otras, y se coronaba sucesivamente con los laureles que le prodigaba Belona y con los mirtos que Amor añadía a ellos sobre su frente.

---

[71] En el sentido de *señor de un castillo.*

¿Quién mejor que Amelie se merecía los momentos que Monrevel le quitaba a Marte, eh? La pluma se le escaparía a quien quisiera describirla... en efecto, ¿cómo esbozar ese talle fino y ligero en el que cada movimiento era una gracia, y esa cara refinada y exquisita en la que cada rasgo era un sentimiento? Pero, ¡cuántas virtudes embellecían aún más a esa criatura celestial, apenas en su cuarto lustro!... El candor, la humanidad... el amor filial... en fin, resultaba imposible decir si era con las cualidades de su alma, o con los encantos de su cara con lo que Amelie encadenaba con más seguridad.

Pero, ¡ay!, ¿cómo podía ser que una muchacha así hubiese recibido la vida en el seno de una madre tan cruel y de un carácter tan peligroso? Bajo un rostro todavía bello, bajo sus rasgos nobles y majestuosos, la condesa de Sancerre ocultaba un alma envidiosa, dominante, vindicativa y capaz, en una palabra, de todos los crímenes adonde pueden arrastrar esas pasiones.

Demasiado célebre en la corte de Borgoña por la laxitud de sus costumbres y por sus galanterías, había muy pocos pesares con los que ella no hubiera agobiado a su esposo.

No era sin envidia como una madre así veía crecer ante sus ojos los encantos de su hija, y no era sin un pesar secreto como sabía que Monrevel estaba enamorado de ella. Todo lo que había podido hacer hasta ese momento era imponer silencio a los sentimientos que esa joven sentía por Monrevel y, a pesar de las intenciones del conde, había comprometido siempre a su hija a no confesar lo que sentía por el esposo que le destinaba su padre. A aquella mujer sorprendente le parecía que, ardiendo como ella lo hacía en el fondo de su corazón por el enamorado de su hija, para ella fuese un consuelo hacer que ese enamorado ignorase al menos una pasión por la que se encontraba ofendida. Pero si ella contrariaba los deseos de Amelie, era muy necesario que le hiciese la misma violencia a los suyos, y haría mucho tiempo que sus ojos se lo habrían dado a conocer a Monrevel, si aquel joven guerrero hubiese querido escucharlos... si él no hubiese creído que un amor distinto al de Amelie se convertiría para él en una ofensa, mucho más que en una dicha.

Desde hacía un mes, por orden de su esposo, la condesa recibía en su castillo al joven Monrevel, y sin que ella hubiese empleado durante ese tiempo un solo instante en otra cosa que en velar los sentimientos de su hija y en hacer que brillasen los suyos. Pero aunque Amelie se callase, aunque se constriñera, Monrevel sospechaba que las disposiciones del conde de Sancerre no le desagradaban a esa hermosa muchacha, y se atrevía a creer que habría sido con mucha pena como Amelie habría visto a otra en posesión de la esperanza de pertenecerle algún día.

—¿Cómo es, Amelie —le decía Monrevel a su bella amada en uno de esos cortos momentos en los que no estaba obsesionado por las celosas miradas de la señora de Sancerre—, cómo puede ser que, con la seguridad de ser un día el uno del otro, no se os permita siquiera decirme si ese plan os contraría, o si soy muy dichoso porque no os disgusta de ningún modo? ¿Cómo es eso? ¿Se opone alguien a que el enamorado que no piensa más que en hacerse digno de hacer vuestra felicidad sepa si puede pretender a ello?

Pero Amelie se contentaba con mirar tiernamente a Monrevel, suspiraba y se reunía con su madre, de la que no ignoraba que debía temerlo todo si alguna vez las expresiones de su corazón se atrevían a proclamarse en sus labios.

Así estaban las cosas, cuando llegó un correo al castillo de Sancerre que informaba de la muerte del conde bajo las murallas de Beauvais, el mismo día que levantaron el asedio. Lucenai, uno de los caballeros de ese general, trajo llorando esa triste nueva, a la que estaba unida una carta del duque de Borgoña a la condesa. Se excusaba de que sus desgracias lo impidiesen extenderse en los consuelos que él creía deberle, y le instaba expresamente a que siguiera las intenciones de su marido, en relación con la alianza que el general había deseado entre su hija y Monrevel, de que acelerase ese himeneo, y que, quince días después de que hubiera sido consumado, le enviase a ese joven héroe, ya que, en la situación en que estaban los combates, no podía prescindir en su ejército de un guerrero tan valiente como era Monrevel.

La condesa se vistió de luto y no publicó en modo alguno la recomendación de Carlos, estaba demasiado en contra de sus deseos como para que hubiese dicho ni una palabra. Despidió a Lucenai y le recomendó más que nunca a su hija que disimulase sus sentimientos, incluso que los sofocase, puesto que algunas circunstancias no obligarían ya a un himeneo... que ahora no se celebraría nunca.

Cumplidas esas disposiciones, la celosa condesa, al verse liberada de las trabas que se oponían a sus sentimientos desenfrenados por el enamorado de su hija, ya no se ocupó más que de los medios de enfriar al joven castellano con Amelie, y de inflamarlo por ella.

Sus primeras gestiones fueron apoderarse de todas las cartas que Monrevel podía escribir al ejército de Carlos y retenerlas en su casa; excitar su amor; dejarle una especie de esperanza lejana, que obstaculizada sin cesar lo cautivase a la vez que lo entristecía; aprovecharse luego del estado en que iba a poner su alma para disponerlo poco a poco a su favor, imaginando como mujer hábil que el despecho le aportaría lo que no podría conseguir del amor.

Una vez segura de que no saldría ninguna carta del castillo sin que se la trajesen, la condesa difundió falsos rumores; le dijo a todo el mundo, incluso secretamente al castellano de Monrevel, que Carlos el Temerario, al darle a conocer la muerte de su esposo, le imponía que casase a su hija con el señor de Salins, a quien ordenaba que viniese a Sancerre a concluir ese himeneo. Y dirigiéndose a Monrevel, añadió con aspecto de secreto que ese acontecimiento no enojaría sin duda a Amelie, que suspiraba desde hacía cinco años por Salins. Habiendo clavado así el puñal en el corazón de Monrevel, hizo que viniese su hija, y le dijo que todo lo que hacía no era más que con el propósito de separar al castellano de ella; que ella le recomendaba quc apoyase ese proyecto, al no querer de ninguna manera esa alianza, y que valía más, ya puestos, tomar un pretexto como ese que utilizaba, que una ruptura sin fundamento, pero que su hija querida no sería más desdichada por ello, porque le prometía que, por medio de ese ligero sacrificio, la dejaría libre para cualquier otra elección que le complaciese hacer.

Amelie quiso contener su llanto ante esas órdenes despiadadas, pero la naturaleza, más fuerte que la prudencia, le hizo caer a los pies de la condesa, le suplicó por todo lo que más quisiera que no la separase de Monrevel, que cumpliese las intenciones de un padre al que había adorado y que le hacía llorar muy amargamente.

Aquella interesante muchacha no vertió una lágrima que no cayese sobre el corazón de su madre.

—¿Pero, cómo? —dijo la condesa intentando dominarse con el fin de conocer mejor los sentimientos de su hija—. ¿Es que esa infortunada pasión os domina hasta el punto de que no podáis hacer el sacrificio? ¿Y si vuestro amado hubiese padecido la misma suerte que vuestro padre, y si hubieseis necesitado llorarle como a él?...

—¡Oh, señora! —respondió Amelie . ¡No me ofrezcáis una idea tan desoladora! Si Monrevel hubiese muerto, yo lo habría seguido muy de cerca. No dudéis de que mi padre me sea igualmente tan querido, sin duda, y mis penas por haberlo perdido habrían sido perpetuas sin la esperanza de ver un día enjugadas mis lágrimas por la mano del esposo que él me destinaba. Yo me he conservado sólo para ese esposo, únicamente por su causa he superado la desesperación en la que me hundió la horrible noticia que acabamos de conocer, ¿es que queréis desgarrar también mi corazón con tantos dardos tan despiadados?

—¡Pues bien! —dijo la condesa, que se dio cuenta de que la violencia no haría más que irritar a aquella que su artificio le obligaba a tratar bien—, seguid fingiendo lo que os propongo, puesto que no podéis dominaros, y decidle a Monrevel que amáis a Salins, eso será un medio para saber realmente si está encariñado con vos; la forma verdadera de conocer a un amante es inquietarlo mediante los celos. Si Monrevel, despechado, os abandonase, ¿no estaríais muy regocijada por haber reconocido que no erais más que su víctima al amarlo?

—¿Y si su pasión se hiciese más ardiente?

—Entonces, yo cedería ante vos, ¿no conocéis todos los derechos que tenéis sobre mi alma?

Y la tierna Amelie, consolada por estas últimas palabras, no dejaba de besar las manos de aquella que la traicionaba, de aquella que en el fondo la miraba como a su enemiga más mortal... de aquella, en fin, que mientras vertía el bálsamo en el fondo de aquel corazón inquieto de su hija, en el suyo no alimentaba más que sentimientos de odio y horrendos planes de venganza. Sin embargo, Amelie aceptó lo que se le exigía; no sólo prometió fingir que amaba a Salins, sino que incluso aseguró que utilizaría ese medio para llevar al corazón de Monrevel a las pruebas definitivas, bajo la única condición de que su madre tuviese a bien no llevar las cosas demasiado lejos y detenerlas en cuanto ellas estuviesen convencidas de la constancia y del amor del castellano. La señora de Sancerre prometió todo lo que se requería y, pocos días después, le dijo a Monrevel que le parecía raro que al no poder ya formar razonablemente ninguna esperanza de pertenecer a su hija, quisiera enclaustrarse tanto tiempo en Borgoña, mientras que toda la provincia estaba bajo las banderas de Carlos, y, diciendo esto, le dejó leer hábilmente las últimas líneas de la carta del duque, que decía, tal como hemos leído:

Me enviaréis a Monrevel, ya que, en la situación que están los combates, no puedo prescindir por más tiempo de un guerrero tan valiente.

Pero la pérfida condesa se guardó mucho de dejarle leer más...

—¿Cómo, señora? —dijo el castellano, sumido en la desesperación—. ¿Entonces es verdad que me sacrificáis, es seguro que hace falta que yo renuncie a los exquisitos planes que creaban todo el encanto de mi vida?

—En realidad, Monrevel, su puesta en práctica no habría creado nunca más que desgracias, ¿es que os parece que haya que amar a una infiel? Si Amelie os dejó esperanzas alguna vez, os engañó, sin duda, pues su amor por Salins era muy real.

—¡Ay, señora! —replicó ese joven héroe, dejando escapar algunas lágrimas—. No he debido creer que Amelie me amaba, lo reconozco, pero, ¿podía yo pensar que ella amase a otro?...

Y pasando con rapidez del dolor a la desesperación:

—No —siguió, furioso—... no, que no se imagine que abusará de mi credulidad, ¿está acaso por encima de mis fuerzas poder soportar tales afrentas? Y puesto que la desagrado, puesto que ya no tengo nada que temer, ¿por qué le pondría yo límites a mi venganza?... Iré a encontrarme con Salins, iré a buscar hasta el fin de la tierra a ese rival que me ofende y al que detesto; su vida me responderá de sus insultos, o perderé la mía bajo sus golpes.

—¡No, Monrevel, no! —exclamó la condesa—. La prudencia no permite tolerar cosas así, más bien volved volando hacia Carlos si os atrevéis a concebir esos planes, porque espero a Salins en pocos días y debo oponerme a que vos os lo encontréis en mi casa. A menos, sin embargo —continuó la condesa con un poco de contrariedad—, que dejáseis de ser peligroso para él con la victoria segura que conseguiréis sobre vuestros sentimientos. ¡Oh, Monrevel!... Si vuestra elección hubiese recaído sobre otra persona... Como ya no os juzgaría alguien de temer en mi castillo, yo sería la primera en instaros a que permanecieseis más tiempo en él.

Y recuperándose enseguida, lanzó miradas inflamadas al castellano.

¿Y cómo? ¿Es que no hay nadie más que Amelie en estos lugares que pueda pretender la felicidad de agradaros? ¡Qué poco conocéis los corazones que os rodean, si suponéis que ninguno más que el suyo sea capaz de haber notado lo que vos valéis! ¿Podéis suponer, pues, un sentimiento muy sólido en el alma de una niña? ¿Se sabe acaso lo que se piensa... se sabe lo que se ama a su edad?... Creedme, Monrevel, hace falta un poco más de experiencia para saber amar bien. ¿Es una conquista una seducción? ¿Se triunfa sobre quien no sabe defenderse?... ¡Ah! ¿Es la victoria más lisonjera cuando el objeto atacado, que conoce todas las tretas que pueden evitaros, no opone a vuestros dardos, sin embargo, más que su corazón, y ya sólo combate cediendo?

—¡Oh, señora! —interrumpió el castellano, que veía muy bien dónde quería llegar la condesa—. Yo ignoro las cualidades que hay que tener para ser capaz de amar bien, pero lo que sé perfectamente es que sólo Amelie tiene todas las que deben hacer que la adore, y yo no adoraré nunca más que a ella en este mundo.

—En ese caso, os compadezco —reanudó la señora de Sancerre con acritud— porque no solamente no os ama, sino que en la certeza de esa situación inquebrantable de vuestra alma, me veo obligada a separaros para siempre.

Y dejó bruscamente al castellano al pronunciar estas últimas palabras.

Sería difícil describir el estado de Monrevel; devorado alternativamente por su dolor, por ser presa de la inquietud, por los celos y por la venganza, no sabía a cuál de esos sentimientos entregarse con más ardor, de lo despóticamente desgarrado que estaba por todos ellos. Al final, acudió volando a los pies de Amelie...

—¡Oh, vos, a quien no he dejado de adorar ni un momento! —exclamó, deshecho en lágrimas—. ¿Debo creerlo?... ¡Vos me traicionáis! ... Otro va a haceros feliz... otro va a quitarme el único bien por el que habría cedido el dominio de la tierra si me hubiese pertenecido... Amelie... ¡Amelie! ¿Es cierto que sois infiel y que Salins va a poseeros?

—Me enoja que os lo hayan dicho, Monrevel —respondió Amelie, decidida a obedecer a su madre y a no amargarla, para conocer si realmente el castellano la amaba con sinceridad—, pero si ese aciago secreto se descubre hoy, al menos no merezco vuestros amargos reproches; ya que nunca os di esperanzas, ¿cómo podéis acusarme de traicionaros?

—Ciertamente es demasiado atroz, lo confieso. No he podido hacer nunca que pasase a vuestra alma ni el más ligero destello del fuego que devoraba a la mía, y por haberla juzgado por un momento cercana a mi corazón me he atrevido a sospechar un error en vos, que no es más que la consecuencia del amor. Vos no lo tuvisteis jamás por mí, Amelie, y efectivamente, ¿de qué me quejo? ¡Pues bien! Vos no me traicionáis, vos no me sacrificáis de ningún modo, pero despreciáis mi amor... y me hacéis el más desdichado de los hombres.

—De veras, Monrevel, no lo concibo, ¿cómo se pueden hacer en la incertidumbre los derroches de tanta pasión?

—¡Vaya! ¿Es que no debíamos estar unidos?

—Eso querían, pero, ¿es eso una razón para que yo lo desease? ¿Respondían nuestros corazones a las intenciones de nuestros padres?

—Entonces, ¿habría hecho yo vuestra infelicidad?

—En el momento de la conclusión, os habría dejado leer en mi alma y no me habríais obligado.

—¡Oh, cielo santo! ¡Aquí está entonces mi sentencia! Tengo que dejaros... tengo que alejarme de vos, ¡y sois vos quien lo exige! ¡Dios todopoderoso! Sois vos quien desgarráis a placer el corazón de quien quería adoraros sin cesar... ¡Pues bien!, huiré de vos, pérfida; iré a buscar con mi príncipe medios rápidos de huir de vos aún más y, desesperado por haberos perdido, iré a morir a su lado en los campos de la gloria.

Morevel salió con estas palabras, y la triste Amelie, que se había hecho una violencia extrema para someterse a las intenciones de su madre, al no tener ya nada que la obligase, se deshizo en lágrimas en cuanto se encontró sola.

—¡Oh, tú, a quien adoro! ¿Qué debes pensar de Amelie? —exclamó—. ¿Con qué sentimientos sustituyes ahora en tu corazón a todos aquellos que ofrecías a mi pasión? ¡Cuántos reproches me haces, sin duda, y cómo me los merezco! Yo nunca te confesé mi amor, eso es cierto... pero mis ojos te lo mostraban bastante, y si yo retrasaba esa confesión por prudencia, no por ello dejaba de poner mi felicidad en dejarla que estallase algún día... ¡Oh, Monrevel!... Monrevel, ¿qué suplicio es el de una enamorada que no se atreve a confesar su pasión a quien es el más digno de encenderla... a quien que se le obliga a fingir... a reemplazar por indiferencia el sentimiento que la devora?

La condesa sorprendió a Amelie en esa situación abrumadora.

—He hecho todo lo que queríais, señora —le dijo Amelie—, el castellano está sufriendo, ¿qué más exigís?

—Quiero que continúe este fingimiento —replicó la señora de Sancerre—, quiero ver hasta qué punto os ama Monrevel... Escuchadme, hija mía, el castellano no conoce a su rival... Clotilde, la doncella que más quiero de todas las mías, tiene un pariente joven de la edad y la estatura de

Salins, voy a presentarlo en el castillo. Pasará por ser quien decimos y que parece amaros desde hace seis años, pero aquí estará sólo misteriosamente, vos sólo lo veréis en secreto y como a espaldas mías. Monrevel no tendrá más que sospechas... sospechas que tendré el cuidado de alimentar, y entonces juzgaremos los efectos de su amor por su desesperación.

—Señora, ¿y para qué sirven todas estas artimañas, eh? —respondió Amelie—. No dudéis de los sentimientos de Monrevel, acaba de darme las pruebas más firmes de ellos y los creo con toda mi alma.

—Hay que confesároslo —replicó la malvada mujer, siguiendo siempre su indigno plan—, me han escrito del ejército que Monrevel está lejos de las virtudes de un caballero valeroso y digno... os lo digo con dolor, pero lo acusan de falta de valor. El duque se engaña en eso, lo sé, pero los hechos son firmes... Lo vieron huir en Montlhery...

—¿Él, señora? —exclamó la señorita de Sancerre—. ¡Él, capaz de tal debilidad! No lo creáis, os engañan, de él recibió Brezé la muerte[72]... ¿huir, él?... si lo hubiese visto... no lo creería... No, señora, no, él salió de aquí mismo para dirigirse a esa batalla; vos no le habíais permitido que me besara la mano, esa misma mano adornó su casco con un nudo de cintas... Me dijo que sería invencible, que tenía mis rasgos en su corazón, y es incapaz de haberlos ensuciado... no lo ha hecho.

—Sé bien —dijo la condesa— que los primeros rumores fueron a su favor, se os hizo que ignoráseis los segundos... El senescal Brezé no murió por mano de él y más de veinte guerreros vieron huir a Monrevel... ¿Qué os importa esta prueba más, Amelie?, no será sanguinaria y sabré detenerla a tiempo... Si Monrevel fuese un cobarde, ¿querríais concederle vuestra mano? Además, pensad que en algo donde sólo actúa mi complacencia, tengo el derecho de imponeros condiciones. El duque se opone a que Monrevel hoy se convierta en vuestro esposo, vuelve a pedirlo. Si a pesar de todo esto, quiero ceder a vuestros deseos, al menos debéis concederles algo a los míos.

Al terminar estas palabras, salió la condesa y dejó a su hija sumida en nuevas perplejidades.

—¡Monrevel, un cobarde! —se decía Amelie llorando— no, no lo creeré jamás... eso no puede ser, él me ama... ¿es que no lo vi entonces exponerse ante mis ojos a los peligros de un torneo y, con la certeza de que se lo pagaría con una mirada, ¡vencer allí a todo el que se presentaba ante él!... Esas miradas que lo alentaban, lo han seguido en las llanuras de Francia; yo siempre estaba bajo las suyas y son ellas las que ha combatido. Mi enamorado es tan valiente cuanto me ama, esas dos virtudes deben estar en exceso en un alma donde no penetró jamás nada impuro... No importa, mi

[72] Pierre de Brezé, gran senescal de Normandía, comandaba la vanguardia de Luis XI en la jornada en la que perdió la vida. *(N. del A.)*

madre lo quiere y obedeceré... guardaré silencio, le ocultaré mi corazón a quien lo posee por entero, pero yo no dudaré jamás del suyo.

Así pasaron varios días, durante los que la condesa preparó sus ardides, y durante los que Amelie no dejó de representar el personaje al que la obligaban, por muchos dolores que padeciese. Al fin, la señora de Sancerre hizo que le dijesen a Monrevel que viniese a encontrarse con ella a solas, puesto que tenía algo importante que comunicarle... Y en ese momento se decidió a declararse por completo, con el fin de no tener más remordimientos si la resistencia del castellano la obligaba al crimen.

—Caballero —le dijo en cuanto lo vio entrar—, seguro como debéis estar ahora del desprecio de mi hija y de la felicidad de vuestro rival, necesariamente tengo que atribuir a alguna otra causa la prolongación de vuestra estancia en Sancerre, cuando vuestro jefe os solicita y desea que estéis a su lado. Confesadme, pues, sin fingimiento, ¿qué asunto puede reteneros aquí?... ¿Será el mismo... Monrevel, que el que también me hace desear a mí conservaros aquí?

Aunque aquel joven guerrero hubiese sospechado desde hacía mucho tiempo el amor de la condesa, no solamente no se lo había contado nunca a Amelie, sino que, desesperado por haber podido hacer que naciese, intentaba ocultárselo a sí mismo. Presionado por esa pregunta, que era demasiado clara como para que le estuviese permitido no comprenderla, respondió sonrojándose:

—Señora, conocéis las cadenas que me detienen, y si os dignáis apretarlas en lugar de romperlas, sin duda yo me encontraría el más dichoso de los hombres...

Fuese falsedad, o fuese orgullo, la dama de Sancerre se tomó esa respuesta como si hubiese estado dirigida a ella...

—Bello y dulce amigo —le dijo ella entonces, atrayéndolo junto a su sillón—, esas cadenas se tejerán cuando vos queráis... ¡Ah!, desde hace mucho tiempo cautivan mi corazón, adornarán mis manos cuando vos me hayáis mostrado ese deseo. Aquí estoy hoy, sin nudos matrimoniales, y si deseo perder mi libertad por segunda vez, vos debéis saber claramente con quién...

Monrevel se estremeció con esas palabras, y la condesa, que no se perdía ninguno de sus movimientos, abandonándose entonces furiosamente a los arrebatos de su pasión, le reprochó en los términos más duros la indiferencia con la que le había respondido siempre al ardor con el que ardía por él...

—¿Podía disimularte esa pasión que encendían tus ojos, ingrato? ¿Podías ignorarla? —exclamó la condesa—. ¿Ha pasado un solo día desde tu primera juventud en el que yo no haya hecho resplandecer esos sentimientos que desdeñas con tanta insolencia? ¿Había un solo caballero en la corte de Carlos que me interesase como tú? Orgullosa de tus éxitos, sensible a tus infortunios, ¿recogiste alguna vez unos laureles que mi mano no enlazase con mirtos? ¿Formó tu mente un solo pensamiento que yo no compartiese al instante? ¿Y tu corazón, un sentimiento que no fuese el mío? Festejada por todas partes, viendo a toda la Borgoña a mis pies, rodeada de adoradores... embriagada de incienso... todos mis anhelos se dirigían sólo a Monrevel, sólo él los ocupaba, yo despreciaba lo que no fuese él... Y cuando yo te adoraba, pérfido... tus ojos se apartaban de mí... locamente prendado de una niña y sacrificándome a esa indigna rival... hasta me has hecho odiar a mi hija... Yo me daba cuenta de todas tus maneras de proceder, no había ninguna que no me atravesase el corazón y, sin embargo, no podía odiarte... Pero, ¿qué esperas ahora?... Que al menos el despecho te entregue a mí, si el amor no puede conseguirlo... Tu rival está aquí, mañana puedo hacerlo triunfar, mi hija me insta a ello; ¿qué expectativa te queda entonces, qué loca esperanza puede seguir cegándote?

—La de ir a mi muerte, señora —respondió Monrevel—, y el remordimiento por haber podido hacer que naciesen en vos sentimientos que no está en mi mano compartir, y de la pena de no habérselos podido inspirar a la única persona que reinará siempre en mi corazón.

La señora de Sancerre se contuvo. El amor, el orgullo, la perversidad y la venganza la dominaban demasiado fuertemente como para no imponerle la necesidad de fingir. Un alma abierta y franca se habría enfurecido, una mujer vengativa y falsa debía emplear los artificios, y la condesa los puso en práctica.

—Caballero —dijo ella con un despecho contenido—, me hacéis conocer el rechazo por primera vez en mi vida, éste sorprendería a vuestros rivales; yo soy la única que no está sorprendida, no, me hago justicia... podría ser vuestra madre, caballero... ¿Cómo podía yo pretender vuestra mano con semejante fallo?... No os molesto más, Monrevel, cedo a mi feliz rival el honor de encadenaros, y al no poder convertirme en vuestra esposa, seré siempre vuestra amiga, ¿Os opondríais a ello, cruel? ¿Me codiciaríais ese título?

—¡Oh, señora! Qué bien reconozco en ese proceder toda la nobleza de vuestro corazón —respondió el castellano, seducido por aquellas apariencias engañosas—. ¡Ah! Creed —añadió, precipitándose a los pies de la condesa—, creed que todos los sentimientos de mi corazón que no sean de amor os pertenecerán para siempre; no tendré una amiga mejor en todo el mundo, seréis al tiempo mi protectora y mi madre, y yo os consagraré sin cesar todos los momentos en los que la embriaguez de mi pasión por Amelie no me retenga a sus pies.

—Me sentiré halagada con lo que me quede, Monrevel —replicó la condesa, levantándolo—; de aquello que se ama, todo es tan querido... Sin duda, sentimientos más vivos me habrían conmovido más, pero, puesto que no debo pretenderlos, me contentaré con esta amistad sincera cuyos juramentos me hacéis y yo os corresponderé con la mía... Escuchad, Monrevel, voy a daros en este momento una prueba de los sentimientos que os juro. ¿Conocéis el deseo que tengo de que triunfe vuestro amor y de cautivaros perpetuamente a mi lado?... Vuestro rival está aquí, nada hay más seguro; como estaba enterada de la voluntad de Carlos, me resultaba imposible negarle la entrada en este castillo. Todo lo que yo podría conseguir para vos... para vos, cuyos propósitos él ignora, es que Salins sólo aparezca disfrazado, ya lo está, y que no vea a mi hija más que con misterio. ¿Qué decisión queréis que adoptemos en esta circunstancia?

—La que me dicta el corazón, señora, la única gracia que me atrevo a implorar a vuestros pies es el permiso de ir a disputarle mi amada a mi rival, como se lo inspira el honor a un guerrero como yo.

—Esa decisión no os saldrá bien, Monrevel, no conocéis al hombre con quien tratáis. ¿Lo visteis alguna vez en el campo del honor? Vergonzosamente escondido en lo más hondo de su provincia, Salins, por primera vez en su vida, sale de ella para casarse con mi hija. No concibo cómo pudo imaginar Carlos una elección así, pero lo quiere y no tenemos nada que decir; pero os lo repito, Salins, conocido por ser un traidor, seguramente no se batirá de ningún modo... Pero si él conociese vuestros proyectos, si llegase a enterarse de ellos por vuestros pasos, ¡ay, Monrevel!, yo temblaría por vos... Busquemos otros medios y ocultémosle nuestras perspectivas... Dejadme reflexionar algunos días, os daré cuenta de lo que haya hecho; sin embargo, permaneced aquí y yo sembraré rumores diferentes sobre los motivos que os retienen en mi casa.

Monrevel, demasiado contento con lo poco que había conseguido, no se imaginaba que pudiesen engañarlo, porque su corazón honesto y sensible no conoció jamás desvío alguno; besó otra vez los pies de la condesa y se retiró con menos dolor.

La señora de Sancerre aprovechó aquellos momentos para dar las órdenes útiles para el éxito de sus pérfidas intenciones. El joven pariente de Clotilde, introducido secretamente en el castillo bajo la librea de un paje de la casa, lo hizo tan bien que Monrevel no pudo evitar verlo. Al mismo tiempo, en la casa se encontraban cuatro criados desconocidos, haciéndose pasar por criados del conde de Sancerre que habían regresado a su castillo después de la muerte de su amo, pero la condesa tuvo el cuidado de hacerle saber a Monrevel que aquellos extraños eran del séquito de Salins. Desde ese momento, apenas pudo el caballero conversar con su amada. Si se presentaba en sus aposentos, las doncellas lo rechazaban; si intentaba abordarla en el parque o en los jardines, o ella huía de él, o la veía con su rival. Tales desdichas eran demasiado fuertes para el alma impetuosa de Monrevel. A punto de desesperarse, abordó por fin a Amelie, a quien acababa de dejar el falso Salins.

—Sois despiadada —le dijo, sin poder contenerse más—, entonces, ¿me despreciáis hasta el punto de querer formar ante mí los nudos funestos que van a separarnos? Y ahora, cuando sólo dependería de vos, cuando estoy en el momento de ganarme a vuestra madre, ¡ay, es sólo de vos de donde viene el golpe que me desgarra!

Amelie, avisada de los rastros de esperanza que la condesa le había dado a Monrevel, y creyendo que todo eso debía servir para el feliz desenlace de la escena que se le ha hecho interpretar, Amelie, digo, siguió fingiendo. Le respondió a su enamorado que era muy dueño de ahorrarse el doloroso espectáculo que parecía agobiarlo, y que ella era la primera en aconsejarle que fuese a olvidar con Belona todas las penas que le daba Amor. Pero aunque la condesa se lo hubiese dicho, se guardó mucho de tener aspecto de sospechar del valor de su enamorado; Amelie conocía demasiado a Monrevel como para dudar de él, y lo amaba demasiado en el fondo de su corazón como para atreverse a bromear siquiera sobre algo tan sagrado.

—Entonces, está hecho, ¡tengo que dejaros! —exclamó el castellano, vertiendo sus lágrimas a los pies de Amelie, que se atrevió a besar otra vez—, ¡y tenéis la fuerza de ordenármelo! ¡Pues bien!, encontraré en mi alma la de obedeceros. ¡Ojalá el feliz mortal a quien os dejo pueda conocer el precio de lo que le cedo! ¡Ojalá que pueda haceros tan feliz como merecéis ser, Amelie! Me haréis partícipe de vuestra felicidad, es la única gracia que os pido; yo seré menos desdichado cuando os sepa en el seno de la felicidad.

Amelie no pudo oír estas últimas palabras sin emocionarse... Unas lágrimas involuntarias la traicionaron, y Monrevel, estrechándola entonces en sus brazos, exclamó:

—¡Momento afortunado para mí! He podido leer un arrepentimiento en este corazón que durante tanto tiempo he creído mío. ¡Oh, mi querida Amelie! ¿Entonces no es cierto que améis a Salins, puesto que os dignáis llorar por Monrevel? Decid una palabra, Amelie, una sola palabra, y sea cual sea la cobardía del monstruo que os arrebata de mí, o lo obligaré a batirse, o lo castigaré al mismo tiempo por su poco valor y por atreverse a elevarse hasta vos.

Pero Amelie se repuso; amenazada con perderlo todo, se daba demasiada cuenta de la importancia de mantener el papel que se le había adjudicado como para atreverse a ser débil por un momento.

—No disfrazaré las lágrimas que habéis sorprendido, caballero —dijo con firmeza—, pero interpretáis mal su causa. Un impulso de compasión puede haberlas hecho correr por vos sin que el amor haya tomado ni la más mínima parte. Estoy acostumbrada a veros desde hace mucho tiempo, y puedo apenarme por perderos sin que ningún sentimiento más tierno que el de la simple amistad fundamente ese pesar en mí.

—¡Oh, santo cielo! —dijo el castellano—. ¡Y me quitáis hasta el consuelo con el que se apaciguaba por un momento mi corazón!... ¡Amelie! ¡Qué despiadada sois con quien no tuvo nunca otro fallo con vos que el de adoraros! Entonces, ¿es sólo a la compasión a lo que debo esas lágrimas con las que me sentí tan glorioso por un momento? ¿Es ese, pues, el único sentimiento que pueda esperar de vos?...

Se acercaba gente y nuestros dos enamorados estuvieron obligados a separarse; el uno, sin duda desesperado y la otra, con el alma afligida por el dolor de una obligación tan insoportable... pero, con todo, muy satisfecha de que un suceso cualquiera le impidiese soportarla por más tiempo.

Pasaron algunos días más, y la condesa los aprovechó para disponer sus artimañas, cuando Monrevel, que un día regresaba del fondo de los jardines donde lo había arrastrado su melancolía, y se encontraba solo y sin armas, fue atacado bruscamente por cuatro hombres que parecían ir por su vida. Su valor no lo abandonó de ninguna manera en una circunstancia tan peligrosa, se defendió, alejó a los enemigos que lo acosaban... pidió auxilio y se liberó de ellos, socorrido por los criados de la condesa, que llegaron en cuanto lo oyeron. La dama de Sancerre, informada del peligro que acababa de correr... la pérfida Sancerre, que sabía más que nadie de qué manos salía el ataque, rogó a Monrevel que fuese a sus aposentos antes de retirarse a los suyos.

—Señora —le dijo el castellano, abordándola—, ignoro quiénes son los que amenazan mi vida, pero yo no creía que en vuestro castillo se atreviesen a atacar a un caballero desarmado...

—Monrevel —respondió la condesa, viendo que él estaba agitado aún—, me es imposible protegeros de esos peligros, sólo puedo ayudaros a defenderos de ellos... Han acudido corriendo a auxiliaros, ¿podía yo hacer más?... Tenéis que véroslas con un traidor, ya os lo he dicho; en vano emplearíais con él todos las reglas del honor, no respondería a ellas de ningún modo y vuestra vida estaría siempre en peligro. Yo querría eso lejos de mi casa, sin duda, pero, ¿puedo prohibirle que entre en mi castillo a quien el duque de Borgoña quiere que yo reciba como a un yerno? ¿A aquél, en fin, que ama mi hija y por quien es amada? Sed más justo, caballero, puesto que he sufrido tanto como vos, medid el interés que me inspira todo esto con la multitud de lazos que me atan a vuestro destino. El golpe ha salido de Salins, yo no podría dudarlo; él se ha informado de los motivos que os retienen aquí, mientras todos los caballeros están junto a sus jefes. Desgraciadamente, vuestro amor es demasiado conocido y él habrá encontrado gente indiscreta... Salins se venga, y como comprende demasiado bien que le es imposible deshacerse de vos de otra manera que no sea el crimen, lo comete. Al ver que ha fallado, lo renovará... ¡Oh, dulce caballero! Tiemblo por ello... tiemblo todavía más que vos.

—¡Pues bien, señora! —replicó el castellano—. Ordenadle que se quite ese disfraz inútil y dejadme que lo ataque de manera que lo obligue a responderme... ¿Y qué necesidad hay de que Salins se disfrace, puesto que está en vuestra casa por orden de su soberano, puesto que es amado por la que busca aquí y está protegido por vos, señora?

—¿Por mí, caballero? No me esperaba esta ofensa... pero, no importa, este no es el momento de justificarse, respondamos solamente a vuestras alegaciones, y cuando lo haya dicho todo, veréis si comparto con esta decisión el proceder de mi hija. ¿Me preguntáis por qué se disfraza Salins? Al principio se lo exigí, por tener miramientos con vos, y si mantiene ese fingimiento, es por temor. Él os teme, os evita, os ataca sólo a traición... Vos queréis que consienta en dejar que os batáis, creedme que eso él no lo aceptará. Monrevel, ya os lo he dicho, si él llega a conocer vuestro propósito, tomará sus medidas tan bien, que no podré responder siquiera de vos. Mi posición es de tal manera con él, que me resulta imposible hasta reprocharle por lo que acaba de ocurrir. Así pues, la venganza ya está sólo en vuestras manos, os pertenece sólo a vos, y os compadeceré mucho si no adoptáis la que es legítima después de la infamia que acaba de cometer. ¿Es que hay que respetar las leyes del honor con los traidores? ¿Y cómo podéis buscar otras vías que las que él utiliza, puesto que es seguro que no aceptará ninguna de las que vuestro valor le proponga? ¿Es que acaso debéis prevenirle, caballero? ¿Y desde cuándo es tan valiosa la vida de un cobarde para no atreverse a arrebatársela sin combatir? Uno se mide con el hombre de honor, y hace matar a quien ha querido privarnos de la vida; que el ejemplo de vuestros maestros os sirva en este caso de regla. Cuando el orgullo de Carlos de Borgoña, que hoy nos gobierna, tuvo de qué quejarse del duque de Orleans, ¿le propuso el duelo, o hizo que lo asesinasen? Esa última posibilidad le pareció la más segura y la tomó. Y él mismo, en Montereau, ¿no hizo lo mismo a su vez cuando el Delfín tuvo de qué quejarse? No se es ni menos honrado, ni menos valiente, caballero, por deshacerse de un bribón que está resentido con nuestra vida... Sí, Monrevel, sí, quiero que tengáis a mi hija, quiero que la tengáis al precio que sea. No sondeéis el sentimiento que me hace desear teneros cerca de mí... sin duda me sonrojaría... y este corazón mal curado... No importa, vos seréis mi yerno, caballero, lo seréis... Quiero veros feliz, incluso a costa de mi felicidad... Atrevéos ahora a decirme que protejo a Salins, atrevéos, mi dulce amigo, y al menos tendré derecho a trataros de injusto, ¡cuando vos habéis menospreciado mis bondades hasta ahora!

Monrevel, enternecido, se lanzó a los pies de la condesa y le pidió perdón por haberla juzgado mal... pero asesinar a Salins le pareció un crimen que estaba por encima de sus fuerzas...

—¡Oh, señora! —exclamó entre llantos—. Estas manos no se atreverán nunca a hundirse en el pecho de un ser que se me asemeja, y el asesinato es el más horrible de los crímenes.

—No hay ningún crimen, puesto que nos salva la vida... Pero, ¡qué debilidad, caballero!... ¡Qué fuera de lugar está en un héroe! Entonces, os lo ruego, ¿qué hacéis yendo a los combates? ¿No son esos laureles que os ciñen el premio por los asesinatos? Creéis que tenéis permitido matar al enemigo de vuestro príncipe, ¡y tembláis por apuñalar al vuestro!... ¿Y cuál es, pues, la ley tiránica que pueda establecer una diferencia tan enorme en la misma acción? ¡Ah!, Monrevel, o no debemos atentar jamás contra la vida de nadie, o si esta acción puede parecernos legítima alguna vez, entonces será porque está inspirada por la venganza de un insulto... Pero, ¡qué digo, y qué me importa a mí! ¡Tiembla, hombre débil y pusilánime, y con el temor absurdo de un crimen imaginario, abandona indignamente a la que amas en brazos del monstruo que te la arrebata! Mira a tu mísera Amelie, seducida, desesperada y traicionada, languidecer en el seno del infortunio, óyela llamarte en su socorro, y mírate a ti, pérfido, ¡a ti, prefiriendo cobardemente la desdicha sin fin de la que amaste a la acción justa y necesaria de arrebatarle la vida al vil verdugo de los dos!

La condesa, viendo titubear a Monrevel, acabó de utilizarlo todo para allanarle el horror que le aconsejaba, y para hacerle sentir que cuando una acción así es tan necesaria, se hace muy peligroso no cometerla; que, en una palabra, si no se apresuraba, no sólo estaría su vida en peligro en todo momento, sino que igualmente se arriesgaría a ver que se llevan a su amada ante sus ojos, porque Salins no podía evitar darse cuenta de que ella no lo favorecía y, muy seguro de complacer al duque de Borgoña, fuesen los que fuesen los métodos que emplease para tener a la que ama, la raptaría quizá al primer momento, y con tanta más facilidad si Amelie se prestase a ello; en fin, que inflamó tanto y tan bien el espíritu del joven caballero, que él lo aceptó todo y juró, a los pies de la condesa, que apuñalaría a su rival.

Hasta ahora, los propósitos de esa mujer pérfida parecían turbios; sin duda, las espantosas secuelas los aclararán completamente.

Monrevel salió, pero su resolución cambió pronto, y con la voz de la naturaleza, que luchaba a su pesar en su alma con lo que le inspiraba la venganza, no quiso decidirse a nada hasta haber empleado las vías honestas que le dictaba el honor. Al día siguiente le envió una cartela de desafío al falso Salins, y a la misma hora recibió la siguiente respuesta.

Yo no puedo disputar lo que me pertenece, le corresponde al amante maltratado por su bella desear la muerte; en cuanto a mí, amo la vida. ¿Cómo no quererla, cuando todos los momentos que la componen son preciosos para mi Amelie? Si tenéis deseos de batiros, caballero, Carlos necesita héroes, id volando con él. Creedme, los ejercicios de Marte os con-

vienen más que las dulzuras de Amor. Conseguiréis gloria entregándoos a los unos, y las otras, sin que yo arriesgue nada, podrían costaros muy caro.

El castellano tembló de ira al leer esas palabras.

—¡El muy traidor! —exclamó—. ¡Me amenaza y no se atreve a defenderse! Ahora nada me detiene; pensemos en mi seguridad, ocupémonos de conservar el objeto de mi amor, no debo vacilar ni un momento... Pero, ¿qué digo? ¡Dios todopoderoso! Si ella lo ama... si Amelie arde por ese pérfido rival, ¿será arrebatándole la vida como conseguiré el corazón de mi amada? ¿Me atreveré a presentarme ante ella con las manos manchadas con la sangre de quien adora?... Hoy sólo le soy indiferente... pero me odiará si voy más lejos.

Así eran las reflexiones del desdichado Monrevel... así eran las agitaciones que lo desgarraban, cuando alrededor de dos horas después de que hubiese recibido la respuesta que acababa de ver, la condesa hizo que le dijeran que fuese a sus aposentos.

—Con el fin de evitar vuestros reproches, caballero —le dijo ella en cuanto entró—, he tomado las medidas más seguras para estar informada de lo que ocurra: vuestra vida corre peligro de nuevo y se preparan a la vez dos crímenes. Una hora después de la puesta de sol seréis seguido por cuatro hombres, que no os dejarán hasta que os hayan apuñalado. Al mismo tiempo, Salins raptará a mi hija; si me opongo a ello, informará al duque de mi resistencia y se justificará doblegándonos a los dos. Evitad el primer peligro haciendo que os escolten seis de mis criados, os esperan a la puerta... Cuando toquen las diez, dejad allí a vuestro séquito, entrad solo en la gran sala abovedada que comunica con los aposentos de mi hija; a la hora justa que os preciso, Salins atravesará esa sala para dirigirse hacia Amelie, ella lo esperará y partirán juntos antes de medianoche. Entonces... armado con este puñal... recibidle, Monrevel; quiero veros tomarlo de mis manos... Entonces, digo, os vengaréis del primer crimen y evitaréis el segundo... Ya lo veis, hombre injusto, soy yo quien quiere armar el brazo que debe castigar al objeto de vuestro odio, soy yo quien os dirige a quien debéis amar vos... ¿me seguiréis atribulando con vuestros reproches?... Ingrato, así es como te pago tus desprecios... Ve, corre a la venganza, Amelie te espera en mis brazos...

—Dádmelo, señora —dijo Monrevel, demasiado enojado como para seguir vacilando—, dádmelo, nada me impide ya que inmole mi rival a mi cólera; le he propuesto las vías del honor, y las ha rechazado; es un cobarde y debe sufrir su suerte... Dádmelo, os obedezco.

El castellano salió... Apenas hubo dejado a la condesa, ésta se apresuró a llamar a su hija.

—Amelie —le dijo—, ahora debemos estar seguras del amor del caballero, debemos estarlo igualmente de su valor, todas las pruebas nuevas resultarían inútiles. Doy consentimiento al fin a vuestros deseos, pero como, desgraciadamente, es demasiado cierto que el duque de Borgoña os destina a Salins... que es demasiado real que antes de ocho día quizá esté aquí, no os queda más que la posibilidad de la huida si queréis ser de Monrevel. Es necesario que parezca que os rapta sin que yo lo sepa, que él se sienta autorizado a dar ese paso por los últimos deseos de mi esposo; que niegue haber tenido conocimiento del cambio en la voluntad de nuestro príncipe; que os caséis en secreto con Monrevel y que él vaya volando después a excusarse con el duque. Vuestro enamorado comprende la necesidad de estas condiciones y las ha aceptado todas, pero he querido preveniros antes de que él se abriese a vos... ¿Qué os parecen estos planes, hija mía? ¿Les encontráis algún inconveniente?

—Estarían llenos de ellos, señora —respondió Amelie con tanto respeto como agradecimiento—, si se ejecutasen sin vuestro conocimiento, pero ya que os dignáis prestaros a ello, no debo más que besaros los pies para expresaros lo sensible que soy a todo lo que tenéis a bien hacer por mí.

—En ese caso, no perdamos ni un momento —respondió aquella pérfida mujer, para quien las lágrimas de su hija se convertían en una nueva ofensa—. Monrevel está enterado de todo; pero es esencial que os disfracéis, sería imprudente que os reconocieran antes de estar en el castillo de vuestro enamorado, y quizá mucho más enojoso aún que os encontrase Salins, al que esperamos cada día. Ponéos, pues, esta ropa —continuó la condesa, presentándole a su hija la que había utilizado el supuesto Salins—, y volved a vuestros aposentos cuando el centinela de la torre avise la hora décima[73], es el momento indicado, en el que Monrevel se dirigirá a vuestros aposentos; unos caballos os esperarán, y los dos partiréis inmediatamente.

—¡Oh, respetable madre! —exclamó Amelie, arrojándose a los brazos de la condesa—. Ojalá pudieseis leer en el fondo de mi corazón los sentimientos con los que me animáis... Ojalá que vos...

—No, no —dijo la señora de Sancerre, desprendiéndose de los brazos de su hija—, no, vuestro agradecimiento es inútil. Puesto que vuestra felicidad está hecha, la mía también lo está; ocupémonos sólo de vuestro disfraz.

Se acercaba la hora. Amelie se puso la ropa que se le presentaba. La condesa no descuidó nada de todo lo que debía hacerla parecerse al joven pariente de Clotilde, tomado por Monrevel como el señor de Salins; a fuerza de artificio, lo consiguió hasta como para confundirse. Al fin sonó esa hora ineludible...

—Marchad —dijo la condesa—, volad, hija mía, vuestro amado os espera...

Aquella cautivadora criatura, que temía que la necesidad de una marcha repentina le impidiese volver a ver a su madre, se arrojó llorando a su

[73] Era costumbre de la época; el centinela apostado en la garita del castillo tocaba una trompa todas las horas. *(N. del A.)*

seno. La condesa, lo bastante falsa como para ocultar las atrocidades que meditaba bajo la apariencia de cariño, abrazó a su hija y mezcló sus llantos con los de ella. Amelie se separó y fue volando a sus aposentos; abrió la fatídica sala, que apenas iluminaba un débil rastro de luz, y en la que Monrevel, puñal en mano, esperaba a su rival para derribarlo. En cuanto vio aparecer a alguien, a quien todo le debía hacer que tomase por el enemigo que buscaba, se lanzó impetuosamente, golpeó a ciegas y dejó por tierra, entre oleadas de sangre, a la persona querida por la que habría dado mil veces la suya.

—¡Traidor! —exclamó enseguida la condesa, apareciendo con antorchas—. Así es como me vengo de tus desprecios; reconoce tu error, y después, vive si puedes.

Amelie todavía respiraba; dirigió, gimiendo, algunas palabras a Monrevel.

—Oh, dulce amigo —le dijo, debilitada por el dolor y por la abundancia de sangre que perdía—... ¿Qué he hecho para merecer la muerte de tu mano?... Entonces, ¿son estos los nudos que me preparaba mi madre? Ve, no te reproches nada, el cielo me hace verlo todo claro en estos últimos momentos... Monrevel, perdóname por haberte disimulado mi amor. Debes saber qué era lo que me obligaba a ello, que mis últimas palabras te convenzan al menos de que no habrías tenido nunca una amiga más sincera que yo... que te amaba más que a mi Dios, más que a mi vida, y que muero adorándote.

Pero Monrevel ya no oía nada. En el suelo, sobre el cuerpo ensangrentado de Amelie, con la boca pegada a la de su amada, intentaba reanimar esa alma querida exhalando la suya, abrasada de amor y de desesperación... Por turnos, lloraba y se enfurecía, por turnos se acusaba y maldecía a la abominable autora del crimen que él acaba de cometer... al fin, levantándose con furia, dijo:

—¿Qué esperas tú de esta indigna acción, pérfida? —le dijo a la condesa—. ¿Contabas tú con encontrar en ella la realización de tus espantosos deseos? ¿Has supuesto entonces que Monrevel era lo bastante débil como para sobrevivir a la que adora?... Aléjate, aléjate, en la atroz situación adonde me han llevado tus crímenes, no responderé de no lavarlos con tu sangre...

—¡Golpea! —dijo la condesa, extraviada—. ¡Golpea, aquí está mi pecho!, ¿crees que aprecio la vida, cuando la esperanza de poseerte me ha sido quitada para siempre? He querido vengarme, he querido deshacerme de una rival odiosa, no pretendo sobrevivir a mi crimen más que a mi desesperación; pero que sea tu mano la que me quite la vida, quiero perderla por tus golpes... ¡Y bien!, ¿qué te detiene?... ¡Cobarde!, ¿es que no te he ofendido bastante?... Entonces, ¿qué puede retener tu cólera? Enciende la antorcha de la venganza en esa sangre preciosa que te he hecho derramar, y no escatimes ya la de la que debes odiar, sin que pueda dejar de adorarte.

—¡Monstruo! —exclamó Monrevel—. No eres digna de morir... yo no estaría vengado... Vive para ser el horror de la tierra, vive para que te desgarren tus remordimientos. Es preciso que todo lo que respira sepa tus horrores y te desprecie; es necesario que en cada momento, asustada de ti misma, la luz del día te resulte insoportable; pero sabe al menos que tus perversidades no me quitarán a la que adoro... Mi alma va a seguirla a los pies del Eterno, los dos vamos a invocarlo contra ti.

Tras esas palabras, Monrevel se apuñaló y, al entregar los últimos suspiros, se enlazó de tal manera en los brazos de la que amaba, la estrechó con tanta fuerza, que ninguna mano humana pudo separarlos... Los dos se pusieron en el mismo ataúd y fueron enterrados en la iglesia principal de Sancerre, donde los verdaderos amantes van todavía algunas veces a derramar lágrimas sobre su tumba, y a leer con ternura y compasión los versos siguientes, grabados sobre el mármol que los cubre, y que Luis XII no desdeñó componer:

Llorad amantes. Como vosotros ellos se amaron,
sin que no obstante el himeneo los reuniese,
con los bellos nudos los dos se ligaron
que para siempre la venganza no los rompiese.

La condesa sobrevivió a esos crímenes, pero para llorarlos toda su vida. Se entregó a la piedad más elevada y murió diez años después como religiosa en Auxerre, dejando a la comunidad edificada por su conversión y verdaderamente enternecida por la sinceridad de sus remordimientos.

EUGÉNIE DE FRANVAL

Novela trágica

Instruir al hombre y corregir sus costumbres, ese es el único motivo que nos proponemos con esta anécdota. Que al leerla se convenzan de la magnitud del peligro, siempre siguiendo los pasos de aquellos que se lo permiten todo para satisfacer sus deseos. Ojalá puedan convencerse de que la buena educación, las riquezas, los talentos y los dones de la naturaleza sólo son aptos para extraviarlos cuando la moderación, la buena conducta, la prudencia y la modestia no los respaldan, o no hacen que les valgan; estas son las verdades que vamos a poner en práctica. Que se nos perdonen los monstruosos detalles del espantoso crimen del que estamos obligados a hablar, ¿es posible hacer que se detesten extravíos semejantes si no se tiene el valor de presentarlos al desnudo?

Es poco frecuente que todo se reúna en un mismo ser para llevarlo a la prosperidad. ¿Está favorecido por la naturaleza?, la fortuna le niega entonces sus dones; ¿le prodiga sus favores?, la naturaleza lo habrá maltratado. Pareciera que la mano del cielo haya querido en cada individuo, igual que en sus operaciones más sublimes, hacernos ver que las leyes del equilibrio son las primeras del Universo, las que regulan a la vez todo lo que ocurre, todo lo que vegeta y todo lo que respira.

Franval, residente en París, donde había nacido, poseía, además de cuatrocientas mil libras de renta, la estatura más hermosa, la fisionomía más agradable y los talentos más variados; pero bajo esa envoltura seductora se ocultaban todos los vicios y, por desgracia, aquellos cuya adopción y práctica llevan rápidamente a los crímenes. Un desorden de imaginación, más allá de todo lo que pueda describirse, era el principal defecto de Franval. Éste no puede corregirse, la disminución de las fuerzas se añade a sus efectos; cuanto menos se puede, más se emprende; cuanto menos se obra, más se inventa. Cada época aporta ideas nuevas y la saciedad, lejos de enfriarlo, sólo prepara refinamientos más nefastos.

Ya lo hemos dicho; Franval poseía con profusión todos los atractivos de la juventud y todos los talentos que la adornan; pero estaba lleno de desprecio por los deberes morales y religiosos, a sus profesores les resultó imposible hacerlo adoptar ninguno.

En un siglo en el que los libros más peligrosos están en manos de los niños, igual que en las de sus padres y las de sus gobernantes, en el que la temeridad del sistema pasa por filosofía, la incredulidad por fuerza y el libertinaje por imaginación, se reían del ingenio del joven Franval, y quizá un momento después, lo regañaban por ello y se lo elogiaban luego. El padre de Franval, gran partidario de los sofismas de moda, era el primero que animaba a su hijo a pensar *sólidamente* sobre todos estos asuntos; él mismo le prestaba las obras que podían corromperlo más aprisa, ¿qué profesor se habría atrevido, según esto, a inculcar principios diferentes de los de la casa donde estaba obligado a complacer?

Comoquiera que fuese, Franval perdió a sus padres muy joven, y a la edad de diecinueve años, un viejo tío, que murió también poco después, le entregó, para cuando se casara, todos los bienes que debían pertenecerle algún día.

Con una fortuna así, el señor de Franval debía encontrar fácilmente con quien casarse; se le presentaron una infinidad de partidos, pero le había suplicado a su tío que le diese sólo una muchacha más joven que él, y con los menos parientes que fuese posible. Para satisfacer a su sobrino, el viejo pariente puso sus miradas en cierta señorita de Farneille, hija de financiero, que sólo tenía madre, en realidad todavía joven, pero sesenta mil libras de renta muy reales. Tenía quince años y la fisionomía más maravillosa que hubiese entonces en París... una de esas caras de virgen en las que se describen a la vez el candor y la amenidad, bajo los delicados rasgos del Amor y de las Gracias... Hermosos cabellos rubios que flotaban hasta por debajo de su cintura, grandes ojos azules en los que respiraban la ternura y la modestia, un talle delgado, flexible y ligero, la piel del lirio y la frescura de las rosas, llena de talentos, una imaginación muy viva, pero un poco triste, y algo de esa melancolía suave que hace que se amen los libros y la soledad, atributos que la naturaleza parece conceder sólo a los individuos a los que su mano destina a las desgracias, para hacerlos menos amargos por ese deleite oscuro y conmovedor que les gusta sentir, y que les hacen preferir las lágrimas a la frívola alegría de la felicidad, mucho menos activa y mucho menos intensa.

La señora de Farneille, de treinta y dos años de edad durante el establecimiento de su hija, tenía igualmente ingenio y encantos, pero tal vez fuese un poco reservada y severa en demasía. Al desear la felicidad de su única hija, había consultado a todo París sobre ese matrimonio; como no tenía parientes, y por los consejos de algunos de sus fríos amigos, a quienes todo les daba igual, la convencieron de que el joven que se le proponía para su hija era, sin duda alguna, lo mejor que podía encontrar en París y de que ella cometería una extravagancia imperdonable si se perdía esa ocasión. Así pues, se hizo, y los jóvenes, lo bastante ricos como para adquirir su propia casa, se establecieron en ella ya desde los primeros días.

En el corazón del joven Franval no entraba ninguno de esos vicios de insensatez, de desorden ni de irreflexión que impiden que un hombre esté formado antes de los treinta años. Confiaba mucho en sí mismo, era amante del orden y sabía mantener bien una casa; Franval tenía todas las cualidades necesarias para esa parte de la felicidad de la vida. Sus vicios, de un género absolutamente distinto, eran más los errores de la edad madura que la inconsecuencia de la juventud... el artificio, la intriga... la maldad, la perversidad, el egoísmo, mucha política y engaño, y cubría todo eso no sólo con las gracias y los talentos de los que hemos hablado, sino incluso por la elocuencia... por una infinidad de ingenio y por la apariencia más seductora. Así era el hombre que tenemos de describir.

La señorita de Farneille, que, según la costumbre, había conocido a su esposo todo lo más un mes antes de atarse a él; engañada por esos falsos brillos, se había convertido en la víctima de ellos. Los días no eran lo bastante largos para el placer de contemplarlo, ella lo idolatraba, y las cosas habían llegado hasta el punto que se habría temido por esa joven si llegasen algunos obstáculos a perturbar las dulzuras de un himeneo en el que ella encontraba, según decía, la única dicha de su vida.

En cuanto a Franval, filósofo con el estudio de las mujeres igual que con todos los demás objetos de la vida, había considerado con la mayor calma a esa adorable persona.

—La mujer que nos pertenece —decía él— es una clase de persona que la costumbre somete a nuestra voluntad; tiene que ser dulce, sumisa... muy sensata, no es que yo me atenga mucho a los prejuicios del deshonor que puede imprimirnos una esposa cuando imita nuestros desórdenes, pero es que no nos gusta que otro se atreva a quitarnos nuestros derechos; todo lo demás da perfectamente igual, no añade nada más a la felicidad.

Con unos sentimientos así en un marido, es fácil predecir que a la desdichada muchacha que debe estarle atada no le esperan rosas. Honesta, sensible, bien educada y que por amor se anticipaba volando a los deseos del único hombre que la ocupaba en el mundo, la señora de Franval llevó sus cadenas los primeros años sin sospechar siquiera su esclavitud. Le era fácil ver que no hacía más que espigarse en los campos del himeneo, pero demasiado dichosa todavía con lo que se le dejaba, su única ocupación, su atención más meticulosa era que en esos cortos momentos concedidos a su ternura, Franval pudiese encontrar al menos todo lo que ella creía necesario para la felicidad de ese esposo adorado.

Sin embargo, la mejor de todas las pruebas de las que Franval no se separaba siempre de sus deberes, era que ya en el primer año de su matrimonio, su esposa, por entonces de dieciséis años y medio, dio a luz a una niña todavía más bella que su madre, y a la que el padre llamó Eugénie en ese mismo momento... Eugénie, a la vez el horror y el milagro de la naturaleza.

El señor de Franval que, desde el momento que esa niña vio la luz del día, formó sobre ella, sin duda, los planes más odiosos, la separó enseguida de su madre. Hasta la edad de siete años, Eugénie fue confiada a mujeres de las que Franval estaba seguro y que, limitando sus cuidados a formarle un buen carácter y a enseñarle a leer, se guardaron mucho de darle ningún conocimiento de los principios religiosos o morales, en los que comúnmente una niña de esa edad debe estar instruida.

La señora de Farneille y su hija, muy escandalizadas por esa conducta, se la reprocharon al señor de Franval, que respondió impasiblemente que su propósito era hacer feliz a su hija, que no quería inculcarle ninguna quimera, ya que las quimeras son apropiadas únicamente para asustar a los hombres, sin hacérseles útiles nunca; que una muchacha que sólo tenía necesidad de aprender a complacer, a lo sumo podía ignorar las sandeces cuya existencia fantasiosa, al perturbar el sosiego de su vida, no le darían ni una verdad más en lo moral, ni una gracia más en lo físico. Tales palabras disgustaron soberanamente a la señora de Farneille, que se acercaba tanto más a las ideas celestes cuanto más se alejaba de los placeres de este mundo; la devoción es una debilidad propia a las épocas de la edad, o de la salud. En el tumulto de las pasiones, un futuro que se cree muy lejano habitualmente inquieta poco, pero cuando su lenguaje es menos vivo... cuando se avanza hacia el final... cuando, en fin, todo nos abandona, uno se arroja al seno del Dios del que se oyó hablar en la infancia, y si, según la filosofía, esas segundas ilusiones son tan fantasiosas como las otras, al menos no son tan peligrosas.

Como la suegra de Franval ya no tenía parientes..., tenía poco crédito financiero por sí misma, y, como hemos dicho, todo lo más algunos de esos amigos de ocasión... de los que se escapan si los ponemos a prueba, y tenía que luchar con un yerno amable, joven y bien situado, se imaginó muy sensatamente que era más sencillo mantener las representaciones, que emprender las vías del rigor con un hombre que arruinaría a la madre y haría encerrar a su hija si se atreviesen a enfrentarse a él, por lo que se aventuró solamente a algunas amonestaciones y se calló al ver que no llevarían a nada. Franval, seguro de su superioridad y dándose buena cuenta de que lo temían, pronto ya no se molestó por nada, y contentándose con una gasa ligera, por causa del público, sencillamente, se encaminó derecho a su horrible objetivo.

En cuanto Eugénie cumplió los siete años, Franval la llevó a su esposa, y aquella tierna madre, que no había visto a su niña desde que la trajo al mundo, no podía saciarse de caricias y la tuvo dos horas apretada contra su pecho, cubriéndola de besos e inundándola con sus lágrimas. Quiso conocer los talentos de la pequeña, pero Eugénie no tenía ningún otro, aparte del de leer fluidamente, que el de gozar de una salud muy vigorosa y el de ser bella como los ángeles. Una nueva desdicha fue para la señora de Franval cuando reconoció que era demasiado cierto que su hija ignoraba hasta los principios básicos de la religión.

—Y cómo, señor —le dijo a su marido—, ¿sólo la educáis para este mundo? ¿No os dignaréis reflexionar que ella no debe vivir en él más que un instante, como nosotros, para sumergirse después en una eternidad, que sería muy fatídica si la priváis de lo que puede hacerla gozar allí de un destino feliz a los pies del Ser de quien recibió la vida?

—Si Eugénie no conoce nada, señora —respondió Franval—, si se le ocultan con cuidado esas máximas, no podrá ser infeliz, porque, si son verdaderas, el Ser Supremo es demasiado justo como para castigarla por su ignorancia, y si son falsas, ¿qué necesidad hay de hablarle de ellas? Respecto a los demás cuidados de su educación, confiadlos a mí, os lo ruego; desde hoy me convierto en su profesor y os respondo de que en algunos años vuestra hija superará a todos los niños de su edad.

La señora de Franval quiso insistir, apelando a la elocuencia del corazón en ayuda de la de la razón, y algunas lágrimas se expresaron por ella, pero Franval, a quien no enternecieron, no tuvo siquiera la apariencia de darse cuenta de ellas. Hizo que se llevasen a Eugénie, y le dijo a su esposa que si se atrevía a contrariar en lo que fuese la educación que pretendía darle a su hija, o si le sugería principios diferentes a aquellos con los que iba a alimentarla, se vería privada del placer de verla y enviaría a su hija a uno de sus castillos, de donde ya no saldría. La señora de Franval, hecha a la sumisión, se calló, pero suplicó a su esposo que no la separase de un bien tan querido y le prometió, llorando, que no perturbaría en nada la educación que se le preparaba.

Desde ese momento, la señorita de Franval fue instalada en un bellísimo aposento contiguo al de su padre; con una institutriz de mucho ingenio, una ayudante de la institutriz, una doncella y dos niñitas de su edad, destinadas únicamente a sus juegos y diversiones. Le pusieron maestros de escritura, de dibujo, de poesía, de historia natural, de declamación, de geografía, de astronomía, de anatomía, de griego, de inglés, de alemán, de italiano, de armas, de baile, de montar a caballo y de música. Eugénie se levantaba todos los días a las siete, fuese la estación que fuese; iba a comer, corriendo por el jardín, un grueso trozo de pan de centeno, que era todo su desayuno; volvía a las ocho, pasaba algunos momentos en el aposento de su padre, que jugueteaba con ella o le enseñaba pequeños juegos de sociedad; hasta las nueve se preparaba para sus deberes. Entonces llegaba el primero de los maestros, recibía a cinco de ellos hasta las dos. Le servían la comida aparte, con sus dos amigas y su institutriz principal. El almuerzo se componía de legumbres, pescados, pasteles y frutas, nunca de carne, ni sopa, ni vino, ni licores, ni café. De las tres a las cuatro, Eugénie regresaba para jugar una hora en el jardín con sus pequeñas compañeras; allí se ejercitaban juntas en la pelota, en el balón, en los bolos, en el diábolo, o en saltar sobre ciertos espacios determinados. Allí se ponían cómodas según las estaciones, allí no se les constreñía el talle, no se las encerró nunca entre esas ridículas ballenas, igualmente peligrosas para el estómago y para el pecho y que, al molestar la respiración de una joven, atacan necesariamente sus pulmones. De las cuatro a las seis, la señorita de Franval recibía nuevos instructores, y como no todos habían podido aparecer el mismo día, los demás venían al día siguiente. Tres veces por semana, Eugénie iba al teatro con su padre, en pequeños palcos enrejados y alquilados todo el año para ella. A las nueve, regresaba a casa y cenaba. Entonces no le servían más que frutas y verduras. De diez a once, cuatro veces por semana, Eugénie jugaba con sus criadas, leía algunas novelas y después se acostaba. Los otros tres días, aquellos en los que Franval no cenaba fuera, iba sola al aposento de su padre y ese tiempo se empleaba en lo que Franval llamaba sus *conferencias*. En ellas le inculcaba a su hija sus máximas sobre la moral y sobre la religión; por un lado le ofrecía lo que ciertos hombres pensaban sobre esas materias, y por el otro iba estableciendo lo que él mismo admitía.

Con mucha inteligencia, extensos conocimientos, una cabeza despierta y pasiones que ya iban encendiéndose, es fácil juzgar los avances que hacían tales sistemas en el alma de Eugénie, pero como el indigno Franval no tenía como único objetivo reafirmar la cabeza, aquellas conferencias raramente terminaban sin inflamar el corazón. Aquel hombre horrible había encontrado un medio tan bueno de atraer a su hija, la seducía con tanto arte, se hacía útil tanto y tan bien para su instrucción y sus placeres, se anticipaba volando con tanto ardor a todo lo que podía serle agradable, que Eugénie, en medio de los círculos más brillantes, no encontraba nada tan amable como su padre, y antes incluso de que éste confesara sus propósitos, la inocente y débil criatura había reunido por él, en su joven corazón, todos los sentimientos de amistad, de agradecimiento y de ternura que necesariamente deben llevar al amor más ardiente. Ella sólo veía a Franval en el mundo, allí no veía más que a él, se rebelaba ante la idea de todo lo que hubiera podido separarla de él. Ella le habría entregado, no ya su honor, no ya sus encantos, pues todos esos sacrificios le hubiesen parecido demasiado ligeros para el conmovedor objeto de su idolatría, sino su sangre, sino su vida misma, si ese tierno amigo de su alma hubiera podido exigirla.

No ocurría lo mismo con los impulsos del corazón de la señorita de Franval por su respetable e infeliz madre. El padre, al decirle hábilmente a su hija que la señora de Franval, como era su esposa, exigía de él atenciones que a menudo le privaban de hacer por su querida Eugénie todo lo que le dictaba su corazón, había encontrado el secreto de colocar en el alma de aquella joven mucho más odio y celos que la clase de sentimientos respetables y cariñosos que debían nacer en ella por una madre así.

—Amigo mío, hermano mío —le decía algunas veces Eugénie a Franval, que no quería que su hija emplease otras expresiones con él—... esa mujer a la que llamas tuya, esa criatura que, según tú, me trajo al mundo, es muy exigente entonces, puesto que al querer tenerte siempre cerca de ella, me priva de la dicha de pasar mi vida contigo... Bien veo que la prefieres a tu Eugénie. En cuanto a mí, no amaré nunca lo que me arrebate tu corazón.

—Mi querida amiga —respondía Franval—, no, nadie en el universo adquirirá derechos tan poderosos como los tuyos; los nudos que existen entre esa mujer y tu mejor amigo, frutos de la costumbre y de las convenciones sociales, vistos filosóficamente por mí, no harán vacilar jamás los que nos unen... Tú siempre serás la preferida, Eugénie, tú serás el ángel y la luz de mi vida, el hogar de mi alma y el móvil de mi existencia.

—¡Oh, qué dulces son esas palabras! —respondía Eugénie—. Repítelas a menudo, amigo mío... ¡Si supieras cómo me halagan las expresiones de tu cariño!

Y tomando la mano de Franval, que apoyó sobre su corazón, continuó:

—Mira, mira, las siento todas aquí.

—Que tus tiernas caricias me lo aseguren —respondía Franval, estrechándola en sus brazos...

Y el pérfido completaba así, sin ningún remordimiento, la seducción de esa desdichada.

Sin embargo, Eugénie llegaba a su año decimocuarto, esa era la época en la que Franval quería consumar su crimen. ¡Temblemos!... Lo hizo[74].

* * *

El mismo día que ella llegó a esa edad, el día que los cumplió, más bien, se encontraban los dos en el campo, sin parientes ni visitantes inoportunos. El conde, tras haber mandado ese día que se adornase a su hija como a las vírgenes que en otro tiempo estaban consagradas al templo de Venus, hacia las once de la mañana la hizo entrar en un salón sensual cuyas luces estaban tamizadas con velos y los muebles cubiertos de flores. En el medio se elevaba un trono de rosas. Franval llevó a su hija allí.

—Eugénie —le dijo al sentarla en él—, ¡sé hoy la reina de mi corazón y deja que te adore de rodillas!

—¿Adorarme tú, hermano mío, cuando soy yo quien te lo debe todo, cuando eres tú quien me ha creado y me ha formado?... ¡Ah!, déjame que sea yo quien caiga a tus pies, es el único lugar que me corresponde, el único al que aspiro contigo.

—¡Oh, mi tierna Eugénie! —dijo el conde, situándose junto a ella sobre aquellos peldaños de flores que debían servir para su triunfo—. Si es

---

[74] El texto comprendido entre este asterisco y el siguiente no aparece en la mayoría de las ediciones en francés consultadas, pero hoy está reincorporado al texto final. Parece que en algún momento Sade decidió eliminarlo para seguir las corrientes del momento de su publicación, en un caso notable de autocensura.

verdad que me debes algo, si los sentimientos que me expresas son tan sinceros como dices, ¿conoces los medios para convencerme?

—¿Cuáles son, hermano mío? Dímelos ahora y los pondré en práctica con celo.

—Eugénie, todos esos encantos que la naturaleza ha prodigado sobre ti, todos esos atractivos con los que te embellece, debes sacrificármelos en este momento.

—Pero, ¿qué pides de mí? ¿No eres tú el dueño de todo? ¿No te pertenece todo lo que has hecho? ¿Es que algún otro puede gozar de tu obra?

—Pero ya conoces los prejuicios de los hombres.

—Tú no me los has ocultado.

—No quiero superarlos sin tu consentimiento.

—¿Es que no los desprecias tanto como yo?

—Lo reconozco, pero no quiero ser tu tirano, y menos aún tu seductor, quiero conseguir los beneficios que solicito sólo del Amor. Conoces el mundo, no te he ocultado ninguno de sus encantos; ocultar de tus miradas a los hombres y dejar que sólo me vieses a mí habría sido una falsedad indigna. Si en el universo existe un ser que prefieras a mí, dime enseguida su nombre e iré a buscarlo al fin del mundo para traerlo inmediatamente a tus brazos. En una palabra, tu felicidad es lo que quiero, ángel mío, tu felicidad, mucho más que la mía. Así pues, decídete, Eugénie, llegas al momento de ser inmolada y debes serlo, pero nombra tú misma a tu sacrificador. Renuncio a los deleites que me concede ese título, si no las consigo de tu alma y, digno siempre de tu corazón si no soy yo quien prefieres, al traerte a quien puedas adorar habré merecido al menos tu ternura si no he podido cautivar tu corazón; seré el amigo de Eugénie si no puedo convertirme en su amante.

—¡Lo serás todo, hermano mío, lo serás todo! —dijo Eugénie, que ardía de amor y de deseos—. ¿A quién podría inmolarme sino al único al que adoro? ¿Qué ser en el universo puede ser más digno que tú de estos escasos atractivos que deseas... y que tus manos ardorosas recorren ya con pasión? ¿Es que no ves entonces en el fuego que me abrasa que tengo tanta prisa como tú para conocer el placer del que me hablas? ¡Ah, disfruta, disfruta! Tierno hermano mío y mi mejor amigo, haz víctima a tu Eugénie; si es inmolada por tus manos veneradas, triunfará siempre.

El ardiente Franval que, según el carácter que le conocemos, sólo se había rodeado de tanta delicadeza para seducir con más sutileza, abusó pronto de la credulidad de su hija y, apartados todos los obstáculos, tanto por los principios con los que había nutrido a esa alma abierta a toda clase de impresiones, como por el artificio con que la cautivó en ese último momento, completó su pérfida conquista y él mismo se convirtió, impunemente, en el avasallador de una virginidad cuya defensa le había sido confiada por la naturaleza y por sus títulos de padre y preceptor.

Pasaron varios días en medio de una ebriedad mutua. Eugénie, que estaba en la edad de conocer el placer del amor, animada por esas ideas, se entregaba a él con éxtasis. Franval le enseñó todos sus misterios y le señaló todos los caminos; cuanto más multiplicaba los homenajes, tanto mejor encadenaba a su conquista. Ella habría querido recibirlo en mil templos a la vez, acusaba a la imaginación de su amigo de que no se extraviaba lo suficiente, le parecía que le ocultaba algo. Se lamentaba por su edad y por una ingenuidad que quizá no la hacía lo bastante seductora, y si deseaba que la instruyese más, era para que ningún medio de excitar a su amante le fuese desconocido.

* * *

Regresaron a París, pero los criminales placeres con los que se había embriagado ese hombre perverso habían halagado demasiado deliciosamente sus facultades físicas y morales como para que la inconstancia que rompía habitualmente sus demás intrigas pudiese romper los nudos de ésta. Se volvió perdidamente enamorado, y de esa peligrosa pasión debió nacer inevitablemente el abandono más despiadado de su esposa... ¡Qué víctima, ay! La señora de Franval, por entonces de treinta y un años, estaba en la flor de su mayor belleza; una sensación de tristeza, inevitable según los pesares que la consumían, la volvía más atractiva aún. Inundada por sus lágrimas, en el abatimiento de la melancolía... con sus hermosos cabellos descuidadamente esparcidos sobre una garganta de alabastro... sus labios amorosamente apretados sobre el retrato adorado de su infiel y de su tirano, se asemejaba a esas bellas vírgenes que pintó Miguel Ángel sumidas en el dolor; sin embargo, todavía ignoraba lo que debía completar su tormento. La manera en que se educaba a Eugénie, las cosas esenciales que se le dejaba que ignorase, o de las que hablaba sólo para hacérselas odiar; la certeza que tenía de que esos deberes, despreciados por Franval, no le serían permitidos nunca a su hija; el poco tiempo que se le concedía para ver a la joven; el temor de que la educación singular que se le daba la arrastrase tarde o temprano a los crímenes; los extravíos de Franval, en fin; su dureza diaria hacia ella... ella, que sólo se ocupaba de adelantarse a sus deseos, que no conocía otro encanto más que el de interesarle o hablarle, esas habían sido hasta entonces las únicas causas de su aflicción. ¿De qué flechas dolorosas no sería penetrada esa alma tierna y sensible en cuanto se enterase de todo?

Pese a ello, la educación de Eugénie continuaba. Ella misma había deseado seguir a sus maestros hasta los dieciséis años, y sus talentos, sus extensos conocimientos... las gracias que cada día se desarrollaban en ella... todo ello encadenaba con más fuerza a Franval, resultaba fácil ver que no había amado nunca a nadie como a Eugénie.

Del primer plan de vida de la señorita de Franval no se había cambiado más que la hora de las conferencias; aquellas conversaciones a solas con su padre se renovaron mucho más, y se prolongaron hasta muy avanzada la noche. Únicamente la institutriz de Eugénie estaba al tanto de toda la intriga, y contaban tan firmemente con ella como para no temer su indiscreción. Hubo también algunos cambios en las comidas de Eugénie, ahora comía con sus padres. Esa circunstancia en una casa como la de Franval, puso pronto a Eugénie al alcance de conocer gente y de que fuese deseada como esposa. Fue pedida por varias personas. Franval, seguro del corazón de su hija, no creía que debiese temer nada de esos pasos, por lo que no había reflexionado bastante que esa concurrencia de proposiciones llegase tal vez a revelarlo todo.

En una conversación con su hija, favor tan deseado por la señora de Franval y que conseguía tan escasamente, esa tierna madre le informó a Eugénie que el señor de Colunce la quería en matrimonio.

—Ya conocéis a ese hombre, hija mía —dijo la señora de Franval—, él os ama: es joven y amable, será rico, no espera más que vuestra decisión... vuestra única decisión, hija mía... ¿cuál será mi respuesta?

Eugénie, sorprendida, se sonrojó y respondió que ella no sentía aún apetencia alguna por el matrimonio, pero que podía consultar a su padre, que ella no tendría una voluntad distinta de la suya. La señora de Franval, al no ver nada más que sencillez en esa respuesta, esperó pacientemente algunos días, y al encontrar por fin la ocasión de hablarle de ello a su marido, le comunicó las intenciones de la familia del joven Colunce y las que él mismo había manifestado; añadió a ello la respuesta de su hija. Puede imaginarse que Franval lo sabía todo, pero disimuló, no obstante sin contenerse lo bastante, y le dijo secamente a su esposa:

—Señora, os pido con insistencia que no os mezcléis con Eugénie; por los cuidados que me habéis visto tomar para alejarla de vos ha debido resultaros fácil reconocer cuánto deseaba yo que lo que la concerniera no os afectase a vos de ningún modo. Os renuevo mis órdenes sobre ese asunto... ¿Me enorgulleceré de que ya no las olvidaréis?

—Pero, ¿qué responderé, señor, puesto que es a mí a quien se dirigen?

—Diréis que soy sensible al honor que me hacen y que mi hija tiene defectos de nacimiento que se oponen a los nudos del himeneo.

—Pero, señor, esos defectos no son reales, ¿por qué queréis que engañe con eso? ¿Y por qué privar a vuestra única hija de la felicidad que puede encontrar en el matrimonio?

—¿Os han hecho muy feliz esos lazos a vos, señora?

—Ni todas las mujeres han cometido los errores que he cometido yo, sin duda, al no poder conseguir encadenaros *(y con un suspiro),* ni todos los maridos se os parecen.

—Las mujeres... falsas, celosas, dominantes, coquetas o devotas... los maridos, pérfidos, inconstantes, despiadados o déspotas, ese es el resumen de todos los individuos de la tierra, señora, no esperéis encontrar un fénix.

—Sin embargo, todo el mundo se casa.

—Sí, los tontos, o los desocupados. Dijo un filósofo que *uno no se casa más que cuando no se sabe lo que se hace, o cuando ya no se sabe qué hacer.*

—Entonces, ¿habría que dejar morir al universo?

—Tanto valdría, a una planta que sólo produzca veneno no se la puede extirpar demasiado pronto.

—Eugénie no estará muy gustosa con este exceso de rigor hacia ella.

—¿Parece gustarle ese himeneo?

—Vuestras órdenes son sus leyes, ella lo ha dicho.

—¡Pues bien, señora! Mis órdenes son que dejéis estar ese himeneo.

Y el señor de Franval salió, renovando a su esposa la prohibición más rigurosa de hablarle más de ello.

La señora de Franval no dejó de contarle a su madre la conversación que acababa de tener con su marido, y la señora de Farneille, más aguda y más acostumbrada a los efectos de las pasiones que su cautivadora hija, sospechó enseguida que allí había algo extraordinario.

Eugénie veía muy poco a su abuela, una hora como mucho en los acontecimientos familiares, y siempre bajo la mirada de Franval. La señora de Farneille tenía deseos de aclararse, de modo que le rogó a su yerno que le enviase un día a su nieta y que se la dejase una tarde entera para que la aliviase, decía, de un ataque de migraña por el que se encontraba agobiada. Franval respondió con acritud que no había nada que Eugénie temiese más que los vapores, que, sin embargo, la llevaría allí, pero que no podía quedarse mucho tiempo debido a la obligación que tenía de dirigirse desde allí a un curso de física que seguía con asiduidad.

Se dirigieron, pues, a la casa de la señora de Farneille, que no ocultó en modo alguno a su yerno la extrañeza que tenía por el rechazo del himeneo propuesto.

—¿Creo que vos podéis permitir, sin temor —prosiguió ella—, que vuestra hija me convenza ella misma del defecto que, según vos, debe privarla del matrimonio?

—Tanto si ese defecto es real, como si no, señora —dijo Franval, un poco sorprendido por la resolución de su suegra—, el hecho es que me costaría muy caro casar a mi hija y que todavía soy demasiado joven para consentir sacrificios semejantes. Cuando tenga veinticinco años, actuará como le parezca bien; que no se cuente para nada conmigo hasta esa época.

—¿Y vuestros sentimientos son los mismos, Eugénie? —dijo la señora de Farneille.

—Difieren en algo, señora —dijo la señorita de Franval con mucha firmeza—, mi padre me permite que me case a los veinticinco años, y yo manifiesto ante vos y ante él, señora, que no me aprovecharé en mi vida de un permiso... que, con mi manera de pensar, sólo contribuiría a la infelicidad de mi vida.

—A vuestra edad no se tiene una manera de pensar, señorita —dijo la señora de Farneille—; hay en todo esto algo fuera de lo normal, que será necesario, sin embargo, que yo desenmarañe.

—Os exhorto a ello, señora —dijo Franval, llevándose a su hija—, incluso haríais muy bien en emplear a vuestros clérigos para llegar al fondo del enigma. Y cuando todos vuestros poderes hayan obrado hábilmente, cuando al fin estéis informada, tendréis a bien decirme si me equivoco o si tengo razón al oponerme al matrimonio de Eugénie.

El sarcasmo que ponía sobre los consejeros eclesiásticos de la suegra de Franval tenía como objetivo a un personaje respetable que es a propósito que conozcamos, puesto que los acontecimientos siguientes van a mostrarlo pronto en acción.

Se trataba del director espiritual de la señora de Farneille y de su hija... uno de los hombres más virtuosos que hubiera en Francia, honesto, benéfico, lleno de candor y de sensatez. El señor de Clervil, que estaba lejos de todos los vicios de su hábito, no tenía más que cualidades dulces y útiles. Era apoyo seguro del pobre, amigo sincero del opulento, consolador del desdichado; este hombre digno reunía todos los dones que vuelven amable al hombre y todas las virtudes que lo hacen sensible.

Consultado Clervil, respondió como hombre sensato que, antes de tomar partido alguno en ese asunto, era necesario desentrañar las razones que tenía el señor de Franval para oponerse al matrimonio de su hija, y que aunque la señora de Farneille lanzase algunas indirectas apropiadas para que se sospechase la intriga (ésta existía, y demasiado realmente), el prudente director espiritual rechazó esas ideas y las encontró demasiado insultantes para la señora de Franval y para su marido, y se alejó de ellas, siempre con indignación.

—El crimen es algo tan deplorable, señora —decía a veces aquel hombre honesto—, es tan poco verosímil suponer que un ser sensato se salte voluntariamente todos los diques del pudor y todos los frenos de la virtud, que sólo con la más extrema repugnancia es como me decido a acusar a nadie de tales errores. Entreguémonos escasamente a las sospechas del vicio, que a menudo son obra de nuestro amor propio, y casi siempre fruto de una comparación sorda que se hace en el fondo de nuestra alma. Nos apresuramos a admitir el mal, para tener el derecho de encontrarnos mejores a nosotros mismos. Pensándolo bien, ¿no sería mejor, señora, que no se revelase nunca un error secreto antes que suponerlo, ilusorio, por una precipitación imperdonable, y así censurar sin sujeto, ante nuestros ojos, a gentes que no han cometido otras faltas más que las que les ha prestado nuestro orgullo? Además, ¿no gana todo con este principio? ¿No es infinitamente menos necesario castigar un crimen, que esencial impedir que ese crimen se extienda? ¿No se queda como aniquilado al dejarlo en la sombra que busca? El escándalo está asegurado divulgándolo, el relato que se hace de él despierta las pasiones de los que están inclinados a la misma clase de delitos; el enceguecimiento, inseparable del crimen, halaga la esperanza que tiene el culpable de ser más feliz que quien acaba de ser reconocido. No es una lección lo que se le ha dado, es un consejo, y se entrega a excesos a los que quizá no se hubiese atrevido nunca sin ese escándalo imprudente... falsamente tomado por justicia... y que no es más que rigor mal concebido, o una vanidad disfrazada.

De modo que en ese primer comité no se tomó otra decisión que la de verificar con exactitud las razones del distanciamiento de Franval con el matrimonio de su hija, y las circunstancias que hacían que Eugénie compartiese esa misma manera de pensar. Se decidió que no se emprendería nada hasta que esos motivos fuesen revelados.

—Y bien, Eugénie —le dijo Franval por la noche a su hija—, ya lo ves, quieren separarnos, ¿lo conseguirán, niña mía?... ¿Llegarán a romper los nudos más dulces de mi vida?

—¡Jamás... jamás! ¡No temas eso, oh, mi más tierno amigo! Esos nudos con los que tú te deleitas me son tan preciosos como a ti. Tú no me has engañado de ninguna manera, al formarlos me hiciste ver hasta qué punto chocarían con nuestras costumbres, y yo, poco asustada de superar esas costumbres que, variando con cada clima, no pueden tener nada de sagrado, yo he querido esos nudos, los he tejido sin remordimientos, no temas entonces que los rompa.

—¡Ay! ¿Quién sabe?... Colunce es más joven que yo... tiene todo lo que hace falta para seducir. No escuches, Eugénie, un resto de extravío que sin duda te ciega. Cuando la edad y la antorcha de la razón disipen el prestigio, se producirán pronto los arrepentimientos; tú los depositarás en mi pecho, ¡y no me perdonaré jamás haber hecho que naciesen en ti!

—¡No! —replicó Eugénie con firmeza—. No, estoy decidida a amarte sólo a ti; me creería la más infortunada de las mujeres si tuviese que tomar un esposo... ¿Yo? —prosiguió con calor—. ¿Unirme yo a un extraño que, sin tener como tú dobles razones para amarme, me pondría a la medida de sus sentimientos, todo lo más a la de sus deseos?... Abandonada por él, despreciada, ¿en qué me convertiría después? ¿En puritana, en devota, o en prostituta? ¡Eh, no, no!, prefiero ser tu amante, amigo mío... sí, te prefiero a ti cien veces antes que verme reducida a representar en el mundo uno u otro de esos papeles infames. Pero, ¿cuál es la causa de todo este enredo? —prosiguió Eugénie con acritud—. ¿La sabes tú, amigo mío? ¿Cuál es?... ¿Tu mujer?... Sólo ella... y sus celos implacables... No lo dudes, esos son los únicos motivos de las desdichas con las que se nos amenaza... ¡Ah!, no la censuro por ello. Todo es sencillo... todo se concibe... todo se hace cuando se trata de conservarte. ¿Qué no emprendería yo si estuviese en su lugar y quisieran arrebatarme tu corazón?

Franval, inesperadamente conmovido, besó mil veces a su hija, y ésta, más estimulada por aquellas caricias criminales y ampliando su alma atroz con más energía, se aventuró a decirle a su padre, con una imprudencia imperdonable, que la única manera de estar ambos menos observados era darle un amante a su madre. Ese plan divirtió a Franval, pero como era mucho más malvado que su hija y quería preparar imperceptiblemente aquel corazón joven para todas las impresiones de odio que deseaba sembrar allí para su esposa, respondió que esa venganza le parecía demasiado suave, que había muchos otros medios de hacer desgraciada a una mujer cuando fastidiaba a su marido.

Así pasaron algunas semanas, en las que Franval y su hija se decidieron al fin por el primer plan concebido para la desesperación de la virtuosa mujer de ese monstruo, creyendo, con razón, que antes de llegar a procedimientos más indignos, se necesitaba al menos intentar el del amante, que no solamente podría abastecer materia para todos los demás, sino que, si tenía éxito, obligaría entonces necesariamente a la señora de Franval a no ocuparse ya tanto de los errores de otro, puesto que también los habría constatado en sí misma. Para la ejecución de ese plan, Franval estuvo pensando en todos los jóvenes que conocía, y después de haberlo pensado bien, sólo Valmont le pareció válido para servirle.

Valmont tenía treinta años, una cara agradable, inteligencia, mucha imaginación y ni el más mínimo principio, por consiguiente, era el más adecuado para cumplir el papel que iban a ofrecerle. Franval lo invitó un día a cenar, y llevándolo aparte al salir de la mesa, le dijo:

—Amigo mío, siempre te he creído digno de mí, este es el momento de demostrarme que no me he equivocado; requiero una prueba de tus sentimientos... pero es una prueba muy extraordinaria.

—¿De qué se trata? Explícate, querido, y no dudes nunca de mi afán de serte útil.

—¿Qué te parece mi mujer?

—Una delicia, si no fueras tú el marido, haría mucho tiempo que sería su amante.

—Esa consideración tuya es muy delicada, Valmont, pero no me conmueve.

—¿Cómo?

—Voy a asombrarte... es precisamente porque me amas... precisamente porque soy el marido de la señora de Franval por lo que requiero de ti que te conviertas en su amante.

—¿Estás loco?

—No, soy un original... un caprichoso. Hace mucho tiempo que me conoces en ese tono... Quiero hacer que se produzca una caída de la virtud, y pretendo que seas tú quien la agarre en la trampa.

—¡Qué extravagancia!

—Ni una palabra, es una obra maestra de la razón.

—¿Cómo? ¿Tú quieres que yo te haga...?

—Si, lo quiero, lo exijo, y dejaré de considerarte mi amigo si me niegas este favor... Te serviré... te procuraré momentos... los multiplicaré... tú te aprovecharás de ellos y, en cuanto esté muy seguro de mi suerte, me arrojaré si es preciso a tus pies para agradecerte tu gentileza.

—Franval, no soy tu víctima, por ahí debajo hay algo muy extraño... Yo no emprendo nada que no conozca del todo.

—Sí... pero te considero un poco escrupuloso, no imagino que tengas todavía bastante fortaleza de espíritu para ser capaz de entender el desarrollo de todo esto... Todavía esos prejuicios... de lo caballeresco, apostaría... Tú temblarás como un niño cuando te lo haya dicho todo, y ya no querrás hacer nada.

—¿Temblar, yo?... De veras que estoy confuso por tu manera de juzgarme. Entérate, querido, que no hay ni un solo extravío en el mundo... no, ni uno solo, por irregular que pueda ser, que sea capaz de inquietar mi corazón ni un momento.

—Valmont, ¿te has fijado alguna vez en Eugénie?

—¿Tu hija?

—O mi amante, si lo prefieres.

—¡Ah, bandido! Te comprendo.

—Esta es la primera vez en mi vida que te encuentro perspicacia.

—¿Cómo? Dime por tu honor, ¿amas a tu hija?

—Sí, amigo mío, igual que Lot[75]. He estado siempre tan imbuido de un respeto tan grande por los libros sagrados, ¡siempre tan convencido de que el cielo se ganaba imitando a su héroes!... ¡Ah!, amigo mío, la locura de Pigmalión ya no me sorprende. ¿No está el universo repleto de esas flaquezas? ¿No fue necesario empezar por ahí para poblar el mundo? Y lo que entonces no era un mal, ¿puede haberse convertido en ello ahora? ¡Qué extravagancia! ¿Es que una persona bonita no podrá tentarme porque yo haya cometido el error de haberla traído al mundo? ¿Se convertiría en la razón de que me alejase lo que precisamente debería unirme más íntimamente a ella? ¿Es porque se me parecería, porque habría salido de mi sangre, es decir, es porque reuniría todos los motivos que pueden fundamentar el amor más ardiente como tendría que mirarla con ojos fríos?... ¡Ah, qué de sofismas... qué absurdo! Dejemos esos ridículos frenos a los tontos, no están hechos para almas como las nuestras; el dominio de la belleza y los

[75] Se refiere al personaje bíblico, sobrino de Abraham.

santos derechos del Amor no conocen las triviales convenciones humanas; su ascendiente las aniquila igual que los rayos del astro del día depuran el seno de la tierra de las neblinas que la cubren por la noche. Pisoteemos esos prejuicios atroces, siempre enemigos de la felicidad; a veces seducen a la razón, pero no fue nunca más que a expensas de los gozos más lisonjeros... ¡que sean despreciados por nosotros para siempre!

—Me convences —respondió Valmont—, y muy fácilmente te concedo que tu Eugénie debe ser una amante exquisita; con una belleza mucho más viva que su madre; si ella no tiene plenamente, como tu mujer, esa languidez que se apodera del alma con tanto deleite, tiene esa chispa que nos controla, que parece subyugar, en una palabra, todo lo que quisiera utilizarse como resistencia; si la una parece ceder, la otra lo exige; lo que la una permite, la otra lo ofrece; y allí concibo muchos más encantos.

—Pero no es a Eugénie lo que te doy, es a su madre.

—¿Y qué razón te mueve a ese proceder, eh?

—Mi mujer es celosa, me molesta, me vigila; quiere casar a Eugénie, es preciso que le haga cometer errores para conseguir cubrir los míos, es preciso, pues, que tú la tengas... que te diviertas con ella algún tiempo... que después la traiciones... que yo te sorprenda en sus brazos... que la castigue, o que, por medio de ese descubrimiento yo compre la paz de ambas partes en nuestros errores mutuos... pero nada de amor, Valmont, sangre fría, encadénala y no te dejes dominar, si se mezcla el sentimiento, mis proyectos se van al diablo.

—No temas nada, sería la primera mujer que me hubiese calentado el corazón.

Así pues, nuestros dos canallas convinieron sus arreglos. Se decidió que, en muy pocos días, Valmont acometiese a la señora de Franval con pleno permiso de emplear todo lo que quisiera con tal de tener éxito... incluso confesar los amores de Franval con su hija como el medio más poderoso para decidir a la venganza a aquella mujer honesta.

Eugénie, a quien le fue confiado el plan, se divirtió extraordinariamente. La infame criatura se atrevió a decir que si Valmont lo conseguía, para que su felicidad, la de ella, fuese tan completa como pudiera serlo, sería necesario que ella pudiese asegurarse con sus mismos ojos de la caída de su madre, que pudiera ver a esa heroína de la virtud ceder indiscutiblemente a los atractivos de un placer que condenaba con tanto rigor.

Al fin llegó el día en el que la más sensata y la más desventurada de las mujeres iba a recibir, no solamente el golpe más penoso que pudiera dársele, sino en el que ella iba a ser lo bastante ultrajada por su horrendo esposo como para ser abandonada... entregada por él mismo a aquél por quien consintió que fuese deshonrada... ¡Que delirio!... ¡Que desprecio de todos los principios! ¡Con qué perspectivas puede crear la naturaleza corazones tan depravados como aquéllos! Algunas conversaciones preliminares habían dispuesto aquella escena. Además, Valmont estaba lo bastante ligado a Franval como para que su mujer, a quien eso ya le había ocurrido sin riesgo antes, pudiese imaginarse ninguno en quedarse a solas con él. Los tres estaban en el salón, Franval se levantó.

—Me voy —dijo—, me reclama un asunto importante... Es como poneros con vuestra institutriz, señora —añadió, riendo— dejaros con Valmont, él es tan prudente... Pero si se olvida, me lo diréis, todavía no lo quiero hasta el punto de cederle mis derechos...

Y el desvergonzado se marchó.

Después de algunas palabras comunes, nacidas de la broma de Franval, Valmont dijo que encontraba cambiado a su amigo desde hacía seis meses.

—No me he atrevido a preguntarle la razón de ello —continuó—, pero parece que tenga penas.

—Lo que es muy seguro —respondió la señora de Franval—, es que se las da tremendamente a los demás.

—¡Oh, cielos! ¿Qué me contáis?... ¿Es que mi amigo os trata mal?

—¡Ojalá no fuera más que eso!

—Dignáos informarme, ya conocéis mi celo... mi apego inquebrantable.

—Una serie de desórdenes horribles... una corrupción de las costumbres, errores, en fin, de todas clases... ¿Lo creeríais? Se nos propone para su hija el matrimonio más ventajoso... y él no lo quiere...

Y en ese momento, el diestro Valmont apartó los ojos, con aspecto de un hombre que comprende... que gime y que teme explicarse.

—¿Cómo, señor? —continuó la señora de Franval—. ¿No os sorprende lo que os digo? Vuestro silencio es muy singular.

—¡Ah, señora! ¿No vale más callarse, que hablar para desesperar a quien se ama?

—¿Qué enigma es este? Explicáos, os lo suplico.

—¿Cómo queréis que no tiemble al abriros los ojos? —dijo Valmont, tomando con calidez una de las manos de aquella buena mujer.

—¡Oh, señor! —replicó la señora de Franval muy animada—. O no digáis ni una palabra, o explicáos, lo exijo... La situación en la que me tenéis es espantosa.

—Quizá mucho menos que el estado al que vos misma me reducís —dijo Valmont, dejando caer miradas henchidas de amor sobre aquella a la que intentaba seducir.

—Pero, ¿qué significa todo esto, señor? Empezáis por inquietarme, me hacéis desear una explicación, os atrevéis luego a hacerme oír cosas que no debo ni puedo tolerar, me quitáis los medios de saber por vos lo que me inquieta tan dolorosamente. ¡Hablad, señor, hablad, o vais a reducirme a la desesperación!

—Entonces seré menos oscuro, ya que lo exigís, señora, y aunque me cueste desgarrar vuestro corazón... enteráos del motivo atroz que basa el rechazo que vuestro esposo le hace al señor de Colunce... Eugénie...

—¿Y bien?

—¡Y bien, señora! Franval la adora, hoy es menos su padre que su amante, preferiría verse obligado a renunciar a la vida a ceder a Eugénie.

La señora de Franval no oyó esa nefasta explicación sin que una revolución le hiciese perder el conocimiento. Valmont se apresuró a socorrerla, y en cuanto lo consiguió, dijo:

—Ya véis, señora —continuó—, lo que cuesta la confesión que habéis exigido... No quisiera por nada en el mundo...

—Dejadme, señor, dejadme —dijo la señora de Franval en un estado difícil de describir—, después de una sacudida tan fuerte necesito estar un momento sola.

—¿Y querríais que yo os dejase sola en esta situación? ¡Ah!, mi alma siente vuestros dolores demasiado vivamente como para que no os pida permiso para compartirlos; yo he hecho la herida, dejadme que la cure.

—¡Franval enamorado de su hija, cielo santo! ¡Esa criatura que yo llevé en mi seno es la que lo desgarra con tanta atrocidad!... Un crimen tan espantoso... ¡Ah, señor! ¿Es posible?... ¿Estáis totalmente seguro de ello?

—Si todavía lo dudase, señora, habría guardado silencio, habría preferido mil veces no deciros nada, a inquietaros en vano. Por vuestro mismo esposo tengo la certeza de esa infamia, me ha hecho la confidencia. Sea lo que sea, un poco de calma, os lo suplico. Ocupémonos ahora más bien de los medios de romper esa intriga que los de aclararla. Ahora bien, esos medios están sólo en vos.

—¡Ah! Apresuráos a enseñármelos... ese crimen me da horror.

—A un marido del carácter de Franval, señora, no se le hace volver por la virtud. Vuestro esposo cree muy poco en la sensatez de las mujeres; él pretende que es fruto de su orgullo o de su temperamento lo que hacen para conservarse nuestras, es más para contentarse a sí mismas que para complacernos o encadenarnos... Perdón, señora, pero no os disimularé que yo pienso bastante como él en ese punto, no he visto nunca que fuese con virtudes como una mujer llegase a destruir los vicios de su esposo. Una conducta casi semejante a la de Franval lo atraparía más y os lo devolvería mucho mejor. Los celos serían la consecuencia asegurada, ¡y cuántos corazones se rinden al amor por ese medio siempre infalible! Vuestro marido, viendo entonces que esa virtud a la que está hecho y a la que comete la imprudencia de despreciar, es mucho más obra de la reflexión que de la despreocupación o de los órganos, aprenderá realmente a estimarla en vos en el momento que os crea capaz de faltar a ella... Se imagina... se atreve a decir que si vos no habéis tenido nunca amantes, es porque no os han atacado nunca, demostradle que sólo de vos depende serlo... vengáos de sus errores y de sus desprecios. Quizá habréis hecho un poco de daño, según vuestros rigurosos principios, pero, ¡cuántos males habréis evitado, cuánto habríais convertido a vuestro esposo! Y por un leve ultraje a la diosa que reverenciáis, ¿a qué partidario no habríais llevado a su templo? ¡Ah, señora! Sólo apelo a vuestra razón. Con el comportamiento que me atrevo a prescribiros, traeréis para siempre a Franval, lo cautivaréis eternamente. Si él huye de vos, por una conducta contraria, se escapará para no volver jamás. Sí, señora, me atrevo a certificarlo, o no amáis a vuestro esposo, o no debéis vacilar.

La señora de Franval, muy sorprendida por este discurso, estuvo algún tiempo sin responder. Recuperó después la palabra, acordándose de las miradas de Valmont y de sus primeras palabras.

—Señor —le dijo ella con habilidad—, suponiendo que yo cediese a los consejos que me dais, ¿sobre quién creéis que debo poner mis ojos para inquietar más a mi marido?

—¡Ah! —exclamó Valmont, sin ver la trampa que se le tendía—. Querida y divina amiga... sobre el hombre que más os ama en todo el Universo, sobre el que os adora desde que os conoció y que jura a vuestros pies que morirá bajo vuestras leyes...

—¡Salid, señor, fuera de aquí! —dijo entonces imperativamente la señora de Franval—. ¡Y no volváis a aparecer nunca ante mi vista! Vuestra artimaña está al descubierto. No le prestáis a mi marido más que errores... que es incapaz de cometer, y sólo para establecer mejor vuestras pérfidas seducciones. Enteráos de que, aunque fuese culpable, los medios que me ofrecéis repugnarían demasiado a mi corazón como para que yo los emplease ni un momento. Los errores de un esposo no legitiman nunca los de una esposa, para ella debería convertirse en más motivos de ser prudente con el fin de que el justo al que el Eterno encuentre en las ciudades afligidas y a punto de sufrir su cólera, pueda apartar de su seno, si es posible, las llamas que van a devorarlas.

La señora de Franval salió con esas palabras y, llamando a los criados de Valmont, lo obligó a retirarse... muy avergonzado de su primer intento.

Aunque aquella mujer interesante hubiese averiguado las artimañas del amigo de Franval, lo que él había dicho concordaba tan bien con sus temores y los de su madre, que se decidió a hacer todo lo que pudiera para convencerse de esas desalmadas verdades. Fue a ver a la señora de Farneille, le contó todo lo que había pasado y regresó decidida a los pasos que vamos a verla dar.

Hace mucho tiempo que se ha dicho, y con mucha razón, que no tenemos mayores enemigos que nuestros propios criados, que siempre son celosos y envidiosos. Parece que intentasen aliviar sus cadenas desarrollando fallos que, colocándonos entonces por debajo de ellos, les dejan al menos a su vanidad, por algunos momentos, la preponderancia sobre nosotros que les ha quitado la suerte.

La señora de Franval hizo que sobornasen a una de las doncellas de Eugénie; un retiro seguro, un destino agradable, la apariencia de una buena acción, todo decidió a esa criatura y se comprometió, desde la noche siguiente, a poner a la señora de Franval en condiciones de no dudar ya de sus desdichas.

Llegó el momento. La desdichada madre fue introducida en un gabinete vecino al aposento donde su pérfido esposo insulta cada noche a sus nudos matrimoniales y al cielo. Eugénie estaba con su padre. Varias velas se quedaron encendidas en una rinconera, iban a iluminar el crimen... El altar estaba preparado, la víctima se colocó allí... el sacrificador la siguió... La señora de Franval no tenía ya más sostén que su desesperación... su amor irritado... su valor... Abrió las puertas que la retenían, se lanzó al aposento y allí, llorando y cayendo de rodillas a los pies de aquel incestuoso, exclamó dirigiéndose a Franval:

—¡Oh, vos, que sois la desgracia de mi vida! ¡Vos, de quien no he merecido tales tratamientos!... Vos, a quien adoro todavía sean cuales sean las injurias que recibo, ved mis llantos... ¡y no me rechacéis! Os pido gracia para esta desventurada que, engañada por su debilidad y por vuestras seducciones, cree encontrar la felicidad en el seno de la impudicia y del crimen... Eugénie, Eugénie, ¿quieres hundir el acero en el seno de donde tomaste la vida? ¡No te hagas cómplice por más tiempo del crimen cuyo horror se te oculta!... Ven... corre... mira mis brazos, dispuestos a recibirte. ¡Mira a tu infortunada madre a tus pies suplicándote que no ofendas al tiempo al honor y a la naturaleza!... Pero si me negáis el uno y la otra —continuó aquella mujer desolada llevándose un puñal al corazón—, este será el medio por el que voy a salvarme de las afrentas con las que pretendéis cubrirme. Haré que mi sangre salte hasta vosotros, y ya sólo será sobre mi triste cuerpo como podréis consumar vuestros crímenes.

Que el alma endurecida de Franval pudiese resistir ese espectáculo, quienes empiezan a conocer a ese criminal lo creerán fácilmente; pero que la de Eugénie no se rindiese en modo alguno, era lo inconcebible.

—Señora —dijo esa muchacha corrompida con la flema más despiadada, yo no concuerdo con vuestra razón, lo reconozco, ni con el ridículo escándalo que venís a hacer en el aposento de vuestro marido, ¿es que él no es dueño de sus actos? Y si él aprueba los míos, ¿tenéis algún derecho a condenarlos? ¿Examinamos nosotros vuestras tonterías con el señor de Valmont? ¿Os molestamos en vuestros placeres? Entonces, dignáos respetar los nuestros, o no os extrañéis de que sea yo la primera en presionar a vuestro esposo para que tome la decisión que podrá obligaros a ello...

En ese momento se le agotó la paciencia a la señora de Franval, toda su cólera se volvió contra la indigna criatura que puede olvidarse de quién es hasta el punto de hablarle así y, levantándose con furia, se lanzó contra ella... Pero el odioso, el desalmado Franval, agarrando por los cabellos a su mujer, la arrastró con furia lejos de su hija y de la estancia y, empujándola con fuerza en las escaleras de la casa, la envió a que cayera desvanecida y ensangrentada sobre el umbral de la puerta de una de sus doncellas que, despertada por aquel ruido terrible, apartó con prisa a su dueña de los furores de su tirano, que ya había bajado para terminar con su infortunada víctima... La metió en su aposento, la encerró allí, la cuidó y el monstruo que acababa de tratarla con tanta ira, volvió volando junto a su detestable compañía a pasar tan tranquilamente la noche como si no se hubiese rebajado por debajo de las bestias más feroces con esos atentados tan abominables, tan hechos para humillarla... tan horribles, en una palabra, que nos sonrojamos ante la necesidad que tenemos de revelarlos.

No había ya ilusiones para la infeliz señora de Franval; ya no había ninguna que pudiese estarle permitida, demasiado claro estaba que el corazón de su esposo, es decir, el bien más dulce de su vida, le había sido robado... ¿y por quién? Por la que le debía el mayor respeto... y que acababa de hablarle con la mayor insolencia. También había sospechado que toda la aventura de Valmont no era más que una trampa detestable tendida para hacer que cometiese errores, si se podía y, en caso contrario, para adjudicárselos, para cubrirla con ellos con el fin de equilibrar y de legitimar con eso las faltas, mil veces más graves, que se atrevían a cometer contra ella.

Nada era más cierto. Franval, enterado del fracaso de Valmont, lo había comprometido a reemplazar lo verdadero por la impostura y la indiscreción... a proclamar alto y claro que él era el amante de la señora de Franval. Se había decidido en ese grupo que harían imitar cartas abominables que establecerían, de la manera más inequívoca, la existencia del comercio carnal al que, sin embargo, aquella desventurada esposa había rechazado prestarse.

Sin embargo, desesperada, incluso herida en varios lugares de su cuerpo, la señora de Franval cayó gravemente enferma, y su bárbaro esposo se negó a verla y no se dignó siquiera en informarse de su estado; se marchó con Eugénie al campo, con el pretexto de que la fiebre se había instalado en su casa y que él no quería exponer a su hija.

Valmont se presentó varias veces a la puerta de la señora de Franval durante su enfermedad, pero sin ser recibido ni una sola vez. Ella, encerrada con su tierna madre y la señora de Farneille, no vio absolutamente a nadie. Consolada por amigos tan queridos y tan dignos de tener derechos sobre ella, y devuelta a la vida por sus cuidados, al cabo de cuarenta días estuvo preparada para ver a gente. Franval regresó entonces a París con su hija, y se dispuso todo con Valmont para abastecerse de armas capaces de contrapesar las que parecía que la señora de Franval y sus amigos iban a dirigir contra ellos.

Nuestro criminal apareció ante su esposa en cuanto la creyó en condiciones de recibirlo.

—Señora —le dijo con frialdad—, no debéis dudar del interés que he tomado sobre vuestro estado, me resulta imposible disimularos que sólo a él le debéis la contención de Eugénie, estaba decidida a presentar contra vos las denuncias más fuertes sobre la manera que la tratásteis. Por convencida que esté del respeto que una hija le debe a su madre, sin embargo, no puede ignorar que esa madre se puso en el peor caso del mundo al arrojarse sobre su hija con un puñal en la mano. Una violencia de esa clase, señora, si se abriesen los ojos del Gobierno sobre vuestra conducta, podría perjudicar un día inevitablemente vuestra libertad y vuestro honor.

—No me esperaba yo esa recriminación, señor —respondió la señora de Franval—, y cuando mi hija, seducida por vos, se volvió culpable a la vez de incesto, de adulterio, de libertinaje y de la ingratitud más odiosa hacia quien la trajo al mundo... Sí, lo confieso, no me imaginaba yo que después de este embrollo de horrores, me tocase a mí temer las denuncias. ¡Hacen falta todo vuestro artificio y toda vuestra maldad, señor, para excusar el crimen con tanta audacia y acusar a la inocencia!

—No ignoro, señora, que los pretextos para vuestra escena fueron las odiosas sospechas que os atrevéis a tener sobre mí, pero las quimeras no legitiman los crímenes. Lo que habéis pensado es falso, pero lo que habéis hecho es, desgraciadamente, demasiado real. Os extrañáis de los reproches que os dirigió mi hija con ocasión de vuestro amorío con Valmont, pero, señora, ella sólo ha revelado las irregularidades de vuestro comportamiento después de que lo hiciera todo París. Ese arreglo vuestro es tan conocido... y las pruebas, desgraciadamente, tan contundentes, que quienes os hablan de ellas cometen una imprudencia, todo lo más, pero no una calumnia.

—¿Yo, señor? —dijo aquella respetable esposa, levantándose indignada—... ¿Yo, amoríos con Valmont?... ¡Santo cielo! ¡Y sois vos quien lo dice! *(y con oleadas de lágrimas).* ¡Ingrato! ¡Ese es el premio de mi ternura... esa es la recompensa por haberte amado tanto! No te contentas con insultarme tan despiadadamente, no te basta con seducir a mi propia hija, ¡sino que hace falta aún que te atrevas a legitimar tus crímenes adjudicándome los que para mí serían más horribles que la muerte!... *(Y recuperándose)* Si tenéis pruebas de ese amorío, señor, decidlas, mostradlas, exijo que se publiquen, os obligaré a hacerlas aparecer por toda la tierra si os negáis a mostrármelas.

—No, señora, no las mostraré de ningún modo a toda la tierra, por lo común no es el marido quien hace pública esa clase de cosas; gime por ellas y las oculta lo mejor que puede. Pero si vos las exigís, a vos, señora, ciertamente no os las negaré...

Entonces sacó una cartera de su bolsillo.

—Sentáos —dijo—, esto debe verificarse con calma, el malhumor y la cólera serían perjudiciales y seguirían sin convencerme. Tranquilizáos, os lo ruego, y discutamos esto con sangre fría.

La señora de Franval, perfectamente convencida de su inocencia, no sabía qué pensar de esos preparativos, y la sorpresa, mezclada con temor, la tenía en una situación airada.

—Para empezar, aquí tenemos, señora —dijo Franval, vaciando uno de los lados de la cartera—, toda vuestra correspondencia con Valmont desde hace alrededor de seis meses; no acuséis a ese joven de imprudencia o de indiscreción, sin duda es demasiado honrado para atreverse a faltaros en este punto. Pero uno de sus criados, más hábil que lo que el amo es atento, ha encontrado el secreto de procurarme estos monumentos valiosos de vuestra extrema prudencia y vuestra eminente virtud. *(Y luego se puso a hojear las cartas que esparció sobre la mesa.)* Que os parezca bien —continuó— que entre mucha de esa palabrería ordinaria de una mujer excitada... por un hombre muy amable... escoja una que me ha parecido más atrevida y más decisiva aún que las demás... Es esta, señora:

Mi aburrido esposo cena esta noche en su casita de las afueras con esa criatura horrible... que es imposible que yo haya traído al mundo. Venid, querido mío, a consolarme de todos los pesares que me dan esos dos monstruos... ¿Qué digo? ¿No es el mayor favor que puedan hacerme en este momento, y no impedirá ese amorío que mi marido se dé cuenta del nuestro? Así pues, que apriete los nudos tanto como quiera, pero que al menos no se atreva a querer romper los que me unen al único hombre al que yo haya adorado verdaderamente en el mundo.

—¿Y bien, señora?

—¡Y bien, señor! Os admiro —respondió la señora de Franval—, cada día aumenta la increíble estima que estáis hecho para merecer, y por grandes que fuesen las cualidades que yo os haya reconocido hasta ahora, confieso que no os conocía aún las de falsario y calumniador.

—¡Ah! ¿Lo negáis?

—De ninguna manera, yo no pido más que estar convencida. Haremos que se nombren los jueces... expertos, ¿y solicitaremos, si os parece bien, la condena más rigurosa para el que sea más culpable de los dos?

—Eso es lo que se llama insolencia. Vamos, prefiero eso que el dolor... Prosigamos. Que vos tengáis un amante, señora —dijo Franval, sacudiendo la otra parte de la cartera—, con un rostro hermoso y un *esposo aburrido,* sin duda no hay nada más sencillo, pero que a vuestra edad mantengáis a ese amante, y a expensas mías, es lo que me permitiréis que ya no me parezca tan sencillo... Sin embargo, aquí están, por cien mil escudos en facturas, o pagadas por vos, o liquidadas por vuestra mano en favor de

Valmont; dignáos revisarlas, os lo suplico —añadió aquel monstruo presentándoselas, pero sin dejárselas tocar...

A Zeide, joyero.

Liquidada la presente factura por la suma de veintidós mil libras por cuenta del señor conde de Valmont, por acuerdo con él.

FARNEILLE DE FRANVAL.

A Jamet, comerciante de caballos, seis mil libras... es ese enganche bayo y marrón que hoy hace las delicias de Valmont y la admiración de todo París... Sí, señora, y aquí hay otra por *trescientas mil doscientas ochenta y tres libras con diez sueldos,* de la que debéis aún más de una tercera parte, y de la que habéis saldado muy lealmente el resto... ¿Y bien, señora?

—¡Ah, señor! En cuanto a este fraude, es demasiado burdo como para provocarme ni la más leve inquietud. Yo sólo exijo una cosa para confundir a los que inventan estas cosas contra mí... que las personas a quienes se dice que he pagado esas facturas comparezcan y que juren que he tenido tratos con ellas.

—Lo harán, señora, no lo dudéis, ¿me habrían avisado ellas mismas de vuestra conducta si no estuviesen decididas a mantener lo que declararon? Incluso una de ellas, sin mi conocimiento, iba a citaros judicialmente hoy mismo...

Amargos llantos brotaron entonces de los hermosos ojos de aquella desventurada mujer, su valor dejó de sostenerla y cayó en un arrebato de desesperación, mezclado con síntomas aterradores. Se golpeó la cabeza contra los mármoles que la rodeaban y se hirió el rostro.

—¡Señor! —exclamó, arrojándose a los pies de su esposo—. ¡Dignáos deshaceros de mí, os lo suplico, por medios menos lentos y menos horrorosos! Puesto que mi existencia estorba vuestros crímenes, aniquiladla de un solo golpe... no me hundáis tan lentamente en la tumba... ¿Soy culpable de haberos amado?... ¿de haberme sublevado contra la que me robaba tan despiadadamente vuestro corazón?... ¡Pues bien! Castígame por ello, bárbaro, sí, agarra este acero —dijo lanzándose a la espada de su marido—, agárralo, te digo, y atraviésame el pecho sin compasión, pero que al menos muera digna de tu estima y que me lleve a la tumba, como único consuelo, la certeza de que tú me crees incapaz de las infamias de las que sólo me acusas... para encubrir las tuyas...

Ella estaba de rodillas, tirada a los pies de Franval, con las manos sangrantes y heridas por el acero que se esforzaba por agarrar para que desgarrase su pecho. Ese bello pecho estaba al descubierto, sus cabellos desordenados caían sobre él inundándose con las lágrimas que vertía en oleadas. El dolor no fue nunca tan patético ni tuvo mayor expresión, jamás se lo ha visto con detalles más conmovedores... más interesantes y más nobles...

—No, señora —dijo Franval, oponiéndose a su impulso—, no, no es vuestra muerte lo que se quiere, es vuestro castigo. Comprendo vuestro arrepentimiento, vuestros llantos no me sorprenden, estáis furiosa por haber sido descubierta; esas disposiciones me complacen en vos, me hacen predecir una enmienda... que sin duda precipitará la suerte que os destino, y voy volando allá para prepararlo.

—¡Detente, Franval! —exclamó aquella desdichada—. No divulgues tu deshonra, no le muestres tú mismo al público que eres a la vez perjuro, falsario, incestuoso y calumniador... Tú quieres deshacerte de mí, yo huiré de ti, iré a buscar algún asilo donde hasta tu recuerdo se escape de mi memoria... Tú serás libre, serás criminal impunemente... Sí, yo te olvidaré... si puedo, despiadado, y si tu desgarradora imagen no puede borrarse de mi corazón, si me sigue persiguiendo en mi profunda oscuridad... no la aniquilaré, pérfido, ese esfuerzo estaría por encima de mí, no, no la aniquilaré, pero me castigaré por mi enceguecimiento y desde entonces sepultaré en el horror de las tumbas el altar culpable donde fuiste demasiado querido...

Tras estas palabras, últimos ímpetus de un alma agobiada por una enfermedad reciente, la desdichada se desvaneció y cayó sin conocimiento. Las frías sombras de la muerte se extendieron sobre las rosas de esa hermosa tez, ya marchitas por el aguijón de la desesperanza. No se veía más que una masa inanimada, a la que, sin embargo, no podían abandonar las gracias, la modestia, el pudor... todos los atractivos de la virtud. El monstruo se marchó, fue a gozar con su culpable hija el triunfo aterrador que el vicio, o más bien la depravación, se atrevió a conseguir sobre la inocencia y la desgracia.

Aquellos detalles complacieron enormemente a la abominable hija de Franval, hubiera querido verlos... Habría querido llevar más lejos el horror, habría deseado que Valmont triunfase sobre los rigores de su madre y que Franval sorprendiese sus amores. Si todo aquello hubiese tenido lugar, ¿qué medios para justificarse le habrían quedado a su víctima? ¿Y no era importante quitárselos todos ellos? Así era Eugénie.

Mientras tanto, la infortunada esposa de Franval, al no tener más que el seno de su madre que pudiese abrirse a sus lágrimas, no tardó mucho tiempo en hacerla partícipe de sus nuevos pesares. Fue entonces cuando la señora de Farneille imaginó que la edad, la posición y la consideración personal del señor de Clervil quizá pudiesen producir algunos efectos buenos sobre su yerno; no hay nada que sea tan confiado como la desgracia. Puso a ese respetable eclesiástico lo mejor que pudo al corriente de todos los desórdenes de Franval, lo convenció de lo que él no había querido creer nunca, sobre todo, le instó a que no emplease con ese miserable más que la elocuencia persuasiva, más hecha para el corazón que para el espíritu. Y después de que hubiera hablado con ese pérfido, le recomendó que consiguiese una entrevista con Eugénie, en la que él utilizase igualmente todo lo que creyese más apropiado para iluminar a esa infortunada joven sobre el abismo que se abría bajo sus pies, y volverla a traer, si era posible, al seno de su madre y de la virtud.

Franval, enterado de que Clervil iba a pedir verles a su hija y a él, tuvo tiempo para ponerse de acuerdo con ella y, ya dispuestos sus planes, le hicieron saber al director espiritual de la señora de Farneille que ambos estaban dispuestos a escucharlo. La crédula señora de Franval lo esperaba todo de la elocuencia de ese guía espiritual. Los infelices recurren a las quimeras con tanta avidez, que para procurarse un disfrute que la verdad les niega, ¡hacen realidad con mucho artificio todas las ilusiones!

Clervil llegó; eran las nueve de la mañana. Franval lo recibió en el aposento donde tenía la costumbre de pasar las noches con su hija. Había hecho que lo adornasen con toda la elegancia imaginable, dejando que allí reinase, sin embargo, una especie de desorden que constataba sus placeres criminales... Eugénie, cerca de allí, podía oírlo todo, con el fin de prepararse mejor para la entrevista que tenía destinada a su vez.

—Es sólo con el mayor de los temores a molestaros, señor —dijo Clervil—, como me atrevo a presentarme ante vos; las personas de mi condición son habitualmente tan molestas para las personas que, como vos, se pasan la vida en los deleites de este mundo, que me reprocho haber consentido a los deseos de la señora de Farneille al pediros permiso para conversar un momento con vos.

—Sentáos, señor, y mientras el lenguaje de la justicia y de la razón reine en vuestras palabras, no temáis nunca que seáis una molestia para mí.

—Os adora una joven esposa llena de encantos y de virtudes, que os acusa de hacerla muy desgraciada, señor. Como no tiene de su parte más que su inocencia y su candor, y sin tener más que los oídos de su madre que puedan escuchar sus quejas, idolatrándoos a pesar de vuestras faltas, os imaginaréis fácilmente lo horrorosa que debe ser su situación.

—Querría, señor, que fuésemos al grano, me parece que empleáis rodeos, ¿cuál es el objetivo de vuestra misión?

—El de devolveros a la felicidad, si fuera posible.

—Entonces, puesto que me encuentro feliz como estoy, ¿vos ya no debéis tener nada más que decirme?

—Es imposible, señor, que la felicidad pueda encontrarse en el crimen.

—Lo acepto; pero aquel que, mediante estudios profundos y maduras reflexiones, ha podido llevar su espíritu hasta el punto de no sospechar el mal en nada, de ver con la más tranquila indiferencia todas las acciones humanas, de considerarlas a todas como los resultados necesarios de un poder, cualquiera que sea, unas veces bueno, y otras perverso, pero siempre dominante, que nos inspira por turnos lo que los hombres aprueban o lo que condenan, pero nunca nada que lo moleste o que lo perturbe, aquel, digo, y lo reconoceréis, señor, puede encontrarse tan feliz al comportarse como yo lo hago como vos lo estáis en la carrera que ejercéis. La felicidad es un ideal, es obra de la imaginación; es una manera de emocionarse que depende únicamente de nuestra manera de ver y de sentir. Excepto por la satisfacción de las necesidades, no es algo que vuelva a todos los hombres igualmente felices. Cada día vemos hacerse feliz a un hombre con lo que le disgusta soberanamente a otro; así pues, no hay una felicidad cierta, para nosotros no puede existir otra que la que nos formemos en razón de nuestra naturaleza y de nuestros principios.

—Lo sé, señor, pero si el espíritu nos engaña, la consciencia no nos extravía jamás, y ese es el libro donde la naturaleza ha escrito todos nuestros deberes.

—¿Y no hacemos todo lo que queremos con esa consciencia ficticia? El hábito la doblega, para nosotros es una cera blanda que adquiere todas las formas bajo nuestros dedos. Si ese libro fuese tan seguro como decís, ¿no tendría el hombre una consciencia invariable? ¿No serían lo mismo todas las acciones para él, de un extremo de la tierra al otro? Y, sin embargo, ¿lo es? ¿Tiembla el hotentote con lo que asusta al francés? ¿Y no hace éste todos los días lo que lo haría castigar en Japón? No, señor, no, no hay nada real en el mundo, nada que merezca alabanza o condena, nada que sea digno de ser recompensado o castigado, nada que sea injusto aquí y legítimo a quinientas leguas; en una palabra, no hay ningún mal real ni ningún bien que sea constante.

—No lo creáis, señor, la virtud no es una quimera en modo alguno; no se trata de saber si algo es bueno aquí, o malo a algunos grados más allá, como para asignarle una definición precisa de crimen o de virtud, y asegurarse de encontrar en ello la felicidad en razón de la elección que se haya hecho. La única felicidad del hombre no puede encontrarse más que en la sumisión más completa a las leyes de su país; tiene que respetarlas, o que sea miserable, no hay punto medio entre su infracción y el infortunio. Si queréis, no son las cosas en sí mismas desde donde nacen los males que nos agobian cuando nos entregamos a ellas si están prohibidas, es de la lesión que esas cosas, intrínsecamente buenas o malas, le hacen a las convenciones sociales del clima en que vivimos. Ciertamente, no hay mal alguno en preferir un paseo por los bulevares a uno por los Campos Elíseos, sin embargo, si se promulgase una ley que prohibiera los bulevares a los ciudadanos, quien se enfrentase a esa ley quizá se prepararía una cadena infinita de desgracias, aunque no hubiese hecho más que algo muy sencillo al enfrentarse a ella. Además, el hábito de romper los frenos ordinarios hace que pronto se rompan los más serios, y de error en error se llega a los crímenes, hechos para ser castigados en todos los países del Universo, hechos para inspirar terror a todas las criaturas dotadas de razón que viven en el globo terráqueo, sea en el polo que sea. Si no existe una consciencia universal para el hombre, entonces hay una nacional, relativa a la existencia que hemos recibido de la naturaleza, en la que su mano ha impreso nuestros deberes con unos rasgos que no podemos borrar sin peligro. Por ejemplo, señor: vuestra familia os acusa de incesto, por muchos sofismas que se utilicen para legitimar ese crimen y aminorar su horror, por engañosos que hayan sido los razonamientos hechos sobre esa materia, por muchas autoridades que los hayan apoyado con ejemplos tomados de las naciones vecinas, no queda menos demostrado por ello que ese delito, que no lo es entre ciertos pueblos, no sea ciertamente peligroso allí donde las leyes lo prohíben; y no es menos cierto que puede arrastrar tras él a los más espantosos inconvenientes y a los crímenes que ese primero necesita... los crímenes, digo, más hechos para ser el horror de los hombres. Si os hubieseis casado con vuestra hija a orillas del Ganges, donde están permitidos esos matrimonios, quizá no hubieseis hecho más que un mal muy inferior; pero en un gobierno donde esas alianzas estén prohibidas, al ofrecer ese cuadro indignante al público... a los ojos de una mujer que os adora y a la que esta perfidia lleva a la tumba, sin duda cometéis un acto espantoso, un delito que tiende a romper los nudos más sagrados de la naturaleza, aquellos que, al atar a vuestra hija al ser de quien recibió la vida, deben hacer a ese ser el más respetable y más sagrado de todas las criaturas. Obligáis a vuestra hija a despreciar deberes tan valiosos y hacéis que odie a quien la llevó en su seno; preparáis, sin daros cuenta, las armas que puede dirigir contra vos; no le presentáis sistema alguno, no le inculcáis ningún principio donde no esté grabada vuestra condena, y si su brazo atenta un día contra vuestra vida, seréis vos mismo quien habrá aguzado los puñales.

—Vuestro modo de razonar, tan diferente del de las personas de vuestro estado sacerdotal —respondió Franval— me compromete en principio a la confianza, señor; yo podría negar vuestra inculpación; mi franqueza, a la hora de revelarme frente a vos, va a obligaros, eso espero, a creer igualmente los errores de mi mujer cuando emplee, para exponéroslos, la misma verdad que va a guiar la confesión de los míos. Sí, señor, amo a mi hija, la amo con pasión, es mi amante, mi mujer, mi hermana, mi confidente, mi amiga, mi único dios sobre la tierra; ella tiene, en fin, todos los títulos que pueden conseguir los homenajes de un corazón, y le son debidos todos los del mío. Esos sentimientos durarán tanto como mi vida, así pues, voy a justificarlos, sin duda, al no poder llegar a renunciar a ellos.

El primer deber de un padre hacia su hija es indudablemente, lo reconoceréis, señor, procurarle la mayor cantidad posible de felicidad; si no ha llegado a ello, queda en deuda con esa muchacha; si lo ha conseguido, está a resguardo de todos los reproches. Yo no he seducido a Eugénie, ni la he obligado, esa consideración es notable, no la dejéis escapar; no le he ocultado el mundo, he desarrollado ante ella las rosas del himeneo al lado de las espinas que se encuentran en él; después me ofrecí a mí mismo y dejé a Eugénie libre de elegir, ella tuvo todo el tiempo para reflexionar, no vaciló; ha manifestado que sólo conmigo encontraba la felicidad; ¿me he equivocado al darle, para hacerla feliz, lo que con conocimiento de causa ha parecido que prefería a todo?

—Esos sofismas no legitiman nada, señor, no debíais haber dejado entrever a vuestra hija que el ser al que ella no podía preferir sin cometer un crimen pudiese convertirse en el objeto de su felicidad; por hermosa que sea la apariencia que pueda tener un fruto, ¿no os arrepentiríais de ofrecérselo a alguien si estuvieses seguro de que la muerte se escondía en su pulpa? No, señor, no, no habéis tenido más que a vos mismo por objeto en esta desafortunada conducta, y habéis convertido a vuestra hija en cómplice y en víctima. Ese proceder es imperdonable... y esa esposa virtuosa y sensible, cuyo seno desgarráis a placer, ¿qué errores tiene ante vuestros ojos? ¿Qué errores, hombre injusto?... ¿Qué otro que el de idolatraros?

—Ahí es donde os quería llevar, señor, y es sobre ese tema de lo que espero de vos la confianza, ¿tengo algún derecho a esperarla? Sin duda, después de la manera llena de franqueza con la que acabáis de verme admitir lo que se me imputa, sin duda tengo algún derecho a esperarlo.

Y entonces Franval, mostrándole a Clervil las cartas y las notas falsas que le adjudicaba a su mujer, le certificó que nada era más real que esos documentos, igual que el amorío de la señora de Franval con aquel que tenían por objeto. Clervil lo sabía todo, y entonces le dijo firmemente a Franval:

—¡Pues bien, señor! ¿Tengo razón al deciros que un error, visto en principio como sin consecuencias en sí mismo, al acostumbrarnos a sobrepasar los límites, puede llevarnos a los excesos definitivos del crimen y la maldad? Vos empezásteis por una acción nula ante vuestros ojos, y ya veis todas las infamias que os ha hecho cometer para legitimarla y encubrirla... ¿Queréis creerme, señor? Echemos al fuego esas perversidades imperdonables, y olvidémonos, os lo suplico, hasta del más ligero recuerdo.

—Estos documentos son reales, señor.

—Son falsos.

—Sólo podéis quedaros con la duda, ¿basta ese estado para darme un desmentido?

—Permitid, señor. Para suponer que son verdaderos no tengo más que lo que vos me decís, y vos tenéis el mayor interés en sostener vuestra acusación; para creer que esos documentos son falsos, tengo la confesión de vuestra esposa, que tendría igualmente el mayor interés en decirme si eran verdaderos, en el caso de que lo fuesen. Así es como juzgo, señor... el interés de los hombres. Así es el vehículo de todos sus pasos, el gran motivo de todos sus actos. Allí donde lo encuentro, se enciende enseguida para mí la antorcha de la verdad, esa regla no me ha engañado nunca, y hace cuarenta años que la utilizo; y además, ¿no destruirá esta calumnia abominable la virtud de vuestra esposa ante todos los ojos? ¿Se permiten tales atrocidades con su franqueza, con su candor y con el amor en el que arde todavía por vos? No, señor, no, ahí no están los inicios del crimen, conociendo tan bien los efectos, debisteis dirigir mejor los hilos.

—¡Eso son invectivas, señor!

—Perdonadme. La injusticia, la calumnia y el libertinaje indignan tan soberanamente a mi alma, que a veces no soy dueño de la agitación en la que me sumergen estos horrores. Quememos estos papeles, señor, os lo pido de nuevo con insistencia... quemémoslos por vuestro honor y por vuestro sosiego.

—No me imaginaba yo, señor —dijo Franval, levantándose—, que con el ministerio que ejercéis se convirtiese uno tan fácilmente en apologista... en el protector de la mala conducta y del adulterio. Mi mujer me deshonra, me arruina y os lo demuestro; vuestra ceguera con ella os hace preferir acusarme a mí y suponerme a mí antes un calumniador que a ella una mujer pérfida y depravada. ¡Pues bien, señor! Lo decidirán las leyes, todos los tribunales de Francia resonarán con mis denuncias, allí llevaré mis pruebas, allí haré pública mi deshonra, y entonces veremos si tendréis aún la bonhomía, o mejor, la tontería, de proteger contra mí a una criatura tan desvergonzada.

—Entonces me retiraré, señor —dijo Clervil, levantándose también—, no me imaginaba que las faltas de vuestra alma alterasen tanto las cualidades de vuestro corazón, y que cegado por una venganza injusta fueseis capaz de sostener con sangre fría lo que sólo puede engendrar el delirio... ¡Ah, señor! ¡Cómo me convence todo esto más que nunca de que cuando el hombre ha incumplido el más sagrado de sus deberes, pronto se permite pulverizar todos los demás!... Si vuestras reflexiones vuelven a traeros, dignáos hacer que me avisen, señor, y vos siempre encontraréis en vuestra familia y en mí unos amigos dispuestos a recibiros... ¿Me está permitido ver un momento a la señorita, vuestra hija?

—Sois muy dueño de ello, señor, incluso os incito a que hagáis valer con ella medios más elocuentes, o recursos más seguros para presentarle esas verdades luminosas, en las que tengo la desdicha de no ver más que sofismas y ceguera.

Clervil entró en el aposento de Eugénie. Ella lo esperaba en el salto de cama más coqueto y elegante. Esa clase de indecencia, fruto del abandono de sí misma y del crimen, reinaba impúdicamente en sus gestos y en sus miradas, y la pérfida, insultando a las gracias que la embellecían a su pesar, reunía lo que puede inflamar el vicio y lo que indigna a la virtud.

Al no pertenecerle a una jovencita entrar en detalles tan profundos del mismo modo que a un filósofo como Franval, Eugénie se atuvo a la burla. Fue llegando poco a poco a las carantoñas más decididas, pero al darse cuenta pronto de que sus seducciones eran inútiles y de que un hombre tan virtuoso como aquél con quien trataba no se quedaría prendido en sus trampas, cortó hábilmente el nudo que retenía el velo de sus encantos, y se puso así en el mayor desorden antes de que Clervil tuviese el tiempo de darse cuenta, dijo gritando fuertemente:

—¡Qué miserable! ¡Que alejen a este monstruo! Sobre todo, que se le oculte su crimen a mi padre. ¡Santo cielo! Yo esperaba de él consejos piadosos... ¡y el deshonesto atenta contra mi pudor!... ¡Mirad! —les dijo a sus criados, que habían venido corriendo por sus gritos—. ¡Ved el estado en que me ha puesto ese impúdico! ¡Aquí están, aquí están esos benignos adeptos de una divinidad a la que ultrajan! El escándalo, la depravación y la seducción, eso es lo que compone sus costumbres, y encima nosotros, víctimas de su falsa virtud, ¡nos atrevemos todavía a reverenciarlos!

Clervil, muy enfadado por un escándalo semejante, consiguió, no obstante, ocultar su turbación, y al retirarse con sangre fría a través del gentío que lo rodeaba, dijo apaciblemente:

—Que el cielo conserve a esta infortunada... que la haga mejor, si puede, y que nadie en su casa atente más que yo contra sus sentimientos de virtud... que yo venía mucho menos para estropear que para reanimar en su corazón.

Así fue el único fruto que recogieron la señora de Farneille y su hija de una negociación en la que habían puesto tantas esperanzas. Ellas estaban lejos de conocer la degradación que ocasiona el crimen en el alma de los perversos; lo que obraría en otros, los amarga a ellos, y en las lecciones mismas de la prudencia es donde encuentran acicate para el mal.

Desde ese momento se envenenó todo de una parte y de la otra. Franval y Eugénie se dieron cuenta de que era necesario convencer a la señora de Franval de sus pretendidos errores de una manera que no le permitiese dudar más; y la señora de Farneille, de acuerdo con su hija, planeó muy seriamente que se hiciera raptar a Eugénie. Hablaron de ello con Cervil, aquel honrado amigo se negó a participar en unas resoluciones tan fuertes; había salido demasiado maltratado —decía— en este asunto como para poder hacer otra cosa más que implorar la gracia para los culpables, la pedía con insistencia, y se defendía constantemente de cualquier otro oficio o mediación. ¡Qué sentimientos tan sublimes! ¿Por qué es tan escasa esa nobleza en los individuos que llevan esos hábitos? ¿O por qué llevaba ese hombre único uno tan estropeado? Comencemos por las tentativas de Franval.

Valmont reapareció.

—¡Eres un imbécil! —le dijo el culpable amante de Eugénie—. ¡Eres indigno de ser mi alumno! Voy a desacreditarte ante los ojos de todo París si en una segunda entrevista no te comportas mejor con mi mujer. Tenemos que conseguirla, amigo mío, pero conseguirla de verdad, es necesario que mis ojos se convenzan de su derrota... es necesario, en fin, que yo pueda quitarle a esa criatura detestable todo medio de excusa y de defensa.

—Pero, ¿y si se resiste? —respondió Valmont.

—Entonces emplearás la violencia... Yo me habré ocupado de alejar a todo el mundo... Asústala, amenázala, ¿qué más da?... Yo consideraré como otros tantos servicios señalados por tu parte todos los medios de mi triunfo.

—Escucha —dijo entonces Valmont—, consiento en lo que me propones; te doy mi palabra de que tu mujer cederá, pero exijo una condición, no haré nada si la rechazas; los celos no deben entrar para nada en nuestros acuerdos, lo sabes, así pues, exijo que me dejes pasar un solo cuarto de hora con Eugénie... No te imaginas cómo me comportaré cuando haya disfrutado del placer de hablar un momento con tu hija...

—Pero, Valmont...

—Comprendo tus temores, pero si me crees amigo tuyo, no te los perdono; sólo aspiro al encanto de ver a Eugénie a solas y hablar con ella un momento.

—Valmont —dijo Franval, un poco extrañado—, le pones a tus servicios un precio demasiado caro. Conozco, como tú, todas las ridiculeces de los celos, pero idolatro a esa de la que me hablas, y antes cedería mi fortuna que sus favores.

—Yo no los pretendo, queda tranquilo.

Y Franval, que veía claro que, entre el número de sus conocidos, ningún ser era capaz de servirlo como Valmont, se oponía fuertemente a que éste se le escapase...

—¡Pues bien! —le dijo con un poco de malhumor—. Tus servicios son caros, al pagarlos de este modo, ya no tendré que estarte agradecido.

—¡Oh! El agradecimiento no es más que el precio por los servicios honrados, no se encenderá nunca en tu corazón por los que voy a darte; hay más, y es que harán que nos peleemos antes de dos meses... Venga, amigo mío, conozco al hombre... y a sus errores... y a sus extravíos, y todas las consecuencias que entrañan. Sitúa a este animal, el más malvado de todos, en la situación que quieras, y yo no fallaré ni un solo resultado con tus datos. Así pues, quiero que me pagues por adelantado, o no haré nada.

—Acepto —dijo Franval.

—¡Pues bien! —respondió Valmont—. Ahora todo depende de tu voluntad, actuaré cuando tú quieras.

—Necesito algunos días para mis preparativos —dijo Franval—, pero dentro de cuatro, como mucho, estaré contigo.

El señor de Franval había educado a su hija de manera que estuviese muy seguro de que no sería el exceso de pudor lo que la haría rechazar prestarse a los planes que había combinado con su amigo; pero estaba celoso y Eugénie lo sabía. Lo adoraba por lo menos tanto como era querida por él, y desde que supo de qué se trataba, le confesó a Franval que temía enormemente que esa entrevista a solas tuviese consecuencias. Franval, que creía conocer lo bastante a Valmont como para estar seguro de que no habría en todo esto más que algunos alimentos para su fantasía, pero ningún peligro para su corazón, disipó lo mejor que pudo los temores de su hija, y se preparó todo.

Ese fue el momento en el que Franval se enteró, por criados seguros y totalmente de su parte en la casa de su suegra, de que Eugénie corría grandes riesgos y de que la señora de Farneille estaba a punto de conseguir una orden judicial para arrebatársela. Franval no dudó de que la confabulación fuese obra de Clervil, y dejando aparte por un momento los planes de Valmont, no se ocupó más que de deshacerse del infortunado eclesiástico al que tan falsamente tomaba por el instigador de todo. Sembró mucho oro, ese vehículo poderoso de todos los vicios se colocó por él en mil manos diferentes; al final, seis bribones de confianza le respondieron para ejecutar sus órdenes.

Una noche, en el momento que Clervil, que cenaba a menudo en la casa de la señora de Farneille, se retiraba de allí solo y a pie, lo rodearon... lo prendieron... se le dijo que era de parte del Gobierno. Se le mostró una orden falsificada, lo echaron en una silla de posta, y se lo llevaron con toda diligencia a las mazmorras de un palacete aislado que Franval poseía en lo más profundo de las Ardenas. Allí encomendaron al infortunado al guardia de aquella finca, diciéndole que era un criminal que había querido atentar contra la vida de su dueño, y se tomaron las máximas precauciones para que aquella víctima desdichada, cuyo único error había sido haber tenido demasiada indulgencia con los que lo ultrajaban tan despiadadamente, no pudiese reaparecer nunca a la luz del día.

La señora de Farneille estaba desesperada. No tenía duda alguna de que el golpe hubiese partido de la mano de su yerno. Los trabajos necesarios para encontrar a Clervil frenaron un poco los del rapto de Eugénie. Con un pequeñísimo número de conocidos y un crédito muy mediocre, resultaba difícil ocuparse a la vez de dos asuntos tan importantes, que por otra parte había impuesto aquella acción vigorosa de Franval. Entonces, no se pensó más que en el director espiritual, pero todas las búsquedas fueron en vano, nuestro canalla había tomado sus medidas tan bien, que se hizo imposible descubrir nada. La señora de Franval no se atrevía a preguntarle a su marido, no habían vuelto ha hablarse desde la última escena, pero el tamaño que tenía el interés del asunto anulaba cualquier consideración. Al fin tuvo el valor de preguntarle a su tirano si su plan era el de añadir a todos los malos modos que tenía con ella, el de haberle privado a su madre del mejor amigo que hubiese tenido en el mundo. El monstruo se defendió, llevó su falsedad hasta a ofrecerse para investigarlo. Al ver que para preparar la escena de Valmont necesitaba suavizar el alma de su mujer, renovándole su palabra de que haría todo lo posible para encontrar a Clervil, prodigó las caricias a aquella crédula esposa, le aseguró que por infiel que le fuese, se le hacía imposible no adorarla en el fondo de su alma, y la señora de Franval, siempre complaciente y dulce, siempre feliz con lo que la acercase a un hombre que le era más querido que su propia vida, se prestó a todos los deseos de aquel esposo pérfido, se adelantó a ellos, los sirvió, los compartió todos sin atreverse a aprovecharse del momento, como habría debido hacerlo, para conseguir de ese bárbaro al menos un comportamiento mejor, y que no hundiese cada día a su desdichada esposa en un abismo de tormentos y de dolores. Pero si lo hubiese hecho, ¿habría coronado el éxito sus tentativas? Franval, tan falso en todos los actos de su vida, ¿debía ser más sincero en la que no había atractivos, según él, más que cuando se superaban algunos diques? Sin duda, lo habría prometido todo por el único placer de transgredirlo todo, tal vez hasta habría deseado que se le exigiesen juramentos, para añadir los atributos del perjurio a sus espantosos disfrutes.

Franval, absolutamente tranquilo, no pensó más que en perturbar a los demás, así era la clase de su carácter vindicativo e impetuoso cuando se le inquietaba, volvió a desear su tranquilidad al precio que fuese y, para tenerla, sólo tomaba torpemente los medios más capaces de hacérsela perder de nuevo. ¿La conseguía? Era sólo para perjudicar en lo que empleaba todas sus facultades físicas y morales, de modo que siempre sumido en la agitación, o tenía que anticiparse a las tretas que obligaba a los demás a emplear contra él, o tenía que dirigir las suyas contra ellos.

Todo estaba dispuesto para satisfacer a Valmont, y su cita a solas tuvo lugar cerca de una hora en el mismo aposento de Eugénie.

*[76]Allí, en la sala decorada, Eugénie, desnuda sobre un pedestal, representaba a una joven salvaje cansada de la caza que se apoyaba en un tronco de palmera, cuyas altas hojas ocultaban una gran cantidad de luces, dispuestas de modo que los reflejos, cayendo sólo sobre los encantos de aquella hermosa niña, los realzasen con más arte. La especie de teatrillo donde aparecía esa estatua animada estaba rodeado por un canal lleno de agua, de seis pies de ancho, que le servía de barrera a esa joven salvaje y que impedía que se le acercase nadie por parte alguna. En el borde de ese anillo de agua se había colocado un sillón, junto al que había un cordón de seda; manipulando ese hilo, hacía girar el pedestal de manera que el objeto de su culto pudiera verse por todos lados. La postura era tal que, fuera la que fuese la manera en que estuviese orientada, siempre era agradable. Escondido en la decoración de un bosquecillo, Franval podía observar a la vez a su amante y a su amigo. El examen, después del último acuerdo, debía durar media hora... Valmont se sentó... estaba embriagado, no se le habían ofrecido nunca a sus ojos tantos encantos, dijo, y cedió a los arrebatos que lo inflamaban. El cordón, manipulado constantemente, le ofreció nuevos atractivos en todo momento, ¿a cuál haría su sacrificio?, ¿a cuál preferiría? Lo ignoraba, ¡en Eugénie todo era tan bello! Mientras tanto, los minutos corrían, pasaban aprisa en semejantes circunstancias. Sonó la

[76] Texto también suprimido por el autor en sus primeras ediciones en francés, como el fragmento anterior.

hora; el caballero se abandonó y el incienso fue volando a los pies de la diosa cuyo santuario le estaba prohibido. Cayó una gasa, debía retirarse.

—¿Y bien?, ¿estás contento? —dijo Franval al reunirse con su amigo.

—Es una criatura fascinante —respondió Valmont—; pero, Franval, te lo aconsejo, no arriesgues una cosa semejante con otro hombre, y felicítate por los sentimientos que, en mi corazón, deben protegerte de todos los peligros.

—Cuento con ello —respondió Franval muy seriamente—, actúa ahora lo antes posible.

—Mañana prepararé a tu mujer... te das cuenta de que hace falta una conversación preliminar... cuatro días después podrás estar seguro de mí.

Se dieron mutuamente la palabra y se separaron.

Pero ocurrió que después de una entrevista así, Valmont no tuvo deseos de traicionar a la señora de Franval ni de asegurar a su amigo una conquista de la que se había hecho muy deseoso. Eugénie había provocado en él impresiones demasiado profundas como para que pudiese renunciar a ellas, estaba resuelto a conseguirla como mujer, costase lo que costase. Al pensar en ello maduramente, ya que el amorío con su padre no lo repelía, estaba muy seguro de que, como su fortuna era igual que la de Colunce, podía pretender con un título tan justo la misma alianza; así pues, se imaginó que si se presentaba como esposo, no podría ser rechazado, y que si actuaba con ardor en romper los lazos incestuosos de Eugénie y, al responder a la familia de que tendría éxito, conseguiría infaliblemente el objeto de su culto... a costa de un duelo con Franval, en el que su valor y su habilidad le hacían esperar el éxito. Bastaron veinticuatro horas para esas reflexiones, y Valmont se dirigió lleno de esas ideas a la casa de la señora de Franval. Ella ya estaba avisada; en su última entrevista con su marido, recordemos que casi se había reconciliado con él, o más bien que, habiendo cedido a los insidiosos artificios de aquel pérfido, no podía rechazar la visita de Valmont. Sin embargo, ella había objetado las notas, las palabras y las ideas que Franval había tenido, pero él, sin tener aspecto de pensar ya en nada, le había asegurado insistentemente que la manera más segura de hacer que se creyese que todo aquello era falso, o que ya no existía, era ver a su amigo como de ordinario, negarse a ello, aseguró él, sería legitimar sus sospechas. La mejor prueba que una mujer pudiese proporcionar de su honestidad, le había dicho, era seguir viendo en público a aquel por quien se habían producido habladurías relativas a ella. Todo eso eran sofismas y la señora de Franval se daba cuenta de maravilla, pero esperaba una explicación de Valmont. El deseo de tenerla, unido al de no enojar a su esposo, había hecho desaparecer de su mirada todo lo que razonablemente habría debido impedirle ver a ese joven. Así pues, llegó Valmont, Franval se apresuró a salir y los dejó a solas como la última vez. Las aclaraciones debían ser animadas y largas; Valmont, obsesionado por sus ideas, lo abrevió todo y fue al grano.

—¡Oh, señora! No veáis ya en mí al mismo hombre que se hizo tan culpable ante vuestros ojos la última vez que habló con vos —se apresuró a decir—; entonces yo era el cómplice de los errores de vuestro esposo, hoy me convierto en el reparador. Pero tened confianza en mí, señora, dignáos confiar en la palabra de honor que os doy de que no vengo aquí ni para mentiros, ni para engañaros en nada.

Entonces admitió la historia de las notas falsas y de las cartas falsificadas, le pidió mil perdones por haberse prestado a ello, avisó a la señora de Franval de los nuevos horrores que todavía se exigían de él y, para constatar su franqueza, le confesó sus sentimientos por Eugénie, reveló todo lo que se había hecho, se comprometió a romperlo todo, a quitarle Eugénie a Franval y a llevarla a Picardía, a una de las fincas de la señora de Farneille, si ambas mujeres le concedían el permiso, y como recompensa le prometían en matrimonio a la que habría apartado del abismo.

Esas palabras y esas confesiones de Valmont tenían tal carácter de verdad, que la señora de Franval no pudo evitar ser convencida; Valmont era un partido excelente para su hija, y después de la mala conducta de Eugénie, ¿podía esperar algo así? Valmont se encargaba de todo, no había otro medio de hacer que cesase el crimen horroroso que desesperaba a la señora de Franval. Además, ¿no debía ella enorgullecerse del regreso de los sentimientos de su esposo tras la ruptura del único amorío que realmente podía hacerse peligroso para ella y para él? Esas consideraciones la decidieron y se rindió, pero con las condiciones de que Valmont le diera su palabra de no batirse en modo alguno con su marido, de que fuese a un país extranjero después de haber devuelto a Eugénie a la señora de Farneille, y de quedarse allí hasta que la cabeza de Franval se hubiese calmado lo suficiente como para consolarse de la pérdida de sus amores ilícitos y que al fin consintiera en el matrimonio. Valmont se comprometió a todo; la señora de Franval, por su parte, le respondía de las intenciones de su madre, le aseguraba que no entorpecería en nada las resoluciones que tomasen juntos, y Valmont se retiró, renovando sus excusas a la señora de Franval por haber podido portarse con ella en todo lo que su deshonesto esposo le había exigido. Al día siguiente, enterada la señora de Farneille, marchó a Picardía, y Franval, ahogado en el torbellino perpetuo de sus placeres, al contar firmemente con Valmont y no temer ya a Clervil, se lanzó a la trampa preparada con la misma bonhomía que tan a menudo deseaba ver en los demás, cuando a su vez él tenía deseos de hacerles caer en una.

Desde hacía alrededor de seis meses, Eugénie, que ya llegaba a su año decimoséptimo, salía bastante a menudo sola o con algunas de sus amigas. La víspera del día en el que Valmont, por los acuerdos tomados con su amigo, debía atacar a la señora de Franval, estaba completamente sola en una obra nueva en el Teatro de los Franceses, y al volver igualmente sola del mismo, debía ir a buscar a su padre a una casa donde la había citado, con el fin de dirigirse juntos a aquella en la que cenaban los dos... Apenas hubo dejado el barrio de Saint-Germain el vehículo de la señorita de Franval, diez hombres enmascarados detuvieron a los caballos, abrieron la portezuela, se apoderaron de Eugénie y la metieron en una silla de posta, al lado de Valmont, quien se tomó toda clase de precauciones para impedir sus gritos, recomendó la diligencia más extremada y se encontró fuera de París en un parpadeo.

Desgraciadamente, se había hecho imposible deshacerse de aquellas gentes y del carruaje de Eugénie, por lo cual Franval fue advertido enseguida. Para ponerse a cubierto, Valmont había contado con la incertidumbre en la que estaría Franval sobre el camino que él tomaría, y con las dos o tres horas de adelanto que necesariamente debería ganar. Con tal de llegar a la finca de la señora de Farneille era todo lo que necesitaba, porque allí dos mujeres de confianza y un carruaje de posta esperaban a Eugénie para llevarla a la frontera, a un refugio ignorado incluso por Valmont, quien, trasladándose enseguida a Holanda, sólo reaparecería para casarse con su amada en cuanto la señora de Farneille y su hija le hiciesen saber que ya no había más obstáculos. Pero la fortuna permitió que esos sensatos proyectos fracasaran ante los horribles designios del perverso de quien se trata.

Informado Franval, no perdió ni un momento, se dirigió a la posta, preguntó para qué rutas habían dado caballos desde las seis de la tarde. A las siete, había partido una berlina hacia Lyon; a las ocho, una silla de posta para Picardía. Franval no lo dudó, la berlina a Lyon seguramente no era de su interés, pero una silla de posta que hacía el camino hacia una provincia donde la señora de Farneille tenía tierras... era ésa, dudarlo sería una insensatez. Así pues, tuvieron que enganchar rápidamente los ocho mejores caballos de la posta en el carruaje en el que estaba él, alquiló unos potros para sus criados, compró y cargó unas pistolas mientras enganchaban los caballos, y fue volando como un rayo adonde lo llevaban el amor, la desesperación y la venganza.

Al cambiar de caballos en la posta de Senlis, se enteró de que la silla que perseguía apenas acababa de salir... Franval ordenó que se hendiese el aire al galope. Para su desgracia, alcanzó el carruaje; sus criados y él, pistola en mano, detuvieron al cochero de Valmont, y el impetuoso Franval, reconociendo a su adversario, le dio un tiro en la cabeza antes de que se pusiera a la defensiva; arrancó de allí a Eugénie, moribunda, se lanzó con ella a su carroza y volvió a estar en París antes de las diez de la mañana. Muy poco inquieto por lo que acababa de suceder, Franval se ocupó sólo de Eugénie... ¿Pues no había querido aprovecharse de las circunstancias el pérfido de Valmont? ¿Es fiel todavía Eugénie? ¿No se habían estropeado sus nudos culpables? La señorita de Franval tranquilizó a su padre. Valmont sólo le reveló su plan; lleno de esperanzas de casarse con ella pronto, se guardó de profanar el altar donde quería ofrecer sus votos puros. Los juramentos de Eugénie tranquilizaron a Franval... pero su mujer... ¿estaba ella al tanto de esas maniobras?... ¿se había prestado a ellas? Eugénie, que había tenido tiempo para informarse, certificó que todo había sido obra de su madre, a la cual prodigó los epítetos más odiosos, y que aquella nefasta entrevista, en la que Franval imaginaba que Valmont se preparaba para servirle de tan buena forma, era definitivamente aquella en la que lo traicionó con la mayor desfachatez.

—¡Ah! —dijo Franval, furioso—. ¡Que no le quedasen todavía mil vidas a Valmont... iría a arrancárselas todas, una tras otra!... ¡Y mi mujer!... Cuando yo intentaba aturdirla... ella ha sido la primera en engañarme... Esa criatura a la que creen tan dulce... ¡ese ángel de virtud!... ¡Ah, traidora! ¡Traidora!, pagarás caro tu crimen... A mi venganza le falta sangre, ¡y yo iré si hace falta a sacarla con mis labios de tus pérfidas venas!... Tranquilízate, Eugénie —continuó Franval, en un violento estado—... Sí, tranquilízate, te es necesario el descanso, ve a disfrutarlo durante algunas horas, yo me ocuparé solo de todo esto.

Mientras tanto, la señora de Farneille, que había puesto espías en el camino, no estuvo mucho tiempo sin ser informada de todo lo que acababa de suceder, al saber que habían recuperado a su nieta y que Valmont estaba muerto, fue corriendo rápidamente a París... Furiosa, reunió inmediatamente a su consejo, se le hizo ver que el asesinato de Valmont iba a entregar a Franval en sus manos, que la influencia de él, que ella temía, iba a eclipsarse en un momento y que ella volvería a tener enseguida el control de su hija y de Eugénie; pero le recomendaron que evitase el escándalo, y si temia un juicio ignominioso, que solicitase una orden que pudiese poner a su yerno a cubierto.

Franval, informado enseguida de esos consejos y de las gestiones que se convertían en sus consecuencias, se enteró a la vez de que su enredo amoroso se sabía, y que su suegra, le dijeron, no esperaba más que su desastre para aprovecharse; fue volando enseguida a Versailles, vio al ministro, le confió todo, y la respuesta que recibió fue el consejo de ir a esconderse rápidamente en las tierras que poseía en Alsacia, junto a la frontera con Suiza. Franval volvió al momento a su casa, y con el propósito de no fallar en su venganza y de castigar la traición de su mujer, y como seguía encontrándose en posesión de personas muy queridas por la señora de Farneille como para que ella se atreviese, al menos políticamente, a tomar partido contra él, decidió no partir a Valmor, la tierra que le aconsejó el ministro que no fuese allí, digo, sino en compañía de su mujer y de su hija... Pero, ¿lo aceptaría la señora de Franval? Al sentirse culpable de la especie de traición que lo provocó todo, ¿podrá alejarse tanto? ¿Se atrevería ella a confiar sin temor en los brazos de un esposo ofendido? Tal era la inquietud de Franval para saber a qué atenerse, que entró al momento en el aposento de su mujer, que ya lo sabía todo.

—Señora —le dijo con sangre fría—, me habéis sumergido en un abismo de infortunios con indiscreciones muy poco pensadas, censuro el efecto, no obstante, apruebo la causa, que sin duda se debe a vuestro amor por vuestra hija y por mí; y como los primeros errores me pertenecen, debo olvidar los segundos. Querida y tierna mitad de mi vida —continuó, cayendo a los pies de su mujer—, ¿queréis aceptar una reconciliación que nada pueda perturbar en adelante? Vengo a ofrecérosla, y aquí tenéis lo que pongo en vuestras manos para sellarla...

Entonces depositó a los pies de su esposa todos los papeles falsificados de la supuesta correspondencia con Valmont.

—Quemad todo esto, amiga querida, os lo suplico —prosiguió el traidor, con lágrimas fingidas—, y perdonad lo que los celos me han obligado a hacer; expulsemos toda acritud entre nosotros; he cometido grandes errores, lo confieso, pero, ¿quién sabe si Valmont, para conseguir sus planes, no me habrá manchado ante vos mucho más que lo que merezco?... Si se hubiese atrevido a decir que yo habría dejado de amaros... que vos no hubieseis sido siempre el ser más valioso y más respetable que hubiera para mí en el Universo, ¡ah!, querido ángel, si se hubiese ensuciado con esas calumnias, ¡qué bien habría hecho yo al privar al mundo de un bribón semejante y de un impostor así!

—¡Oh, señor! —dijo la señora de Franval llorando—. ¿Es posible concebir las atrocidades que engendrásteis contra mí? ¿Qué confianza queréis que tenga en vos después de tales horrores?

—Quiero que me améis todavía, ¡oh, la más tierna y más amable de las mujeres! Quiero que, al acusar únicamente a mi fantasía de la multitud de mis extravíos, os convenzáis de que este corazón, donde reináis para siempre, no ha podido ser culpable nunca de traicionaros... Sí, quiero que sepáis que no hay uno solo de mis errores que no me haya acercado con más fuerza a vos... Cuanto más me alejaba de mi querida esposa, tanto menos veía la posibilidad de reemplazarla con nada, ni los placeres, ni los sentimientos igualaban los que mi inconstancia me hacía perder junto a ella, y en los propios brazos de su imagen, añoraba la realidad... ¡Oh, querida y divina amiga! ¡Dónde encontrar un alma como la tuya! ¡Dónde disfrutar los favores que se recogen en tus brazos! Sí, abjuro de todos mis extravíos... no quiero vivir más que para ti sola en el mundo... más que para restablecer en tu corazón indignado ese amor tan justamente destruido por los errores... de los que renuncio hasta de su recuerdo.

A la señora de Franval le resultó imposible resistirse ante unas expresiones tan tiernas de parte de un hombre al que seguía adorando, ¿puede odiarse lo que se ha querido mucho? Con el alma delicada y sensible de esa buena mujer, ¿podía ver con sangre fría a sus pies, ahogado por las lágrimas y los remordimientos, al ser que le fuese tan precioso? Se le escaparon unos sollozos...

—Yo —dijo ella, apretando las manos de su esposo sobre su corazón—, yo, que no he dejado nunca de idolatrarte, ¡despiadado! ¡Es a mí a quien desesperas a placer!... ¡Ah! ¡Pongo al cielo por testigo de que de todos los flagelos con los que podías golpearme, el temor de haber perdido tu corazón, o de que sospechaseis de mí, se me hacía el más sangrante de todos!... ¿Y a qué ser tomas además para ultrajarme?... ¡A mi propia hija!... con sus manos me atraviesas el corazón... ¿quieres obligarme a odiar a la que la naturaleza me hizo tan querida?

—¡Ah! —dijo Franval, cada vez más enardecido—. Quiero traerla a tus pies, quiero que ella abjure allí, como yo, de su impudor y de sus errores... y que, como yo, consiga tu perdón. No nos ocupemos los tres más que de nuestra dicha mutua. Voy a devolverte a tu hija... devuélveme tú a mi esposa... y huyamos.

—¿Huir? ¡Dios mío!

—Mi aventura ha provocado escándalo... podría estar perdido mañana mismo... Mis amigos, el ministro, todos me han aconsejado un viaje a Valmor... ¿Te dignarás seguirme, amiga mía? ¿Será en el momento en que te pido perdón a tus pies cuando tú desgarres mi corazón con una negativa?

—Me asustas... ¿Cómo? ¿Es que ese asunto...?

—Se lo considera como un asesinato, y no como un duelo.

—¡Ay, Dios mío! ¡Y soy yo la causa!... Ordena... ordena; dispón de mí, querido esposo... Si hace falta, te seguiré al fin de la tierra... ¡Ay, soy la más desdichada de las mujeres!

—Di mejor la más afortunada, sin duda, puesto que todos los momentos de mi vida estarán consagrados en adelante a cambiar en flores las espinas con las que rodeaba tus pasos... ¿Es que no basta un desierto cuando se ama? Por otra parte, eso no puede ser para siempre, mis amigos, avisados, van a actuar.

—¿Y mi madre?... Quisiera verla...

—¡Ah! Guárdate mucho de eso, querida amiga, tengo pruebas firmes de que ha agitado a los padres de Valmont... que ella misma solicita mi perdición junto a ellos...

—Ella es incapaz de eso; deja de imaginarte esos pérfidos horrores. Su alma, hecha para amar, no ha conocido jamás la impostura... tú nunca la apreciaste mucho, Franval... ¡ojalá supieras amarla como yo! Nosotros habríamos encontrado en sus brazos la felicidad en la tierra, era el ángel de paz que ofrecía al cielo los errores de tu vida; tu injusticia ha rechazado su seno, siempre abierto a tu cariño, y por inconsecuencia o capricho, por ingratitud o libertinaje, te has privado voluntariamente de la mejor y más tierna amiga que hubiese creado la naturaleza para ti. Entonces, ¿no la veré?

—No, te lo pido encarecidamente... ¡los momentos son tan valiosos! Tú le escribirás, tú le describirás mi arrepentimiento... tal vez se rinda ante mis remordimientos... tal vez recupere yo un día su estima y su corazón.

Todo se calmará, nosotros volveremos... volveremos a disfrutar en sus brazos su perdón y su ternura... Pero alejémonos ahora, querida amiga... es necesario hacerlo ahora mismo, y los carruajes nos esperan...

La señora de Franval, asustada, no se atrevió a responder nada. Se preparó, ¿no era un deseo de Franval una orden para ella? El traidor fue volando a su hija y la llevó a los pies de su madre; la falsa criatura se arrojó a ellos con tanta perfidia como su padre; lloraba, imploraba su perdón, y lo consiguió. La señora de Franval la besó. Es tan difícil olvidar que se es madre, por muchos ultrajes que se hayan recibido de los hijos... la voz de la naturaleza es tan despótica en un alma sensible, que una sola lágrima de esos seres sagrados basta para hacernos olvidar veinticinco años de errores o de extravíos en ellos.

Salieron para Valmor. La extremada diligencia que estaban obligados a poner en este viaje legitimó ante los ojos de la señora de Franval, siempre crédula y siempre ciega, el pequeño número de criados que se llevaban. El crimen evita las miradas... porque las teme todas; como su seguridad sólo es posible en las sombras del misterio, se envuelve en ellas cuando quiere actuar.

Nada de eso se contradijo en el campo: dedicaciones, consideraciones, respetos, pruebas de cariño por una parte... el amor más encendido por la otra... todo fue prodigado, todo sedujo a la desdichada señora de Franval... En el fin del mundo, alejada de su madre y en lo más profundo de una horrible soledad, se encontraba dichosa, decía, porque tenía el corazón de su marido y porque su hija, que estaba sin cesar a sus pies, no se ocupaba más que de complacerla.

Los aposentos de Eugénie y de su padre ya no eran contiguos uno del otro; Franval se alojaba en el extremo del palacete, Eugénie muy cerca de su madre; y la decencia, la regularidad y el pudor reemplazaban en Valmor, al grado más eminente, a todos los desórdenes de la capital. Cada noche, Franval se dirigía al lado de su esposa, y el hipócrita, en el seno de la inocencia, del candor y del amor, se atrevía impúdicamente a nutrir la esperanza de sus horrores. Lo bastante despiadado como para que no lo desarmaran las caricias ingenuas y ardientes que le prodigaba la más delicada de las mujeres, era con la misma antorcha del amor con lo que el canalla encendía la de la venganza.

Sin embargo, puede imaginarse fácilmente que la dedicación de Franval a Eugénie no había perdido intensidad. Por la mañana, durante el aseo de su madre, Eugénie se encontraba con su padre al fondo del jardín, allí conseguía a su vez los consejos necesarios para la conducta del momento y los favores que estaba lejos de querer cederle totalmente a su rival.

No hacía siquiera ocho días que habían llegado a ese retiro, cuando Franval se enteró de que la familia de Valmont lo perseguía a ultranza y que el asunto iba a tratarse de la manera más grave. Se decía que resultaba imposible hacerlo pasar por un duelo, desgraciadamente había demasiados testigos. Por otra parte, nada era más cierto, le añadieron a Franval, que la señora de Farneille estaba a la cabeza de los enemigos de su yerno para terminar de perderlo privándolo de su libertad, o forzándolo a salir de Francia, con el fin de hacer volver muy pronto bajo su ala a los dos seres queridos que se habían separado de ella. Franval le enseñó las cartas a su mujer; ella tomó inmediatamente la pluma para calmar a su madre, para inclinarla a una manera diferente de pensar, y para describirle la felicidad de la que gozaba desde que el infortunio hubiese ablandado el alma de su desdichado esposo. Además, le aseguraba que se emplearían en vano toda clase de procedimientos para hacerla volver a París con su hija, pues estaba decidida a no abandonar Valmor hasta que el asunto de su marido estuviese arreglado; y que si la maldad de sus enemigos, o el absurdo de sus jueces, lo hacían arriesgarse a una sentencia que lo deshonrase, ella estaba totalmente decidida a exiliarse con él. Franval se lo agradeció a su mujer, pero al no tener deseo de esperar la suerte que se le preparaba, le avisó de que iba a marcharse algún tiempo a Suiza; que le dejaba a Eugénie y que les suplicaba a las dos que no se alejasen de Valmor hasta que su destino estuviese aclarado, que, fuese éste el que fuese, él seguiría volviendo a pasar veinticuatro horas con su querida esposa para decidir de común acuerdo el medio de regresar a París, si nada se oponía a ello o, en caso contrario, de ir a vivir con seguridad en alguna parte.

Tomadas esas resoluciones, Franval, que no perdía de vista de ninguna manera que la imprudencia de su mujer con Valmont era la única causa de sus reveses, y que no respiraba más que la venganza, hizo que le dijeran a su hija que la esperaba al fondo del parque y, habiéndose encerrado con ella en un pabellón solitario, después de haberle hecho jurar la sumisión más ciega a todo lo que iba a prescribirle, la besó y le habló de la siguiente manera:

—Me perdéis, hija mía... quizá para siempre... —y viendo llorar a Eugénie, le dijo—: Calmáos, ángel mío, sólo depende de vos que renazca nuestra felicidad, y de que en Francia, o en otra parte, volvamos a encontrarnos casi tan felices como lo éramos. Me enorgullezco de que estéis tan convencida como es posible estarlo de que vuestra madre es la única causa de todas nuestras desgracias; sabéis que no he perdido de vista mi venganza; si la disimulo ante los ojos de mi mujer, habéis conocido los motivos y los habéis aprobado, vos me habéis ayudado a formar la venda con la que era prudente cegarla. Hemos llegado al final, Eugénie, tenemos que actuar, vuestra tranquilidad depende de ello, lo que vos váis a emprender asegura la mía para siempre. Espero que me entendáis, y tenéis demasiado espíritu como para que lo que os propongo pueda inquietaros ni un momento... Sí, hija mía, tenemos que actuar, y tenemos que hacerlo sin dilaciones, tenemos que hacerlo sin remordimientos, y debe ser obra vuestra. Vuestra madre quiso haceros desdichada, mancilló los lazos que ahora requiere, ha perdido todo derecho a ellos. Desde este momento, no solamente no es para vos más que una mujer corriente, sino que se convierte incluso en vuestra enemiga más mortal. Ahora bien, la ley de la naturaleza más íntimamente grabada en nuestras almas es la de deshacernos primero, si podemos, de los que conspiren contra nosotros; esta ley sagrada, que nos mueve y nos inspira sin cesar, no puso en modo alguno en nosotros el amor al prójimo por delante del que nos debemos a nosotros mismos... primero, nosotros, y los demás, después, esa es la marcha de la naturaleza; por consiguiente, ningún respeto y ningún miramiento para los demás en cuanto hayan demostrado que nuestro infortunio o nuestra perdición era el único objeto de sus deseos. Comportarse de otro modo, hija mía, sería preferir los demás a nosotros, y eso sería absurdo. Pongámonos ahora con los motivos que deben decidir la acción que os aconsejo.

Estoy obligado a alejarme, sabéis las razones de ello; si os dejo con esta mujer, antes de un mes, convencida por su madre, os llevará a París, y como vos ya no podéis casaros después del escándalo que acaba de ocurrir, estad muy segura de que esas dos personas implacables sólo se adueñarán de vos para haceros llorar eternamente en un claustro por vuestra flaqueza y por nuestros placeres. Es vuestra abuela, Eugénie, quien me persigue, es ella quien se reúne con mis enemigos para terminar de aplastarme, ¿puede tener ese proceder por su parte otro objetivo que el de recuperaros? ¿Y lo hará ella sin encerraros? Cuanto más se envenenan mis asuntos, tanta más fuerza y reputación toma el partido que nos atormenta. No hay que dudar de que vuestra madre está interiormente a la cabeza de ese partido y de que se unirá a él en cuanto yo me ausente. Sin embargo, ese partido sólo quiere mi perdición para convertiros en la más desgraciada de las mujeres, así pues, hay que apresurarse a debilitarla, y es quitarle su mayor energía sustraer de allí a la señora de Franval. ¿Tomaremos nosotros otro arreglo? ¿Os llevaré conmigo? Vuestra madre, irritada, se unirá enseguida con la suya, y desde entonces, Eugénie, no habrá un solo momento de tranquilidad para nosotros. Nos buscarán, nos perseguirán por todas partes, no habrá un país que tenga el derecho de darnos asilo, ningún refugio sobre la superficie del globo se convertirá en sagrado... en inviolable a los ojos de los monstruos cuya cólera nos perseguirá, ¿ignoráis acaso hasta dónde llegan esas armas odiosas del despotismo y la tiranía cuando, pagadas a peso de oro, las dirige la maldad? Al contrario, con vuestra madre muerta, la señora de Farneille, que la ama más que vos y que en todo esto sólo actúa por ella, al ver su partido disminuido del único ser que realmente la ata a él, lo abandonará todo y ya no incitará a mis enemigos... ya no los avivará contra mí... Desde ese momento, una de dos: o el asunto de Valmont se arregla y ya nada se opondría a nuestro regreso a París, o se hace más maligno y, obligados entonces a irnos al extranjero, al menos allí estaremos a resguardo de las flechas de la Farneille que, mientras viva vuestra madre, no tendrá por objetivo más que nuestra desdicha, porque, os lo repito, se imagina que la felicidad de su hija sólo puede establecerse sobre nuestra caída.

Miréis como miréis nuestra situación, veréis en ella a la señora de Franval atravesarse en todo nuestro descanso, y su detestable existencia será el impedimento más seguro a nuestra felicidad.

¡Eugénie, Eugénie! —continuó Franval con calor, agarrando las dos manos de su hija—... Querida Eugénie, tú me amas, ¿quieres tú entonces, por el temor a una acción... tan esencial para nuestros intereses, perder para siempre a quien te adora? ¡Oh, querida y tierna amiga, decídete! Tú no puedes conservarnos más que a uno de los dos; al ser parricida por necesidad, sólo tienes que dejar que el corazón elija dónde deben hundirse tus puñales asesinos. Tienes que hacer que tu madre perezca, o tendrás que renunciar a mí... ¿qué digo?, tendrás que degollarme tú misma... ¿Viviría yo, ¡ay!, sin ti? ¿Crees que me sería posible existir sin mi Eugénie? ¿Resistiría yo el recuerdo de los placeres que haya saboreado en tus brazos... esos placeres exquisitos, siempre perdidos ya para mis sentidos? Tu crimen, Eugénie, tu crimen es el mismo en uno y otro caso: o hay que destruir a una madre que te aborrece y que sólo vive para tu desgracia, o habrá que asesinar a un padre que sólo respira por ti. Elige, elige pues, Eugénie, y si es a mí a quien condenas, no vaciles, hija ingrata, desgarra sin compasión este corazón cuyo único error es el de tenerte demasiado amor; bendeciré los golpes que vengan de tu mano, y mi último suspiro será para adorarte.

Franval se calló para escuchar la respuesta de su hija, pero parecía tenerla en suspenso una reflexión profunda... Por fin se arrojó a los brazos de su padre.

—¡Oh, tú, a quien amaré toda mi vida! —exclamó Eugénie—. ¿Puedes dudar de la decisión que tomaré? ¿Puedes sospechar de mi valor? Arma mis manos inmediatamene, y aquella a la que proscriben sus horrores y tu seguridad caerá pronto bajo mis golpes. Enséñame, Franval, regula mi conducta; márchate, puesto que tu tranquilidad lo requiere... Yo actuaré durante tu ausencia y te informaré de todo. Pero sea cual sea el giro que tomen los asuntos... con nuestra enemiga perdida, no me dejes sola en este palacete, lo exijo... ven a llevarme, o dime los lugares donde pueda encontrarme contigo.

—¡Hija querida! —dijo Franval besando al monstruo que supo seducir demasiado—. Bien sabía yo que encontraría en ti todos los sentimientos de amor y de firmeza necesarios para nuestra felicidad mutua... Toma esta cajita... la muerte está en su seno...

Eugénie tomó la fatídica cajita y renovó sus juramentos a su padre. Se decidieron las demás resoluciones, quedó arreglado que ella esperaría el desenlace del proceso y que el crimen planeado tendría lugar, o no, dependiendo de que se decidiese a favor o en contra de su padre... Se separaron, Franval volvió a encontrarse con su esposa, llevó la audacia y la falsedad hasta a inundarse de lágrimas, hasta a recibir sin contradecirse las caricias conmovedoras y llenas de candor prodigadas por aquel ángel celestial. Luego, habiendo convenido que ella se quedase a salvo en Alsacia con su hija, fuese cual fuese el éxito de su asunto, el criminal montó a caballo y se alejó... se alejó de la inocencia y de la virtud, mancilladas tanto tiempo por sus crímenes.

Franval fue a instalarse en Basilea, con el fin de encontrarse por ese medio al abrigo de las persecuciones que podrían hacerse contra él, y al mismo tiempo tan cerca de Valmor como era posible para que sus cartas pudiesen mantener en Eugénie, faltando él, las disposiciones que deseaba... Había alrededor de veinticinco leguas entre Basilea y Valmor, pero comunicaciones bastante fáciles, aunque estaba en medio de los bosques de la Selva Negra, para poder procurarse noticias de su hija una vez a la semana. Por si acaso, Franval se había llevado sumas inmensas, pero más en papel que en dinero contante. Dejémosle que se establezca en Suiza, y volvamos junto a su mujer.

Nada tan puro, nada tan sincero como las intenciones de aquella excelente criatura. Le había prometido a su esposo que se quedaría en esa casa de campo hasta que llegasen nuevas órdenes suyas. Nada habría hecho cambiar sus resoluciones y se lo aseguraba cada día a Eugénie... que desgraciadamente estaba demasiado alejada para que tuviese en ella la confianza que aquella madre respetable estaba hecha para inspirarle. Ella seguía compartiendo la injusticia de Franval, que alimentaba las semillas por medio de cartas regulares; Eugénie no se imaginaba que pudiese tener en el mundo mayor enemiga que su madre. Sin embargo, no había nada que ella no hiciera para destruir en su hija el alejamiento invencible que esa ingrata conservaba en el fondo de su corazón; la colmaba de caricias y de amistad, se felicitaba tiernamente con ella por el feliz retorno de su marido, llevaba la dulzura y la amenidad hasta el punto de agradecer a veces a Eugénie y de dejarle todo el mérito de aquella afortunada conversión. Después, se entristecerá por haberse convertido en la inocente causa de las nuevas desgracias que amenazaban a Franval; lejos de acusárselas a Eugénie, sólo se las reprochaba a sí misma. Al estrecharla contra su pecho, le preguntaba entre lágrimas si podría perdonarla alguna vez... El alma atroz de Eugénie se resistía a ese proceder angélico. Aquella alma perversa de Eugénie ya no oía la voz de la naturaleza, el vicio había cerrado todos los caminos que podían llegar hasta ella... Retirándose fríamente de los brazos de su madre, la miraba con ojos extraviados a veces, y se decía para animarse: ¡qué falsa es esta mujer!... ¡qué pérfida!... *¡me acariciaba igual el día que hizo que me raptasen!* Pero esos reproches injustos no eran más que los sofismas abominables con los que se respalda el crimen cuando quiere asfixiar el órgano del deber. Al hacer la señora de Franval que raptasen a Eugénie para la felicidad de la una... y para la tranquilidad de la otra; y por los intereses de la virtud, había podido disfrazar sus pasos; tales ardides sólo los desaprueba el culpable al que engañan, no ofenden a la honradez. Así pues, Eugénie se resistía a todo el cariño de la señora de Franval porque tenía deseos de cometer un horror, y no a causa de los errores de una madre que seguramente no había cometido ninguno con respecto a su hija.

Hacia el final del primer mes de estancia en Valmor, la señora de Farneille le escribió a su hija que el asunto de su marido se iba haciendo de los más graves, y que debido al temor de una detención humillante, el regreso de la señora de Franval y de Eugénie se volvía de extrema necesidad, tanto para imponerse al público, que murmuraba las peores cosas, como para unirse a ella y solicitar juntas un arreglo que pudiese desarmar a la Justicia y responder del culpable sin sacrificarlo.

La señora de Franval, que se había decidido a no tener secreto alguno con su hija, le mostró inmediatamente esa carta. Eugénie, con sangre fría y mirando fijamente a su madre, le preguntó ante esas tristes noticias qué partido tenía deseos de tomar.

—Lo ignoro —replicó la señora de Franval—, de hecho, ¿a quién servimos nosotras aquí? ¿No le seríamos mil veces más útiles a mi marido siguiendo los consejos de mi madre?

—Vos sois la dueña, señora —respondió Eugénie—, yo estoy hecha para obedeceros, y mi sumisión la tenéis asegurada...

Pero la señora de Franval, al ver claramente por la frialdad de esa respuesta que esa decisión no le convenía a su hija, le dijo que seguiría esperando, que volvería a escribir y que Eugénie podía estar segura de que si ella faltaba a las intenciones de Franval, no sería más que bajo la más extrema certeza de serle más útil en París que en Valmor.

De esta manera transcurrió otro mes, durante el cual Franval no dejó de escribir a su mujer y a su hija y de recibir las cartas más hechas para serle agradable, puesto que él no veía en las unas más que una condescendencia perfecta con sus deseos, y en las otras nada más que la más entera firmeza con las resoluciones del crimen planeado, en cuanto el giro del asunto lo exigiese, o en cuanto la señora de Franval tuviese aspecto de rendirse a las solicitudes de su madre, porque, decía Eugénie en sus cartas: «Si no observo en vuestra esposa más que la integridad y la franqueza, y si los amigos que sirven vuestros asuntos en París llegan a terminarlo, os devolveré la tarea que me habéis encargado, y la cumpliréis vos mismo cuando estemos juntos, si es que entonces os parece conveniente, a menos, no obstante, que, en cualquier caso, me ordenéis que actúe y que vos lo encontréis indispensable, entonces me haría cargo de todo, podéis estar seguro de ello».

Franval aprobó en su respuesta todo lo que le decía su hija, y así fue la última carta que recibió de ella y que él respondió. El correo de después no trajo ninguna otra. Franval se inquietó e, igualmente insatisfecho con el correo posterior, se desesperó y su agitación natural ya no le permitió esperar más. Formó en ese momento el plan de acudir él mismo a Valmor a saber la causa de los retrasos que lo inquietaban tan desgarradoramente.

Montó a caballo, seguido de un criado fiel; tenía que llegar al segundo día, bastante avanzada la noche para que nadie lo reconociese. A la entrada de los bosques que ocultan el palacete de Valmor y que se unen con la Selva Negra hacia el oriente, seis hombres bien armados detuvieron a Franval y a su lacayo. Les pidieron la bolsa, aquellos bribones estaban bien informados, sabían a quién le hablaban, sabían que Franval, implicado en un mal asunto, no iba nunca sin su cartera y sin una cantidad enorme de oro... El criado se resistió, y quedó tendido sin vida junto a su caballo; Franval, con la espada en la mano, puso pie a tierra, atacó a aquellos desgraciados, hirió a tres de ellos y se vio rodeado por los demás. Le quitaron todo lo que tenía, pero sin llegar a arrebatarle su arma, y los ladrones se escaparon en cuanto lo hubieron despojado. Franval los siguió, pero los bandidos cortaron el aire con su robo y sus caballos, y se hizo imposible saber hacia qué lado habían dirigido sus pasos.

Hacía una noche horrible, el viento del norte, el granizo... parecía que todos los elementos se hubiesen desencadenado contra ese miserable... Quizá haya casos en los que la naturaleza, indignada por los crímenes de aquél a quien persigue, quisiera doblegarlo con todos los azotes de los que dispone antes de retirarlo de ella... Franval, medio desnudo, pero siempre manteniendo su espada, se alejó como pudo de aquel lugar nefasto y se dirigió hacia Valmor. Como conocía poco los alrededores de una finca en la que no había estado más que la única vez que lo hemos visto en ella, se extravió en los caminos oscuros de ese bosque que le era totalmente desconocido... Agotado de cansancio, destrozado por el dolor... devorado por la inquietud, atormentado por la tempestad, se echó a tierra, y allí las primeras lágrimas que hubiese derramado en su vida fueron a inundarle los ojos a oleadas...

—¡Qué infortunado soy! —exclamó—. Así que al fin todo se reúne para aplastarme... para hacerme sentir el remordimiento... Tenía que entrar en mi alma de la mano de la desdicha; habría seguido desconociéndolo, engañado por las dulzuras de la prosperidad. ¡Oh, tú, a quien ultrajé tan gravemente!, ¡tú, que quizá te conviertes en este momento en la presa de mi furor y mi barbarie!... Adorable esposa... ¿te posee todavía el mundo, glorioso por tu existencia? ¿Ha detenido mis horrores la mano del cielo?... ¡Eugénie!, hija demasiado crédula... demasiado indignamente seducida por mis abominables artificios... ¿Ha ablandado tu corazón la naturaleza? ¿Ha suspendido los despiadados efectos de mi influencia y de tu flaqueza? ¡Es hora!... ¡Es hora, santo cielo!...

De repente, el sonido lastimero y majestuoso de varias campanas, lanzado tristemente a las nubes, fue a aumentar el horror de su suerte... Se conmovió... se asustó...

—¿Qué es lo que oigo? —exclamó, levantándose—... Hija bárbara... ¿Es la muerte?... ¿Es la venganza?... ¿Son las furias del infierno que vienen a terminar su obra?... ¿Qué me anuncian esos sonidos?... ¿Dónde estoy?... ¿Puedo oírlos?... ¡Termina, oh, cielo!... ¡Termina de inmolar al culpable!... —y postrándose—... ¡Dios todopoderoso! Tolera que una mi voz a la de los que te imploran en este momento... mira mis remordimientos y tu poder, perdóname por haberte ignorado... y dígnate conceder los votos... ¡los primeros votos que me atrevo a elevar hacia Ti! ¡Ser Supremo!... ¡Preserva la virtud, protege la de quien fue Tu imagen más bella en este mundo! Que esos sonidos, ¡ay!, ¡que esos lúgubres sonidos no sean los que temo!

Franval, extraviado... sin saber ya lo que hacía ni adónde iba, profiriendo sólo palabras inconexas, siguió el camino que se le presentaba... Oyó a alguien... volvió en sí... aguzó el oído... era un hombre a caballo...

—¡Quienquiera que seáis! —exclamó Franval, avanzando hacia ese hombre—... quienquiera que podáis ser, tened compasión de un infortunado a quien extravía el dolor, ¡estoy a punto de atentar contra mi vida!... Instruidme, socorredme si sois hombre compasivo... ¡dignáos salvarme de mí mismo!

—¡Dios mío! —respondió una voz demasiado conocida por ese infortunado—. ¿Cómo? ¿Vos aquí?... ¡Cielo santo! ¡Alejáos!

Y Clervil... porque era él, era ese respetable mortal, que se había escapado de las cadenas de Franval, a quien el destino enviaba hacia ese desventurado en el momento más triste de su vida. Clervil saltó del caballo y fue a caer en brazos de su enemigo.

—¿Sois vos, señor? —dijo Franval, estrechando a ese hombre honesto contra su pecho—. ¿Sois vos, con quien tengo tantos errores que reprocharme?

—Calmáos, señor, calmáos. Yo aparto de mí las desgracias que acaban de rodearme, ya no me acuerdo de aquellas con las que quisísteis cubrirme, cuando el cielo me permite que os sea útil... y voy a serlo para vos, señor, de una manera insoportable, sin duda, pero necesaria... Sentémonos... echémonos al pie de ese ciprés, sólo con sus hojas siniestras os corresponde coronaros ahora... ¡Oh, mi querido Franval, cuántos reveses tengo que contaros!... ¡Llorad... amigo mío! Las lágrimas os consolarán y tengo que arrancar de vuestros ojos unas mucho más amargas todavía... Los días de los deleites han pasado ya... se han desvanecido para vos como un sueño, ya no os quedan más que los del dolor.

—¡Oh, señor! Os comprendo... esas campanas...

—Ellas van a llevar a los pies del Ser Supremo... los homenajes y los votos de los tristes habitantes de Valmor, a quienes el Eterno permitió que conociesen a un ángel sólo para compadecerlo y añorarlo...

Entonces, Franval, que se había puesto la punta de la espada sobre el corazón, iba a cortar el hilo de su vida, pero Clervil evitó esa furiosa acción.

—¡No, no, amigo mío! —exclamó—. No es morir lo que hace falta, es reparar. Escuchadme, tengo muchas cosas que deciros, necesitáis calma para oírlas.

—¡Pues bien, señor! Hablad, os escucho, hundid poco a poco el puñal en mi pecho, es justo que sea sofocado, igual que quiso atormentar a los demás.

—Seré breve en lo que respecta a mí, señor —dijo Clervil—. Al cabo de varios meses de la horrorosa residencia en la que me habíais hundido, fui lo bastante afortunado para apiadar a mi guardián y me abrió las puertas; yo le recomendé que sobre todo ocultase con el mayor cuidado la injusticia que os habíais permitido conmigo. Él no hablará, querido Franval, no hablará nunca.

—¡Oh! Señor...

—Escuchadme, os lo repito, tengo muchas otras cosas que deciros. De regreso en París me enteré de vuestra desdichada aventura... y de vuestra marcha... Compartí las lágrimas de la señora de Farneille... eran más sinceras que lo que vos habéis creído. Me uní a esa digna dama para convencer a la señora de Franval de que nos trajese a Eugénie, ya que su presencia era más necesaria en París que en Alsacia... Vos le habíais prohibido que abandonase Valmor... y ella os obedeció... nos envió esas órdenes, nos hizo partícipes de la repugnancia que tenía a infringirlas, titubeó tanto como pudo... Fuisteis condenado, Franval... lo estáis. Habéis perdido la cabeza como culpable de asesinato en descampado. Ni las instancias de la señora de Farneille, ni las gestiones de vuestros parientes y de vuestros amigos han podido desviar la espada de la Justicia, habéis sucumbido a ella... estáis deshonrado para siempre... estáis arruinado... todos vuestros bienes han sido requisados... —y con un segundo impulso furioso de Franval—. ¡Escuchadme, señor, escuchadme! Lo exijo de vos como reparación a vuestros crímenes, lo exijo en nombre del cielo al que vuestro arrepentimiento puede desarmar todavía. En ese momento escribimos a la señora de Franval y le enseñamos todo; su madre le anunciaba que su presencia se había hecho indispensable, me envió a Valmor para decidirla por completo a partir. Yo seguí a la carta, pero desgraciadamente llegó antes que yo, ya no quedaba tiempo cuando llegué... Vuestra horrible confabulación había funcionado demasiado bien, encontré a la señora de Franval agonizante... ¡Oh, señor, qué perversidad!... Pero me conmueve vuestro estado, dejaré de reprocharos vuestros crímenes... Enteráos de todo. Eugénie no soportó ese espectáculo, cuando llegué, su arrepentimiento se expresaba ya con las lágrimas y los sollozos más amargos... ¡Oh, señor! ¿Cómo describiros el atroz efecto de esas situaciones diferentes?... Vuestra esposa, agonizante... desfigurada por las convulsiones del dolor... Eugénie, devuelta a la naturaleza, lanzaba espantosos gritos, se confesaba culpable, invocaba a la muerte, quería dársela a sí misma; a veces a los pies de aquellos a quienes imploraba, a veces pegada al pecho de su madre, intentando reanimarla con su aliento, calentarla con sus lágrimas, enternecerla con sus remordimientos... Así eran, señor, los aciagos cuadros que me golpearon los ojos cuando entré en vuestra casa. La señora de Franval me reconoció... me apretó las manos... las mojó con sus llantos y pronunció algunas palabras que entendí con dificultad, apenas se exhalaban de ese pecho oprimido por las palpitaciones del veneno... Ella os perdonaba... imploraba al cielo por vos... pedía sobre todo la gracia para su hija... Ya lo veis, hombre bárbaro, los últimos pensamientos, los últimos deseos de aquella a quien desgarrábais fueron todavía para vuestra felicidad. Di todos mis cuidados, reanimé los de los criados, empleé a las personas más célebres del arte médico... Prodigué consuelos a vuestra Eugénie, conmovido por su espantoso estado, no creí que debiera negárselos. Nada tuvo éxito, vuestra desdichada esposa entregó el alma entre temblores... entre suplicios imposibles de contar... En ese nefasto momento, señor, vi uno de los efectos súbitos del remordimiento que me había sido desconocido hasta entonces. Eugénie se precipitó sobre su madre y murió al mismo tiempo que ella; creímos que sólo estaba desvanecida... No, todas sus facultades estaban extinguidas, sus órganos, absorbidos por el golpe de la situación, se habían destruido al mismo tiempo. Había muerto realmente por la violenta sacudida de los remordimientos, del dolor y de la desesperación... Sí, señor, las dos están perdidas para vos, y esas campanas cuyos sonidos golpean todavía vuestros oídos ofician a la vez para dos criaturas, nacidas ambas para vuestra felicidad y a las que vuestros crímenes han convertido en víctimas de su apego por vos, y cuyas imágenes sangrientas os perseguirán hasta en el seno de la tumba. ¡Oh, querido Franval! ¿Me equivocaba yo en el pasado al intentar convenceros de que salieseis del abismo donde os precipitaban vuestras pasiones? ¿Censuraréis o ridiculizaréis a los partidarios de la virtud? ¿Se equivocarán, en fin, al ensalzar sus altares, cuando vean tantos trastornos y tantas calamidades alrededor del crimen?

Clervil se calló. Lanzó sus miradas sobre Franval; lo vio petrificado por el dolor. Sus ojos estaban fijos, caían lágrimas de ellos, pero no podía llegar ninguna expresión a sus labios. Clervil le preguntó la razón del estado de desnudez en la que lo veía, Franval se lo contó en dos palabras.

—¡Ah, señor! —exclamó aquel generoso mortal—. ¡Qué contento estoy de que incluso en medio de los horrores que me rodean pueda consolar al menos vuestro estado! Yo iba a encontraros en Basilea, iba a informaros de todo, iba a ofreceros lo poco que poseo... Aceptadlo, os lo suplico; no soy rico, ya lo sabéis... pero aquí van cien luises... son mis ahorros, es todo lo que tengo... Exijo de vos...

—¡Hombre generoso! —exclamó Franval, abrazándose a las rodillas de ese amigo honrado y poco común—. ¿Para mí?... ¡Cielo santo, qué necesidad tengo de algo después de las pérdidas que he sufrido! Y sois vos... vos, a quien he tratado tan mal... ¡sois vos quien viene volando a socorrerme!

—Se dice que se recuerdan las injurias cuando la desgracia abruma a quien pudo hacérnoslas, en ese caso, la venganza que se le debe es la de aliviarlo, ¿y de dónde viene que se le siga abrumando, cuando lo desgarran sus propios reproches?... Señor, esa es la voz de la naturaleza, bien véis que el culto sagrado a un Ser Supremo no la contraría como vos imagináis, puesto que los consejos que la una inspira no son más que las leyes sagradas del otro.

—No —respondió Franval, levantándose—, no, ya no tengo necesidad de nada, señor, habiéndome dejado el cielo este último recurso —prosiguió, mostrando su espada—, me muestra el uso que debo hacer de él... —y mirándola—. Es la misma, sí, querido y único amigo, es el mismo arma que mi celestial esposa tomó un día para atravesarse el pecho cuando yo la atribulaba con horrores y calumnias... es la misma... quizá encontraría en ella trazas de esa sangre sagrada... es necesario que las borre la mía... Vamos... lleguemos a alguna choza donde pueda participaros mis últimas voluntades... y después nos dejaremos para siempre.

Se pusieron a caminar. Fueron a buscar un sendero que pudiese acercarlos a alguna vivienda... La noche seguía envolviendo al bosque con sus velos... Se dejaron oír unos cantos tristes; de repente, el pálido resplandor de algunas antorchas disipó las tinieblas... vino a lanzar en ellas un tinte de horror que sólo puede ser concebido por las almas sensibles; el sonido de las campanas se redobló, se unió a esos lúgubres tonos que apenas se distinguían aún. El rayo, que estuvo callado hasta ese momento, brilló en los cielos y mezcló sus estallidos con los sonidos fúnebres que se oían. Los relámpagos que surcaban las nubes cubrían a ratos el siniestro fuego de las antorchas y parecían disputarle a los habitantes de la tierra el derecho de llevar al sepulcro a aquella a quien acompañaba ese grupo; todo hacía que naciese el horror, todo respiraba desolación... parecía que fuese el duelo perpetuo de la naturaleza.

—¿Qué es esto? —dijo Franval, conmovido.

—Nada —respondió Clervil, agarrando la mano de su amigo y desviándolo de ese camino.

—¿Nada? Me engañáis, quiero ver lo que es...

Se lanzó adelante... vio un ataúd.

—¡Cielo santo! —exclamó—. Ahí está, es ella... ¡es ella! ¡Dios permite que vuelva a verla!...

A petición de Clervil, que vio la imposibilidad de calmar a ese desdichado, los sacerdotes se alejaron en silencio... Franval, extraviado, se lanzó sobre el ataúd y sacó de él los tristes restos mortales de aquella a quien había ofendido tan fuertemente; tomó el cuerpo en sus brazos... lo puso al pie de un árbol y se precipitó encima con el delirio de la desesperación.

—¡Oh, tú! —exclamó fuera de sí—. ¡Tú, a quien mi barbarie ha podido apagar la luz del día, ser conmovedor al que todavía idolatro, mira a tu esposo atreverse a tus pies a pedir tu perdón y tu gracia! No te imagines que sea para sobrevivirte, no, no, es para que el Eterno, conmovido por tus virtudes, se digne, si es posible, a perdonarme como tú... Te hace falta sangre, querida esposa, te hace falta para que seas vengada... y vas a serlo... ¡Ah!, mira antes mis llantos y ve mi arrepentimiento. Voy a seguirte, sombra querida... pero, ¿quién recibirá mi alma atormentada si tú no imploras por ella? Rechazada por los brazos de Dios, igual que por tu pecho, ¿quieres que sea condenada a los espantosos suplicios del Infierno cuando se arrepiente tan sinceramente de sus crímenes?... Perdona, alma querida, perdónalos y mira cómo los vengo.

Con esas palabras, Franval, escapándose de la mirada de Clervil, se pasó la espada que sujetaba dos veces a través del cuerpo; su sangre impura cayó sobre la víctima y pareció mancillarla, más que vengarla.

—¡Oh, amigo mío! —le dijo a Clervil—. Muero, pero muero en el seno de los remordimientos... Contadle a los que me sobrevivan mi deplorable fin y mis crímenes, decidles que es así como debe morir quien es triste esclavo de sus pasiones, lo bastante vil como para haber apagado en su corazón el grito del deber y de la naturaleza. No me neguéis la mitad del ataúd de esa desdichada esposa, no lo habría merecido sin mis remordimientos, pero me hacen digno de él y lo exijo. Adiós.

Clervil cumplió los deseos de aquel infortunado y el grupo volvió a ponerse en marcha. Pronto, un asilo eterno enterró para siempre a dos esposos nacidos para amarse, hechos para la felicidad, y la habrían disfrutado pura si el crimen y sus temibles desórdenes, bajo la mano culpable de uno de ellos, no hubiese venido a transformar en serpientes todas las rosas de su vida.

El honesto eclesiástico refirió pronto en París los horrorosos detalles de esas catástrofes diferentes. Nadie se lamentó por la muerte de Franval, pues su vida no había creado más que dolores, pero su esposa fue llorada... lo fue muy amargamente, pues en efecto, ¿qué criatura más preciosa y más interesante a los ojos de los hombres que la que veneró, respetó y cultivó las virtudes en la tierra sólo para encontrar a cada paso el infortunio y el dolor?

* * *

Si los pinceles que he utilizado para describirte el crimen te afligen y te hacen gemir, tu enmienda no está lejos y habré producido en ti el efecto que yo quería. Pero si su verdad te disgusta, si te hace maldecir a su autor... te habrás reconocido, desdichado, y no te corregirás jamás.

DIÁLOGO ENTRE UN SACERDOTE Y UN MORIBUNDO

EL SACERDOTE: Llegado a este instante fatal, en el que el velo de la ilusión sólo se desgarra para dejar al hombre seducido el cuadro despiadado de sus errores y de sus vicios, ¿no os arrepentís, hijo mío, de los desórdenes multiplicados a los que os llevaron la debilidad y la fragilidad humanas?

EL MORIBUNDO: Sí, amigo mío, me arrepiento.

EL SACERDOTE: Pues bien, aprovechad esos remordimientos dichosos para obtener del cielo, en el corto intervalo que os queda, la absolución general de vuestras faltas, y pensad que sólo por la mediación del santísimo sacramento de la penitencia os será posible conseguirla del Eterno.

EL MORIBUNDO: No te escucho más a ti que lo que tú me has comprendido a mí.

EL SACERDOTE: ¿Cómo?

EL MORIBUNDO: Te he dicho que me arrepentía.

EL SACERDOTE: Lo he oído.

EL MORIBUNDO: Si, pero sin comprenderlo.

EL SACERDOTE: ¿Qué interpretación?...

EL MORIBUNDO: Aquí está... Creado por la naturaleza con gustos muy vivos y con pasiones muy fuertes; puesto yo en este mundo únicamente para entregarme a ellos y satisfacerlos, y como esos efectos de mi creación no han sido más que necesidades relativas a las primeras perspectivas de la naturaleza, o, si lo prefieres, a las derivaciones esenciales para sus proyectos conmigo, todos ellos en razón de sus leyes, no me arrepiento más que de no haber reconocido lo bastante su omnipotencia, y mis únicos remordimientos no van más que al mediocre uso que he hecho de las facultades (criminales según tú, muy sencillas según yo mismo) que me habían dado para servirla; algunas veces me he resistido a ella, y me arrepiento de ello. Cegado por lo absurdo de tus sistemas, combatí por ellas contra toda la violencia de esos deseos que yo había recibido por una inspiración mucho más divina, y me arrepiento de ello; no he cosechado más que flores cuando... Esos son los motivos justos de mis arrepentimientos, apréciame lo bastante para no suponerme otros.

EL SACERDOTE: ¡Dónde os arrastran vuestros errores, dónde os conducen vuestros sofismas! Le prestáis a la cosa creada todo el poder del creador, y esas inclinaciones infortunadas os han extraviado. No véis que no son más que los efectos de esa naturaleza corrompida, a la que le atribuís la omnipotencia.

El moribundo: Amigo, me parece que tu dialéctica es tan falsa como tu ingenio. Querría que razonases más exactamente, o que me dejases morir en paz. ¿Qué entiendes tú por creador, y qué entiendes por naturaleza corrompida?

El sacerdote: El creador es el dueño del universo, él es quien lo hizo todo y lo creó todo, y quien lo conserva todo como simple efecto de su omnipotencia.

El moribundo: Aquí tenemos a un gran hombre, sin duda. Pues bien, dime por qué ese hombre, que es tan poderoso, ha hecho, sin embargo, según tú, una naturaleza tan corrompida.

El sacerdote: ¿Qué mérito habrían tenido los hombres si Dios no les hubiese dejado su libre albedrío, y qué mérito habrían tenido ellos para disfrutar de él si en la tierra no hubiese la posibilidad de hacer el bien y de evitar el mal?

El moribundo: Así que tu dios ha querido hacer todo de través para tentar, o para poner a prueba a su criatura; entonces es que no la conocía, ¿no dudaba del resultado?

El sacerdote: Sin duda la conocía, pero una vez más quería dejarle el mérito de elegir.

El moribundo: ¿Y de qué sirve eso? Puesto que sabía la opción que tomaría su criatura, sólo le correspondía a Él, digo, hacerle elegir la buena.

El sacerdote: ¿Quién puede comprender las perspectivas inmensas e infinitas de Dios sobre el hombre, y quién puede comprender todo lo que vemos ?

El moribundo: Aquel que simplifica las cosas, amigo mío, sobre todo aquel que no multiplica las causas para embrollar mejor los efectos. ¿Qué necesidad tienes de una segunda dificultad cuando no puedes explicar la primera? Y puesto que es posible que la naturaleza haya hecho por sí misma lo que le atribuyes a tu dios, ¿por qué quieres ir a buscar un maestro? La causa de que no comprendas es quizá lo más sencillo del mundo. Perfecciona tu físico y comprenderás mejor a la naturaleza; purifica tu razón, rechaza tus prejuicios y ya no tendrás necesidad de tu dios.

El sacerdote: ¡Desdichado! No creía que fueses tan cínico; tenía armas para combatirte, pero veo claro que eres ateo, y puesto que tu corazón rechaza la inmensidad de las pruebas auténticas que recibimos a diario de la existencia del creador, no tengo nada más que decirte. No se le devuelve la luz a un ciego.

El moribundo: Amigo mío, admite un hecho: es que aquel de los dos que lo sea más, debe ser más bien el que se pone una venda que el que se la arranca. Tú edificas, tú inventas, tú multiplicas; yo destruyo, yo simplifico. Tú añades errores sobre errores, yo los combato todos ellos. ¿Cuál de nosotros dos está ciego?

El sacerdote: Entonces, ¿no crees en absoluto en Dios?

EL MORIBUNDO: No. Y por una razón muy sencilla: es perfectamente imposible creer en lo que no se comprende. Entre la comprensión y la fe deben existir relaciones inmediatas; la comprensión no actúa, la fe está muerta, y los que en tal caso pretenderían tenerla, la imponen. Te desafío a que tú mismo creas en el dios que me predicas, porque no podrías demostrármelo, porque no está en ti definírmelo, y por consiguiente tú no lo comprendes, y puesto que no lo comprendes, ya no puedes proporcionarme ningún argumento razonable. Que, en una palabra, todo lo que está por encima de los límites del espíritu humano o es quimera, o es inutilidad; que tu dios no puede ser ninguna de esas dos cosas, porque en el primer caso yo sería un insensato si lo creyese, y un imbécil en el segundo.

Amigo mío, demuéstrame la inercia de la materia, y te concederé que existe un creador; demuéstrame que la naturaleza no se basta a sí misma, y te permitiré que supongas que tiene un dueño; hasta entonces no esperes nada de mí, yo no me rindo más que a la evidencia y sólo la recibo de mis sentidos; donde éstos se detienen, mi fe queda sin fuerza. Creo en el sol porque lo veo, lo concibo como el centro de reunión de toda la materia inflamable de la naturaleza, su camino periódico me complace sin extrañarme. Es una operación física, tal vez tan sencilla como la de la electricidad, pero que no nos está permitido comprender. ¿Qué necesidad tengo de ir más lejos? Cuando me hayas trazado tu dios por encima de eso, seré el más avanzado en ello y no me faltará todavía tanto esfuerzo para comprender al obrero como para definir la obra.

Por consiguiente, tú no me has hecho favor alguno con la edificación de tu quimera; has perturbado mi alma, pero no la has iluminado y no te debo más que odio en lugar de agradecimiento. Tu dios es una máquina que te has fabricado para servir a tus pasiones y lo has hecho moverse a su gusto, pero puesto que molesta mis pasiones, que te parezca bien que lo haya derribado, y en el momento en el que mi alma débil necesita calma y filosofía, no vengas a espantarla con tus sofismas, que la asustarían sin convencerla y la irritarían sin hacerla mejor. Amigo mío, este alma es lo que le ha complacido a la naturaleza que sea, es decir, el resultado de los órganos que se ha decidido a formarme en razón de sus perspectivas y de sus necesidades, y como tiene una necesidad de vicios y de virtudes por igual, cuando le ha complacido llevarme a los primeros, me inspiró los deseos y me entregué a ellos de todos modos. Busca sólo sus leyes como la causa única de nuestra incongruencia humana, y no busques en sus leyes otros principios distintos de sus voluntades y de sus necesidades.

EL SACERDOTE: Así pues, todo es necesario en el mundo.

EL MORIBUNDO: Sin duda.

EL SACERDOTE: Pero si todo es necesario, entonces todo está regulado.

EL MORIBUNDO: ¿Quién te dice lo contrario?

El sacerdote: ¿Y quién puede regular todo tal como está, si no es una mano todopoderosa y enteramente sabia?

El moribundo: ¿Es que no es necesario que la pólvora se inflame cuando se le aplica fuego?

El sacerdote: Sí.

El moribundo: ¿Y qué sabiduría le encuentras a eso?

El sacerdote: Ninguna.

El moribundo: Entonces es posible que haya cosas necesarias sin sabiduría y, por consiguiente, es posible que todo derive de una causa primera, sin que haya ni razón ni sabiduría en esa causa primera.

El sacerdote: ¿A dónde queréis llegar?

El moribundo: A demostrarte que todo puede ser lo que es y lo que tú ves sin que ninguna causa sabia y razonable lo guíe, y que los efectos naturales deben tener causas naturales, sin que sea necesario suponérselas antinaturales, tal como sería tu dios si él mismo, como te he dicho ya, tuviese necesidad de explicaciones, sin proporcionar ninguna. Por consiguiente, tu dios no sirve para nada, es perfectamente inútil; por grande que sea su apariencia, lo que es inútil es nulo, y todo lo que es nulo es la nada; de modo que para convencerme de que tu dios es una quimera, no necesito ningún otro razonamiento que el que me proporciona la certeza de su inutilidad.

El sacerdote: Sobre ese tema, me parece necesario hablaros de religión.

El moribundo: ¿Por qué no? Nada me divierte tanto como la prueba del exceso sobre ese punto al que los hombres han podido llevar el fanatismo y la imbecilidad. Son unas clases de discrepancias tan prodigiosas, que el cuadro, según yo mismo, aunque horrible, siempre es interesante. Responde con franqueza y, sobre todo, rechaza el egoísmo. Si yo estuviese lo bastante débil como para dejarme sorprender por tus ridículos sistemas sobre la existencia fabulosa del ser que me hace necesaria la religión, ¿bajo qué forma me aconsejarías que le rindiese culto? ¿Querrías que adoptase las ensoñaciones de Confucio, más que los absurdos de Brahma? ¿Adoraría yo a la gran serpiente de los negros, al astro de los peruanos o al dios de las armas de Moisés? ¿A cuál de las sectas de Mahoma querrías que me rindiese, o cuál herejía de los cristianos sería preferible, según tú? Ten cuidado con la respuesta.

El sacerdote: Puede ser dudosa.

El moribundo: Ahí está, pues, egoísta.

El sacerdote: No, es amarte tanto como a mí mismo aconsejarte lo que creo.

El moribundo: Y es amarnos muy poco los dos escuchar errores semejantes.

El sacerdote: ¿Y quién puede cegarse a los milagros de nuestro divino redentor?

EL MORIBUNDO: Quien en sí mismo sólo ve al más ordinario de todos los embusteros y al más mediocre de todos los impostores.

EL SACERDOTE: Es aberrante, ¡lo oís y no tronáis!

EL MORIBUNDO: No, no, amigo mío, todo está en paz, porque tu dios, ya sea por impotencia, ya sea por razón, ya sea en fin por todo lo que tú quieras, en un ser al que sólo admito un momento por condescendencia contigo, o si lo prefieres, para prestarme a tus pequeñas perspectivas; porque ese dios, digo, si existe tal como tienes la locura de creer, no puede haber utilizado para convencernos medios tan ridículos como los que significa ese Jesús tuyo.

EL SACERDOTE: ¿Entonces, qué, que las profecías, los milagros, los mártires y todo eso no son pruebas?

EL MORIBUNDO: ¿Cómo quieres tú que, en buena lógica, pueda yo recibir como prueba todo lo que necesita de sí mismo? Para que la profecía se convirtiese en prueba, primero haría falta que yo tuviese la certeza completa de que se hizo, ahora bien, al estar registrada en la Historia, para mí no puede tener una fuerza distinta a la de los demás hechos históricos, cuyas tres cuartas partes son muy dudosas. Si a ello se le añade además la apariencia más que verosímil de que sólo me ha sido transmitida por historiadores interesados, estaría más que en mi derecho de dudarlo, como ves. Además, ¿quién me aseguraría que esa profecía no ha sido efecto de la combinación de la política más simple, como la que ve un reino dichoso bajo un rey justo, o la helada en el invierno? Y si es todo eso, ¿cómo quieres que la profecía que tenga tal necesidad de ser demostrada pueda convertirse en prueba por sí misma?

Respecto a tus milagros, no se me imponen más. Todos los bribones los han hecho, y todos los tontos los han creído. Para convencerme de la verdad de un milagro, se necesitaría que yo estuviese muy seguro de que el suceso que denominas como tal fuese absolutamente contrario a las leyes de la naturaleza, porque sólo lo que esté fuera de ella puede pasar por milagro, ¿y quién la conoce lo suficiente para atreverse a afirmar que ése es precisamente el que la infringe? Sólo hacen falta dos cosas para acreditar un pretendido milagro: un malabarista y cobardes. Venga, no le busques nunca otro origen a los tuyos; todos los sectarios nuevos los han hecho, y lo que es aún más singular, todos ellos han encontrado imbéciles que los han creído. Tu Jesús no ha hecho nada que sea más singular que los actos de Apolonio de Tiana[1] y, sin embargo, nadie se atreve a tomarlo por un dios. En cuanto a tus mártires, con toda seguridad son los más débiles de todos tus argumentos. Sólo se necesitan el entusiasmo y la resistencia para crearlos, y mientras la causa opuesta me los ofrezca tanto como la tuya, no es-

[1] Filósofo, místico, matemático y asceta del siglo I. Por sus actos y sus milagros es conocido como el «Jesús pagano»

taré nunca lo suficientemente autorizado para creer que uno sea mejor que otro, sino que, al contrario, me llevará a suponer que los dos son penosos.

¡Ah!, amigo mío; si fuera verdad que el dios que tú predicas existiese, ¿necesitaría milagros, mártires y profecías para establecer su dominio? Y si, como tú dices, el corazón del hombre es su obra, ¿no estaría allí el santuario que habría elegido para su ley? Esa ley, invariable puesto que emanaría de un dios justo, se encontraría de manera irresistible grabada por igual en todos, y de un extremo del universo al otro, asemejándose todos los hombres por ese órgano delicado y sensible, se asemejarían igualmente por el homenaje que le rendirían al dios de quien lo hubiesen recibido. Todos tendrían una sola manera de amarlo, todos tendrían una sola manera de adorarlo, o de servirlo, y se les haría tan imposible ignorar a ese dios como resistirse a la tendencia a su culto. Y en lugar de todo eso, ¿qué veo en el universo? Tantos dioses como países, tantas maneras de servir a ese dios como diferentes son las cabezas, o diversas son las imaginaciones; y esa multiplicidad de opiniones, en la que me es físicamente imposible elegir, ¿sería, según tú, obra de un dios justo?

Vamos, predicador, tú ofendes más a tu dios presentándomelo así, déjame negarlo por completo, porque si existe, entonces yo lo ofendo menos con mi incredulidad que tú con tus blasfemias. Vuelve a la razón, predicador, tu Jesús no vale más que Mahoma, Mahoma no más que Moisés, y los tres no más que Confucio, que, sin embargo, dictó algunos buenos principios mientras los otros tres desvariaban. Pero, en general, todos ellos son sólo impostores de los que se ha burlado el filósofo, a los que ha creído la plebe y que la justicia habría debido prender.

El sacerdote: Desgraciadamente, demasiado lo hizo con uno de los cuatro.

El moribundo: El que más se lo merecía. Era sedicioso, turbulento, calumniador, bribón, libertino, bromista burdo y malvado peligroso; poseía el arte de imponerse al pueblo y, por consiguiente, se hacía punible en el estado en el que se encontraba entonces el de Jerusalén, que fue pues muy sensato al deshacerse de él. Es quizá el único caso en el que mis máximas, por otra parte sumamente suaves y tolerantes, pueden admitir la severidad de Temis[2]; excuso todos los errores, excepto aquellos que pueden volverse peligrosos en el gobierno bajo el que se vive. Los reyes y sus majestades son las únicas cosas que me imponen y las únicas que respeto; quien no ama a su país y a su rey no es digno de vivir.

El sacerdote: Pero al final admitís que hay algo después de esta vida; es imposible que vuestra mente no se haya complacido alguna vez en atravesar el espesor de las tinieblas del destino que nos aguarda, ¿y qué sistema puede tenerla más satisfecha que el de una multitud de penas para

---

[2] En la mitología griega, diosa de la Justicia.

aquél que viva mal, y de una eternidad de recompensas para aquél que viva bien?

El moribundo: ¿Cuál, amigo mío? La de la nada; no me ha atemorizado nunca y en ella no veo más que consuelo y sencillez. Todas las demás son obra del orgullo, y éste solamente lo es de la razón. Además, esa nada ni es ni terrible ni absoluta. ¿Es que no tengo ante los ojos el ejemplo de las generaciones y las regeneraciones perpetuas de la naturaleza? Nada perece, amigo mío, nada se destruye en este mundo: hoy, hombre; mañana, gusano; pasado mañana, mosca; ¿no es eso existir para siempre? ¿Y por qué quieres que yo sea recompensado por virtudes en las que no tengo mérito alguno, o castigado por crímenes de los que no soy dueño? ¿Puedes tú conceder la bondad de tu pretendido dios con ese sistema? ¿Puede haber querido crearme para darse el gusto de castigarme, y eso solamente como consecuencia de una elección de la que no me permite ser dueño?

El sacerdote: Vos lo sois.

El moribundo: Sí, según tus prejuicios; pero la razón los destruye. El sistema de la libertad del hombre no fue inventado más que para fabricar el de la gracia, que se hacía tan favorable a vuestras ensoñaciones. ¿Qué hombre hay en este mundo que, viendo el cadalso junto al crimen, lo cometería si fuese libre de no cometerlo? Nosotros estamos arrastrados por una fuerza irresistible, y no somos ni por un momento dueños de poder decidirnos por algo distinto del lado hacia el que estamos inclinados. No hay ni una sola virtud que no le sea necesaria a la naturaleza, y a la inversa, ni un solo crimen del que no tenga necesidad; la naturaleza mantiene a unas y a otros en perfecto equilibrio, que consiste en toda su ciencia, pero, ¿podemos ser culpables del lado al que ella nos arroja? No más que la avispa que hunde su aguijón en tu piel.

El sacerdote: Así pues, ¿el mayor de todos los crímenes no debe inspirarnos ningún temor?

El moribundo: No es eso lo que digo, basta con que la ley lo condene, y que la espada de la justicia lo castigue, para que deba inspirarnos distanciamiento o terror, pero ya que desgraciadamente se ha cometido, hay que saber tomar partido y no entregarse a estériles remordimientos. Su efecto es vano, puesto que no ha podido preservarnos, y nulo, puesto que no lo repara. Así pues, es absurdo entregarse a ello y más absurdo todavía temer ser castigado por ello en el otro mundo, si somos tan afortunados de haber escapado de serlo en este. No quiera Dios que yo quiera animar al crimen con esto, sin duda hay que evitarlo tanto como se pueda, pero es por la razón como hay que saber huir de él, y no por falsos temores que no llevan a nada y cuyo efecto queda destruido inmediatamente después en un alma que sea un poco firme. Es la razón, amigo mío, es la razón sola lo que debe advertirnos de que perjudicar a nuestros semejantes no puede hacernos felices nunca, y que nuestro corazón, al contribuir a su felicidad, es para nosotros lo más grande que la naturaleza nos haya concedido en la tierra. Toda la moral humana está contenida en esta única palabra: hacer a los demás tan dichosos como desee serlo uno mismo, y no hacerles nunca más daño que el que nosotros quisiéramos recibir.

Estos son, amigo mío, estos son los únicos principios que deberíamos seguir, y no hay necesidad ni de religión ni de Dios para saborearlos y admitirlos, no se necesita más que un buen corazón. Pero siento que me debilito, predicador, abandona tus prejuicios, sé hombre, sé humano sin temor y sin esperanza; déjate ahí tus dioses y tus religiones, todo eso no sirve más que para poner el hierro en la mano de los hombres, y el solo nombre de todos esos horrores ha hecho derramar más sangre en la tierra que todas las demás guerras y las demás catástrofes juntas. Renuncia a la idea de otro mundo, no lo hay, pero no renuncies al placer de ser dichoso y de hacerlo en éste. Esa es la única manera que te ofrece la naturaleza para duplicar tu existencia, o para extenderla. Amigo mío, el deleite fue siempre el más querido de mis bienes, lo he enaltecido toda mi vida y he querido terminarla en sus brazos. Mi fin se acerca, seis mujeres más bellas que la luz del día están en el gabinete vecino, las reservaba para este momento. Toma tu parte, trata de olvidar sobre sus senos, a ejemplo mío, todos los vanos sofismas de la superstición y todos los errores imbéciles de la hipocresía.

NOTA

El moribundo llamó, las mujeres entraron y el predicador se convirtió en sus brazos en un hombre corrompido por la naturaleza, por no haber sabido explicar lo que era la naturaleza corrompida.

ÍNDICE